La sombra de Poe

Seix Barral

Matthew Pearl
La sombra de Poe

Traducción del inglés por Vicente Villacampa

Título original:
The Poe Shadow

Primera edición: junio 2006

© Matthew Pearl, 2006
www.matthewpearl.com

Derechos exclusivos de edición
en español reservados para
todo el mundo:
© EDITORIAL SEIX BARRAL, S. A., 2006
Avda. Diagonal, 662-664 - 08034 Barcelona
www.seix-barral.es

© Traducción: Vicente Villacampa, 2006

ISBN-13: 978-84-322-9680-2 (rústica)
ISBN-10: 84-322-9680-5 (rústica)
ISBN-13: 978-84-322-9676-5 (cartoné)
ISBN-10: 84-322-9676-7 (cartoné)
Depósito legal: M. 2.166 - 2006
Impreso en España

La sombra de Poe es una obra de ficción. Muchos personajes
están inspirados en figuras históricas y otros
son creaciones enteramente imaginarias del autor.
Excepto en el caso de las figuras históricas, todo parecido
entre los personajes de ficción y personas reales, vivas
o muertas, es pura coincidencia.

El papel utilizado para la impresión de este libro es cien por cien libre de cloro,
está calificado como **papel ecológico** y ha sido fabricado a partir de madera
procedente de bosques y plantaciones gestionadas con los más altos estándares
ambientales, garantizando una explotación de los recursos sostenible con el medio
ambiente y beneficiosa para las personas.

A mis padres

NOTA DEL EDITOR

*El misterio relacionado con la extraña muerte
de Edgar Allan Poe en 1849
queda resuelto en estas páginas.*

Les expongo, señoría y caballeros del jurado, la verdad, nunca contada hasta ahora, acerca de la muerte de este hombre y acerca de mi propia vida. Por más cosas que me hayan sido arrebatadas, me queda una última posesión: esta historia. En nuestra ciudad algunos siguen tratando de evitar que trascienda. Otros, aquí sentados entre ustedes, continúan considerándome un delincuente, un embustero, un paria, un asesino astuto y vil. A mí, Quentin Hobson Clark, señoría, ciudadano de Baltimore, miembro del colegio de abogados y apasionado de la lectura.

Pero esta historia no versa sobre mí. ¡Por favor, piensen en eso antes que en otra cosa! En ningún momento tuvo que ver conmigo, y yo nunca me empeñé en lo contrario. Tampoco tenía relación con mi propia trayectoria entre los de mi clase social ni con mi reputación a los ojos de los jueces de los más altos tribunales. La historia trataba de algo más grande que yo, más grande que todos nosotros; de un hombre gracias al cual la posteridad guardará memoria de nosotros aunque ustedes ya lo hubieran olvidado antes de que lo enterraran. Alguien tenía que recordarlo. No podíamos permanecer indiferentes. Yo no podía.

Todo cuanto sigue será la pura verdad. Y debo puntualizarlo porque soy el más próximo a esa verdad. O, mejor dicho, el único que, conociéndola, aún sigue con vida.

Una de las peculiaridades de la vida es que, por lo general, las historias de quienes ya no están entre los vivos son las que encierran la verdad...

Las afirmaciones que anteceden las garabateé en las páginas de mi cuaderno (la última frase está tachada, según observo, con la palabra

11

«¡filosófico!», escrita por mí a un lado, a modo de crítica). Antes de entrar en este palacio de justicia, escribí a toda prisa esas palabras como una desesperada preparación para enfrentarme a mis difamadores, a aquellos que se propusieron arruinarme. Como soy abogado, ustedes pueden pensar que el propósito de todo esto fue ganar un cliente... Y que comparecer ante una sala de audiencia con espectadores y antiguos amigos, y con dos mujeres que acaso me amaron, no representa ningún esfuerzo para el experimentado abogado de Baltimore. No es así. Para ser abogado hay que anteponer a todo los intereses ajenos. La abogacía no prepara a un hombre para decidir qué debe ser salvado. No lo prepara para salvarse a sí mismo.

LIBRO I

8 DE OCTUBRE DE 1849

1

Recuerdo el día en que todo empezó porque aguardaba impaciente la llegada de una carta importante. También porque era el día de mi compromiso con Hattie Blum. Y, desde luego, fue el día en que lo vi a él muerto.

Los Blum eran vecinos de mi familia. Hattie era la más joven y afable de las que se consideraban las cuatro hermanas más guapas de Baltimore. Hattie y yo nos conocíamos desde la primera infancia, como a menudo se nos fue recordando en el transcurso de los años. Y cada vez que se nos decía cuánto tiempo hacía que nos conocíamos, yo interpretaba esas palabras como si dieran a entender significativamente: «Así pues, a ver si acabáis conociéndoos aún mejor.»

A pesar de esa presión, que fácilmente pudo habernos separado, ya a los once años me convertí en un pequeño marido de mi compañera de juegos o, más bien, en un rendido pretendiente suyo. Nunca hice profesión explícita de mi amor por Hattie, pero me dediqué a hacerla feliz con pequeñeces mientras ella me entretenía con su conversación. Su voz, que comunicaba algo parecido a una sensación de calma, me sonaba como un arrullo, incluso cuando éramos ya unos jóvenes adultos.

En sociedad, mi carácter es notablemente tranquilo y apacible, hasta el punto de que a menudo, y en cualquier momento, me preguntaban si acababa de despertarme. Pero en una compañía más tranquila tenía el hábito opuesto de volverme irresponsablemente locuaz e incluso prolijo en mi charla. Por esta razón saboreaba las divagaciones de la animada conversación de Hattie. Creo que yo dependía de ellas. No necesitaba atraer la atención hacia mí cuando estaba con ella; me sentía feliz y modesto y, por encima de todo, cómodo.

Ahora debería señalar, aunque me resisto a ello, que yo *ignoraba* que iba a pedirla en matrimonio la tarde en que empieza esta narración. Iba camino de la oficina de correos, procedente de nuestro bufete de abogados, cuando me crucé con una mujer de la buena sociedad de Baltimore, la señora Blum, tía de Hattie. Se apresuró a señalar que ir en busca del correo debía ser función de uno de mis pasantes de menos categoría y menos ocupados.

—¡Es usted muy especial, Quentin Clark! —dijo la señora Blum—. ¡Recorre las calles cuando trabaja, y cuando no trabaja pone una cara como si estuviera trabajando!

Era una genuina baltimorense, de las que no toleran a un hombre sin unos adecuados intereses comerciales, como no tolerarían a una muchacha que no fuera hermosa.

Esto era Baltimore, igual con buen tiempo que en un día como aquél, bajo una capa de niebla: un lugar dominado por el ladrillo rojo, donde las idas y venidas de la gente por las bien pavimentadas calles y por las escaleras de mármol eran apresuradas y bulliciosas, pero sin alegría. No abundaba mucho esa última en nuestra emprendedora ciudad, donde las grandes casas se elevaban por encima de un atestado puerto comercial en la bahía. El café y el azúcar llegaban a él desde Sudamérica y las islas de las Indias occidentales en grandes clípers, y los barriles de ostras y de harina para uso doméstico salían por las múltiples vías férreas que se dirigían, gracias al vapor, a Filadelfia y Washington. Por entonces nadie tenía *aspecto* de pobre en Baltimore, ni siquiera quienes lo eran, y el toldo de cada comercio parecía corresponder a un establecimiento de daguerrotipos dispuesto a captar aquel escenario para la posteridad.

En aquella ocasión, la señora Blum sonrió y me tomó del brazo mientras caminábamos por la calle.

—Bien, al menos todo está perfectamente dispuesto para esta noche.

—Esta noche —repliqué, tratando de recordar a qué se refería.

Peter Stuart, mi socio en el bufete de abogados, había mencionado una cena en casa de una amistad común. Yo había estado pensando tanto en la carta que esperaba y que me disponía a recoger, que me había olvidado por completo de la cita.

—¡Esta noche, claro, señora Blum! Ya lo había previsto.

—¿Sabe usted —continuó—, sabe usted, señor Clark, que ayer, sin ir más lejos, oí hablar de nuestra querida señorita Hattie en la calle del Mercado? —Aquella generación de baltimorenses seguía llamando por su antiguo nombre a la actual calle Baltimore—. ¡Sí, hablaban de la más encantadora belleza casadera de todo Baltimore!

—Podría afirmarse que es la más encantadora de todas, casadas o no.

—No es nada sensato, oh, no, de ninguna manera, que un hombre de veintisiete años permanezca soltero y... ¡no me interrumpa ahora, querido Quentin! Un joven como es debido no...

Tuve dificultad para oír lo que dijo luego a causa del creciente estrépito de dos carruajes detrás de nosotros. «Si es un coche de alquiler lo que se acerca —pensé para mí—, la montaré en él y ofreceré al cochero tarifa doble.» Pero cuando los carruajes nos adelantaron pude comprobar que se trataba de otra clase de vehículos: el que iba delante era un elegante y reluciente coche fúnebre. Los caballos iban con las cabezas gachas, como deferencia a su honrosa carga.

Nadie se volvió a mirar.

Dejando atrás a mi compañera de caminata con la promesa de verla en la reunión de aquella noche, me encontré cruzando la siguiente avenida, tomando un camino alejado de la oficina de correos. Una piara de cerdos pasó emitiendo gruñidos hoscos, y mi rodeo me llevó por la calle Greene y por Fayette, donde se encontraban detenidos el coche fúnebre y el carruaje de acompañamiento.

En un tranquilo camposanto, la ceremonia se inició y concluyó con idéntica precipitación. Observé con dificultad a través de la niebla las sombrías figuras de los asistentes. Parecía un sueño: siluetas borrosas y mi vaga sensación, como en una pesadilla, de que yo no debía estar allí. La oración del ministro sonaba amortiguada desde donde yo me encontraba, junto a la cancela. La reducida comitiva, supongo, no reclamaba mucho esfuerzo a su voz.

Se trataba del entierro más triste que había visto.

¿Era cosa del tiempo? No. ¿Los cuatro o cinco hombres asistentes, el mínimo necesario para levantar el féretro de un adulto? Quizá tampoco. La sensación de tristeza derivaba sobre todo de aquella manera brusca y ruda de dar fin a la ceremonia. Ni el entierro del más mísero de los indigentes que yo había presenciado hasta aquel día, ni los sepelios del pobre cementerio judío situado en las proximidades, habían exhibido nunca aquella indiferencia *nada cristiana*. No hubo ni una flor, ni una lágrima.

Luego desanduve el camino para reanudar mi itinerario original, sólo para encontrar que la oficina de correos había cerrado sus puertas. No pude saber si había una carta esperándome dentro o no, pero regresé a nuestro bufete tranquilizándome a mí mismo. *No tardaría en saber más de él.*

Aquella noche, en la reunión de sociedad, me encontré paseando y manteniendo una conversación privada con Hattie Blum a lo largo de los planteles de bayas que había junto a la casa, dormidos en aquella estación, pero bajo la sombra de recuerdos veraniegos de champán y fiestas de la fresa. Como siempre, yo podía hablar con comodidad con Hattie acerca de pensamientos que sólo ocasionalmente admitía ante mí mismo.

—Nuestra profesión es sumamente interesante en ocasiones —dije—. Pero creo que debería escoger los casos con otro criterio. En la antigua Roma, un abogado, ¿sabe?, nunca se comprometía a defender una causa a menos que supiera que era *justa*.

—Puede usted cambiar de oficio, Quentin. Después de todo, en la placa figuran su nombre y su función. Que ella esté más acorde con usted, en lugar de ser usted el que se adecue a ella.

—¿Así lo cree, señorita Hattie?

Anochecía y Hattie había adoptado un aire discreto, algo que no era propio de ella, y temí que aquello significara que yo me había mostrado insufriblemente hablador. Examiné su expresión, pero no hallé indicios de lo que motivaba su comportamiento distante.

—Usted se ha reído de mí —dijo Hattie en tono ausente, y tan bajo que casi no pude oírla.

—¿Señorita Hattie?

Levantó la vista, como excusándose.

—Sólo estaba pensando en cuando éramos niños. ¿Sabe que al principio pensé que era tonto?

—Vaya, gracias —comenté, riendo entre dientes.

—Mi padre se llevó a mi madre durante una de sus varias enfermedades, y usted vino a jugar cuando mi tía me estaba cuidando. Usted fue el único que supo hacerme sonreír hasta que mis padres regresaron, ¡porque siempre se estaba riendo de las cosas más extrañas!

Dijo aquello con ternura, mientras se levantaba el borde de la larga falda para evitar el suelo embarrado.

Más tarde, cuando estábamos dentro, quitándonos el frío de la noche, Hattie habló tranquilamente con su tía, cuyo semblante se había vuelto rígido a medida que la noche avanzaba. La tía Blum preguntó qué habría que disponer para el cumpleaños de Hattie.

—Se me echa encima, supongo —dijo Hattie—. Apenas puedo pensar en ello, lo que es muy propio de mí, tía. Pero este año...

Sus últimas palabras sonaron como un susurro triste. Durante la cena apenas tocó la comida.

Aquello no me gustó nada. Me sentí otra vez como un niño de once años, un ansioso protector de una niña que va por la calle. Hattie era una presencia en la que había podido confiar toda mi vida, de modo que cualquier incomodidad por su parte me preocupaba. Tal vez un propósito egoísta me movía a poner remedio a aquella actitud, pero de todos modos yo deseaba de veras que ella fuera feliz.

Otros asistentes a la fiesta, como Peter, mi socio de bufete, se me unieron en el intento de levantar su espíritu, y yo estudié a cada uno de ellos con ojo vigilante por si alguno había sido responsable de la melancolía de Hattie Blum.

Algo estaba reprimiendo mi papel de animador suyo: el entierro que había presenciado. No puedo explicar adecuadamente por qué, pero aquello me había arrebatado por completo la paz. Traté de evocar de nuevo la escena. El acompañamiento consistía en sólo cuatro hombres. Uno, el más alto, permanecía en pie detrás, con la mirada perdida, como si fuera el más ansioso por hallarse en otra parte. Luego, cuando salieron a la calle, me fijé en sus bocas, contraídas pero inexpresivas. Los rostros me resultaban desconocidos, pero no los había olvidado. Sólo uno de aquellos hombres se demoró, avanzando

19

como a disgusto, como si estuviera captando mis pensamientos. Su recuerdo me quemaba y me barrenaba el cerebro; una imagen que parecía dar a entender una terrible pérdida, pero sin honor. En una palabra, aquello era un error.

Bajo esta vaga nube de distracción, mis esfuerzos se agotaron sin rescatar el ánimo de Hattie. Tan sólo pude inclinarme y expresar mis rendidas excusas junto con los demás invitados cuando Hattie y su tía Blum se contaron entre las primeras personas en abandonar la velada con cena. Me sentí complacido cuando Peter me sugirió abandonar también la reunión.

—Y bien, Quentin. ¿Qué te ha pasado? —preguntó Peter con brusquedad.

Compartíamos un carruaje alquilado que nos conducía de regreso a nuestras respectivas casas. Pensé hablarle del triste entierro, pero Peter no hubiera comprendido por qué aquello ocupaba mi mente. Ni yo mismo lo comprendía bien. Luego me di cuenta, por la gravedad de su expresión, de que se refería a algo completamente distinto.

—Peter, ¿qué quieres decir?

—Al final ¿decidiste no proponer en matrimonio a Hattie Blum? —preguntó, emitiendo un ruidoso resoplido.

—¿Proponerle? ¿Yo?

—Dentro de unas semanas va a cumplir veintitrés años —continuó Peter—. ¡Hoy día, para una chica de Baltimore eso equivale, en la práctica, a ser una solterona! ¿Es que no quieres a ese encanto de chica ni siquiera un poco?

—¿Quién podría no querer a Hattie Blum, si es un dechado de perfecciones...? Pero espera, Peter. ¿De dónde has sacado que íbamos a comprometernos esta noche? ¿Acaso yo he sugerido que ése era mi propósito?

—¿Y lo he sugerido yo? ¿No sabes tan bien como yo que hoy es el aniversario del compromiso de *tus padres*? ¿Es que no se te ha ocurrido ni una sola vez esta noche?

Efectivamente, ni se me había ocurrido, pero me costaba entender la extraña suposición de Peter. Me explicó que la tía Blum estaba convencida de que yo iba a aprovechar la oportunidad de aquella fiesta para hacer mi proposición, y creía que yo había dado indicios aquella misma mañana, por lo que informó a Peter y a Hattie de tal posibilidad. Yo no me había dado por enterado, y ésa era la causa principal de la misteriosa contrariedad de Hattie durante mi ramplona divagación mental. ¡Me había comportado como un miserable!

—¿Cuándo se hubiera podido presentar una oportunidad más adecuada que esta noche? —prosiguió Peter—. ¡Un aniversario tan importante para ti! ¿Cuándo? Está más claro que el sol de mediodía.

—No había caído... —balbucí, basculando entre el desafío y la turbación.

—¿Cómo no supiste ver que te estaba esperando, que era el momento de encarar tu futuro? ¿En qué estabas pensando, Quentin Clark? Bien, ya estás en tu casa. Te deseo que duermas bien. ¡La pobre Hattie es probable que esté llorando ahora mismo sobre su almohada!

—Nunca hubiera querido entristecerla —dije—. Tan sólo hubiera querido saber lo que parecían esperar de mí los demás.

Peter, ceñudo, se manifestó de acuerdo con un gruñido, como si yo finalmente hubiera reconocido el fracaso general de mi vida.

¡Desde luego que le propondría matrimonio y desde luego que nos casaríamos! La presencia de Hattie en mi vida había sido mi fortuna. Yo resplandecía siempre que la veía, y más aún cuando estaba alejado de ella y pensaba en ella. Se habían producido tan pocos cambios desde que la conocía que me parecía necio necesitar ahora una proposición.

«¿En qué estás pensando?», parecía preguntar Peter frunciendo el ceño, mientras yo cerraba la portezuela del carruaje y le daba las buenas noches.

—Esta mañana hubo un entierro —dije, decidido a tratar de redimirme con alguna explicación—. ¿Sabes? Lo vi pasar y supongo que me turbó por alguna razón que no...

Pero no, aún no podía encontrar las palabras adecuadas para expresar el efecto que aquello me había causado.

—¡Un entierro! ¡El entierro de un extraño! —exclamó Peter—. Pero ¿qué diablo tiene eso que ver contigo?

Todo, pero eso yo no lo sabía por entonces. A la mañana siguiente me puse el batín y abrí el periódico para distraerme de las ansiedades provocadas por los acontecimientos de la noche anterior. Aunque hubiera estado prevenido, no habría sido capaz de contener mi propia alarma ante lo que vi y que me hizo olvidar todas mis inquietudes. Lo que captó mi atención al instante fue un pequeño titular en una de las páginas interiores. *Fallecimiento de Edgar A. Poe.*

Aparté el periódico, pero luego volví a tomarlo y lo ojeé para leer algo más. Luego releí una y otra vez aquel titular: *Fallecimiento de Edgar A. Poe.*

... el distinguido poeta, erudito y crítico americano, a los treinta y ocho años de edad.

¡No! Creía que treinta y nueve, pero por su aspecto era como si hubiese centuplicado esa edad... *Nacido en esta ciudad.* ¡Otra vez no! (Todo aquello era muy discutible, aun antes de que yo supiera más del personaje.)

Entonces me fijé... en estas cuatro palabras.

Falleció en esta ciudad.

¿Esta ciudad? Aquello no era una noticia telegrafiada. Había ocurrido en Baltimore. La muerte en nuestra propia ciudad, y probablemente también el entierro. ¡Alto! Podría ser aquel mismo entierro en Greene y Fayette... ¡No! ¿Aquel ínfimo entierro, aquella ceremonia sin ceremonial, aquella inhumación en el minúsculo cementerio?

Aquel mismo día, más tarde, en el bufete, Peter aún me estaba sermoneando sobre Hattie, pero yo difícilmente podía discutir con él, absorbido como estaba por aquella noticia. Pedí confirmación al guarda del cementerio. «Pobre Poe —dijo—, sí.» Poe había muerto. Cuando corrí hacia la oficina de correos para preguntar si había llegado alguna carta, mi mente daba vueltas en torno a lo que yo, sin saberlo, había presenciado el día anterior.

Aquel formalismo frío. ¿Aquélla había sido la despedida de Baltimore al salvador literario de nuestra nación, a mi autor favorito, a mi (tal vez) amigo? Apenas pude contener el creciente sentimiento de ira dentro de mí; una ira que bloqueaba todo cuanto pudiera dirigir sensatamente mis pensamientos. Considerando retrospectivamente todo el asunto, sé que nunca quise herir a Hattie con la conmoción que aquella tarde se arrastraba por mi mente. Sí, era mi autor favorito el que había muerto cerca de mí, pero sentí mucho más que eso; algo más grande e inevitable. Quizá no puedo describir adecuadamente en dos palabras por qué aquello fue tan devastador para un hombre con juventud y vigor, con perspectivas románticas y profesionales envidiables para cualquiera en Baltimore.

Quizá fue aquel episodio. Aunque inconscientemente, *yo* fui uno de los últimos en presenciarlo. O entre todos los demás que pasaban por allí a toda prisa, fui el último en percibir la tierra indiferente golpeando su ataúd, como sobre los de tantos cadáveres sin nombre en el mundo.

Tenía por cliente a un hombre muerto y el Día del Juicio como la fecha para la vista de la causa.

Unas semanas después de iniciar mis fatídicas pesquisas, Peter adoptó un tono sardónico. Mi socio de bufete no era lo bastante ingenioso como para mostrarse sardónico más de tres o cuatro veces en su vida, de modo que pueden imaginar la agitación que había tras sus palabras. Peter era unos pocos años mayor que yo, pero suspiraba como un anciano, especialmente ante la mención de Edgar A. Poe.

Siendo yo adolescente, dos hechos en mi vida quedaron fijados como un destino: mi admiración por las obras literarias de Edgar Poe y, como ya han oído ustedes, mi devota adhesión a la hermosa Hattie Blum.

De muchacho, Peter se refería a Hattie y a mí como si ya estuviéramos casados, y con el criterio que tendría un hombre de negocios. Debido a su talante juicioso, aquel adolescente actuaba como si fuera mayor que sus coetáneos, e incluso que muchos padres. Cuando falleció su propio padre, mis progenitores acudieron en ayuda de la señora Stuart, la viuda, que había quedado casi desamparada a causa de las deudas, y mi padre consideró a Peter como otro hijo. Peter se mostró tan agradecido por haber sido rescatado de su calamitosa situación que adoptó cumplida y sinceramente todas las opiniones de mi padre acerca de los asuntos de este mundo, en mucha mayor medida que yo, al parecer. Desde luego se hubiera dicho que aquel extraño era el verdadero Clark, mientras que yo era un aspirante de segunda fila a llevar el nombre de la familia.

Peter compartía incluso el desagrado de mi padre hacia mis preferencias literarias. *Aquel* Edgar Poe, como él y mi padre tendían a decir, aquel Poe que ustedes leen con tanto interés, es *peculiar* más allá del gusto de cada cual. Leerlo como alivio del *ennui* era sólo un placer poco respetable, no más útil que echar una cabezada a media tarde. La literatura debía fortalecer el corazón, ¡y aquellas fantasías lo debilitaban!

Al principio, yo no estaba en desacuerdo. Acababa de salir de la niñez cuando tuve conocimiento de «William Wilson», un relato de Poe publicado en el *Gentleman's Magazine*. Confieso que no saqué mucho provecho de él. No pude encontrar el principio ni el final, y no fui capaz de distinguir qué partes presentan razón y cuáles locura. Era como sostener una página frente a un espejo y tratar de leerla bizqueando. Mi acervo de lecturas por esa época, recuerdo, se limitaba a autores de revistas, apasionados e ingenuos, como Stephens y Embury. En las revistas no se buscaba a los genios, y yo no advertí mucho genio en el señor Poe.

Pero yo no era más que un muchacho. Mi juicio se transformó por un relato peculiar de Poe, titulado «Los crímenes de la calle Morgue». El héroe de esta historia es C. Auguste Dupin, un joven francés que desentraña con ingenio la verdad que hay detrás de los sorprendentes degüellos de dos mujeres. El cadáver de la joven es hallado en una casa de París, metida cabeza abajo en la chimenea. En cuanto a su madre, le han cortado el cuello de tal modo, que cuando la policía trata de levantar el cuerpo, la cabeza se desprende. A primera vista había objetos valiosos en las habitaciones, pero el perturbado intruso los había dejado intactos. La singularidad del crimen sumió en la más completa confusión a la policía de París, a la prensa y a los testigos; en suma, a todo el mundo. A todo el mundo excepto a C. Auguste Dupin.

Dupin comprendió.

Comprendió que la naturaleza sorprendente de las muertes era lo que las hacía fáciles de resolver, pues las diferenciaba en seguida de la confusa turbulencia de los delitos de todos los días. A la policía y a la prensa les parecía que los asesinatos no podía haberlos perpetrado ninguna persona por un motivo racional, porque no hubo tal persona. El razonamiento de Dupin siguió un método que Poe llamó raciocinación: el empleo de la imaginación para llevar a cabo un análisis, y el análisis para alcanzar las alturas de la imaginación. Mediante este método, Dupin mostró cómo un extraño orangután, al que el mal trato había provocado un insólito ataque de rabia, había escapado de su dueño y cometido aquellas horribles atrocidades.

Una persona corriente hubiera considerado los detalles imposibles, desmesurados y desprovistos de sentido. Pero en el preciso momento en que el lector expresa su incredulidad ante el curso de los acontecimientos, cada dificultad queda superada por una inatacable cadena de razonamientos. Poe despertó la curiosidad al forzar lo posible hasta su último extremo, y eso cautivaba el alma. Estos relatos donde se aplicaba la técnica de la raciocinación (con secuelas en posteriores casos de Dupin) se convirtieron en los más populares de Poe entre muchos lectores, pero en mi opinión por razones equivocadas. Estos lectores expectantes disfrutaban viendo resuelto un rompecabezas, pero su importancia radicaba en un nivel más elevado. *Mi objetivo último es sólo la verdad*, dijo Dupin a su ayudante. Comprendí, a través de Dupin, que la verdad era también el objeto único de Edgar A. Poe, y que precisamente esto era lo que a tantos atemorizaba y confundía a propósito de Poe. El genuino misterio no era el acertijo concreto que la mente se esfuerza por desentrañar: *la mente del hombre*, ése era el verdadero y perenne misterio del relato.

Y yo encontré algo nuevo para mí como lector: el reconocimiento. Poe era la independencia desafiando el control, y yo no podía dejar de leerlo. De pronto me sentí menos solo en el mundo. Quizá por eso la muerte de Poe, que a otro lector pudiera haberle preocupado un día o dos, habitaba ahora en mis pensamientos de una manera casi imposible de arrancar.

A mi padre le gustaba decir que la verdad residía en los honrados caballeros profesionales del mundo, no en los monstruosos relatos y en las historias engañosas de algún escritor de revistas. Me dijo que la mayoría de los hombres de los ejércitos del mundo, incluido él mismo, eran requeridos para desempeñar las obligaciones que la vida imponía, y aquí Industria y Empresa eran más necesarias que un Genio brillante, el cual se dejaba llevar demasiado por la torpeza de los hombres como para permitirles alcanzar verdadero éxito. Su negocio eran los embalajes, pero él daba por sentado que en ese ramo reinaba la falta de escrúpulos, y que un joven debía ser abogado, un negocio completo en sí mismo, como decía admirativamente. Peter se entusiasmó con el plan, puesto que era una iniciativa precursora, como si nos embarcáramos en el primer barco hacia California ante súbitos rumores de hallazgo de oro.

Tras obtener el título, Peter se colocó de pasante en un bufete de cierto prestigio, y mientras estuvo allí alcanzó notoriedad por su compilación de una concienzuda obra, *Índice de las leyes de Maryland de 1834 a 1843*. Mi padre se apresuró a financiarle su propio bufete, y quedó claro que yo debía estudiar y trabajar a las órdenes de mi amigo. Era un plan demasiado razonable para oponerle objeciones, y ni una sola vez pensé en hacerlo... al menos que ahora recuerde.

Eres afortunado —me escribió Peter cuando todavía estaba yo en la universidad—. *Tendrás un buen bufete aquí, conmigo y bajo los auspicios de tu padre, y te casarás con Hattie en cuanto lo desees. Todas las jóvenes hermosas y de buena posición de la calle Baltimore te sonríen al pasar. Si yo estuviera en tu lugar, si tuviera una cara la mitad de atractiva que la tuya, Quentin Clark, ¡sabría muy bien qué hacer con el desahogo y el lujo de esta sociedad!*

En el otoño de 1849, en que ustedes trabaron conocimiento conmigo unas páginas más atrás, estaba tan afianzado profesionalmente que ni me daba cuenta de ello. Peter Stuart y yo formábamos una excelente asociación. Mis padres habían muerto para entonces, como consecuencia de un accidente cuando viajaban en un carruaje en Brasil, adonde habían acudido para resolver asuntos del negocio de mi padre. La vida que yo me había organizado en su ausencia transcurría en medio de todo aquello: Hattie, Peter, los escogidos clientes que aparecían a diario en nuestras oficinas y mi mansión familiar a la sombra de viejos álamos, conocida como Glen Eliza, en honor al nombre de mi madre, Elizabeth. Todo eso marchaba satisfactoriamente, como movido por alguna maquinaria automática, silenciosa e ingeniosa. Hasta la muerte de Poe.

Por aquellos días yo tenía la debilidad, propia de un joven, de desear que los demás comprendieran todo cuanto me concernía; era la necesidad de *hacer* entender a los demás. Pensaba que lo conseguiría. Aún recuerdo la primera vez que le dije a Peter que deberíamos ocuparnos de proteger a Edgar A. Poe, creyendo, irracionalmente, que consideraría que se trataba de un asunto importante. Contando con la buena disposición que yo atribuía a Peter, fui a transmitir buenas noticias al señor Poe.

Mi primera carta a Edgar Poe, el 16 de marzo de 1845, trataba de una pregunta que me hice mientras leía «El cuervo», entonces un poema recién publicado y que dio lugar a algún comentario. Los versos finales dejan al cuervo posado sobre un busto de Palas «encima de la puerta de mi habitación». En estos últimos versos, la traviesa y misteriosa ave continúa obsesionando al joven del poema quizá para toda la eternidad:

Y sus ojos guardan todo el parecido con un demonio con el que sueña,
y la luz de la lámpara que alumbra sobre él proyecta su sombra en el
*   suelo;*
y mi alma, de esa sombra que yace flotando en el suelo,
no se levantará ¡nunca jamás!

Si el cuervo se posa encima de la puerta de la habitación, ¿qué luz de qué lámpara podía estar tras él, de tal manera que proyectara su sombra en el suelo? Con la impetuosidad de la juventud, escribí a Poe solicitándole una respuesta, pues yo deseaba captar cada pliegue y cada rincón del poema. Junto con la pregunta, incluí en la misma carta al señor Poe el importe de una suscripción a una nueva revista titulada *The Broadway Journal*, que por entonces editaba el escritor, a fin de asegurarme de que vería todo cuanto saliera de su pluma.

Después de meses sin recibir respuesta, y sin un solo número de *The Broadway Journal*, escribí de nuevo al señor Poe. Como el silencio persistía, dirigí una reclamación a un socio de la revista en Nueva York, e insistí en que se me devolviera el dinero de la suscripción. Un día, recibí mis tres dólares junto con una carta.

Firmada por Edgar A. Poe.

¡Qué sorprendente y edificante que aquel visionario eminente se aviniera a dirigirse personalmente a un simple lector de veintitrés años! Incluso explicaba el pequeño misterio relativo a la sombra del cuervo. «Mi idea era el brazo del candelabro fijado a la pared, mucho más arriba de la puerta y del busto, como a menudo puede verse en los palacios ingleses, e incluso en algunas de las mejores casas de Nueva York.»

¡La verdadera naturaleza de las sombras del cuervo reveladas y explicadas para mí! Poe también me agradecía mis opiniones y me animaba a enviarle más. Aclaraba que sus socios financieros en el *The Broadway Journal*, donde había estado trabajando, habían forzado su interrupción, colocándole a él en el dilema de que asumiera el pleno control, lo que suponía otra derrota en la lucha entre dinero y literatura. Él siempre consideró la revista como un simple complemento temporal de otros proyectos. Un día, decía, podríamos conocernos personalmente, él me confiaría sus planes literarios y solicitaría mi consejo como hombre de leyes. «Soy terriblemente ignorante —afirmaba— en materia legal.»

Entre 1845 y su muerte en octubre de 1849 escribí nueve cartas a Poe. Como contestación recibí cuatro notas corteses y sinceras de su puño y letra.

Sus comentarios más vigorosos los reservaba para sus ambiciones respecto a la revista que se proponía lanzar, *The Stylus*. Poe había pasado años editando revistas ajenas. Decía que su revista por fin permitiría a los *hombres de genio* triunfar sobre los *hombres de talento*; hombres que podían sentir, en lugar de hombres que podían pensar. No alabaría a ningún autor que no lo mereciera y publicaría toda la literatura en la que se unieran claridad y, lo que era más importante, verdad, una verdad no por sí misma, sino por lo novedoso de ser tal verdad. Llevaba muchos años esperando lanzar su propia revista. El verano anterior a su muerte me escribió que si la espera hasta el *Día del Juicio* incrementaba sus posibilidades de éxito, ¡aguardaría! Pero, añadía, esperaba sacar el primer número el próximo mes de enero.

Poe se refería con emoción a su viaje a Richmond para conseguir financiación y apoyo, y comentaba que si todo salía como esperaba, su éxito final era seguro. Necesitaba obtener fondos y suscripciones. Pero continuaba siendo señalado por los rumores de la llamada prensa profesional, que le atribuía hábitos irregulares e inmorales, insania mental, inadecuadas frivolidades románticas y excesos generalizados. Los enemigos, decía, siempre estaban dispuestos a saltar sobre él por publicar críticas honradas de sus escritos, y por haber tenido el coraje de señalar la absoluta falta de originalidad de ciertos autores consagrados como Longfellow y Lowell. Temía que la animosidad de unos hombrecillos malograra sus esfuerzos, presentándolo como un beodo, un borracho indigno que no merecía tener ninguna influencia pública.

Eso es lo que me dijo cuando le pregunté. Le pregunté abiertamente, quizá demasiado. ¿Eran ciertas esas acusaciones que yo había estado escuchando durante años? ¿Era él, Edgar A. Poe, un borracho que se había entregado a los excesos?

Su respuesta me hizo sentir que de algún modo yo podía conocer a Poe, conocer su mente y su corazón. Me escribió la respuesta sin el más leve aire ofendido ni conciencia alguna de superioridad. Me aseguraba, a mí, un desconocido y un presuntuoso, que era totalmente abstemio. Muchos lectores podrían cuestionar mi competencia para juzgar su veracidad, pero mi instinto me dictaba de manera inequívoca que las palabras de aquel hombre eran ciertas. En mi siguiente carta, le respondí que confiaba sin reservas en su palabra. Entonces, cuando ya me disponía a sellar mi respuesta, decidí ofrecerle algo mejor que aquello.

Ésta era mi oferta: perseguiría legalmente a cualquier falso acusador que se propusiera malograr sus esfuerzos para lanzar *The Stylus*. Con anterioridad habíamos representado los intereses de algunas publicaciones locales, lo que me aportó la experiencia adecuada. Haría mi trabajo para evitar que alguien pisoteara al genio. Ésta sería mi obligación, como la suya era asombrar al mundo de vez en cuando.

«Gracias por su promesa acerca de *The Stylus* —escribió Poe en su carta de contestación, que yo leí orgulloso—. Si puede ¿me ayudará? No puedo ser más explícito. Dependo implícitamente de usted.»

Fue poco antes de que Poe iniciara su gira de conferencias en Richmond. Animado por esa respuesta a mi oferta, volví a escribir vertiendo innumerables preguntas sobre su *Stylus* y acerca de dónde pensaba sacar el dinero. Esperé que me contestara mientras estaba de gira, y por eso visitaba la oficina de correos. Cuando el trabajo consumía mi tiempo, comprobaba las listas de cartas a la espera de ser recogidas, que regularmente el jefe de correos insertaba en los periódicos.

Había estado leyendo más que nunca la obra de Poe, en particular tras la pérdida de mis padres. Algunos consideraban de mal gusto que me dedicara a leer una literatura que con frecuencia tocaba el tema de la muerte. Pero si bien en Poe la muerte no es un asunto agradable, tampoco está prohibido. Ni constituye una fijación. La muerte es una experiencia a la que puede darse forma con la vida. La teología nos dice que los espíritus viven más allá del cuerpo, y Poe así lo cree.

Peter, desde luego, ya había rechazado explícitamente la idea de que nuestro bufete hiciera suya la causa de *The Stylus*.

—¡Antes me dejaría cortar la mano que malgastar tiempo aburriéndome con revistas de maldita narrativa! Antes me tiraría debajo de un ómnibus que...

Ya pueden ustedes hacerse una idea de lo que pretendía decir.

Probablemente ustedes habrán adivinado que la verdadera razón de que Peter me pusiera tales objeciones se debía a que yo no podía responder a sus preguntas acerca de una *minuta*. En los periódicos se informaba regularmente de que Poe no tenía un centavo y era un muerto de hambre. ¿Por qué hacernos cargo nosotros de lo que otros no querrían?, argumentaba Peter sensatamente. Yo señalé que la fuente de nuestros cobros era obvia: la nueva revista. ¡Tenía el éxito garantizado!

Lo que yo quería decirle también a Peter era: «¿No has sentido alguna vez que estás convirtiéndote en un ser vulgar por efecto de la rutina forense? Olvida las minutas. ¿No te gustaría proteger algo que sabes que es grande y que los demás tratan de profanar? ¿No te gustaría contribuir a cambiar algo, aunque eso significara cambiar tú mismo?» Esta argumentación no hubiera surtido el menor efecto en Peter. Y cuando Poe murió, Peter se sintió satisfecho de que el asunto hubiera terminado.

Pero yo no lo estaba; en el fondo, no. Cuando leía en los periódicos el panegírico de Poe con las mismas voces acerbas que lo ofendieron, mi deseo de proteger su nombre no hizo sino aumentar. Algo tenía que hacerse, y más aún que antes. Cuando vivía, al menos podía hablar para defenderse. Lo que más hondamente me indignaba era que aquellos quisquillosos gusanos de estercolero no sólo embellecían los hechos negativos concernientes a la vida de Poe, sino que se arremolinaban en torno al escenario de su muerte como mosquitas hambrientas. Ésa era la prueba última, el símbolo máximo —según su lógica— de una existencia dominada por una moral frágil. El final de Poe, por miserable y degradado, servía para confirmar la oscuridad de su vida y las imperfecciones de su producción literaria, proclive a lo morboso. Querían una lección y una advertencia, y ahora las habían encontrado. *Pensad en el miserable fin de Poe*, graznaba un periódico.

¡Pensad en su miserable fin!

¿No pensáis en su genio sin precedentes? ¿En su maestría literaria? ¿En cómo, en ocasiones, prendió una chispa de vida en sus lectores cuando éstos no sentían ninguna? ¡Pensad ahora en arrojar de un puntapié un cuerpo sin vida a una fosa, y en golpear la frente fría de un cadáver!

Id a visitar esa tumba en Baltimore (aconsejaba el mismo periódico) *y percibid en el aire en torno a ella la pavorosa advertencia que nos transmite la vida de este hombre.*

El día que leí eso, manifesté que era preciso hacer algo. Peter se echó a reír.

—No puedes entablar un proceso; ¡el hombre está ahora bajo tierra! —dijo Peter—. ¡No tendrás cliente! Déjalo descansar y descansemos nosotros.

Peter se puso a silbar. Siempre que se sentía desdichado, tenía la costumbre de silbar una tonada popular, incluso en medio de una conversación.

—Estoy cansado de que me contraten por poco dinero para decir o hacer algo distinto de lo que creo, Peter. Yo me comprometí a representar sus intereses. Una promesa, querido amigo, y no me digas que eso debería terminar cuando alguien muere...

—Probablemente hubiera aceptado tu ayuda sólo para evitar que lo siguieras fastidiando con el asunto. —Peter advirtió que sus palabras me molestaban, e insistió sobre el tema en un tono más afable pero más afilado—. ¿Es eso posible, amigo mío?

Pensé en algo que Poe había dicho en una de sus cartas en relación con *The Stylus*: *Es el magno proyecto de mi vida*, escribió. *A menos que muera, lo llevaré a cabo.* Poe insistía en la misma carta en que yo dejara de pagar el franqueo de respuesta en nuestra correspondencia. Firmaba así la carta: «Su amigo.»

Y por eso yo le escribí a él las mismas palabras: las dos mismas sencillas palabras, puestas con tinta y firmadas con mi nombre debajo, como si formulara un juramento. ¿Quién hubiera podido decir que yo no iba a cumplirlo?

—No —dije, respondiendo a la pregunta de Peter—. Él sabía que yo lo habría defendido.

2

La amenaza llegó un lunes por la tarde. No hubo armas de fuego, ni dagas, ni espadas, ni conatos de estrangulamiento (ni yo hubiera creído que iban dirigidos a mí). La enorme sorpresa de aquel día demostró ser más fuerte.

Mis visitas a las salas de lectura del ateneo de Baltimore se habían vuelto habituales. Cierto proceso a un prominente deudor, que comenzó por esa época, nos obligó a reunir diversos recortes de prensa para apoyar los argumentos de su defensa. En momentos de trabajo abrumador, Peter hubiera sido feliz instalando una yacija en nuestro despacho, sin permitir que entrara un rayo de luz, así que me encomendaba a mí la tarea de cubrir la escasa distancia hasta la sala de lectura para llevar a cabo las investigaciones. Allí también leí más acerca de Edgar Poe y de su muerte.

Un típico relato biográfico, que se había engrosado a medida que se extendían las noticias de la muerte, podía llevar el título de algunos de sus poemas («El cuervo» y, quizá, «Ulalume»): dónde había sido visto (en el hotel y taberna Ryan's, que aquel día de elecciones era también colegio electoral, en las calles High y Lombard), cuándo murió (7 de octubre, domingo, en una cama de hospital), etcétera. Entonces empezaron a aparecer más artículos relacionados con Poe en los más importantes medios de Nueva York, Richmond y Filadelfia, algo más dados al sensacionalismo. Yo encontré algunas de esas menciones en la sala de lectura. ¡Menciones! ¡Y vaya menciones!

Su vida fue un lamentable fracaso. Una mente dotada que dilapidó todo su potencial. Cuyos fantásticos y afectados poemas y narraciones extrañas estaban con frecuencia viciados por su fatal y miserable trayectoria vital. Vivió como un borracho. Murió como un borracho, como una deshonra, como un canalla que calculaba en sus escritos cómo la injuria podía pasar por ejemplo moral. Muchos no deberían olvidarlo (decía una publicación de Nueva York). No merecía ser recordado. He aquí una muestra:

> Edgar Allan Poe ha muerto. No hemos conocido las circunstancias de su fallecimiento. Fue repentino y, dado que ocurrió en Baltimore, cabe suponer que se disponía a regresar a Nueva York. Esta noticia habrá consternado a muchos, pero pocos se afligirán por ella.

Yo no podía asistir indiferente a cómo pisoteaban el cadáver de un hombre que brindó a nuestro mundo una visión más amplia de la que nosotros podíamos captar. Quise apartar la mirada, pero al mismo tiempo me acometió la sed de saber qué habían escrito, aunque fuera injusto (o, dadas las peculiaridades de la mente humana, cuanto más necesitaba yo verlo, y cuanto más innoble era lo que veía, ¡más parecía que iba dirigido contra mí!).

Entonces llegó aquella tarde fría, lloviznosa, cuando el cielo de mediodía era igual al de las seis de la mañana o al de las seis de la tarde. Niebla por doquier. Golpeaba como dedos en la cara y punzaba en los ojos y hasta lo profundo de la garganta.

Iba de camino, de nuevo, hacia las salas de lectura del ateneo, cuando un hombre chocó conmigo. Era más o menos de mi estatura, y probablemente de la edad que por entonces hubiera tenido mi padre. La colisión con el desconocido no habría parecido deliberada y sí desprovista de importancia, dadas las malas condiciones de visibilidad, pero el hombre hubo de retorcer el brazo de una manera poco natural para adelantar el codo y darme con él en el brazo. No fue un golpe, sino un encontronazo leve, de pasada, realmente suave en su forma de producirse. Aparté los ojos con indiferencia y esperé escuchar alguna excusa.

En lugar de eso, me llegó una advertencia.

—No es prudente entrometerse en ciertos asuntos e ir propalando ruines mentiras, señor Clark.

Me fulminó con una mirada que perforó la densa atmósfera y,

antes de que yo pudiera pensar, ya había desaparecido en la niebla. Me volví a mirar atrás, como si él se hubiera dirigido a algún otro.

No, dijo «Clark». Y yo era Quentin Hobson Clark, de veintisiete años, abogado que se ocupaba principalmente de casos de hipotecas y deudas; yo era ése, y acababa de ser amenazado.

No supe qué pensar, qué hacer. En mi confusión, se me había caído el cuaderno de notas, que permanecía abierto y desordenado en el suelo. En ese momento, mientras lo recuperaba antes de que fuera pisado por un tacón cubierto de barro, me di cuenta de hasta qué punto había estado investigando sobre Poe. El nombre de Poe estaba escrito prácticamente en cada página, en cada línea a la que se dirigiera la vista. Comprendí con súbita claridad lo que había querido decir el desconocido. Se refería a Poe.

Confieso que mi respuesta me asombró. Me quedé tranquilo y dueño de mí mismo, tan calmado que Peter me hubiera estrechado la mano, orgulloso; quiero decir si aquello hubiera estado relacionado con otro asunto. Yo nunca podría ser un abogado como Peter, un hombre que sentía pasión por la declaración jurada o la causa más aburrida, especialmente por la más aburrida de todas. Aunque yo tenía una mente rápida, el talento nunca podría sobrepasar la pasión ni malograr la diversión, por mucho que hubiera memorizado las leyes de Blackstone y Coke. Pero en aquel momento yo tenía un cliente y una causa que no quería abandonar. Me sentía como el mejor abogado conocido.

Recuperé mis sentidos lo suficiente, me sumergí entre la multitud de paraguas y no tardé en identificar la espalda del hombre. Su paso se había vuelto más lento hasta convertirse en un paseo, ¡casi como si se diera una vuelta en verano! Pero quedé decepcionado, pues no era el mismo hombre. Al acortar la distancia, me di cuenta de que en medio de las nubes de niebla todo el mundo parecía aproximadamente igual al sujeto que yo buscaba, incluso las damas más lindas y los esclavos más oscuros. La bruma que se arrastraba nos ocultaba y mezclaba a todos y perturbaba el orden establecido de las calles. Creo que cada persona se esforzaba por mantener la cabeza y el paso en una imitación perfecta e indiferente de aquel hombre, de aquel fantasma.

En la esquina, un reguero de luz de gas hendía la atmósfera espesa desde la ventana medio escondida de un sótano. Provenía de las lámparas exteriores de una taberna, y pensando que aquello podía ser una antorcha para atraer alguna complicidad, corrí hasta allá abajo y me precipité en el interior. Me abrí paso entre los hombres arracimados en torno a sus bebidas, y al final de una larga hilera vi a uno desplomado sobre una mesa. Su abrigo, magnífico en otro tiempo, era exactamente el que, según vi, vestía el fantasma.

Le toqué el brazo. Levantó débilmente la cabeza y se sobresaltó al ver mi semblante preocupado.

—Una equivocación. Señor. ¡Señor! ¡Una grave equivocación por mi parte, señor! —exclamó.

Sus palabras terminaron en una confusión de borracho. Tampoco aquél era el hombre.

—El señor Watchman —me aclaró otro beodo próximo, con un simpático y sonoro susurro—. Es John Watchman. ¡Bebo a su salud, pobre tipo! Y bebo a la salud de usted, si lo desea.

—John Watchman —repetí, aunque en aquel momento ese nombre no significaba nada para mí (si lo hubiera visto en las columnas del periódico, sólo le habría prestado una atención de pasada).

Dejé unas monedas de cobre para que el hombre continuara con sus debilidades, y me apresuré a regresar arriba, a la calle, para continuar con mi pesquisa.

El verdadero culpable se me revelaba allá donde la niebla aclaraba. En un momento dado, me pareció, en mi zozobra, que todos los transeúntes estaban dándole caza, poniendo su empeño en capturarlo.

¿Ya he dicho que nuestro Fantasma tenía más o menos mi estatura? Sí, y es verdad. Pero no pretendo sugerir que se me pareciera en nada. Es más, quizá yo era el único en las calles que no presentaba una estricta semejanza con mi sujeto. Yo tenía un pelo de color indeterminado, parecido a la corteza de un árbol, que mantenía bien cuidado, y unas facciones pequeñas, regulares y rasuradas que con demasiada frecuencia los demás consideraban aniñadas. Él —este Fantasma— tenía un cuerpo de complexión diferente. Sus piernas casi doblaban las mías en longitud (aunque las mías de ningún modo tenían un tamaño reducido), de modo que por más que yo apretaba el paso, no podía acortar la distancia entre nosotros.

Mientras corría a través de los alfilerazos de la lluvia y la niebla, me poseían pensamientos frenéticos y excitables sin otro vínculo entre ellos que la emoción que me causaban, más allá de toda lógica. Choqué con un hombro, con otro, y una vez casi con todo el cuerpo de un hombre corpulento que pudo haberme aplastado contra el pavimento de ladrillo rojo de la acera. Resbalé en un rastro de suciedad y me manché el costado izquierdo de barro. Después de esto me encontré de repente solo: nadie a la vista.

Yo permanecía perfectamente tranquilo.

Habiendo perdido mi presa —o habiendo perdido él la suya—, mis ojos se fijaron ahora en un punto, como si me hubiera calado unas gafas. Allí estaba yo, a menos de veinte yardas del sitio: del reducido camposanto presbiteriano, donde las delgadas lápidas de piedra que sobresalían del suelo apenas eran más oscuras que el aire que las rodeaba. Traté de pensar si en realidad el desconocido me había encaminado hasta allí a través de medio Baltimore mientras escapaba a mi persecución. ¿O ya se había esfumado cuando emprendí su búsqueda, antes de que me aproximara a aquel lugar? El lugar donde ahora reposaba Edgar Poe, aunque no podía reposar.

Muchos años antes, mediada mi adolescencia, se produjo un incidente en un ferrocarril, que tal vez debería explicar. Yo viajaba con mis padres. Aunque se permitía el acceso al vagón de las señoras a miembros de sus familias, aquél iba ya completamente lleno y sólo pudo encontrar sitio mi madre. Yo me senté con mi padre unos pocos vagones más allá, y recorríamos el tren a intervalos regulares para visitar a mi madre en aquel compartimiento en el que no había lugar para los escupitajos y los juramentos. Después de una de esas excursiones, regresaba yo a nuestros asientos delante de mi padre —que aborrecía apartarse de mi madre si podía evitarlo— y resultó que dos caballeros ocupaban los asientos que momentos antes eran los nuestros. Les expliqué cortésmente su equivocación. Uno de ellos se puso muy furioso, y me advirtió que «tendría que pasar por encima de su cadáver» para recuperar nuestras plazas.

—Es lo que pienso hacer si no se aparta inmediatamente —repliqué.

—¿Qué acabas de decir, muchacho?

Y repetí la misma afirmación absurda con idéntico tono tranquilo.

Imagínenme como un chico más bien delgado, de quince años, de complexión podría decirse que fibrosa. En circunstancias normales yo hubiera pedido excusas al ocupante y me habría apresurado a buscar otros asientos. Pero ustedes se preguntarán por el segundo intruso de este episodio, el otro individuo que se apoderó de nuestros asientos. Por la semejanza de la parte del rostro en torno a los ojos, era el hermano del primero, y por el movimiento de la cabeza y por su mirada deduje que era un retrasado mental.

Puede que se extrañen ustedes de mi reacción. Hasta poco antes me había visto respaldado por la presencia de mi padre. Él siempre era el *soberano* allá donde se encontraba. ¿Saben? En aquel momento era para mí perfectamente natural asumir que también yo podía adecuar el mundo a mi forma de entender las cosas. Y por ahí me llegó, como reptando, la decepción.

Aquel villano no paró de descargar fuertes golpes en mi cara y en mi cabeza, hasta que regresó mi padre. Menos de un minuto después, mi padre y un revisor me zafaron de él y expulsaron a los dos hombres a otro vagón que se desengancharía en la siguiente estación.

—Y ahora, ¿en qué te has metido, chico? —me preguntó luego mi padre, mientras yo permanecía atravesado en nuestros asientos, con la mente confusa.

—¡Tenía que hacerlo, padre! ¡Tú no estabas allí!

—Lo has provocado. Te podían haber matado. ¿Qué te proponías demostrar, Quentin Hobson Clark?

Al evocar la borrosa imagen del hombre que me daba una lección, de pie, sobrepasándome en estatura y tranquilizándome con su serenidad, fui consciente de la diferencia que existía entre nosotros.

Ahora pensaba en la advertencia que acababa de recibir. *No es prudente entrometerse...* La imagen del Fantasma se había incrustado en mi mente como el demonio del tren en mi adolescencia. ¡Cómo ardía en deseos de hablar de ello! Por entonces, mi tía abuela pasaba unos días conmigo para supervisar la administración doméstica. ¿Podía hablarle a la tía Clark acerca de la amenaza?

«A ti tenían que haberte cogido de pequeño y haberte educado con esmero» o algo parecido. Era una tía abuela paterna, y aplicaba la severidad de los principios de mi padre en materia de negocios a promover, de modo más general, la sobriedad en el comportamiento. La tía Clark había escogido a mi padre como objeto de su amor por encima de todos los miembros de nuestra familia, por sus «recios pensamientos sajones». Su afecto por mi padre pareció haberse desplazado hacia mi persona, en parte acrecentándose, y velaba por mí con genuino interés.

No, no se lo dije a mi tía abuela Clark, y ella se fue de Glen Eliza poco después. (¿Podía habérselo dicho a mi padre, de haber vivido?)

Quise decírselo a Hattie Blum. Pero ¿qué hubiera pensado? A ella siempre le gustó saber de mis iniciativas personales. Sólo ella fue capaz de hablarme, tras la muerte de mis padres, en un tono y con una confianza como si comprendiera que, si bien aquéllos habían fallecido, no se correspondían en mi mente con los cuerpos que enterramos. Pero no nos habíamos visto desde el día en que se suponía íbamos a prometernos, y yo no era capaz de precisar hasta qué punto entendería mi interés por el asunto que me absorbía.

En cierto modo, las palabras del Fantasma me intrigaron tanto como me sobresaltaron. *No es prudente entrometerse en ciertos asuntos e ir propalando ruines mentiras.* Aunque me estaba advirtiendo de que desistiera, las crípticas palabras equivalían a un reconocimiento de que era posible *entrometerse* en los asuntos de Poe; en otras palabras, que tales asuntos aún podía modificarlos yo. En ese sentido, aquella advertencia me dio ánimos.

Había momentos en los que mis pensamientos se centraban en algún informe legal o en alguna otra cuestión rutinaria, pero siempre resurgía el recuerdo de aquella amenaza. Yo experimentaba unas emociones que sólo me resultaban remotamente familiares y, a decir verdad, sólo indeseadas a medias.

A mitad de una larga tarde en el despacho, me hallaba sentado contemplando la calle desde mi escritorio. Peter se encontraba cerca de mí. Estaba en plena reprimenda a un escribiente a propósito de la calidad de cierta declaración jurada, cuando dirigió la mirada hacia mí. Regresó a su perorata y luego se volvió bruscamente a mirarme de nuevo.

—¿Todo va bien, Quentin?

Yo tenía la costumbre de caer ocasionalmente en una especie de encantamiento, con la mirada fija, como encandilada, perdida en el aire sin observar nada en particular. Eso me sucedía, sobre todo, cuando era presa de la ansiedad. Aquellos estados de ensoñación le llamaron mucho la atención a Peter y le preocupaban. Agitó ruidosamente la bolsa de bolas de jengibre que yo había estado comiendo.

—¿Todo va bien, Quentin?

—Todo va bien —le aseguré.

Se dio cuenta de que yo no iba a decir más, volvió junto al escribiente y reanudó la reprimenda con la palabra exacta en que la había interrumpido.

Yo no podía permanecer callado por más tiempo.

—De acuerdo. ¡Sí! ¡Todo va bien salvo que me han amenazado! —exclamé de repente—. ¡O sea que todo va mal!

Peter se apresuró a hacer salir al escribiente, que se escabulló de la habitación. Cuando estuvimos solos, mi lengua se desató y le di cuenta hasta del último detalle del incidente durante mi trayecto al ateneo. Peter se sentó en el borde de su silla, escuchando con un sorprendente grado de interés. Al principio, incluso compartió la inquietud que despertaba tan increíble incidente, pero no tardó en volver a ser el de siempre y a desechar por completo el asunto. Manifestó que el Fantasma no era más que un lunático.

De algún modo sentí la necesidad de defender, incluso con insistencia, la tesis de la amenaza.

—¡No, Peter; no era en absoluto un lunático! En sus ojos había algún propósito racional..., una rara inteligencia.

—¡Vaya lance de capa y espada! ¿Y por qué...? ¿Por qué tendrías que preocuparte de ese sujeto...? ¿Se trata de uno de nuestros casos de hipotecas?

Respondí con una bronca carcajada que pareció ofender a Peter, como si negar el potencial interés de un supuesto lunático por nuestras disputas en materia de hipotecas devaluase toda la profesión legal. Pero lamenté el tono, y con más calma expliqué que con seguridad el asunto guardaba alguna relación con Edgar Poe. También le conté que había estado estudiando recortes de prensa sobre Poe y que aprecié importantes inconsistencias.

Por ejemplo, en todas partes aparece la insinuación, la sugerencia de que Poe murió por causa de su «fatal debilidad», como decían, dando a entender que se trató de la bebida. Pero ¿quién fue testigo de ello? ¿Acaso no informaron algunos de esos mismos periódicos, sólo unas semanas antes, de que Poe se había afiliado a los Hijos de la Templanza, en Richmond, y que había mantenido con éxito su juramento?

—¡Un completo bribón y poeta ese Edgar Poe! —dijo Peter—. Leerlo es como entrar en un osario y respirar su aire.

—¡Tú nunca lo has leído, Peter!

—¡Así es, y precisamente por eso! Me sorprendería que cada vez hubiera más gente que lo leyera. Incluso los títulos de sus narraciones son de pesadilla. Sólo el hecho de que tú te preocupes por él, Quentin Clark, ¿debería significar que alguien más se preocupa? ¡Nada de eso tiene que ver con Poe, eres tú quien se empeña en que tenga que ver con él! Esa advertencia que crees haber oído, seguro que no guarda relación con él, ¡salvo en las desordenadas lucubraciones de tu mente! —concluyó, levantando las manos.

Quizá Peter tenía razón y el Fantasma no había dicho nada *específicamente* acerca de Poe. Pero ¿podía estar yo tan seguro? Pues lo estaba. Alguien quería que detuviera mi investigación sobre la muerte de Poe. Me constaba que alguien conocía la verdad de lo sucedido con Poe aquí, en Baltimore, y eso es lo que otros temían. Yo debía dar con esa verdad y averiguar el porqué de todo aquello.

Un día, comprobando algunas de las copias que el escribiente había hecho de un importante contrato, un oficinista asomó la cabeza a mi despacho.

—Señor Clark, de parte del señor Poe.

Sobresaltado, le pedí confirmación.

—¿Poe?

—Del señor Poe —repitió, haciendo ondear una hoja de papel ante su rostro.

—¡Oh!

Le hice un gesto para que me entregara la carta. Era de un tal Neilson Poe.

El nombre me resultaba familiar por los periódicos: se trataba de un abogado que representaba ante los tribunales a muchos autores de desfalcos, ladrones y delincuentes de poca monta. Durante un tiempo fue director de la comisión del Ferrocarril de Baltimore y Ohio. Unos días antes yo había dirigido una nota a Neilson preguntándole si era pariente del poeta Edgar Poe, y le solicitaba una entrevista.

En su respuesta, Neilson me agradecía el interés por su parentesco, pero me comunicaba que los deberes de nuestra ardua profesión hacían imposible una cita en las semanas siguientes. ¡Semanas! Contrariado, recordé una noticia sobre Neilson Poe leída en las últimas columnas de la crónica de tribunales de los periódicos, y me apresuré a ponerme el abrigo.

Neilson, según los avisos del día en el palacio de justicia publicados en el periódico, en aquel momento estaba defendiendo a un hombre, Cavender, procesado por agresión y tentativa de violación de una joven. El caso Cavender se había aplazado para el día en que acudí al palacio de justicia, de modo que me dirigí a los calabozos situados en el sótano. Me identifiqué ante el oficial de policía, presentándole mis credenciales de abogado, y fui conducido a la celda del señor Cavender. En el interior, oscuro y reducido, un hombre vestido de preso estaba sentado, sumido en íntima conversación con otro ataviado con un magnífico traje y con una expresión de imperturbable calma: sin duda alguna, su abogado. Permanecían intactas una jarra de cerámica con café y una bandeja con pan blanco.

—¿Un día duro en la sala? —le pregunté en el tono propio de un colega, fijando la vista en el sombrío aspecto del preso.

El hombre del traje se levantó del banco que había en la celda.

—¿Quién es usted, caballero? —inquirió.

Le tendí la mano a través de los barrotes a aquel hombre, al que había visto por vez primera en el entierro en Greene y Fayette.

—Señor Poe, soy Quentin Clark.

Neilson Poe era bajo, iba rasurado y tenía una frente que revelaba inteligencia; casi tan despejada como la de Edgar en sus retratos, pero con facciones más acusadas, que recordaban las de un hurón, con ojos inquietos y oscuros. Imaginé los ojos de Edgar Poe con más brillo, pero opacos en los momentos de creación y emoción. Aun así, aquel hombre, a primera vista y en aquel lugar en penumbra, casi podía haber pasado por el doble del gran poeta.

Neilson dijo a su cliente que salía un momento. El preso, que había permanecido un instante antes con la cabeza entre las manos, se puso en pie con súbito vigor y contempló aterrorizado cómo salía su defensor.

—Si no me equivoco —me dijo Neilson mientras el guardia cerraba la puerta de la celda—, le puse en mi nota que estaba desbordado de trabajo, señor Clark.

—Pero esto es importante, mi querido señor Poe. Atañe a su primo.

Neilson hojeó torpemente algunos documentos judiciales como para recordarme que tenía otros casos entre manos.

—Sin duda se trata de un asunto de gran interés personal para usted —aventuré.

Sacudió la cabeza, impaciente.

—El asunto de la muerte de Edgar Poe —precisé, tratando de explicarme mejor.

—Mi primo Edgar vagaba de un lado para otro sin descanso, en busca de una vida de auténtica tranquilidad, una vida como la que *usted o yo* por fortuna disfrutamos, señor Clark —dijo Neilson, paseando una larga mirada por las celdas de los presos—. Pero hace mucho tiempo que se le escapó esa posibilidad.

—¿Qué hay, por ejemplo, de sus planes de fundar una revista de primer orden?

—Sí... planes.

—Los hubiera llevado a cabo, señor Poe. Tan sólo le preocupaba que sus enemigos se adelantaran...

—¡Enemigos! —me cortó. Neilson hizo una pausa, mientras me contemplaba con los ojos muy abiertos. Con un tono nuevo, precavido, inquirió—: Dígame, caballero, cuál es el interés personal que le ha traído hasta aquí abajo para encontrarse conmigo.

—Soy... era su abogado, señor —respondí más calmado—. Me ofrecí a defender su nueva revista de los previsibles ataques panfletarios, y él aceptó cordialmente. Si tenía enemigos, señor, me gustaría mucho saber quiénes eran.

—*Un cliente que está muerto...* ¡Qué curioso!

—¡Un nuevo proceso, Poe!

Pareció que Neilson sopesaba mis palabras, cuando su cliente se precipitó contra la puerta de la celda.

—¡Solicite un nuevo juicio, señor Poe! ¡Sería una buena campanada! ¡Yo soy inocente de todos los cargos, Poe! —exclamó—. ¡Esa chica es una redomada embustera!

Al cabo de un momento, Neilson logró calmar a su desanimado cliente y le prometió regresar más tarde.

—Es necesario que alguien defienda a Edgar —dije.

—Debo atender otro asunto ahora, señor Clark. —Echó a andar apresuradamente por el lóbrego sótano. Se detuvo, se volvió hacia mí y añadió de mala gana—: Acompáñeme a mi despacho si quiere que sigamos hablando. Allí tengo algo que acaso le gustaría ver.

Caminamos juntos por la calle St. Paul. Cuando penetramos en las modestas y atestadas habitaciones donde ejercía, Neilson comentó que al recibir mi carta de presentación quedó sorprendido por el parecido de mi caligrafía y la de su difunto primo.

—Por un momento pensé que estaba leyendo una carta de nuestro querido Edgar —comentó despreocupadamente—. Un caso intrigante para un grafólogo.

Fue quizá la última palabra amable que dedicó a su primo. Me ofreció una silla.

—Edgar era temerario, incluso de niño, señor Clark —empezó—. Tomó por esposa a nuestra hermosa prima Virginia cuando ella tenía trece años, apenas salida de la niñez. Pobre Sissy, así es como la llamábamos: él se la llevó de Baltimore, donde siempre había estado segura. La casa de su madre, en la calle Amity, era pequeña pero, al menos, ella estaba rodeada de una familia entregada a su cuidado. Él pensó que si esperaba tal vez perdería el afecto que ella le profesaba.

—Pero sin duda Edgar la cuidó con más cariño que nadie —repliqué.

—Señor Clark, aquí está lo que yo quería que viera. Acaso esto lo ayude a comprender a Edgar.

Neilson sacó de un cajón un retrato que dijo haberle enviado Maria Clemm, la madre de Sissy (tía y suegra de Edgar). Mostraba a Sissy, una joven de unos veintiún o veintidós años, de cutis perlado, cabello lustroso, negro como un cuervo, los ojos cerrados y la cabeza ladeada, en una postura a un tiempo apacible e inexpresablemente triste. Comenté la impresión de vida que desprendía el retrato.

—No, señor Clark —replicó, palideciendo—. La impresión de *muerte*. Es su retrato de cuerpo presente. Tras su fallecimiento, Edgar se dio cuenta de que no tenía otro retrato suyo y mandó hacer éste. No me gusta enseñarlo, porque capta pobremente el espíritu que la animaba en vida..., con ese aspecto pálido y mortal... Pero para él tenía valor. Mi primo, ¿sabe usted?, no podía abandonarla ni muerta.

Con el retrato había algunos versos escritos por Virginia a Edgar el año antes de su muerte, en los que se refería a vivir en un chalé maravilloso del que «las lenguas chismosas» estarían muy alejadas. «Sólo el amor nos guiará cuando estemos allí —podía leerse en el tierno poema—, y el amor curará mis debilitados pulmones.»

Neilson apartó el retrato pero lo dejó donde aún pudiera verlo. Explicó que en sus últimos años Virginia necesitó la más cuidadosa atención médica.

—Tal vez él la amase. Pero ¿podía Edgar aportarle los cuidados precisos? Edgar hubiera hecho mejor encontrando a una mujer rica. —Neilson hizo una pausa al pensar en eso y pareció cambiar de tema—. Hasta que yo tuve la edad de usted, ¿sabe?, publiqué periódicos y revistas y escribí columnas. Conocí la vida literaria —dijo con una pizca de orgullo distante—. Sé de su atractivo para el espíritu inmaduro, señor Clark. Pero nunca he dejado de enfrentarme también a la realidad, y sé hacer algo mejor que continuar apegado a una cosa, una vez ha quedado demostrado que es perder el tiempo, como fue el caso de los escritos de Edgar durante muchos años. John Allan, el hombre que se hizo cargo de Edgar tras la muerte de sus padres, también quería escribir, por lo que yo sé, pero lo conocí como un hombre que tenía que alimentar a su familia dedicándose a los negocios. Edgar hubiera debido dejar de escribir. Sólo eso pudo haber salvado a Sissy, pudo haber salvado al propio Edgar.

Por lo que se refiere a los últimos meses de Poe, y a su intento final de conseguir éxito económico, Neilson me habló del propósito de su primo de reunir dinero y suscripciones para la proyectada revista *The Stylus*, pronunciando conferencias y visitando a la buena sociedad de Norfolk y Richmond. En esta última ciudad reanudó una relación con una mujer rica, como la describió aprobatoriamente Neilson.

—Su nombre era Elmira Shelton, una mujer de Richmond a la que Edgar había amado mucho antes.

En su juventud, Edgar y Elmira se habían prometido antes de que él partiera para estudiar en la Universidad de Virginia; pero el padre de Elmira se oponía a la relación, e interceptó las continuas cartas de Poe para que su hija no las viera. Interrumpí a Nielson para preguntarle la razón.

—Quizá porque Edgar y Elmira eran jóvenes... y Edgar era poeta... Y no olvide que el padre de Elmira conocía al señor Allan. Hablaría con él y se enteraría de que no era probable que Edgar heredase algo de la fortuna de Allan.

Cuando Edgar Poe se vio obligado a regresar de la universidad porque John Allan se negó a pagar sus deudas, asistió a una fiesta en casa de la familia de Elmira, donde supo, para su decepción, que ella estaba prometida a otro.

En el verano de 1849, cuando volvieron a encontrarse, el marido de Elmira había muerto, como también Virginia Poe. La muchacha despreocupada de tantos años antes era ahora una viuda rica. Edgar le leyó poemas y evocó con humor su pasado. Se afilió al capítulo local de Richmond de la Sociedad de la Templanza, y juró a Elmira que mantendría su compromiso. Decía que un amor que duda no era un amor para él, y le regaló un anillo. Ahora compartirían una nueva vida.

Tan sólo unas semanas más tarde, Edgar Poe fue hallado en Ryan's, aquí, en Baltimore, y conducido a toda prisa al hospital, donde murió.

—Durante los últimos años no vi a Edgar. Como imaginará usted, señor Clark, recibí una desagradable impresión cuando me dijeron que lo habían encontrado en un colegio electoral de la ciudad antigua, en mal estado, y que lo habían trasladado al hospital universitario. Un conocido mío, cierto señor Henry Herring, fue llamado al lugar de los hechos, en el Ryan's. Soy incapaz de precisar cuándo llegó Edgar a Baltimore, dónde se alojó el tiempo que estuvo aquí y en qué circunstancias.

—¿De veras? —pregunté sorprendido—. ¿Quiere usted decir

que buscó esa información sobre la muerte de su primo, pero que no pudo hallarla?

—Consideré que era mi deber tratar de informarme, recurrir a mis relaciones, etcétera. Éramos primos, sí, pero también amigos. Edgar y yo teníamos la misma edad, y él no era lo bastante mayor como para considerar el fin de su vida. Espero que mi propia muerte sea pacífica y a la vista de todos, en algún lugar rodeado por mi familia.

—¿Ha averiguado usted algo más?

—Me temo que fuera lo que fuese lo que le sucedió a Edgar, el secreto lo ha acompañado a la tumba. En ocasiones, señor Clark, la clase de vida que ha llevado un hombre ¿no hace que la muerte lo engulla sin dejar traza de él? ¿Sin dejar una sombra, ni siquiera la sombra de una sombra?

—Ése no es el caso en absoluto, señor Poe —dije en tono apremiante—. Su primo será recordado. Sus obras poseen una inmensa fuerza.

—Se desprende de ellas cierto poder, pero predomina el poder de la enfermedad. Dígame, señor Clark, ¿sabe usted algo más de la muerte de Edgar?

No le hablé del hombre que me advirtió que desistiera de indagar en la muerte de Poe. Algo me detuvo. Quizá esta duda fue el verdadero comienzo de una investigación. Quizá ya sospechaba yo que en el asunto había más, mucho más relacionado con Neilson Poe de lo que yo aún era capaz de ver.

Él no podía decir mucho sobre la situación de Edgar Poe después de que lo llevaran a toda prisa desde Ryan's al centro sanitario. Cuando Neilson llegó al hospital, los médicos le aconsejaron que no entrara en la habitación de Edgar, aduciendo que el paciente era demasiado excitable. Neilson sólo vio a Edgar a través de una cortina, y desde ese punto aventajado contempló a un hombre completamente distinto del que había conocido. O a un espectro. Neilson no tuvo ocasión de volver a ver el cuerpo antes de que fuera encerrado en su ataúd.

—Me temo que no puedo decir más sobre el final. —Suspiró y después lo dijo. Pronunció un panegírico que nunca he podido olvidar—: Edgar era un huérfano desde todos los puntos de vista; incluso su voz sonaba triste. Había presenciado mucho sufrimiento, señor Clark, y tenía poquísimas razones para estar satisfecho de la vida, hasta el extremo de que puede afirmarse que el cambio, la muerte, apenas fue para él una desgracia.

Mi frustración ante la condescendencia de Neilson Poe me indujo a visitar la redacción de algunos periódicos, con la vaga esperanza de convencer a su personal de que, al menos, rindiera mejor tributo al genio de Poe. Describí el mezquino sepelio que había presenciado y señalé los muchos datos erróneos que aparecieron en las breves biografías publicadas hasta el momento en los diarios, con la esperanza de que los subsanaran. Pero aquellas visitas no produjeron efecto alguno. En el despacho de un periódico *whig*,* el *Patriot*, algunos reporteros me oyeron distraídamente y, recordando que Poe escribió para la prensa, sugirieron solemnemente que abrirían una colecta para pagar una inscripción en la tumba de Poe que lo honrara como colega desaparecido. ¡Como si Poe hubiera sido, sencillamente, otro escribidor de relatos para periódicos! Observen también que yo no he cometido el error de llamarlo Edgar *Allan* Poe, como la prensa periódica había tomado por costumbre hacer. No. Ese nombre era una contradicción, una quimera y un monstruo maldito. John Allan adoptó al poeta cuando era niño, en 1810, pero no tardó en abandonarlo mezquinamente a los caprichos del mundo.

Camino de casa una tarde a última hora, pasé frente al viejo camposanto presbiteriano y decidí ver de nuevo el lugar de reposo del poeta. El viejo cementerio era una angosta parcela de tumbas en la esquina de las calles Fayette y Greene. La sepultura estaba situada cerca de la hermosa lápida del general David Poe, héroe de la guerra de la independencia y abuelo de Edgar. Pero había algo desconcertante.

La tumba de Poe seguía sin inscripción y parecía como si nadie hubiera rezado junto a ella.

¡Invisible Pena! No pude dejar de pensar en los estragos del «Vencedor Gusano», como llamó Poe al último adversario de nuestro

---

* Los *whigs* eran miembros de un partido estadounidense del siglo XIX, antecedente del actual Partido Demócrata. No deben confundirse con los *whigs* británicos, miembros del Partido Liberal. *(N. del t.)*

cuerpo bajo tierra. *Y sus fauces destilan sangre humana, / y los ángeles lloran.**

Con súbita decisión me interné en el camposanto en busca del guarda. Observando en derredor descubrí unos peldaños que conducían a una de las antiguas criptas, consideradas el lugar de enterramiento más distinguido. Tras descender por aquellos peldaños, encontré al guarda, el señor Spence, sentado, leyendo un libro bajo una arcada baja de granito, situada muy por debajo de la superficie. Había una mesa, un escritorio, un lavabo y un espejo de tamaño mediano. Aunque se construyó una iglesia en el cementerio pocos años después, se decía que George Spence seguía prefiriendo aquellas criptas. Pero aun así me sorprendió.

—Usted no vive aquí, ¿verdad, señor Spence? —pregunté.

Se mostró incómodo por mi tono de escepticismo.

—Cuando hace demasiado frío aquí abajo me voy arriba. Pero me gusta más estar aquí. Es más tranquilo e independiente. Por lo demás, esta cripta fue vaciada hace algunos años.

Varias décadas antes, la familia poseedora de aquella tumba particular quiso trasladar los cuerpos de sus antepasados a un lugar más espacioso. Pero cuando el guarda anterior, el padre de Spence, abrió la tumba, se descubrió que en uno de los cadáveres se había producido un extraño caso de petrificación humana. El cuerpo, situado en lo más hondo, era completamente de piedra. Las supersticiones se extendieron con rapidez. Desde entonces ningún miembro de la iglesia accedió a sepultar a sus muertos en aquella cripta.

—Ver a un hombre de piedra, cuando no eres más que un niño, produce un terror diabólico —dijo el guarda, pero se dio cuenta de que yo estaba allí para hablar de algo distinto de la extraña historia de la cripta.

Encontró una silla para mí.

—Gracias, señor Spence. Hay algo raro. La tumba de Edgar Poe, enterrado el mes pasado, ¡sigue sin inscripción! No tiene nada que la señale.

* Del cuento «Ligeia»; todas las citas de cuentos de Poe se han tomado de la traducción de Julio Cortázar (2 vols., Madrid, Alianza Editorial, 1970 y varias eds. posteriores). *(N. del t.)*

Se encogió de hombros filosóficamente.

—No es decisión mía, sino de quienes se hicieron cargo del sepelio: Neilson Poe y Henry Herring, los primos de Poe.

—Pasé por aquí el día del entierro y pude ver que la asistencia fue muy escasa. ¿Acudieron otros parientes de Poe? —pregunté.

—Vino otro. William Clemm, de la iglesia metodista de la calle Caroline, quien ofició la ceremonia, y me parece que era un pariente lejano de la familia. El reverendo Clemm había preparado un discurso largo, pero eran tan pocos los asistentes al entierro, que decidió no leerlo. Además de Neilson Poe y el señor Herring hubo otros dos acompañantes. Uno era Z. Collins Lee, compañero de estudios de Poe. ¡Descansen en paz sus cenizas!

—Señor Spence...

—El ministro dijo algo junto a la tumba de Poe. *Descansen en paz sus cenizas*. Al principio me sorprendió enterarme de la muerte del señor Poe. Yo lo recordaba como un joven, no mucho mayor que usted.

—¿Lo conoció usted, señor Spence?

—Cuando vivía en Baltimore, en la casita de Maria Clemm —explicó el guarda, pensativo—. Fue hace años. Usted sería poco más que un niño. Baltimore era por entonces una ciudad más tranquila; uno podía seguir el rastro de nombres y personas. Ahora creo que está edificando sobre sí misma. Edgar Poe solía pasear de vez en cuando por este cementerio.

Dijo que Poe permanecía ante las tumbas de su abuelo y de su hermano mayor, William Henry Poe, de los que se había separado en la infancia tras la muerte de su madre. En ocasiones, contó el guarda, Edgar A. Poe examinaba nombres y fechas de tumbas y preguntaba en voz baja qué parentesco unía a uno con otro. Cuando Spence se encontraba con Poe por la calle, el poeta unas veces le decía «buenos días» o «buenas noches» y otras veces, nada.

—Y pensar que un caballero tan apuesto *acabó teniendo* al final aquel aspecto... —comentó Spence moviendo la cabeza.

—¿Qué quiere usted decir, señor Spence? —pregunté, impaciente.

—Recuerdo que siempre fue muy cuidadoso en el vestir. Pero ¡qué traje llevaba cuando lo encontraron! —dijo como si lo conociera perfectamente. Lo animé a continuar, y así lo hizo—. Bien, era de tela delgada y raído, y no le iba en absoluto. Imposible que fuera suyo. ¡Era apropiado para un cuerpo al menos dos tallas mayor! Y un sombrero barato de hoja de palma que uno no se hubiera molestado en recoger del suelo. Alguien del hospital aportó un traje negro, mejor, para amortajarlo.

—Pero ¿cómo explicar que Poe acabara vistiendo una ropa que no era de su talla?

—No puedo responderle a eso.

—¿Y no lo considera muy extraño?

—Será que no me he detenido a pensar en ello, señor Clark.

Aquellas ropas se suponía que no eran apropiadas para Poe. *A Poe no le estaba destinada la muerte que tuvo*, pensé de modo irracional y súbito. Le di las gracias al guarda por su tiempo, y empecé a subir rápidamente por la larga escalera que arrancaba de la cripta, como si al llegar a lo alto tuviera que emprender alguna acción inmediata. De pronto, tuve un presentimiento, por lo que me detuve en mitad de la escalera y me agarré al pasamano. El viento había arreciado afuera, y cuando alcancé el último peldaño, de regreso en el mundo exterior, apenas logré mantenerme en equilibrio.

Cuando por fin emergí, mis ojos se dirigieron a la tumba sin inscripción de Poe. Lo que vi casi me hizo dar un salto. Parpadeé para asegurarme de que aquello era real.

Había una flor, una flor fragante y lozana depositada incongruentemente sobre la hierba y la suciedad de la parcela de Edgar Poe. Una flor que no estaba allí sólo unos minutos antes.

Jadeando, llamé al señor Spence, como si hubiera que hacer algo, o como si él pudiera haber visto algo que a mí se me había escapado mientras ambos permanecíamos sentados bajo tierra, en aquella tumba. Allá, en el espeso silencio de la cripta, el guarda no podía oír mi llamada. Me arrodillé para examinar la flor, pensando acaso que había florecido en otra tumba. Pero no. No sólo la flor estaba efectivamente allí, *allí*, sino que también su tallo sobresalía firmemente de la suciedad.

De repente se dejó oír un ruido de cascos de caballos y un lento rumor de ruedas. Miré en derredor y conseguí distinguir un carruaje de tamaño medio, envuelto en la niebla. Me di prisa en alcanzar la cancela para comprobar quién ocupaba el vehículo, pero quedé bloqueado al instante. De un salto, se me plantó un perro delante. El perro ladraba impaciente pegado a mis tobillos. Traté de apartarme, pero el animal me siguió, gruñendo y rezongando desde detrás de las lápidas.

Estaba claro que el perro había sido entrenado para evitar que los «hombres de la resurrección» de Baltimore intentaran robarnos a nuestros difuntos, y al advertir mis pasos rápidos, me identificó con uno de esos desalmados. Encontré algunas bolas de jengibre en mi abrigo y se las ofrecí, con lo que el animal no tardó en mostrarse amistoso. Pero para entonces el rumor del carruaje se había desvanecido en la distancia.

3

A la mañana siguiente sólo conseguí despertarme con los ruidos amortiguados de los sirvientes, abajo. Me aseé y me vestí rápidamente, pero a aquella hora no se hallaban carruajes de alquiler en mi calle. Por suerte, di con un ómnibus que resultó accesible.

Hacía tiempo que no tomaba un transporte público, y me sorprendió el gran número de gente de fuera de Baltimore que lo utilizaba. Eso lo deduje por su manera de vestir y de hablar y por el recelo con que miraban a las personas en torno suyo. Esto me llevó a preguntarme... Resultó que yo llevaba entre mis papeles un retrato de Poe que figuraba en un artículo biográfico publicado pocos años antes. En la siguiente parada me dirigí a la parte trasera del ómnibus. Cuando el cobrador hubo terminado de vender los billetes a los que acababan de montar, le pregunté si el hombre retratado en la revista había sido su pasajero en las últimas semanas de septiembre. Era la época —según estimé a partir de los relatos más fiables de los periódicos— en que Poe llegó a Baltimore. El cobrador me indicó que regresara a mi asiento tras comentar «No me acuerdo» o algo parecido.

Un comentario sin importancia, evidentemente. Nada que emocionara, ¿verdad? Pero sentí como en un relámpago que había acertado. ¡En un instante, y no precisamente por el rechazo del cobrador, tuve la certidumbre de que Poe no había viajado en aquel ómnibus en concreto durante el turno de aquel empleado! Había solicitado una pequeña muestra de la verdad sobre los últimos pasos de Poe en Baltimore, y aquello me dejó satisfecho.

Puesto que de todos modos yo debía desplazarme por la ciudad, podía tomar el ómnibus con más frecuencia y, cuando lo hiciera, formularía preguntas como aquélla.

Sin duda ustedes habrán observado que la estancia de Poe en Baltimore no parecía premeditada. Después de haberse comprometido con Elmira Shelton en Richmond, anunció su intención de trasladarse a Nueva York para dar cima a sus planes. Pero ¿cuál fue el paradero y cuáles los propósitos del poeta aquí, en Baltimore? Baltimore no solía mostrarse tan indiferente ante la pérdida de un hombre, aunque fuera en sus más sórdidos barrios portuarios; al fin y al cabo no era Filadelfia. ¿Por qué no viajó directamente a Nueva York después de haber llegado hasta aquí desde Richmond? ¿Qué ocurrió en el transcurso de los cinco días comprendidos desde que salió de Richmond hasta que fue descubierto en Baltimore? ¿Qué lo condujo a un estado en el que acabó vistiendo las ropas de otro?

Desde mi visita al cementerio, no había dejado de poner en juego todos los recursos de mi inteligencia para contestar a esas preguntas, recursos que, humildemente, sería capaz de medir con los de cualquier hombre, al menos con cualquiera de los que yo había conocido hasta el momento (aunque eso iba a cambiar).

Una tarde, y de la manera más inesperada, el destino quiso aportarme una de esas pruebas. Peter se había entretenido en el palacio de justicia, y a nuestro despacho no había llegado más trabajo. Caminaba yo por el mercado de Hanover y me dirigía a la calle Camden, estorbado el paso por un montón de fardos.

—¿Poe, el poeta?

Al principio lo ignoré. Luego me detuve y me volví despacio, preguntándome si el viento me había hecho tener una ilusión acústica. Así pude haberlo creído de no haber pronunciado aquella voz con toda claridad las palabras «Poe, el poeta». Las dijo *exactamente* así.

Era el pescadero, el señor Wilson, con quien acababa de tener tratos en el mercado. Era cliente nuestro, en relación, últimamente, con ciertas hipotecas. Aunque él hubiera podido acudir a nuestro despacho, con frecuencia yo prefería reunirme con él aquí, y de paso escoger el mejor pescado para mi cena en Glen Eliza. El cangrejo y las ostras gumbo de Wilson eran los mejores a este lado de Nueva Orleans.

El pescadero me hizo una seña de que lo siguiera de regreso al gran mercado. Había olvidado mi cuaderno de notas en su mostrador. Se secó las manos en su delantal de rayas y me lo tendió. Estaba envuelto en los inequívocos olores de su puesto, como si se hubiera perdido en el mar y luego recuperado.

—No querrá usted olvidar su trabajo. Veo que ha escrito el nombre de Edgar Poe, señor Clark. Aquí, ¿lo ve? —dijo el pescadero señalando una página abierta.

Devolví el cuaderno a mi cartera.

—Sí, gracias, señor Wilson.

—Ah, señor Clark, aquí hay algo. —Desenvolvió con impaciencia un paquete y apareció un pescado horrorosamente feo, amontonado sobre otros congéneres idénticos—. Lo encargaron especialmente del distrito Oeste para una cena. Algunos lo llaman *pez perro*, ¡pero también se lo conoce como «abogado del lago» por su aspecto feroz y sus hábitos voraces! —Rió entre dientes aunque sonoramente, y vio que yo no le imitaba—. No como usted, por descontado, señor Clark.

—Quizá ése es el problema, amigo mío.

—Sí —dijo en tono de duda, y carraspeó. Ahora se dedicaba a descabezar un pescado tras otro sin mirarse las manos ni tampoco reparar en las cabezas que aquéllas iban desprendiendo—. De todas formas, ese Poe debió de ser un pobre desgraciado. Oí que había muerto en el viejo y decrépito hospital Washington hace unas semanas. El marido de mi hermana conoce a una enfermera allí, que dice que, según otra enfermera que habló con un médico... (ya sabe, señor Clark, que esas mujeres son unas *endemoniadas* chismosas), dijo que Poe fue hasta el final un auténtico chiflado..., que mientras yacía allí pronunciaba un nombre una y otra vez... Bueno, hasta que... —su voz cambió para convertirse en un susurro, como para denotar gran sensibilidad—, hasta que *graznó*. Que Dios se apiade de los débiles.

—¿Dice usted que pronunciaba un nombre, señor Wilson?

El pescadero rebuscó la palabra adecuada. Se sentó en su taburete y empezó a sacar ostras no vendidas de un barril, abriéndolas cuidadosamente una por una y fisgando en busca de perlas, antes de desecharlas con filosófica contrariedad.

La ostra representaba al típico nativo de Baltimore, no sólo porque daba lugar a una actividad empresarial y podía ser objeto de comercio, sino porque había la posibilidad de que ocultara en su interior un tesoro más valioso. De pronto el pescadero chasqueó la lengua, exultante.

—¡Reynolds, eso es! ¡Eso mismo, «Reynolds»! Lo sé porque ella me lo dijo durante la cena, y eran los últimos cangrejos de caparazón blando de la temporada.

Le pedí que lo pensara bien *hasta estar seguro*.

—¡Reynolds, Reynolds, *Reynolds*! —repitió algo ofendido ante mi duda—. Eso es lo que estuvo diciendo toda la noche. Según la enfermera, ella misma no se lo pudo quitar de la cabeza después de haberlo escuchado. Decrépito, viejo hospital... Yo digo que habría que prenderle fuego. Conocí a un Reynolds en mi juventud, que cada vez que veía a un soldado de infantería le tiraba piedras... Tenía un carácter endemoniado, ya lo creo, señor Clark.

—Pero ¿había mencionado Poe antes, alguna vez, a un Reynolds? —me pregunté en voz alta—. Un miembro de la familia o...

Pareció que el pescadero dejaba de disfrutar de la situación, y me dirigió una mirada excesivamente amable.

—¿Es que ese señor Poe era amigo suyo?

—Un amigo mío —respondí— y un amigo de todos cuantos lo leen.

Di unas apresuradas buenas tardes a mi cliente y le agradecí vivamente el notable servicio que me había prestado. Se me había permitido enterarme de las últimas palabras de Poe en esta tierra (o, en cualquier caso, casi las últimas), y con ellas alguna respuesta, alguna revelación, algún remedio a las críticas e invectivas de la prensa, a la espera de una rehabilitación del personaje. Aquélla era la única palabra a partir de la cual podría encontrarse algo, algún aspecto de la vida de Poe por descubrir.

¡Reynolds!

Pasé incontables horas buscando en las cartas que Poe me había dirigido y en todos sus relatos y versos, para dar con alguna pista de Reynolds. Las entradas para exposiciones y conciertos quedaron sin utilizar. Si Jenny Lind, el Ruiseñor Sueco, hubiera cantado en la ciudad, yo habría continuado igualmente entre mis libros. Casi podía oír a mi padre ordenándome que dejara de lado aquella literatura y volviera a prestar atención a mis textos legales. Habría dicho (así lo imaginaba yo): «Los jóvenes como tú deberían observar que la Industria y la Empresa pueden hacer despacio todo cuanto el Genio hace con impaciencia... y muchas cosas que el Genio no puede hacer. El Genio necesita la Industria tanto como la Industria necesita al Genio.» De repente, cada vez que abría un nuevo documento de Poe, sentí como si mantuviera una disputa con mi padre, el cual trataba de arrebatarme los libros de las manos a medida que yo los tomaba del anaquel. No era un sentimiento plenamente negativo; de hecho, creo que en realidad me impulsaba en la misión que me había impuesto. Además, en mi condición de hombre de negocios, había prometido a Poe, un posible cliente, defenderlo. Quizá mi padre me hubiera alabado por ello.

Mientras tanto, Hattie Blum acudía con frecuencia a Glen Eliza con su tía. Cualquier desaprobación por su parte, desarrollada a partir de mi reciente falta, quedaba atrás o, al menos, pospuesta. Hattie se mostraba atenta y generosa en nuestras conversaciones, como siempre. Su tía, quizá, estaba más vigilante de lo habitual, y parecía haber adoptado la mirada sombría de un agente secreto. Desde luego que mis intensas preocupaciones, junto con mi general tendencia a permanecer callado mientras los demás hablaban, ocasionaba que las mujeres reunidas en mi salón se dirigieran la una a la otra más que a mí.

—No sé cómo lo soporta —dijo Hattie mirando el alto techo abovedado—. Yo no podría sufrir en soledad una casa tan enorme como Glen Eliza, Quentin. Hay que tener coraje para disponer de tanto espacio para usted solo. ¿No lo crees así, tía?

La tía Blum rió dando un resoplido.

—La querida Hattie se siente terriblemente sola en cuanto la dejo una hora, sin más compañía que los sirvientes, que pueden resultar *temibles*.

Uno de mis domésticos trajo más té para las señoras.

—¡No es así, tía! Pero mis hermanas se fueron —dijo Hattie, deteniéndose y sonrojándose ligeramente, lo que no era propio de ella.

—Porque todas se casaron —replicó su tía en tono tranquilo.

—Claro —dije yo, dándole la razón, tras una prolongada pausa de la que ambas Blum esperaban un comentario por mi parte.

—Sólo que con mis tres hermanas fuera, bien, en ocasiones la casa puede parecerme terriblemente desolada, como si yo tuviera que defenderme de algo, aunque no creo saber de qué. ¿Ha tenido usted alguna vez esa sensación?

—En contrapartida, querida señorita Hattie, se encuentra cierta paz, lejos del alboroto de las calles y de las inquietudes de la demás gente.

—¡Oh, tía! —exclamó, volviéndose jovialmente hacia la otra mujer—. Quizá es que a mí me gusta demasiado el alboroto. ¿Crees que la sangre de nuestra familia es, después de todo, demasiado ardiente para Baltimore, tía?

Una palabra acerca de la mujer a la que se dirigían esas palabras. La tía Blum estaba sentada frente a la chimenea, en un sillón como en un trono, majestuosa, envuelta en un chal como si fuera el manto de un monarca. Sí, una palabra más sobre ella, puesto que su influencia no menguará a medida que nuestra historia se vaya complicando. Pertenecía a esa especie de damas resueltas que parecían fuera de lugar, con sus muy escogidos tocados y vestidos para exhibirse en sociedad, pero que poseían la capacidad de acorralar a su interlocutor y ponerle el dedo en la llaga con el mismo tono despreocupado con el que criticaba la mesa de una anfitriona rival. Por ejemplo, durante la misma visita a mi salón, encontró la ocasión de comentar, como de pasada:

—Quentin, ¿no ha tenido suerte Peter Stuart al encontrar un socio como usted?

—Señora...

—¡Con ese talento para los negocios! Es un hombre con los pies en el suelo, y de eso depende. Usted es el hermano pequeño de la pareja, *en sentido figurado,* quiero decir, y no tardará en enorgullecerse de ser como él a todos los efectos.

Traté de devolverle la sonrisa.

—Es el mismo caso que nuestra Hattie respecto a sus hermanas. Algún día tendrá tanto éxito en sociedad como ellas... Quiero decir si se casa a su debido tiempo, desde luego —dijo la tía Blum, y tomó un largo trago de aquel té que abrasaba.

Puse la mano en la silla de Hattie, cerca de su mano.

—Cuando llegue ese momento, sus hermanas aprenderán de esta mujer cómo ser verdaderas esposas y madres, se lo aseguro, señora Blum. ¿Más té?

No quería mencionar nada relacionado con Edgar Poe ante ellas, a fin de que la tía Blum no hallara alguna excusa para informar a Peter, o para escribir una preocupada misiva sobre la vida que yo llevaba a mi tía abuela, con la que había sido uña y carne durante años. Así pues, me sentía aliviado cada vez que una entrevista con aquella mujer concluía sin haberle dicho una palabra sobre mis investigaciones. No obstante, esa limitación me inducía a reanudar ansiosamente mi búsqueda en cuanto las Blum se marchaban.

Una de esas veces, cuando montaba en un ómnibus, el cobrador se dirigió a mí como si acabara de escupir jugo de tabaco en el suelo.

—¡Usted!

Había olvidado adquirir mi billete. Un comienzo desafortunado. Una vez subsanado, el cobrador estudió detenidamente el retrato que yo sujetaba ante él, y decidió que aquella cara no le resultaba familiar.

Ese retrato de Poe, publicado tras su muerte, no era el de mejor calidad. Aun así, yo creía que captaba lo esencial. Su mostacho oscuro, más recto y netamente delineado que su cabello rizado. Los ojos. Claros y almendrados; ojos con una inquietud casi magnética. La frente despejada y prominente por encima de las sienes, de tal modo que, según desde donde se le mirase, debía de parecer que no tenía pelo. Un hombre que podía ser todo frente.

Cuando las puertas se cerraron y me vi empujado a un asiento por la continua hilera de pasajeros recién llegados, un sujeto bajo y ancho me golpeó el brazo con el extremo de su paraguas.

—¡Usted perdone! —exclamé.

—Oiga, al hombre de esa ilustración creo haberlo visto no hace mucho. En algún momento en septiembre, tal como usted le dijo al cobrador.

—¿De veras, caballero?

Me contó que tomaba el mismo ómnibus casi todos los días, y recordaba a alguien que se parecía al del retrato. Sucedió cuando ambos se apeaban.

—Lo tengo presente porque me pidió ayuda... Quería saber dónde vivía un tal doctor Brooks, si mal no recuerdo. Pero yo soy reparador de paraguas, no una *guía de la ciudad*.

Me apresuré a darle la razón, aunque no supe si el comentario iba dirigido a mí o a Poe. El nombre de N. C. Brooks me resultaba bastante familiar... y ciertamente lo fue para Edgar Poe. El doctor Brooks era un editor que publicó algunos de los más hermosos relatos y poemas de Poe, y que contribuyó a dar a conocer su obra al público de Baltimore. ¡Por fin una prueba efectiva de que, después de todo, Poe no se había desvanecido enteramente en el aire de Baltimore!

El retumbar de los cascos de los caballos se hizo más lento, y yo salté de mi asiento cuando el vehículo se aproximó a la siguiente parada.

Me apresuré a acudir al despacho, del cual me hallaba más cerca que de Glen Eliza, para consultar la guía de la ciudad en busca de la dirección del doctor. Eran las seis de la tarde, y di por supuesto que Peter ya se habría retirado una vez concluidas sus comparecencias en el palacio de justicia. Pero me equivocaba.

—Mi querido amigo —bramó por encima de mi hombro—. ¡Pareces sobresaltado, como fuera de ti!

—Peter —me detuve, comprendiendo que no sólo estaba sobresaltado, sino sin aliento—. Es sólo... Bueno, creo que vuelvo a ser el de siempre.

—Tengo una sorpresa —dijo, sonriendo y levantando su bastón de paseo como si fuera un cetro.

Me cerró el paso hacia la puerta y me apoyó la mano en el hombro.

—Esta noche, en mi casa, va a haber una fiesta por todo lo alto, con muchos amigos tuyos y míos, Quentin. Se ha planeado muy a última hora, pero es el cumpleaños de alguien que es de lo más...

—Pero precisamente ahora yo... —le interrumpí impaciente, pero me abstuve de darle explicaciones cuando advertí una oscura sombra de sospecha en los ojos de mi socio.

—¿Qué pasa, Quentin? —Peter miró lentamente en derredor, con una fingida expresión confusa—. No hay nada más que hacer esta noche. ¿Acaso debes acudir sin falta a algún lugar? ¿Adónde?

—No —respondí, sintiendo que me sonrojaba ligeramente—, supongo que no es nada.

—Bueno, pues entonces ¡vamos para allá!

En torno a la mesa de Peter abundaban los rostros familiares para celebrar el vigesimotercer cumpleaños de Hattie Blum. ¿Cómo no lo había recordado? Tuve un terrible remordimiento por mi aparente falta de sensibilidad. Yo había tenido en cuenta todos y cada uno de sus cumpleaños anteriores. ¿Me había desviado hasta tal punto de mi camino habitual como para descuidar incluso los asuntos más *placenteros* de la sociedad y de las amistades íntimas? Bien, creía que con una visita a Brooks mis preocupaciones se disiparían felizmente.

En aquella velada se congregaron las damas y los caballeros más selectos de Baltimore. Salvo en la cámara de los asesinos del museo de madame Tussaud, hubiera preferido estar en cualquier parte antes que verme obligado a mantener corteses y aburridas conversaciones, cuando me estaba tentando una tarea tan trascendental.

—¿Cómo ha sido usted capaz?

La pregunta me la formuló una mujer ancha y de tez rosada que se sentaba frente a mí, cuando ocupamos nuestros lugares ante una refinada cena.

—¿Cómo dice?

—Oh, querido —dijo en un tono jocosamente doliente y abatido—, mirarme a mí, ¡una vieja!, cuando tiene tan cerca a semejante belleza —comentó señalando a Hattie con un gesto.

Desde luego que yo no había estado mirando a la mujer de rostro sonrosado, o si acaso no lo hice intencionadamente. Me di cuenta de que había caído en otro de mis ensimismamientos.

—En efecto, estoy rodeado de auténticas bellezas.

Hattie no se ruborizó al oír el comentario. Me gustaba porque raramente se ruborizaba. Me susurró en tono confidencial:

—No quita usted la vista del reloj y no ha hecho caso de nuestro huésped más fascinante, el pato braseado con apio, Quentin. ¿Ese demonio del señor Stuart no lo va a dejar ni una noche libre de trabajo?

Sonreí.

—Esta vez no es culpa de Peter. Supongo que sólo estoy picando. Tengo poco apetito estos días.

—Puede usted sincerarse conmigo, Quentin —dijo Hattie, y en aquel momento me pareció más dulce que cualquier mujer a la que yo hubiera conocido—. ¿En qué está pensando ahora, con esa expresión preocupada?

—Estoy pensando, señorita Hattie —dudé, y al cabo dije—: en unos versos.

Lo cual era cierto, pues acababa de leerlos aquella mañana.

—Recítemelos, ¿quiere, Quentin?

En mi excesiva distracción, había tomado dos vasos de vino durante la cena sin haber comido adecuadamente para compensar los efectos del alcohol. Así que apenas me hice rogar, y me encontré accediendo a recitar. Mi voz casi no me sonaba familiar a mí mismo; era rotunda, resuelta e incluso resonante. Para estar a tono con el estilo de la presentación, el lector debería situarse en un lugar cualquiera entre los presentes, y aventurarse a pronunciar en tono solemne y áspero algo de lo que sigue. También debe imaginar el lector una mesa alegre en la que se produce esa especie de silencios abruptos y ásperos que acompañan las obligadas interrupciones.

> *Y de rubíes y de perlas*
> *era la puerta del palacio,*
> *de donde como un río fluían,*
> *fluían centelleando,*
> *los Ecos, de gentil tarea:*
> *la de cantar con altas voces*
> *el genio y el ingenio*
> *de su rey soberano.*
>
> *Mas criaturas malignas invadieron,*
> *vestidas de tristeza, aquel dominio.*
> *(¡Ah, duelo y luto! ¡Nunca más*
> *nacerá otra alborada!)*
> *Y en torno del palacio, la hermosura*
> *que antaño florecía entre rubores,*
> *es sólo una olvidada historia*
> *sepulta en viejos tiempos.*

Cuando finalizó el poema, llegó a mis oídos un aplauso levemente discontinuo, ahogado por unas pocas toses débiles. Peter me dirigió una mirada ceñuda, al tiempo que dedicaba otra de compasión a Hattie. Sólo unos pocos invitados que no habían estado escuchando, pero quedaban complacidos por cualquier distracción, parecieron apreciar la intervención. Hattie siguió aplaudiendo después de que los otros dejaran de hacerlo.

—Es la pieza más hermosa jamás recitada en el cumpleaños de una chica.

Poco después, una de las hermanas de Hattie accedió a interpretar una canción acompañada al piano. Mientras tanto, bebí más vino. El ceño de Peter, fruncido durante la recitación, permaneció inmutable cuando, después de que las señoras se excusaran y pasaran a otra habitación y los hombres empezaran a fumar, me llevó a un rincón discreto, donde la enorme chimenea nos aisló.

—Para que lo sepas, Quentin, Hattie estuvo a punto de negarse a celebrar su cumpleaños esta noche, y sólo en el último momento accedió a venir a cenar gracias a mi insistencia.

—¿Y eso por mi causa?

—¿Cómo es posible que alguien convencido de que el mundo depende de él no advierta lo que *sí* depende de él? Es el momento de acabar con esto, Quentin. Recuerda las palabras de Salomón: «Por la pereza se cae la techumbre, y por flojedad de manos se llueve la casa.»

—No sé adónde quieres llegar —dije en tono irritado.

Me miró fijamente.

—¡Sabes muy bien a qué me estoy refiriendo! Este comportamiento extravagante. En primer lugar, tu extraña preocupación por el entierro de un desconocido. Y tomar ómnibus de acá para allá sin destino concreto...

—Pero ¿quién te ha dicho tal cosa?

Había más, dijo. Me vieron la semana anterior corriendo por las calles, con el traje que se me salía del cuerpo, persiguiendo a alguien, como si fuera un oficial de policía a punto de efectuar una detención. Había continuado derrochando desordenadas cantidades de tiempo en el ateneo.

—Y luego está la idea de unos extraños, fruto de tu imaginación, que te amenazan por las calles por los poemas que lees. ¿Crees que tus lecturas son tan importantes que la gente va a hacerte daño por eso? ¡Y rondas por el cementerio presbiteriano talmente como un «hombre de la resurrección» en busca de cadáveres que robar o como quien camina embrujado!

—Un momento —lo interrumpí, recuperando la compostura—. ¿Cómo sabes eso, Peter? ¿Que yo estuve el otro día en el viejo cementerio? Estoy seguro de que no lo mencioné. —Pensé entonces en el carruaje que se alejaba a toda prisa del camposanto—. ¡Tú! ¡Por qué, Peter! ¡Me seguiste!

Al principio asintió y luego se encogió de hombros.

—Sí, te seguí y te encontré en el cementerio, y confieso abiertamente que he estado muy preocupado por ti. Quería asegurarme de que no andabas metido en algún lío de juego o de que no te habías unido a alguno de esos desquiciados movimientos milleristas* cuyos seguidores aguardan por ahí, vestidos con túnicas blancas, a que el Salvador descienda de los cielos dentro de dos martes. El dinero de tu padre no durará siempre. Ser rico e inútil es ser pobre. Si adoptas costumbres extrañas, me temo que vas a encontrar maneras de malgastar tu patrimonio, o que alguna mujer, alguien del bello sexo y de clase inferior a la señorita Blum, hallándote en semejante estado, te eche a perder. ¡Incluso un hombre de la fortaleza de Ulises, recuérdalo, tuvo que atarse al mástil cuando se enfrentó a unas mujeres arteras!

—¿Por qué dejaste aquella flor en su tumba? —le pregunté—. ¿Para burlarte de mí?

—¿Una *flor*? ¿De qué estás hablando? Cuando te encontré estabas arrodillado ante la tumba, como si le rezaras a algún ídolo. Eso es lo que vi y me bastó. ¡Una flor! ¿Crees acaso que tengo tiempo para esas cosas?

En este punto no pude dejar de creerle, tan sincera sonaba su voz cuando dijo no saber nada de una «flor».

—¿Y fuiste tú quien me mandó a aquel hombre? El de la advertencia de que no me entrometiera, a fin de disuadirme de asuntos ajenos al despacho. ¡Dímelo sin falta!

—¡Eso es absurdo! ¡Quentin, repara en tu falta de sensatez antes

---

* A los adventistas se les llamaba a veces milleristas, del nombre de su fundador, William Miller (1782-1849). (*N. del t.*)

de que te coloquen la camisa de fuerza! Todo el mundo comprendió que necesitabas tiempo después de lo sucedido. Tu decaimiento de espíritu era... —Se me quedó mirando un momento—. Pero han pasado seis meses. —En realidad habían transcurrido cinco meses y dos semanas desde que enterramos a mis padres—. Debes pensar en todo eso a partir de ahora o... —No terminó la frase y se limitó a asentir con decisión para dar fuerza a sus palabras—. Tienes que luchar contra ese otro mundo.

—¿Qué «otro mundo», Peter?

—Tú crees que no estoy de acuerdo contigo, pero he tratado de comprenderte todo lo posible, Quentin. He buscado un libro de relatos de *ese Poe*. He leído la mitad de uno de ellos..., pero no pude continuar. Parecía... —En este punto bajó la voz hasta convertirla en el susurro propio de una confesión—. Parecía como si estuviera leyendo que Dios había muerto para mí, Quentin. Sí, es ese otro mundo el que me preocupa en relación contigo, ese mundo de libros y hombres de libros que invaden las mentes de quienes los leen. Ese mundo imaginario. Pues no; es a *éste* al que tú perteneces. En él están las gentes serias y sobrias, las de tu clase. Tu sociedad. Pero, aun así, un hombre debe merecer su propio lugar en ella y crearse un futuro con una influencia femenina tan perfecta y virtuosa como Hattie Blum. Tu padre decía que el hombre despreocupado y el melancólico vagarán juntos para siempre en un desierto moral.

—¡Ya sé lo que diría mi padre! —protesté—. ¡Era *mi* padre, Peter! ¿No crees que conservo de él un recuerdo tan vívido como el tuyo?

Peter desvió la mirada. Pareció cohibido por la pregunta, como si yo estuviera desafiando su propia existencia, aunque sinceramente hubiera querido conocer la respuesta.

—Tú has sido como un hermano para mí —dijo—. Yo sólo pretendo verte satisfecho.

Un caballero nos interrumpió sin proponérselo. Rechacé un ofrecimiento de tabaco, pero di cuenta de un vaso de ponche caliente de manzana. Peter tenía razón. Era indiscutible.

Mis padres me habían legado un lugar en sociedad, pero ahora me tocaba a mí ganarme lo que aquél implicaba de lujos y excelencias. ¡Qué peligrosa inquietud había estado alimentando! Lo que debía hacer era disfrutar de las comodidades y satisfacciones de los círculos selectos a los que tenía acceso por mi ejercicio de la abogacía. Disfrutar de la compañía de una dama como Hattie, que nunca me había defraudado como amiga ni como influencia estabilizadora. Cerré los ojos y escuché los sonidos, los sonidos amistosos de satisfacción, aquella cordialidad que me rodeaba por todas partes y sofocaba mis desordenados pensamientos. Aquí las personas se comprendían unas a otras, no dudaban ni por un momento que entendían a quienes tenían alrededor, y que éstos a su vez las entendían a ellas perfectamente. Ése era el legado que me había sido transmitido.

Cuando Hattie regresó al salón, le hice una seña. Para su sorpresa, y sin más preámbulos, le tomé la mano y se la besé, y luego le besé en la mejilla delante de todo el mundo. Uno tras otro, los invitados guardaron silencio.

—*Usted* lo sabe todo sobre mí —le susurré.

—¡Quentin! ¿Se encuentra mal? Tiene las manos ardiendo.

—Hattie, usted conoce los sentimientos que me inspira, con independencia de los chismes venenosos que hayan vertido sobre mí, ¿no es así? ¿Acaso no me ha conocido siempre, aunque ellos bostecen y sonrían forzadamente? Usted sabe que soy honorable, que la he querido, que la quería ayer lo mismo que hoy.

Me tomó la mano entre las suyas y me recorrió un estremecimiento al verla tan feliz sólo por escuchar unas pocas palabras sinceras de mis labios.

—Usted me quería ayer y me quiere hoy, sí, ya lo sé. Pero ¿y mañana, Quentin?

A las once de aquella noche de su vigesimotercer cumpleaños, Hattie aceptó mi proposición de matrimonio con un sencillo gesto de asentimiento. Estábamos prometidos. El noviazgo fue declarado apropiado por todos los presentes. La sonrisa de Peter era tan ancha como la de todo el mundo, olvidadas por entero las rudas palabras que me había dirigido, y más de una vez se atribuyó luego la iniciativa de aquel compromiso.

Al final de la velada, apenas había vuelto a ver a Hattie, tan abrumados estuvimos ella y yo por los asistentes. Mi cabeza permanecía tan nublada por la bebida, el cansancio y un terrible sentimiento de satisfacción porque había hecho algo perfectamente adecuado y razonable que Peter tuvo la precaución de meterme en un carruaje y dar al cochero la dirección de Glen Eliza. Pese a mi estado de atontamiento, despedí al cochero, un negro flaco, antes de llegar a casa.

—¿Puede usted venir a recogerme a primera hora de la mañana? —le pregunté.

Le deslicé un águila de plata extra a fin de asegurarme que acudiría.

Al día siguiente, el cochero se encontraba de nuevo allí, en el acceso a mi casa. Estuve a punto de despedirlo porque yo no era el mismo hombre que el día anterior. La noche había impreso en mi ánimo aquello que era real en esta vida. Me casaría. Y desde esa perspectiva me parecía obvio que me había interesado mucho más allá de lo razonable por las horas finales de un hombre al que su propio primo no dedicaba la menor atención. En cuanto al Fantasma, no me parecía menos obvio ahora que Peter tenía toda la razón acerca de él. El hombre debía de ser algún lunático inestable que habría oído mi nombre con anterioridad en una sala de audiencia o en alguna plaza pública, y se limitó a dirigirme aquel parloteo. ¡Nada que ver con Poe! ¡Con mis lecturas particulares! ¿Por qué permití que aquéllas (y Poe) me arrebataran la paz hasta tal punto? Apenas podía pensar en ello ahora. Decidí despedir el coche. Creo que si el honrado cochero no me hubiera mirado como desviviéndose por complacerme, así lo habría hecho, y no habría ido. En ocasiones me pregunto qué sería diferente ahora.

Pero fui. Le di la dirección del doctor Brooks, decidido a efectuar mi última incursión en aquel «otro mundo». Y mientras nos dirigíamos a nuestro destino, yo pensaba en los relatos de Poe, en la decisión que toma el héroe, cuando ya no dispone de buenas opciones, para hallar cierta frontera imposible que la mayoría no osaría franquear. Ése fue el caso del pescador perdido en «Un descenso al Maelström», cuando se precipitó en el remolino de la eternidad. No es la simplicidad de una narración como *Robinson Crusoe*, que ante todo debe sobrevivir, que es lo que todos nosotros trataríamos de conseguir; pero vivir, sobrevivir, es sólo un comienzo para una mente como la de Poe. Incluso mi personaje favorito, el gran analista Dupin, busca voluntaria y caballerosamente penetrar sin ser invitado en un ámbito que provoca inquietud. Lo milagroso no es sólo el despliegue de su mente, de su razonamiento, sino que él está allí con todas las consecuencias. Una vez Poe escribió un cuento acerca del conflicto entre la sensatez y la sombra que hay en nuestro interior. La sensatez, lo que sabemos que deberíamos ser; la sombra, el peligroso y reidor Duende de lo Perverso, el conocimiento oscuro de lo que debemos hacer, haremos o, secretamente, quisiéramos hacer. La sombra prevalece siempre.

Atravesamos las sombrías avenidas, entre algunas de las residencias más elegantes, en dirección a la casa del doctor Brooks, hasta que fui impulsado hacia delante en mi asiento.

—¿Por qué nos hemos parado? —pregunté.

—Es aquí, señor.

Rodeó el coche para abrirme la portezuela.

—Esto no puede ser, cochero.

—¿Qué, señor?

—Que no. Debe de ser mucho más atrás, cochero.

—Fayette, dos-siete-cero, tal como usted dijo. Es aquí mismo.

Tenía razón. Me asomé a la ventanilla, mirando el lugar, y luego me tranquilicé.

4

Esto era lo que yo había imaginado: conversación con Brooks, tal vez un té. Él me hablaría de la visita de Poe a Baltimore y me detallaría los propósitos y los planes del poeta. Me revelaría el interés de Poe por encontrar a un tal señor Reynolds para alguna finalidad urgente. Quizá, incluso, Poe me habría mencionado a mí, el abogado que accedió a proteger la nueva revista. Brooks me ofrecería todos los detalles del fallecimiento de Poe que yo, ingenuamente, había creído que Neilson Poe iba a proporcionarle. Yo comunicaría el relato de Brooks a los periódicos, cuyos reporteros corregirían a regañadientes la displicente información publicada tras su muerte...

Aquél era el encuentro para el que me había preparado desde que por primera vez oí el nombre de Brooks.

En lugar de todo eso, en el número 270 de Fayette la única persona a la vista era un negro libre, solitario y decidido, desmontando una pieza carbonizada y rota de la armadura de madera de la casa...

Me detuve ante la dirección del doctor Brooks y quise de nuevo que aquél fuera el número equivocado. Debí haber llevado conmigo la guía de la ciudad para asegurarme de que se trataba del lugar adecuado, aunque había escrito la dirección en dos trocitos de papel ahora en bolsillos distintos del chaleco. Busqué en un bolsillo...

Dr. Nathan C. Brooks. Calle Fayette, 270.

Luego saqué del bolsillo el otro:

Dr. N. C. Brooks. Fayette, 270.

Aquélla *había* sido la casa. Sin duda.

El persistente olor de la madera quemada y húmeda me provocó un acceso de tos. El suelo del interior parecía enteramente cubierto de fragmentos de vajilla y de jirones chamuscados de tapicerías. Era como si se hubiera abierto una sima y hubiera engullido toda vida que se encontrara allí.

—¿Qué ha pasado aquí? —pregunté, cuando recuperé el aliento.

—¡Hay que ver! —repetía para sí el carpintero, que me dijo luego—: Gracias a Dios, los bomberos evitaron que fuera a más. Si el señor Brooks no hubiera contratado a un hombre incompetente y sin el chaparrón que cayó, la reconstrucción estaría concluida hace tiempo, y espléndidamente.

El operario me contó que el incendio se había producido unas tres semanas antes. Me apresuré a comparar mentalmente las fechas y me di cuenta, con sorpresa, de lo que significaba aquello. El fuego se había declarado precisamente alrededor de los días... de los mismos días en que Edgar Poe llegó a Baltimore y buscó la casa del doctor Brooks.

—¿De qué quiere usted informar?

—Ya le he preguntado si podría usted llamar al oficial. A él le daré todos los detalles.

Me encontraba de pie, en la comisaría de policía del Distrito Medio.

Tras diversos intercambios de palabras similares a ése, el policía del registro volvió de la estancia contigua con un oficial de mirada sagaz. Toda mi urgencia de que se hiciera algo había renacido con fuerza, pero en un sentido por completo diferente. Mientras permanecía frente al oficial de policía y narraba los acontecimientos de las últimas semanas, sentí una oleada de alivio. Después de lo que había visto en casa de Brooks, después de respirar los últimos vestigios de la destrucción, contemplar las ventanas ahora vacías y sin vida, y los troncos chamuscados de alrededor, supe que aquello me había superado.

El oficial examinaba con expresión ambivalente los recortes de periódico que le alargué, mientras le explicaba los datos que la prensa había confundido o malinterpretado.

—Señor Clark, no sé qué puede hacerse. Si hubiera alguna razón para creer que en relación con esto se ha cometido algún acto punible...

Presioné el hombro del oficial como si acabara de encontrar a un amigo perdido.

—¿Así lo cree?

Echó otro breve vistazo.

—Si se cometió un acto punible —dije, repitiendo sus palabras— es precisamente la pregunta para la que usted debería hallar una respuesta, mi buen oficial. ¡Precisamente eso! Escúcheme. Lo encontraron vistiendo ropas que no le iban. Gritaba llamando a un tal Reynolds. No sé de quién podría tratarse. La casa a la que se dirigía cuando llegó quedó destruida por un incendio, quizá a la misma hora de su llegada. Y creo que un hombre, al que nunca había visto antes, trató de asustarme para que desistiera de investigar estos asuntos. ¡Oficial, este misterio no debe quedar un minuto más sin resolverse!

—Este artículo —dijo, volviendo al recorte de periódico— dice que Poe era escritor.

¡Aquello era un principio!

—Es mi autor favorito. De hecho, si es usted lector de revistas, apostaría a que conoce su obra literaria.

Enumeré algunas de las colaboraciones más conocidas de Poe en revistas: «Los crímenes de la calle Morgue», «El misterio de Marie Rogêt», «La carta robada», «Tú eres el hombre», «El escarabajo de oro»... Pensé que el argumento de estos relatos de misterio, que tratan de delitos y asesinatos, podría tener especial interés para un oficial de policía.

—¿Ése era su nombre? —El policía del registro que me había saludado al entrar me interrumpió mientras yo recitaba mi lista—. ¿Poe?

—*Poe* —confirmé, probablemente con excesiva aspereza.

El fenómeno siempre me había molestado. Muchos de los relatos y poemas de Poe alcanzaron gran fama, pero consiguieron privar al escritor de celebridad personal, oscureciéndolo a él. ¿A cuántas personas había conocido yo que podían recitar orgullosamente «El cuervo» entero, *más* algunos de los versos populares que lo parodiaban («El pavo», por ejemplo), pero eran incapaces de nombrar al autor? Poe atraía lectores que disfrutaban de él pero se negaban a admirarlo; era como si sus obras lo hubieran engullido por completo.

El policía del registro repetía la palabra «Poe», riendo como si el mismo nombre encerrara un gran chiste subido de tono.

—Usted ha leído algo de eso, oficial White. Aquella historia —dijo, dirigiéndose en tono de camaradería a su superior— en la que los cadáveres se encuentran ensangrentados y mutilados en una habitación cerrada, la torpe policía de París no puede sacar nada en claro y, ¡lo que menos se imagina, la cosa acaba con que el autor es un maldito mono que se le ha escapado a un marino! ¡Imagínese!

Como si fuera parte de la propia narración, el policía del registro adoptaba ahora la postura de un simio, con los brazos colgantes.

El oficial White frunció el ceño.

—Hay un tipo gracioso, un francés —continuó el otro policía—, que considera las cosas con toda la racionalidad de su magín, y que averigua en seguida toda la verdad.

—¡Sí, monsieur Dupin! —precisé.

—Ahora *sí* recuerdo la historia —dijo White—. Le diré una cosa, señor Clark. Usted no puede basarse en el lenguaje confuso de esas historias ni para atrapar al más vulgar de los ladrones de Baltimore.

El oficial White remató su comentario con una risotada vulgar. El policía del registro, al principio indeciso, imitó el ejemplo de su jefe en un tono más elevado, de modo que había allí dos hombres riéndose ante mí, que permanecía en pie y era el instigador de todo aquello, sombrío como un sepulturero en plena guerra.

Yo abrigaba escasas dudas de que había un número infinito de iniciativas que aquellos policías podían haber aprendido, o tratado de aprender, de los cuentos de Poe. Por supuesto, el prefecto de policía a quien Dupin deja en evidencia en los relatos tenía más aptitudes que mis ocasionales compañeros para comprender aquello que se clasifica como misterioso, inexplicable e inconfesable.

—¿Coinciden con usted los periódicos en que hay algo más que averiguar?

—Todavía no. He presionado a los redactores y continuaré utilizando mi influencia en ese sentido —prometí.

El oficial White me formuló más preguntas sobre cómo se me había hecho la advertencia. Sus ojos vagaron escépticamente mientras yo entraba en más detalles. Pero él seguía rumiando sobre nuestra conversación y, para mi sorpresa, convino en que era un asunto que la policía debía investigar. Me aconsejó que, mientras tanto, yo lo olvidara y no hablara de ello con nadie más.

Después de este episodio, durante varios días no ocurrió nada de particular. Peter y yo prosperamos gracias a algunos clientes importantes que recientemente habían recurrido a nuestros servicios. Vi a Hattie en una cena o en la calle Baltimore, dando un paseo del brazo de su tía, intercambiamos noticias y yo me sentí beatíficamente perdido en su serena voz. Un buen día recibí un mensaje del oficial White, pidiéndome que fuera a verlo cuando me viniera bien. De inmediato volvió a invadirme la inquietud. Me apresuré a la comisaría sin decirle siquiera a Peter que me ausentaba.

El oficial White me saludó en seguida. De su mueca crispada deduje que parecía ansioso por decirme algo. Le pregunté si había hecho progresos.

—Oh, sí, muchos. ¡Sí, yo diría que «progresos»!

Buscó en un cajón y me alargó los recortes de periódico que yo le había dejado.

—Pero, oficial, usted podría necesitar ese material para su investigación.

—No habrá tal investigación, señor Clark —dijo en tono concluyente, mientras se acomodaba en su silla, echando fuego por los ojos.

Sólo entonces me di cuenta de que otro hombre se hallaba de pie a poca distancia, recogiendo su sombrero y su bastón de una mesa. Me daba la espalda, pero luego se volvió.

—Señor Clark —me saludó el hombre tranquilamente, tras un lento parpadeo, como si hiciera un esfuerzo por recordar mi nombre.

—He llamado al primo del señor Poe en relación con este asunto —dijo el oficial White, dirigiendo un gesto obsequioso a su invitado—. Le conocemos a través de la policía judicial y lo tenemos por uno de nuestros ciudadanos mejor considerados. Era primo del difunto. Ustedes, caballeros, parece que ya se conocían. El señor Poe ha tenido la amabilidad de tratar conmigo de sus preocupaciones, señor Clark. —Cuando el oficial White continuó, yo ya sabía qué iba a venir después—. El señor Poe cree innecesaria una investigación. Se muestra completamente conforme con lo que se sabe acerca de la prematura muerte de su primo.

—¡Pero, señor Poe —repliqué—, usted mismo dijo que no era capaz de averiguar qué le había ocurrido a Edgar Poe en sus últimos días! ¡Reconozca que eso encierra un gran misterio!

Neilson Poe estaba ocupado cubriéndose con una capa. Mientras lo miraba, pensé con gran claridad en todo aquello de lo que yo había sido testigo en relación con él, en su comportamiento y en su trato con su primo. «Me temo que no puedo decir nada más sobre el final», me dijo en su despacho. Pero ahora, consideraba yo, ¿daba a entender que no *sabía* nada más o que no me *diría nada más*?

Me incliné para acercarme a donde se sentaba el oficial White, para confiarme a él.

—Oficial, usted no puede... ¡Neilson cree que Edgar Poe está mejor muerto que vivo!

Pero el oficial White me cortó en seco.

—Y el señor Herring también está de acuerdo con el señor Poe. Quizá usted lo conozca..., el comerciante de maderas de construcción. Es otro de los primos del señor Poe, y fue el primer pariente que se presentó en el colegio electoral del Distrito Cuarto, instalado en el hotel Ryan's, el día en que el señor Poe fue encontrado allí en estado de delirio.

Henry Herring se hallaba en la puerta de la comisaría, aguardando a Neilson Poe. A la mención de su temprana presencia cuando Edgar Poe fue descubierto, Herring respondió bajando la mirada. Herring era de complexión más robusta y de estatura más aventajada que Neilson, y ofrecía una expresión severa. Me estrechó la mano con gesto ceremonioso, pero sin el más mínimo interés por mí. Lo reconocí en seguida como otro de los cuatro asistentes al mínimamente concurrido entierro de Poe.

—Dejemos reposar a los muertos —me dijo Neilson Poe—. Su interés me sorprende, lo encuentro... algo peculiar, señor Clark, y también morboso. Quizá usted se parezca a mi primo en algo más que en la caligrafía.

Neilson Poe nos dirigió unas tranquilas buenas tardes y salió con paso vivo.

—Paz para sus cenizas —dijo Henry Herring en tono solemne, y luego se reunió con Neilson frente al edificio.

—En todo caso ya tenemos bastantes problemas que nos preocupan, señor Clark —empezó a decir el oficial White una vez se hubieron marchado los parientes de Poe—. Están los vagabundos, los noctámbulos y los extranjeros que merodean, corrompen, roban nuestros almacenes y desmoralizan a los buenos chicos cada vez más a medida que la ciudad crece. No tenemos tiempo para *asuntos menores*.

El discurso del oficial continuó, y mientras hablaba interminablemente, dirigí una mirada nerviosa por la ventana. Mis ojos siguieron a Neilson Poe y a Henry Herring hasta un carruaje. Cuando se abrió la portezuela, vi a una mujer pequeña pero proporcionada aguardando en el interior. Neilson Poe montó y se colocó al lado de ella. Sólo necesité un momento para advertir que su aspecto me resultaba misteriosamente familiar. En otro momento, recordé, con un escalofrío que me llegó a los huesos, dónde la había visto o, más bien, dónde había visto a una mujer parecida a ella. Era casi una doble, una gemela del joven amor fenecido de Edgar Poe, Virginia. Por lo que a mí respecta, ella era Virginia, ¡la querida Sissy de Poe!

Recordando el semblante de Sissy Poe, captado a las pocas horas de su muerte, se grabaron en mi mente algunos versos del propio Edgar Poe.

Ella, la bella y bien plantada, que ahora yace profundamente,
con la vida en la dorada cabellera, pero no en los ojos.
La vida todavía allí, en la cabellera; la muerte en los ojos.

Pero ¡alto! No puedo creerlo. En la descripción de la hermosa muchacha llamada Lenore en su lecho de muerte —«que ahora yace profundamente»—, Poe emplea las mismas dos palabras finales de la advertencia del fantasma. *No es prudente entrometerse en ciertos asuntos e ir propalando ruines mentiras.* ¡Después de todo, la advertencia *había tenido* que ver con Poe! ¡Ruines mentiras!*

Me asomé a la ventana y observé cómo el carruaje desaparecía sin más.

El oficial White suspiró.

—Admita usted, señor Clark, que aquí no hay nada más que ha-

---

* En inglés se escriben y se pronuncian igual las expresiones «bajas [ruines] mentiras» y «yace profundamente»: *lowly lies. (N. del t.)*

cer. ¡Le ruego que olvide esas preocupaciones! Al parecer se siente usted inclinado a atribuir algo especial a sucesos de lo más corriente. ¿Está usted casado, señor Clark?

Ante esta pregunta mi atención volvió a centrarse en el oficial. Dudé.

—Me casaré pronto.

Rompió a reír, como quien sabe de qué va el asunto.

—Bueno. Tendrá mucho de qué ocuparse sin necesidad de pensar en este desdichado caso; de lo contrario, su enamorada acabará rompiendo el compromiso.

Si la página en blanco que tenía ante mí reflejara cabalmente mis sentimientos, describiría el desaliento que se apoderó de mí tras aquel episodio. Permanecía sentado ante la ventana empañada por la niebla, observando el ordenado éxodo del personal que salía de las oficinas situadas alrededor de la nuestra. Continué allí cuando Peter ya se había ido. Debía haberme sentido a gusto. Hice cuanto pude. Incluso hablar con la policía. No me quedaba más por intentar. Un manto de rutina parecía extenderse ante mí.

Los días transcurrían así. Caí en un estado de *ennui*, extremo hasta la desesperación que ninguna de las amenidades sociales era capaz de aliviar. Entonces llamaron a la puerta y me entregaron una carta. Se trataba de un mensajero enviado por el ateneo, donde el empleado de la sala de lectura, al no verme durante algún tiempo, decidió mandarme unos recortes de periódicos que habían llegado a sus manos. Recortes de varios años antes, entre los que destacaban algunos que aludían a Poe, y el empleado, recordando sin duda mis indagaciones, pensó remitírmelos acompañados de una carta.

Uno de los recortes reclamó toda mi atención.

Piensen en ello.

Había estado allí todo el tiempo.

5

16 de septiembre de 1844

Nuestro periódico ha sido informado por una dama amiga del brillante y errático escritor Edgar A. Poe, de que el ingenioso héroe del señor Poe, C. Auguste Dupin, está claramente inspirado en una personalidad real, con la que comparte nombre y proezas, conocida por su gran capacidad de análisis. Ese respetado caballero es ampliamente conocido en París, cuya policía con frecuencia requiere su colaboración en casos aún más confusos que los descritos por el señor Poe en sus extraños relatos protagonizados por el señor Dupin. De ellos, «La carta robada» constituye la tercera entrega (aunque los editores esperan que a ella sigan otras). Nos preguntamos cuántos miles de casos apremiantes planteados en los últimos años en nuestro propio país hubiera *podido resolver*, sin esfuerzo, este auténtico genio parisiense. Y cuántos resolvería de los que van a surgir.

6

Mientras sostenía en las manos el recorte, experimenté un inexpresable dilema en mi interior y en relación a cuanto me rodeaba. Me sentía embargado por la emoción.

Pocos minutos después de que el mensajero del ateneo saliera de mi despacho, Peter irrumpió con un montón de documentos.

—¿Cómo es que se te ve tan nervioso, Quentin? —preguntó.

Creo que se trató de una mera pregunta retórica, pero yo estaba tan entusiasmado que le respondí:

—¡Compruébalo por ti mismo, Peter! El empleado del ateneo me lo ha enviado junto con otros artículos.

No sé por qué no me contuve. Quizá porque las consecuencias ya no me importaban.

Peter leyó el recorte despacio, y su rostro se ensombreció.

—¿Qué es esto? —inquirió, apretando los dientes.

No puedo dejar de comprender la reacción que siguió. Al fin y al cabo teníamos una vista en el palacio de justicia a la mañana siguiente. Peter había estado moviéndose por el despacho, preparando el caso frenéticamente, hasta el preciso momento en que entró. Imaginen cómo encontró a su socio. ¿Estudiando documentos para el juicio de nuestro cliente? ¿Comprobando por última vez si había errores? No.

—Hay un Dupin real en París... Quiero decir el personaje de Poe, un genio de la investigación —expliqué—. Muy famoso en la región de París. ¿Lo ves? Es un milagro.

Arrojó el recorte sobre mi mesa.

—¿Poe? ¿Es eso lo que has estado haciendo todo el día?

—Peter, debo averiguar quién es esa persona a la que se refiere el artículo y traerla aquí. Tenías razón cuando dijiste que yo no podía hacer el trabajo solo. *Él* puede hacerlo.

En mi anaquel había una edición de los *Cuentos* de Poe. Peter agarró el libro y lo agitó ante mi rostro.

—¡Yo pensaba que habías terminado con esa locura de Poe, Quentin!

—Peter, si este hombre existe, si un hombre con una mente tan extraordinaria como C. Auguste Dupin realmente está allí, entonces podré cumplir mi promesa a Poe. ¡Poe me ha estado diciendo todo este tiempo cómo hacerlo, a través de las páginas de sus propios relatos! El nombre de Poe debe ser rehabilitado. Rescatado de una eternidad de injusticia.

Peter se dispuso a tomar de nuevo el recorte de periódico, pero yo se lo quité de la mano, lo doblé y me lo guardé en el bolsillo.

Pareció angustiado por eso. Una de las enormes manos de Peter avanzó como para agarrar algo, como si necesitara ahogar algo, siquiera el aire. Con la otra mano, arrojó directamente el libro de Poe a la chimenea, cuyas llamas habían sido avivadas por uno de los escribientes apenas media hora antes, hasta convertirse en un agradable fuego.

—¡Ahí! —dijo.

La chimenea chisporroteó con su sacrificio. Creo que Peter lamentó al instante su precipitada acción, pues la fiereza de su semblante derivó hacia la tristeza en cuanto las llamas alcanzaron las páginas del libro. Menos mal que no era uno de los volúmenes que yo apreciaba por su encuadernación o por algún apego sentimental concreto. No era el ejemplar que me había dedicado a leer en los días tranquilos que siguieron al telegrama que me comunicaba la muerte de mis padres.

Pero, sin pensarlo, con la rapidez de movimientos que siempre manifesté, alcancé el libro y lo saqué. Permanecí de pie en mitad de la habitación, con el libro en llamas en la mano. La manga se convirtió también en un anillo ardiendo a la altura del puño. Pero me mantuve resueltamente en el mismo lugar mientras Peter pestañeaba, con una mirada de indefensión en sus ojos muy abiertos, que brillaban al fuego. Por fin se hizo cargo de lo que estaba viendo: a su socio agarrando un libro en llamas, mientras éstas empezaban a rodear su brazo. Resultaba extraño que cuanto más desvarío reflejaba su expresión, más tranquilo me mostraba yo. No podía recordar haberme sentido alguna vez tan fuerte, tan decidido en mi propósito como en aquel preciso momento. Ahora sabía lo que necesitaba hacer.

Hattie había entrado en la habitación en mi busca. Se quedó mirándome a mí y el objeto que se quemaba, y que yo seguía sujetando, no exactamente con sorpresa, sino con un raro destello de ira.

Arrojó una alfombra del salón sobre mi brazo y apagó las llamas dando golpes con la palma de la mano. Peter se recuperó lo bastante para suspirar por el incidente, y luego comprobó los desperfectos en la alfombra antes de ponerse a hablar con Hattie. Hubo comentarios y preguntas por parte de ambos y exclamaciones de dos escribientes que corrieron a ver qué pasaba, y se me quedaron mirando como si yo fuera una bestia salvaje.

—¡Fuera! ¡Fuera de este despacho, Quentin! —gritó Peter, señalándome con mano temblorosa.

—¡No, Peter, por favor! —exclamó Hattie.

—Muy bien —dije.

Me dirigí a la puerta de mi despacho. Hattie me pedía que regresara, pero yo no me volví. Yo sólo tenía la mente ocupada en cosas lejanas, como si se desplegaran delante de mí, a la manera de prolongaciones de aquellas salas, los largos paseos, el bullicio de los cafés llenos de vida, los acordes de músicas desenfadadas y soñadoras de bailes y fiestas. La solución aguardaba en una distante metrópoli.

Libro II

PARÍS

7

Llegué a mi primera cita en París por la vía del secuestro.

En nuestras ciudades americanas al extranjero se le abandona sencillamente a su suerte, con gran crueldad y cortesía, en calles que no le resultan familiares; pero en París el extranjero tiene un constante sentimiento de ser empujado y dirigido por ciudadanos y funcionarios. Si uno se pierde, el francés correrá media milla a gran velocidad para señalarle a uno su destino, y no aceptará ni las gracias. Quizá el rapto sea la inevitable culminación de esta amabilidad agresiva.

Viajé a París alrededor de año y medio después de que sacara del fuego aquel libro. Mi primera sorpresa al llegar la tuve en la estación término, donde los *commissionnaires* proclamaban a gritos las excelencias de uno u otro hotel. Procuré evitar sus ofrecimientos.

Me detuve ante un hombre que ladraba las excelencias del hotel Corneille, bautizado con el nombre del gran dramaturgo francés. Yo había leído sobre ese hotel en una novela de Balzac (pues adquirí algunos libros suyos y de la novelista George Sand para entretenerme y estudiar durante el viaje), y tenía fama de ser un establecimiento que acogía a quienes cultivaban las diversas ramas de las humanidades. Y yo consideraba que mi objetivo tenía cierto carácter literario.

—¿Quiere usted alojarse en el Corneille, monsieur?

Ante mi asentimiento, que se produjo tras un momento de duda, resopló, como si agradeciera a los cielos por poder dejar de dar voces.

—¡Por aquí, si me hace el favor!

Me condujo a su carruaje, donde maniobró para asegurar mi

equipaje en la baca, haciendo pausas ocasionales para examinarme con un aire de exultante felicidad por llevar como pasajero a un visitante procedente del Nuevo Mundo.

—¿Viene usted por negocios, caballero?

Medité una respuesta.

—Creo que no exactamente. En mi lugar de origen soy abogado, monsieur. No hace mucho abandoné mi actividad profesional porque me estoy dedicando a un tipo de trabajo distinto... Por decirlo suavemente, y dado que ya noto que puedo confiar en usted, estoy aquí en busca de ayuda para alguien que la estará esperando.

—¡Ah! —exclamó, sin tomar en cuenta mis palabras—. ¿Conoce usted a Cooper?

—¿Qué?

—¡Cooper!

Después de repetir el intercambio de palabras, resultó claro que se refería al autor James Fenimore Cooper. Yo había descubierto que los franceses pensaban que en América convivían estrechamente a todos los efectos dos clases de personas, que no podían dejar de conocerse: una, el habitante de regiones salvajes, y la otra, el especulador de Wall Street. Las novelas de aventuras de Cooper eran inexplicablemente populares incluso en los más selectos círculos de París (¡tráigase usted un ejemplar americano y será considerado todo un héroe!), y se creía que todos nosotros vivíamos, como en esos relatos, entre indios salvajes y nobles. Le dije que no conocía personalmente a Cooper.

—Bien, pues el Corneille satisfará todas sus necesidades, ¡palabra de honor! Ha escogido usted bien. Usted sube por la escalera, monsieur, y yo me ocuparé del resto de su equipaje una vez que lo haya recogido el mozo.

Al menos no había errado en mi primera elección de transporte en la ciudad. El coche era más amplio que los de su clase en América, y desde luego la habitabilidad resultaba muy cómoda. Era el lujo que más agradecía yo en aquel momento: hundirme en los cojines de un carruaje, sin apenas notar el movimiento de ruedas y caballos, a los que el cochero mantenía a un trote corto mientras nos acercábamos a mi futuro alojamiento. Este recorrido, recuerden, seguía a dos semanas en el mar, tras zarpar precipitadamente del puerto de Baltimore, hacer escala en Dover y pernoctar allí antes de volver a embarcar para Francia, donde un tren me condujo a París en seis horas. Así que la idea de dormir en una *cama* ¡me cautivaba! Ignoraba que en breve iba a ser despojado de mi recién recuperada comodidad y amenazado con una espada.

Mi tranquilidad se vio sacudida cuando el carruaje se inclinó de repente en una curva cerrada y luego un traqueteo, antes de detenerse bruscamente. El *commissionnaire* profirió un juramento y se apeó del pescante.

—¡Vaya, un socavón! —me dijo, aliviado—. ¡Creí que se había soltado una rueda! Entonces estaríamos...

Pude ver por la ventanilla los rasgos de su cara, súbitamente pálida, como si hubiera caído en un silencio sumamente respetuoso. Aquella expresión se mezcló con otra de miedo antes de que se escabullera lejos de su carruaje.

—¡Eh, venga aquí, cochero! —grité—. ¿Adónde ha ido usted, monsieur?

Asomándome a la ventanilla, mis ojos se posaron en un hombre rechoncho, con un ondeante gabán azul brillante abotonado hasta el cuello. Llevaba un ancho bigote y una barba exquisitamente peinada y recortada. Pensé apearme y preguntar al desconocido si había visto qué camino había tomado el *commissionnaire* huido. En vez de eso, aquel hombre abrió la portezuela y montó con gestos de gran cortesía.

Decía algo en francés, pero yo estaba demasiado aturdido para recurrir a mi rudimentaria comprensión de esa lengua. Mi primer pensamiento fue deslizarme por el otro lado. Me moví en esa dirección, sólo para encontrar, al abrir la portezuela, mi camino cortado por otro hombre ataviado con el mismo gabán de una sola hilera de botones. Se echó atrás el faldón para mostrar un sable que pendía perpendicularmente de su brillante cinto negro. Quedé hipnotizado ante la vista del arma, que relucía al sol. Su mano tropezó como de pasada con la empuñadura, a la que dio unos golpecitos al tiempo que asentía con la cabeza dirigiéndose a mí.

—*Allons donc!*

—¡Policía! —exclamé, volviéndome hacia el hombre sentado junto a mí, y sintiéndome a medias aliviado y atemorizado—. ¿Ustedes son de la policía, monsieur?

—Sí —respondió, alargando la mano—. Su pasaporte, por favor, monsieur.

Accedí y, confuso, aguardé mientras lo leía.

—Pero ¿a quién buscan ustedes, agente?

Una breve sonrisa.

—A usted, monsieur.

Más adelante se me explicó que el ojo vigilante de la policía parisiense consideraba a todos los americanos que entraban en su ciudad solos y que fueran jóvenes —en especial hombres jóvenes y solteros— posibles «radicales» llegados con la intención de derrocar el gobierno. Considerando que recientemente el gobierno había sido derrocado, aquel temor de radicalismo inminente parecía misterioso para quien no estuviera bien versado en la política francesa. ¿Les preocupaba que las turbas, después de imponer su legislativo y, en su momento, haber elegido presidente, ahora, aburridas del republicanismo, instigaran a la revuelta para que volvieran sus reyes?

Los oficiales que interceptaron mi carruaje se limitaron a explicarme que el prefecto de policía decidió que me presentara a él antes de comenzar mi estancia en la ciudad. Atraído, extrañamente cautivado por los sables y los elegantes uniformes, les seguí de buen grado. Un coche diferente, con caballos más rápidos, nos condujo directamente a la rue de Jerusalem, donde radicaba la prefectura.

El prefecto, un hombre jovial y atolondrado llamado Delacourt, se sentó junto a mí en su despacho, como su funcionario se había sentado en el carruaje, y representó el mismo ritual de leer mi pasaporte. Había sido extendido debidamente por el representante francés en la ciudad de Washington, monsieur Montor, que también aportaba una carta atestiguando mi respetabilidad. Pero el prefecto parecía tener escaso interés en cualquier prueba escrita de mis inofensivas intenciones.

¿Estaba allí por «negocios», «turismo», «cultura»? Respondí negativamente a todas estas preguntas.

—Si no es así, ¿para qué ha venido usted a París este verano?

—Pues verá, señor prefecto, me propongo conocer a un habitante de su ciudad a propósito de un importante asunto de allá, de Estados Unidos.

—¿Y de quién se trata? —inquirió, disimulando su interés con una sonrisa distraída.

Cuando se lo dije mantuvo la calma, pero luego intercambió una mirada con el agente que se sentaba con nosotros en el despacho.

—¿*Quién?* —preguntó al cabo de unos instantes el prefecto como si hubiese quedado totalmente anonadado.

—Auguste Duponte —repetí—. Entonces, ¿lo conoce usted, señor prefecto? He mantenido correspondencia con él los últimos meses...

—¿Duponte? ¿Que Duponte le ha escrito a usted? —terció con aspereza el otro agente, un anciano bajo y obeso.

—No, desde luego que no, oficial Gunner —dijo el prefecto.

—No —concedí, aunque me sentía irritado por la intempestiva suposición del prefecto—. Escribí a Duponte, pero nunca me contestó. Por eso he venido. Estoy aquí para explicarle algo de viva voz antes de que sea demasiado tarde.

—Eso le va a resultar difícil —murmuró Gunner con la misma aspereza de antes.

—¿Es que... ya no vive? —pregunté, boquiabierto.

Creo que el prefecto replicó «casi», pero se tragó las palabras y retomó sin transición su personalidad, más jovial y distendida. (Yo no advertí una merma de su jovialidad hasta que la hubo recobrado.)

—No se preocupe por esto —dijo, refiriéndose a mi pasaporte, que tendió a su colega para que lo sellara con una serie de jeroglíficos en apariencia desprovistos de significado.

—Una herramienta de la próxima Inquisición, ¿no?

Desechó con brusquedad el tema de Duponte, me dio la bienvenida a París y me aseguró que podía contar con él siempre que necesitara ayuda durante mi estancia. Cuando me iba, varios *sergents de ville* me dirigieron torvas miradas de sospecha, por lo que tuve una gran sensación de alivio una vez que me hallé en el anonimato de la concurrida calle.

La misma tarde aboné a madame Fouché, propietaria del hotel Corneille, el importe de una semana, aunque preveía que mis asuntos quedarían resueltos antes de ese plazo.

Pero supongo que hubo indicios que yo debí haber advertido. Por ejemplo, la actitud del portero de la suntuosa mansión parisiense a la que yo había dirigido las cartas destinadas a Duponte. Cuando le pregunté, el portero frunció el ceño, negó con la cabeza y habló:

—¿Duponte? ¿Para qué desea verlo?

Dada su estatura, no me pareció inconcebible que el portero disuadiera a los visitantes ocasionales.

—Preciso de sus conocimientos para cierto asunto —fue mi respuesta, a la que siguió un extraño silbido por parte de mi interlocutor, y que resultó ser una carcajada.

Me informó de que Duponte ya no vivía allí, de que no había dejado seña alguna y de que ahora era probable que ni el mismo Colón pudiera encontrarlo. Cuando ya me marchaba pensé en el «Dupin» al que yo conocía bien. Quiero decir a través de los cuentos de Poe. Era un personaje que me había franqueado el acceso a aquel autor y me había convencido de que lo inexplicable debe llegar a comprenderse. Poe se refería a «mi héroe francés» en una de las cartas que me escribió. ¡Si sólo se me hubiera ocurrido preguntarle sobre la identidad del Dupin real, si sólo yo hubiera manifestado más curiosidad... me habría ahorrado el año largo que dediqué a seguir el rastro de aquel hombre singular en París!

En sus cuentos, Poe nunca describió físicamente al personaje de Dupin. No me di cuenta de ello hasta que, no hace mucho, revisé con aquella idea en la mente los tres peculiares cuentos detectivescos. Si con anterioridad me hubiera preguntado al respecto, habría podido responder, como si me dirigiera a un perfecto zoquete: «Por descontado que Poe describe a uno de sus personajes más importantes, el personaje que encierra en sí a la perfección el conjunto de sus escritos, ¡y por añadidura con gran detalle!» Pero la realidad es que el aspecto de Dupin queda sorprendentemente explícito..., pero sólo para el lector cuidadoso y atento que se introduce en el relato con todo su corazón.

Menciono aquí, como ilustración de lo anterior, un cuento más bien frívolo de Poe titulado «El hombre que se gastó». Trata de un celebrado general del ejército cuya fornida apariencia física es objeto de gran admiración. Pero el general tiene un desdichado secreto: todas las noches se deshace físicamente a causa de sus viejas heridas de guerra, y los fragmentos de su cuerpo deben ser recompuestos de nuevo por su ordenanza negro antes del desayuno. Creo que fue la réplica de Poe a esos escritores menores, meras manchas en las profundas sombras de su genio, que consideraban que la descripción de los rasgos era la clave para dar vida a sus personajes. Por eso, tan sólo a partir de la inefable alma de C. Auguste Dupin, y no de su elección de chaleco, desde hacía tiempo el personaje había penetrado en mi conciencia.

Cuando el empleado del ateneo de Baltimore me remitió el recorte que mencionaba al Dupin real, consideré infructuosos todos mis intentos de averiguar su verdadero nombre a partir del periódico de Nueva York donde apareció la columna. Pero apenas transcurridas unas semanas dedicadas a investigar en publicaciones y guías francesas, reuní una impresionante lista de individuos que habrían podido servir de modelo para el personaje de Poe.

De un modo u otro, todas sus historias personales se adecuaban a las dos fuentes: la descripción contenida en el recorte y los rasgos del personaje de Poe. Descubrí otras tantas posibilidades en un parisiense célebre dedicado a las matemáticas, autor de libros de texto utilizados para resolver toda clase de problemas científicos; en un abogado, llamado en ocasiones el Barón, quien lograba exculpar a acusados de los más escandalosos delitos y que se había trasladado a Londres; o en un tercero, un antiguo delincuente que actuaba como agente secreto de la policía parisiense antes de dirigir una fábrica de papel en Bruselas. Cada una de estas y otras posibilidades fueron consideradas desapasionada y objetivamente, con la esperanza de que una de ellas destacara sobre las demás como la fuente que condujera a Dupin.

Pero transcurrió otro año y medio desde el inicio de la investigación. La abundante correspondencia a través del Atlántico demostró ser lenta y estéril. Los candidatos prometedores se multiplicaban con rapidez, pero, gradualmente, uno tras otro se precipitaban en un pozo de dudas después de someterlos a indagaciones e intercambiar información.

Hasta un claro día de primavera de 1851. Fue entonces cuando descubrí en la revista francesa *L'——* el nombre de Auguste Duponte.

Naturalmente, me llamó la atención, pero no sólo porque sonaba igual que el C. Auguste Dupin de Poe. Ese sujeto, Auguste Duponte, había ganado fama en Francia a raíz del sensacional caso de monsieur Lafarge, un caballero de robusta constitución y alguna importancia local hallado muerto en su casa en misteriosas circunstancias. Tras algunas pesquisas infructuosas, un policía invitó a un conocido suyo, el joven preceptor Duponte, a traducir los comentarios de un visitante español testigo del caso (aunque esta contribución acabó demostrándose irrelevante).

Diez o doce minutos después de escuchar la narración de los hechos efectuada por el policía, se dijo que Duponte demostró de forma concluyente que el muerto había sido envenenado por madame Lafarge durante una comida. Madame L. fue condenada por el asesinato de su marido y más tarde liberada de la muerte por funcionarios compasivos.

(Preguntado luego Duponte por el periódico francés *La Presse* qué pensaba de la conmutación de la sentencia que pesaba sobre la asesina, respondió: «Nada. El castigo guarda escasa relación con el hecho en sí del delito, y menos aún con el análisis del delito.»)

La noticia del logro de Auguste Duponte se extendió ampliamente por Francia. Los funcionarios del gobierno, la policía y los ciudadanos de París solicitaron sus análisis de otros sucesos. Su rápido reconocimiento público —que yo descubrí con inmensa satisfacción— se había producido unos años antes de la aparición de «Los crímenes de la calle Morgue», en un número de 1841 de una revista americana. La descripción que Poe hacía, en el segundo de los cuentos, de la elevación de Dupin a la fama podía aplicarse con igual propiedad para resumir la verdadera historia de Auguste Duponte: *Fue así como Dupin se convirtió en el blanco de las miradas de la policía, y en no pocos casos la prefectura trató de contratar sus servicios.*

Mi confianza en que había identificado al hombre adecuado se vio reforzada cuando conocí a un bien informado francés que llevaba residiendo en América unos años, desde el destronamiento del rey Luis Felipe, y que formaba parte del cuerpo diplomático de la nueva República francesa. Su nombre era Henri Montor. Me encontraba en la ciudad de Washington buscando a Auguste Duponte en las bibliotecas, cuando Montor advirtió que me esforzaba en la lectura de algunos periódicos franceses. Le expliqué lo que me proponía y le pregunté si había conocido a Duponte.

—Siempre que se perpetraba un delito de gran resonancia —dijo animadamente monsieur Montor—, llamaban a Duponte... y el criminal maldecía el día en que Duponte vino al mundo. Duponte es un tesoro de París, monsieur Clark.

En el transcurso de mis subsiguientes visitas, Henri Montor, mientras cenábamos, también me instruyó en la lengua francesa, y me habló durante largas horas comparando los gobiernos francés y americano y los respectivos pueblos. Encontraba la ciudad de Washington más bien desolada en comparación con París, y el clima lo consideraba decididamente sofocante e incluso perjudicial para la salud. Pero sabía que su actual misión era importante. Las relaciones entre América y Francia siempre habían sido vitales, y ahora más que nunca, desde que Francia era una república.

Por entonces, cuando conocí a monsieur Montor, ya había escrito al propio monsieur Duponte. Describí a grandes rasgos los hechos que rodearon la muerte de Poe, e insistí en la urgente necesidad de resolver el caso antes de que la ya maltrecha reputación de Poe empeorase. Transcurrió otra semana y escribí otras dos cartas, ambas franqueadas como urgentes, en las que incluía añadidos y más detalles sobre la historia no escrita de Poe.

Aunque nos conocíamos desde hacía poco tiempo, Montor me invitó a un baile de disfraces, al que asistían centenares de invitados, en una soberbia mansión próxima a la ciudad de Washington, donde tuve ocasión de encontrarme con un gran número de damas y caballeros franceses. La mayoría ostentaba un título u otro, y alguno me hizo la merced de acomodarse a mi rudimentario francés, que yo trataba de perfeccionar todo lo posible. Allí estaba Jérôme Bonaparte, sobrino de Napoleón Bonaparte, nacido de una americana a la que el hermano menor de Napoleón, también llamado Jérôme, conoció casi cincuenta años atrás, durante un viaje a Estados Unidos. Aquel regio vástago se encontraba hora ante mí, vestido con un llamativo atuendo turco y armado con dos alfanjes que entrechocaban colgados de su cinto. Después de ser presentado, dirigí un cumplido a su disfraz.

—En cualquier caso prescindamos del tratamiento de monsieur, señor Clark; estamos en América —dijo Jérôme Bonaparte, con una chispa de buen humor en sus ojos oscuros. Henri Montor se inquietó un tanto por estas palabras. Bonaparte prosiguió, con un suspiro—: En cuanto a esta monstruosidad, fue idea de mi mujer. Está en algún lugar en el salón contiguo.

—Oh, creo que nos hemos conocido. ¿No va disfrazada de avestruz?

Bonaparte se echó a reír.

—Lleva plumas encima. ¡A usted le toca adivinar de qué animal va!

—Nuestro amigo americano —dijo Montor tomándome del brazo— está tratando de practicar nuestra lengua materna para mejor efectuar sus particulares investigaciones. ¿Ha regresado usted a París últimamente, mi querido Bonaparte?

—Mi padre trataba de convencerme para que me fuera a vivir allí, ¿sabe? Ni por un momento considero la posibilidad de instalarme fuera de América, Montor, pues me siento demasiado apegado y acostumbrado a ella para encontrar placer en Europa.

Dio unos golpecitos en una cajita de oro, con complicada decoración, y nos ofreció rapé.

Desfiló ante nosotros una mujer procedente del lugar donde el anfitrión tocaba el violín acompañado por una orquesta. Llamó a Bonaparte con un diminutivo y, por un momento, pensé que era su esposa adornada con plumas de avestruz, pero mirándola bien observé que llevaba ropajes flotantes y joyas propias de una reina. Montor me susurró:

—Es Elizabeth Patterson, la madre de Jérôme.

El susurro fue tan discreto que estaba claro que yo debía prestar atención a la dama.

—Querida madre —dijo Jérôme cortésmente—, te presento a Quentin Clark, un baltimorense que se dedica a algo...

—¡Vaya! —exclamó aquella reina disfrazada que, sin ser ni mucho menos de elevada estatura, parecía sobrepasar la de todos nosotros.

—Señora Patterson —la cumplimenté, haciendo una inclinación.

—Madame Bonaparte —me corrigió en ambos términos, y me ofreció la mano.

Aunque parecía haber envejecido unas décadas desde que se ha-

92

bía acercado, procedente del lugar donde tocaba la orquesta al rincón de la sala en que nos encontrábamos, había una belleza irreductible, casi trágica, en su rostro y en sus prístinos ojos. Me pareció que uno no podía evitar enamorarse de ella. Se me quedó mirando con manifiesta desaprobación.

—No va usted disfrazado, joven.

Montor, vestido de pescador napolitano, me justificó aduciendo que había sido invitado en el último momento.

—Estudia las costumbres francesas, ¿saben?

Los ojos de madame Bonaparte me fulminaron.

—Pues esfuércese.

Una vez que hube llegado a París me di cuenta de que aquel disfraz de reina era el adecuado, de acuerdo con lo que yo capté de las costumbres francesas. Por añadidura, mientras observaba a mi alrededor, en el extraordinario salón, los rostros enmascarados y ocultos, me di cuenta de que eso era lo que, en algún sentido, deseaban Peter y la tía Blum. Allí había algo, algo que iba más allá de los sirvientes de librea y de los arriates de flores brillando con lámparas dispuestas en su interior, algo poderoso que tenía muy poco que ver con el dinero y que Baltimore siempre quiso añadir a sus triunfos comerciales.

Por entonces, tras el episodio del libro quemado, regresé a mi despacho de abogado para completar cierto trabajo inacabado. Peter apenas se dio por enterado de mi presencia. Silbaba toda la escala musical mientras subía y bajaba la escalera, sin ocultar su decepción. Sólo me hablaba cuando era inevitable, y otras veces me enviaba mensajes por medio de nuestros pasantes. En ocasiones yo hubiera deseado, simplemente, que volviera a gritarme; entonces, a modo de réplica, al menos habría podido detallarle mis progresos.

Hattie parecía seguir el ejemplo de Peter, eludiéndome cada vez más, pero se tomó mucho trabajo para convencer a su tía y a su familia de que tuvieran paciencia respecto a nuestro compromiso y me concedieran tiempo. Hice lo posible por dar seguridades a Hattie, pero empecé a sentir que debía mostrarme cauteloso y no hablar demasiado; empecé a percatarme de que incluso la pura devoción de Hattie formaba parte del arsenal de quienes me rodeaban, de que se trataba de otro instrumento para anular el propósito que yo me había hecho. Incluso su rostro comenzó a antojárseme parecido al de su entrometida tía. Ella formaba parte de un Baltimore que no atribuía la menor importancia a esclarecer la verdad sobre la muerte de un gran hombre. Hattie, ¿por qué no confié en que podía verme, como de costumbre, con más claridad que un espejo?

Unas semanas después del baile de disfraces, yo seguía sin recibir cartas de Duponte en contestación a las mías. El correo podía haber sido robado o destruido por accidente o negligencia. Yo ya había descubierto la identidad del Dupin real, ¡probablemente la única persona en todo el mundo conocido capaz de descifrar el espacio en blanco de los últimos días de Poe! Yo estaba entregado al servicio de Poe, tal como le prometí a él. Había llegado lejos y no iba a ceder. No esperaría a que todo estuviera perdido. E hice planes para trasladarme a París.

Aquí me encontraba en un mundo diferente. Incluso las casas parecían construidas con materiales y colores totalmente distintos, y dispuestas de otra manera en las amplias calles, con las entradas principales a los lados de esas calles. París infundía una sensación de secretismo, aunque todo permanecía abierto, y la existencia en París parecía transcurrir por entero en el exterior.

En las últimas guías de la ciudad que encontré a mi llegada no figuraba ningún Duponte, y me di cuenta de que las que había consultado en la ciudad de Washington tenían algunos años de antigüedad. Tampoco decían una palabra las columnas de los periódicos recientes, los mismos que con anterioridad tanto habían hablado del personaje.

En París, la oficina de correos entregaba las cartas directamente a domicilio —una práctica que justamente comenzaba en algunas ciudades americanas, previo acuerdo—, pero en París, se decía, la comodidad de los ciudadanos era menos importante que la vigilancia a que los sometía el gobierno. Yo abrigaba la esperanza de que los funcionarios de correos no siguieran llevando las cartas dirigidas a Duponte a una dirección equivocada. En aplicación de otra peculiaridad de los reglamentos parisienses, se me negó (firme y cortésmente, como todo lo francés) el acceso a los administradores de la oficina de correos, donde me proponía preguntar por la dirección actual de Duponte. Necesitaba solicitar permiso por escrito al ministerio correspondiente. Asesorado para redactar la carta por madame Fouché, la propietaria de mi hotel, la mandé por correo (en cumplimiento de otra disposición, ¡aunque el ministerio se hallaba a menos de tres calles de distancia!).

—*Seguro* que recibe usted una carta con el permiso mañana o pasado. Claro que podría ser mucho más tarde —dijo la hotelera en tono pensativo— si algún funcionario comete un error, lo que es *tremendamente* común.

Mientras aguardaba algún signo de avance en mi búsqueda de la dirección de Duponte, empecé a escribir cartas a Hattie. Recordando el dolor que me causaba verla triste, yo sentí una profunda congoja porque la dilación de aquella singular empresa le produjera pesar. En mis cartas a Baltimore le prometía que el aplazamiento de nuestros planes sería lo más breve posible y le rogaba que viniera a París mientras tanto, aunque la estancia fuera corta y pesada debido a la dedicación que pudiera exigirme mi actual tarea. Hattie me escribió diciendo que nada la complacería más que ese viaje, pero que se veía obligada a cuidar de dos niños que recientemente se habían sumado a los hogares de sus hermanas.

En cuanto a Peter, me escribió una carta de despedida en la que me decía que yo había arruinado mi vida, y que a punto estuve de arruinar la suya por sucumbir a la decadencia y la indecencia de Europa.

¡Qué habrían estado imaginando! ¡Si tan sólo hubieran podido apreciar cuán diferente de lo que pensaban era la realidad!

Las alegrías nocturnas del verano parisiense se me colaban, juguetonas, por la ventana, con las orquestas al aire libre, los bailes y los centenares de teatros que acogían a espectadores felices. Yo, por contraste, abría y cerraba los cajones de mis dos cómodas y miraba fijamente el reloj sobre la repisa de mi habitación..., aguardando.

Un día, madame Fouché entró en mi cuarto y se ofreció a coserme un brazalete negro de crespón en la manga. Sacudida mi indolencia por la interrupción, consentí.

—Mis sinceras condolencias —dijo.

—Gracias. ¿Y por qué? —pregunté, alarmado de repente.

—¿No se le ha muerto alguien? —inquirió, suspirando, en tono solemne, como si sus reservas de compasión fueran escasas y yo las hubiera agotado—. De no ser así, ¿por qué ha caído usted en semejante estado de melancolía?

Dudé, estremeciéndome ante la tela negra adherida a mi gabán.

—Sí, madame, alguien ha muerto. Pero no es la causa inmediata de mi agitación —le expliqué—. Es la dirección, ¡esa maldita dirección! Perdone mi lenguaje, madame Fouché. Debo encontrar pronto la residencia de monsieur Auguste Duponte o abandonar París con las manos vacías, con lo que mis iniciativas serán consideradas aún más fantasiosas por quienes han sido mis amigos. Por esa razón deseo visitar la oficina de correos.

Se me quedó mirando, atónita.

Al día siguiente, madame Fouché me trajo personalmente el desayuno en lugar del camarero habitual. Apenas podía ocultar una sonrisa, y me tendió un papel con algo escrito en él.

—¿Qué es esto, madame?

—¿Qué va a ser? La dirección de Auguste Duponte, naturalmente.

—¡Se lo agradezco infinitamente, madame! ¡Qué maravilla!

Al instante estaba levantado y dispuesto para salir. Me sentía demasiado emocionado para detenerme a satisfacer mi curiosidad sobre cómo madame había conseguido las señas. El lugar, a menos de quince minutos, era un edificio en otro tiempo amarillo comunicado con una casa escarlata y azul en torno a un patio. Un buen ejemplo de la ostentosa moda parisiense en materia de arquitectura y colores. En los alrededores había menos cafés y tiendas que en los de la primera residencia que visité; una tranquilidad acorde con las demandas de la raciocinación, supuse. El portero, un hombre grueso con un horroroso mostacho, me dio instrucciones para subir al alojamiento de Duponte. Me detuve en el arranque de la escalera y regresé al cuarto del portero.

—Usted perdone, monsieur. ¿No preferiría monsieur Dupont que se me anunciara?

Lo tomó como una ofensa, como si la sugerencia pusiera en

duda su profesionalidad, o porque la idea de anunciar a un visitante rebajara sus funciones a las de un doméstico; no lo sé. La mujer del portero se encogió de hombros, con un matiz de condescendencia, y dirigió una mirada a lo alto, ya fuera a Dios o al techo.

—¡Cualquiera diría que recibe tantas visitas! —comentó.

El extraño intercambio de palabras sin duda acentuó mi intermitente nerviosismo cuando conocí al genio en persona en la puerta de su alojamiento. El despliegue de sus habilidades era aún más peculiar e insólito de lo que yo había imaginado. A juzgar por el comentario de la mujer del portero, ¡los parisienses ni siquiera consideraban que mereciera la pena *intentar* procurarse su ayuda!

Cuando Duponte abrió la puerta de sus habitaciones, hice mi presentación.

—Verá, monsieur, yo le escribí algunas cartas, tres, desde Estados Unidos, y le mandé un telegrama a su anterior dirección. Las cartas se referían al escritor americano Edgar A. Poe. Es esencial que las circunstancias de su muerte sean investigadas. Por eso he venido.

—Entiendo —dijo Duponte, contrayendo el rostro en una mueca y señalando detrás de mí—. Esa lámpara del vestíbulo está apagada. La han cambiado muchas veces, pero la llama se apaga.

—¿El qué? ¿La lámpara?

Así es como se inició nuestra conversación. Una vez dentro, referí de nuevo los acontecimientos narrados en mis cartas, le urgí a que nos pusiéramos a la tarea en seguida, y le expresé mi esperanza de que quisiera acompañarme a América en cuanto le viniera bien.

Las habitaciones eran muy corrientes y extrañamente desprovistas de todo, aparte de unos pocos libros irrelevantes. Reinaba allí un frío insólito, pese a que estábamos en verano. Duponte se recostó en su sillón. De pronto, como si hasta el momento no se hubiera dado cuenta de que yo me dirigía a él y no a la pared desnuda que tenía detrás, preguntó:

—¿Por qué me cuenta todo eso a mí, monsieur?

—Monsieur Duponte —respondí, asombrado—, es usted un célebre genio de la raciocinación. ¡Es usted la única persona que yo conozco, quizá la única del mundo, capaz de resolver este misterio!

—Se equivoca usted de plano —rechazó—. Está usted loco —aventuró.

—¿Yo? ¿No es usted Auguste Duponte? —repliqué acusadoramente.

—Está usted pensando en algo que sucedió hace muchos años. La policía me pidió que revisara de vez en cuando sus papeles. Me temo que los periódicos de París se entusiasmaron con las ideas que ellos mismos pusieron en circulación y, en algunos casos, me atribuyeron ciertas cualidades para satisfacer las apetencias de la imaginación del público. Circularon ciertos relatos...

(¿Hubo un destello de algo parecido al orgullo en sus ojos cuando dijo esto?) Sin un pestañeo ni un suspiro, echó abajo, sin más, mis expectativas.

—Lo que usted debería saber, si me permite decirlo, es que hay muchos alicientes en París, en verano. Puede asistir a un concierto en los jardines de Luxemburgo. Podría decirle dónde ver las flores más hermosas. ¿Ha estado usted en el palacio de Versalles? Le gustaría...

—¿El palacio de Versalles? ¿Versalles, dice usted? ¡Por favor, Duponte! ¡Esto es enormemente importante! Yo no soy un visitante ocioso. ¡He recorrido casi medio mundo para encontrarlo!

Me dirigió una mirada compasiva y dijo:

—Entonces, sin duda, debería dormir.

A la mañana siguiente me desperté tras un profundo e incómodo sueño propio del mes de julio. Había regresado al Corneille en un estado de total confusión tras el recibimiento de que me hizo objeto Duponte. Pero por la mañana mi decepción fue a menos al pensar que quizá mi propia fatiga había ensombrecido la primera conversación con Duponte. No había sido sensato ni adecuado irrumpir en casa de Duponte de aquella manera, cansado y ansioso, desgreñado y sin aportar siquiera una carta de presentación.

Esta vez tomé a placer el desayuno, que en París es como una comida excepto por la sopa, pero incluso empieza con ostras. (Sin embargo, el mismísimo Cuvier no hubiera logrado clasificar como verdaderas ostras aquellos objetos acuáticos, pequeños y azules, incapaces de satisfacer un apetito nacido en la bahía de Chesapeake.) Al llegar al domicilio de Duponte, me demoré en el cuarto del portero, y me satisfizo comprobar que libraba. Su esposa, más comunicativa, y su regordeta hija estaban sentadas remendando una alfombra.

La mayor de ambas mujeres me ofreció una silla. Se ruborizaba fácilmente ante mi sonrisa, y por eso traté de sonreír con frecuencia durante las pausas entre mis palabras, para inducirla a colaborar.

—Ayer, madame, mencionó usted que Duponte no recibe muchas visitas. ¿No tiene visitas de carácter profesional?

—En los años que lleva viviendo aquí, no.

—¿Había oído hablar con anterioridad de Auguste Duponte?

—¡Desde luego! —respondió, como si le hubiera preguntado si estaba en sus cabales—. Pero no creía que pudiera ser el mismo. Dicen que aquel hombre era importante para la policía, pero nuestro inquilino es un tipo inofensivo, que se pasa gran parte del tiempo alelado; una especie de *muerto en vida*. Supongo que el otro era un hermano o algún pariente lejano. No, me consta que no vienen a visitarle muchos conocidos.

—Ni amigas —murmuró la aburrida hija, y fue lo único que escuché de la muchacha en los dos meses que pasé en París.

—Comprendo —dije, di las gracias a ambas mujeres, que se ruborizaron de nuevo cuando les dirigí una inclinación, subí por la escalera y me situé ante la puerta de Duponte.

Aquella misma mañana, temprano, había estado pensando en los cuentos de Poe acerca de C. Auguste Dupin. En el primero, Dupin, brusca e inesperadamente, anuncia su disposición a investigar los horribles asesinatos perpetrados en una casa de la rue Morgue. *La encuesta nos servirá de entretenimiento* —le dice a su sorprendido amigo—. *Iremos a estudiar el terreno con nuestros propios ojos.* Buscaba entretenimiento. El día anterior le informé casi de corrido de todos los detalles de la muerte de Poe, pero ni una sola vez aduje una razón convincente para que Duponte dirigiera su genio a la resolución del caso. Tal vez en los últimos años, cuando Duponte parecía haberse vuelto inactivo, no se le había presentado ningún caso que mereciese su interés, y como resultado de ello se había instalado en lo que parecía una desidia carente de todo propósito.

Duponte no me despidió cuando llamé a su puerta, sino que me invitó a dar una vuelta. Caminé junto a él por el atestado y caluroso Barrio Latino. Digo «junto a él» aunque sus andares eran anormalmente pausados y lentos: a cada paso un pie precedía al otro como con dificultad. Yo me esforzaba por mantenerme a su altura, y en ocasiones me sentía como si estuviera danzando en semicírculo. Al igual que el día anterior, habló de asuntos triviales. Esta vez yo también me referí a temas irrelevantes, antes de lanzarme a mi último intento de persuasión.

—¿No siente el deseo de ocuparse en actividades más emocionantes, monsieur Duponte? Mientras yo me he dedicado a reunir todos los detalles relativos a la muerte del señor Poe, otros han utilizado el confuso conocimiento público del asunto para escupir sobre su tumba. Yo diría que una investigación sobre una materia tan difícil y oportuna como ésta *le brindaría a usted gran entretenimiento...*

Repetí esto último, pues la primera vez que lo dije pasó atronando un impertinente carro pesado. Como respuesta, mi acompañante no hizo un solo movimiento. Estaba claro que no creía necesitar mayores entretenimientos, y de nuevo me encontré retrocediendo.

En la siguiente visita, hallé a Duponte en su habitación, fumando acostado en la cama. Parecía utilizar la cama para fumar y escribir. Dijo que detestaba escribir cualquier cosa, pues le impedía, con perturbadora regularidad, pensar; pero, claro está, había veces en que se veía obligado a redactar cartas o a responder a las recibidas. Para esta visita yo había estado releyendo y reflexionando sobre la «proposición generosa» ofrecida a C. Auguste Dupin por la policía en el cuento de Poe, continuación del anterior, «El misterio de Marie Rogêt». Se le pedía que desvelara el enigma de una joven dependienta de comercio hallada muerta flotando en el río. Aunque en mis cartas a Duponte había mencionado, desde luego, una compensación adecuada, ahora le aseguré expresamente, en homenaje a las propias palabras de Poe en el cuento, que le retribuiría con «una *recompensa* por su plena dedicación al asunto de la muerte de Poe, empezando inmediatamente». Arranqué un cheque y tomé una pluma. Le sugerí una cantidad considerablemente elevada, y luego la aumenté en algunas cifras.

Sin éxito. Parecía que el dinero no lo atraía en absoluto, pese a que su vida no se desenvolvía precisamente en medio del lujo. Ante ése, como ante los demás intentos de dirigir su atención a mis propios designios, se limitaba a tomarme del codo y a señalarme algún edificio, o bien ponderaba prolijamente los veranos parisienses por su benignidad aun en los días más calurosos, o manifestaba su desinterés por responderme dejando que sus ojos se cerraran lentamente, con un parpadeo que expresaba desolación. En ocasiones, Duponte casi parecía imbécil, con su mirada plácida mientras pasábamos ante las tiendas o las flores y árboles de un jardín —«¡los castaños de Indias!», decía de repente— o, quizá, se trataba de una mirada de tristeza.

Una noche, concluida otra entrevista con Duponte, que terminó sin mayores progresos, pasé ante un grupo de agentes de policía sentados en la terraza de un atestado café, tomándose unos helados. Componían una formidable mancha de gabanes azules con una sola hilera de botones; de bigotes y de barbitas en punta.

—*Monsieur! Monsieur Clark, bonjour!*

Era el joven y rechoncho policía que se había adueñado de mi carruaje a mi llegada a París. Atribuí su entusiasmo al verme a la alegría compartida de la reunión.

Todos los agentes se levantaron para saludarme.

—¡Este caballero y erudito ha venido de América para ver a Auguste Duponte!

Tras un momento de silencio interesado, todos los policías rompieron a reír.

Me sentí confuso ante esta reacción al nombre de Duponte. Me senté, mientras el primero de los agentes continuaba:

—Se cuentan muchas historias sobre Duponte. Era un genio. Dicen que sabía que un ladrón iba a robar unas joyas antes de que lo hiciera.

—¿Dice usted que *era* un genio? —comenté.

—Oh, sí. Hace tiempo.

—Mi padre era policía cuando los prefectos requerían los servicios de monsieur Duponte —dijo otro agente, quien exhibía un ceño fruncido que acaso era permanente—. Según él, Duponte era un joven inteligente que se limitaba a crear dificultades, pero conseguía *aparentar* que las resolvía.

—¿De qué forma? —pregunté, alarmado.

Se rascó el cuello enérgicamente con unas uñas más bien crecidas: el lado del cuello aparecía enrojecido e inflamado a causa de aquella costumbre.

—Eso es lo que él oyó —murmuró el Rascador.

El oficial más amistoso prosiguió:

—Se dice que Duponte podía juzgar la moralidad de todos los hombres con absoluta precisión con sólo mirarlos. Una vez se ofreció a recorrer las calles un día de fiesta y señalar a la policía a todos los elementos peligrosos susceptibles de causar alborotos.

—¿Y lo hizo? —preguntó otro.

—No. De habérselo permitido, la policía se habría quedado sin trabajo.

—Pero ¿qué le ocurrió? —pregunté—. ¿Qué investigaciones lleva a cabo en la actualidad?

Uno de los agentes que había permanecido observando, pensativamente y más tranquilo que los demás mientras éstos hablaban, rompió su silencio:

—Dicen que el señor Duponte se equivocó, y que la mujer a la que amaba fue ahorcada por asesinato. Su capacidad de análisis no logró salvarla. Y ya no pudo llevar a cabo más investigaciones...

—¡Investigaciones! —le contradijo el Rascador—. Por supuesto que no puede efectuar ninguna. A menos que consiga emprenderlas como un fantasma. Lo mató un ex presidiario que había jurado vengarse de Duponte porque gracias a él lo detuvieron.

Abrí la boca dispuesto a corregirlo, pero lo pensé mejor: había una profunda inquina en el tono de voz de aquel hombre, por lo que me pareció mejor permanecer callado.

—No, no —replicó otro, disconforme—. Duponte no ha muerto. Algunos dicen que ahora vive en Viena. Se cansó de tanta ingratitud. ¡Menudas historias podría yo contarle! En todo caso, actualmente no hay nadie como él en París.

—Al prefecto Delacourt no le gustaría oír eso —añadió el agente rechoncho, y los demás profirieron unas risitas roncas.

*   *   *

He aquí una anécdota relatada por uno de los agentes.

Años atrás, una noche, Duponte se hallaba en un *cabinet* o reservado de un café de París, sentado frente a un presidiario que sólo tres días antes había degollado a un guardián de la prisión y se había fugado. Todos los agentes de la policía parisiense andaban tras él, incluidos algunos de los que se sentaban conmigo en el café. Dupont echó mano de sus variados recursos y supo en qué lugar de la ciudad era probable que estuviera el delincuente, creyendo hallarse a salvo en su escondite. Así pues, acabaron sentados el uno frente al otro en el *cabinet*.

—La policía no me detendrá —le confió el indeseable—. Puedo correr más que cualquier agente, y puedo vencerlo en un intercambio de disparos, si se da el caso. Estoy a salvo, a menos que tropiece con ese miserable de Dupont. Él es el verdadero criminal de París.

—Yo pensaba que lo conocerías en cuanto lo vieras —comentó Dupont.

El otro se echó a reír.

—¿Conocerlo? ¡Santo Dios! —Vació la botella de vino de un trago—. Nunca has tenido tratos con ese bribón de Dupont, ¿verdad? No se le ve dos veces con el mismo atuendo. Por la mañana parece ser una persona como tú, supongamos. Luego, una hora más tarde, ha cambiado tanto que su propia madre no lo reconocería, y por la noche ¡ni hombre ni demonio recordaría siquiera haberlo visto antes! Sabe dónde estás ¡y puede prever dónde vas a estar después!

Cuando aquel mal sujeto hubo bebido más de lo que probablemente se proponía, Dupont bajó por otra botella de vino y luego regresó al *cabinet* perfectamente tranquilo. Le dijo al presidiario que la camarera le había contado que había visto a Auguste Dupont inspeccionando los reservados. El malhechor estalló en un acceso de furia salvaje ante la noticia, y Dupont le sugirió que se escondiera en el retrete, de modo que pudiera salir y matar al investigador cuando entrase. Entonces Dupont lo dejó encerrado en el retrete y avisó a la policía.

Ése fue Dupont en otro tiempo. *Ése era el Dupont* que yo debía llevarme a América. De mi limitada relación con él no había podido deducir ninguno de sus talentos. Una tarde, durante una de nuestras caminatas, empezó a llover y convencí a Dupont para que compartiera conmigo un coche. Al cabo de un rato de circular por París en silencio, señaló un cementerio a través de la ventanilla de nuestro vehículo.

—Ahí —dijo—, al otro lado de la tapia, está el pequeño lugar de enterramiento de los suyos, señor Clark.

Observé una inscripción en francés según la cual aquél era un cementerio judío.

—Sí, *es* muy pequeño... —Hice una pausa, dejando en el aire mi afirmación. Pensé en lo que acababa de decirme y me volví hacia él, atónito—. ¡Monsieur Duponte!

—¿Sí?

—¿Qué acaba de decir? Sobre ese cementerio.

—Que en él reposa la gente de su fe o, quizá, parcialmente de su fe.

—Pero, monsieur, ¿qué le ha inducido a creer que yo soy judío? Nunca se lo he dicho.

—Ah, ¿no? —preguntó Duponte sorprendido.

—Bien, pues mi madre era judía —respondí sin aliento—. Mi padre, protestante, también falleció. Pero ¿cómo ha pensado eso?

Duponte advirtió que yo seguiría insistiendo en mi pregunta, y explicó:

—Cuando, hace unos días, pasamos cerca de una casa de vecindad en Montmartre, usted recordó que en ese lugar, según los periódicos, habían asesinado brutalmente a una muchacha. —En efecto, los artículos sobre el horrendo suceso habían abundado en los periódicos parisienses, que yo utilizaba para mejorar mi dominio del idioma. Duponte continuó—: Considerando que el sitio tenía algo de sagrado, por haber sido escenario de una muerte reciente, usted se llevó la mano al sombrero. Pero en lugar de descubrirse, como hace automáticamente un cristiano cuando entra en la iglesia, usted se aseguró de llevarlo bien encasquetado, como el judío en su sinagoga. Luego, en otro momento, lo manoseó, manifestando con ello sus tendencias contradictorias al respecto: si destocarse o calárselo más. Esto me hizo considerar que unas veces había acudido a los oficios en la iglesia y otras, en la sinagoga.

Había acertado. Mi madre no renunció a su herencia judía al casarse, pese a las presiones de toda mi familia paterna, y cuando estuvo terminada la sinagoga de la calle Lloyd, en Baltimore, me llevó allí.

Duponte volvió a caer en su acostumbrado silencio, y yo no exterioricé mi emoción. Había empezado a derribar las murallas de Duponte.

*   *   *

Traté de sonsacar a Duponte episodios de su pasado, pero en cada ocasión su rostro se ponía tenso. Desarrollamos una amistosa rutina. Todas las mañanas yo llamaba a su puerta. Si lo encontraba tendido en la cama leyendo el periódico, me invitaba a tomar café. Por lo general, Duponte no tardaba en anunciar que salía a dar un paseo, y yo le pedía permiso para acompañarlo, a lo cual asentía, pero como ignorando mi pregunta.

Hacía gala de una impenetrabilidad, de una *invisibilidad moral*, que despertaba mi curiosidad sobre cómo se comportaría en todas las posibles facetas de la vida: enamorado, en un duelo, qué alimento escogería en un establecimiento determinado... Ardía en deseos de conocer sus pensamientos y aspiraba a que él quisiera saber más de mí.

En ocasiones yo llevaba la conversación a un tema relacionado con mi propósito original, con la esperanza de despertar su interés. Por ejemplo, encontré una guía de Baltimore en uno de los puestos de libros de París y se la mostré.

—Como ve, dentro hay un mapa plegado, y aquí es donde Edgar Poe vivió en Baltimore cuando ganó su primer premio periodístico por un cuento titulado «Manuscrito hallado en una botella». Aquí es donde fue descubierto en estado de inconsciencia. Mire aquí, monsieur, ¡éste es el lugar donde está enterrado!

—Monsieur Clark —dijo—. Me temo que estas cosas son de escaso interés para mí, como puede imaginar.

Ya ven cómo sucedió. Intenté todas las formas de aproximación para sacarlo de su inactivo letargo y de su insana vacuidad. Por ejemplo, un día caluroso en que Duponte y yo paseábamos por un puente que cruza el Sena, decidimos pagar doce *sous* cada uno en uno de los establecimientos flotantes del río para tomar un baño bajo un toldo. Nos zambullimos en el agua fría uno frente al otro. Duponte cerró los ojos y echó la cabeza atrás, y yo seguí su ejemplo. Nuestros cuerpos se mecían arriba y abajo con el alegre chapoteo de niños y jóvenes.

QUENTIN: Monsieur, sin duda usted conoce la importancia de

los cuentos de Poe protagonizados por C. Auguste Dupin. Ha oído hablar de ellos. Se publicaron en revistas francesas.

DUPONTE (*distraídamente, ¿pregunta o afirmación?*):   Sí, se publicaron.

Q.:   Los logros de usted en materia de análisis se ajustan a las habilidades de ese personaje. ¡Eso debería decirle algo! Tales proezas implican los más intrincados triunfos de la razón, hasta el punto de parecer imposibles y milagrosos.

D.:   Creo que no he leído nada de eso.

Q.:   ¿Es que en su vida no lee literatura? ¿Cómo puede ser?

D.:   Imagino que tiene poco interés para mí, monsieur.

¿Debería llevar este último comentario un signo de exclamación? Quizá un gramático podría responder a eso. Fue enunciado muy secamente, pero sin levantar la voz más de lo que lo haría el camarero de un restaurante repitiendo el encargo de su cliente.

Pocos días después se produjo un giro importante en mi relación con Duponte. Había estado paseando con él por el Jardin des Plantes, donde no solamente las plantas y árboles más hermosos lucían sus galas veraniegas, sino que alberga una de las mejores colecciones zoológicas de París. Después de que un túnel de nubes oscureciera los árboles, empezamos a caminar hacia la salida cuando un hombre corrió tras de nosotros. En tono de gran consternación, dijo, jadeando:

—Amables messieurs, ¿han visto a alguien con mi pastel?

—¿Pastel? —pregunté—. ¿Qué quiere usted decir, monsieur?

Explicó que había adquirido un pastel de semillas aromáticas a un vendedor callejero, un gusto que se permitía raramente, para gozar con él de un hermoso día soleado antes de que empezara a llover. El sujeto colocó amorosamente su pastel en el banco, junto a él, hasta que sintiera que su comida anterior ya había sido debidamente digerida. Sólo le dio la espalda un instante, para asegurarse de que su paraguas estaba allí, en el suelo, al darse cuenta de que venía una tormenta. Pero cuando se volvió, dispuesto a saborear por fin el dulce lujo que se había dado, éste se había desvanecido, ¡y no había un alma en los alrededores!

—Quizá se lo quitó un pájaro, monsieur —sugerí, en tono impaciente, mientras tiraba del brazo de Duponte—. Vámonos, monsieur Duponte, que está empezando a llover y no tenemos paraguas.

Nos alejamos de nuestro amigo que se había quedado sin su pastel, pero tras recorrer unos pasos Duponte se detuvo y llamó a aquel hombre desanimado.

—Monsieur —le dijo—, quédese donde está y es probable que su pastel vuelva a usted en un lapso de dos a siete minutos.

La voz de Duponte no revelaba alegría ni un particular interés en la materia.

—¡No me diga! —exclamó el interpelado, divertido.

—Sí, así lo creo —dijo Duponte, y echó a andar de nuevo.

—Pero... ¿cómo? —alcanzó a preguntar ahora el hombre.

También yo estaba pasmado ante la respuesta de Duponte, y él lo advirtió.

—¡Imbéciles! —dijo para sí.

—¿Qué? —replicó el hombre, ofendido.

—*Pardon, monsieur!* —protesté también yo por el insulto.

Duponte lo ignoró.

—Demostraré mi conclusión —dijo.

Aguardamos. El hombre del pastel y yo, expectantes; Duponte, indiferente. Transcurridos unos tres minutos y medio, una regular sucesión de apresurados ruidos se dejó oír en las inmediaciones y —debo reconocerlo— desde la esquina llegó un pastel flotando en el aire ¡y pasó ante las mismísimas narices de su legítimo dueño!

—¡El pastel! —exclamé.

El dulce iba atado a una cuerda corta de la que tiraban dos niños que corrían a toda prisa por los jardines. El hombre dio caza al chico y rescató el pastel que le había robado. Luego se reunió con nosotros, corriendo.

—¡Es usted notable, monsieur! ¡Vaya, estaba completamente en lo cierto! Pero ¿cómo ha conseguido que yo recuperara mi pastel?

Por un momento, el hombre se quedó mirando a Duponte con aire de sospecha, como si hubiera estado envuelto en alguna conspiración. Agarró a mi compañero del brazo, y Duponte, comprendiendo que no lo dejaríamos en paz sin una explicación, no tardó en ofrecernos esta sencilla descripción de lo acontecido.

Entre los atractivos más populares de las colecciones naturales del Jardin des Plantes, había una exhibición de osos. Antes de que se nos acercara el hombre que perdió su pastel, Duponte había advertido que se acercaba la hora en que los osos despertaban de su sueño. Eso lo sabían también muchos aficionados a esos animales, y constituía un entretenimiento diario tratar de conseguir que los osos hicieran diversas bufonadas y treparan al palo dispuesto para ellos, empleando a menudo la estrategia de suspender algún trozo de comida mediante un cordel o una cuerda. Los vendedores situados a las puertas de los jardines vendían tanta cantidad de su mercancía para esa diversión como para alimento humano. Pero puesto que entre los amantes de los osos, y que se desplazaban desde muchos kilómetros de distancia para practicar aquel juego, había muchos niños, y dado que en su mayoría estos *gamins* no llevaban *sous* en sus bolsillos para adquirir aquellas exquisiteces, Duponte razonó que en cuanto el hombre se volvió para echar mano de su paraguas ante la inminencia de la lluvia, uno de aquellos muchachos había arramblado con el pastel cuando se dirigía a ver los osos. Como el banco era lo suficientemente alto de respaldo y el chico, bajo, cuando el hombre miró alrededor no vio a nadie en las inmediaciones, por lo que pensó que el origen del robo era algo fantástico.

—Muy bien. Pero ¿cómo supo usted que el pastel regresaría y precisamente a este lugar? —preguntó el hombre.

—Usted mismo pudo advertir —prosiguió Duponte, al parecer hablando más para sí que para cualquiera de nosotros dos— que al entrar en los jardines había un grupo de guardas más numeroso de lo habitual cerca de las atracciones zoológicas. Tal vez recuerde haber leído acerca de uno de los osos, *Martin*, que recientemente devoró a un soldado que se asomó demasiado y cayó en su recinto.

—¡Es verdad! Lo recuerdo —dijo el hombre.

—Sin duda esos guardas estaban apostados para evitar que los jóvenes y los niños se encaramen a los parapetos para acercarse más a esos monstruos.

—¡Sí! ¡Está usted en lo cierto, monsieur! —reconoció el hombre, boquiabierto.

—Entonces, había que deducir que si, en efecto, un chico se apoderó de su pastel, desistiría de su plan ante la presencia de aquellos guardas a los pocos minutos de despertarse los osos, y el ladronzuelo volvería atrás siguiendo el camino más directo, un camino que cruza el terreno donde nos hallamos ahora. Quiero decir en dirección a la jaula de los monos, a los que si se les ofrece un pedazo de tejido brillante o un trozo de comida, se dedican a perseguirse unos a otros de una forma, cabe presumir, casi tan divertida como ver a los osos trepar por el palo. Ninguna otra atracción popular, como los lobos o los papagayos, brindaría una actuación parecida por un pastel.

Tan encantado por esta explicación como si la hubiera dado él mismo, el hombre, agradecido, nos ofreció ahora, con gesto magnánimo, compartir su pastel, pese a haber pasado por las mugrientas manos del muchacho y haber quedado un poco chafado a causa de la lluvia. Decliné cortésmente el ofrecimiento, pero Duponte, tras un momento de duda, aceptó, se sentó con el hombre en un banco, y se puso a comer mientras el otro lo protegía con su paraguas.

Por la noche me reuní con aquel hombre en un atestado café cerca de mi hotel. Las luces brillantes del interior producían un efecto deslumbrador. Estaba jugando al dominó con un amigo, del que se despidió al verme entrar.

—Bien hecho, monsieur —dije, en tono alegre—. ¡Muy bien hecho!

Conocí a aquel hombre el día anterior en el mismo Jardin des Plantes. Era uno de los *chiffonniers* de París, cuya ocupación consistía en rebuscar entre los residuos domésticos. Utilizaban palos y cestos con gran habilidad para recuperar algo que remotamente pudiera tener algún valor. «Huesos, trozos de papel, de ropa blanca y de tejidos en general, fragmentos de hierro, cristales y loza, corchos de botellas de vino...», explicó. Aquellos hombres no eran vagabundos, sino que estaban registrados en la policía para ejercer su actividad.

Pregunté al individuo cuánto recogían cada día.

—Bajo el rey Felipe —dijo, refiriéndose al anterior monarca—, treinta *sous* al día. Pero ahora, con la República, sólo quince. —En un tono triste que rezumaba nostalgia de la monarquía, me explicó—: ¡Ahora la gente tira menos huesos y papel! Cuando no hay lujo, nosotros, los pobres, no podemos hacer nada.

Yo habría de recordar muy bien sus palabras en los meses siguientes.

Dado que, legalmente, sólo podía ejercer su oficio entre cinco y diez de la mañana y necesitaba dinero, pensé que podría avenirse al plan que yo había concebido. Le di instrucciones para que, cuando me viera paseando con mi compañero la tarde siguiente, se lamentara, de forma que pudiéramos oírlo, de la pérdida de algún objeto de valor y solicitara ayuda a Duponte. El cual podría ser inducido de este modo a tomar alguna pequeña iniciativa.

Ahora, en el café donde habíamos acordado encontrarnos, y como mi parte del trato, informé al camarero de que pagaría la comida que mi cómplice eligiera. ¡Y vaya comida! Pidió el *tout ensemble* de la casa: ¡*poulet en fricassée, ragoût,* coliflor, dulces, melones y queso cremoso! Como se usaba en Francia, cada nuevo plato aportaba su propio sabor, pues los franceses aborrecían la práctica americana de mezclar sabores: por ejemplo, verdura y salsas de carne en un solo plato. Yo gocé observando su festín, pues su actuación en los jardines me había complacido grandemente.

—Al principio no creí que lo del pastel sirviera —admití, dirigiéndome a él—. ¡Pensé que era una elección extraña! Pero se desempeñó usted muy bien con aquel chico.

—¡No, no, monsieur! —objetó—. Yo no tuve nada que ver con el chico. ¡El pastel me lo robaron de verdad!

—¿Qué quiere usted decir?

El *chiffonnier* contó que había previsto esconder su paraguas en algún lugar y decirle a Duponte que lo había perdido, a fin de cumplir nuestro acuerdo. Mientras andaba buscando un escondite para el paraguas cerca del banco, desapareció el pastel.

—¿Cómo supo él lo que había sucedido? —preguntó—. ¿Le dijo usted a su amigo que me vigilara todo el tiempo?

—¡Desde luego que no! —repliqué negando con la cabeza—. Quería comprobar si resolvía el misterio, y eso hubiera estropeado el experimento, ¿no es así?

El episodio sin duda lo impresionó.

—Es un tipo extraño. Bien, supongo que, como tenía hambre, obró en consecuencia.

Reflexioné sobre eso último antes de separarme de aquel hombre. Me había sentido demasiado emocionado por la prometedora actuación de Duponte para considerar *por qué* llevó a cabo su trabajo de análisis. Quizá a Duponte, que se había saltado la comida, desde el principio el pastel le despertó el hambre y por eso aprovechó la invitación.

Difícilmente podían acabar aquí mis intentos de provocar a Duponte para que renovara sus habilidades. Yo había traído de América las *Obras en prosa* de Edgar A. Poe. Señalé la primera página de «Los crímenes de la calle Morgue» y se lo dejé a Duponte con la esperanza de que captara su interés. Me alegré cuando pareció que todas mis tácticas estaban dando resultado. El primer indicio fiable del extraordinario cambio que yo iba apreciando en Duponte se manifestó una noche en que lo acompañé al Café Belge. Dos o tres veces por semana se sentaba en un banco, ignorando las partidas de billar y las charlas, cómodamente perdido entre el poco grato bullicio y los alborotos que lo rodeaban. Su mirada ya se había vuelto algo menos vacía.

Lo perdí de vista una vez dentro del pequeño y estrecho café de la rue Dauphine. Los espejos que se alineaban en las paredes exageraban la confusión del público. Allí era donde se congregaban para sus partidas los mejores jugadores de la ciudad. Había un pícaro de quien se decía que aventajaba a los demás jugadores. Todo él era intensamente *rojo*: el pelo, las cejas y la piel irritada y pecosa. Casi siempre jugaba solo, supongo que debido a su gran superioridad sobre los demás, que sólo acudían a pasar el rato y a divertirse. Se animaba a sí mismo dando gritos cada vez que lograba una buena jugada, y blasfemaba como un desalmado cuando la fallaba.

En la ciudad, el Café Belge era el único con billares que permitía jugar a las mujeres, aunque —y esto sorprenderá a muchos que no hayan visitado París— no era el único que permitía fumar cigarrillos a las damas. La verdad es que el americano no avisado podría palidecer con sólo pasar frente a muchas de las ilustraciones exhibidas en los escaparates de las tiendas de grabados; o tras presenciar escenas de actividades maternales, que normalmente quedan confinadas al cuarto de los niños, desplegadas ante la vista de todos en mitad de los jardines de las Tullerías.

Mientras yo buscaba a Duponte, una señorita colocó su mano sobre la mía.

—Monsieur, ¿desea usted jugar al billar con nosotras?

—¿Mademoiselle?

Señaló a las otras tres ninfas sentadas a su mesa.

—Supongo que desea jugar. Venga, aquí tiene un taco. ¿Es usted inglés?

Me empujó hasta la mesa.

—No se inquiete. Nadie juega por dinero en París, ¡sólo por la bebida!

—Como ve, no estoy casado —le dije lo más quedo posible, inclinándome.

Me había enterado de que en Francia las mujeres solteras no debían ser vistas en compañía de hombres también solteros sin que su reputación corriera grave riesgo. Como contrapartida, las casadas podían mostrarse haciendo lo que les viniera en gana.

—Ah, pues muy bien —me tranquilizó la damisela en un tono más alto que un susurro y expulsando humo—. Yo también, ¿sabe?

Ella y sus compañeras se echaron a reír, y su francés se hizo demasiado rápido para que yo pudiera seguirlo. Luché por abrirme paso y cruzar la sala, tropezando con los codos de algunos hombres que rodeaban las mesas de billar.

Al cabo de unos momentos, me fijé en otra joven que permanecía de pie, apartada de las demás. Aunque parecía de la misma clase modesta, poseía una elegancia de la que carecían sus iguales en aquel café. Y desconocida, en tal sentido, para las «bellezas sin rival» que desfilaban por la calle Baltimore. Más baja que yo, sus ojos hundidos casi parecían prever mi recorrido por el café. Llevaba un cesto con flores y se mantenía tranquilamente de pie. Un hombre levantó la mano, ella se acercó, y el hombre depositó una o dos monedas de cobre en el cesto.

Mientras yo rebuscaba en mis bolsillos una moneda para aportarla a aquella encantadora visión, choqué con la mesa próxima, empujando a un jugador en el momento en que golpeaba la bola.

—¿Qué demonios...?

Era el pícaro pelirrojo. El mejor jugador del café o, quizá, de París, según quien lo dijera. De pie cerca de él había una hermosa mujer pálida que lo consolaba acariciándole el brazo.

Las ninfas de antes me señalaron y emitieron unas risitas forzadas.

—¡Monsieur es inglés! —repetían.

—Ha echado a perder mi jugada —dijo el pelirrojo—. ¡Le voy a partir el cráneo! Vuélvase a Inglaterra.

—En realidad yo vengo de América, monsieur. Acepte mis excusas.

—O sea que es un yanqui. ¿Cree acaso que está en territorio salvaje, con los indios? ¿A qué ha venido aquí a molestar?

Me dio varios empujones que casi me hicieron caer hacia atrás, pero logré recuperar el equilibrio no sin dificultades. En algún lugar en medio de aquel desafío —allí o en momentos posteriores más calamitosos— desapareció mi sombrero. Vino otro empujón, perdí el equilibrio, di contra la mesa y me vi caer al suelo en los espejos del café.

En mi siguiente fragmento de memoria, yo estaba tendido en el suelo. Pensé que era mejor permanecer en posición baja, mirando hacia arriba, donde el humo viejo de los cigarrillos se recogía apaciblemente y se multiplicaba hasta el infinito en los espejos, como una niebla rolando sobre el océano.

Un par de brazos surgió de entre la cubierta de humo y me alzó hasta ponerme de pie. La sala parecía más calurosa, ruidosa y reducida que antes. Las voces y las carcajadas flotaban al fondo, aunque parte de la estridencia iba dirigida a una de las ninfas, que ahora estaba subida a una mesa y producía con sus ágiles movimientos un efecto fantástico de luz; pero aquellas voces aún envalentonaron más al Pícaro Pelirrojo. Su húmeda boca compuso una empalagosa sonrisa dirigida a mi rostro.

Su respiración era jadeante.

—La mejor partida de mi vida —dijo en tono amenazador.

O, al menos, cualquier cosa que estuviera diciendo delataba un tono amenazador, aunque no puedo estar seguro de las palabras que empleó, pues, naturalmente, hablaba en francés y, por el momento, esa lengua casi era un recuerdo para mí. Esperaba que la elegante muchacha que fumaba en el rincón no estuviera mirando.

Entonces una voz llegó desde detrás de mí.

—Monsieur, por favor.

El pícaro levantó la vista.

—Le desafío a una partida de billar, monsieur —dijo la misma voz a mi espalda—. Y apostamos la cantidad que usted fije.

El Pícaro Pelirrojo pareció olvidarme por completo y apartó a su chica, que miraba ansiosamente en derredor y le daba en el codo.

—¿En mi mesa? —preguntó el pícaro, señalando la mesa de billar donde habíamos chocado.

—Ninguna otra sería tan adecuada —replicó Duponte, al tiempo que hacía una impecable inclinación.

Se fijó una cantidad de dinero. La escena atrajo con rapidez una concurrencia, no sólo porque un jugador desconocido había osado medirse con el campeón, sino porque había dinero de por medio, no las acostumbradas bebidas, y en una cantidad significativa.

Por si aquél era un segundo Duponte, miré a mi alrededor para asegurarme de que no se trataba de otro. Aunque muy aliviado porque de pronto me había librado de resultar herido, al instante comprendí el error de Duponte. En primer lugar, por mis observaciones, sabía que Duponte no tenía dinero. En segundo lugar, estaba la cuestión del talento de aquel sujeto para jugar al billar. Como para recordarme esto último, uno de los asistentes que se hallaban detrás de mí le susurró a su amigo: «El Pícaro Pelirrojo es uno de los mejores jugadores de París.» Sólo que utilizó el verdadero nombre del personaje, el cual, debido a la confusión, ya no recuerdo.

El Pícaro Pelirrojo arrojó su dinero en una silla. Duponte estaba ocupado eligiendo su taco.

—¿Monsieur? —le urgió el pícaro, golpeando tres veces la silla.

—El dinero es mi recompensa —aclaró Duponte—. No la suya.

—Y entonces, ¿qué pasará si gano? —dijo a gritos su oponente, cuyo rostro sonrosado se estaba poniendo escarlata.

Duponte alargó una mano hacia mí.

—Si gana usted nuestra partida sin ningún contratiempo, puede reanudar libremente su asunto pendiente con este caballero.

Para mi desesperación, el pícaro se volvió hacia mí y pareció saborear la bárbara licencia que le aportaría una victoria. Incluso brindó a Duponte el honor de iniciar la partida. Traté desesperadamente de pensar si en los cuentos de Poe se mencionaba la habilidad del héroe analista como jugador de billar. Pero sucedía al revés: Dupin sentía desagrado por los juegos matemáticos como el ajedrez, y se pronunciaba por la superioridad de pasatiempos sencillos para poner de manifiesto sus auténticas habilidades de raciocinación.

Duponte abrió la partida con un golpe pésimo que arrancó risas a varios de los presentes.

El Pícaro Pelirrojo permaneció perfectamente serio, incluso mantuvo un gesto elegante, mientras golpeaba la bola con facilidad una y otra vez. Si yo había echado a perder su mejor partida, sin duda aquélla era la segunda mejor. Mantuve la esperanza de que Duponte no tardaría en mejorar de un momento a otro su habilidad, o bien revelar que su ineptitud era un truco. Pero no fue así: empeoró. Y sólo le quedaban al Pícaro Pelirrojo tres o tal vez cuatro turnos antes de que la partida concluyera con ventaja para él. Yo rebuscaba en mis bolsillos, con la idea de aportar mi parte de la apuesta en efectivo, pero sólo llevaba conmigo unos pocos francos.

Lo más notable era que, en aquella situación, Duponte no perdía en absoluto la compostura. Con cada jugada malograda, su expresión permanecía perfectamente tranquila y confiada. Esto fue alterando cada vez más a su oponente, aunque ello no afectó en lo más mínimo su excelente juego. Una de las recompensas del triunfo consiste en presenciar la desmoralización del vencido. Y Duponte se negaba a adecuarse a eso. Creo que el Pícaro Pelirrojo llegó a refrenar su propia victoria a fin de provocar la esperada humillación.

Por último, el villano retornó a la mesa con rapidez renovada y dirigió a Duponte un relámpago de ira en la mirada.

—Y esto es el fin —dijo, y a continuación me dedicó a mí una mirada en la que bullía el odio.

—¿Sí? Pues muy bien —replicó Duponte, para mi horror, encogiéndose de hombros.

Embargado por el temor, al principio ni siquiera oí la conmoción que se produjo en la puerta de la calle. De hecho, no atrajo mi atención hasta que varias personas señalaron hacia allí. Acto seguido irrumpió un hombre con una híspida barba roja y que, aparte de esa barba y una estatura muy superior, se asemejaba al Pícaro Pelirrojo. Vi que el rostro codicioso y rubicundo del pícaro palidecía patéticamente y comprendí que algo iba mal. Había recuperado lo suficiente mi francés como para enterarme de que el Pícaro Pelirrojo, según el furibundo recién llegado, había hecho objeto de su pasión romántica a la amante de aquel hombre, la muchacha que permanecía de pie, nerviosa, junto a la mesa. Ahora le gritaba al sujeto corpulento que la perdonara, y el Pícaro Pelirrojo huyó a la calle.

Duponte ya había recogido el dinero de la silla y se disponía a marcharse, a la vez que yo recuperaba la compostura.

Si gana usted nuestra partida sin ningún contratiempo... Esas palabras me rondaban la cabeza. Contratiempo. Él sabía —desde el comienzo— cómo iban a desarrollarse los acontecimientos. Seguí a Duponte a la calle.

—¡Monsieur, podían haberme matado! ¡Usted nunca hubiera podido ganar la partida!

—¡Desde luego que no!

—¿Cómo sabía usted que aquel hombre iba a presentarse?

—Yo no lo sabía. La chica que iba del brazo del Pícaro Pelirrojo estaba mirando a cada momento por la ventana, pero, si se la observaba, manteniéndose apartada de la vista de los de fuera. Además, no se limitaba a agarrar del brazo al pelirrojo, sino que se lo *estrujaba*, como para protegerlo, y tras mi desafío le rogó que se marcharan, y desde luego no porque creyera a alguien capaz de derrotarlo en ese juego infantil. Ella sabía (porque lo encontró antes poseído por la ira, o quizá porque se dejó olvidada una carta del Pícaro Pelirrojo en el tocador) que su otro amante la andaba buscando. Yo me limité a observarla, y conté con que él no tardaría en llegar. Cuando otro ya sabe una cosa, no suele hacer falta descubrirla uno mismo. No había de qué preocuparse.

—Pero ¿qué hubiera pasado en caso de presentarse cuando usted ya hubiera perdido la partida?

—Observo que es usted muy susceptible.

—¿Acaso él no hubiera hecho alguna barbaridad conmigo?

Tras una pausa, Duponte admitió:

—Convengo en que hubiera sido muy penoso para usted, monsieur. Debemos felicitarnos de que se haya evitado.

Una mañana, poco después, mi llamada a la puerta de Duponte no obtuvo respuesta. Accioné el pomo y la encontré abierta. Entré, creyendo que no me había oído, y lo llamé.

—¿Damos hoy un paseo, monsieur?

Me detuve y dirigí una mirada en derredor. Duponte estaba encorvado sobre su cama como si estuviera rezando, con la mano sosteniéndose la frente como un caballete. Al acercarme pude ver que estaba leyendo, sumido en una concentración asombrosa.

—¿Qué ha hecho usted? —me preguntó.

Retrocedí y dije:

—Sólo he venido a verlo, monsieur. Pensé que quizá un paseo junto al Sena hoy resultaría agradable. ¡O a las Tullerías, a ver los castaños de Indias!

Sus ojos se clavaron fijamente en los míos, y el efecto que me produjeron fue turbador.

—Ya le expliqué, monsieur Clark, que no me dedico a esos pasatiempos que usted imagina. No parece haber entendido mis más simples declaraciones al respecto. Usted persiste en confundir su literatura con mi realidad. Ahora me hará un favor si me deja solo.

—Pero monsieur Duponte..., por favor...

Sólo entonces pude ver lo que había estado leyendo con tanta atención: «Los crímenes de la calle Morgue.» El libro que le había dejado. Luego me tomó del brazo, me empujó al vestíbulo y cerró la puerta. Mi corazón se aceleró.

En el vestíbulo, pegué el ojo al resquicio de la puerta. Duponte estaba sentado en la cama. Su silueta era sorprendentemente expresiva mientras continuaba la lectura. A cada página que volvía, su pose mejoraba y la sombra de su figura parecía henchirse.

Aguardé unos momentos en un silencio desconcertado. Luego llamé ligeramente y traté de hacerle entrar en razón.

Llamé más fuerte hasta que aporreé la puerta, y a continuación accioné el pomo hasta que apareció el portero y me apartó, amenazándome con llamar a la policía. Monsieur Montor, allá en Washington, me había advertido de que bajo ninguna circunstancia permitiera que la policía me encontrara metido en un alboroto. «Los agentes no son en absoluto como la policía de aquí, de América —dijo—, cuando se ponen en contra de alguien... ¡Bueno!»

Por el momento me rendí, y dejé que el portero me condujera escalera abajo.

* * *

Hablar a través de cerraduras y ventanas, golpear la puerta, empujar notas dentro del apartamento... fueron las actividades de los largos y dolorosos días que siguieron. Seguía a Duponte cuando paseaba por París, pero él me ignoraba. Una vez, cuando seguí sus pasos hasta la puerta de su alojamiento, Duponte se detuvo en el vestíbulo y dijo:

—No vuelvan a permitir la entrada a este joven e impertinente caballero.

Aunque me miraba a mí, se dirigía al portero. Duponte se volvió y siguió su camino escalera arriba.

Averigüé cuándo solía ausentarse el portero, y me enteré de que su mujer aceptaba dejarme pasar sin preguntarme nada a cambio de unos pocos *sous*. «No hay tiempo que perder», le escribí a Duponte en una de mis notas, que no eran leídas. Las deslizaba bajo su puerta, e invariablemente regresaban al vestíbulo por el mismo camino.

Por este tiempo llegó otra carta de Peter. Su tono había mejorado notablemente, me urgía a regresar de inmediato a Baltimore, y me informaba de que sería bienvenido una vez concluidas mis locas correrías. Incluso enviaba una carta de crédito por una generosa cantidad de dinero contra un banco francés, a fin de que pudiera arreglar mi viaje de vuelta sin dilación. Se la devolví directamente, claro está, y le contesté que llevaría a cabo lo que había venido a hacer. A la larga, tendría éxito en mi propósito de liberar a Poe de aquellos que se propusieron destruirlo, y honraría el nombre de nuestro despacho de abogados cuando cumpliera el compromiso adquirido.

Peter respondió a su vez que ahora estaba considerando muy seriamente viajar a París para dar conmigo y llevarme de regreso, aunque tuviera que arrastrarme con las dos manos.

Yo seguía coleccionando artículos sobre la muerte de Poe, que tomaba de las salas de lectura de los establecimientos que recibían periódicos americanos. En términos generales, las descripciones que de Poe hacía la prensa empeoraban. Los moralistas lo utilizaban como ejemplo para compensar la lenidad mostrada en el pasado hacia hombres de genio a los que se exaltó después de su muerte, pese a sus «vidas disolutas». Se perpetró una nueva vileza cuando un implacable escritorzuelo, un tal Rufus Griswold, con el fin de sacar beneficio de este sentimiento público, publicó una biografía que rebosaba malevolencia, difamación y odio hacia el poeta. La reputación de Poe se hundió hasta quedar completamente enfangada.

De forma ocasional, en medio de la demencial torpeza con que se pretendía diseccionar a Poe, surgía algún detalle que iluminaba sus semanas finales. Por ejemplo, resultaba que había previsto trasladarse a Filadelfia muy poco antes de que fuera descubierto en el hotel Ryan's de Baltimore. Iba a recibir cien dólares por redactar un libro de poemas para una tal señora St. Leon Loud. Pero esta información no escapaba a la habitual tergiversación de la prensa, de modo que no se sabía si Poe fue o no a Filadelfia.

No menos extraña era la carta mostrada a la prensa por Maria Clemm, la que fuera suegra de Poe, y que él le remitió inmediatamente antes de abandonar Richmond. Le comunicaba sus planes en relación con Filadelfia. Fue la última carta de Poe a su querida protectora. «Sigo sin estar en condiciones de mandarte un solo dólar, pero no te desanimes, pues espero que nuestras tribulaciones acaben pronto —rezaba la tierna carta que Poe le dirigió—. Temo que tu carta no me llegue, así que no pongas mi nombre y dirígela al señor E. S. T. Grey. Que Dios te bendiga y te proteja, querida Muddy.» La firmaba «Tuyo, Eddy».

¿El señor E. S. T. Grey? ¿Por qué Poe utilizaba un nombre falso las semanas anteriores a su muerte? ¿Por qué tenía tanto miedo de que la carta de Muddy no le llegara estando él en Filadelfia? ¡E. S. T. Grey! Los periódicos que publicaron la información casi parecían reírse de la aparente locura que aquello revelaba.

Mis investigaciones parecían más urgentes que nunca, pero yo estaba en París y Duponte ni siquiera quería hablarme.

8

¿Había sido todo aquello un tremendo error, el producto de un impulso delirante de intervenir en algo ajeno a mi habitual ámbito de responsabilidades? ¡Si me hubiera conformado con el afecto y la integridad de Hattie y Peter! ¿No hubo acaso un tiempo, en la infancia, en que yo no necesitaba más que los remolinos que se formaban en la chimenea de Glen Eliza y a los compañeros en quienes confiaba? ¿Por qué poner mi corazón y mis planes en manos de un hombre como Duponte, encerrado a solas en una prisión moral, tan lejos de mi propio hogar?

Decidí combatir mi ánimo sombrío y ocuparme en visitar los lugares que, según el consejo de mi guía de París, «debe ver el extranjero».

En primer lugar fui a ver el palacio de los Campos Elíseos, donde Luis Napoleón, presidente de la República, vivía en medio del más rico esplendor. En el gran vestíbulo, un robusto sirviente con librea con cordones aceptó mi sombrero y me ofreció una ficha de madera en su lugar.

En una de las estancias del primer conjunto de ellas, a las que se permitía el acceso del público, se tenía la oportunidad de ver a Luis Napoleón en persona, al príncipe Napoleón. No era la primera vez que yo había visto al presidente de la República y sobrino del otrora gran emperador Napoleón, quien seguía siendo para la gente el símbolo favorito de Francia. Pocas semanas antes, Luis Napoleón cabalgaba por las calles inmediatas a la avenue Marigny, revistando a sus soldados ataviados de escarlata. Duponte observó la escena con interés y (como por entonces aún toleraba mi compañía) yo iba con él.

La multitud que ocupaba la calle lanzaba vítores, y los que vestían ropas más caras exclamaban apasionadamente: «*Vive Napoléon!*» En esos momentos, cuando la figura del presidente casi no se distinguía, a caballo y rodeada de sus guardias, resultaba fácil advertir un parecido, aunque borroso, con el otro soberano, Napoleón, desfilando entre aclamaciones cuarenta años antes. Algunos decían que al presidente-príncipe lo habían elegido recientemente tan sólo por su nombre: Luis Napoleón. Se contaba que los obreros analfabetos de las regiones más pobres de Francia creyeron que votaban a favor del Napoleón Bonaparte original (¡que llevaba muerto casi tres décadas!).

Pero también había unos veinte hombres, con los rostros, las manos y los cuellos negros de hollín, que repetían en horribles cánticos: «*Vive la République!*» Uno de mis vecinos en medio de la multitud dijo que habían sido enviados por el «partido *rojo*» para protestar. Por qué gritar «viva la República» se consideraba una protesta o un insulto en una República oficial, estaba más allá de mi comprensión de la situación política del momento. Supongo que era su tono lo que hacía amenazadoras sus palabras, y lo que convertía el término «República» en algo temible para los seguidores de aquel presidente, como si en lugar de aquello dijeran: «¡Esto no es una República, porque este hombre es un impostor, pero algún día lo derribaremos y tendremos una verdadera República sin él!»

Aquí, en su palacio, parecía contemplativo, muy pálido, de modales suaves y perfecta caballerosidad. Napoleón se sonrojó de satisfacción ante la multitud en torno a él, en su mayor parte uniformada, muchas de cuyas pecheras relucían con impresionantes condecoraciones doradas. Pero también observé una penosa sensación de torpeza puesta de manifiesto en la reverencia con que el presidente-príncipe era tratado: ahora como monarca, luego como presidente elegido.

En aquel momento, el prefecto de policía Delacourt entró procedente de la estancia contigua y conversó en voz baja con el presidente Napoleón. Me sorprendió observar que el prefecto, muy descortésmente, me dirigía una torva mirada.

Aquella atención indeseada aceleró mi partida del palacio de los Campos Elíseos. Quedaba por ver el palacio de Versalles. Mi guía aconsejaba viajar allí a primera hora de la mañana, pero yo decidí que no era demasiado tarde para disfrutar de una visita completa a los alrededores de la ciudad. Además, Duponte me había animado a acudir a Versalles..., quizá porque sabía que yo hubiera preferido que se mostrara más inclinado a hablar conmigo.

Una vez que el ferrocarril abandona París, la metrópoli desaparece de súbito, y discurre por un vasto y continuo paisaje abierto. Mujeres de todas las edades, tocadas con gorros color clavel, trabajando en los campos, cruzaban brevemente sus miradas con la mía cuando nuestro tren pasaba junto a ellas.

Nos detuvimos en la estación de Versalles. La multitud casi se apoderó de mí y me arrastró a una corriente de sombreros y de gorros calados que concluía bajo las verjas de hierro del gran palacio de Versalles, desde donde se dejaban oír los juegos de agua de las fuentes.

Al evocar aquello, supongo que debió empezar mientras yo me dedicaba a recorrer las estancias del palacio. Sentí el aguijoneo de un malestar general, como si vistiera un gabán demasiado ligero para aquel primer día de invierno. Atribuí mi incomodidad a la aglomeración. Las turbas que expulsaron de entre estos muros a la duquesa de Angulema seguro que no eran tan agresivas como aquel gentío. Mientras mi guía señalaba las batallas representadas en las diversas pinturas, me distraje al sentir un gran número de ojos fijos en mí.

—En esta galería —explicaba mi guía—, Luis XIV desplegó toda la magnificencia de la realeza. La corte era tan espléndida que incluso en esta enorme cámara el rey estaba rodeado por la aglomeración de los cortesanos del día.

Nos hallábamos en la gran galería de Luis XIV, donde diecisiete ventanales de medio punto abiertos a los jardines daban frente a otros tantos espejos. Me preguntaba si la idea de un monarca resultaba ahora más atractiva que la posterior revolución que lo había destronado.

Creo que mi guía, al que contraté por un franco la hora, se había cansado de mi actitud distraída en el transcurso de la tarde. Me temo que me consideró un ignorante incapaz de apreciar los más exquisitos refinamientos de la historia del arte. La verdad era que mi clara sensación de ser observado había ido aumentando, y en aquel salón de los espejos las miradas abundaban por doquier.

Empecé a tomar nota de aquellas personas que se repetían en las diferentes estancias. Convencí a mi guía para que modificáramos nuestro recorrido por el palacio: a todas luces, una idea extraña para él. Por su parte, no contribuyó a mejorar mi inquietud cuando tocó el tema de los extranjeros en París.

—Les gustaría mucho saber cómo pasa usted su tiempo aquí..., dado que es usted un joven lleno de energía —musitó, quizá buscando una manera de vejarme.

—¿A *quién* le gustaría saber de mí, monsieur?

—A la policía y al gobierno, claro está. En París no pasa nada sin que alguien se entere.

—Pero, monsieur, me temo que yo tengo muy poco de interesante.

—Ellos se informan de todo preguntando a los dueños de su hotel, a los *commissionnaires* que lo observan partir y regresar, a los cocheros de los fiacres, a los verduleros, a los taberneros. Sí, monsieur, supongo que no hay nada que usted pueda hacer y que ellos no logren descubrir.

Dado el estado de nervios en que me encontraba, ese comentario no me resultó agradable. Le pagué lo que le debía y lo despedí. Sin mi guía podía moverme ahora más aprisa, abriéndome paso entre el gentío que avanzaba lentamente por cada estancia. Advertía tras de mí cierta conmoción: hombres rezongando y mujeres profiriendo exclamaciones por alguna molestia. Parecía que algunos turistas se quejaban de que alguien los estaba empujando con rudeza. Penetré en la siguiente estancia sin aguardar a ver quién era el responsable de la protesta. Esquivé las figuras y los valiosos muebles que se interponían en mi camino, hasta que salí a los inmensos jardines del palacio.

—¡Aquí está! ¡Él es quien iba abriéndose paso por el palacio!

Al tiempo que oía esa voz, una mano aferró mi brazo. Era un guarda.

—¿Yo? —protesté—. ¡Cómo! ¡Yo no estaba empujando a nadie!

Después de que se informara al guarda de que el hombre que se abría paso desconsideradamente había sido visto detrás de nosotros, se me dejó libre en los jardines y me apresuré a poner distancia entre el guarda y mi persona, por si cambiaba de idea. Pronto deseé no haber abandonado la seguridad de permanecer a su lado.

Recordé la advertencia de madame Fouché sobre los barrios peligrosos de París. «Hay hombres y mujeres que le robarán y luego lo tirarán al Sena desde un puente», me dijo. Entre esa gente los revolucionarios de marzo de 1848 reclutaron a la mayoría de sus «soldados» para expulsar al rey Luis Felipe e implantar la República en nombre del pueblo. Un cochero me dijo que durante el levantamiento vio a uno de aquellos villanos, rodeado por la policía y a punto de ser tiroteado, gritar: *Je suis bien vengé!»* al tiempo que sacaba de los bolsillos quince o dieciséis lenguas humanas. Las arrojó por los aires antes de morir, y fueron a caer en los hombros y los sombreros de la policía, e incluso en la boca de uno de los agentes, que la mantenía abierta a causa del desagrado ante aquella repugnante visión.

Sucedió en el lujoso santuario de los inmaculados jardines de Versalles, y no en alguno de aquellos arrabales de rebanadores de lenguas. Yo tenía la sensación de que cada paso que daba estaba siendo observado. Los afilados setos y los árboles de los jardines revelaban fragmentos de rostros. Después de pasar ante hileras de estatuas, macetas y fuentes, me detuve ante el Dios del Día, una horrible divinidad que surgía de una fuente con surtidor, con delfines y monstruos marinos. ¡Cuánto más seguro me hubiera encontrado en las estancias del palacio, rodeado de hordas de visitantes y junto a mi entrometido guía! Fue entonces cuando apareció un hombre frente a mí y me agarró del brazo.

* * *

He aquí lo que recuerdo después de aquello. Me hallaba en el interior de un carruaje que circulaba por un camino con piedras. A mi lado estaba el rostro que fue lo último que vi antes de perder la conciencia en los jardines de Versalles: una cara gruesa y rígida, como tallada, con un fruncimiento inexpresivo. Una cara en la que ya había reparado en varias estancias del palacio de Versalles. ¡Había sido como mi sombra! Me lamí los dientes y las encías, y comprobé que seguía allí. La lengua, quiero decir.

¿Lo pensé antes de buscar la portezuela del carruaje? No puedo recordarlo. Me arrojé sobre ella y fui a dar en la calzada. Cuando me puse en pie, otro coche se aproximó a mí a gran velocidad. Se desvió y pasó, dejando un margen estrecho entre mi persona y el vehículo que me había transportado. «*Gare!*», gruñó el cochero, que a mí me pareció tan sólo un amplio surtido de dientes amarillos, un sombrero flexible y un cuello flojo. Un perro flaco aulló por la ventanilla.

Corrí por los campos que se escalonaban hacia abajo desde la carretera. Más allá se extendía el campo abierto.

Entonces mi captor se apeó del coche y emprendió mi persecución a una velocidad terrible para tratarse de un hombre tan corpulento. Sentí un rápido y decisivo golpe en la cabeza.

Tenía las manos rígidas detrás de la cabeza. Miraba alrededor o, quizá, debería decir arriba. Al despertar, me encontré en una amplia trinchera excavada unos veinte pies en la tierra. Por encima de ella se alzaban unos muros muy altos, que no se parecían en nada a las bajas y bonitas hileras de edificios y casas particulares de cualquier calle de París. Era como si me hubieran transportado a otro mundo, y un monstruoso silencio se extendiera en torno a nosotros como en el más vasto de los desiertos.

—¿Dónde estoy? ¡Quiero saberlo! —grité, aunque no podía ver a quién gritaba.

Oí una voz murmurar algo en francés. Levanté la cabeza pero no pude moverme lo suficiente para ver detrás de mí. Sólo una sombra cayó sobre mí, y creí que se trataba de mi captor inicial.

—¿Dónde estamos, tú, sinvergüenza? —pregunté.

No dio muestras de haberme oído. Se limitó a permanecer de pie, aguardando. Sólo cuando el villano en cuestión se acercó por el otro lado, me di cuenta de que la sombra pertenecía a otra persona.

Por último, la sombra se movió y dio la vuelta para encararse conmigo. Pero no era un hombre.

Allí estaba ella, tocada con un gorro blanco ligero y un vestido sencillo, como si se encontrara en uno de los jardines de París. Se detuvo frente a mi asiento y se inclinó hacia mí con lo que parecía un gesto de protección, mirándome con sus ojos hundidos; de hecho, unos ojos tan hundidos que parecían insertos bajo la frente. Por la edad, parecía una muchacha.

Dejé de chillar.

—¿Quién es usted? —murmuré, ronco de tanto vociferar.

—Bonjour —dijo la muchacha, que se volvió y echó a andar.

Le devolví el saludo, aun considerando que cualquier intento de cordialidad resultaba fuera de lugar en semejantes circunstancias.

—Es usted tonto —me recriminó mi primer captor, como si quisiera que ella no lo oyese, como si le fueran a hacer responsable de mi error—. Es así como se llama. ¡Bonjour!

—¿Bonjour? —repetí. Luego me di cuenta de que la había visto antes, en otra ocasión en que yo estuve en riesgo—. ¡En el Café Belge! ¡La vi allí, sosteniendo un cesto! ¿Por qué estaba usted allí?

—¡Ya estamos aquí! —retumbó una nueva voz en un inglés teñido de acento francés pero, por lo demás, perfectamente fluido—. ¿Tan necesario es que nuestro bienvenido huésped, procedente de los grandes Estados Unidos, permanezca tan inmovilizado?

La respuesta fue lo bastante servil como para identificar al recién llegado como el jefe. Mi captor se le acercó y le habló confidencialmente, como si yo hubiera perdido de pronto la capacidad de oír.

—Se desmayó en Versalles y luego se apeó del coche en marcha, saltando por la portezuela como un loco. Casi se mata...

—No importa. Aquí estamos todos seguros. Por favor, Bonjour.

La muchacha desató ágilmente mis ligaduras y me liberó las muñecas.

Hasta ese momento no fui capaz de ver al recién llegado; tan sólo tuve atisbos de una larga capa blanca y unos pantalones ligeros. Con las manos libres, me puse de pie y me coloqué ante él.

—Mis excusas por llegar a estos extremos, monsieur Clark —dijo, como abarcando con su mano enjoyada cuanto nos rodeaba y dando a entender que todo aquello fue un accidente—. Pero me temo que estas desafortunadas fortalezas se cuentan entre los pocos lugares de los alrededores de París adonde todavía puedo viajar con cierta tranquilidad. Y lo que es más importante...

Lo interrumpí:

—¡Mire esto! Su sicario me ha maltratado y ahora... ¡Pero, en primer lugar, me gustaría saber adónde me ha traído y por qué...!

Se me ahogaron las palabras y me lo quedé mirando mientras se encendía en mí una chispa de súbito reconocimiento.

—Como iba diciendo —continuó en tono afectuoso, con una mueca dibujada en la tez olivácea de su rostro—, lo más importante es que, por fin, nos conocemos personalmente.

Me estrechó la mano, que sentí floja cuando la verdad se me hizo patente.

—¡Dupin! —exclamé, incrédulo.

9

Ustedes recordarán que había otros cinco o seis hombres a los que consideré posibles inspiradores del personaje de Dupin, antes de eliminarlos en favor de Duponte.

Un tal barón Claude Dupin fue uno de ellos, un abogado francés de quien se decía que nunca había perdido un solo caso, y que se enorgullecía de un distante linaje regio del cual derivaba el dudoso título de «barón». Se había contado entre los más prominentes juristas de París durante muchos años, y era tenido por un héroe debido a su defensa de muchos acusados malhechores pero simpáticos. En un momento dado incluso fue candidato al Tribunal Supremo, y a punto estuvo de ser nombrado diputado por su distrito durante una de las crisis de gobierno francesas. Algunos le atribuían el empleo de tácticas dudosas, y no tardó en abandonar por completo su trabajo para dedicar el tiempo a otras empresas en Londres. Durante su estancia allí, fue nombrado agente especial coincidiendo con un período en el que se temía un levantamiento, y se desempeñó con tal valor que conservó aquel título con carácter honorario.

Toda esta información la había yo reunido pieza a pieza a lo largo de mis cuidadosas investigaciones en las publicaciones francesas. Lo hice un tiempo antes de ir a París, cuando estaba completamente seguro de que Claude Dupin era la inspiración de C. Auguste Dupin, y envié varias cartas al barón solicitándole más detalles sobre su historia y describiendo la apremiante situación allí, en Baltimore. Pero no tardé en tropezar con los artículos relativos a Auguste Duponte y cambié mi teoría. Cuando Claude Dupin me contestó, yo ya le había remitido una carta con mis excusas y explicándole mi equivocación.

Una de las publicaciones francesas que vi incluía un retrato del barón Dupin, que estudié con atención. Por eso reconocí al hombre que estrechaba mi mano como si hubiéramos sido viejos amigos. Fue entonces cuando, alarmado y atónito, exclamé:

—¡Dupin...! ¡Es usted Claude Dupin!

—Por favor —dijo magnánimamente—, ¡llámeme barón!

Aparté bruscamente la mano y busqué mi mejor oportunidad para una escapatoria inmediata. El carruaje que me había transportado aguardaba ahora en un paso improvisado, abierto en el muro, pero pensé que no sería capaz de conducirlo, y mi primer captor había regresado al vehículo y esperaba allí.

La trinchera formaba parte de la impenetrable fortificación levantada para prevenir futuros asaltos a la ciudad. Una muralla continua rodeaba las afueras de París, con sus taludes para la artillería y fosos y trincheras alrededor.

En este intimidatorio escenario, Dupin me daba ahora garantías de que estaba completamente a salvo, y comenzó a explicarme que su colega Hartwick —que ése era el nombre de mi raptor, quien me había atrapado en Versalles y montado en su carruaje— tan sólo quiso asegurar mi presencia para aquella entrevista.

—Hartwick puede ser peor que Satanás, y una vez casi le arrancó un brazo a un hombre de un mordisco, pero aun así es de buena pasta. Perdónelo.

—¿Perdonarlo? ¿Perdonar su agresión? ¡Me temo, Dupin, que no me es posible! —exclamé.

—¿Sabe? Me causa un gran alivio conocerlo —dijo Claude Dupin—. Después de una estancia tan prolongada en Londres, ¡hacía tiempo que nadie había pronunciado correctamente mi nombre, como un francés!

—Escuche, monsieur —le recriminé, aunque me agradó el infrecuente cumplido hacia mi francés—, no me dé coba. Si deseaba hablar conmigo, ¿por qué no escoger algún lugar civilizado en la ciudad?

—Me hubiera causado un gran placer compartir con usted una

demi-tasse de café, monsieur Clark, se lo aseguro. Pero ¿puedo llamarlo Quentin?

Hablaba con fogosidad, muy apasionadamente.

—¡No!

—Cálmese, cálmese. Permítame explicarme mejor, mi buen Quentin. ¿Sabe usted? En este mundo hay dos tipos de conocidos: amigos y enemigos. En París yo tengo ambos, y me temo que uno de esos grupos querría verme con una cabeza menos de estatura. Digamos que me vi envuelto en ciertos asuntos impropios hace algunos años, y que prometí ciertas cantidades de dinero que, tras una concienzuda y rigurosa evaluación matemática, resultó que no poseía. Era pobre como una rata. Por suerte, y aunque estaba metido en un feo asunto, tengo suficiente protección en Londres para evitar líos cuando estoy allí. Ya ve a qué me veo obligado para tener un encuentro cuando quiero visitar París —añadió, abarcando con un ademán las fortificaciones—. Creo, amigo Quentin, que tiene usted la suerte de poseer fortuna propia. ¿Negocios? ¿O es usted rico de nacimiento? No importa, supongo.

Era sorprendente y un tanto inquietante ver a Dupin sacar mis cartas de su abrigo. En este punto, si les describiera el aspecto físico del barón, ustedes apreciarían lo difícil que me resultaba negarle conversación, pese a lo inexcusable del tratamiento que recibí y del que él era responsable. Vestía ropa cara: un vistoso traje blanco, casi se diría que propio de un dandi; guantes ostentosos, una flor en el ojal y muy bien peinado, con un mostacho cuidado. Lucía brillantes en la pechera de la camisa, en la cadena del reloj y en los dos o tres anillos que llevaba en los dedos, pero hay que decir en su honor que no parecía tomarse la molestia de ser ostentoso. Las botas estaban abrillantadas con tal esmero que parecían absorber toda la luz del sol. Era espectacular y seductor; en suma, como salido de una revista.

Por encima de todo, sus maneras revelaban un exceso de civilidad y filantropía, y entiendo por filantropía la cualidad de quien redimiría prostitutas quitándolas de la calle, llevándose una o dos a su casa. Aunque me había secuestrado, conduciéndome a una fortaleza desierta, me di cuenta de que me esforzaba en no mostrarme rudo en su presencia. Le pregunté en tono tranquilo cómo me había encontrado en París.

—Entre quienes aún puedo considerar mis amigos en París, hay varios miembros de la policía que vigilan a los visitantes extranjeros muy de cerca. Su última carta mencionaba que andaba buscando a Auguste Duponte... y no pude por menos de suponer que vendría a buscarlo. Bonjour confirmó que, en efecto, estaba usted aquí.

Dirigió una sonrisa a la hermosa ninfa, que ahora fumaba un cigarrillo. Me había seguido al Café Belge la noche de la arriesgada partida de billar de Duponte.

—¿Por qué se llama Bonjour? —pregunté en voz baja, como para evitar que ella me oyera.

Confieso que la pregunta me ayudó a evadirme de lo que me rodeaba. Sin embargo, en aquel momento ella me ignoraba. Me pregunto si fue precisamente el nombre lo que me fascinó. No, no lo creo. Era muy hermosa, dentro de la inexpresividad de su boca pequeña y sus ojos grandes. No manifestaba especial interés por mí ni por nuestra situación, pero esto no disminuía mi fascinación.

—Tengo plena confianza en que ahora podamos cerrar nuestro acuerdo, amigo Quentin —dijo el barón, sacándome de mi trance.

Desdobló mis cartas y me las mostró.

—¿Acuerdo?

Me reprendió con un fruncimiento de decepción.

—Monsieur. El acuerdo en virtud del cual ¡resolveremos juntos la muerte de Edgar Poe!

La contundencia de su afirmación casi me hizo olvidar por qué aquello no era posible.

—Hay una equivocación —dije—. Me temo que en realidad no es usted el modelo de los relatos de Poe sobre Dupin, como yo imaginé en algún momento. He encontrado al verdadero, a Auguste Duponte. ¿Lo leyó en mi última carta?

—¿Era eso lo que quería decir? Yo creí que sólo era una broma suya lo de hablar con Duponte. ¿Debo suponer que monsieur Duponte ha comenzado el análisis del sorprendente e injusto fin del querido Poe? ¿Está decidido a llevar las pesquisas hasta las últimas consecuencias?

—Bien... Hemos entrado a fondo en investigaciones reservadas. Más no le puedo decir.

Giré en redondo con renovada incomodidad, pero seguía sin haber dónde ir. Admito que, perversamente, no deseaba del todo escapar del apuro. Ansiaba oír a alguien hablar desapasionadamente sobre la muerte de Poe. Había pasado mucho tiempo hablándole de ella a Duponte, sin reciprocidad alguna.

—Puedo decirle, monsieur Quentin, que se ha colocado en una posición embarazosa —dijo Dupin. Juntó las manos, como si rezara, y luego las cerró, dejando visible un puño doble—. Porque el verdadero Dupin soy yo; yo soy el que usted ha estado buscando todo este tiempo.

—¡Eso lo dice usted!

—Ah, ¿sí? Para los ingleses soy un agente especial. ¿Qué significa eso sino defensor de la verdad? Como abogado jamás perdí un solo caso..., y eso es tan inamovible como si fuera de hierro. ¿Qué es un abogado sino un heraldo de la verdad? ¿Quién es el Dupin real sino un protector de la verdad? Usted y yo somos abogados, monsieur Clark; el entero mundo de la justicia es nuestro territorio. Si hubiéramos vivido en la época en que Eneas descendió a los infiernos, le habríamos acompañado a las entrañas de la tierra sólo para estar presentes en una audiencia de Minos, ¿no es así?

—Supongo —dije—. Aunque yo suelo dedicarme a hipotecas y cosas así.

—Es el momento de tratar de las condiciones económicas que usted sugería en su carta como retribución por mis servicios. Ambos nos beneficiaremos de ello.

—No voy a hacer nada de eso. Ya se lo he dicho: mantengo mi lealtad a Auguste Duponte. Es a él a quien creo.

Bonjour me dirigió una rápida mirada de advertencia. Dupin suspiró y cruzó los brazos.

—Duponte hace tiempo que está acabado. Padece la enfermedad aguda que podríamos llamar *precisión*, y descarga un peso muerto en todo lo que hace. Es como el viejo pintor moribundo que sólo en su mente pretende ser el artista que fue antaño. Una marioneta de su propio cerebro.

—Supongo que está usted interesado en esto por el dinero, a fin de poder pagar sus deudas —repliqué indignado—. Auguste Duponte es el «Dupin» original, monsieur barón, por mucho que se atreva usted a rebajarlo con insultos. Tiene usted suerte de que no esté aquí presente.

El barón se me acercó, y vertió lentamente las palabras que siguieron.

—¿Y qué haría su Duponte si estuviera aquí ahora?

Quise decirle que Duponte le partiría el cráneo en dos, pero ni pude recordar la manera de decirlo en francés, ni convencerme a mí mismo de la veracidad del asunto. Claude Dupin, con el mostacho y las joyas reluciendo por igual, hizo una mueca mientras ordenaba a Bonjour que me llevara al carruaje.

Me tomó del brazo con una presa tan sorprendentemente fuerte como si se tratara de Hartwick, y me condujo a través de la trinchera. En París los hombres apenas son necesarios para que la sociedad funcione. A este respecto yo había visto a mujeres, sin ayuda alguna de hombres, ejercer de sombrereras, conductoras de carros grandes, carniceras, lecheras, chanchulleros, cambistas e incluso camareras en los establecimientos de baños. Una vez oí a un orador que defendía los derechos femeninos argumentar que si las mujeres desempeñaran las ocupaciones de los hombres, serían más virtuosas. Y he aquí una joven que sería feliz discrepando de eso.

Nos habíamos alejado lo suficiente del barón para que no pudiera oírnos, y me volví hacia Bonjour.

—¿Por qué acata usted sus órdenes?

—¿Le han dicho que hable?

Me maravilló oír eso de una dama que parecía tener unos pocos años menos que Hattie, y con una voz ronca como la de un anciano extenuado y extrañamente hipnótica.

—Supongo que no, pero, Bonjour... señorita... mademoiselle. Mademoiselle Bonjour, debería usted mantenerse a salvo de ese hombre.

—Usted sólo quiere salvar el pellejo.

Supongo que eso hubiera sido más inteligente, pero el instinto de conservación no fue mi prioridad. En el brillo de sus ojos se percibía una manifiesta independencia de espíritu, que al instante me atrajo. La única imperfección de la piel suave de su rostro era una cicatriz —o, propiamente hablando, más que una hendidura— que discurría verticalmente encima de sus labios, ensanchándose arriba y debajo de aquéllos y formando una más bien encantadora cruz con su sonrisa.

—¡Vienen a toda prisa! —gritó una voz desde arriba en francés.

Hartwick corría hacia su amo con un catalejo desplegado en la mano.

—¡Nos han encontrado! —exclamó Dupin—. ¡Vamos al coche!

Al parecer, algunos de los amigos menos dispuestos a dar la bienvenida al barón acudían en su busca. Todos mis acompañantes echaron a correr hacia el carruaje.

—¡Date prisa, burro, inmundicia! —dijo Dupin al rebasarme.

Vi a Hartwick, en pie junto al carruaje, caer coincidiendo con una detonación y golpeando desmañadamente las rocas. Había empezado a gritar «Dupin», pero la palabra se perdió. Cuando uno de los otros le dio la vuelta y lo puso de lado, exangüe, pudo verse que su oreja había desaparecido, reemplazada por un círculo rojo oscuro.

Mientras mi mirada captaba el horror de la escena y el sendero hasta el carruaje se tornaba más empinado, tropecé y volví a caer en la trinchera. Supongo que eso pudo considerarse una estrategia, porque así me aparté de mis raptores. De hecho, fue la visión de la pistola que empuñaba el barón Dupin lo que hizo que mis pies perdieran el equilibrio. Bonjour se desvió y vino por mí.

—¡Déjalo! —ordenó Dupin. Y luego, dirigiéndose a mí—: ¡Quizá la próxima vez nos encontremos en algún lugar más adecuado para nuestros mutuos intereses, sin estas perturbaciones! Mientras tanto, ¡vaya en busca de la gloria, amigo Quentin!

Sí, soy consciente de que parecerá fantástico a los lectores que ésas fueran las palabras de Dupin, mientras le disparaban y cuando acababan de matar al jefe de sus secuaces y él trepaba por aquella trinchera, pero yo me limito a contarlo tal como sucedió.

Alcé la cabeza para observar. De pronto, sentí que me agarraban y me empujaban rudamente hacia abajo. Me desplomé hecho un ovillo, levanté la vista y descubrí que Bonjour se me había echado encima. Me tenía cogido por un brazo. Al imaginar que Hattie me observaba, y atormentado por un sentimiento de culpabilidad y tentación, traté de zafarme de debajo de ella, pero no pude. Tampoco logré evitar un estremecimiento ante la ligereza de su cuerpo y, al mismo tiempo, lo *inamovible* que resultaba.

—Quédese aquí —dijo en inglés— aunque yo me vaya. ¿Entendido?

Asentí.

Se dio impulso y se puso de pie. Siguió al barón y montó en su carruaje sin volver a dirigirme una mirada. Sus caballos emprendieron una carrera por el sendero que atravesaba las fortificaciones, y al cabo de unos minutos el ruido de los cascos y de las ruedas de otro vehículo atronó el recinto. Siguieron otros disparos en la dirección del carruaje del barón, que se alejaba. Me cubrí la cabeza con los brazos y no me moví pese a que llovían fragmentos de roca desde todas direcciones.

Mi liberación se manifestó en forma de carruaje alquilado por unos visitantes alemanes que habían acudido a ver las fortificaciones, los cuales me permitieron amablemente regresar a París con ellos.

Desde luego que una parte de mí ansiaba acudir corriendo junto a Duponte y contarle todo lo sucedido. Pero eso no serviría de nada. Si mi encuentro con Claude Dupin me permitió llegar a alguna conclusión, ésta fue que estaba confuso. El verdadero analista no colaboraba a ningún precio, y un charlatán como aquel «barón» se mostraba demasiado dispuesto a hacerlo por un poco de dinero. Yo haría todo lo posible por no volver a ver a Auguste Duponte.

Resultó que el guía de Versalles tuvo razón al advertirme de que los agentes de policía vigilaban mi estancia en París. Poco después de aquel episodio, mis fondos mermaron y me mudé a una pensión más barata. Nada más llegar, encontré a dos policías aguardando muy educadamente para tomar nota de mis nuevas señas.

Sólo dos días más tarde, mi decisión de eludir a Duponte cambió, mientras permanecía sentado y me limpiaban las botas. Con la característica cortesía francesa, el dueño del establecimiento se encorvó ligeramente y me advirtió que mis botas estaban cubiertas de polvo. Yo había tomado un periódico. Había un gran espejo situado detrás mismo del banco, de modo que el limpiabotas podía ver el periódico mientras sacaba lustre al calzado de su clientela. He oído que cierta especie de limpiabotas parisiense ha aprendido, con los años, a leer las noticias de la prensa al revés para matar el aburrimiento. Yo no creía que alguien pudiera desarrollar la habilidad de desentrañar palabras tan retorcidas. No lo creí hasta ese día.

Ojeaba un periódico a toda prisa, pero fui interrumpido por el limpiabotas.

—¿Me hace el favor de volver la página, monsieur? ¿Está Claude Dupin otra vez en París? Aquí lo buscan con más saña que a un animal en el bosque. Eso es lo que se dice.

Al oír esto, volví las páginas para atrás hasta llegar a un texto sorprendente, un aviso pagado:

El renombrado abogado y procurador Claude Dupin, quien en toda su carrera jamás perdió un caso, ha sido contratado por algunos ciudadanos prominentes de América *[supongo que eso se refería a mí]* para resolver el misterio que rodea la muerte del más apreciado y brillante genio del país, cultivador de diversos géneros literarios: Edgar A. Poe. La persona y el nombre de Dupin inspiraron, por cierto, el famoso personaje de «Dupin», que aparece en los cuentos del señor Poe, entre ellos «Les Crimes de la Rue Morgue», un relato ampliamente difundido en inglés y en francés. Obligado a hacer honor a este vínculo, Claude Dupin ha partido hacia Estados Unidos, y exactamente dentro de dos meses a partir de este día del año 1851, habrá resuelto las enigmáticas circunstancias de la muerte de Poe completamente y a todos los efectos. Monsieur Dupin regresará a París, su ciudad natal, después de haber sido generosamente proclamado nuevo héroe del Nuevo Mundo y recompensado como tal...

Sentí un nudo en la garganta. Debía volver a ver a Duponte inmediatamente.

Yo no podía abandonar el continente mientras Duponte creyera que lo había traicionado *contratando* a Claude Dupin, como sin duda creería si leía aquella noticia. Desde luego que no dejaría de relacionar el asunto conmigo. Incluso algo del lenguaje empleado en el periódico era mío, saqueado por el barón directamente de mis cartas. Mi única esperanza era que Duponte no hubiera visto aquello. Di a un cochero su dirección y me precipité por la puerta principal, pasando ante el cuarto del portero.

—¡Alto ahí! ¡Usted!

El portero quiso atraparme, pero no lo consiguió. Subí las escaleras de dos en dos y encontré la puerta de Duponte abierta, pero a nadie dentro.

La lámpara de gas sobre su cama olía como si hiciera poco que estuvo encendida, y allí, en el centro de la cama, había un periódico. Era *La Presse,* distinto del que yo leí en el limpiabotas, pero estaba abierto por la página donde traía la misma noticia. Otros objetos, periódicos y artículos habían sido empujados a los pies de la cama. Imaginé que Duponte se había sentado despacio, despejando con una mano la siempre atestada superficie de la colcha, apretando el artículo con la otra y, mientras leía acerca del contrato con el barón Dupin, con los ojos llenos de... ¿Qué pudo haber sido al ver aquello? ¿Rabia? ¿Amargura? Ya me había condenado por mi traición.

—¡Monsieur! —me recriminó el portero, que ya había aparecido en la puerta.

—¡Usted! ¡No quiero saber nada de usted! —exclamé, aguijoneado por la ira que sentía hacia el barón Dupin—. Me voy de París hoy, pero, primero, debo encontrar a Auguste Duponte y lo *encontraré.* ¡Usted me dirá ahora mismo adónde ha ido o se las verá conmigo!

Negó con la cabeza y yo estuve a punto de proyectar mi puño contra su barbilla antes de que se explicara.

—No está aquí —respondió jadeando—. ¡Dentro, quiero decir! Monsieur Duponte se ha marchado y se ha llevado su equipaje.

Tras varias preguntas más, supe que el portero había ayudado a Duponte, sólo unos minutos antes, a bajar su equipaje al patio. Esto después de que Duponte estudiara la ponzoñosa noticia insertada en el periódico por el tortuoso barón. La deslealtad que sin duda Duponte me atribuyó lo había hundido en una melancolía tan abrumadora que ya no podía continuar en aquel lugar. Antes de irme, miré por las ventanas del piso en busca de algún signo de su presencia.

Alejándose del edificio de apartamentos iba un carruaje que, según pude distinguir, llevaba equipaje en la baca. Grité infructuosamente para que regresara, pero hube de limitarme a levantar los brazos débilmente mientras avanzaba por la calle. Me produjo sorpresa no hallar rastro de mi propio coche ni del cochero, al que había mandado esperar. Abochornado por este insulto final, me irritó comprobar que el coche de Duponte regresaba, y que resultaba que no era precisamente el coche de Duponte. Bien, él iba sentado en su interior, y su equipaje se bamboleaba en el techo, pero el coche no era el suyo, sino el que había sido mío, con su cochero.

Los caballos entrechocaron los casos y se detuvieron ante mí.

—Yo sólo quería cambiar de sentido los caballos para salir luego más fácilmente, monsieur —me dijo el cochero—. Así no perdíamos tiempo.

Bajó de un salto y me abrió la portezuela del lado opuesto al que ocupaba Duponte. Pero primero yo tenía que verlo. Di la vuelta y abrí su portezuela. El analista permanecía sentado con una mirada fija. Las engañosas afirmaciones del barón Dupin sobre el personaje de C. Auguste Dupin ¿habían acabado por afectarle de una manera que no lo habían conseguido los alicientes y recompensas que yo le ofrecía?

—Monsieur Duponte, ¿esto significa... que usted...?

—¡Llegarán tarde! —gritó el cochero—. ¡El tren que lleva hasta su barco, messieurs! Perderán su pasaje. ¡Suba, suba!

Duponte hizo un gesto de asentimiento dirigido a mí.

—Ahora es el momento —dijo.

10

El vapor *Humboldt*, de la Cunard, rumbo a América, llevaba veintidós oficiales y marineros a bordo, y un número suficiente de instalaciones —camarotes estrechos, a los que se accedía desde el salón principal, ricamente alfombrado— para casi sesenta pasajeros. Había también un laberinto de dependencias auxiliares: la biblioteca, las salas para fumadores y las salas de estar, así como compartimentos para el ganado.

Duponte y yo figuramos entre los primeros pasajeros que llegaron a aquel palacio flotante, y yo me sentí desbordado por la expectación, contemplando el arca que había de conducirnos al Nuevo Mundo. Duponte se quedó de pie, inmóvil, en cuanto alcanzó la cubierta superior. Yo también me detuve. Imaginé que estaba experimentando alguna duda súbita, una premonición, y que desistiría de nuestro viaje.

—Monsieur Duponte —dije en tono amable, esperando poder obligarlo a hablar—, ¿va todo bien?

—Le pido, monsieur Clark —replicó, tomándome del codo—, que el mozo informe al capitán de que a bordo de nuestro barco va un polizón. Armado.

Mi ansiedad se trocó en el mayor asombro. Cuando hube recuperado suficientemente la calma, pedí al mozo que habláramos en un rincón discreto.

—Señor, hay un polizón a bordo de este barco —susurré, apremiante—, posiblemente armado.

Frunció el ceño sin manifestar inquietud alguna.

—¿Cómo lo sabe?

—¿Y qué importa?

—Ya hemos revisado todas las bodegas y las cabinas, señor, como siempre. ¿Ha visto usted a alguien a bordo?

—No —repliqué—. ¡Acabamos de llegar!

Asintió, convencido de que había demostrado que yo no tenía razón.

Me volví para mirar a Duponte, al otro lado de la cubierta. No podía fallarle tan pronto; después de todas las seguridades que le había dado, no. Quería que tuviera la sensación de que cualquier cosa que pidiera sería dicha y hecha.

—¿Qué sabe usted de la raciocinación, señor? —le pregunté al mozo.

—Que es una nueva bestia marina, caballero, con seiscientas patas y joroba.

Ignoré sus palabras.

—Es la rara capacidad de saber, mediante un proceso de razonamiento que no sólo utiliza la lógica, sino que se sirve de la más elevada lógica de la imaginación, que se halla fuera de las funciones mentales de las personas más corrientes. Le aseguro que hay aquí un polizón armado y de lo más malo. Sugiero que el capitán sea informado de ello cuanto antes y que usted busque con más cuidado.

—De todos modos iba a echar otro vistazo —dijo, dándose importancia, y se alejó con paso deliberadamente lento.

Unos minutos más tarde, el mozo estaba llamando —mejor dicho, *dando alaridos*— a su superior, para que acudiera a la cámara del correo. Al poco, el fornido y anciano capitán y el mozo estaban luchando, abajo, con un hombre que se debatía y gritaba.

El polizón dio unos codazos, liberándose y empujando al mozo hasta tumbarlo boca arriba. Los escasos pasajeros que allí había se apresuraron a escabullirse temiendo por sus vidas o, al menos, por sus joyas. Otros, con Duponte y conmigo, nos congregamos a contemplar la escena. Hubo un momento de calma mientras el capitán se encaraba con el intruso.

—¿Conque tratando de robar nuestro correo? —ladró.

Nuestro vapor, como la mayoría de los que cruzaban el océano, complementaba en gran parte sus ingresos transportando correo.

El polizón pareció por un momento un fantasma de otro mundo, con sus mejillas anchas y encarnadas. Quizá el capitán tuvo esa sensación al mirarlo, mientras le ponía las manos delante en un gesto que invitaba a la calma.

—Haya paz.

—¡Ustedes querrán saber lo que yo sé! —dijo el polizón en tono de advertencia, mirando más allá del capitán, hacia los pasajeros, como si se dispusiera a señalar a cuál de nosotros tomar como prisionero.

Todos dimos un paso atrás, excepto Duponte. El capitán no se inmutó ante la declaración del hombre, pero el mozo, de cortas luces, se mostró intrigado por el farol.

—¿El qué? —preguntó—. ¿Qué es lo que *tú* puedes saber?

El polizón perdió pie al pisar algunas tablas mojadas, y el capitán y el mozo cargaron de nuevo contra él, imponiéndosele. Tras unos torpes intentos y con algunos pasajeros jaleándolos, cargaron con el intruso y lo arrojaron directamente al agua.

El capitán se asomó por la borda y observó al individuo, al que la pérdida del sombrero había dejado su calvicie reluciendo al sol. También yo corrí a la barandilla y me quedé mirando durante un rato. No pude evitar sentir cierta lástima por el malandrín, que se debatía perplejo. El capitán, creyendo que el miembro de su tripulación era el responsable del descubrimiento, estrechó la mano del mozo con una cordialidad como probablemente nunca lo hiciera hasta entonces.

Más tarde, aquel mismo día, cuando ya navegábamos mar adentro, el mozo me encontró a solas y dijo con un gruñido:

—¿Cómo demonios lo supo?

Refrené mi lengua.

—¿Cómo demonios pudo saber alguien que había allí un polizón, inmediatamente después de pisar la cubierta? ¿Cómo demonios? ¿Cómo hizo usted ese «racionamiento»?

Se tomó su mezquina venganza asignándonos a Duponte y a mí los peores sitios en la mesa. Pero ese día no pude contener una peculiar sonrisa, que reapareció siempre que vi al mozo durante las tres semanas de nuestro viaje a América.

LIBRO III

BALTIMORE 1851

11

Raciocinación —NOMBRE—: *Acto de razonamiento deliberado, calculado, a través de la imaginación y del espíritu. Íntima observación y pronóstico de las complejidades de la actividad humana, en especial la frecuente sencillez de dicha actividad. No equivale al mero «cálculo» ni a la «lógica».*

* * *

Al principio, yo vigilaba constantemente en busca de algún error por mi parte que pudiera apartarse del camino de la raciocinación de Auguste Duponte (la definición de más arriba es mía —Webster y otros editores podrían corregir las suyas—, y la redacté mientras observaba a Duponte durante nuestro viaje transatlántico). Quería ayudar pero sin ser un obstáculo. Y dio la casualidad de que cometí mi primer error mucho antes de que hubiéramos empezado.

Estaba yo sentado frente a él en mi biblioteca la tercera mañana después de la llegada a Baltimore. Él permanecía instalado en el sillón más cómodo. Yo veía al analista en la más completa ociosidad. Decir «ociosidad» da una impresión incompleta, puesto que estaba constantemente ocupado. Pero sus esfuerzos eran pausados y tranquilos.

Duponte leía todos los artículos de periódico que yo había reunido sobre la muerte de Poe. También le proporcioné otros materiales relativos a Poe: notas biográficas de publicaciones y revistas, grabados, así como mi correspondencia personal con el autor. Duponte leía los periódicos como el gobernador de un estado hubiera leído las noticias durante el desayuno, con aquella forma de agarrar fuerte la página que sugería dominio sobre ella.

Aquel día, cuando advirtió mi presencia al otro lado de la habitación, hizo el súbito movimiento de cabeza que yo casi esperaba que haría al pronunciar su conclusión acerca de la muerte de Poe.

—Necesitaré el resto —dijo.

—Sí.

Dudé. Creí haber entendido a qué se refería, y su sorprendente error, pero no quise desanimarlo.

—Monsieur Duponte, entre las extravagancias de la prensa, es improbable que haya muchos artículos más que se hayan ocupado de la muerte de Poe.

Duponte me alargó mi cuaderno de notas y luego tamborileó sobre el gran cartapacio de los recortes.

—Monsieur Clark, yo no necesito precisamente esos artículos, sino los *periódicos* de los que fueron recortados. Y tal vez los números de esos periódicos de una semana antes y otra después de cada artículo.

—Pero yo examiné los periódicos enteros siempre que me fue posible, en busca de la mínima referencia al poeta en la columna más escondida, incluso la simple mención de su nombre. Le aseguro que ésos fueron los únicos artículos relativos a Poe que se pueden encontrar.

—¡Será zopenco! —se lamentó, suspirando.

Supongo que es imposible dar cuenta de su actitud sin conocerlo personalmente, pero yo me había ido acostumbrando a las frecuentes exclamaciones de este tipo proferidas por Duponte, las cuales yo ya no interpretaba como insultos.

Duponte prosiguió:

—Los recortes no bastan, monsieur. Tan revelador es lo que rodea la información como la información misma. Pase por alto las columnas que hacen palpitar de emoción el corazón del vulgo, léalo todo además de eso, y aprenderá mucho. Usted ha sacrificado una gran porción de inteligencia en cada artículo al separarlo de la página donde venía.

A decir verdad, era difícil reprimirse de manifestar incomodidad ante el ritmo que llevaba Duponte. Supongo que yo debería haberlo previsto. Poe había reconocido las exigencias de una inteligencia tan compleja. En sus cuentos, C. Auguste Dupin emprende meticulosas revisiones de informaciones de prensa sobre los crímenes de que se trata, antes de aventurarse a resolver los casos.

Pero había una diferencia, en lo que a tiempo se refiere, entre esos relatos literarios y nuestra empresa: nosotros no estábamos solos. Del fondo de mi mente surgía, en toda ocasión, la fantasmal imagen de mi raptor, Dupin. (Comprobando esta frase, advierto que no debería escribir «Dupin» así, porque entonces pienso automáticamente en el C. Auguste Dupin de los cuentos de Poe. Aunque haga más gasto de tinta, pondré «Claude Dupin» o «barón Dupin».) En ocasiones, incluso creí ver su rostro en una ventana abierta, entre la multitud de la calle Baltimore, sonriéndome astutamente. ¿De veras había venido el barón a América, o su anuncio fue un engaño para confundir a sus acreedores de París?

Empecé a reunir todos los periódicos que Duponte había pedido. El imponente edificio del *Baltimore Sun* había sido la primera estructura de hierro de la ciudad. Aunque algunos consideraban hermosa la construcción de cinco plantas, ese término resultaba inadecuado. Imponente: eso era lo que uno pensaba mientras caminaba a través de los despachos del periódico, con las prensas y las máquinas de vapor silbando abajo, en el sótano, transmitiendo calor a las botas; y al sentir la crepitante maquinaria del telégrafo como una lluvia que cayera del techo del segundo piso. Uno se encontraba en medio de algo poderoso, algo que satisfacía a nuestros ciudadanos.

Visité también los competidores del *Baltimore Sun*, los periódicos *whigs Patriot* y *American*, así como los de tendencia demócrata, como el *Clipper* y el *Daily Argus*, y gradualmente aporté a Duponte todo cuanto había solicitado de Baltimore. Luego empecé a buscar en el ateneo más material de otros estados y cualesquiera nuevas noticias acerca de Poe.

No había avisado a Hattie ni a Peter de mi regreso. La prohibición que la tía Blum impuso a Hattie de que me escribiera persistió durante mi estancia en París. En sus últimas y escasas cartas, Peter decía poco de Hattie o de cualquier otro asunto de interés, pero aludió a ciertas cuestiones delicadas de negocios sobre las que necesitaba hablarme. Yo sentía un fuerte deseo de comunicarme con ambos. Pero era como si el mundo ajeno a mi relación con Dupont hubiera quedado en suspenso; como si me hubiera visto atrapado en un universo hecho tan sólo de la mente de Dupont y de sus ideas, y no pudiera recuperar mi lugar habitual en tanto la tarea emprendida no finalizara.

Aunque mi estancia en el extranjero se prolongó tan sólo una temporada, advertí con percepción agudizada todos los cambios ocurridos en Baltimore. La ciudad iba creciendo de día en día, o ésa era la impresión que daba. Por todas partes había cascotes, escaleras de mano, viguetas y útiles de construcción. Almacenes de cinco pisos habían superado en altura las viejas mansiones. Todo eso llevaba el marchamo de la novedad, como el polvo de las obras, que extendía una opaca palidez sobre la ciudad. Pero había algo más que no sé cómo definir. Insatisfacción. Melancólica inquietud. Eso es lo que se percibía yendo por la calle.

En la sala de lectura del ateneo me senté a una mesa, con mi cuaderno de notas, y abrí un periódico. Recorrí las columnas, deteniéndome varias veces para estudiar algún fragmento interesante de noticias que se hubieran producido en mi ausencia. Entonces lo vi. Mi corazón se aceleró a causa de la sorpresa, el alborozo y el temor. No hubiera sido capaz de concretar cuál de esas sensaciones era la dominante. Pasé al siguiente periódico, y luego a otro. No se trataba de una mención suelta en las últimas páginas. No. ¡Había menciones por doquier! ¡Todos los diarios publicaban algún comentario sobre la muerte de Poe! Quedaban muchos detalles por aclarar acerca de las misteriosas circunstancias del fallecimiento del poeta, escribía el *Clipper*. «El tema predilecto de conversación en los círculos literarios ha sido la muerte de aquel hombre melancólico que fue Edgar A. Poe», decía un semanario de a dólar. El escritor era al mismo tiempo un ser extraño y temeroso.

Los artículos apenas aportaban detalles concretos. En lugar de eso, cada página era como un repartidor de prensa que voceara *ad infinitum* algún ahorcamiento sensacional, pero sin explicar los antecedentes.

Me apresuré hacia la entrada de la sala, donde se sentaba el anciano empleado. Otro usuario de la sala de lectura se encontraba al otro lado del escritorio, pero como no se dirigía al empleado, lo hice yo.

—¿Qué es todo eso a propósito de Edgar Poe? ¿Qué ha sucedido? —pregunté.

—Señor Clark —respondió el empleado mirándome con gran interés—, ¡ha estado usted ausente mucho tiempo!

—No hace tantos meses, mi buen señor, apenas se manifestaba interés alguno por la muerte de Edgar Poe. Ahora es un tema que aparece en las columnas de todos los periódicos.

El empleado parecía dispuesto a contestar, cuando fuimos interrumpidos.

—¡Sí, sí!

Ambos nos volvimos al otro lector, en el que yo me había fijado. Era un hombre corpulento, con cejas como de alambre. Antes de continuar sepultó su enorme nariz en un pañuelo.

—También yo lo he leído —dijo adoptando un tono de familiaridad y propinándome un suave codazo, como si hubiéramos comido en el mismo pesebre.

Lo miré inexpresivamente.

—¡La muerte de Poe! —continuó—. ¿No es maravilloso?

Estudié al desconocido.

—¿Maravilloso?

—Desde luego —replicó con suspicacia—. ¿Considera usted a Poe un genio, caballero?

—¡Y en el más alto grado!

—¿De veras cree usted que no se ha escrito en el mundo mejor prosa que «El escarabajo de oro»?

—Tan sólo lo supera «Un descenso al Maelström» —respondí.

—Bien, pues entonces ¿no es maravilloso que finalmente reciba la atención que merece de los redactores de periódicos? Quiero decir, la tristísima muerte de Poe.

Se llevó la mano al sombrero, saludando al empleado, y luego abandonó la sala de lectura.

—Decía usted... ¿Qué es lo que ha llamado su atención? —me preguntó el empleado.

—¿Por qué los periódicos...? —Mis pensamientos se perdieron en el recuerdo de lo que el otro hombre acababa de decir. Pregunté señalando la puerta—: ¿Quién era ese caballero que estaba ahí delante y que acaba de despedirse?

El empleado no lo sabía. Me excusé y corrí hasta la esquina de la calle Saratoga, pero no había rastro de él.

Me impresionó tanto esa combinación de fenómenos —los periódicos, el extraño entusiasta de Poe, la inquietud que parecía aquejar a la ciudad—, que al principio no presté mucha atención a una mujer mofletuda y de cabello plateado, sentada en un banco no lejos del ateneo. Estaba leyendo ¡un libro de poemas de Edgar A. Poe! En este punto podría decir que yo disponía de una ventaja única de observación. Habiendo adquirido todos los volúmenes publicados de los escritos de Poe, era capaz de reconocer las ediciones a gran distancia por pequeños detalles de su aspecto, tamaño y grabados, únicos y propios de cada uno. Supongo que mi orgullo no podía ser mucho porque no abundaban las colecciones. A Poe no le gustaban las pocas que había. «Los editores timan —se lamentaba en una de las cartas que me dirigió—. Estar controlado es estar arruinado. Estoy decidido a ser mi propio editor.» Pero eso no llegó a suceder. Su situación financiera era un desastre, y la prensa periódica seguía retribuyéndole miserablemente por sus escritos.

Permanecí de pie vigilando el banco de la mujer y la observé enderezar el dedo para pasar las páginas con las puntas dobladas y manchadas. Ella no advirtió mi presencia, tan ensimismada estaba en las páginas finales del cuento, las del sublime hundimiento de «La caída de la Casa Usher». Antes de que me diera cuenta, había cerrado el libro, con aire de honda satisfacción, y se escabulló como si huyera de las ruinas del desmoronamiento de los Usher.

Decidí indagar en una librería próxima si el debate sobre Poe había atraído más público. Era uno de los establecimientos con menos probabilidades de llenar sus anaqueles con cajas de cigarros, retratos de indios y cualquier cosa *que no fueran libros*, lo cual se había convertido en una creciente tendencia de esos comercios desde que cada vez más personas adquirían los libros por suscripción. Me demoraba en el vestíbulo principal cuando vi a otra mujer mientras cometía el más insólito de los delitos.

Estaba subida a una de las escaleras de mano de la tienda, empleadas para examinar el contenido de las estanterías más altas. El delito, si así puede llamarse, no era la sustracción de un libro, lo cual ya hubiera resultado bastante digno de señalar y extraño, sino la colocación en el anaquel de un libro sacado de entre los pliegues de su mantón. Luego subió al siguiente peldaño de la escalera y añadió otro libro a los expuestos, extraído también del mantón. La mujer quedaba oscurecida a mi vista por el resplandor que entraba por la amplia claraboya, pero sí pude ver que llevaba un bonito vestido y un sombrero. No era una de las vistosas mariposas que se encontraba uno paseando por la calle Baltimore. Su nuca hacía presagiar una piel dorada, como también la porción de brazo que dejaba ver su guante. Bajó de la escalera y se dirigió a una hilera de estanterías. Avancé por el pasillo que se extendía paralelamente a aquélla y la encontré aguardando en el extremo.

—Es de mala educación —dijo en francés, con un fruncimiento de sus labios recorridos por una cicatriz— que un hombre se quede mirando fijamente.

—¡Bonjour! —Mi antigua captora en la fortaleza de París, la compatriota del barón Dupin, se encontraba delante de mí—. Mis excusas. En ocasiones parece que me quedo con la mirada fija, como si estuviera ido, ¿sabe?

Pero aquélla no había sido una de mis miradas ensimismadas. Su belleza letal volvió a mostrarse en cuanto me echó la vista encima, y yo me dediqué a mirar a todas partes para romper su dominio sobre mí. Tras recuperarme, dije en un susurro:

—¿Qué diablos está usted haciendo?

Sonrió como si aquello fuera lo más evidente.

Subí unos pocos peldaños de la escalera en la que la había visto encaramada, y saqué el libro que ella había colocado en el estante. Era una edición de los cuentos de Poe.

—Es lo contrario de lo que acostumbro: poner cosas valiosas en un lugar.

Se echó a reír con alegría infantil ante esa idea. Cuando sonreía adoptaba el aspecto de una niña, en particular ahora, que se había cortado mucho el cabello.

—¿Valiosas? ¡Éstas sólo son valiosas para lectores capaces de apreciar a Poe! —dije—. ¿Y por qué pone los libros tan arriba, donde son difíciles de encontrar?

—A la gente le gusta esforzarse para alcanzar algo, monsieur Quentin.

—Usted ha hecho esto por orden del barón Dupin. ¿Dónde está él?

—Ha empezado a trabajar para resolver la muerte de Poe. Y lo logrará.

La cabeza me daba vueltas.

—¡Él no tiene nada que ver con esto! ¡No tiene nada que hacer aquí!

—Considere esto una suerte —replicó ella crípticamente.

—Yo no considero una suerte que utilice este asunto tan serio para divertirse y lucrarse.

—Pues ha encontrado una actividad más útil que asesinarlo a usted.

—¿Asesinarme *a mí*? —Traté de que mi voz sonara cortés—. ¿Y por qué habría de hacerlo?

—Cuando usted escribió sus cartas al barón Dupin, se refirió por extenso a la necesidad urgente de ayuda para desentrañar la muerte del añorado señor Poe. «El mayor genio conocido, según las publicaciones literarias americanas, y cuya desaparición se lamentará siempre», etcétera.

Aquello era una repetición literal de mi manera de pensar.

—Imagine la sorpresa del barón cuando llegamos aquí, a Baltimore, hace unas semanas. Ninguna dama lamentándose de la desaparición del pobre Poe. Ningún tumulto demandando justicia para el poeta. Fueron pocas las personas que pudimos encontrar que supieran con detalle quién fue Edgar Poe, aparte decir que se trataba de un escritor de fantasías extrañas para el vulgo. La mayoría ignoraba, desde luego, que el tal monsieur Poe había pasado a mejor vida.

—Es cierto —admití en tono de desafío—. Son muchos, mademoiselle, los que mostrarán recelo e indiferencia hacia el genio, y la singularidad de Poe lo convierte en un blanco apropiado para eso. ¿Y qué pasa?

—El barón Dupin ha venido a dar respuesta a la demanda de aclarar la muerte de Poe. ¡Y aquí no se aprecia demanda alguna!

Guardé silencio. Supongo que no podía argumentar en contra de la frustración del barón, pues yo mismo había experimentado idéntico sentimiento.

—Me habrá culpado a mí —murmuré.

—Bueno, no imagine que mi amo se muestra muy indulgente con usted. En realidad, al comprobar que hemos viajado muy lejos y con gran gasto sin ninguna finalidad, el barón no tardó en ponerse furioso.

Creo que debí de mostrar aprensión, porque ella sonrió.

—No tema nada, monsieur Quentin —dijo, pero por alguna razón su sonrisa me hizo sentir menos seguro. Quizá se debía a la cicatriz que le dividía en dos la boca—. No creo que esté usted expuesto a alguna amenaza... de momento. Sin duda ha visto lo que ha ocurrido últimamente con el reconocimiento de Poe en su ciudad.

—¿Se refiere a los periódicos? —Y empecé a sacar conclusiones—. ¿Tienen ustedes algo que ver con eso?

Se explicó. En primer lugar, el barón insertó anuncios en todos los periódicos de la ciudad, ofreciendo sustanciosas recompensas a cambio de «información vital» sobre la «misteriosa y desdichada muerte» del poeta Poe. Realmente no esperaba recibir en seguida noticias de testigos. Antes bien, los anuncios sirvieron para su verdadero propósito: suscitar preguntas. Los redactores de los periódicos se emocionaron y siguieron su camino. Ahora la gente clamaba por más y más Poe.

—Estamos contribuyendo a avivar la imaginación del público —dijo Bonjour—. Creo que los libros de Poe han conocido ahora un auge de ventas.

Volví a pensar en la mujer del parque..., en el entusiasta de Poe en la sala de lectura..., y en Bonjour plantando libros para que más personas pudieran encontrarlos.

Se volvió para marcharse, pero la retuve. Si alguien nos estuviera mirando, con mi mano envolviendo la muñeca enguantada de una joven, se suscitaría un pequeño escándalo que se propagaría a la velocidad del telégrafo hasta llegar a oídos de la tía de Hattie Blum. En Baltimore, las frescas brisas del norte se sumaban a la rígida etiqueta del sur, y eso daba lugar al cotilleo.

Fue un impulso doble lo que me hizo tomarla de la mano. En primer lugar, me cautivaba una vez más su descuidada belleza, tan sorprendentemente transformada en Baltimore, tan distinta de la apariencia normal de las jóvenes locales, como salidas de un figurín. En segundo lugar, ella podía saber algo de la muerte de Poe. Tercero —pues supongo que el impulso podría considerarse triple—, yo sabía que en el lugar de donde procedía, París, tocar la mano de una dama era un gesto que pasaba casi inadvertido, y eso me animó. Pero sus ojos me miraron echando fuego, y con un suspiro aparté mi mano.

Me resulta difícil describir la sensación que me invadió al contacto, siquiera momentáneo, con aquella dama. Era la sensación de que en un momento dado podía verme transportado a cualquier lugar del mundo, a la vida de cualquiera, casi como si no hubiera restricción alguna para mi cuerpo; era en cierto modo un sentimiento espiritual, un sentimiento tan ligero como una estrella en el firmamento.

En cuanto la hube soltado, en medio de los anaqueles de libros y para mi sorpresa, sus manos se alzaron hacia mí y me aferraron con mucha más firmeza que la que yo empleé con ella. No pude desprenderme de sus dedos en mis manos, y permanecimos de pie mirándonos cara a cara largo rato.

—¡Caballero! ¡Aparte la mano, haga el favor! —exclamó en un tono ultrajado y virginal.

Su exclamación atrajo las inquisitivas miradas, como los ojos de Argos, de cuantos se hallaban en la tienda, sentados a cada mesa y en cada banco. Una vez me hubo soltado, traté de parecer que me entretenía mirando distraídamente los libros que tenía más a mano. Para cuando las miradas se apartaron, ella ya se había marchado. Eché a correr a la calle y la localicé, con la parte posterior de la cabeza protegida ahora por una sombrilla de rayas.

—¡Alto! —grité, apresurándome a colocarme a su lado—. Sé que sus intenciones son buenas. Se preocupó de mi seguridad cuando el tiroteo en las fortificaciones. ¡Me salvó la vida!

—Parecía usted dispuesto a ayudarme cuando creyó que el barón me obligaba a servirlo. Eso fue... —se mordió el labio inferior al pensar en aquello— inusual.

—Debe usted saber que este asunto es demasiado importante como para suscitar emociones baratas a través de los periódicos. Tienen que parar eso ahora mismo.

—¿Cree que puede apartarnos de nuestra tarea con tanta facilidad? He leído algo de su amigo Poe. Parece que su arte consiste principalmente en decir cosas sencillas de una manera que las hace difíciles de comprender, y cosas triviales de una forma misteriosa que las hace parecer solemnes. —Bonjour se detuvo por un momento para mirarme. También yo me paré—. ¿Está usted enamorado, monsieur Clark?

Yo había dejado de concentrarme en Bonjour. Mi mirada se había posado en las inmediaciones, donde una mujer caminaba a buen paso por la acera. Tendría unos cuarenta años y era bastante atractiva. Mis ojos la siguieron calle abajo.

—¿Está usted enamorado, monsieur? —repitió suavemente Bonjour, siguiendo el objeto de mi mirada.

—Esa mujer... Se parece mucho a la que vi acompañando a Neilson Poe, un primo de Edgar, ¿sabe?...

No hubiera querido dejar escapar aquellas palabras.

—Ah, ¿sí? —dijo Bonjour.

Su tono, más suave, me impulsó a concluir la frase.

—Se parece mucho a un retrato que vi de Virginia Poe, la difunta esposa de Poe.

Lo cierto era que el hecho de ver a aquella mujer parecía acercarme a la vida de Edgar Poe. Su figura pronto quedó bloqueada por la multitud. Entonces me di cuenta de que Bonjour ya no estaba a mi [...]o en derredor, advertí que se estaba aproximando a la [...]ella copia de Virginia Poe!, y sentí ira contra mí mismo [...]velado lo que sabía.

[...]rita! —la llamó Bonjour—. ¡Señorita!

[...]r se volvió y se situó frente a Bonjour. Yo permanecí al [...]s si bien no creía que la mujer me hubiera visto en la co[...]aba mantenerme seguro.

[...]o siento —dijo Bonjour, con un convincente acento sureño que imitaba el de algunas beldades a las que habría oído por la ciudad, y continuó—: Se parecía tanto a una dama a la que yo conocía..., pero me he equivocado. Quizá ha sido solamente por ese encantador gorro...

La mujer le dedicó una amable sonrisa y se dispuso a volver la espalda a Bonjour.

—¡Pero es que se parece tanto a Virginia! —dijo ahora Bonjour como hablando para sí misma.

La mujer se volvió de nuevo.

—¿Virginia? —preguntó con curiosidad.

Pude advertir una expresión de gozo extenderse por el rostro de Bonjour, al saber que había logrado su objetivo.

—Virginia Poe —dijo Bonjour adoptando un aire sombrío.

—Ah, ya —replicó la mujer en voz baja.

—Sólo la vi una vez, pero las aguas del Leteo nunca la borrarán de mi memoria —dijo Bonjour de corrido—. ¡Es usted tan hermosa como lo era ella!

La mujer bajó la vista ante el cumplido.

—Soy la esposa del señor Neilson Poe —se presentó—. Josephine. Me temo que nadie igualará nunca en hermosura a mi querida hermana.

—¿Su hermana, señora?

—Sissy. Quiero decir Virginia Poe. Era mi hermanastra. Era toda coraje y seguridad en sí misma, incluso en su situación de debilidad. ¡Siempre que veo su retrato...!

Se detuvo, incapaz de seguir con el hilo de sus pensamientos. ¡Así que era aquello! Neilson estaba casado con la hermana de la difunta esposa de Edgar Poe. Tras algunas palabras de condolencia, caminaron juntas y Josephine Poe respondió tranquilamente a las preguntas sobre Sissy. Yo las seguí a corta distancia para escuchar.

—Una noche, en la época en que Edgar y Sissy residían felices en Filadelfia, en la calle Coates, Sissy cantaba acompañándose a su querido piano cuando se le rompió un vaso sanguíneo. Se derrumbó en mitad de la canción. Aquello fue como un preludio de su pérdida. Especialmente para Edgar. El invierno de su muerte se hallaban en una situación de pobreza tal que lo único que podía dar calor a Sissy en sus frías habitaciones era el gabán de Edgar, que la envolvía, y un gato color carey tendido sobre su regazo.

—¿Y qué fue de su marido después?

—¿Edgar? La oscilación entre la esperanza y la desesperación, durante tantos años, creo que lo condujo a la locura. Necesitaba la devoción de una mujer. Decía que no viviría un año más sin un amor verdadero y tierno. La gente dice que recorrió el país varias veces en busca de una esposa tras la muerte de Sissy, pero creo que su corazón seguía sangrando por ella. Pocas semanas antes de morir se comprometió para casarse de nuevo.

Las mujeres intercambiaron unas pocas palabras más antes de que Josephine se alejara con una graciosa despedida. Bonjour se volvió hacia mí y me dedicó una risita infantil.

—Muy mal le irá si se pone en contra del barón en uno de sus casos, monsieur Clark. Ya ve que no nos ocultamos en las sombras ni nos demoramos en pequeños detalles.

—¡Por favor, mademoiselle! ¡Aquí, en Baltimore, en América, usted no tiene por qué mantenerse atada al barón y a sus planes! Yo escaparía de él cuanto antes. ¡Aquí no hay ataduras!

Manifestó interés abriendo mucho los ojos.

—¿Aquí no hay esclavitud?

Era inteligente.

—¡La hay! —admití—. Pero no existe tal vínculo para una mujer francesa libre. Usted no le debe nada al barón.

—¿Acaso no tengo ningún deber para con mi marido? Es útil recordarlo.

—¿El barón es su marido?

—Ya estamos en la buena dirección en este asunto y no vamos a desistir. Yo en su lugar, monsieur Clark, procuraría apartarme de nuestro camino.

* * *

En cualquier lugar del mundo adonde uno viaje, tiene la seguridad de encontrar el mismo número limitado de especies de abogados, con idéntica seguridad con que un naturalista encuentra su hierba y su cizaña en todas las tierras. La primera clase comprende los abogados que consideran los recovecos legales como profundos e intocables ídolos dignos de adoración. Para la segunda especie de letrado, la carnívora, lo primero es la presa, y considera las leyes como los principales obstáculos para alcanzar el éxito.

El barón Claude Dupin era un espécimen tan representativo de la segunda categoría que su esqueleto podrían colgarlo en el Gabinete de Anatomía Comparada de las Tullerías. Los códigos legales constituían el armamento que empleaba para presentar batalla; eran sus pistolas y cuchillos, y no valoraba nada por encima de eso. Cuando para su ventaja necesitaba un aplazamiento, se sabía que el barón había concluido una cita o incluso interrumpido un proceso deslizándose por la ventana de una antesala. Cuando esos métodos turbios no eran suficientes, el barón Dupin empleaba pistolas y cuchillos de verdad por mediación de sus redes de maleantes, a fin de obtener la información o la confesión que precisaba. El barón era abogado, sí, pero sólo secundariamente; él era un genuino empresario teatral que trabajaba como abogado. Un cómico en su escenario, un buhonero de la ley.

Duponte me contó un día, durante nuestra travesía transatlántica, la historia de Bonjour, aunque olvidó mencionar su matrimonio. En Francia, explicó Duponte, existe un tipo de criminal conocido como el *bonjourier*, cuyo método consiste en lo siguiente: el ladrón o ladrona de guante blanco, vestidos a la moda, entran en una casa y se abren paso entre la servidumbre como si se presentaran para una cita importante, agarran unos cuantos objetos de los que puedan echar mano con rapidez, y se encaminan directamente a la puerta principal. Pero si un criado u otro morador de la casa advierte su presencia entre su entrada y su salida, hacen una inclinación, dicen «*bonjour!*» y preguntan por el dueño *de la casa de al lado*, de cuyo nombre se habrán informado. Por descontado que admiten haber llamado a la puerta equivocada, y son acompañados hasta la salida con todos los objetos valiosos de los que hayan podido apropiarse. La joven que estuvo frente a mí en las fortificaciones era la mejor *bonjourière* de París, y por eso acabó siendo conocida por todos, simplemente, como Bonjour.

Se decía que Bonjour creció en una aldea de Francia. Su madre, una suiza, murió pocos meses antes de que la niña cumpliera el año. Su padre, francés, un panadero muy trabajador, se ocupó de su hija. Pero él se pasaba casi todas las noches gimiendo, y la niña pronto perdió la paciencia ante la inextinguible pena de su progenitor. Esta circunstancia, combinada con la ausencia de una madre que la guiara, hizo que la muchacha fuera tan fieramente independiente como todo francés. El padre no tardó en ser detenido ante los ojos de ella en medio del caos de una de las revoluciones menores del país. Se trasladó a París para vivir por su cuenta, y sobrevivió gracias a su inteligencia y a su fortaleza física. Como joven ladrona fue objeto de muchas agresiones, y de una de ellas resultó la visible cicatriz de su rostro.

—Pero ¿cómo una mujer tan hermosa persiste en actuar como una ladrona común? —pregunté a Duponte una noche, sentado a la larga mesa del comedor del barco.

Duponte enarcó una ceja ante mi pregunta y pareció considerar la posibilidad de marcharse sin responder.

—En realidad no ha seguido siendo una ladrona, y no ha tenido nada de común. Durante muchos años ha sido una asesina de la máxima eficacia. Se cuenta que, debido a su anterior dedicación, en su cometido de asesina tiene la costumbre de decir «*bonjour*» antes de degollar a un hombre. Claro que esto son meras suposiciones, porque nadie con vida puede confirmarlo.

—Pero ella se mostró femenina y valiente en mi favor en las fortificaciones —dije—. Creo que la pobreza y el ambiente son los responsables de esas conductas delictivas en las mujeres.

—Entonces ella debió de ser pobrísima —replicó Duponte.

Sucedió que, un invierno, Bonjour, detenida por la policía parisiense después de un robo torpe con el resultado de un caballero muerto en su gabinete, fue amenazada con la ejecución para dar escarmiento a la creciente oleada de robos perpetrados por mujeres. El barón Dupin, en la cúspide de su fama, la defendió con inusitado celo. Demostró hábilmente que la policía de París había errado de plano al acusar a Bonjour, una delicada y angélica criatura cuyo aspecto físico, el de una muchacha hermosa y frágil, y cuyo donaire causaron no poco efecto en los observadores.

Ahora no se sorprenderán ustedes, considerando este ejemplo, de cómo el barón reunía a maleantes fieles. Cuando se aseguraba de su salida de la cárcel, como fue el caso de Bonjour, la lealtad que le tenían se acrecentaba hasta convertirse en una cuestión de honor. Ustedes creerán que esto es una contradicción, pero todo el mundo necesita reglas para vivir, y los delincuentes sólo pueden tener unas pocas, entre las cuales prima la lealtad. El barón estuvo casado con anterioridad, y los motivos que impulsaban a las mujeres a unirse a él iban desde el amor hasta, en un determinado momento de la vida de Dupin, su gran fortuna. Queda por averiguar si a la lealtad de Bonjour la acompañaba el amor, o bien la una reemplazaba al otro, o bien se mezclaban formando alguna desalmada combinación.

12

De regreso en Glen Eliza, cuando Duponte supo todo cuanto me había contado Bonjour, se limitó a murmurar que las tácticas del barón Dupin complicarían el asunto. Por supuesto que yo había llegado a la misma conclusión, y esto me dispuso mejor para continuar rastreando los frutos de la campaña del barón, que yo había empezado a advertir en la ciudad. Ahora yo salía de acá para allá a realizar numerosas gestiones, y Duponte permanecía casi siempre sentado en mi biblioteca. Solía guardar silencio. En ocasiones, inconscientemente, me encontraba imitando su postura o una expresión de su rostro, como para romper la monotonía o en un intento de asegurarme a mí mismo de que él estaba realmente allí.

Un día, Duponte, mientras revisaba algunos periódicos, exclamó:

—¡Ah, sí!

—¿Ha encontrado algo, monsieur? —pregunté.

—Hasta ahora no me había acordado de lo que se me estaba ocurriendo ayer, cuando llegó su visita, cuando estaba usted ausente.

—¿Una visita?

—Oh, sí, su visita supuso una grave interrupción, y sólo *ahora* recobro mi línea de razonamiento, puede creerme.

Cuando Duponte me dijo algo más sobre el asunto, pregunté a mis criadas. No habían considerado oportuno informarme de la visita porque Duponte se hallaba para recibirla. Estaba claro por sus variadas descripciones que la visita en cuestión era nada menos que la tía Blum, que se presentó con un esclavo sosteniéndole una sombrilla sobre la cabeza. Aunque mis domésticas diferían en algunos detalles, ésta es la narración que pude recrear de la conversación sostenida en mi biblioteca.

TÍA BLUM: ¿No está el señor Clark?

AUGUSTE DUPONTE: Exacto.

TB: ¿Exacto? ¿Qué quiere usted decir con «exacto»?

AD: Que está usted en lo cierto. El señor Clark *no* está.

TB: Pero yo no... ¿Quién es usted?

AD: Soy Auguste Duponte.

TB: Ah, pero...

AD: Mademoiselle...

TB *(alarmada por el francés)*:   ¿Madem-mois...?

AD *(levantando ahora la vista por primera vez)*:   Madame.

TB: ¿Madame?

AD *(Duponte dijo algo en francés que, tras mucha reflexión, ninguna criada pudo captar, y que desafortunadamente queda para la imaginación.)*

TB *(alarmada de nuevo)*:   ¡Sepa usted que está en América, caballero!

AD: He advertido que la gente pone los talones en sillas y alfombras, se echa huevos en los vasos y escupe jugo de tabaco por las ventanas. Ya sé que estoy en América, madame.

TB: Bien, pero ¿quién es usted?

AD: Le he dado mi nombre antes, pero eso no parece haberle sido de ayuda. Aunque estoy muy ocupado y tengo pocos deseos de ponerme a su servicio, madame, lo intentaré por consideración a monsieur Clark. Quizá antes de preguntar quién soy hubiera sido más útil para usted preguntar *quién es el señor Clark*.

TB: ¡El señor Clark! ¡Pero yo conozco muy bien al señor Clark, caballero! ¡Lo conozco prácticamente desde su infancia! Y resulta que me han llegado noticias de su regreso de Europa y deseo verlo.

AD: Ah.

TB: Muy bien. Seguiré jugando a este juego, aunque es usted un extranjero y un *insolente*. ¿Dónde está el señor Clark, caballero?

AD: El señor Clark es mi socio en este asunto.

TB: Así pues, ¿es usted abogado?

AD: ¡Cielos!

TB: Entonces ¿a qué *asunto* se refiere?

AD: ¿Se refiere al asunto del que yo estaba ocupándome tan satisfactoriamente hasta que usted ha entrado?

TB: Sí... sí, pero... ¿Va a encender ese cigarro dentro de la casa, caballero? ¿Estando yo aquí, delante de usted?

AD: Supongo que sí. A menos que no logre encontrar una caja de cerillas; entonces no podré.

TB: ¡El señor Clark se enterará del trato que me está dando! El señor Clark hará...

AD: ¡Aquí! Aquí están por fin las cerillas, madame.

Di aviso a Peter, impulsado en parte por la horrible narración de la visita de la tía Blum, y después de varias veces de no coincidir, mantuvimos un encuentro acordado en su despacho. Se mostró muy fraterno. Una vez sentados paseó la mirada por el despacho, con una súbita angustia.

—Quizá sea éste un sitio inadecuado para tratar del asunto... Bien, Quentin, supongo que debemos hablar abiertamente. —Emitió un ruidoso suspiro—. En primer lugar, si alguna vez me he enfadado contigo era porque tenía la esperanza de ayudarte, actuando como tu padre hubiera querido hacerlo.

—¡Cínico!

—¿Qué dices, Quentin?

Peter mostró un gran sobresalto. Me daba cuenta de que se me había pegado la extravagante manera de hablar de Duponte.

—Quiero decir —me apresuré a aclarar— que comprendo perfectamente de qué va la cosa, Peter.

—Bien, pues de eso se trata; de que como estabas fuera de Baltimore y las cosas cambian, Quentin...

Me incliné hacia delante, interesado.

—Aunque no resulte cómodo, debo decirte...

—¿Qué, Peter?

—He entrado en negociaciones con un colega de Washington para que ocupe tu puesto aquí —consiguió decir torpemente—; es un buen abogado. Me recuerda a ti. Comprende, Quentin, que estoy abrumado de trabajo.

Permanecí sentado en silencio, sorprendido. No de que Peter

163

quisiera emplear a otro abogado, sino de que, después de todo mi empeño por abandonar aquel despacho, la situación me produjera cierta tristeza.

—Es una buena noticia, Peter —dije, tras una pausa.

—El despacho está en peligro... Se han producido algunos tropiezos financieros y tenemos fuertes presiones. Esto es la ruina y todo podría venirse abajo el año que viene si no se pone algún remedio. La firma que tu padre levantó para nosotros.

—Sé que lo resolverás —dije, con un ligero titubeo en la voz, que parecía invitar a Peter a abogar por su causa.

—Debes darte cuenta, Quentin, de que tu posición puede ir a menos. ¡Hoy, en cualquier momento, digamos! Todos estamos muy contentos con tu regreso. En especial Hattie. ¿Sabes? Deberías resolver esa situación cuanto antes. Su tía ha levantado prácticamente una fortaleza en torno a ella para evitar que la veas.

—Claro, ella se limita a tratar de preservar su bienestar. Y ya que has mencionado el tema, está el asunto de la visita de la tía Blum a mi casa... Pero estoy seguro de que puedo disipar el desagrado que haya podido sentir.

Peter me miró de una manera que sugería desacuerdo.

Yo sabía, desde luego, que mientras estuviera tan inmerso en mi empeño, cualquier intento de reconciliarme con la familia de Hattie, aunque tuviera éxito, se malograría en cuanto no pudiera responder a las preguntas que se me formularían sobre el futuro. Debería aguardar un poco más antes de reanudar aquellas relaciones. Di por terminada mi entrevista con Peter, prometiéndole explicaciones más adelante.

Mientras tanto, seguía frecuentando las salas de lectura del ateneo, donde el mismo caballero locuaz al que ya conocía, el misterioso entusiasta de Poe, continuaba con sus apariciones regulares, leyendo los periódicos y farfullando sobre los torpes artículos que aparecían sobre Edgar Poe.

Una mañana me senté en la escalera de piedra del ateneo y aguardé a que abrieran las puertas. Una vez en el interior, escogí una silla frente al lugar que yo sabía preferido de aquel caballero, de modo que pudiera observarlo de cerca. Pero cuando llegó, como si quisiera llevarme la contraria, se dirigió a otra mesa. No quise que pareciera que lo estaba siguiendo, así que mantuve la distancia. Al día siguiente, me dediqué a revolotear cerca del escritorio del empleado, para ver dónde se situaba el caballero. Y me acomodé en un lugar próximo. Ahora podía observarlo a cada momento.

Era de lo más irritante la alegría que mostraba cuando leía sobre las circunstancias de la muerte de Poe.

—Ah, pero ¿ha visto usted esto? —Se volvió hacia una mujer que ocupaba la mesa vecina, sosteniendo en alto un periódico—. Se preguntan qué pasó con el dinero que reunió dando conferencias en Richmond. Si estaba en poder de Poe, ¿dónde está ahora? Ésa es la cuestión. Qué listos son los redactores de prensa.

En este punto emitió una risa burlona. ¡Había dicho «listos»!

—¿A qué viene esa risa, caballero? —le pregunté, a sabiendas de que debí haberme contenido—. ¿No cree usted que se trata de un asunto de la mayor seriedad y que merece ser considerado con más decoro?

—Es de la mayor seriedad —convino, enderezando autoritariamente sus híspidas cejas—. Tan serio como un juez. Y de lo más crítico también, porque sabremos con detalle qué le sucedió.

—¿Y no se toma esas informaciones con un buen pellizco de sal? ¿Cree usted que cada cosa que lee contiene la verdad, como si el que escribe fuera el profeta de un Evangelio?

Le costaba admitir la idea de su credulidad.

—¿Y por qué cree que iban a gastar tinta en eso, querido señor, si no fuera verdad? Yo ni pienso como los hebreos ni creo que los novísimos testamentos sean los más certeros; por el contrario, hay que perseguir a todos los falsos mesías: «¡Éste por aquí, éste por allá!»

En mi agitación, abandoné el ateneo y no volví en todo el día. Sospechaba que el deseo de aquel pelmazo de soltar torpezas no tardaría en extinguirse, y me sentí aliviado cuando, al cabo de unos días, dejó de aparecer; pero resucitó al otro día. En ocasiones, recordando algún poema de Poe, se levantaba y recitaba espontáneamente versos ante quienes estábamos en la sala. Por ejemplo, una tarde se dejó oír la campana de una iglesia tocando a muerto. Dio un brinco, con las palabras de Poe en los labios:

¡Oh, las campanas, campanas, campanas!
¡Qué relato de terror cuenta ahora su turbulencia,
de Desesperación!

Solía sentarse en la sala de los periódicos, interrumpiéndose sólo para sonarse ferozmente con su pañuelo o con uno que pedía prestado a un desdichado circunstante. Me volví excesivamente amistoso con desconocidos con los que me encontraba en la sala de lectura, basándome sólo en su virtud de no ser aquel hombre de los estornudos y las cejas híspidas.

Manifesté mi desagrado al empleado, mientras paseaba frente a su escritorio.

—¿Por qué se preocupa tanto por los artículos sobre Poe? —pregunté.

—¿Quién, señor Clark?

Le guiñé el ojo al amable y anciano empleado.

—¿Quién? Ese hombre que viene casi todos los días...

—Ah, pensaba que se refería al hombre que me dio aquellos artículos sobre Edgar Poe hace tiempo y que hice que le mandaran a usted —replicó.

Me detuve en seco mientras pensaba en el paquete de recortes que el empleado me envió antes de mi marcha a París; una selección que incluía la primera mención que yo hallé de un Dupin real.

—Yo creí entender que fue usted quien reunió los recortes.

—Pues no, señor Clark.

—Entonces, ¿quién se los dio?

—Ahora debe de hacer unos dos años —dijo pensativamente—. ¿A qué casilla de mi cerebro habrá ido a parar? —añadió riendo.

—Por favor, trate de recordar. Tengo el mayor interés en ello.

El empleado dijo que me lo comunicaría si era capaz de acordarse. Alguien, imaginé, que se preocupaba por Poe *antes* del sensacionalismo morboso y la curiosidad vulgar despertados por la manipulación del barón. Antes de que hubiera hombres como aquel entusiasta que ahora se colocaba siempre delante de mí en la sala.

Duponte me aconsejó que ignorara al hombre. Después de mi encuentro con Bonjour en la librería, dijo, el barón Dupin habría dispuesto muchos ojos para buscarme —como ya había hecho en París—, a fin de determinar la naturaleza de nuestra actividad. Yo debía hacer como si no estuviera, incluso como si no existiera.

—Oh, mire esto. Pronto sabremos más del caso.

Tal fue el comentario del hirsuto personaje una mañana en el ateneo. Traté de rechazarlo con dureza excesiva, pero acabé respondiéndole desde la mesa vecina:

—¿Qué, caballero? ¿A qué se refiere usted cuando dice que pronto sabremos más?

Me miró de través, como si fuera la primera vez que me veía.

—Pues eso, mi querido señor —dijo, encontrando el punto en la página—. Aquí. Dicen que circulan rumores en los más encumbrados círculos sociales de que el «verdadero Dupin» *ha venido a Baltimore* y averiguará lo que le sucedió a Poe. ¿Lo ve?

Eché un vistazo al periódico y encontré la información.

—Este redactor ha sabido de primera mano que C. Auguste *Dupin* fue... —El hombre prosiguió y luego se detuvo a sonarse—. C. A. Dupin fue el genio que resolvió los casos de algunos de los cuentos de Poe, ¿sabe? Resuelve los rompecabezas más liados. Es superior, no se equivoca.

Quise contarle todo esto a Duponte, ante todo para expresarle lo vejado que me sentía, pero aquella noche no lo encontré en su lugar habitual en mi biblioteca.

—¿Monsieur Duponte?

Mi voz se propagó por las largas estancias de Glen Eliza y por los huecos de las escaleras, en un eco inútil. Pregunté al servicio, pero nadie lo había visto desde primeras horas del día. Un temor de mal augurio se apoderó de mí. Grité con bastante fuerza como para que me oyeran en las casas vecinas. Era probable que Duponte acabara sintiéndose encerrado después de permanecer leyendo tanto tiempo. Aún podría estar cerca de casa.

Pero no encontré rastro del analista en toda la propiedad ni en el valle que se extendía más abajo de mi casa. Salí a la calle y tomé un coche de alquiler.

—Estoy buscando a un amigo, cochero. Demos unas vueltas, y a toda prisa.

Dado que Duponte no se había alejado de Glen Eliza desde nuestra llegada, empecé a sospechar que había dado con algo interesante que investigar.

Recorrimos las avenidas en torno al monumento a Washington, cruzamos el mercado de Lexington y las calles atestadas junto a los muelles, de las que sobresalían los palos de los clípers. El afable cochero trató en varias ocasiones de entablar conversación, y otra vez mientras recorríamos la explanada frente al hospital universitario Washington.

—¿Sabe usted, caballero —me gritó, volviéndose—, que es aquí donde murió Edgar Poe?

—¡Detenga el coche! —exclamé.

Lo hizo, feliz por haber atraído mi atención. Me encaramé al pescante.

—¿Qué acaba de decir sobre este lugar, cochero?

—Le estaba mostrando los puntos de interés. ¿Es usted forastero? En un periquete lo puedo llevar a un buen establecimiento culinario, si lo desea, en lugar de ir dando vueltas, caballero.

—¿Quién le ha hablado de Poe? ¿Lo ha leído en los periódicos?

—Me estuvo hablando de ello un tipo que subió a mi coche.

—¿Y qué le dijo?

—Maldita sea, que Poe era el más grande poeta de América. Pero había oído contar que a Poe lo dejaron morir en el sucio suelo de una tabernucha en circunstancias turbias. Dijo haberlo leído todo en los periódicos. Era un hombre sociable... Quiero decir el que montó en mi coche.

El cochero no consiguió recordar el aspecto de aquel hombre, aunque estaba claro que recordaba con agrado que fue un fácil conversador, comparado con su actual pasajero.

—No hará tres días que lo llevé en mi coche. ¿Sabe? Estornudaba terriblemente.

—¿Estornudaba?

—Sí, me pidió prestado el pañuelo y lo utilizó de una manera *terrible*.

Contemplé cómo la tarde se hundía en el crepúsculo, sabiendo que con la puesta del sol perdería toda esperanza de localizar a Duponte.

La iluminación callejera de Baltimore se contaba entre las más pobres de cualquier ciudad, y en ocasiones caminar hasta casa una vez anochecido resultaba difícil incluso para un baltimorense de toda la vida. Llegué a la conclusión de que lo más sensato era regresar y aguardarlo en Glen Eliza.

Ahora los cerdos atestaban la calle. Aunque se habían multiplicado las demandas de que se implantaran carros públicos para la recogida de basura y desechos de las calles, aquellas voraces criaturas seguían siendo el recurso principal, y a aquella hora llenaban el aire con satisfechos gruñidos mientras devoraban cualquier desperdicio que pudieran hallar.

Poco después de dar instrucciones al cochero para que me devolviera a casa, distinguí, a través de la ventanilla del carruaje, a Duponte caminando con su acostumbrado paso moderado. Pagué al cochero y me apeé apresuradamente, como si el francés pudiera disolverse en el aire.

—¿Adónde va usted, monsieur Duponte?

—Estoy observando el espíritu de la ciudad, monsieur Clark —me dijo Duponte, como si ese hecho fuera algo obvio.

—Pero, monsieur, no puedo entender por qué salió de Glen Eliza por su cuenta... Sin duda yo podría ser su mejor guía en la ciudad.

Con fines de demostración, empecé a describir las nuevas fábricas de gas que podían verse en la distancia, pero alzó la mano para imponerme silencio.

—Respecto de ciertos hechos —dijo—, me apresuraría a dar la bienvenida a sus elaborados conocimientos. Pero considere, monsieur Clark, que usted conoce Baltimore como un vecino más. Edgar Poe vivió aquí un tiempo, pero hace muchos años... Quince, si no estoy equivocado. En sus últimos días, Poe venía aquí como lo haría un visitante, un forastero. Me he parado en algunas tiendas de especial interés y en una amplia variedad de mercados, aprendiendo lo que los extraños deducirían de las señales y de las conductas de los naturales.

Supuse que su argumento era razonable. Pasamos la siguiente hora caminando, avanzando en dirección este, y yo le explicaba lo que encontré en el periódico, en la sala de lectura, y lo que oí de labios del cochero.

—Monsieur —pregunté—, ¿no deberíamos hacer algo? El barón

Dupin ha publicado anuncios ofreciendo dinero a cambio de información sobre la muerte de Poe. Sin duda debemos neutralizar sus iniciativas antes de que sea demasiado tarde.

Antes de que mi compañero pudiera responder, atrajo nuestra atención una figura que descendía por una escalera para salir a la acera de enfrente. Concentré la vista, pues una lámpara difundía un resplandor tan débil que incluso hacía difícil determinar si había luz o no.

—Monsieur —susurré—, aunque me cuesta creerlo, es él; ¡el tipo que todos los días se planta en una silla en la sala de lectura! ¡Ahí, frente a nosotros!

Duponte siguió mi mirada.

—¡Es el hombre que he conocido en la sala de lectura!

Precisamente entonces pude percibir la mirada oscura de Bonjour. Sus manos estaban ocultas bajo su mantón, y seguía, amenazadora, al hombre, que no sospechaba nada. Pensé en las historias que Duponte me había contado sobre actos despiadados cometidos por aquella mujer. Me turbé al verla, y temblé por el hombre que caminaba delante de ella.

El entusiasta de Poe se volvió de repente y se aproximó al lugar donde estábamos.

Duponte movió la cabeza ante él.

—Dupin —dijo, llevándose una mano al sombrero.

El hombre respondió ruidosamente sonándose la nariz, pero esta vez la bulbosa parte frontal de aquélla se quedó en el pañuelo. Luego el barón Dupin se arrancó sus falsas cejas. Reapareció su encantador acento inglés-francés.

—Barón —dijo el barón Dupin, corrigiendo a mi compañero—. Barón Dupin, si es tan amable, monsieur Duponte.

—¿Barón? Ah, sí, en efecto. Pero quizá un poco ceremonioso para los americanos —observó Duponte.

—No tanto —replicó el barón mostrando su brillante sonrisa—. A todo el mundo le gusta un barón.

Bonjour se reunió con su amo en el círculo de luz. El barón le dio unas órdenes y ella desapareció de la vista.

Mi impresión ante la verdadera identidad del entusiasta de Poe se vio superada al instante por una segunda evidencia.

—¿Se conocían usted y el barón Dupin? —pregunté a Duponte.

—Hace muchos años, en París, monsieur Clark —dijo el barón con una sonrisa muy suya, al tiempo que se sacudía la peluca y se la quitaba, junto con el sombrero—. En unas circunstancias mucho menos prometedoras. Espero que su viaje desde París haya sido placentero, señores. Espero que nadie les molestara a bordo del *Humboldt*.

—¿Cómo supo usted en qué...? —dije, consternado—. ¡El polizón! ¿Encargó a aquel malandrín calvo que nos siguiera, monsieur? ¿Le pagó para eso?

El barón se encogió de hombros, con gesto travieso. Su largo cabello negro, ligeramente húmedo y como encerado, le caía en rizos.

—¿Qué malandrín? Me limité a informarme en las listas de pasajeros llegados a puerto. Yo leo los periódicos, como sabe usted mejor que nadie, monsieur Clark.

El barón se despojó del áspero abrigo de paño que había llevado, con lo que la liberación del tosco atuendo completaba la de nariz, peluca y cejas. Me sentí molesto por haber sido engañado por el disfraz.

Pero no me limito a defenderme si añado que había mucho más que eso: se operó una especie de metamorfosis que difícilmente puede impresionar a quien no haya conocido a Claude Dupin. El barón poseía una extraña habilidad para modificar su voz y su porte e incluso, al parecer, la forma y apariencia de su cabeza hasta un grado que hubiera puesto en aprietos al más respetado de los frenólogos. Y mediante una compleja disposición de mandíbula, labios y músculos del cuello, era capaz de ocultarse a sí mismo mejor que con una máscara. Cada uno de los rostros parecía hecho de acero, con el alma de un centenar de seres humanos aguardando debajo. Su voz era también flexible, de una forma no natural: parecía cambiar por completo según lo que estuviera diciendo. Del mismo modo que Duponte podía controlar lo que observaba en los demás, el barón Dupin parecía capaz de controlar la observación de los demás sobre él.

—¡Me gustaría conocer todas las demás imposturas que ha cometido en este asunto, monsieur! —le pedí, tratando de ocultar una oleada de humillación.

—Cuando, en beneficio de la clase sufriente, acepto el caso de un inculpado oprimido, estoy ocupándome del mundo. Porque la mala suerte del inculpado es la mala suerte del mundo; el destino del uno es el destino del otro. Por eso yo, el barón Dupin, nunca he perdido un caso. Ni un caso del hombre o la mujer más modestos. Cuanto más gritemos clamando justicia, con más persistencia el pueblo aguardará su advenimiento.

»Lo esencial —continuó— es no decirle al público aquello que pueda causarle inquietud, y dar a entender que uno está respondiendo a las inquietudes que a la gente ya le están quemando el pecho. Ahora he hecho eso también por Poe. Los redactores de los periódicos han empezado a investigar más acerca de Poe, como usted ya ha comprobado. Los libreros sienten la necesidad de nuevas ediciones, y algún día Poe estará en todos los anaqueles del país, en la biblioteca de todas las familias, leído por viejos y jóvenes y considerado por estos últimos casi como su Biblia. He caminado por la calle... o, en ocasiones, *camino* por la calle. —Volvió a colocarse la falsa nariz y, con pasmosa rapidez, se puso a hablar con una voz que imitaba la de un americano—. Y esparzo rumores sobre la muerte de Poe en restaurantes, iglesias, mercados, carruajes de alquiler... —hizo una pausa— y salas de lectura del ateneo... Ahora toda la clase sufriente cree, duda, y en la ciudad y en el campo clamará para que se esclarezca la verdad. ¿Y quién se la revelará?

—Usted sólo quiere montar un espectáculo en su propio beneficio —repliqué—. A usted no le preocupa encontrar la verdad, monsieur barón; ¡sólo ha venido a Baltimore a sacar provecho!

Fingió sentirse herido, pero debería añadir que fingió adoptando una expresión de la mayor sinceridad, capaz de suscitar sentimiento de culpa.

—La verdad es mi única preocupación. Pero... la verdad debe ser extraída y acarreada desde las cabezas de la gente. Usted tiene un sentido quijotesco de la honorabilidad, amigo Quentin, y yo lo admiro. Pero la verdad no existe, mi desorientado amigo, *hasta que uno la encuentra*. No se manifiesta como un trueno desencadenado por los dioses benevolentes, como algunas personas creen. —En este punto apoyó su brazo en el hombro de Duponte y dirigió una mirada de soslayo a mi compañero—. Dígame, Duponte, ¿dónde ha estado usted todos estos años?

—Esperando —respondió Duponte tranquilamente.

—Supongo que todos hemos hecho lo mismo y ya estábamos cansados —dijo el barón—. Pero es demasiado tarde para que venga aquí a prestar ayuda, monsieur Duponte. —Hizo una pausa—. Como de costumbre.

—Aun así creo que debería quedarme —objetó Duponte con calma—. Si no hay inconveniente.

El barón frunció el ceño con gesto de superioridad, pero al parecer no pudo evitar sentirse halagado por la deferencia.

—Debo sugerirle que se mantenga al margen de este asunto y que ate corto a su hermoso animal de compañía americano, pues parece tener la misma lealtad que un mono versátil. Ya he empezado a reunir los auténticos hechos que afectaron a Poe. Ahora escúcheme, Duponte, y permanecerá seguro. Debo admitir que mi querida esposa rebanará el pescuezo de cualquiera que trate de ponerme cortapisas. ¿Acaso eso no es amor? No hable con ninguna de las partes que tengan información sobre el caso.

—¿Adónde quiere llegar? —exclamé, con el rostro encendido, tal vez desafiando esa exigencia o acaso molesto por haber sido llamado animal de compañía—. ¿Cómo se atreve a hablar así a Auguste Duponte? ¿No sabe que nosotros tenemos más temple que todo eso?

La réplica de Duponte al barón, sin embargo, atacó mis nervios más que la propia amenaza:

—Cumpliré con creces sus deseos. No hablaremos con ninguno de los testigos.

El barón se sintió complacido hasta lo insufrible con su victoria.

—Veo que por fin comprende qué es lo mejor, Duponte. Esto será el mayor tema literario de nuestro tiempo... y mi papel consistirá en ser su juez. Estoy intentando empezar mis memorias. Las titularé *Memorias del barón Claude Dupin, el valedor de que se hiciera justicia a Edgar A. Poe, y el auténtico modelo para el personaje de C. Auguste Dupin, el de los asesinatos en la rue Morgue.* Como degustador de la literatura, me gustaría saber si el título parece apropiado. ¿Eh, amigo Quentin?

—Es «Los crímenes de la calle Morgue» —le corregí—. Y aquí tiene, delante de usted, a Auguste Duponte, ¡la verdadera fuente del héroe de Poe!

El barón se echó a reír. Ahora había un coche de alquiler esperándolo, y un joven sirviente negro sostenía la portezuela para el barón como si fuera un auténtico personaje regio. El barón deslizó un dedo por la portezuela y por las espirales de su madera tallada.

—Un hermoso carruaje. Las comodidades de su ciudad, amigo Quentin, son difíciles de superar, como en las ciudades más perversas del mundo.

Mientras decía esto, su mano se desplazó para tomar la de Bonjour, que ya estaba cómodamente sentada en el coche.

El barón nos dio la espalda.

—No caigamos en excesivas fricciones. Al menos comportémonos civilizadamente. Demos un paseo a alguna parte en lugar de andar tropezando en la oscuridad. Yo mismo tomaría las riendas, pero desde mis años en Londres no puedo recordar haberme mantenido en el lado derecho del camino. Ya ven, no somos villanos, así que ustedes no necesitan renunciar a su hermandad con nosotros. Suban a bordo.

Duponte preguntó de repente, empleando el tono de una revelación y atrayendo con ello la plena atención del barón:

—¿Qué hay de *duque*? Piense en ello: si lo de barón gusta, un duque debería gustar en un grado proporcionalmente superior. «Duque Dupin» tiene cierta aura gloriosa, con ese sonido doble, ¿no le parece?

La expresión del barón se endureció de nuevo antes de cerrar de un portazo.

Permanecí desconcertado unos minutos después de que el carruaje se alejara. Duponte dirigió una mirada abatida en la dirección en la que vimos al barón aproximarse a nosotros.

—Se ha enfadado porque no lo hemos acompañado. ¿Cree usted que se proponía llevarnos a algún lugar para hacernos daño? —pregunté.

Duponte cruzó la calle y estudió el viejo edificio, con una fachada de construcción tosca, de ladrillo visto. Mientras lo hacía, me di cuenta de que estábamos en la misma manzana de la calle Lombard que el hotel y la taberna Ryan's, donde Poe fue descubierto y desde donde fue trasladado al hospital. Procedentes de aquel edificio, podían oírse los rumores de reuniones nocturnas. Ahora Duponte se plantó frente a Ryan's y yo me reuní con él.

—Quizá el enfado del barón no se debía a que quisiera llevarnos a alguna parte, sino a que su propósito era llevarnos a alguna parte —dijo—. ¿Es de este edificio de donde salieron el barón y la joven dama?

Lo era, pero no pude responder cuando Duponte preguntó sobre la propiedad y el carácter de la casa. ¡Después de haberle ofrecido mis experimentados servicios como guía de Baltimore! Le expliqué que albergaba el cuartelillo de una de las empresas de bomberos de la ciudad, la Vigilant Fire Company, y dije que tal vez era propiedad suya.

La puerta de la que habían salido el barón y Bonjour se resistió, pero no estaba echada la llave. Se abría a un oscuro pasillo que descendía y terminaba en otra puerta. Un hombre corpulento, quizá uno de los bomberos de la empresa vecina, abrió la puerta desde el otro lado. Procedentes del amplio hueco de la escalera que tenía detrás, llegaban intermitentes gritos de alegría. O de terror; resultaba difícil precisar de qué.

La anchura del cuerpo del portero era un obstáculo impenetrable. Miraba amenazadoramente. Pensé quedarme quieto y tranquilo. Sólo cuando movió la mano pareció necesario acercarse.

—Contraseña —dijo.

Miré ansiosamente a Duponte, quien ahora observaba con atención el suelo.

—Contraseña para subir —insistió el portero en un tono bajo cuyo propósito era amedrentar, y lo lograba.

Duponte había entrado en una especie de trance, dejando que sus ojos se pasearan por el suelo, por las paredes, por la escalera y por el propio portero. ¡Vaya momento para no prestar atención! Mientras tanto, procedente de la garganta del portero podía oírse un gruñido canino, como si ante el más leve movimiento por nuestra parte estuviera dispuesto a golpear.

Con una arremetida explosiva, me agarró por la muñeca.

—Se la pido por última vez, señoritingos, que no estoy para bromas. *¡La contraseña!*

Sentí como si el hueso fuera a partirse si trataba de moverme.

—Suelte al joven, mi buen señor —dijo Duponte tranquilamente, levantando la vista—, y le daré la contraseña.

El portero dirigió unas miradas hoscas a Duponte, abrió el puño y yo retiré el brazo a lugar seguro. El hombre le dijo a Duponte, como si nunca hubiera pronunciado antes la palabra, y ciertamente no la pronunciaría otra vez sin matar a alguien:

—Contraseña.

El portero y yo dirigimos una mirada escéptica a mi compañero.

Duponte se plantó ante su antagonista y pronunció dos palabras.

—*Dios rosado.*

13

Aun con mi fe inamovible en el talento analítico de Duponte; aun con los asombrosos relatos de sus logros que supe por los periódicos y por boca de los *commissionnaires* y de los policías de París; aun evocando aquello de lo que fui testigo en los jardines parisienses y cuando el descubrimiento del polizón en el vapor; aun recordando que el propio Poe le había señalado en sus cuentos como un genio diferente a todos; aun con todo eso, no podía creer lo sucedido en el oscuro pasillo de aquel edificio. Al portero le brillaron los ojos, se hizo a un lado y nos franqueó el umbral que había tras él...

La señal que nos había abierto paso —como en un cuento fantástico para niños—, aquel «Dios rosado», la había oído ocasionalmente en la calle como una forma vulgar de designar el vino. ¿Qué extraordinaria clave pudo haber visto en los suelos, las paredes, la escalera, en el semblante o el vestido del portero, que llevara a Duponte a descifrar el código de la entrada —una contraseña que podía cambiar con la estación o incluso a cada hora— a aquel garito reservado y bien custodiado?

—¿Cómo dio usted con la contraseña, monsieur? —le pregunté, deteniéndome a medio camino por la escalera.

—¡Apártense! ¡Apártense!

Un hombre que venía dando bandazos desde más arriba de donde estábamos nos empujó para abrirse paso. Duponte se apresuró escalera arriba. Los gritos estridentes que provenían de allí se hicieron más claros.

El segundo piso consistía en una habitación pequeña llena de humo y ruido. Bomberos y matones borrachos se sentaban a unas mesas de juego y pedían más bebidas a unas camareras sumariamente vestidas, hasta el punto de que su atuendo apenas les cubría más que la blancura lechosa del cuello. Un sujeto estaba tumbado cuan largo era sobre un lecho de ásperas valvas de ostras, mientras que uno de sus camaradas le propinaba puntapiés para que le dejara sitio donde ponerse para una partida de billar.

Duponte encontró una mesa pequeña y rota, más o menos en el centro, donde quedáramos bien a la vista. Miradas de odio nos siguieron hasta nuestras desvencijadas sillas. Duponte tomó asiento e hizo una seña a una camarera como si acabara de entrar en la terraza de un respetable café de París.

—Monsieur —le susurré, sentándome a mi vez—, debe usted decirme sin falta cómo conocía la contraseña para ser admitidos.

—La explicación es bien simple. No di la contraseña.

—¡Mi querido Duponte! ¡Si fue como un «ábrete, sésamo»! Si esto hubiera sucedido dos siglos antes, lo hubieran quemado por brujo. ¡No puedo seguir sin que me ilustre sobre ese punto!

Duponte se frotó un ojo, como si se estuviera despertando.

—Monsieur Clark, ¿por qué hemos entrado en este edificio? —preguntó.

No me importaba actuar como un estudiante si aquello me procuraba respuestas.

—Para ver si el barón Dupin también había estado aquí, y saber qué andaba buscando esta noche antes de que nos topáramos con él.

—Tiene usted razón, toda la razón. Ahora, si usted fuera el dirigente de una asociación secreta o privada, ¿tendría interés en hablar con un visitante que diera la contraseña correcta, como la que dan todos los bobalicones y borrachos que usted ha visto en esta tasca, o preferiría hablar con una persona concreta que llega al lugar y, de forma temeraria, da una contraseña totalmente incorrecta?

Aquello lo dijo sin bajar la voz, dando lugar a que muchas cabezas se volvieran. Guardé un breve silencio, y luego admití:

—Supongo que lo segundo. ¿Quiere usted decir que inventó la frase, bien consciente de que estaba equivocada, y que por el hecho de estar equivocada hemos sido admitidos con tanta prontitud?

—Exactamente. «Dios rosado» era tan buena como otra. Podíamos haber escogido cualquiera, pues lo que interesaba era nuestro aspecto. Ellos sabían que no formábamos parte de su clientela habitual, pero eran conscientes de que estábamos muy interesados en entrar. Ahora bien; aceptadas esas suposiciones, si se consideraba que nuestro propósito podía ser agresivo, incluso violento, como debieron pensar inicialmente, preferían tenernos aquí dentro, rodeados por sus corpulentos compinches y con las armas de que puedan disponer, antes de que nos quedáramos abajo, donde tal vez imaginaban que nuestros amigos podían estar escondidos junto a la puerta de la calle. ¿No piensa usted igual? Desde luego que no buscamos una confrontación violenta. Estaremos aquí poco rato, y sólo necesitamos unos momentos para empezar a comprender qué interés movía al barón.

—Pero ¿cómo llegaremos hasta el dueño de esto?

—Él se nos acercará, si no me equivoco —respondió Dupont.

Al cabo de unos minutos, un hombre de aspecto paternal, con barba blanca, se plantó ante nosotros. El amenazador portero avanzó pesadamente hasta situarse al otro lado de donde estábamos, cerrándonos el paso. Nos levantamos. El primer hombre, en un tono más áspero del que cabía esperar por su aspecto, se presentó tan sólo como el presidente de los *whigs* del Distrito Cuarto, y preguntó por qué estábamos allí.

—Tan sólo para ayudarle a usted, señor —dijo Dupont haciendo una inclinación—. Creo que un caballero ha tratado de entrar aquí hace poco, probablemente ofreciendo dinero a su portero a cambio de información.

El propietario se volvió a su portero.

—¿Es verdad eso, Tindley?

—Me puso delante bastante pasta, señor George —admitió mansamente el portero—. Al muy imbécil lo eché, señor.

—¿Y qué preguntaba? —indagó Dupont.

Aunque mi compañero carecía de autoridad allí, el portero pareció olvidarlo, y respondió:

—Estaba ansioso por saber si habíamos intervenido en las elecciones de octubre de hace dos años, si nos camelábamos a los votantes y cosas así. Le dije que éramos un club privado *whig* y que haría bien en darme la contraseña o largarse.

—¿Aceptaste su dinero? —preguntó el jefe en tono severo.

—¡Pues claro que no! ¡Aquello no era trigo limpio, señor George!

El señor George dirigió una mirada malhumorada al portero por decir su nombre.

—Y ustedes dos ¿qué tienen que ver con eso? ¿Los han enviado los demócratas?

Pude ver que Duponte estaba satisfecho con lo que con tanta presteza se nos había revelado: qué clase de club era aquél, qué pretendía el barón y el nombre del dirigente de la sociedad. Ahora el rostro de Duponte se iluminó con una nueva idea.

—Yo vivo lejos de América y no podría distinguir a un *whig* de un demócrata. Hemos venido sólo a hacerles una advertencia amistosa —dijo Duponte, persuasivo—. Ese caballero que les ha visitado esta noche no quedará satisfecho con la respuesta de su portero. Creo que puedo ponerles en la pista de qué pretende ese truhán. Se propone enfrentarse a ustedes a propósito de los principios morales de su club.

—Ah, ¿es eso? —dijo el propietario, considerando la cuestión—. Bien, pues le agradezco de veras su preocupación. Ahora, ustedes dos será mejor que ahuequen el ala antes de que haya más líos aquí.

—A su disposición, señor George. —Y Duponte hizo una inclinación.

14

Al día siguiente, seguí presionando a Duponte para saber por qué se había apresurado a aceptar la petición del barón Dupin de evitar hablar con testigos. Se desataría ahora una carrera para reunir información, y no podríamos ponerle ninguna traba. Estaba ansioso por conocer los planes de Duponte para combatir al barón.

—Creo que usted intenta engañarme. Desde luego que hablará con personas que sepan algo de la última visita de Poe.

—Me mantendré completamente fiel a mi compromiso. No, no entrevistaré a esos testigos.

—¿Por qué? El barón Dupin no ha hecho nada para merecer su compromiso. Ciertamente no ha hecho nada para buscar a testigos. ¿Cómo comprenderemos lo que le pasó a Poe si no podemos hablar con quienes lo vieron en persona?

—Sería inútil.

—Pero ¿no mantendrían frescos los recuerdos desde la época de la muerte de Poe, que aconteció hace sólo dos años?

—Sus recuerdos, monsieur, apenas los conservan hoy día, y están influidos por los relatos del barón. Él ha contaminado los periódicos y los cotilleos de Baltimore con sus sofismas y sus malas artes. Todos los testigos reales quedarán viciados, si no lo están ya, para cuando nos hallemos en condiciones de localizarlos.

—¿Cree usted que mentirían?

—A propósito, no. Sus verdaderos recuerdos de aquellos sucesos, y los relatos que pueden hacer de ellos, irremediablemente se reconfigurarán según la imagen inducida por el barón. Es como si hubiera reclutado a sus testigos para un juicio y les hubiese pagado para declarar. No, con las aportaciones de esos testigos no podríamos ir mucho más allá de los hechos más básicos, y sospecho que reuniremos esa misma información en el curso natural de los acontecimientos.

Probablemente deducirán ustedes que Duponte era una persona ceremoniosa. Tienen razón y están equivocados. No se atenía a las normas de urbanidad ni prodigaba las afabilidades desprovistas de sentido. Fumaba cigarros dentro de la casa, sin cuidar de quién estaba en la habitación. Tendía a ignorarlo a uno si no había nada que decir, y a contestar con una palabra escueta cuando consideraba que era suficiente. En cierto modo era un *amigo siempre a punto*, pues se convertía en el compañero de uno sin los acostumbrados rituales y sin demandas de amistad. Sin embargo, se inclinaba y se sentaba siempre en una postura absolutamente correcta (aunque una vez de pie quedaba de manifiesto lo cargado de hombros que era). En sus tareas observaba el mayor rigor y seriedad. De hecho, conseguía que uno se sintiera muy incómodo si lo interrumpía mientras estaba ocupado. Podía tratarse de la acción más anodina imaginable, como remover unas gachas de avena, pero parecía que aquello era infinitamente más importante que cualquier cosa que uno tuviera que decirle y romper así su concentración, aunque la casa estuviera ardiendo a su alrededor.

Y no obstante se entregaba a algunas de las más extrañas frivolidades. Yendo por la calle, un distinguido caballero con una fantástica chalina recogida en voluminosos pliegues exclamó en voz alta que Duponte era el espécimen humano más extravagante que había visto. Duponte no se ofendió e invitó al hombre, que era un pintor de cierto renombre en Baltimore, a compartir una mesa con nosotros en un restaurante cercano.

—Cuénteme su historia, querido señor —dijo el hombre.

—Lo haría encantado, monsieur —replicó Duponte excusándose—, pero entonces, probablemente, correría el peligro de tener que escuchar la suya.

—¡Fascinante! —dijo el hombre, sin alterarse.

Expresó su disposición a pintar a Duponte, y no tardamos en convenir que acudiría a Glen Eliza para empezar el retrato. Aquello me pareció completamente absurdo, habida cuenta de nuestras otras ocupaciones, pero no puse objeciones desde el momento en que Duponte se entusiasmó con la idea.

En lugar de ir a mi encuentro en la casa cuando tenía algo que decir, Duponte a menudo me enviaba una nota con un sirviente. Glen Eliza era grande y de disposición irregular, ¡pero no tan descomunal como para necesitar que un mensajero recorriera sus pasillos! Yo no sabía qué pensar la primera vez que un criado me alargó una nota, si ello se debía a su gran pereza o a un exceso de concentración.

Cuando nos aventurábamos fuera de la casa y en establecimientos públicos, Duponte rechazaba ser servido por esclavos sin pagarles alguna pequeña cantidad. Yo ya había presenciado casos similares a lo largo de los años, cuando visitantes de Europa venían a Baltimore, aunque si sus estancias eran prolongadas, la costumbre acababa por prevalecer sobre sus más finas sensibilidades, y el pago cesaba gradualmente. Pero creo que la acción de Duponte no era fruto de impulso sentimental alguno, y tampoco una cuestión de principios, pues había dicho que había más esclavos de los que se creía, y que algunos estaban más esclavizados que los negros de nuestro sur. Más que por razones de sentimiento, Duponte decía hacer aquello porque un servicio sin pago nunca tendría valor para ninguna de las dos partes. Muchos de los esclavos se mostraban sumamente agradecidos, otros, tímidos, y algunos, extrañamente hostiles a las aportaciones de Duponte.

En Glen Eliza teníamos dificultades con los sirvientes que yo había contratado a nuestro regreso de París. Sin duda, nuestra peculiar práctica de mandarnos cartas desde el gabinete a la biblioteca representaba un trabajo extra para ellos, aunque no era ésa la fuente del descontento. Muchos de mis criados se rebelaron en seguida contra Duponte. Una muchacha de color, en particular, una negra libre llamada Daphne, ocasionalmente se negaba a servirlo. Cuando le pregunté la razón, me dijo que consideraba al huésped muy cruel. ¿Alguna vez la había maltratado? ¿Acaso la había reprendido por algún error? No. Apenas le había dirigido la palabra, y cuando lo hacía se mostraba muy educado. Pero aun así, dijo, había algo raro en él. «Es cruel, puedo verlo.»

En medio de mis obligaciones domésticas, fui más de una vez a casa de Hattie sin éxito. Las observaciones pesimistas de Peter sobre el cambio de aquella situación me habían producido gran ansiedad. La madre de Hattie, que siempre tuvo una salud delicada y debía guardar cama cuando no estaba en el campo o en un balneario recuperándose, se había debilitado más al final del verano. Después de una estancia en la costa, ahora permanecía gran parte del tiempo sin salir, lo que significaba más obligaciones para Hattie. También otorgó a la tía Blum más atribuciones en el gobierno de la casa. Cada vez que yo acudía, un sirviente me informaba de que la señorita Hattie y la tía Blum estaban ausentes. Finalmente, un día pude hablar con Hattie cuando se disponía a montar en un carruaje a la puerta de su casa.

—Querida Hattie, ¿es que no ha recibido mis notas?

Hattie dirigió una mirada en derredor y habló furtivamente, apartándome de la puerta principal.

—No debiera estar aquí, Quentin. Las cosas han cambiado mucho, ahora que mi madre ha empeorado. Mis hermanas y mi tía me necesitan.

—Lo comprendo —dije, temiendo que mi insistencia sólo hubiera servido para aumentar la carga que había recaído sobre los hombros de la pobre Hattie—. Nuestros planes... Necesito un poco más de tiempo...

Me impuso silencio con un movimiento de cabeza.

—Las cosas han cambiado —repitió—. Ahora no podemos hablar de eso, pero hablaremos. Me reuniré con usted en cuanto pueda, querido Quentin; se lo prometo. No hable con mi tía. Aguarde a que yo vaya a su encuentro.

Llegaron ruidos de la casa. Hattie me indicó que tomara por la calle y me apresurara a alejarme. Así lo hice. Aún pude oír a la tía Blum (y casi pude oír también el roce de las grandes plumas que imaginaba adornaban su sombrero) preguntarle con su recia voz:

—¿Quién estaba ahí, querida niña?

Les di la espalda y apreté el paso, con la sensación de que si me volvía a mirar atrás, la buena señora que ocupaba el carruaje podría mandar al cochero a que me sacudiera.

En Glen Eliza, el retratista, Van Dantker, se sentaba ante Duponte con su repertorio de lienzos y pinceles extendidos sobre una mesa. Duponte se mostraba inquieto ante la perspectiva de aquella creación artística. Van Dantker, hombre cálidamente temperamental, advertía con severidad a Duponte que estuviera quieto, y el analista sólo movía la boca mientras conversaban. Cuando comenté que aquélla no era una manera muy cortés de mantener una conversación, Duponte manifestó que ponía la mayor atención y que deseaba comprobar si podía dividir su mente en compartimientos de concentración. A veces era como hablar con un retrato viviente.

—¿Cuál diría usted que es la verdad para el barón, monsieur Clark? —me preguntó una noche Duponte en tono sarcástico.

—¿A qué se refiere?

—Usted le preguntó si busca la verdad. Sin duda la verdad no es la misma para todo el mundo, pues la mayor parte de la gente cree poseerla, o desea poseerla, y sin embargo sigue habiendo guerras, y hay profesores que todos los días se rebaten hipótesis mutuamente. Así pues, ¿qué es la verdad para nuestro amigo el barón?

Lo estuve pensando.

—Es abogado. Supongo que a efectos legales la verdad es un asunto práctico, así que la abogacía se ejerce de una forma u otra según el lado del que uno esté.

—De acuerdo. Si Jesucristo hubiera tenido un abogado junto a él, Poncio Pilato habría admitido que su juicio podía ser nulo por defecto de forma. Así que hubiera dictado una sentencia más ligera, y la redención del género humano se habría visto malograda. Muy bien. Así pues, si el barón Dupin se expresa en términos legales, la verdad no es aquello que probablemente ha sucedido, sino aquello de lo que puede presentar una *prueba* de que probablemente ha sucedido. Una cosa y la otra no son lo mismo. En realidad apenas guardan relación, y la una nunca podría acoplarse a la otra.

—¿Y cómo sabremos si el barón se inventa la prueba en relación con la muerte de Poe?

—Podría tratar de amañarla, sin duda, pero es probable que cuente con alguna pequeña base real. Si intenta publicar un relato popular acerca de su intervención en el caso de la muerte de Poe, como sugirió, y se propone obtener beneficio dando conferencias sobre el tema, no podrá arriesgarse a caer con tanta facilidad en el descrédito propalando mentiras abultadas, monsieur Clark. Después de todo, leímos en los periódicos parisienses que trataba de que sus acreedores conocieran su intención de regresar con suficientes recursos financieros para liberarse de su acoso. Se apoya en esto para protegerse de las conspiraciones contra él. Necesitará hechos, aunque ello signifique que deba inventárselos en parte.

Duponte continuó confinado en Glen Eliza la mayor parte del tiempo, a menudo enredado en disputas con Van Dantker sobre si permanecía lo bastante quieto. Duponte desplegaba para el artista la media sonrisa más extraña, con puntos afilados como cuchillos tallados en las comisuras de la boca.

A veces me excusaba, salía de casa y daba una vuelta sin rumbo fijo. Esas excursiones eran, más que nada, sacrificios ofrendados a mis nervios. A principios de aquel año, Correos había empezado a repartir a domicilio las cartas a cambio de un suplemento de dos centavos, de modo que yo no tenía que desplazarme a la oficina. Le expliqué a Duponte el funcionamiento de nuestros servicios postales, y por unos momentos pareció sumamente interesado en el tema, antes de recuperar con rapidez su aire distraído. Yo siempre miraba el primero el correo, por si había en él algo inesperado: quizá, incluso, una última carta dirigida a mí por Poe, tal vez remitida equivocadamente o perdida y ahora recuperada. Duponte no recibía cartas.

Pero una buena mañana, cuando me disponía a salir, un mensajero entregó un baúl. Tenía la misma forma y color que uno de los que Duponte había traído de París. Aquello me sorprendió, pues creía que todo el equipaje de Duponte estaba en casa. Pero él parecía esperar la llegada del bulto y me hizo gestos de que lo aceptara.

Todas las mañanas yo repasaba los periódicos antes de añadirlos a la colección de Duponte. Pese a la súbita atención prestada a la muerte de Poe, no había nada realmente interesante en la prensa; tan sólo rumores y anécdotas. En uno de los diarios se recogía una nueva explicación acerca de la ropa que vestía Poe al ser descubierto, de talla superior a la suya y raída.

—El periódico dice que se le ha sugerido al redactor (no me

cabe duda de que esto es cosa del barón Dupin) que la ropa de Poe, que no le pertenecía, era ¡algún tipo de *disfraz*!

—Desde luego, monsieur —asintió Duponte, utilizando su lupa pero sin leer apenas el artículo.

Me sobresalté.

—¿Ya lo había leído?

—No.

—Entonces, ¿por qué me responde «desde luego»?

—Quiero decir «desde luego que *el periódico está totalmente equivocado*».

—Pero ¿cómo lo sabe?

—Los periódicos casi siempre están equivocados acerca de todo. Si encontrara usted alguno de los principios de su religión impresos en una página, sería hora de considerar su forma de dar culto a Dios.

—Pero, monsieur, ¡usted se pasa la mayor parte del día leyendo los periódicos en la mesa de mi biblioteca! ¿Por qué malgastar todo ese tiempo?

—Debe uno enterarse de sus errores, monsieur Clark, a fin de avanzar hacia la verdad.

Me lo quedé mirando hasta que continuó. Arqueó las cejas de una manera muy francesa.

—Una demostración. Tome este asunto de la ropa de monsieur Poe que menciona su periódico. El *Observer* de Richmond escribió hace poco que unos días antes de su llegada a Baltimore, Poe había cambiado inadvertidamente su bastón de paseo, de madera de Malaca, con un amigo de Richmond, cierto doctor John Carter. En el mismo periódico leemos (en un error chusco, pero en algún sentido distinto de la igualmente errónea frivolidad del *disfraz*) que la ropa de Poe fue sustraída y reemplazada, en el curso de un robo, durante su estancia en Baltimore. Atribuir a la ropa una importancia capital, porque resultaba visible a quienes encontraron a Poe, es supeditar la razón a la fantasía.

—¿Cómo sabe usted, sin disponer de más información, que la ropa no fue robada de esa manera?

—¿Ha sabido usted de algún ladrón que le robe a uno la ropa (lo que ya es bastante raro) y que luego sustituya el traje de la víctima por otro? Es una idea que sólo se le podría ocurrir a quien no sea ladrón. Los redactores se han limitado a recurrir a la situación más común para un visitante, un robo, y la han alterado para hacer coincidir los resultados finales sin tomar en cuenta la verosimilitud. En todo caso, y por sí sola, la especial calidad del bastón nos confirma que aún es más improbable.

En el artículo del periódico al que se refería Duponte, el *Observer* informaba de que Poe había visitado al doctor Carter y de que, después de jugar con el nuevo bastón de madera de Malaca del segundo, se lo llevó por distracción. Carter dice también que Poe se dejó en el despacho un volumen de 1819 de las *Melodías* de Thomas Moore.

—Pero no se ofrece ningún detalle más sobre el bastón, salvo que es de «madera de Malaca». ¿Cómo, a partir de ahí, usted determina que tiene una especial calidad?

Duponte había pasado ya a otro asunto:

—¿Querría usted traerme el baúl que ha llegado esta misma mañana?

Me quedé perplejo y una pizca irritado porque esta petición interrumpiera nuestro diálogo, en particular porque yo había depositado el baúl en la habitación de Duponte. Subí y luego trasladé en una carretilla el baúl desde allí hasta la biblioteca, donde nos sentábamos. Duponte me dio instrucciones para abrir la tapa. Así lo hice. Lo que vi me hizo abrir mucho los ojos.

Me incliné y metí la mano dentro. Contenía un objeto que reposaba en el fondo.

—¿Esto es...?

—El bastón de Poe, sí.

Lo cogí con cautela, con ambas manos, y con renovada sorpresa ante mi huésped dije:

—Duponte, ¿cómo diablos...? ¡¿Cómo el bastón de Poe ha venido a parar a su baúl?!

Duponte se explicó.

—No es el auténtico que llevaba Poe en el momento de su muerte, sino otro de la misma clase, puede usted estar seguro. Que el bastón que Poe se llevó equivocadamente se identificara como «Malaca», según usted acaba de leer, revelaba algo más que su madera. Adiviné que en América se había vendido un número limitado de bastones de esa palmera en concreto, la cual crece en las costas de la península

Malaya, fuera de las rutas habituales. Durante mi paseo del otro día, recordará que dije que me había detenido en algunas tiendas. De mis conversaciones con los vendedores de bastones de paseo deduje que mis cábalas eran correctas: no había en Baltimore más que cuatro o cinco clases de bastones hechos de madera de Malaca, y probablemente otras tantas en Richmond. Compré uno de cada. Luego vacié uno de mis baúles y envié los bastones, con un mensajero, al hospital universitario Washington, donde murió Poe, acompañados de una nota dirigida al doctor Moran, el médico que le atendió. Le explicaba que en un envío a Richmond se había mezclado su bastón con otros, y le rogaba que identificara el bastón que llevaba Poe y lo enviara aquí.

—Pero ¿cómo supo usted que el doctor Moran había hecho ese envío a Carter?

—Oh, yo no supuse que lo hubiera hecho; pero no por eso él consideró extravagante mi petición. Lo más probable es que el doctor Moran enviara todos los efectos de Poe a algún miembro de la familia, posiblemente a su conocido Neilson. Éste, a su vez, habría tratado de devolver los objetos a sus respectivos dueños. Como agradecimiento por el favor, mi nota al doctor Moran especificaba que los otros tres bastones de Malaca que le envié eran un regalo. Como yo esperaba, Moran me ha devuelto uno. ¿Encuentra algo especial en este bastón, monsieur Clark?

—Si a Poe lo atracaron —dije, dándome cuenta de lo que eso significaba—, ¡los ladrones seguramente habrían cogido un bastón tan bonito como éste!

—Usted se ha aproximado a la verdad averiguando lo que es falso —dijo Duponte asintiendo con gesto de aprobación—. Y ahora este bastón es para usted.

* * *

Mi siguiente gestión en la ciudad —ahora no puedo recordar dónde— fue también una buena excusa para hacer uso de mi nuevo bastón de paseo. Era sumamente decorativo. Incluso me hizo pensar en dedicar más atención a mi indumentaria, y empleé la ponderación de un estadista en elegir un sombrero y un chaleco que estuvieran a la altura del nuevo accesorio. Varias representantes del bello sexo, tanto las damas más jóvenes como las encargadas de vigilarlas, me miraron con visible aprobación mientras caminaba por la Ciudad Vieja.

Oh, sí, la gestión. Fui a ver a dos zánganos que me habían citado en relación con varias inversiones heredadas de mi padre. Debido a un aplazamiento de la prolongación del ferrocarril de Baltimore y Ohio hasta este último río, se vieron afectados varios de mis intereses, y ellos me enviaron un grueso portafolios con documentos que requerían una revisión por mi parte. Como es natural, tuve poco tiempo, con todo lo que estaba ocurriendo, para examinar muy meticulosamente aquellos papeles.

Aquella tarde me encontré de nuevo en las cercanías de donde fue descubierto Poe el 3 de octubre de 1849. Decidí dirigirme al establecimiento, el hotel Ryan's, donde Poe se había presentado en deplorables condiciones. Pensé en lo que yo hubiera podido hacer o decir en aquel momento para salvar a Poe o, al menos, para tranquilizarle en aquellos cruciales momentos, ahora hacía dos años.

Mi melancólica ensoñación se vio interrumpida por un grito a la vuelta de la esquina. No era algo que tuviera gran importancia en medio del ruido alocado de las calles de una ciudad como Baltimore, donde se oía el golpear de cascos de los coches de bomberos, y el continuo griterío no cesaba ni por las noches hasta que, en ocasiones, estallaba en disturbios entre compañías de bomberos rivales o contra grupos de extranjeros. Pero aquel grito solitario, crepitante como un aria de muerte en una ópera, me provocó auténticos escalofríos.

—¡Reynolds...!

—*¡Reynolds...!*

Fue la palabra que gritó Poe en el hospital cuando se estaba muriendo.

Recuerden ahora dónde escuché ese grito. Me hallaba ante el lugar desde el que Poe fue trasladado a su lecho de muerte en el hospital. Imaginen mi desorientación al pensar que, de repente, me veía involucrado en la vida de otro..., la muerte de otro.

Me deslicé hacia delante. ¡Y lo oí de nuevo!

Torcí para tomar la calle siguiente y me interné en las sombras de un estrecho pasaje entre dos edificios, acercándome al lugar de donde procedían los sonidos. Un hombre bajo, con gafas y levita, avanzaba directamente hacia mí, obligándome a retroceder de un salto. Ahora reconocí la voz del hombre que iba en su persecución.

—¡Por qué, señor Reynolds! —tronó el perseguidor.

—Déjeme, haga el favor —replicó el hombre; bueno, ahora estamos en condiciones de decir *replicó Reynolds.*

—Buen señor —protestó el barón Dupin—, debo recordarle que yo soy un agente especial.

—¿Agente especial? —repitió Reynolds en tono de duda.

—Para la mismísima corona británica —puntualizó patrióticamente el barón.

—¡La corona británica! —exclamó Reynolds—. ¿Y por qué querría hostigarme? ¡Pues al infierno con la corona!

—La honda preocupación ¿es una especie de hostigamiento? Una cosa es completamente opuesta a la otra. Yo sólo quiero conocer toda la historia, para su protección.

El barón Dupin sonrió. Hablaba con su fogosidad habitual, y esta vez no llevaba su peludo disfraz.

—¡Pero yo no tengo ninguna historia que contar!

—Usted no se da cuenta, pero sí la tiene. Mi querido Reynolds, hay círculos muy interesados en conocer el desarrollo de los acontecimientos ese día, como últimamente ya ha visto usted en los periódicos. Su reputación, su trabajo como carpintero, el buen nombre de su familia podrían peligrar si la verdad no se aclara cuanto antes. Usted estaba ese día en el Ryan's. Usted vio...

—Yo no vi nada —dijo Reynolds—. Nada fuera de lo ordinario. Era día de elecciones. ¡Había jolgorio, claro! El año anterior hubo un gran alboroto a propósito de la elección de sheriff: ambos bandos, con sus partidarios. Los días de elecciones son más bien salvajes en Baltimore, señor barón.

—«Barón» a secas, querido amigo. Poe llamó ansiosamente a «Reynolds» en su lecho de muerte, en su habitación del hospital. —Así pues, el barón también había descubierto aquello—. ¿No cree usted que eso se sale de lo ordinario? ¿Podríamos considerarlo *extraordinario*? ¿Había alguna razón para que él le recordara en sus últimas horas?

—No recuerdo haber conocido a ningún *Poe* allí. Puede usted preguntar a los otros vocales. Insisto en que me dispense.

Pegado a la pared, me asomé lo suficiente para ver la cara del barón después de que Reynolds se alejara. Permaneció de pie en el mismo lugar. Su sonrisa estaba contraída, como si hubiera probado algo agrio o acabara de robarle la cartera a Reynolds. (¿Y hubiera sido sorprendente que lo hiciera?) En todas sus actividades, el barón parecía saborear la victoria. Aunque era un abogado envilecido que huía de sus acreedores —y aunque ahora Reynolds no quisiera trato alguno con él—, el barón por lo general confiaba en sus expectativas.

Solo, plantado en la calle, el barón se pasó la lengua por el labio inferior varias veces, como si se dispusiera a desplegar su futura elocuencia. Su rostro y su porte parecían apagados cuando no estaba ladrando o arrullando a alguien. Sus engranajes y sus bombas debían moverse constantemente. La claridad de su intelecto brilló mientras murmuraba una palabra para sí mismo. Esa palabra fue:

—¡Dupin!

Masculló la palabra «Dupin» como si fuera una maldición. Sin duda parece extraño que un hombre pronuncie su propio nombre como una injuria, como si descargara un puñetazo en su propia barbilla. Resulta menos extraño, quizá, si piensan en ello no como su nombre, sino como su herencia y legado, de los que abominaba. El barón, sin embargo, era el tipo que se consideraba a sí mismo una culminación, más que un retoño de todo cuanto le había precedido. Cuando le preguntaban quiénes fueron sus antepasados, podía responder lo mismo que el emperador Napoleón a los reyes: «Yo soy un antepasado.»

Pero no. Su imprecación, «Dupin», no iba dirigida ni a sí mismo ni a su familia. El barón no se proponía denostar a nadie sino a la figura de C. Auguste Dupin. El personaje cuya paternidad y autoridad trataba de demostrar. ¿Por qué murmuraba de aquella forma sobre el Dupin literario? Este engaño en el que se había apoyado desde mi primer encuentro con él en París, a saber, que él podía ser el Dupin real, era ahora un espectro demasiado poderoso para él..., y esto sólo podía admitirlo, si es que lo hacía, cuando se hallaba completamente solo, como él creía estarlo ahora en la calle. No podía disputar, ni argumentar, ni ponerse la máscara del Dupin real, como solía hacer en la vida y en el foro. O lo era o no lo era. Había desesperación en aquella escena; algo vulgar, en definitiva. Pensé que quizá estaba admitiendo algo, disponiéndose a hundirse. Estaba equivocado.

Me asomé, protegido ahora tras un poste que sostenía el toldo de un establecimiento de daguerrotipos. No tardó en avanzar por la calle un carruaje que reconocí. Era el mismo coche de alquiler que estuvo esperando al barón y a Bonjour la otra noche. Imaginaba que de algún modo el barón había engatusado o amenazado al cochero original para conseguir el uso privado del carruaje. Bonjour se apeó, y el mismo negro enjuto y de piel clara ocupaba el pescante. Más tarde supe que el barón se había asegurado el servicio de aquel esclavo delgado y todavía adolescente, cuyo nombre era Newman, para que fuera su cochero y su mensajero. Le había dicho a Newman que si hacía bien su trabajo compraría su libertad a su dueño.

Bonjour informó en tono sosegado al barón, en francés, de que al caer la noche «nos reuniremos con él en el cementerio de Baltimore». Es todo cuanto pude oír.

Regresé a Glen Eliza y saqué del anaquel la guía de la ciudad. El barón Dupin había revelado que el «Reynolds» que estaba en la calle con él era carpintero. En la guía, la entrada del apellido que tanto me había intrigado, correspondiente a aquella ocupación y con una dirección próxima a donde vi a los dos hombres, decía así:

REYNOLDS, HENRY, CARPINTERO, ESQUINA DE FRONT Y LOW

¿Qué relación con Poe podía tener aquel modesto carpintero al que yo había visto en la calle? Después de todo, la única clase de persona que nunca emplea a un carpintero es alguien que viaja, como era el caso de Poe en Baltimore. *Eso* podía yo saberlo sin la ayuda de la raciocinación. Y aquel señor Reynolds en concreto había negado haber visto al poeta.

Seguí pensando en los comentarios del barón Dupin en la calle. Él daba por supuesto que Henry Reynolds estuvo con Poe en Ryan's y que había *presenciado* algo. Me senté, entregándome a hondas cavilaciones sobre la razón de que aquel Reynolds hubiera acompañado a Poe en sus peores horas, y sobre cómo el barón pudo saber...

Se mencionaron las elecciones. «Los días de elecciones son más bien salvajes en Baltimore, señor barón.» Y «los otros vocales». Reynolds quizá estuvo en Ryan's por algo relacionado con las elecciones, puesto que Ryan's fue utilizado ese día como colegio electoral del Distrito Cuarto. Me sumergí en la colección de periódicos y me detuve cuando encontré el *Baltimore Sun* del 3 de octubre de 1849. Ése fue el día en que Poe fue descubierto en Baltimore, en Ryan's, en «estado de choque», como había dicho uno de los periódicos.

Allí, en la sección política del periódico, figuraba el nombre de «Henry Reynolds» en una página con una larga lista de vocales de las elecciones de Baltimore, hombres que tomaban juramento a los votantes y supervisaban las votaciones. Reynolds era uno de los vocales del colegio electoral del Distrito Cuarto, el hotel Ryan's. Era el que le correspondía por empadronamiento. Esto explicaba por qué el barón buscaba su rastro en las inmediaciones de Ryan's: el carpintero vivía muy cerca de allí.

Yo ardía en deseos de contar mi descubrimiento, pero si se lo decía a Duponte, seguro que me hubiera valido una represión. Hubiera repetido, filosóficamente, sus previas declaraciones de no hablar con testigos. «Podemos averiguar todo cuanto necesitemos de forma indirecta», habría dicho. Además, el barón Dupin ya había hablado con Reynolds, habría razonado. El barón le habría influido, por no mencionar a otras personas de Baltimore.

Repetí para mis adentros que Duponte era el analista más eminente del mundo, y que mi colaboración no se proponía otra cosa que atender a sus necesidades. Pero ahora no podía dejar de pensar en quién sería *él*: a saber, el hombre con el que el barón y Bonjour iban a reunirse en el peligroso entorno del cementerio de Baltimore aquella noche, según yo había oído. Tampoco podía dejar de maravillarme por aquello, ni dejar de preguntarme si la cita guardaba relación con el asunto de Reynolds. Cuando anocheció, me excusé diciendo que iba a tomar el aire.

Tomé un coche y recorrí las calles hasta un barrio situado al noreste de la ciudad, donde uno hubiera preferido estar con luz del día. Al acercarse al cementerio de Baltimore, mi carruaje se detuvo bruscamente. Los caballos dieron sacudidas y se agitaron.

—Cochero, ¿es que no controla usted los caballos? —pregunté.

—No, señor, creo que no.

—¡Deténgase aquí! Haré a pie el resto del recorrido.

—¿*Aquí*, señor? ¿Que va usted a ir a pie por aquí?

Yo mismo me hubiera formulado la pregunta de no haberme guiado la necesidad de saber más acerca del barón. Traspuse con paso inseguro la cancela del camposanto y me mantuve en el límite del recinto, tan cerca como me era posible de la luz más próxima, situada en Fayette con Broadway.

Descubrí el carruaje del barón más adelante y mantuve una distancia suficiente para quedar oculto y a salvo entre las sombras de la noche. Podía ver que se estaba trasladando un pesado bulto al interior del vehículo, y que luego otra figura desaparecía en la oscuridad del cementerio. Aunque puse cuidado en no ser descubierto, me invadió el pánico cuando el carruaje emprendió la marcha para salir del cementerio. No tenía el menor deseo de quedarme solo en aquel reino de los muertos una vez anochecido (ningún baltimorense lo hubiera querido), y me escurrí del lugar con la diligencia de un roedor.

Apresurándome ahora hacia la derecha del camposanto, seguí el sonido del carruaje, que se dirigía al hospital universitario Washington, el establecimiento adonde Edgar Poe había sido llevado desde el hotel Ryan's, y donde murió. Aquel gran edificio de ladrillo, con sus dos severas torres cerniéndose sobre él, apenas era menos lúgubre que el cercano cementerio. No mucho después de la muerte de Poe, la junta de facultad decidió que su situación en el centro de Baltimore resultaba inadecuada, y ahora el edificio sólo se utilizaba esporádicamente como hospital. Habiendo apurado sus recursos financieros con las nuevas adquisiciones, la facultad intentaba ahora vender el innecesario edificio y sus terrenos.

El carruaje del barón estaba estacionado en las inmediaciones. Encontré la cancela del hospital cerrada.

—¡No más cadáveres! —gritó una voz dirigiéndose a mí, desde una ventana de la fachada principal del edificio.

Ignoré la extraña advertencia y traté de nuevo de abrir la cancela, cuando el vigilante reapareció en estado de agitación.

—¡Que no necesitamos más cadáveres! ¡Acabamos de recibir uno!

Los cuerpos de los recién fallecidos los utilizaban los médicos para instruir a sus estudiantes en la práctica de la cirugía. Los hombres de la resurrección se colaban furtivamente en los cementerios y utilizaban una barra de hierro provista de un gancho en un extremo para abrir un agujero en el ataúd. Estos pescadores de cuerpos ensartaban el cadáver por la barbilla y tiraban hacia fuera, en ocasiones unas pocas horas después de haber tenido un respetable sepelio. La proximidad de este cementerio al hospital universitario lo convertía en un blanco especial para los ladrones de cuerpos. Pocas personas, incluso las más audaces, se aventuraban por las cercanías del cementerio de Baltimore y del hospital universitario Washington por la noche, pues se decía que a veces, cuando no habían encontrado un muerto reciente, los caminantes eran raptados y destinados a aquel fin, lo que reportaba a los raptores la acostumbrada gratificación de los médicos: diez dólares.

—¿Me ha oído ahora? No más cadáveres.

El rostro bizqueó desde su lugar en la ventana.

—Mis excusas, señor —dije.

Se retiró al interior. Caminé junto a la tapia hasta que encontré un tramo caído sobre el barro y pasé por encima. La puerta del hospital seguía sin cerrar, debido a la reciente entrada del barón Dupin y de Bonjour.

Aquella parte del hospital parecía vacía. Hacía mucho más frío allí que en el exterior, como si el viejo edificio congelara el aire. Yo daba un salto cada vez que se producía un ruido, creyendo que el vigilante me había oído llegar y se proponía atraparme, pero no tardé en advertir que el viento golpeaba ventanas y puertas arriba y abajo de la gigantesca estructura.

Subí por la escalera cautelosamente. Parecía como si el barón y Bonjour estuvieran hablando con alguien en un aula del cuarto piso. No obstante, la escalera describía una curva al pasar ante aquella dependencia, y como la puerta del aula permanecía abierta, no pude seguir subiendo sin ser visto. Mientras tanto, sólo alcancé a oír su conversación vagamente.

Se lo advertí, dijo una voz que no me resultaba familiar.

Examiné mi entorno. Si no podía situarme más arriba salvo ascendiendo por la escalera, no lograría mi propósito. No parecía haber otra escalera en la parte posterior. Pero sí había un cuarto lleno de barriles. Destapé uno en busca de alguna herramienta útil, y me quedé sin aliento al encontrarlo lleno de huesos humanos.

Cada vez más desalentado por haber llegado tan lejos sin provecho alguno, no tardé en encontrar una abertura en la pared que daba a un pozo, el cual parecía el hueco de un montaplatos, pero de grandes dimensiones. Aunque el hueco estaba negro como el carbón, salvo por la luz que se filtraba en cada piso, me introduje y, afortunadamente, pude advertir que había un montacargas y una polea. Provenía de abajo y continuaba hasta el aula. Parecía un golpe de suerte.

Resultó que mi cuerpo cabía con sorprendente facilidad en el hueco. Dejé el sombrero en el suelo y enrosqué las piernas, lo más fuertemente posible, en torno a la polea, y me di impulso hacia arriba tirando del extremo opuesto de la polea. El aire era apestoso y viciado. Hice lo posible por no mirar los tres pisos que tenía por debajo, a medida que me aproximaba al cuarto. La conversación se hacía más clara con cada pequeño avance hacia arriba, en dirección al aula.

El hombre que estaba con ellos tenía una voz potente, casi tan teatral como la del barón.

—Y ahora los periodistas han estado importunándome sobre el asunto. No entiendo por qué tenemos que seguir hablando de eso.

—Los detalles —dijo Bonjour en tono tranquilo—. Necesitamos todos los detalles.

—¿Sabe? —terció el barón, completando la idea de Bonjour—. Estamos a punto de saber qué le ocurrió exactamente a Poe aquel día concreto que se lo trajeron a usted. Usted, amigo Moran, será el héroe de un relato de injusticia.

Se produjo una pausa, llena de intriga, en la conversación. Mientras tanto, miré a mi alrededor, en el estrecho y oscuro túnel en el que estaba encerrado. Cuando tenté la pared para equilibrarme mejor, la encontré viscosa y fría. Entonces, en una grieta a lo largo de ella, apareció un par de ojos rojos, y una rata, alarmada por la intrusión de mi mano en su escondrijo, avanzó hacia mí. «Chist, chist», rogué al roedor. Su horrorosa mirada rojo sangre casi me hizo deslizarme abajo, pero mi decisión de oír más me impulsó a trepar más cerca de donde llegaban las voces.

La mención de su condición de héroe pareció ampliar la voz de Moran cuando continuó:

—A Edgar Poe lo trajeron un miércoles por la tarde, hacia las cinco, en un coche de alquiler. El cochero me ayudó a sacarlo y le pagué de mi bolsillo.

—¿No iba nadie más en el coche, aparte de Poe y el cochero? —preguntó el barón.

—No. Tan sólo había una tarjeta del doctor Snodgrass, el editor de la revista, informándome de que el hombre que iba dentro era Edgar Poe y necesitaba asistencia. Lo llevamos a una habitación muy cómoda, en la torre del segundo piso, con una ventana al patio. No tenía conciencia de quién le había traído ni de con quién había estado reunido.

—¿Qué dijo el señor Poe? ¿Mencionó el nombre de E. S. T. Grey?

—¿Grey? No. Hablaba, pero sostenía una conversación sin sentido con objetos imaginarios en las paredes. Recuerdo que estaba pálido y bañado en sudor. Tratamos de tranquilizarlo. Naturalmente, procuré obtener de él más información. Fue capaz de mencionar que tenía una esposa en Richmond. Luego he llegado a saber que aún no estaban casados. Sin duda padecía confusión mental. Ignoraba cuándo había venido a Baltimore o qué le había traído aquí. Entonces yo le dije que pronto estaría lo bastante bien como para gozar de la compañía de sus amigos.

Mientras Moran hablaba, trepé hasta casi el nivel del aula. Mi mano extendida tanteó en la oscuridad y se posó en una materia sólida. Parecía lona. Me esforcé por ver mejor. Debía ser la bolsa que se cargó en el carruaje del barón en el cementerio. Su parte inferior estaba ahora a la altura de mi cabeza. Palpándola, me estremecí al percatarme de que estaba agarrando un pie humano sin vida. De pronto, comprendí lo que el barón había traído del cementerio y supe que aquello no era un montaplatos. El montacargas por el que yo había trepado se usaba para subir los cadáveres a las salas de disección de los diferentes pisos.

El cuerpo había sido trasladado desde la polea de la que yo colgaba a un gancho en la pared del hueco, y mirando hacia el aula pude ver por qué aún no había sido introducido en ella. Allí había ya un cadáver de un hombre, o parte de él, cubierto de sal y con un paño blanco, yaciendo en una mesa de disección en mitad de la estancia. Unos delantales, tanto limpios como ensangrentados, colgaban al lado. No podían dedicarse al cuerpo recién llegado en tanto no terminaran con aquel otro.

Sentí un escalofrío a la vista de aquello y a causa de mi proximidad al cadáver nuevo. Aceleré la respiración para tratar de calmarme, pero eso me permitió percibir un horrible hedor del que no me había dado cuenta antes. Mi agarre a la polea flojeó.

Me deslicé con rapidez hacia abajo casi un piso entero. Apoyando las piernas en las paredes del hueco, traté de recuperar el equilibrio para no desplomarme cuatro pisos y acabar sumido, con toda certeza, en la negrura eterna que me aguardaba abajo.

—¿Qué ha sido eso? —oí preguntar a Bonjour—. Ese ruido. Sale de la pared, del montacargas.

—Quizá nuestro regalito se ha despertado, doctor Moran —dijo el barón riéndose como quizá ningún hombre lo hiciera en la inmediata vecindad de dos cuerpos muertos.

El barón se asomó a la abertura y miró por el hueco. Yo me encontraba en la parte oscura y, milagrosamente, oculto a la mirada del barón por el saco con el cadáver. Su cabeza volvió a la estancia.

—No se preocupen —comentó Moran—. En este edificio aseguramos ventanas y puertas con cuerdas, pero al parecer este lugar hace más ruido del que nunca hicieron los pacientes.

Vi entonces a Bonjour ocupar el lugar del barón en la abertura del hueco, y mi ansiedad aumentó. Se asomó sin temor al horrible pozo.

—¡Tenga cuidado, señorita! —advirtió Moran.

Ahora Bonjour se lanzó por completo al hueco, y por un momento tuve la certeza de que me caería encima. En lugar de eso, se sujetó a la polea con una mano y con las rodillas. Sin duda Moran protestaba arriba, pues pude oír al barón tratando de calmarlo. Me aferré para mantener mi posición y recé para que se obrara un milagro. Casi podía sentir los ojos de Bonjour escrutar la oscuridad directamente sobre mi cabeza descubierta.

Descendió hacia mí pulgada a pulgada, elevando con ello la polea de mi lado, de modo que, involuntariamente, me aproximaba a ella.

Cerré con fuerza los ojos, ignorando las gotas de sudor frío, y aguardé a ser descubierto. Un chillido terrible e inhumano quebró mi concentración: en un instante, un ejército de voraces ratas negras avanzó corriendo por las paredes del hueco. Se precipitaban en masa sobre Bonjour, quien involuntariamente las había atraído. Varias de ellas tomaron impulso en mis hombros y en mi espalda, con sus garras de alambre prendidas en mi abrigo, sin que yo me atreviera a gritar.

—Sólo son ratas —murmuró Bonjour al cabo de un momento, y a continuación repartió unos puntapiés que derribaron de la pared a algunas de aquellas criaturas, que se precipitaron abajo.

El barón extendió una mano y la ayudó a entrar en el aula.

—¡Santo Dios! —susurré, agradecido a los animales, sacudiéndome un par de ellos que se habían posado en mi espalda.

Desde donde me hallaba podía oír la mayor parte de la conversación. Decidí entonces impulsarme de nuevo hacia arriba, sólo unas pulgadas, y situarme en una posición más segura.

—Siga usted con los detalles, doctor —dijo el barón—. Contaba que sus amigos se reunirían con Poe.

Moran, dubitativo, guardó un breve silencio.

—Tal vez debiera consultar con la familia y los amigos del señor Poe antes de seguir hablando con ustedes. Había varios primos, cuando estábamos tratándolo... Si no recuerdo mal, un tal señor Neilson Poe y un amigo, un abogado, el señor Z. Collins Lee...

El barón suspiró ruidosamente.

—Veamos lo que hay en la mesa del doctor —dijo Bonjour en tono ligero.

Pude oír el roce de la sábana blanca que cubría el cadáver desnudo.

—¡Qué es esto! —exclamó Moran con evidente turbación—. ¿Qué está usted haciendo?

—Ya he visto hombres antes —replicó Bonjour, divertida.

—¡No escandalices al joven doctor, querida! —advirtió el barón levantando la voz.

—Quizá deberíamos llevarnos a este caballero fallecido a casa para estudiarlo nosotros —dijo Bonjour, empujando la mesa. El doctor Moran protestó vigorosamente. Bonjour continuó—: Vamos, doctor, nada de hacer las cosas a medias: cuando uno encuentra algo, suyo es. Además, me pregunto, barón, si la familia de esta joven que hemos subido en el montacargas estaría interesada en saber que el cuerpo ha desaparecido de la tumba y se encuentra aquí, esperando a que este doctor dandi lo trocee.

—¡Creo que muy interesada, querida! —confirmó el barón.

—¿Qué? ¡Pero nosotros hacemos esto para salvar vidas! ¡Ustedes mismos han traído el otro cadáver!

—Porque usted nos lo encargó, doctor —le recordó Bonjour—, y usted lo ha aceptado a cambio de la información que mi jefe le pide.

El barón se inclinó junto a Moran y dijo *sotto voce*:

—Como puede ver, ha cometido un error, doctor.

El heroísmo que se traslucía en la voz del médico se deshinchó.

—Ahora entiendo de qué va la cosa. Muy bien. Volvamos pues a Poe. Le dije, tratando de reconfortarlo, que pronto gozaría de la compañía de sus amigos. Me interrumpió con mucha energía y dijo, lo recuerdo, *Lo mejor que podría hacer mi mejor amigo sería volarme los sesos con una pistola.* Cuando comprendió lo que le había ocurrido, quería que se lo tragara la tierra, etcétera, que es lo que uno dice cuando tiene el espíritu deprimido. Luego se sumió en un violento delirio hasta el sábado por la noche, cuando empezó a llamar a «Reynolds» una y otra vez, durante seis o siete horas, hasta la mañana, tal como les dije el otro día. Debilitado por el esfuerzo, dijo: «Señor, ayuda a mi pobre alma», y expiró. Eso es todo.

—Lo que nos preguntamos ahora —comentó el barón— es si Poe fue inducido a tomar algún tipo de estímulo artificial, una droga (opio, quizá) que lo llevara a esa situación.

—No lo sé. La verdad, señor, es que la situación de Poe era muy triste y rara, pero su persona no despedía ningún olor especial a alcohol, por lo que yo recuerdo.

Durante esta conversación, alterné la cuidadosa atención a sus palabras con los desesperados intentos por calmar mi corazón desbocado y mi respiración agitada después de haber estado a punto de ser descubierto por Bonjour. Cuando dieron por terminada la entrevista, que dejó satisfecho al barón, y me convencí, por sus pasos, de que habían abandonado el cuarto piso, ascendí dejando atrás el cadáver y me colé por la abertura de la pared. Comprobé que no había nadie, y penetré en el aula. Pegado al suelo, expulsé todo el aire que había respirado con la pestilencia de la muerte, y respiré ahora alentado de forma rápida y gratificante.

Quizá ustedes me juzguen con dureza por no haber relatado en seguida mis aventuras a Duponte, pero ya habrán comprobado la frecuente inflexibilidad de sus posturas filosóficas. Y yo no tengo un temperamento particularmente filosófico. Duponte nació para analista y razonador; yo, para observador. Aunque pueda ocupar tan sólo un peldaño inferior en la escala de la sabiduría, la observación requiere práctica. Quizá Duponte, y en general nuestras investigaciones, necesitaban un ligero empujón hacia lo pragmático.

Hubiera debido explicar más atrás, cuando andaba buscando datos sobre Henry Reynolds, cómo tuve acceso a los periódicos que guardábamos en la biblioteca sin que Duponte se diera cuenta. Desde el primer día que desembarcamos en Baltimore, Duponte se instaló en la biblioteca y examinó todo el contenido del que ahora era su *sanctum*. Pero cuando leía otras cosas se trasladaba de la biblioteca, cada vez más atestada, a diferentes habitaciones y dormitorios de Glen Eliza cuya existencia yo había olvidado. Elegía el libro extraño que yo tenía en mi anaquel; o uno de los atlas de mi padre de alguna oscura provincia del mundo; o un folleto en francés que mi madre trajo del extranjero. Duponte también leía a Poe, una costumbre que no escapaba a mi interés.

A veces la concentración con la que leía a Poe me recordaba a mí mismo, puesto que durante años me había alimentado de aquellos cuentos. Pero por lo general su propósito no era tan erudito. Duponte leía mecánicamente, como un crítico literario. El crítico nunca permite que la lectura se sobreponga a él; nunca sitúa las páginas golosamente cerca de su rostro ni desea ser arrastrado a través de las grietas de la mente del autor, pues semejante viaje implicaría renunciar al control. Así, con frecuencia, alguien leerá la reseña de un crítico en una revista a propósito de un libro que él ya ha leído, deseoso de comparar perspectivas, y pensará: «¡Éste no puede ser el libro que yo leí! Ha de ser otra versión en la que todo está cambiado, ¡y también he de encontrarlo!»

Yo consideraba que encajaba bien con eso el desapasionado examen que Duponte hacía de las obras de Poe. Creía que de este modo Duponte penetraba en el carácter esencial de Poe y en las misteriosas circunstancias que habíamos empezado a estudiar.

—¡Si pudiera saberse en qué barco llegó Poe a Baltimore! —dije una tarde.

Duponte se animó al instante.

—Los periódicos locales se refieren a ese detalle como uno de los que siguen ignorándose a propósito de su llegada. Que *ellos* no lo sepan, monsieur, ciertamente no equivale a que tales detalles se sitúen más allá de los límites de lo *desconocido*. La respuesta se da claramente en los artículos de la prensa de Richmond, publicada en los últimos meses de la vida de Poe.

—Cuando Poe daba conferencias sobre varios temas de poesía y literatura.

—Exactamente. Lo hacía para reunir dinero destinado a su proyectada revista *The Stylus*, tal como decía en las cartas que le dirigió a usted, monsieur Clark. No podemos saber en qué barco hizo Poe la travesía de Richmond a Baltimore, pero eso no importa, y no modifica el hecho de que el *propósito* de ese viaje siga siendo desconocido. Sin embargo, la razón que lo trajo a Baltimore es del todo comprensible para cualquier persona que se ponga a pensarlo. De los rumores recogidos en los periódicos de los dos años previos a su muerte, resulta que Poe se había visto envuelto en varias uniones románticas tras la muerte de su esposa. En este último período, acababa de comprometerse con una mujer rica de Richmond, con lo que su viaje a Baltimore es probable que tuviera como finalidad un interludio romántico. En vista de que los redactores de todos los periódicos sabían que su futura, una tal señora Shelton, era rica, cosa que, naturalmente, sabía todo el mundo (pues los periodistas raras veces saben algo que el vulgo no sepa antes), y en vista, pues, de que la existencia de esa fortuna era ampliamente conocida, Poe pudo sentir la necesidad de desmentir la opinión del público de que iba a casarse porque esa señora era un buen partido.

—¡Seguro que nunca se casaría con alguien por su dinero!

—Fuera o no así, y la indignación de usted al respecto es del todo irrelevante, el resultado es exactamente el mismo. Lo cual facilita nuestra investigación. Si Poe se hubiera propuesto casarse con esa señora por el dinero, tendría aún más razones para desmentir la opinión de que era así, con el fin de evitar que el compromiso se deshiciera en caso de que la señora entrara en sospechas. Si los motivos de Poe eran desinteresados, como cree usted, su finalidad seguiría siendo la misma: conseguir dinero, esta vez para atender a sus propios gastos, en lugar de depender de manera improcedente de su prometida. Tanto en un caso como en el otro, no consiguió lo que esperaba en Richmond, por lo que acudiría a Baltimore a fin de procurarse apoyo profesional y suscriptores para *The Stylus*, y así atender a sus planes en materia económica, independientemente de la señora Shelton.

—Lo cual explica por qué fue a ver primero a Nathan Brooks, pues el doctor Brooks es un bien conocido editor de revistas. Sólo que, como vi con mis propios ojos —añadí sombríamente—, la casa del doctor Brooks había sido destruida por un incendio.

—Poe vino aquí con unos planes, monsieur Clark, para rehacer su vida. Creo que descubriremos que murió en estado de esperanza, no en medio de la desesperación.

Pero yo recordaba la declaración del doctor Moran a propósito de Poe: ignoraba cuándo vino a Baltimore y cómo. ¿De qué manera encajaba esto con los demás detalles que ahora conocíamos?

La conversación con Duponte que acabo de transcribir se desarrolló pocos días después de mi visita secreta al hospital. Mientras tanto, en mis sesiones en las salas de lectura y en mis diversas gestiones en la ciudad, sentí un número creciente de ojos fijos en mí. Pensé que quizá era un producto inconsciente de mi sentimiento de culpa por ocultar mis anteriores descubrimientos a Duponte, o el recurso para apartar de mi pensamiento el recuerdo de la aflicción de Hattie durante nuestro último encuentro a la puerta de su casa.

Había un hombre en concreto, un negro libre de unos cuarenta años, a quien observé cerca de mí en más de una ocasión en medio de la multitud, en la calle, o desde la ventanilla del coche en el que viajaba. Tenía facciones acusadamente angulosas y notable corpulencia. Solía resultar fácil diferenciarlo entre los negros libres o esclavos por su forma de vestir, superior a la de ellos y completamente a la moda, pese a que a ciertos esclavos de la ciudad —esclavos dandis, como se les conocía— sus amos los vestían de manera exquisita y a la última.

Pensé en el Fantasma que en otro tiempo me siguió, mucho antes de haber soñado con encontrar a un hombre como Duponte o con haberme ocultado de otro como el barón Dupin. Pensé también en la mirada muerta de Hartwick, el hombre del barón, mientras me seguía por los salones de Versalles, dispuesto a capturarme. Una vez vi al extraño de pie al otro lado de la calle Baltimore, por donde yo caminaba. No me sorprendió descubrir al que yo suponía liberto hablando tranquilamente con el barón Dupin. Éste lo tomó entusiasmado del brazo.

Aquella misma noche, Duponte leía el cuento «Ligeia», de Poe, en un sofá de la sala de estar. Van Dantker se había ido con sus pinceles unas horas antes, en estado de gran irritación. Duponte anunció que ya no deseaba ver más el rostro de Van Dantker contemplándole fijamente cada vez que levantaba la mirada, y que había informado al artista de que se sentaría detrás de él. Naturalmente, Van Dantker protestó aduciendo que no podía pintar la espalda de Duponte, y éste se negó a seguir discutiendo. Pero no tardaron en idear un sistema que consistía en un espejo situado frente a Duponte, y así Van Dantker se sentaba tras el analista. Situó otro gran espejo junto a su caballete, mirando al primer espejo, a fin de devolver la reflexión original a su orientación correcta. Yo pensé que los dos hombres estaban completamente locos. Pero Van Dantker, tomando pellizcos del *olycoke* —un extraño pastel frito en manteca de cerdo— que siempre traía consigo, continuó con su proyecto.

Yo me ocupaba leyendo un ejemplar de las *Melodías irlandesas* de Thomas Moore, que había adquirido en un puesto de libros. El doctor Carter, el amigo de Poe en Richmond, declaró al periódico que Poe había estado leyendo los poemas de Moore cuando lo visitó en su despacho. Se decía también que durante su estancia en Richmond Poe citó este verso de Moore a una joven dama a la que ofrecía amistad: «Me siento como aquel / que camina solo / por una sala de banquete vacía.»

Mis pensamientos flotaron hacia el perturbador asunto de Hattie.

—Me pregunto... —dije, interrumpiendo la lectura de Duponte.

—¿Qué?

—Bueno, me pregunto si una mujer que dice que las cosas «han cambiado» se refiere a sus emociones, o sea a que sus *afectos* han cambiado, o si más bien se refiere a otras cuestiones menos profundas.

Duponte apartó el libro y me preguntó:

—¿Está usted solicitando mi opinión sobre ese asunto, monsieur?

Dudé, esperando que no creyera que me proponía desviar sus dotes de raciocinación a una mera inquietud personal, aunque eso era precisamente lo que estaba haciendo.

Siguió sin obtener una respuesta por mi parte.

—¿Cree usted, monsieur Clark, que las palabras de ella se referían a la mayor o a la menor de sus preocupaciones?

Me paré a considerarlo.

—Bueno, ¿y cuál es la mayor y cuál la menor de las preocupaciones? —pregunté.

—Ésa es la cuestión, monsieur. Para las personas a quienes no van dirigidos los afectos de esa señorita, el estado emocional de ella sería la preocupación menor; en cambio, constituiría el motivo principal y fundamental el estado del tejado de su casa, o un préstamo que le hubiera concedido el banco, y más si tales inquietudes implicaran un *cambio* respecto a un estado de cosas previo. Sin embargo, para la persona que busca o ha buscado los afectos de la señorita, la naturaleza de esas emociones sería, con mucho, la pregunta más significativa que desearía formular, y el hecho de que su tejado se estuviese hundiendo supondría escasa diferencia para ese pretendiente. Pero la respuesta que da usted es que el sentido de las palabras que ella pronunciara variaría en gran medida según a quien las dirigiese.

La frialdad del consejo de Duponte en materia de amores, si es que lo era, me dejó completamente asombrado, de modo que no continué con el tema.

Al cabo de un rato, sonó la campanilla de la puerta. El servicio libraba aquel día, y yo estaba en el piso bajo. A los pocos momentos, Duponte cerró de golpe el libro, se levantó de su asiento con un suspiro y descendió hasta la puerta principal. Al otro lado de ésta había un hombre bajo, con gafas, mirando al interior, expectante.

—¿Qué desea de mí, caballero? —preguntó el hombre cortésmente.

—¿No es usted quien ha venido hasta esta puerta? —replicó Duponte—. Creo que yo le hubiera hecho esa misma pregunta, de haber tenido interés por la respuesta.

—¿Por qué...? —dijo el visitante, aturdido—. Bueno, yo soy Reynolds. Henry Reynolds. ¿Puedo pasar?

Observé la escena desde el pasillo de la cocina. El señor Reynolds encontró un sitio para dejar el sombrero y mostró a Duponte la tarjeta que yo le había enviado a primera hora de aquel día.

Mi plan era dar lugar a que Duponte pudiera tomar mayor interés por la persona de Reynolds si se encontraba en el trance inesperado de saludarlo. Así haría suyo el descubrimiento y, hallando irresistible la oportunidad, recabaría toda la información que pudiera extraer del visitante.

Pero eso no iba a suceder. Sosteniendo en la mano su libro de los cuentos de Poe, dedicó unas corteses buenas tardes al huésped y pasó junto a mí en dirección a la escalera. Corrí tras él.

—Pero ¿adónde va?

—Monsieur, tiene usted una visita, un tal monsieur Reynolds, creo —me respondió Duponte—. Supongo que ustedes dos querrán hablar.

—Pero...

Me quedé quieto.

—¿Alguien me ha mandado llamar? —preguntó Reynolds en voz alta y tono impaciente desde el arranque de la escalera—. Tengo otras citas. ¿Uno de ustedes es Clark?

Alcancé a Duponte y le dije como quitando importancia a la cosa:

—Ya sé que debí advertirle de que di recado a Reynolds para que viniera. Vi al barón Dupin hablar con ese sujeto, y resulta que fue vocal durante las elecciones, destinado en el colegio electoral donde encontraron a Poe. Pero este hombre no dio al barón información alguna. ¡Concédale un momento! Venga al salón. Pensé que al principio usted podría negarse, y por eso he hecho esto en secreto. Creo que es de la mayor importancia que nos entrevistemos con él.

Duponte permaneció impasible.

—¿Qué quiere que haga yo?

—Siéntese en la sala. No necesita decir una sola palabra.

Desde luego, yo esperaba que Duponte, movido por cualquier conocimiento que tuviera el carpintero, no sólo diría una palabra; yo esperaba que interviniera con extensos interrogatorios una vez que yo iniciara el diálogo. El analista accedió a acompañarme a la sala de estar.

—Bueno, ¿qué tal nos va hoy? —El carpintero forzó una sonrisa amistosa mientras miraba en derredor, a la gigantesca habitación, y arriba, a la impresionante cúpula que alcanzaba la altura del tercer piso—. ¿Está usted planeando mejorar la estructura de su hogar, señor Clark? Su belleza está un poco decadente, si se me permite decirlo. Con mis mejoras, este año he contribuido a revalorizar unas cuantas mansiones.

—¿Qué? —pregunté, desorientado, habiendo olvidado por un momento su profesión.

Duponte se sentó en el sillón de la esquina, junto a la chimenea. Apoyó la cabeza en la mano, con los dedos abiertos formando como una red sobre un lado de la cara. Se pasaba la lengua por los labios, lo que era una costumbre en él.

En lugar de sentirse empujado por la situación a hablar, Duponte dirigía la mirada más allá de Reynolds y de mí, a un punto indefinido del horizonte de la habitación, y luego lo traicionó un aire de diversión distanciada por la forma en que discurrió la conversación.

—No necesito trabajos de carpintería —dije.

—¿No los necesita? Entonces ¿por qué me han pedido que les visite, caballeros?

Reynolds frunció el ceño y luego tomó tabaco de mascar, como para dar a entender que si no había trabajo de carpintería, al menos podía haber tabaco.

—Bien, señor Reynolds, si puedo...

Se me secó la boca, y las palabras me salieron inseguras.

—Si he hecho esta visita para que los caballeros se entretengan... —dijo indignado.

—Necesitamos cierta información —expliqué.

Aquello me pareció un buen comienzo. La boca de Duponte seguía contraída, y aunque yo esperaba que hablase, él se limitó a bostezar. Cambió de postura y cruzó las piernas. Reynolds estaba dirigiéndose a mí:

—... Bien, no me gustaría creer que he perdido el tiempo. Soy una figura clave de la futura dignificación de Baltimore. He contribuido a levantar el ateneo, he aportado mi trabajo para construir el instituto Maryland, y he dirigido las obras del primer edificio de hierro de la ciudad, para el *Baltimore Sun*.

Traté de llevarlo al tema principal.

—Usted actuó como vocal en el colegio electoral del Distrito Cuarto, establecido en el hotel Ryan's, en 1849, ¿no es cierto?

Duponte tenía ahora la mirada más fija que nunca en la nada. En ocasiones, un gato se enrosca y adopta esa postura descuidada y cómoda como para caer profundamente dormido, pero olvida cerrar los ojos. Ése era el aspecto de Duponte en aquel momento.

—Como le decía —seguí balbuciendo—, la información que busco sobre aquella noche de votación, en el Distrito Cuarto, concierne a un hombre llamado Poe...

—A ver, a ver —me interrumpió Reynolds—. ¿Tiene usted alguna relación con ese tipo, con el barón no-sé-cuántos que ha estado incordiándome, mandándome cartas y notas? ¿Eh?

—Por favor, señor Reynolds...

—¡Hablar de Poe, Poe, Poe! Pero ¿qué es todo eso sobre Poe?

—Es verdad —dijo Duponte filosóficamente, dirigiéndose a mí—, como da a entender el señor Reynolds, que en el fallecimiento de una persona que despierta algún interés público se considerará más la persona en sí que la muerte, y de ello resultará que se agrandarán los agujeros del error y de la mala interpretación. Muy bien, Reynolds.

Eso no ayudó en nada, y contribuyó a confundir la línea de pensamiento de nuestro huésped. Reynolds agitó el dedo en mi dirección y luego en la de Duponte, como si el analista fuera igualmente culpable de aquel intento de entrevista.

—Miren ustedes. —Con el veneno de aquel discurso, voló por la habitación el negro jugo de tabaco—. ¡Esto es el colmo! A mí me da igual si el otro tipo es un barón o si ustedes son nobles y reyes. No tengo nada que decirle a él ¡y estoy muy ocupado! ¡A ustedes dos no voy a decirles una palabra! ¿Estamos? Bien, pues, mis buenos príncipes, hagan el favor de no volverme a llamar *nunca* o avisaré a la policía.

Cuando bajé a desayunar, había una nota de Duponte en la que me pedía que me reuniera con él en la biblioteca a mediodía. No me había advertido de nada antes de retirarnos la noche anterior. Para mi sorpresa, estaba más interesado en el hecho de que yo hubiera visto al barón Dupin que en haber convocado subrepticiamente a Reynolds.

—Así pues —dijo cuando fui a su encuentro en la biblioteca—, se ha dedicado a seguir al barón Dupin.

Le conté lo sucedido entre el barón y Reynolds y lo que vi en el cementerio y en el hospital. Defendí mi iniciativa de dejarle la tarjeta a Reynolds.

—Compréndalo, monsieur. Poe llamaba a «Reynolds» una y otra vez cuando se estaba muriendo. Que Henry Reynolds fuera uno de los vocales a cargo de las votaciones del Distrito Cuarto, las cuales se desarrollaron en el Ryan's... donde fue hallado Poe... ¿No cree que hay una relación demasiado notable? —Y yo respondí por él—: ¡Demasiado notable para ignorarla!

—Como mucho es una incidencia, y como poco y forzando las cosas, una coincidencia.

¡Incidencia! ¡Coincidencia! Poe llamando a Reynolds en su hora suprema, y hay un Henry Reynolds en el mismo lugar en que estuvo Poe unos días antes. Pero, ¿saben?, Duponte tenía una personalidad persuasiva, incluso cuando decía poco. Si hubiera dicho que las catedrales de Baltimore eran algo incidental para sus fieles católicos, uno se hubiera sentido inclinado a encontrar una razón para estar de acuerdo.

Se mostró conforme cuando le sugerí dar un paseo. Yo esperaba que eso contribuyera a que tomase en consideración mis últimas suposiciones. Me sentía bastante preocupado por el curso de nuestra investigación, y no sólo por la negativa de Duponte a conceder al señor Reynolds el interés que mostrara el barón por él. Me parecía que estábamos dejando pasar muchas cosas, tan aislados... Por ejemplo, la probabilidad de un viaje de Poe de Baltimore a Filadelfia, es decir, que hubiera estado en esta ciudad antes de su muerte. Me referí a este punto mientras paseábamos.

—No estuvo.

—¿Quiere decir que no estuvo en Filadelfia la semana en que fue hallado? —pregunté, sorprendido por su seguridad—. Los periódicos han tratado el asunto y se hacen esa pregunta.

—Esas mentes frenéticas de los periodistas tienden fácilmente a creer las cosas que tienen ante sus ojos; que son, incluso, demasiado accesibles, y nunca pierden la confianza en su capacidad para encontrar algún detalle cierto. Pero la realidad es que siempre están lejos de lo que buscan. Todo los sorprende, cuando no deberían sorprenderse de nada. Si se menciona un hecho una vez, podemos prestarle atención, pero si el hecho aparece en cuatro sitios, mejor será ignorarlo, porque a lo largo de su trayectoria la repetición ha paralizado todo pensamiento.

—Pero ¿cómo podríamos saber con seguridad que no estuvo en Filadelfia? Después de su intento de visitar al doctor Brooks, no contamos con un solo dato sobre la estancia de Poe en Baltimore hasta que fue visto casi cinco días después en Ryan's. ¿Cómo sabemos que, entre esas fechas, Poe no tomó el tren a Filadelfia? Y si lo hizo, ¿podemos descartar la posibilidad de que allí, en esa otra ciudad, radique la clave principal para comprender cabalmente los acontecimientos que siguieron?

—Centrémonos en las preocupaciones que lo embargan a usted en este punto. Supongo que se resumen en qué impulsó a monsieur Poe a planear una visita a Filadelfia —dijo Duponte.

Así era, y le repetí a Duponte cuáles eran aquellas razones. A Poe se le había encargado la edición de los poemas de la señora Marguerite St. Leon Loud, por lo cual su rico marido le pagaría la suma de cien dólares. Los periódicos informaron de que Poe aceptó este lucrativo acuerdo en sus últimas semanas, cuando el señor Loud, fabricante de pianos, visitó Richmond. Poe había dado instrucciones a Muddy Clemm de que le escribiera allí, a Filadelfia, bajo el extraño seudónimo de E. S. T. Grey, añadiendo: «Espero que nuestras tribulaciones acaben pronto.»

—Cien dólares significaría una enorme diferencia para Poe, pues tenía una gran precisión de dinero para sí mismo y para su revista —dije—. Cien dólares por encargarse de la edición de un librito de poemas era para Poe una tarea que podía hacer dormido. Él había dirigido unas cinco revistas, por lo cual apenas obtuvo retribución suficiente para alimentar a su familia. No tenemos ninguna prueba en contra de que Poe visitara Filadelfia, pero ¿cómo podríamos saber cuándo efectuó ese viaje?

—A través de la señora Loud, naturalmente.

Fruncí el ceño.

—Me temo que eso no ha sido de ninguna ayuda. He escrito cinco cartas a esa mujer, pero no he recibido contestación.

—Usted no ha interpretado bien mis palabras. No me propongo escribir a la señora Loud. Dadas sus circunstancias personales de aspirante a poetisa y esposa de un marido pudiente, es probable que esta temporada la pase en el campo o en la costa, de modo que la correspondencia resultaría ineficaz. No necesitamos molestar a esa pobre mujer para escucharla.

Duponte sacó del bolsillo de su abrigo un volumen delgado, bellamente impreso. *Flores al borde del camino. Colección de poemas por la Sra. M. St. Leon Loud*, publicada por Ticknor, Reed y Fields.

—¿Qué es eso? —pregunté.

—Éste es, ni más ni menos, el libro de poemas que, podemos suponer, Poe se comprometió a editar, y que ha sido publicado recientemente con escasa repercusión... a Dios gracias.

Abrí el libro por el índice. Tengo mis dudas antes de reproducir una muestra. «Te requerí de amores», «A un amigo con motivo del nacimiento de un hijo», «La muerte del bisonte», «Invitación a una reunión de plegaria», «Soy yo, no temas», «Despedida a un amigo», «Contemplación de un monumento», «El primer día de verano» y, por supuesto, «El último día de verano». El índice sólo continuaba varias páginas. Duponte explicó que había encargado el volumen a una librería local.

—Sabemos que monsieur Poe nunca llegó a Filadelfia para editar los poemas de madame Loud —dijo Duponte.

—¿Cómo, monsieur?

—Porque está muy claro que *nadie* ha cuidado de la edición de esos poemas, a juzgar por el terrorífico número de ellos que se han incluido. Si alguien ha hecho ese trabajo, el cielo lo perdone, no ha sido un poeta con la experiencia y los sólidos principios relativos a la brevedad y unidad del verso que caracterizaban a monsieur Poe, como sabemos.

Aquello parecía un hecho cierto. Ahora comprendí los beneficios prácticos que Duponte había obtenido de sus horas en el salón leyendo la poesía de Poe.

Sin embargo, me quedaba una duda a propósito de sus conclusiones.

—Pero, monsieur Duponte, ¿y si Poe fue a Filadelfia y empezó a ocuparse en la edición de los poemas, y sencillamente tuvo un desacuerdo con la poetisa, o desistió ante la calidad de su trabajo y regresó a Baltimore?

—Una pregunta inteligente, aunque también fruto de la falta de observación. Pudo suceder que Poe llegara a la residencia de los Loud para cumplir con su compromiso, y no pudiera alcanzar un acuerdo sobre algún aspecto último de la retribución o sobre otro tema delicado. En todo caso, debemos considerar esta posibilidad, aunque sea brevemente, antes de descartarla.

—No entiendo por qué, monsieur.

—Busque otra vez en el contenido del libro. Confío en que esta vez sabrá dónde detenerse.

Al llegar a este punto nos habíamos sentado a la mesa de un restaurante. Duponte se inclinó y miró el título que señalaba mi dedo.

—Muy bien, monsieur. Ahora lea los versos de estas páginas, hágame el favor.

El poema se titulaba «La muerte del desconocido». Empezaba así:

Estaban reunidos en torno a su lecho de muerte.
Su ojo desfallecido era vidrioso y apagado;
pero entre los muchos que lo contemplaban
ninguno lloraba o cuidaba de él.

¡Oh, qué cosa triste y temible
morir sin nadie, salvo extraños, cerca;
no ver en la habitación en penumbra
un rostro, una forma que evoquen algo querido!

—¡Suena como la escena, según la conocemos, del hospital universitario donde Poe se estaba muriendo!

—Sí, tal como la imagina nuestra fantaseadora. Continúe, por favor. Me gusta bastante su forma de recitar. Tiene alma.

—Gracias, monsieur.

Los versos siguientes trataban de la muerte solitaria del hombre, sin «la presión de una mano, sin un beso de despedida». Continuaba así con la escena de la muerte:

> *¡Así pues, murió lejos de todos*
> *los que hubieran podido llorar su temprana desaparición!*
> *Manos extrañas cerraron sus párpados caídos*
> *y lo condujeron a su tumba sin nombre.*
>
> *Lo depositaron donde los altos árboles del bosque*
> *arrojan oscuras sombras sobre su lecho,*
> *y a toda prisa, en silencio, amontonaron*
> *la hierba salvaje sobre su cabeza.*
>
> *Nadie rezó, nadie lloró cuando todo acabó,*
> *ni se demoró en el sitio sagrado;*
> *sino que todos retornaron al mundo*
> *y pronto olvidaron hasta su nombre.*

—*Su tumba sin nombre... La hierba salvaje* de la tumba que debería ser *sagrada...* El entierro precipitado, en el cual nadie *se demoró...* ¡Sin duda éste es el entierro de Poe en el cementerio de Westminster! ¡Describe bien lo que vi!

—Ya hemos deducido que madame Loud viaja con cierta frecuencia, una probabilidad que corroboran los temas de varios de sus poemas, y así ahora, por los detalles, aceptamos que visitó Baltimore en algún momento de los dos últimos años, tras la muerte de Poe. Tomándose un interés natural por la muerte de un hombre al que iba a conocer en los días previos a su fallecimiento, reunió el material para esta descripción del entierro (tan próximo a los recuerdos que usted tiene) visitando el cementerio y preguntando al guarda o al que cavó la fosa, y quizá también a personas del hospital.

—Brillante —dije.

—Podemos leer cuidadosamente y llegar a varias conclusiones. Podemos decir que ella comparte su misma perspectiva, monsieur Clark, culpando a quienes dejaron de honrarlo. El poema no entra en detalles de la procedencia ni del aspecto de Poe previos a su muerte. Sabemos, entonces, que madame Loud siguió las noticias sobre la muerte de Poe desde lejos, no como alguien que acababa de separarse de Poe con el privilegio de haber oído de él alguno de sus planes. Por añadidura, su desaparición es la de un *extraño*, como se declara en el título del poema, *no* la de alguien a quien ella hubiera conocido. Eso nos da la mayor certeza de que no conoció a madame Loud, como había esperado, en Filadelfia. Ésta será tan sólo nuestra primera prueba documental de que Poe no consiguió llegar a esa ciudad.

—¿La primera, monsieur Duponte?

—Sí.

—Pero ¿por qué dio Poe instrucciones a su suegra para que le escribiera con un nombre falso, E. S. T. Grey?

—Quizá ésa sea nuestra segunda prueba —dijo Duponte, aunque por el momento pareció satisfecho con dar por terminado el tema en este punto.

Ahora Duponte salía con más frecuencia. Quedó liberado de permanecer en Glen Eliza cuando, tras muchas disputas y muchas réplicas altisonantes de Van Dantker a las demandas extravagantes de Duponte, el artista decidió que podría terminar la pintura sin más posados. No deseando que aquel hombre le causara más distracciones, mandé recado de que pasara a cobrar por su trabajo, pero él replicó que se le pagaría con otro encuentro aquella tarde. Como aquello carecía de sentido, acudí a casa de Van Dantker, sólo para ser testigo de cómo el barón Dupin salía de ella. El barón se llevó la mano al sombrero y sonrió.

Presa de la excitación, informé de ello a Duponte, que se limitó a sonreír ante la idea de que Van Dantker fuera un espía.

—Monsieur Duponte, ¡puede haber escuchado cada palabra que pronunciamos, aunque se quedara sentado haciendo ver que sólo se preocupaba de su pintura!

—¿Ese bobo de Van Dantker? ¡Escuchar algo! ¡Ja!

Eso es cuanto pude conseguir que Duponte dijera sobre el asunto.

Al convertirse en observador del «espíritu de la ciudad», Duponte caminaba a pasos tan lentos como en París. Yo solía acompañarlo en aquellos paseos, cuidando de no distanciarme de él, como antes había ocurrido. A menudo esas excursiones se llevaban a cabo de noche. Casi podría decir, como el narrador de «Los crímenes de la calle Morgue» decía de C. Auguste Dupin, que buscábamos nuestra tranquila observación «entre las luces y las sombras de la populosa ciudad». Sólo que no había luces. Ustedes ya han comprobado que en Baltimore, a diferencia de París, se ve muy mal una vez anochecido.

Pero en cierta ocasión, recuerdo, en medio de la pobre iluminación choqué de cabeza con un desconocido. «Mil perdones», dije levantando la mirada hacia él. El hombre iba envuelto en un abrigo negro, pasado de moda. Su respuesta permaneció en mi mente el resto de la noche: bajó la mirada y se alejó sin decir palabra.

A Duponte no le preocupaba el deficiente alumbrado de Baltimore.

—Con la luz del día veo —dijo—, pero de noche *entreveo*.

Era un búho humano. Sus excursiones mentales eran cacerías nocturnas.

En dos ocasiones durante esas caminatas sin rumbo, incluida aquella en la que choqué con el desconocido, nos encontramos con el barón Claude Dupin y con Bonjour. Baltimore era una ciudad grande y en crecimiento, de más de ciento cincuenta mil habitantes, por lo que las posibilidades de que dos partes cruzaran sus caminos al mismo tiempo debían ser matemáticamente modestas. Supongo que el hecho de que nos encontráramos tenía algo que ver con el magnetismo. O acaso el barón se apartaba de su camino para mofarse de nosotros. El aspecto del barón había empezado a cambiar en torno al rostro y algo en los ojos. Yo me preguntaba si había ganado peso. ¿O quizá lo había perdido?

Al barón le gustaba demostrar el «enorme» caudal de conocimientos que había acumulado sobre la muerte de Poe.

—Precioso bastón de paseo —me dijo una vez el barón—. ¿Es lo que se lleva ahora?

—Es de Malaca —respondí orgulloso.

—¿De Malaca? Como el de Poe cuando lo encontraron. Oh, sí, todo lo que ustedes han descubierto nosotros ya lo sabíamos, mis queridos amigos. Como, por ejemplo, por qué usó el nombre de

E. S. T. Grey. ¿Y qué hay de la ropa que no le iba? ¿Han leído en los periódicos que se trataba de un disfraz? Es verdad, pero no por voluntad de Poe...

En tales ocasiones el barón dejaba las frases sin terminar, enigmáticamente, o compartía una carcajada con Bonjour. Ella se nos quedaba mirando a Duponte y a mí, sin observar la falsa cortesía debida a su marido. Aquel día el barón dijo:

—¡Qué enormes descubrimientos están al alcance de la mano, amigos míos! ¡Con esto vamos a sacar el pasaporte para la gloria!

Siempre le gustaba hacerlo todo a lo grande.

—Mi buen amigo Duponte —dijo otro día el barón saludando a mi compañero durante un paseo después del desayuno, estrechándole la mano vigorosamente—. Es magnífico encontrarlo con tan buena salud. Tendrá usted un tranquilo viaje de regreso a París, puedo asegurárselo. Hemos dado pasos *enormes* y estamos a punto de completar el trabajo que nos ha traído aquí.

Duponte se mostró educado.

—Así pues, yo habré hecho una estupenda visita a Baltimore.

—¡Desde luego! —dijo el barón en un susurro inteligible, con un teatral giro de cabeza—. Creo que en ningún otro sitio he visto a tantas mujeres hermosas de una sola ojeada como en Baltimore.

Di un respingo por el tono de su comentario. Bonjour no le acompañaba en aquella ocasión, pero me hubiera gustado que estuviera.

Cuando nos separamos del barón, Duponte se volvió hacia mí. Apoyó una pesada mano en mi hombro y permaneció un rato sin decir una palabra. Me recorrió un escalofrío.

—¿Para qué está usted preparado, monsieur Clark? —preguntó en tono tranquilo.

—¿Qué quiere decir?

—Cada vez está más cerca del meollo de la investigación, cada vez más cerca, de día en día.

—Monsieur, mi deseo es ayudar en cuanto pueda.

La verdad era que yo no sentía estar cerca de nada que tuviera que ver con las tareas o planes de Duponte; de hecho, ni siquiera a sus proximidades, y desde luego yo no creía haber pasado de la periferia en lo tocante a desentrañar la verdad sobre la muerte de Poe.

Duponte movió la cabeza con gesto fatalista, como si descartara la posibilidad de que yo pudiera comprender.

—Quiero que siga investigando en los asuntos del barón, si lo tiene a bien.

Cogido completamente por sorpresa, manifesté mi asentimiento.

—Nos ayudaría averiguar la táctica que emplea el barón —dijo Duponte—. De la misma forma que descubrió usted a monsieur Reynolds.

—¡Pero usted desaprobó contundentemente mi contacto con Reynolds!

—Tiene razón, monsieur. Su descubrimiento de Reynolds careció por completo de sentido. Pero como he dicho antes, uno necesita saber todo lo que carece de sentido para averiguar qué, de cuanto hemos encontrado, sí lo tiene.

Yo no sabía exactamente qué imaginaba Duponte cuando me preguntó para qué estaba preparado. No lo sabía y sí lo sabía. Era obvio que si seguía al barón me exponía más directamente a la posibilidad de recibir algún daño.

Pero no creo que eso fuera todo. Con su pregunta quiso saber si, una vez concluido aquello, me proponía reanudar la vida que había llevado antes. Si yo supiera lo que estaba a punto de ocurrir, ¿lo mandaría a él de vuelta a París en el primer vapor, y optaría por replegarme al tranquilo santuario de Glen Eliza?

LIBRO IV

FANTASMAS AHUYENTADOS
PARA SIEMPRE

15

Así es como me convertí en nuestro agente secreto.

El barón Dupin cambiaba de hotel cada pocos días. Yo imaginaba que estas mudanzas venían impulsadas por sus constantes temores de que sus enemigos de París hubieran dado con su pista aquí, aunque eso se me antojaba muy rebuscado. Pero luego empecé a fijarme en dos hombres que parecían observar regularmente al barón. También observaba yo al barón, por supuesto, y por eso me resultaba difícil vigilar de cerca al mismo tiempo a aquellos dos. Vestían como si llevaran uniforme: abrigos negros pasados de moda, pantalones azules y sombreros de tres picos que les ocultaban el rostro. Aunque físicamente no se parecían el uno al otro, ambos tenían la misma mirada inexpresiva, como los ojos desdeñosos de las estatuas romanas del Louvre. Esos ojos se dirigían a un mismo objeto: el barón. Al principio pensé que podrían estar trabajando para el propio barón, pero me di cuenta de que evitaban con el mayor cuidado su proximidad. Después de cruzarme varias veces con aquellos hombres, recordé dónde había visto por primera vez a uno de ellos. Fue durante uno de mis paseos con Duponte. Tropecé con él en las cercanías del lugar de uno de nuestros encuentros con el barón. Quizá por entonces ellos hubieran localizado a su objetivo.

Pero no eran las únicas personas en Baltimore que ahora se interesaban por los asuntos del barón Dupin. Ése era también el caso del portero del club Dios Rosado, el garito de los *whigs* del Distrito Cuarto, donde conocimos al señor George, presidente del grupo. Aquel corpulento portero empezó a hostigar al barón cuando éste llevaba el primer disfraz que yo conocí en la sala de lectura del ateneo. Y eso que el barón ni siquiera había desafiado abiertamente a aquel agente *whig*, Tindley, un nombre demasiado bonito para semejante monstruo. Cualquiera parecía un enano a su lado.

—¿Qué pretende usted, buen hombre? —preguntó el barón a su atormentador.

—Que ustedes, dandis, dejen de hablar de nuestro club —respondió Tindley.

—Querido amigo, ¿qué le lleva a pensar que a mí me importa su club? —volvió a preguntar el barón, condescendiente.

Tindley se quedó con la boca abierta, mientras metía el dedo entre los pliegues de la ondulante chalina negra del barón.

—¡Nos han advertido sobre usted, después de que intentara untarme para entrar en el club! Y ahora estoy vigilando.

—Ah, a ustedes les han advertido —replicó el barón en tono despreocupado—. En ese caso, me temo que los han engañado terriblemente. ¿Y quién en este ancho mundo podría haberlos advertido? —inquirió fingiendo una desesperada preocupación.

Tindley no tenía por qué revelar el nombre de Duponte, que por lo demás desconocía. Pero el barón pudo adivinarlo.

—¿Un francés alto y desgarbado con cabeza de huevo? ¿Fue él? Pues es un impostor, querido señor —dijo el barón refiriéndose a Duponte—. ¡Y más peligroso de lo que imaginan!

¡Qué breve relámpago de ira en los ojos del barón, mientras maldecía en silencio el triunfo de Duponte! Estorbado por Tindall allá adonde iba, el barón pronto tuvo que prescindir de su disfraz del hombre de los estornudos, y de los informadores que gracias a él había conseguido... Una pequeña victoria para nosotros, pensé con ánimo vengativo, después de la afortunada infiltración del barón en Glen Eliza a través del retratista holandés.

Hablando del aspecto del barón Dupin por entonces, ¡qué cambios experimentaba ante nuestros ojos! En el capítulo anterior he mencionado su facilidad para alterar su apariencia física con singular efectividad. En ocasiones recientes, viendo al barón por las calles, advertí una nueva transformación en su rostro y en su persona en general, pero sin ser capaz de identificar en qué consistía exactamente el cambio. No era cuestión de una nariz falsamente bulbosa ni de una peluca, ni del traje que vestía anteriormente, propio de los actores de ínfima categoría de la rue Madame de París. Su apariencia parecía ahora por completo distinta, y al mismo tiempo misteriosa y asombrosamente familiar.

Una noche estaba yo añadiendo combustible al fuego de la chimenea de la sala de estar. Duponte comentó que ya estaba bastante cómodo antes. En este punto, lo ignoré. Se dice que en París es difícil ver una chimenea echando humo incluso en las peores noches de invierno. Nosotros, los americanos, somos sensibles en exceso al calor y al frío, mientras que en el Viejo Mundo apenas parecen darse cuenta del uno y del otro. En cambio, yo no me sentaba envuelto en mantas como un francés insistiría en hacer. Aquella misma noche recibí una nota.

Era de la tía Blum. La abrí con cierta duda. Decía que esperaba que mi maleducado repostero francés (refiriéndose a Duponte) hubiera sido despedido. Aparte de hacerme llegar la cortés consideración que me debía por su larga amistad con la familia de Glen Eliza, el motivo principal era informarme de que Hattie estaba ahora comprometida con otro hombre, laborioso y digno de confianza.

Al principio, quedé anonadado por la noticia. ¿Realmente Hattie podía haber encontrado a alguien más? ¿Podía yo llegar a perder a una mujer tan maravillosa como Hattie mientras, a la vez, hacía lo que parecía adecuado y necesario?

Entonces comprendí. Volví a pensar en la sabia advertencia de Peter de que no resultaría fácil apaciguar a la tía Blum, y reconocí aquella carta como una maniobra de aquella mujer artera para atormentarme con culpabilidades y recriminaciones excesivas a mí mismo a propósito de mi equivocación con su sobrina.

Yo no estaba por encima de esa táctica, ni tampoco por debajo, llegado el caso.

Me senté en el sofá, pensando si debido a la naturaleza de mi actual empresa había puesto fin a cualquier relación adecuada con la sociedad. Después de todo, mis compañías eran ahora hombres de personalidad muy fuerte, como Duponte y el barón, que desafiaban todos los usos sociales y que buscaban cosas que no podían obtenerse mediante la cortesía habitual.

Cuando las llamas adquirieron una terrible intensidad en el hogar, y yo estaba considerando aquellas cuestiones, de pronto me puse a pensar en el barón Dupin como si hubiera percibido su rostro reflejado en el fuego. Se me ocurrió mientras trataba de representarme al hombre sin tenerlo delante.

Ningún pintor o retratista de daguerrotipos podría hacer justicia al barón debido a sus constantes cambios de aspecto. De haberlo intentado, probablemente el barón habría acabado pareciéndose más al retrato que viceversa. Sería menester sorprenderlo dormido para verlo en su verdadera forma.

—Monsieur Duponte —dije, dando un salto, mientras el fuego crepitaba y daba estampidos, como si cobrara vida—. ¡Es usted!

Se me quedó mirando, ante aquella afirmación dramática.

—¡Él es usted! —exclamé, agitando las manos en todas direcciones—. ¡Por eso planeó traer aquí a Van Dantker!

Tuve que hacer tres o cuatro tentativas para expresar el significado de mi hallazgo: ¡el barón Dupin se había apropiado de la forma de Auguste Duponte! El barón había tensado los músculos de su rostro, dirigido hacia abajo las comisuras de la boca y usado algún conjuro mágico, pues yo no podía expresarlo de otro modo, para afilar los contornos de su cabeza y ajustar su altura. También seleccionó su vestuario como el de Duponte, imitando el corte holgado y los colores apagados. Prescindió de las joyas y los anillos con los que anteriormente se adornaba, y suavizó los encrespados rizos de su cabello. El barón, utilizando su observación y el estudio de los dibujos y el retrato de Van Dantker, se remodeló en una versión de Duponte.

La razón la imaginé sencilla. Para irritar a su oponente, para vengar la provocación de Tindley, para mofarse de aquel ser, más noble que él, que había osado ser su competidor en aquella empresa. Siempre que veía a Duponte por la calle, el barón apenas podía hablar sin romper a reír ante la brillantez del escarnio de que ahora le hacía objeto.

¡Una abominación, un conspirador, un estafador enmascarado de gran hombre!

También, se lo juro a ustedes, había llegado a transformar de algún modo el verdadero timbre y el tono de su voz ¡para imitar con precisión el de Duponte! Incluso el acento estaba ajustado a la perfección. De haber estado en una habitación a oscuras escuchando un monólogo de aquel falsario, me hubiera dirigido alegremente al diabólico personaje como si fuera mi habitual y auténtico compañero.

La despreciable mascarada del barón me perseguía. Me rondaba. Me producía dentera. Pero no creo que inquietara a Duponte ni la mitad que a mí. Cuando me lamenté de la maniobra del barón, la boca de Duponte formó un enigmático arco, como si encontrara divertida aquella befa, como si se tratara de un juego de niños. Y cuando se encontró con su competidor, le dirigió una inclinación, como antes. El aspecto que presentaba el barón era asombroso, en particular de noche y viéndolos juntos a los dos. La única manera segura de distinguirlos acabó siendo la identidad de sus fieles asociados: yo por un lado y mademoiselle Bonjour por el otro.

Finalmente, un día, me enfrenté a Duponte.

—Cuando ese diablo se burla de usted y lo imita, usted permanece imperturbable.

—¿Y qué me aconsejaría hacer, monsieur Clark? ¿Proponerle un duelo? —preguntó Duponte con una suavidad probablemente superior a la que yo merecía.

—¡Sacudirle un buen guantazo, desde luego! —dije, aunque no me imaginaba a mí mismo haciéndolo—. Al menos yo me pondría hecho una furia con él.

—Comprendo. Pero ¿ayudaría eso a nuestra causa?

Pensé que quizá no, pero respondí:

—Así es. Creo que eso le recordaría que no está solo en este juego. ¡Él cree, dada la infinita impostura que encierra su cerebro, que ya ha vencido, monsieur Duponte!

—Entonces ha caído en una creencia errónea. La situación es completamente opuesta. El barón, lo temo por él, ya ha perdido. Ha llegado al final, lo mismo que yo.

Me incliné hacia delante, incrédulo.

—¿Quiere decir...?

Duponte hablaba de nuestra auténtica finalidad: desentrañar el misterio completo de Poe...

Pero veo que he dado un salto excesivo adelante, como tiendo a hacer. Reconstruiré mis pasos antes de regresar al diálogo anterior. He empezado a describir mi vida de espía, estimulado por el deseo de Duponte de conocer los secretos y los planes del barón.

Como ya he señalado, el barón cambiaba de hotel con frecuencia para eludir a los perseguidores. Yo estaba al corriente de sus alojamientos porque seguía a un fatigado mozo trasladando su equipaje de su hotel hasta ponerlo en manos de un colega. No supe cómo respondía el barón a las preguntas sobre la peculiar práctica de cambiar de hoteles cada vez que firmaba en la hoja de registro. Si alguna vez me hubiera encontrado haciendo lo mismo, y no pudiera aducir la razón verdadera —«Pues mire usted, señor, mis acreedores andan buscándome para disminuir mi estatura en una cabeza»—, contaría que estaba escribiendo una guía de Baltimore para extranjeros, y que necesitaba elementos de juicio en materia de hospedaje. Los hoteleros descargarían sobre mí una lluvia de ventajas. Ésta era una buena idea, y estuve tentado de escribírsela al barón como una anónima sugerencia.

Mientras tanto, Duponte me dio instrucciones para averiguar más acerca de Newman, el esclavo al que el barón había contratado, y así trabé conversación con él una tarde, en el salón de un hotel.

—Después de la primavera me voy de Baltimore —me dijo Newman cuando le formulé mis preguntas sobre el barón—. Tengo un hermano y una hermana en Boston.

—¿Y por qué no se va ahora? Hay estados en el norte que le protegerían —comenté.

Señaló un aviso impreso, en el vestíbulo principal del hotel. Advertía que ninguna persona de color «vinculada o libre» podía abandonar la ciudad sin depositar primero su documentación y contar con el aval de un hombre blanco.

—Yo no soy un *nigger* lo bastante estúpido como para dejar que me cacen y me maten. Sería como si me presentara ante mi amo y le pidiera que me pegara un tiro.

Newman tenía razón: seguirían su rastro aun en el caso de que su amo no se preocupara especialmente de su pérdida.

Debería incluir aquí una nota adicional, para evitar cualquier perplejidad, acerca del lenguaje del joven esclavo. Entre los africanos, tanto esclavos como libres, en los estados sureños como en los norteños, el empleo de la palabra *nigger* no designaba la raza. He oído a negros referirse a un mulato con ese término e incluso llamar a sus amos «ellos, los *nigger* blancos». *Nigger* lo usaban los negros para calificar a un sujeto al que tenían por inferior, con independencia de su tipo, color o clase. Esto redefine ingeniosamente la fea palabra, hasta que sin duda sea desplazada de nuestro lenguaje. Para quienes siempre dudaron de la inteligencia de esa maltratada raza, señalo este giro lingüístico y me pregunto si los blancos hubieran dado en hacer lo mismo.

—¿Y qué hay del otro negro? —pregunté.

—¿Quién?

—El otro negro contratado por el barón.

Estaba suficientemente convencido de que al extraño al que vi una vez con el barón le había sido encomendada mi vigilancia; debía espiarme como yo lo espiaba a él.

—No hay otro, señor, ni blanco ni negro. El barón D. no quiere que demasiada gente sepa realmente cómo es de cerca.

Al aproximarme de nuevo al barón, me sorprendió, y no dejó de complacerme, advertir que había moderado la jactancia que acostumbraba desplegar. En varias ocasiones oí que Bonjour le formulaba una pregunta más bien elemental sobre sus conclusiones relativas a Poe, y que el barón Dupin vacilaba. Esto alimentaba mis esperanzas de éxito para nosotros. Pero supongo que eso también me inspiraba un negativo e incómodo temor de que Dupont estuviera igualmente desorientado, como si existiera una vinculación mágica entre ambos hombres. Quizá ésta era una sutil consecuencia, en mi mente, del nuevo y sorprendente parecido entre Claude Dupin y Auguste Duponte, como si el uno fuera real y el otro, una imagen en el espejo, al igual que en el predestinado último encuentro del propio William Wilson de Poe. Otras veces parecía que ambos eran imágenes especulares de un mismo ser.

Pero sus comportamientos eran bastante diferentes.

En público, el barón continuaba con sus proclamas chillonas e impertinentes. Empezó a ofrecer suscripciones para un boletín que se proponía publicar, y una serie de conferencias que pensaba dar acerca de los verdaderos y sensacionales detalles de la muerte de Poe. «Vengan, hagan corro, hagan corro, caballeros y féminas, ¡nunca llegarán a creer lo que ocurrió ante sus narices!», proclamaba en tabernas y posadas, como un charlatán de feria. Debo reconocer que resultaba superficialmente convincente, casi como un nuevo señor Barnum. Uno esperaría de él, poco menos, que en medio de una muchedumbre callejera anunciara aquello de ¡ahora transformaré este recipiente lleno de salvado en un... conejillo de Indias... vivo!

¡Y el dinero que lo seguía dondequiera que fuese! No puedo contar el número de baltimorenses que de buen grado pusieron cantidades abundantes en manos de aquel cuentista; baltimorenses, y lo digo con tristeza, que no daban señales de hacer otro tanto por un libro de poesía de Poe. Así que se dedicó una verdadera fortuna a la idea de que el barón Dupin desvelaría los acontecimientos de las últimas y más oscuras horas del poeta en esta tierra. Yo recordaba la época en que dos actores interpretaban simultáneamente *Hamlet* en escenarios próximos de Baltimore, y todo el mundo defendía con pasión a su Hamlet favorito, pero no por el drama en sí, sino por la competición a que daban lugar.

Las conferencias se pronunciarían en la sala de reuniones del instituto Maryland. El barón empezó a enviar telegramas repitiendo los mismos anuncios de conferencias, que a continuación tendrían efecto en Nueva York, Filadelfia, Boston... Sus planes eran expansivos, mientras que los nuestros parecían caer cada vez más bajo la sombra del barón.

En tanto se desarrollaban estos acontecimientos, el barón aún abría más la caja de Pandora de los rumores en los periódicos.

Algunas muestras: Poe fue encontrado en una zanja por un vigilante, tras haber sufrido un atraco; o el moribundo Poe yacía sobre unos barriles en el mercado de Lexington, cubierto enteramente de moscas; no, decía otro, Poe se reunió con antiguos cadetes de West Point, donde el poeta había aprendido a manejar el mosquetón y las municiones, y aquéllos estaban comprometidos ahora en cierta operación gubernamental reservada que introdujo a Poe en una peligrosa intriga, probablemente relacionada con sus actividades durante su juventud salvaje, cuando luchó a favor del ejército polaco contra los rusos; pero eso no sucedió así, su triste fin fue el resultado de los excesos cometidos en la bulliciosa y desenfrenada celebración del cumpleaños de un conocido; o Poe fue culpable de suicidio. Una amistad femenina manifestaba que el espectro de Poe le había enviado poemas desde el mundo espiritual, en los que contaba ¡haber recibido una paliza fatal durante el intento de robo de ciertas cartas! Mientras tanto, un periódico local recibió un telegrama de otro periódico antialcohólico de Nueva York, que aseguraba haber conocido a un testigo de los rabiosos excesos de Poe el día antes de que fuera descubierto en Ryan's, asegurando por su comparecencia el Día del Juicio que Poe fue el culpable de todo.

Mientras yo me dedicaba a repasar estos artículos en la sala de lectura, se me acercó aquel empleado anciano en el que yo confiaba.

—¡Oh, señor Clark! Aún estoy pensando en quién me entregó aquellos artículos sobre su señor Poe. Pero sí he recordado con toda claridad que me pidió que se los diera a usted.

De pronto, perdí la concentración en los periódicos que tenía delante.

—¿Cómo dice, señor?

Nunca se me había ocurrido que aquellos recortes se los hubieran entregado al empleado con instrucciones específicas de enviármelos. Le pregunté si lo había entendido correctamente.

—Así es.

—¡Es asombroso! —exclamé, pensando en cómo aquel único recorte que aludía al Dupin «real» había cambiado completamente el curso de los acontecimientos.

—¿El qué?

—Que alguien... —No terminé la frase—. Es muy importante que me diga más sobre esa persona, sea quien sea. Estos días ando muy ocupado, pero volveré a verlo. Le ruego que trate de recordar. Se lo ruego.

Mi imaginación se encendió con esta nueva revelación. Mientras tanto, encontré una distracción menos teórica al decidir aclarar las cosas con Hattie. Le escribí una larga carta, reconociendo que la cruel aunque bienintencionada táctica de la tía Blum había sido un estímulo para mí, y proponiéndole que, cuando me contestara, reanudaríamos los planes para nuestra unión.

16

Siguiendo las actividades del barón Dupin a través de la observación disimulada y las entrevistas, supe que casi una semana antes Bonjour se había ofrecido como doncella en casa del doctor Joseph Snodgrass, el hombre que, según recordaba el doctor Moran, había pedido el carruaje que condujo a Edgar Poe al hospital desde Ryan's aquel sombrío día de octubre. El barón Dupin acudió previamente a visitar al doctor Snodgrass a fin de averiguar los detalles de aquella tormentosa tarde de octubre, pero Snodgrass rechazó de plano una entrevista. Insistió en que no deseaba contribuir a la industria del cotilleo en relación con la digna muerte del poeta.

Poco después, Bonjour se había asegurado su posición entre el servicio de la casa de Snodgrass. Lo notable fue que lo consiguió pese a no haber vacante alguna. Se presentó con un atuendo cuidado pero no ostentoso ante la puerta de la moderna casa de ladrillo del 103 de North High Street. Una sirvienta irlandesa le franqueó la entrada.

Bonjour explicó que le habían dicho que en la casa buscaban una nueva doncella para la planta superior (dando por supuesto, acertadamente, que aquélla era una sirvienta adscrita a la planta baja, e imaginando como probable que mantenía una rivalidad con la actual doncella).

—Ah, ¿sí? —se extrañó la sirvienta.

Ella no había oído nada al respecto. Bonjour se excusó, y contó que la doncella de la planta superior le había hablado a un amigo de sus planes de abandonar el puesto sin previo aviso a sus patronos, por lo que Bonjour se apresuraba a ofrecerse para el empleo.

Poco después de esto, la muchacha de la planta baja, que tenía un aire extraviado y tendía a envidiar a las mujeres más agraciadas que ella, informó del diálogo a los Snodgrass, quienes se sintieron obligados a despedir a la doncella de la planta superior, pese a sus protestas. Bonjour se convirtió en la heroína de aquel drama doméstico, al descubrir la inminente pérdida en el personal de servicio; y al aparecer en el momento oportuno, pasó a ser la elección natural como sustituta. Aunque Bonjour era, con mucho, mejor parecida que la celosa criada de la planta baja, el hecho de que fuera demasiado delgada para el gusto popular y que tuviera una inadecuada cicatriz en el labio, la hacía más aceptable a sus ojos.

Todo esto fue fácilmente descubierto más tarde por boca de la antigua doncella, quien tras su partida se mostró bien dispuesta a hablar del injusto trato recibido. Pero una vez Bonjour estuvo instalada tras las paredes de la casa, hubo escasas posibilidades de obtener más detalles de su iniciativa.

—Déjela pues con la familia Snodgrass y limite sus observaciones al barón —me sugirió Duponte.

—No se quedará mucho tiempo a menos que pueda conseguir información. ¡Pero estamos mejor que hace dos semanas, monsieur! —dije—. De todas formas, el barón se ocupa principalmente de vender suscripciones para su conferencia sobre la muerte de Poe.

—Quizá mademoiselle no se entere de mucho —murmuró Duponte—, y simplemente retrase las cosas.

—Yo podría advertir al doctor Snodgrass de que Bonjour no es una doncella.

—¿Y para qué, monsieur Clark?

—¿Para qué? —pregunté a mi vez incrédulo, pues aquello parecía obvio—. Para evitar que ella obtenga datos y se los pase al barón.

—Lo que ellos encuentren, nosotros lo sabremos inevitablemente —replicó, aunque no entendí la trayectoria de su razonamiento.

Cuando le transmitía mis informes, Duponte me pedía con regularidad que le explicara el comportamiento y el talante de Bonjour con respecto a su trabajo y a los demás sirvientes.

Bonjour salía a diario de casa de los Snodgrass para reunirse con el barón. Una de esas noches, cuando se dirigía a su cita, la seguí hasta el barrio portuario. No era infrecuente que un hombre fuera arrojado por la puerta de una taberna, por lo que uno tenía que dar un salto sobre su cuerpo o tropezarse con él. Las calles estaban repletas de bares y billares y de olores rancios y humanos. Bonjour iba vestida apropiadamente: el cabello desmelenado, el gorro torcido y el vestido en un cómodo desorden. Cambiaba de atuendo a menudo —según el recado para el barón Dupin requiriese la apariencia propia de una clase u otra—, pero no llevaba a cabo la transformación demoníaca de los disfraces del barón.

La observé mientras se acercaba a un grupo de hombres de baja condición, que reían y aullaban tumultuosamente. Uno de ellos señaló a Bonjour al pasar.

—¡Mirad —dijo en tono brusco—, una que mira las estrellas! ¡Qué lindo murciélago!

«La que mira las estrellas» y «murciélago» eran dos expresiones igualmente vulgares, y pronunciadas por gentes de las clases más bajas designaban a una prostituta que sólo salía por la noche.

Ella los ignoró. El hombre, que abultaba casi el doble que Bonjour, adelantó el brazo a modo de barrera. Ella se detuvo y dirigió la mirada al antebrazo hinchado, que la manga subida descubría impúdicamente.

—¿Qué es esto, chica? —Le arrancó un trozo de papel de la mano—. Yo diría que esto es una carta de amor. ¿Qué pone aquí? «Hay un caballero extremadamente fatigado...»

—Fuera esas manos —advirtió Bonjour dando un paso adelante.

El hombre sostuvo el papel en lo alto y lejos del alcance de ella, para exagerada diversión de sus compañeros. Uno de ellos, un tipo pequeño y rechoncho, dejó escapar una risotada y, haciéndose el simpático, dijo que dejaran correr el asunto, a lo que el cabecilla respondió dándole un golpe en el brazo y tildándolo de tonto de baba.

Bonjour, con un ligero suspiro, se acercó al hombre, y sus ojos apenas le llegaban al cuello. Apoyó un dedo en el músculo de su brazo extendido y siguió su línea.

—Éste es el brazo más fuerte que he visto en Baltimore, señor —dijo en un susurro, aunque lo bastante alto para que los otros la oyeran.

—Ahora, querida, no voy a bajar este brazo a menos que me hagas alguna zalamería.

—No quiero que lo baje, señor; quiero que lo suba más alto... Así, así está bien.

Hizo como la otra le pedía... quizá con desgana. Bonjour casi se dobló sobre el cuello del hombre.

—Oh, oh, mirad —dijo jovialmente a sus compañeros—, ¡el *murciélago* está a punto de venir volando a darme un beso!

Se echaron a reír. El propio protagonista emitía una risita forzada y nerviosa como si fuera una muchacha.

—Los murciélagos —dijo Bonjour— son lamentablemente ciegos.

Con un gesto, más rápido que un rayo, se llevó la mano detrás de la cabeza, y luego la proyectó a un lado del cuello del hombre. El brazo de éste, alzado por aquel lado, no podía intentar bloquearla.

El cuello de la camisa y de la chaqueta, limpiamente cortados a la altura de los botones, cayeron al suelo. Su chasquido se produjo en medio de un grave silencio. Ella devolvió a su cabello en desorden, en la coronilla, una delgada hoja que utilizaba a modo de alfiler. El hombre manoteó en torno a su cuello para asegurarse de que la carne seguía allí, y luego, no hallando un solo corte, retrocedió dando un traspié. Bonjour tomó el pedazo de papel de donde se había caído, y a continuación prosiguió su camino. Quizá lo imaginé, pero antes de marcharse pareció dirigirme una mirada, desde el otro lado de la calle, y su rostro pareció reflejar una expresión confusa ante mi actitud de acudir en su ayuda.

Continué frecuentando los alrededores de la casa Snodgrass. Una mañana, al poco de mi llegada, vi aproximarse a Duponte, vestido con su acostumbrado traje negro y capa con esclavina.

—¿Monsieur? —lo saludé en tono interrogativo. El hecho tenía algo de extraordinario, pues era raro verlo a la luz del día—. ¿Ha ocurrido algo?

—Hoy tenemos que hacer una excursión de interés para nuestra investigación —comentó.

—¿Adónde iremos?

—Adonde ya estamos.

Duponte traspuso la cancela y avanzó por el sendero de acceso a casa de los Snodgrass.

—Vamos, adelante —dijo Duponte cuando yo me detuve.

—Monsieur, los Snodgrass no están en casa a esta hora. Y, como usted debe saber, ¡Bonjour podría vernos aquí!

—Eso espero —replicó.

Accionó el llamador plateado, y no tardó en presentarse la criada de la planta baja. Duponte miró en derredor y comprobó con satisfacción que Bonjour observaba desde lo alto de la escalera, como probablemente hacía con todas las visitas que acudían a ver al doctor Snodgrass.

—El asunto que nos trae, señorita —dijo Duponte—, debemos despacharlo con el doctor Snodgrass. Soy —en este punto hizo una pausa y una ligera señal con la cabeza, dirigida al rellano de la escalera— el *duque Duponte*.

—¡Duque! Bien, pues el doctor no está en casa, señor.

Dirigió una lenta mirada a mi atuendo, que me invitaba a despojarme del sombrero y el abrigo.

—No me extraña, dado que es hombre de muchas ocupaciones. Pero creo que ha dejado recado a la doncella de la primera planta de que le aguardáramos en su estudio a esta hora —dijo Duponte.

—¡Vaya, qué raro! —exclamó la muchacha, cuyos celos de Bonjour parecían crecer como un objeto visible ante nuestros ojos.

—Si esa joven está presente, señorita, quizá ella podría confirmar los detalles de nuestra invitación.

—¡Vaya! —repitió la criada—. Pues será verdad. —Llamó a Bonjour—. El doctor no me dijo nada.

Bonjour sonrió y dijo:

—Naturalmente, el doctor no le dice a usted nada de lo que ocurre en la primera planta, señorita. Y su estudio *está* arriba.

Bonjour se acercó a nosotros y nos dirigió un gesto cortés. Me sentí muy inquieto al comprobar su aceptación del plan de Duponte, pero una vez pasado este primer momento de sorpresa, alcancé a comprender. Si Bonjour revelaba la falsedad del ardid de Duponte, podríamos demostrar fácilmente las falsedades de la propia Bonjour para asegurarse su puesto. Se trataba de un pacto automático y tácito.

—El doctor Snodgrass me ha pedido que los acompañe —dijo.

—Creo que sugirió que al estudio —replicó Duponte, siguiéndola escalera arriba y haciéndome un gesto invitador.

Bonjour, con una sonrisa, hizo que nos sentáramos en el estudio y se ofreció a cerrar la puerta para que estuviéramos cómodos.

—Les satisfará saber, caballeros, que el respetable doctor no tardará en regresar. Hoy vuelve pronto. Me aseguraré de que cuando llegue a casa lo conduzcan *directamente* aquí.

—No esperaríamos menos, querida señorita —dijo Duponte.

Cuando estuvimos solos, me volví hacia Duponte.

—¿Qué podremos averiguar a través de Snodgrass? ¿No nos echará en cara indignadamente haber inventado una cita? ¿Y no ha dicho usted cien veces, monsieur, que no hemos de hablar con testigos?

—¿Cree acaso que hemos venido a eso? ¿A ver a Snodgrass?

Sentí cierta irritación y me propuse no responder. Duponte suspiró.

—No estamos aquí para ver al doctor Snodgrass; estaremos en condiciones de *leer* lo que queremos saber en los papeles del doctor. Para eso, sin duda, el barón ha enviado a Bonjour, y por eso, inteligentemente, se las ha arreglado para convertirse en criada de la planta superior; para tener libre acceso a este estudio sin ser observada. Parecía más bien divertida por nuestra presencia, y muy desembarazada con la sirvienta de posición más consolidada, lo que sugiere que casi ha logrado su propósito aquí. Y tampoco cree que tengamos tiempo suficiente para descubrir algo importante entre todos esos papeles.

—¡Pues está en lo cierto! —dije, percatándome de que el estudio de Snodgrass estaba atestado de papeles, amontonados y apilados sobre el escritorio, alrededor de éste y dentro de sus cajones.

—Replantéese sus conclusiones. Mademoiselle ha pasado varias semanas aquí, y aunque es una ladrona experta, no desearía arriesgarse a que el doctor Snodgrass se diera cuenta de que le habían revuelto los papeles, lo cual le vedaría toda búsqueda posterior que deseara efectuar. Así pues, habría copiado secretamente de su puño y letra todos los temas de interés y restituido los originales a su lugar para que los descubramos nosotros.

—Pero ¿cómo seremos capaces de descubrir en cuestión de minutos lo que a ella le ha costado semanas reunir?

—Precisamente porque ella lo ha descubierto primero. Todo documento o papel que haya atraído su interés en alto grado, la habrá obligado a retirarlo de su lugar, quizá más de una vez. Ciertamente uno no advertiría esta diferencia de pasada, pero una vez sepamos buscarlos, no tendremos dificultades para seleccionar y copiar esos documentos en concreto.

Nos pusimos a trabajar inmediatamente. Me encargué de un lado del escritorio. Guiado por Duponte, busqué esquinas dobladas y mal alineadas, tinta corrida, ligeras rasgaduras y pliegues, arrugas y otras indicaciones de manejo reciente entre las diversas clases y colecciones de documentos y artículos periodísticos sobre todos los temas, algunos con fechas de hasta veinticinco años de antigüedad. Localizamos juntos muchas menciones de Poe que, al parecer, habían sido examinadas por Bonjour durante el tiempo que llevaba en la casa, incluida una gran variedad de artículos sobre la muerte de Poe que, si no tan completa como mi propia colección, no dejaba de impresionar. Excitado y temeroso, encontré algunos documentos que cabría considerar únicos, tres cartas —cuya caligrafía reconocí de inmediato— de Edgar Poe al doctor Snodgrass, fechadas varios años antes.

En la primera, Poe ofrecía a Snodgrass, quien por entonces editaba una revista llamada *The Notion*, los derechos de publicación del segundo de los cuentos de Dupin. «Desde luego que yo no puedo permitirme ofrecérselo sin cargo alguno —escribía Poe con firmeza—, pero si accede a admitirlo, le solicitaría 40 dólares.» Pero Snodgrass lo rechazó, y *Graham's* hizo lo mismo. Poe publicó «El misterio de Marie Rogêt» en otra parte.

En la segunda carta, el escritor pedía al doctor Snodgrass que colocara una reseña favorable de la obra de Poe en una revista que entonces editaba Neilson Poe, esperando que éste se sintiera obligado por ser su primo. El intento al parecer fracasó, y Poe volvió a escribir, contrariado. «*Presentía* que N. Poe no iba a insertar el artículo —decía—. Le hago una confidencia: creo que él es el peor enemigo que tengo en el mundo.»

Me apresuré a compartir el dato.

—¡Neilson Poe, monsieur! Edgar Poe lo llama su peor enemigo... ¡No imaginaba que le correspondiera ese papel en todo esto!

Como nuestro tiempo era demasiado breve para tratar de cada tema, Duponte me indicó que copiara rápidamente en mi cuaderno todos los datos sobre Poe que me parecieran importantes. Después de pensarlo, añadió que también los datos que me parecieran poco importantes. Tomé nota de la fecha de la carta de Poe en la que mencionaba a Neilson: 7 de octubre de 1839, ¡exactamente diez años antes del día de la muerte de Poe!

«Es tanto más despreciable —escribía Poe a propósito de Neilson— cuanto más insistentes son las profesiones de amistad que me dirige.» ¿Y Neilson no me contó ese mismo cuento cuando lo conocí? *No sólo éramos primos, sino amigos, señor Clark.* Neilson Poe, con su corazón ansiando su propia fama literaria, con una esposa que era la hermana y casi una copia de la mujer de Edgar, ¿habría deseado cambiar su vida por la del mismo hombre al que al parecer denigraba?

Esto no fue todo lo que encontré en las cartas de Poe a Snodgrass acerca de sus parientes de Baltimore. Poe calificó a Henry Herring (el primer conocido de Poe que llegó al Ryan's) de «hombre carente de principios».

Dupont se detuvo en mitad de la operación de abrir todos los cajones posibles de la habitación.

—Vigile la calle desde el otro lado de la casa, monsieur Clark, por si se acerca el coche del doctor Snodgrass. Cuando llegue, debemos irnos inmediatamente, y asegurarnos de que la criada irlandesa no dirá nada de nuestra visita.

Estudié el rostro de Dupont en busca de cualquier indicio de cómo pensaba cumplir con el segundo objetivo. Me dirigí a una habitación que daba a la fachada principal. Mirando por la ventana, advertí que un coche pasaba por las inmediaciones, pero después de dar por un momento la sensación de que reducía la velocidad, los caballos prosiguieron en dirección a High Street. De regreso al estudio, encontré a Bonjour inclinada sobre la chimenea, de tal manera que su vestido negro y su delantal refulgían con las llamas.

—¿Todo en orden, señores? ¿Puedo hacer algo por ustedes mientras aguardan al señor? —preguntó, imitando la voz de la criada de la planta baja, y lo bastante alto para que ella pudiera oírla. En un tono más contenido, comentó—: Ahora ya ve que su amigo no es más que un buitre de la investigación que lleva a cabo mi jefe.

—Estoy muy bien aquí, señorita, gracias; sólo estaba mirando esas feas nubes de lluvia —dije también en voz alta, y luego, más bajo—: Auguste Duponte no imita a nadie. Resolverá esto de la forma que monsieur Poe merece. Él podría ayudarla, si quisiera, mejor que ese ladrón, mademoiselle; ese al que usted llama marido y jefe.

Bonjour, olvidando las exigencias de su comedia, cerró de un portazo.

—¡Desde luego que no! *Duponte* es un ladrón de marca, monsieur Clark; él roba los pensamientos de la gente, se aprovecha de sus fallos. El barón es un gran hombre porque es él mismo en toda circunstancia. La mayor libertad de que yo puedo gozar es estar con él.

—Usted cree que asegurando la victoria del barón aquí le habrá pagado la deuda que contrajo cuando la libró de la cárcel, y así quedará libre de este matrimonio al que él la obligó.

Bonjour echó la cabeza atrás, divertida.

—¡Bien! Se equivoca de medio a medio. Le sugeriría que no me juzgara aplicando el análisis matemático. Se está usted pareciendo demasiado a su compañero.

—¡Monsieur Clark! —me llamó Duponte, en tono bronco, desde el estudio.

Desplacé ansiosamente el peso del cuerpo de un pie al otro. Bonjour se me acercó y me estudió.

—¿No tiene usted esposa, monsieur Clark?

Mis pensamientos se oscurecieron.

—La tendré —respondí sin convicción—. Y la trataré bien y aseguraré nuestra mutua felicidad.

—Monsieur, la joven francesa carece de libertad. En América una muchacha es libre y apreciada por su independencia hasta que se casa. En Francia los papeles están invertidos. Ella sólo es libre una vez casada... y entonces alcanza una libertad inimaginable. Una esposa puede tener tantos amantes como las que tiene su marido.

—¡Mademoiselle!

—A veces, en París, un hombre está mucho más celoso de su querida que de su esposa, y una mujer puede ser más leal a su amante que a su marido.

Me dirigí a la puerta. Bonjour se demoró un momento antes de apartarse con un gesto burlonamente cortés. Cuando regresé al estudio, Duponte dijo:

—Monsieur, aquí está la nota que quizá nos diga más que ninguna otra cosa; la nota cuyo contenido escuchó usted en parte en el puerto. Escriba cada palabra y cada coma en su cuaderno. Y rápido: creo oír rodar otro carruaje que se acerca por el sendero. Escriba pues: «Muy señor mío: Hay un caballero extremadamente fatigado en Ryan's...»

Una vez completadas nuestras transcripciones, Bonjour nos condujo rápidamente abajo.

—¿Hay una puerta trasera? —susurré.

—El doctor Snodgrass está precisamente en la cochera.

Dimos media vuelta. La criada de la planta baja apareció súbitamente.

—¿El duque ya se marcha?

—Me temo que se me ha hecho tarde —dijo Duponte—. Tendré que ver al doctor Snodgrass en otra ocasión.

—No dejaré de decirle que han estado aquí —replicó en tono seco— y que se han quedado *solos* en su estudio, entre sus efectos personales, durante casi media hora.

Duponte y yo nos quedamos helados ante esta advertencia, e interrogué con la mirada a Bonjour, quien estaba igualmente complicada en el asunto.

Bonjour dirigió a su vez una mirada más bien vaga a su colega. Cuando me volví hacia Duponte, vi que éste había entablado una conversación privada con la muchacha irlandesa, susurrándole algo con expresión sombría. Al término de su parlamento, ella asintió ligeramente y un leve sonrojo se extendió por sus mejillas.

—¿Dónde está, pues, la otra puerta? —pregunté al advertir que ella y Duponte parecían haber alcanzado algún acuerdo.

—Por aquí —dijo la criada, precediéndonos.

Cruzamos el vestíbulo posterior, como si pudiéramos oír el taconeo de las botas del doctor Snodgrass en los peldaños de la puerta principal. Mientras descendíamos por el sendero, Duponte se volvió y se llevó la mano al sombrero, despidiéndose de las dos mujeres.

—*Bonjour* —dijo.

*   *   *

—Monsieur, ¿cómo convenció a la criada del doctor para que cooperase, a fin de que no se culpara a Bonjour? —le pregunté cuando caminábamos por la calle.

—En primer lugar, usted se equivoca. Yo no he actuado así en beneficio de Bonjour, como usted presupone. Segundo, le he explicado a la criada que, con toda honradez, no nos íbamos porque debíamos acudir a otra cita.

—Entonces, ¿le ha dicho la verdad? —pregunté sorprendido.

—Le he explicado que su interés o capricho hacia usted era sumamente inadecuado, y que prefería que nos marcháramos de manera discreta y tranquila antes del regreso de su patrón, el cual podría darse cuenta de aquello por sí mismo.

—¿*Que se había encaprichado de mí*? —repetí—. ¿De dónde ha sacado esa idea, monsieur? ¿Le ha dicho ella algo que yo no he oído?

—No, pero ciertamente lo consideró al mencionarlo yo, pensando que algo debió haber exteriorizado al respecto en su expresión; así pues, *pensó* que aquello tenía que ser cierto. Mantendrá silencio sobre nuestra visita, se lo aseguro.

—¡Monsieur Duponte! ¡No alcanzo a entender esa táctica!

—Usted es el prototipo del joven apuesto —replicó, y añadió—: al menos para los cánones imperantes en Baltimore. Que usted apenas sea consciente de ello sólo sirve para que le entre más decididamente por los ojos a una joven. Desde luego que la criada se percató de ello desde que llegamos. Se le fueron los ojos detrás de usted inmediatamente. Ella no llegó a planteárselo... hasta que yo lo mencioné.

—Monsieur, todavía...

—No hablemos más de eso, monsieur Clark. Debemos continuar nuestro trabajo en relación con el doctor Snodgrass.

—Pero ¿qué quiso usted decir con que «no he actuado así en beneficio de Bonjour»?

—Bonjour no necesita nuestra ayuda, y no hubiera dudado en sacrificarnos a sus propósitos de haber tenido oportunidad. Obraría usted muy inteligentemente si recordara eso. Yo actué como lo hice en beneficio de la otra chica.

—¿Qué quiere decir?

—Si la criada hubiera intentado acusar a Bonjour de conducta impropia, creo que la pobre no hubiera terminado bien a manos de mademoiselle. Desde luego que es cosa sabia salvar vidas siempre que sea posible.

Reflexioné un momento sobre mi ingenua valoración de la situación.

—¿Adónde iremos ahora, monsieur?

Señaló mi cuaderno de notas.

—A leer, claro.

Pero un nuevo obstáculo nos aguardaba. Mientras estuvimos ocupados, llegó a Glen Eliza mi tía abuela. Su propósito no encerraba ningún misterio: le habían llegado noticias de mi regreso a Baltimore, y venía a comprobar por qué no me había casado aún tras mi comentado traspié. Mantenía una larga amistad con la tía de Hattie Blum (¡una conspiración de aquellos personajes!) y debieron llegar a sus oídos retazos extravagantes de medias verdades acerca de que otra mujer era la explicación de mi conducta.

Hasta casi dos horas después de nuestro regreso a casa no me enteré de su presencia. Tras nuestras tareas en casa de Snodgrass, nos entretuvimos en el ateneo para comparar algunos de los datos que habíamos descubierto con artículos de prensa. En Glen Eliza proseguimos una delicada conversación sobre los diversos hallazgos efectuados. Como Duponte y yo estábamos poniendo en orden los datos reunidos en casa de Snodgrass, di órdenes tajantes de que no se nos interrumpiera. En la mesa de la biblioteca el montón de papeles había aumentado de grosor, con periódicos, listas y notas, por lo que permanecimos en la muy espaciosa sala de estar, que ocupaba más de la mitad del segundo piso de la casa. Al cabo de un buen rato, ya al atardecer, fui a consultar algo al otro lado de la casa, cuando me detuvo Daphne, la mejor de mis doncellas.

—No puede entrar, señor —dijo.

—¿Que no puedo entrar en mi biblioteca? ¿Y por qué?

—La señora insiste en que no la molesten, señor.

Obedientemente, solté el pomo de la puerta.

—¿La señora? ¿Qué señora?

—Su tía. Ha llegado a Glen Eliza con su equipaje durante su ausencia, señor. Estaba muy fatigada a causa del viaje, ha pasado un frío horroroso y los mozos del tren casi le pierden los bultos.

Quedé confuso.

—He estado en la sala y no me he enterado de eso. ¿Por qué no me lo dijeron?

—Usted llegó a toda prisa y, aun antes de poner pie en la puerta de la calle, usted ordenó que no se le molestara. ¿No fue así, señor?

—He de saludarla como es debido —dije, arreglándome la chalina y alisándome el chaleco.

—Está bien, pero entre sin ruido; ella necesita mucho silencio para aliviarse de la jaqueca que padece, señor. Estoy segura de que le desagradó mucho la otra interrupción.

—¿Qué otra interrupción, Daphne?

Entonces recordé que, no más de media hora antes, Duponte había ido en busca de un libro que, según recordaba, estaba en la biblioteca. Seguro que mi fiel sirvienta también había advertido a Duponte de las órdenes rigurosas dadas por mi tía abuela.

—¡El caballero se negó a escucharme! Entró directamente...

Daphne se explicó con acalorada desaprobación y con una fresca evocación de sus aprensiones a propósito de Duponte.

Pensé en el encuentro de Duponte y la tía Blum unas semanas antes, e imaginé la reacción de mi tía abuela ante una conversación similar, y eso me producía un latido en la cabeza. Ahora recapacité sobre mi deseo de saludarla, especialmente dado el probable humor de una mujer de edad avanzada, como ella, después del retraso del tren y del encuentro con monsieur Duponte. Regresé, pues, a la sala de estar. La presencia de la tía abuela representaba una interrupción no pequeña. Claro que no podía adivinar la influencia que la anciana podía tener, en última instancia, en todo aquello.

El siguiente recuerdo vívido que tengo de aquella noche fue cuando me desperté. Había caído en un incómodo sueño en uno de los largos sofás de la sala de estar. Los papeles que estuve revisando estaban desparramados por la alfombra. Hacía aproximadamente una hora que había anochecido, y Glen Eliza estaba sumida en un misterioso silencio. Al parecer, Duponte se había retirado a sus habitaciones, en el tercer piso. Un ruidoso golpe me sacudió y me agudizó la conciencia. El viento soplaba a través de las largas cortinas, y una sensación de gran ansiedad revoloteó dentro de mi estómago.

Los pasillos de aquella parte de la casa estaban desiertos. Recordando a mi tía abuela, ascendí por la escalera, en plena corriente de aire, y pasé, deslizándome, ante las habitaciones donde la habrían instalado los sirvientes, pero encontré la puerta abierta y la cama hecha. Me encaminé de nuevo a la biblioteca, empujé la puerta sin hacer ruido y penetré en la habitación débilmente iluminada.

—Tía abuela Clark —dije suavemente—. Espero que no sigas despierta, después de este día tan difícil.

La habitación estaba desocupada, pero se había producido una perturbación en ella. Había sido saqueada, con papeles tirados y libros desparramados por toda la pieza. No había rastro visible de la anciana. En el pasillo vi una figura envuelta en una capa oscura, que pasó a la carrera. Fui tras la sombra de aquella figura atravesando las amplias estancias de Glen Eliza, hasta que se lanzó por una ventana abierta próxima a la cocina, en el primer piso, y echó a correr por un sendero en dirección a la zona arbolada, detrás de la casa.

—¡Al ladrón! —grité—. Tía —murmuré para mí, presa de un súbito temor.

Siguiendo la pequeña depresión que discurría a lo largo de la casa en dirección a la calzada de grava, el ladrón frenó su avance para decidir qué camino tomar, quedando en posición enteramente vulnerable. Caí sobre él y lo derribé, dando un gran salto y emitiendo un gruñido.

—¡De aquí no pasas! —grité.

Caímos juntos formando un ovillo y volví su cuerpo para verle la cara, atenazándolo por la muñeca y pugnando por apartar la capucha de su capa de terciopelo. Pero no era un hombre.

—¡Usted! ¡Cómo! ¿Qué ha hecho con mi tía abuela Clark? —le pregunté. Luego me percaté de mi propia estupidez—. ¿Fue usted todo el tiempo, mademoiselle? ¿Mi tía no ha venido?

—Quizá vendría si usted le escribiera con más frecuencia —replicó Bonjour como regañándome—. Tengo la seguridad de que en su biblioteca hay lecturas mucho más interesantes, rastreadas por su maestro Duponte, que en todos los cuentos de su monsieur Poe.

—¡Cuando nos marchamos de casa de Snodgrass la vimos que seguía allí!

Luego recordé nuestra parada en el ateneo.

—Yo soy más rápida. Ése es su defecto: siempre duda. No se enfade, monsieur Quentin. Ahora estamos en igualdad de condiciones. Usted y su maestro deseaban entrar en mi territorio, la casa de los Snodgrass, y ahora yo he entrado en el de ustedes. Todo queda en familia.

Hizo una leve contorsión sin que yo aflojara mi presa, como me ocurrió a mí en las fortificaciones de París cuando los papeles estaban cambiados. El terciopelo de su capa y la seda de su vestido crujían al frotarse con mi camisa. La solté rápidamente.

—Usted sabía que yo no podía dar parte a la policía. Entonces, ¿por qué echó a correr?

—Me gusta verlo correr. No es lento, ¿sabe, monsieur?, sin un sombrero que le estorbe.

Pasó su mano por mi cabello y jugueteó con él. Mi corazón se puso a latir desacompasadamente y me levanté de un salto, deshaciendo nuestra postura ovillada en el suelo.

—¡Cielos! —exclamé mirando adelante, hacia la calle.

—¿Eso es todo lo que se le ocurre? —comentó Bonjour riendo.

Había un pequeño vehículo aguardando en la parte alta de la calle. Hattie permanecía de pie, tranquilamente, frente a él. No supe cuándo había llegado, y no era capaz de imaginar lo que pensaría de lo que había presenciado.

—Quentin —dijo, dando un cauteloso paso adelante. Su voz era insegura—. He pedido a uno de los mozos de cuadra que me trajera. He conseguido salir pocas veces, pero hasta ahora no lo había encontrado en casa.

—Yo sí he salido mucho —respondí estúpidamente.

—Pensé que la caída de la noche nos brindaría la ocasión de vernos en privado. —Echó una mirada a Bonjour, que se demoraba sobre la fría hierba, hasta que se levantó de un salto—. ¿Quién es, Quentin?

—Es Bon... —Me detuve al comprender que su nombre sonaría como una invención extravagante por mi parte—. Una visitante de París.

—¿Conoció a esa joven en París y ahora ha venido a visitarlo?

—No a verme a mí en concreto, señorita Hattie —puntualicé.

—O sea que está usted enamorado, monsieur Quentin. ¡Es hermosa! —dijo Bonjour, que movió la cabeza y se inclinó como para observar una camada de gatitos recién nacidos.

Hattie vaciló ante la atención que le dispensaba aquella extraña, y se ajustó el mantón.

—Dígame, ¿cómo le soltó la pregunta importante? —dijo Bonjour dirigiéndose a Hattie.

—¡Por favor, Bonjour!

Cuando volví la espalda a Hattie para amonestar a Bonjour, Hattie montó en su coche y ordenó arrancar.

—¡Hattie, espere! —exclamé.

—Debo regresar a casa, Quentin.

Seguí el coche y llamé a Hattie antes de que aumentara la distancia entre nosotros al internarse en el bosque. Cuando regresé a Glen Eliza, Bonjour también había desaparecido, y me quedé solo.

A la mañana siguiente, reprendí enérgicamente a la criada que había encubierto el engaño de Bonjour.

—¡No me diga, Daphne, que realmente creyó que esa joven, que apenas tendría edad para ser mi esposa, era mi tía abuela!

—Yo no dije tía *abuela*, señor, sino tía a secas, que es lo que ella me dijo. Llevaba mantón y un sombrero precioso, señor, así que no pude apreciar su edad. El otro caballero tampoco le hizo preguntas al respecto cuando entró allí. Además, señor, en las familias numerosas uno puede tener muchas tías de todas las edades. Yo conozco a una chica de veintidós años cuya tía no llega a los tres.

Dirigí mi atención al punto más notable de lo que me dijo: Duponte. Era posible que en medio de su inquebrantable concentración, y con las vidrieras emplomadas de la biblioteca, que en pleno día amortiguaban la luz, tan sólo hubiera identificado una figura femenina sentada a la mesa, cuando fue en busca de su libro. Pero esto parecía improbable. Me enfrenté a Duponte a propósito de este asunto. Yo no podía contener mi ira.

—¡El barón tiene ahora casi la mitad, si no más, de la información que he reunido! Monsieur, ¿es que no se dio cuenta de que Bonjour estaba *delante mismo de usted* cuando entró ayer en la biblioteca?

—No soy ciego —replicó—. ¡Y menos para ver a una muchacha tan hermosa! La habitación es oscura, pero no tanto. La vi perfectamente.

—¡Por Dios! ¿Y por qué no me llamó? ¡La situación ha empeorado mucho!

—¿La situación? —repitió Duponte, quizá presintiendo que la causa de que estuviera frenético iba más allá del hecho de que Bonjour se hubiera inmiscuido en nuestra investigación del caso.

En efecto, llegaba a preguntarme si podría volver a ver los ojos de Hattie.

—Todos los datos que habíamos reunido y que ellos no tenían —dije en un tono más tranquilo, pero con decisión.

—Ah, nada de eso, monsieur Clark. Nuestro conocimiento de los hechos que rodearon el momento de la muerte de monsieur Poe sólo depende en muy pequeña parte de los detalles y los hechos, que constituyen la sangre de los periódicos. Pero ése no es el núcleo de nuestro conocimiento. No me interprete mal: los detalles son elementales, y a veces fatigosos de obtener, pero en sí mismos no arrojan luz sobre el asunto. Uno puede saber cómo leerlos adecuadamente para determinar el grado de verdad que contienen... y la lectura que hace de ellos el barón Dupin no tiene nada que ver con la nuestra. Si le preocupa que demos al barón alguna ventaja sobre nosotros, deje de inquietarse, pues sucede lo contrario de lo que usted cree. Si su lectura es incorrecta, cuantos más detalles deba leer, más atrás lo dejaremos nosotros.

17

Muy señor mío: Hay un caballero extremadamente fatigado en Ryan's, colegio electoral del Distrito Cuarto, que dice llamarse Edgar A. Poe, el cual parece hallarse en una situación de grave apuro y que dice conocerlo. Le aseguro que tiene necesidad de ayuda inmediata.

* * *

Un tipógrafo local llamado Walker había firmado esta nota, tan urgentemente garabateada que el lápiz casi había agujereado el papel, de calidad ordinaria. Llevaba la fecha 3 de octubre de 1849, e iba dirigida al doctor Joseph Snodgrass, quien vivía cerca del Ryan's. Este local, el día en que fue encontrado Poe, acogía un colegio electoral con motivo de los comicios para renovar el Congreso y los órganos del estado.

Pocos días después de que Duponte y yo penetráramos en el estudio del doctor Snodgrass, y de que Hattie quedara aturdida al verme abrazado a otra mujer, el barón Dupin acudió de nuevo a visitar a Snodgrass.

Yo había estado vigilando al barón cuando de repente lo vi ocioso en una esquina de la calle Baltimore, como si hubiera olvidado que tenía algún quehacer en el mundo. Yo estaba al otro lado de la calle, sin destacar entre la multitud que se dirigía a hoteles y restaurantes para cenar y entre los grandes cestos en equilibrio sobre las cabezas de obreros y esclavos. Después de un tiempo que pareció eterno, con el barón aguardando algo, me distrajo el rumor de un coche que, de repente, torció hacia un lado, cerca de donde yo estaba.

Desde el interior del carruaje, oí una voz:

—¿Qué está haciendo? ¡Cochero! ¿Por qué se detiene aquí?

Me aseguré de que el barón no se había movido de sitio y decidí investigar la identidad del molesto pasajero. Cuando me aproximé al carruaje, me quedé paralizado. Lo reconocí al instante como uno de los hombres que vi asistir al entierro en el cementerio de Greene y Fayette. Aquel día estaba inquieto, apoyándose alternativamente en uno y otro pie durante el sepelio de Edgar Poe.

—¿Me oye, cochero? —continuaba quejándose—. ¡Cochero!

He aquí que por algún extraño designio del universo, el asistente al entierro había abandonado aquel oscuro escenario de sueños, aquel lugar de niebla y barro, y se dirigía derecho a mí en este claro día. Tras mis encuentros con Neilson Poe y con Henry Herring, ahora daba con el tercero de los acompañantes. Sólo me faltaba el cuarto, Z. Collins Lee, un compañero de clase de Poe en la universidad, el cual, según supe recientemente, había sido nombrado fiscal de distrito.

Me acerqué al lateral del coche. Pero el hombre se había inclinado hacia el otro lado, chillándole al cochero y afanándose con la manija para abrir la portezuela. Estuve a punto de hablar, de llamar su atención a través de la ventanilla, cuando la portezuela se abrió.

—¡No, doctor Snodgrass! —bramó una voz.

Me aparté de la ventanilla y me oculté cerca de los caballos.

Era la voz del barón Dupin.

—Otra vez usted —dijo Snodgrass desdeñosamente, apeándose—. ¿Qué está haciendo aquí?

—Nada en absoluto —dijo el barón inocentemente—. ¿Y usted?

—Señor, le ruego que se vaya. Tengo otra cita. Y ese bribón de cochero...

Inclinándome para ver mejor, descubrí a Newman, el esclavo de piel clara del barón, sentado en el pescante, y comprendí. El barón no permanecía ocioso al otro lado de la calle; aguardaba a que le llevaran hasta allí al hombre. Sin duda había colocado a Newman en un lugar donde sabía que Snodgrass iría a buscar un coche de alquiler. La primera vez que, de manera furtiva, escuché hablar a Snodgrass con el barón, sólo vi el rostro del primero oblicuamente. Ahora el barón sacó de su abrigo la nota de Walker. Las pocas frases escritas por éste el día en que Poe fue hallado y transcritas más arriba. Se la mostró a Snodgrass.

Snodgrass se quedó atónito.

—¿Quién es usted? —preguntó.

—Usted intervino aquel día —dijo el barón— para procurar bienestar al señor Poe. Si así lo decido, esta nota podría aparecer impresa en los periódicos como prueba de que usted se responsabilizó de él. Algunas personas poco informadas darán por supuesto que usted ocultaba algo, tanto por el hecho de no entrar honradamente en más detalles como, lo que es peor, por enviar al señor Poe solo al hospital.

—¡Qué disparate! ¿Quién se creería tal cosa? —preguntó Snodgrass.

El barón rió de buena gana.

—Eso es precisamente lo que yo les diré a los periódicos.

Snodgrass dudó, basculando entre el desdén y la ira.

—¿Acaso entró usted en mi casa, señor? Si usted robó esto, señor...

Ahora Bonjour se situó al lado del barón.

—¡Usted, Tess! —Ése había sido el nombre que Bonjour adoptó en casa de Snodgrass—. ¡Mi doncella! —Esta vez Snodgrass no pudo evitar optar por la ira—. ¡Ahora mismo daré parte a la policía!

—Quizá pueda presentar la prueba de una pequeña sustracción, pero también hay pruebas... Bueno, no sé si debería mencionarlo —dijo el barón, llevándose un dedo a los labios, como conteniéndose—. Sí, debería mencionar que tenía usted otros papeles personales que hemos encontrado sobre... Oh, el público y todas sus benditas comisiones, sociedades, etcétera, estarían interesadísimos si nosotros diéramos a conocer... Pero tú no crees que lo hagamos..., ¿verdad, *Tess*, querida?

—¡Chantaje!

Snodgrass se contuvo de nuevo, indignado pero también sumido en la duda.

—Convengo en que es un asunto desagradable —dijo el barón haciendo un gesto de rechazo—. Pero volvamos a Poe. Como ve, eso es lo que realmente nos interesa. Si el público conoce su historia... y cree que usted trató de salvarle la vida... todo será diferente. Pero *nosotros* tenemos que conocer primero su relato.

El barón Dupin poseía el talento de pasar sin esfuerzo de la ofensa a los mimos. Había ejecutado la misma danza con el doctor Moran en el hospital donde murió Poe.

—Ahora venga. Monte de nuevo en el coche, doctor, y vamos a hacer una visita a Ryan's.

Al menos eso es lo que imaginé que dijo luego el barón, mientras el derrotado Snodgrass meditaba una respuesta, pues yo ya me había desplazado para encontrar un lugar discreto donde esperarlos en la taberna, sabiendo que era allí adonde se dirigían.

* * *

—Una vez que hube recibido esa carta del señor Walker, me dirigí a este garito (porque llamarle taberna sería dignificarlo) y sin duda —continuó Snodgrass mientras acompañaba al barón al interior— *él estaba allí.*

Me senté a una mesa, en un lugar del local, oscuro y lóbrego a causa de la sombra de la escalera que conducía a las habitaciones de alquiler, ocupadas a menudo por clientes que no estaban lo bastante sobrios para encontrar el camino a su casa.

—¡Poe! —exclamó el barón.

Snodgrass se acomodó en un sucio sillón.

—Sí, se sentó aquí, con la cabeza caída hacia delante. Se hallaba en un estado que describía con muchísima fidelidad la nota del señor Walker... la cual, por cierto, ustedes no tenían por qué leer.

El barón se limitó a sonreír ante esta recriminación. Snodgrass prosiguió, abatido:

—Era tan distinto del caballero que yo conocía, pulcramente vestido, vivaz, que apenas lo hubiera diferenciado de la multitud de borrachos que, con ocasión de las elecciones, se habían reunido aquí.

—¿Todo el local funcionaba como colegio electoral aquella noche? —preguntó el barón.

—Sí, y para todo el distrito. Recuerdo muy bien lo que vi. El rostro de Poe estaba macilento, por no decir abotagado —dijo Snodgrass, sin parar mientes en lo contradictorio de los adjetivos—. Iba sin lavar, desgreñado, y su aspecto físico, en conjunto, resultaba repulsivo. Su frente era magníficamente despejada, y sus ojos grandes y dulces, aunque espirituales, ahora carecían de brillo y su mirada era vaga.

—¿Pudo fijarse bien en su ropa?

El barón garabateaba notas en su cuaderno con la rapidez de un tren. Snodgrass parecía trastornado por su propia memoria.

—Me temo que no había nada bueno en que fijarse. Llevaba un sombrero de hoja de palma mohoso, casi sin ala, andrajoso, sin cinta. Una chaqueta de alpaca negra, delgada y de mala calidad, con varias costuras descosidas, descolorida y sucia, y unos pantalones de estambre, de color marengo, de rayas, bastante gastados y que no eran de su talla. No llevaba chaleco ni corbata, y la pechera de la camisa estaba arrugada y manchada. Si no recuerdo mal, calzaba unas botas de material ordinario, con aspecto de no haber sido lustradas desde hacía mucho tiempo.

—¿Cómo actuó usted, doctor Snodgrass?

—Sabía que Poe tenía varios parientes en Baltimore. Así que en seguida mandé reservar una habitación para él. Fui con un camarero arriba y, después de elegir una estancia adecuada, regresé al bar para trasladar al huésped, a fin de que pudiera permanecer cómodo hasta que yo diera aviso a sus parientes.

Se adelantaron hacia la escalera. Snodgrass señaló la habitación que había elegido, en el otro extremo de ésta. Sentado a mi mesa, hice lo posible para confundirme en la oscuridad.

—Así pues, usted escogió la habitación del señor Poe y mandó avisar a sus parientes.

—Sucedió algo extraño. No tuve necesidad de hacerlo. Cuando bajé de nuevo, me encontré con el señor Henry Herring, pariente político de Poe.

—¿Antes de que usted lo llamara? —preguntó el barón.

El detalle también me pareció extraño, y me esforcé en oír la respuesta de Snodgrass.

—Así es. Él estaba aquí... tal vez con otro de los parientes de Poe; no puedo recordarlo.

Había otra particularidad. Neilson Poe me dijo que se enteró de la situación de Edgar cuando éste se hallaba ya en el hospital. Si había otro pariente junto con Henry Herring y no era Neilson, ¿quién era? Snodgrass prosiguió:

—Le pregunté al señor Herring si deseaba llevarse a su pariente a su casa, pero se negó en redondo. «En ocasiones anteriores, estando borracho, Poe se mostró muy ofensivo y desagradable», me explicó el señor Herring. Sugirió que un hospital era un lugar más adecuado que un hotel. Mandamos a un mensajero por un coche para trasladarlo al hospital universitario Washington.

—¿Quién acompañó al señor Poe al hospital?

Snodgrass bajó la vista, incómodo.

—O sea que mandó a su amigo solo allí —dijo el barón.

—No podía permanecer sentado, ¿sabe?, y en el coche no quedaba sitio una vez echado a lo largo de los asientos. ¡No podía ni andar! Lo transportamos como si fuera un cuerpo muerto, y lo montamos en el carruaje. Se nos resistió y murmuraba, pero nada inteligible. Por entonces no creímos que su enfermedad fuera fatal. Por desgracia estaba embotado por la bebida, que lo torturó hasta el final.

Snodgrass suspiró. Yo ya sabía lo que el doctor sentía por la supuesta adicción de Poe a la bebida. Entre los papeles de su estudio, Duponte había hallado algunos versos sobre el tema de la muerte de Poe. «¡Oh! Fue una escena triste de presenciar» contenía estos versos de Snodgrass:

> *Tu orgulloso corazón joven y tu noble cerebro*
> *se precipitaron en la corriente demoníaca; tu mente*
> *ya no era apta para el esfuerzo*
> *del pensamiento melodioso y sublime.*

—Así fue la muerte de Poe —concluyó ahora Snodgrass hoscamente, dirigiéndose al barón—. Espero que esté usted satisfecho y no se empeñe en proyectar más luz sobre el pecado de Poe. Sus fallos ya se han lamentado bastante en público, y yo he hecho cuanto he podido para no hablar más de ello.

—A ese respecto, doctor, no tiene por qué preocuparse —le dijo el barón—. Poe no bebió nada.

—¡Cómo! ¿Qué quiere decir? No me cabe ninguna duda. Fue un exceso, señor, lo que mató a Poe. Su enfermedad era *mania a potu*; incluso los periódicos han informado de ello. Yo conozco los hechos.

—Usted fue testigo de los hechos —dijo el barón con una sonrisa— y los conoce, pero me temo que no conoce la *verdad*. —El barón Dupin impuso silencio a Snodgrass con un gesto—. No necesita molestarse en defenderse, doctor Snodgrass. Usted hizo cuanto pudo. Pero no fue usted, señor, ni tampoco adicción alguna al alcohol lo que consumó la caída de Poe. Aquel día actuaban fuerzas muchísimo más diabólicas en contra del poeta. Y él está todavía por rehabilitar.

El discurso del barón iba dirigido ahora más a sí mismo que a Snodgrass. Pero éste agitaba la mano en el aire como si hubiera recibido el peor insulto.

—Señor, yo soy un experto en ese campo. ¡Soy dirigente de las comisiones a favor de la templanza de Baltimore! Conozco a un... a un... borracho, ¿no?, cuando me lo encuentro delante. ¿Qué intenta usted hacer? Ya puestos, ¡podría usted tratar de asaltar los cielos!

El barón repitió las palabras despacio, como cerrando un círculo, con las ventanas de la nariz dilatadas como los ollares de un caballo de guerra.

—Edgar Poe debe ser rehabilitado.

18

«Poe no había bebido nada», dijo el barón, y la bebida no fue la causa de su muerte, tal como informó la prensa.

Estaba frente a Duponte, ahora en mi biblioteca, sentado en el borde de la silla.

Naturalmente, yo no quería parecer demasiado complacido por la conversación del barón con Snodgrass, pues no era mi propósito elogiarlo *más de la cuenta*. Después de todo, él era nuestro principal rival y obstáculo.

—¡Vaya cara que puso el doctor Snodgrass! —continué como de pasada—. Dupin hubiera podido darle un directo en la mandíbula. —Me eché a reír—. Snodgrass, ese falso amigo, lo merecía, si alguien me lo hubiera preguntado.

Un pensamiento extraño me vino a la mente. O, en realidad, una pregunta. En los cuentos de Poe ¿había sugerencias, me interrogué a mí mismo, de que C. Auguste Dupin había sido abogado? No pude responderme. La pregunta repiqueteaba en mi cabeza sin que pudiera rechazarla.

—¿Y nada más?

—¿Qué? —dije sobresaltado, al darme cuenta de que se había producido un embarazoso silencio.

—¿Ha observado algo más hoy, monsieur? —preguntó Duponte, empujando hacia atrás su silla hasta medio camino del escritorio de los periódicos.

Le conté los otros puntos de interés, en particular la súbita e inexplicable presencia de Henry Herring en el Ryan's, antes de que

Snodgrass tuviera oportunidad de llamarlo, y las detalladas descripciones del desastrado atuendo de Poe. Cuidé incluso de no volver a pronunciar el nombre del barón Dupin, tanto por mí mismo como por Duponte.

—¡Neilson Poe, Herring! ¡Y ahora Snodgrass! —exclamé con desagrado.

—¿Qué quiere decir, monsieur? —preguntó Duponte.

—Ambos asistieron al entierro de Poe; eran, pues, hombres encargados de honrarlo. En lugar de eso, Snodgrass presenta una visión de Poe como un borracho. Neilson Poe no emprende acción alguna para defender el nombre de su primo. Henry Herring llega rápidamente al Ryan's, antes incluso de ser llamado por Snodgrass, sólo para mandar a su pariente, solo, al hospital en un coche de alquiler.

Duponte se pasó pensativamente una mano por la barbilla, chasqueó la lengua y luego giró en su silla, de modo que me dio la espalda.

Por entonces, había empezado a desarrollarse con fuerza en mi mente la idea de que, al estimular mi papel de espía, Duponte se había propuesto sobre todo mantenerme ocupado. Después de la perturbadora entrevista consignada más atrás, apenas hablé con él salvo para informarle de detalles de mis últimos hallazgos, que él solía recibir con complaciente indiferencia. Algunas noches, si él ya se había retirado cuando yo regresaba a Glen Eliza, le dejaba una concisa nota en la que le explicaba lo observado aquel día. Por lo demás, yo no podía olvidar su sombrío desinterés cuando supo que la jugada de Bonjour había conducido al grave malentendido entre Hattie y yo frente a Glen Eliza. Supongo que Duponte se percató de la frialdad de mi conducta, pero nunca hizo comentario alguno al respecto.

Un día, tras el desayuno, dije:

—Estoy pensando en mandar una carta a aquel periódico antialcohólico de Nueva York que aseguraba estar al tanto de los excesos de Poe. Le he dado muchas vueltas. Alguien debería pedirle que hiciera público el nombre del supuesto testigo.

Al principio, Duponte se abstuvo de replicar. Finalmente levantó la vista, como envuelto en una nube de confusión.

—¿Qué piensa del artículo de esa publicación de la liga de la templanza, monsieur Duponte?

—Pues que es una publicación de la liga de la templanza. Su deseo manifiesto es la eliminación universal del consumo de bebidas alcohólicas, pero esa gente tiene una necesidad distinta y, de hecho, de lo más contradictorio, monsieur: un repertorio de personas notorias en el que apoyarse, arruinadas por la bebida, para demostrar a sus lectores por qué su publicación en pro de la templanza debe seguir existiendo. Poe se ha convertido en una de aquellas personas.

—Así pues, ¿usted no cree que el testigo de la revista sea real?

—Dudoso.

Esto levantó mis esperanzas y, por un instante, restauró del todo mi buena relación con mi compañero.

—Y usted está convencido, monsieur, de que podríamos usar ese argumento para desmentir lo que se dice en la publicación. Pero ¿podemos probar que Poe no bebió estando allí?

—Nunca he dicho que creyera que no bebió.

No pude responderle, pues me sumí en un ensimismamiento momentáneo. No hacía una afirmación rotunda, pero yo temí haber entendido demasiado bien que sostenía exactamente lo contrario de lo que manifestara el barón en el Ryan's. Mis pensamientos se desplazaron a otro tema... No quería oírlo...

—En realidad —me dijo Duponte, preparándome para confirmar mis temores—, casi seguro que bebió.

¿Lo había oído bien? ¿Había recorrido Duponte todo aquel camino sólo para confirmar la condena de Poe?

—Ahora, hábleme de las suscripciones que el barón ha estado reuniendo... —dijo.

En el torbellino en que me hallaba inmerso, di por bueno cualquier otro tema de conversación. El barón Dupin continuaba amasando una fortuna gracias a las suscripciones que lograba en Baltimore y sus alrededores. Sólo en una taberna especializada en ostras había recibido gozosamente el pago de doce compañeros impacientes. El propietario, fastidiado por las interrupciones del francés, me explicó lo esencial de sus visitas. «¡Dentro de dos semanas, buena gente —anunció el barón—, escucharán el primer relato verdadero de la muerte de Poe!» Una vez añadió, dirigiéndose a Bonjour: «Cuando se enteren de mis éxitos en París, entonces, entonces...» Su comentario se desvaneció ahí. Para la hambrienta imaginación del barón Dupin, aquel éxito le abría todas las posibilidades...

Pocos días más tarde, el barón Dupin se mostró un tanto contrariado en el salón de su hotel. Más tarde, soborné a un mozo que estaba allí cerca y le pregunté qué se había comentado. Dijo que el barón Dupin llamó a su chico de color y resultó que se había ido. Después de muchos cuchicheos y mucha agitación, se descubrió a través de las autoridades civiles que Newman había sido manumitido. El barón comprendió que era víctima de una impostura ¡y por quién! Y se echó a reír.

—¿De qué te ríes?

—Querida —le respondió a Bonjour—, de que yo debería ser más listo que todo eso. Desde luego que lo han liberado.

—¿Quieres decir que lo ha hecho Duponte? Pero ¿cómo?

—Tú no conoces a Duponte. Deberías conocerlo mejor.

Sonreí ante aquel testimonio de la frustración del barón.

Siguiendo instrucciones de Duponte, el día anterior di con el nombre del amo de Newman. Era un deudor que precisaba fondos rápidamente, y por eso había acordado con el barón alquilarle a Newman por tiempo indefinido. Ignoraba la promesa hecha a Newman por el barón de comprar su libertad. También quedó consternado al enterarse de que Newman no había ido a trabajar para «una reducida familia», tal como se le había anunciado. El amo de Newman se puso furioso cuando le descubrí el engaño. Pero no tan furioso, sin embargo, como para rechazarme el cheque con el que aseguraba la libertad del esclavo. Debido a mi práctica legal, yo tenía amplia experiencia en tratar con personas con cuantiosas deudas, de tal manera que ni ofendía su propia estima ni pasaba por alto sus perentorias necesidades.

Incluso escolté al joven a la estación, de donde partió hacia Boston. Cuando se manumitía a un esclavo, estaba establecido que abandonara con rapidez el estado, a fin de que no influyera negativamente sobre los negros que seguían siendo esclavos. Newman rebosaba alegría mientras caminábamos, pero parecía preocupado, como si el suelo pudiera hundirse bajo sus pies antes de que estuviera seguro fuera del estado. No andaba errado. Cuando nos faltaban unos pocos metros para llegar a la estación, llegó hasta nosotros un gran estruendo, y la calle quedó despejada de peatones, incluidos nosotros.

Se acercaban tres ómnibus repletos de negros, hombres, mujeres y niños. Detrás de estos vehículos iban varios jinetes. Reconocí a uno, alto y de cabellos plateados, como Hope Slatter, el más poderoso de los traficantes de esclavos de la ciudad o *comerciantes de niggers*. La práctica de los mayores traficantes en Baltimore consistía en encerrar a los esclavos que adquirían a los vendedores en sus prisiones privadas, por lo general un ala de sus propios domicilios, hasta que podía llenarse suficientemente un barco que mereciera el dispendio de trasladar el cargamento a Nueva Orleans, el eje de la trata meridional. Slatter y sus ayudantes se dirigían ahora al puerto con una docena de esclavos, aproximadamente, en cada ómnibus.

Junto a los costados de los ómnibus iban otros negros, amontonándose para alcanzar con sus manos las ventanillas de los ómnibus, y luego correr con ellos para tocar o hablar a los ocupantes por última vez. No pude determinar si los lamentos salían de dentro o de fuera de los vehículos. Desde el interior de uno de ellos se dejó oír una voz que chillaba histéricamente, lo bastante alto como para que llegara a todo el mundo. Era de una mujer que trataba de aclarar que había sido vendida a Slatter por su amo con la condición expresa de que no sería separada de su familia, que era lo que ahora estaba ocurriendo.

Aparté a Newman de esta escena, pero quedó peligrosamente paralizado al verla, quizá la última de esta clase que presenciaba antes de trasladarse al norte.

El traficante de esclavos y sus ayudantes levantaron las fustas y advirtieron a los que rodeaban los vehículos que no obstaculizaran su avance. Un hombre se había encaramado hasta una de las ventanillas de un ómnibus y se mantenía colgado de ella, llamando a su esposa, a la que no podía distinguir. Ella se abrió paso entre los demás esclavos del ómnibus para alcanzar la ventanilla.

Al advertirlo, Slatter espoleó su caballo desde el otro lado.

—¡No sigas! —advirtió al hombre.

El otro lo ignoró, y consiguió introducirse lo bastante para abrazar a su mujer.

Slatter se acercó blandiendo la fusta, bien sujeta por la correa a su muñeca, y golpeó con ella al hombre en la espalda y luego en el estómago, dejándolo en el suelo presa de convulsiones.

—¡Largo, perro, antes de que mande que te detengan! ¡No te gustaría lo que vendría después!

Mientras Slatter espoleaba su caballo para alejarse del caído, su mirada se desplazó hasta donde yo estaba; mejor dicho, hasta el joven negro que me acompañaba.

—¿Quién es ése? —preguntó sombríamente, desde lo alto de su silla de montar, aproximándose a nosotros y señalando con su fusta a Newman.

A Newman los labios empezaron a temblarle terriblemente; trató de hablar pero no lo logró. Esperé que aquel hombre se limitara a continuar con su horrible tarea, pero no fue así.

Señaló con la fusta la boca de Newman y luego el conjunto de su cuerpo, como si estuviera dando una clase en una facultad de medicina.

—Eres un negro prometedor. Boca fina, buena dentadura en general, y al parecer sin huesos rotos. Apuesto a que sería un buen cochero o camarero, si se mostrara cuidadoso y honrado. —Y dirigiéndose a mí—: Podría venderlo al menos por seiscientos dólares, con una comisión para mí, amigo.

—Yo no soy su dueño —repliqué—. No está en venta.

—¿Es acaso su hijo bastardo? —dijo en tono sarcástico.

—Yo soy Quentin Clark, abogado en esta ciudad. Este joven que ve está manumitido.

—Soy un hombre libre, jefe —dijo finalmente Newman, en un leve susurro.

—¿Ah? —exclamó Slatter pensativo, volviendo su caballo y observando de nuevo a Newman—. Pues veamos tus certificados.

Ante esto, Newman, que había recibido toda su documentación aquella misma mañana, se limitó a temblar y tartamudear.

—Pues vamos.

Slatter le dio a Newman en el hombro con la fusta.

—¡Déjelo! —exclamé—. Yo mismo lo he liberado. Es un hombre aún más libre que usted, señor Slatter, porque sabe lo que significa no serlo.

Slatter estaba a punto de golpear con más fuerza a Newman en el hombro, cuando yo levanté mi bastón y lo evité.

—Dígame, señor Slatter. Me pregunto si, dado su interés por los papeles, le gustaría que las autoridades inspeccionaran los esclavos que lleva en los ómnibus y se aseguraran de que todos se venden de acuerdo con sus documentos personales.

Slatter me dirigió una sonrisa siniestra. Retiró su fusta con un gesto cortés y, sin dirigirnos una sola palabra más, espoleó su caballo para alcanzar el convoy de vehículos que se dirigía al puerto. Newman respiraba agitadamente.

—¿Por qué no le enseñó los papeles? —le pregunté insistentemente—. ¿Es que no los lleva consigo?

Se señaló la cabeza, cubierta por un sombrero raído: había cosido los documentos en el ala. Newman contó entonces que muchos tratantes como Slatter que solicitaban inspeccionar los certificados de libertad, una vez los tenían en la mano, los rompían. Entonces ocultaban a los hombres y mujeres legalmente liberados en sus encierros hasta que los vendían como esclavos legales en otros estados, lejos de cualquier prueba en contra.

19

—Monsieur Duponte, debo hacerle ahora mismo una pregunta.

Dije esto después de una de las muchas cenas que recientemente tomábamos en silencio, en el amplio comedor rectangular de Glen Eliza.

Duponte asintió y yo proseguí.

—Cuando el barón pronuncie su conferencia sobre la muerte de Poe, podría tergiversar irrevocablemente la verdad. Quizá cuando haga su parlamento yo podría efectuar alguna maniobra fuera de la sala que le hiciera perder el hilo, ¡y usted subiría al estrado para revelar la verdad al público!

—No, monsieur —dijo Duponte negando con la cabeza—. No haremos nada de eso. Aquí hay más de lo que usted percibe.

Asentí tristemente, y ya no probé bocado. Aquél había sido mi experimento. Duponte había fracasado. Él continuó con su imperturbable silencio.

Yo estaba enteramente absorbido por mi actividad. Para mi manifiesta contrariedad, los zánganos que supervisaban algunas de las inversiones de mi padre se presentaron en la puerta y los despaché en seguida. No estaba para pensar en números e informes anuales.

«La carta robada»: la segunda parte de «Los crímenes de la calle Morgue». En esto estaba yo pensando, ensimismado. C. Auguste Dupin había descubierto la localización secreta de la carta robada por el ministro D..., escondida de la manera más ingeniosa, puesto que estaba *ante los mismos ojos de todo el mundo*. Era el aspecto común del lugar lo que desorientó a todos, menos a un hombre. El analista utiliza a un colaborador innominado para efectuar un disparo en la calle y provocar una conmoción. La maniobra de distracción del colaborador permite a C. Auguste Dupin recuperar la carta y colocar otra falsa en su lugar.

Cuento todo esto para resaltar una cuestión. C. Auguste Dupin confía aquí en su colaborador y, además, pone cada vez más confianza en la tarea de su fiel ayudante en toda la trilogía de Dupin, de Poe.

Pero Auguste Duponte, mi propio compañero, apenas otorgaba crédito a mi papel como colaborador, y con toda calma rechazaba mis numerosas ideas y sugerencias, tanto si se trataba de interrogar a Henry Reynolds, que me valió una burla por su parte, como mi última iniciativa de interrumpir la conferencia del barón. Este último, por su parte, en todo cuanto emprendía ¡constantemente optaba por recurrir a cómplices!

Estaba luego el hecho interesante de considerar el don del barón Dupin para los disfraces y las alteraciones. Cabía señalar una semejanza: que el Dupin literario utiliza gafas verdes como otra forma de embaucar a su brillante antagonista, el ministro D... en «La carta robada».

¿Y qué hay de la profesión de abogado del barón Dupin? En los últimos días yo había empezado a subrayar algunas líneas de la trilogía. De ciertos pasajes clave de «El misterio de Marie Rogêt» se desprende, para el lector cuidadoso, que C. Auguste Dupin estaba hondamente familiarizado con la ley, quizá dando a entender *su ejercicio de la abogacía en el pasado.* Como el barón Dupin.

Luego está esa inicial, tan escasamente interesante para el ojo no avisado: C. Auguste Dupin. *C.* Dupin. ¿No podía recordar al lector un tal *Claude* Dupin? Y el personaje de Poe, el genial analista, ¿no es conocido, ya en el segundo cuento, con el dignificado título de «Chevalier»? Chevalier C. Auguste Dupin. Barón C. Dupin.

«¿Y qué hay de la fría afición por el dinero del barón Dupin?», me pregunté. ¡Pero, ay, recordemos que C. Auguste Dupin obtiene beneficio económico, y de la manera más deliberada, de sus habilidades en cada uno de los tres cuentos!

Por encima de todo, estaba el asunto del barón Claude Dupin enfrentado a Snodgrass, negando resueltamente la idea de que Poe expiró tras un desdichado exceso. Mientras tanto, aquel mismo día, en Glen Eliza, *Auguste Duponte se pronunciaba a favor de aquella circunstancia vergonzosa*. Su distraído comentario de que Poe había bebido, resonaba en mi mente una y otra vez hasta que me invadieron la amargura y el remordimiento. «Nunca debí decir que no había bebido.»

Fui consciente de las semillas de mi idea y permití que germinaran: que el barón Dupin, durante todo este tiempo, era el *verdadero Dupin*. ¿Y no le hubiera gustado a Poe aquel bribón divertido, filósofo y engañador, que tanto me había intrigado y atormentado? En una de las cartas que me dirigió, Poe escribió que los cuentos de Dupin eran ingeniosos no tanto por su método cuanto por su «*aire* de tener un método». ¿No comprendía el barón la importancia de la apariencia al imponer el temor a quienes lo rodeaban, en tanto Duponte los ignoraba y se aislaba de ellos sin finalidad alguna? Qué grande y extraño alivio me proporcionaron de pronto tales pensamientos. Durante todo el tiempo había estado errado.

Aunque ya era noche avanzada cuando esas ideas tomaron forma en mi mente, bajé por la escalera sin hacer ruido y me deslicé fuera de Glen Eliza. Media hora más tarde llegué a la habitación del hotel del barón Dupin y me quedé de pie ante la puerta. Respiraba hondo, demasiado hondo, y mi respiración era un eco de mis frenéticos pensamientos. Llamé, demasiado exaltado y temeroso para articular palabra. Al otro lado se dejaba oír una voz susurrante.

—Posiblemente me he equivocado —dije en voz baja—. Unas palabras, por favor; sólo unos momentos.

Miré atrás para asegurarme de que no me habían seguido. La puerta de la habitación se abrió de golpe y yo di un paso adelante.

Sabía que iba a disponer de poco tiempo para exponer mi postura.

—¡Por favor, barón Dupin! Creo que debemos hablar en seguida. Creo... sé que es usted el auténtico.

20

—¡Barón! ¿Es que hay un auténtico barón alojado en este hotel?

Un hombre con barba espesa, con prendas de dormir y zapatillas permanecía en la puerta sosteniendo una vela.

—¿No es ésta la habitación del barón Dupin?

—¡Nosotros no lo hemos visto! —replicó el hombre, decepcionado, volviendo la cabeza, como si pudiera haber un barón en su edredón sin que él se hubiera dado cuenta—. Nosotros hemos llegado esta misma tarde de Filadelfia.

Murmuré mis excusas y regresé a toda prisa al vestíbulo y a la calle. El barón había vuelto a cambiar de hotel, y yo, distraído, lo había olvidado. Mis pensamientos eran rápidos y conflictivos cuando abandoné el establecimiento. De inmediato, sentí unos ojos fijos en mi nuca y aminoré el paso. No se trataba simplemente de la intensidad de mi estado de ánimo. Allí estaba el apuesto negro que ya había visto antes, con las manos hundidas en los bolsillos del abrigo, de pie bajo una farola. ¿Era él? Permaneció sólo un momento al alcance de la luz; luego ya no pude localizarlo. Al volverme al otro lado, creí distinguir a uno de los dos hombres con ropas pasadas de moda a los que vi seguir al barón. Mi corazón latió con violencia ante el vago sentimiento de estar rodeado. Me alejé con la mayor rapidez posible, casi saltando de cabeza a un coche de alquiler, y di la dirección de Glen Eliza.

Después de una noche insomne, con imágenes de Duponte y del barón Dupin alternándose y mezclándose en mi mente con los más dulces ecos de la sonora risa de Hattie, por la mañana llegó un mensajero con una nota del empleado del ateneo. Se refería al hombre que le había entregado aquellos artículos relacionados con Poe, aquel primer indicio de la existencia del Dupin real. El empleado había recordado o, más bien, había visto al hombre en persona, y le pidió su tarjeta de visita para enviármela.

El hombre que le había pasado los artículos era el señor John Benson, un nombre que para mí no significaba nada. La satinada tarjeta era de Richmond, pero llevaba una dirección de Baltimore escrita a mano. ¿Pretendió alguien que diera con el verdadero Dupin? ¿Tenía alguien un motivo para atraerlo a Baltimore y que resolviera la muerte de Poe? ¿Fui yo el escogido para eso?

A decir verdad, mis esperanzas de responder a esas preguntas eran débiles. Me parecía probable que el anciano empleado, aunque bienintencionado, simplemente hubiera confundido a aquella persona con el hombre al que vio sólo un momento dos años antes.

Pensé en las figuras que parecían arrastrarse desde las sombras en torno a mí la noche anterior. Antes de aventurarme fuera aquel día, me hice con el revólver que mi padre conservaba en una caja para llevarlo en sus viajes de negocios a países menos civilizados que comerciaban con Baltimore. Me eché el arma al bolsillo del abrigo y me encaminé a la dirección impresa en la tarjeta de Benson.

Yendo por la calle Baltimore vi, a distancia, a Hattie de pie frente al escaparate de una tienda de modas. Le hice una seña formal, pues no sabía si se proponía marcharse sin dirigirse a mí.

Echó a correr con brusco arranque y me abrazó calurosamente. Aunque me estremecí ante aquella muestra de afecto, y por el placer de estar de nuevo cerca de ella, pensé con verdadera consternación y ansiedad que si notaba el bulto del revólver en mi abrigo, albergaría de nuevo las dudas sobre mi conducta que la habían atormentado. Se echó atrás con la misma rapidez con que se me había acercado, como si temiera que nos espiaran.

—Querida Hattie —dije—, ¿no aborrece la sola idea de verme?

—Oh. Quentin. Sé que ha conocido nuevos mundos, que ha tenido nuevas experiencias fuera de las que hubiéramos podido compartir.

—Usted no imagina quién era aquélla. ¡Una ladrona! Por favor, quiero que comprenda. Hablemos en un lugar tranquilo.

La tomé por el brazo para que me acompañara, pero lo retiró suavemente.

—Es tardísimo. Esta noche iré a Glen Eliza para tener una explicación. Ya le dije que las cosas han cambiado mucho.

¡Aquello no podía ser!

—Hattie, yo necesitaba llevar a cabo lo que me parecía justo. Pero pronto todo volverá a la normalidad.

—Mi tía no quiere que vuelva a pronunciar nunca más su nombre, y ha dado instrucciones a todos nuestros amigos de que nunca mencionen nuestro compromiso ni en voz baja.

—Sin duda a la tía Blum se la podrá convencer fácilmente... Lo que me escribió en su nota sobre que usted había encontrado a alguien... ¿Es eso verdad?

Hattie hizo un leve gesto con la cabeza.

—Me voy a casar con otro hombre, Quentin.

—No será por lo que presenció en Glen Eliza.

Negó con la cabeza, pero la expresión de su rostro permaneció inmóvil y ambivalente.

—¿Quién es él?

Y allí estaba la respuesta.

Peter salió de la tienda frente a la cual se hallaba Hattie, contando unas monedas que le había dado la dependienta. Al verme se volvió avergonzado.

—¿Peter? —exclamé—. No.

Él dejó que su mirada vagara sin objetivo.

—Hola, Quentin.

—¡Que usted... está prometida a Peter! —Me adelanté y susurré a Hattie, para que él no pudiera oír—: Querida señorita Hattie, Hattie, dígame una sola cosa: ¿es usted feliz? Dígame sólo eso.

Guardó silencio, luego asintió vivamente y puso una mano sobre mí.

—Quentin, tenemos que hablar —dijo Peter.

Pero yo no aguardé. Me alejé a toda prisa, pasando ante Peter sin llevarme siquiera la mano al sombrero. Hubiera deseado que ambos desaparecieran.

—¡Quentin! ¡Por favor! —me llamó Peter.

Me siguió un breve trecho, pero desistió cuando comprendió

que no me detendría... o quizá cuando vio la ira que relampagueaba en mis ojos.

Casi olvidé el arma oculta en mi abrigo, habida cuenta el peso mortal de aquel nuevo descubrimiento. De camino hacia la dirección del señor Benson, atravesé algunas de las más hermosas y bien equipadas calles de Baltimore.

Después de explicar que yo era un desconocido que deseaba tratar brevemente de un asunto con el señor de la casa, y excusándome por no aportar una carta de presentación, fui conducido al interior por un sirviente de color. Me acomodé en un sofá de la sala. Las estancias estaban decoradas a la última moda, con papel más bien exótico en las paredes, de sabor oriental, con varias pequeñas siluetas al fondo. El único gran retrato, que colgaba tras el sofá, al principio no me llamó la atención.

Hablando científicamente, no sé si los sentidos de una persona pueden descubrir que los ojos de una pintura lo están mirando, pero mientras aguardaba al dueño de la casa, se despertó en mí una curiosa sensación que me hizo levantar la cabeza. Tal como estaban dispuestas, las lámparas proyectaban una intensa luz en torno a la pintura. Me levanté, y los ojos pintados se encontraron con los míos. El rostro era pleno, fatigado pero rebosante de vivacidad, como salido de un pasado idealista. Pero los ojos... No, qué torpe era. Me hallaba bajo los efectos de un encantamiento que elevaba mi tensión emotiva y que obraba a partir de las tensiones experimentadas en los últimos días. Aquel rostro sombrío era el de un hombre mayor, con el cabello blanquecino, la barbilla gruesa, mientras que la *suya* era casi puntiaguda. ¡Pero los ojos! Era como si hubieran sido trasplantados desde las oscuras órbitas del Fantasma, el hombre cuya imagen seguía invadiendo mi mente a intervalos regulares, advirtiéndome que no me mezclara, cuando empecé, sin ayuda alguna, la investigación que me había llevado tan lejos. Me apresuré a rechazar esta insana idea de reconocimiento, pero aun así mi preocupación persistió. Durante mi espera recordé la poca fe que puse en la utilidad de aquella visita, y sentí que la formal disposición de la sala de recibir resultaba sofocante. Decidí dejar mi tarjeta y regresar a Glen Eliza.

Pero desistí al oír acercarse a alguien.

Unos pasos lentos descendieron por la escalera, y de detrás de la curva que aquélla describía, apareció el señor Benson.

—¡El Fantasma! —exclamé, en un suspiro.

Allí estaba. El hombre singular que muchos meses atrás me advirtió que me mantuviera alejado del caso Poe. Era una versión más joven de los ojos que tenía tras de mí en la pared. El hombre que pareció disolverse en el humo y la niebla mientras yo perseguía su sombra por la calle. Sin pensar en ello, sin considerar lo que debía hacer a continuación, mi mano se sumergió en el bolsillo del abrigo y mis dedos encontraron la culata del revólver.

—¿Qué dice? —preguntó, llevándose una mano a la oreja, dubitativo—. ¿Ha dicho Fenton? Benson, señor. John Benson.

Me imaginé apuntándole a la boca con el arma. Aquélla, después de todo, fue la boca que me incitó a investigar a Poe, que me condujo a todo esto, a todas aquellas decisiones, a descuidar a mis amigos, ¡a la irreversible traición de Hattie y Peter!

—No, Fenton no. —Ignoro qué perverso impulso me llevó a corregir a un hombre para que supiera que había sido mi enemigo largamente buscado. Apreté los dientes alrededor de la palabra—: *Fantasma*.

Me estudió cuidadosamente, levantando un dedo hasta sus labios en una pensativa consideración de mi respuesta.

—Ah.

Entonces alzó los ojos mientras rememoraba algunos versos, y recitó:

> *¡Este múltiple drama ya jamás,*
> *jamás será olvidado!*
> *Con su* Fantasma *siempre perseguido*
> *por una multitud que no lo alcanza.*

—El señor Clark, ¿verdad? Qué sorpresa.

—¿Por qué me envió aquel artículo? ¿Quería usted que lo encontrara? ¿Qué clase de loco...? ¿Ha habido algún tipo de plan todo este tiempo? —pregunté.

—Señor Clark, admito que estoy confuso —replicó John Benson—. ¿Puedo hacerle yo también una pregunta? ¿Qué lo ha traído aquí?

—Usted me advirtió que no me mezclara en el asunto de la muerte de Poe. ¡No puede usted negarlo, señor!

Benson se echó atrás y en su rostro apareció una sonrisa triste.

—Advierto por su actitud que no me ha escuchado.

—Le pido que se explique.

—Con mucho gusto. Pero primero... —Extendió la mano. Dudé por un momento ante el gesto, pero al cabo saqué la mía del bolsillo, soltando el revólver que había estado empuñando, y contemplé su mano como si fuera a estrangularme—. Encantado de conocerlo, señor Clark. Desde luego que le explicaré cómo atrajo usted mi personal atención. Pero dígame algo que me he estado preguntando todo el tiempo desde que nos encontramos: ¿cuál es su interés por Edgar Poe?

—Proteger su buen nombre del veneno y de los falsos amigos —repliqué, mirándolo con suspicacia ante su reacción.

—Entonces tenemos un interés en común, señor Clark. Cuando hablamos aquel día cerca de la calle Saratoga, yo estaba de visita en Baltimore. Vivo en Virginia, ¿sabe? En Richmond soy dirigente de los Hijos de la Templanza. Edgar Poe se hallaba en Richmond aquel verano, como usted ya sabrá, y conoció a algunos miembros de nuestra asociación en el Swan Inn, donde se alojaba, entre ellos al señor Tyler, que invitó al escritor a tomar el té.

Pensé en el recorte del periódico de Raleigh en el que se recogía el encuentro de Poe con los hombres de la templanza. *Mencionamos el hecho porque resultará grato para los amigos de la templanza saber que un caballero del exquisito talento y los extraordinarios conocimientos del señor Poe se ha sumado a la causa.* Eso sucedió tan sólo un mes y tres días antes de verse desamparado en el Ryan's.

—El señor Poe pronunció nuestro voto de no volver a beber alcohol. Fue hacia el escritorio y estampó su firma con insólita firmeza. Era el hijo más reciente, y de los que nos enorgullece tener entre nuestros «niños». Los había que se mostraban escépticos, pero yo no me contaba entre ellos. Oí que después de que la comisión de vigilancia lo siguiera durante unos días por Richmond, se comprobó que se atenía honestamente a su palabra. Poco después de la partida del señor Poe de Richmond, a finales del mes siguiente, nos impresionó enterarnos de su muerte en un hospital de aquí, y nos impresionó aún más leer que fue el desenlace de una francachela que comenzó nada más llegar a esta ciudad. Nosotros, los de la orden de la templanza, solicitamos conocer los hechos de Richmond, y hubo coincidencia en que no bebió. Pero estábamos demasiado lejos de donde se desarrollaron los hechos para tratar de cambiar la opinión pública.

»Yo era unos pocos años más joven que Poe, lo conocía y admiraba mucho sus escritos, de modo que el consejo sugirió que yo viajara aquí para indagar sobre las circunstancias que rodearon el suceso. Nací en Baltimore y viví aquí hasta los veintiún años, de modo que se pensó que estaba en mejores condiciones de descubrir lo ocurrido que cualquier otro miembro. Yo estaba decidido a llevar a cabo una cuidadosa investigación, y a regresar a Richmond con la verdad sobre la muerte de Poe.

—¿Y qué encontró, señor Benson?

—En primer lugar, hablé con el médico del hospital donde supe que Poe había muerto.

—¿John Moran?

—Sí... Moran. —Benson me miró por encima, quizá impresionado por mis conocimientos—. El doctor Moran admitió que no podría asegurar que Poe había bebido, pero que estaba en un estado tan agitado e insensible que tampoco sería capaz de probar que *no bebió*.

Era el mismo comentario que oí del propio Moran, lo que me hizo confiar más en el relato de Benson.

—¿Cuándo efectuó esa visita, señor Benson?

—Una semana después de la muerte de Poe, quizá.

Empecé a hacerme a la idea de que aquel hombre, el tortuoso Fantasma de unos meses antes, había penetrado en el misterio antes que yo.

—Los periódicos —dijo suspirando—. De qué manera se ensañaron con Poe. ¡Todas las invenciones que publicaron! Las uniones de la templanza, aquí y en Nueva York, lo utilizaron para deplorar su caso. Tal vez haya visto usted los artículos. Como si denigrar a un muerto para dar una lección fuera un triunfo. Bien, señor Clark, sabiendo que Poe era inocente y reconociendo su genio yo me sentí...

—Indignado —dije, completando su pensamiento.

Asintió.

—Por costumbre, soy hombre tranquilo y reservado, pero sí: estaba *indignado*. En muchos lugares declaré mi propósito de descubrir los detalles de los días finales de Poe, como confirmación de que él se había mantenido fiel a su voto ante los Hijos de la Templanza. Mientras efectuaba algunas pesquisas, sucedió que le escuché a usted una tarde, en el ateneo, solicitar al empleado de la sala de lectura que le reservara todos los artículos sobre la muerte de Poe. Deduje que usted era uno de los que se complacían en leer aquellos informes envenenados sobre la supuesta conducta inmoral y pecaminosa de Poe. Le pregunté al empleado su nombre, y supe por otros que era usted un abogado local, dotado de una mente brillante pero conocido por estar sometido a personas más enérgicas que usted. Y que con anterioridad representó a algunas publicaciones periódicas. En este punto sospeché que usted había sido contratado por la prensa de Baltimore a favor de la templanza, que pretendía retratar a Poe como un borracho a manera de lección moral contra la bebida. Imaginé que tal vez ellos le habían pagado para que contrarrestara mi misión y malograra la finalidad que se habían impuesto los Hijos de la Templanza de Richmond. Y así, cuando lo observé acudir al ateneo otro día, le hice llegar la advertencia de que no se mezclara.

—¿Pensó que yo formaba parte del designio de denigrar la memoria de Poe? —pregunté, asombrado.

—¡Por entonces parecía que yo era el único que no tenía ese propósito, señor Clark! ¿Sabe usted lo que se siente en esas circunstancias? Me propuse acudir a los despachos de los editores de algunos periódicos locales. No quisieron ni oír hablar de corregir la información desorientadora que estaban publicando. Reuní una selección de extractos positivos y de artículos sobre Poe de años anteriores —ensalzándolo a él, ensalzando sus escritos— y se la pasé a los editores para tratar de convencerlos de que el difunto señor Poe merecía más honores. Algunos de esos artículos se los di al empleado del ateneo para usted con la misma finalidad. Creo que se incluía uno de los artículos a los que se refirió antes.

—¿Quiere decir que seleccionó los artículos al azar? —pregunté.

—Supongo que sí —reconoció, ignorando la razón de mi gran escepticismo.

—¿No se proponían causar o provocar ninguna acción concreta?

—Esperaba que los elogios que se incluían sobre Poe, y que databan de épocas menos sedientas de sangre, despertaran una mayor consideración por la valía del autor y de su producción literaria. Poco después de eso regresé a Richmond. Ahora he vuelto para una estancia con mis parientes de Baltimore, y he tenido ocasión de encontrarme con el empleado del ateneo, quien me solicitó con mucho interés mi tarjeta para pasársela a usted, señor Clark.

—Cuando se dirigió a mí en la calle, dijo que no debía mezclarme «con sus ruines mentiras».

—¿Eso dije?

Pestañeó pensativamente y luego dibujó el rastro de una sonrisa.

—Proviene de un poema de Poe, de una mujer medio viva y medio muerta, Lenore, «que ahora *yace profundamente*».[*]

—Supongo que es así —fue la exasperante respuesta de Benson.

—¿No quiso decir nada con eso? ¿Algún tipo de mensaje o de código cifrado? ¿Me va a decir, señor Benson, que también eso lo seleccionó al azar?

—Es usted un hombre de carácter muy nervioso, según veo, señor Clark. —No pareció inclinado a responder a mis preguntas más allá de esta observación, pero continuó—: Cuando uno ha quedado atrapado por la lectura de Poe es difícil, qué digo, imposible evitar que sus palabras le afecten. Desde luego el hombre o la mujer que lea demasiado a Poe se me ocurre que llegará a creerse dentro de una de sus creaciones, que causan asombro y perplejidad. Cuando vine a Baltimore, mi mente y todos mis pensamientos estaban influidos por Poe; sólo podía leer palabras que hubieran pasado por su pluma. Cada frase que pronunciaba podía llegar a ser su propia voz, o sea que no pertenecía ya a mi discurso o a mi inteligencia. Yo me entregaba a sus sueños y a aquello que creía era su alma. Eso basta para aplastar a un hombre propenso a caer en la trampa del descubrimiento. La única respuesta es dejar de leerlo por completo, como al final hice yo. Lo he barrido de mi memoria, aunque tal vez no con pleno éxito.

—Pero ¿qué ocurrió con su investigación sobre la muerte de Poe? Usted fue de los primeros, quizá el primero de todos, en llevar

[*] Véase nota de p. 75.

a cabo una especie de examen... ¡Usted estaba en condiciones de saber la verdad!

Benson negó con la cabeza.

—¡Usted debió haber averiguado más! —exclamé.

Dudó y luego empezó ha hablar como si yo le hubiera preguntado algo distinto.

—Yo soy contable, señor Clark. Lo olvidé por un momento y empecé a perjudicar mis intereses mercantiles por seguir aquí, lejos de mi trabajo en Richmond. Imagine un hombre que ha llevado a la perfección los libros de contabilidad desde los veinte años, y que pierde todo el sentido de sus finanzas. Desde luego, la decadencia fue tal, que ahora he de depender de mi trabajo, parte del año, en el negocio de mi tío en Baltimore, que es lo que estoy haciendo ahora. —Ese tío de la familia Benson era el que estaba retratado en el cuadro encima de nosotros, y que mostraba un acusado parecido con Benson—. Su ciudad es hermosa desde muchos puntos de vista..., aunque la mayor parte de los cocheros se dan a la bebida en lugar de controlar sus caballos.

Al advertir mi falta de interés al respecto, la faceta antialcohólica de aquel hombre le impulsó a mostrarse más insistente.

—¡Es un peligro espantoso para la sociedad, señor Clark!

—Aún queda mucho por hacer, Benson. —Traté de razonar con él—. En relación con Poe, quiero decir. Usted podría ayudarnos...

—«¿Ayudarnos?» ¿Es que andan metidas otras personas?

¿Duponte? ¿El barón? No tenía bastante confianza para responder.

—Usted podría ayudar. Podríamos hacer este trabajo juntos, señor Benson; podríamos descubrir la verdad que usted persiguió para esclarecer la muerte de Poe.

—Aquí yo ya no puedo hacer nada. Y usted que es abogado, señor Clark, ¿no tiene ya bastantes asuntos para estar ocupado?

—Me he tomado un descanso en mi profesión —dije bajando la voz.

—Ya veo —replicó comprensivamente, y en un tono que revelaba cierta satisfacción—. Señor Clark, la tentación más peligrosa en la vida es olvidarse de atender los propios negocios. Debe usted aprender a respetarse a sí mismo lo bastante como para preservar sus intereses. Si entregarse a las causas ajenas, aunque sea por caridad, le impide ser feliz, acabará por quedarse sin nada.

»El vulgo quiere ver a Poe como quiere verlo, mártir o pecador, y nada de lo que usted haga lo evitará —prosiguió—. Quizá nosotros no nos preocupamos de lo que sucedió con Poe. Imaginamos a Poe muerto para nuestros propios fines. En algún sentido, Poe sigue muy vivo. Cambiará constantemente. Aun en el caso de que usted, de algún modo, encontrara la verdad, sólo serviría para que fuera negada a favor de una nueva especulación. No podemos sacrificarnos a nosotros mismos en un altar de errores a mayor gloria de Poe.

—¿Seguro que usted no ha llegado a la misma conclusión que esos antialcohólicos a los que se enfrentó? ¿Que el fin de Poe se debió a que se entregó a un vicio deleznable?

—En absoluto —negó Benson en un tono débilmente retador—. Pero si él hubiera sido más precavido, si hubiera dirigido sus pasiones hacia las demandas del mundo en lugar de concentrarlas en las de su intelecto superior, todo esto no hubiera tenido que suceder... y la piedra de molino en torno a su cuello nunca se habría convertido en la nuestra.

Sentí cierto alivio tras mi entrevista con Benson; alivio que otro hubiera aprovechado para tratar de hallar la verdad que se escondía tras la muerte de Poe. La iniciativa de Benson demostraba que Peter Stuart y la tía Blum se equivocaban. Yo no me había embarcado en una búsqueda propia de un loco. Había otro: un contable.

El alivio me apartó también de otra cuestión, la relativa al barón y a Duponte. Me había detenido en el momento mismo de traicionar mi alianza con Duponte a favor de un delincuente, falsario e histrión. ¿Por qué? ¿Por una serie de estrechas coincidencias entre el barón y los cuentos de Poe? Había perdido a Hattie para siempre y nunca encontraría a una persona en el mundo que me conociera como ella. El ejercicio de la abogacía que el buen nombre de mi padre me ayudó a consolidar iba camino de la extinción. Mi amistad con Peter ya no existía. Al menos no había cometido una horrible equivocación con Duponte. De regreso a casa desde la de Benson, sentí como si acabara de despertar de un profundo sueño.

¡Cuánta confianza, cuánto crédito, cuánto tiempo dediqué a Duponte y a sus coincidencias con los cuentos de Poe! Si se hubiera mostrado más decidido frente a las actividades del barón Dupin; si hubiera aducido más razones para pensar que avanzaba tanto como el barón Dupin; si no hubiera permanecido tan despreocupado mientras el barón Dupin no cesaba en sus proclamas; si no hubiera tomado aquellas medidas por su cuenta, yo, de la manera más natural, ¡habría podido rechazar aquellas peligrosas cavilaciones en que me había sumido!

Observé a Duponte sentado en mi sala de estar. Lo miré directamente y lo interrogué sobre su actual actitud pasiva ante la agresividad del barón Dupin. Le pregunté por qué permanecía inactivo mientras el barón Dupin casi proclamaba su victoria en nuestra contienda. Yo empecé a narrar esta conversación prematuramente, en un capítulo anterior. Ustedes lo recuerdan. Recordarán también que sugerí sacudir un guantazo al barón, a lo que Duponte respondió que eso no podría ayudarnos en nuestra causa.

—Creo que eso le recordaría que no está solo en este juego —dije—. ¡Él cree, dada la infinita impostura que encierra su cerebro, que ya ha vencido, monsieur Duponte!

—Entonces ha caído en una creencia errónea. La situación es completamente opuesta. El barón, lo temo por él, ya ha perdido. Ha llegado al final, lo mismo que yo.

Fue entonces cuando mis otros temores quedaron disipados.

—¿Qué quiere usted decir?

—Poe bebió —dijo Duponte—. Pero en realidad no era un *beodo*. Antes bien, era todo lo contrario. Como promedio, podemos confiar en que tomó menos estimulantes que cualquier hombre común que pase por la calle.

—Ah, ¿sí?

—Era sobrio, pero era constitucionalmente *intolerante* al alcohol, hasta un grado extremo, nunca experimentado por la mayoría de las personas corrientes.

Me enderecé en mi asiento.

—¿Cómo sabe eso, monsieur Duponte?

—La gente debería haberlo mirado en lugar de echarle sólo una ojeada. Sin duda usted recuerda uno de los pocos obituarios escritos por un conocido en lugar de un reportero. Contenía la información de que *un solo vaso de vino*, y «la naturaleza entera del señor Poe se revolvía». Muchos interpretaron esto como que Poe estaba bebido habitualmente, que era un borracho atolondrado y constante. En realidad, era lo opuesto. Los detractores han aportado demasiadas pruebas en ese sentido, pero por eso mismo no han demostrado nada. Es probable (no, casi cierto) que Poe poseyera una rara sensibilidad respecto a la bebida, que casi en un instante lo cambiaba y lo paralizaba. En estado de desorden mental y en compañía de gentes de baja condición, no cabe duda de que en ocasiones Poe bebía, especialmente arrastrado por esa agresiva sociabilidad sureña, que le impide a uno rechazar tales ofrecimientos. Pero este último hecho es irrelevante para nosotros. Fue la primera vez que bebió, casi desde el primer trago, lo que le provocó un ataque de insensibilidad. No era locura por beber en exceso, sino locura temporal por no ser capaz de beber como lo hace el compañero de al lado.

—Entonces, el día que fue descubierto en el Ryan's, monsieur, ¿usted cree que había bebido?

—Quizá se permitió un vaso. Cosa que no hubieran hecho los agentes antialcohólicos, que observan las acciones humanas por razones de moralidad. Yo le mostraré cómo actúan... y por supuesto cómo actuaron en el *momento concreto* que nos interesa.

Duponte escudriñó en una de las incomprensiblemente organizadas pilas de periódicos y sacó un ejemplar del *Baltimore Sun* del 2 de octubre de 1849, el día antes de que Poe fuera encontrado.

—¿Le suena el nombre de John Watchman, señor Clark?

Al principio respondí que no conocía a nadie que se llamara así. Pero me vino un vago recuerdo y me corregí. El día que estuve persiguiendo al Fantasma —el señor Benson, de los Hijos de la Templanza de Richmond— fui en su busca a un sótano, a una de aquellas tabernas populares de la ciudad.

—Sí. Creí que ese Watchman era el Fantasma porque vestía un abrigo similar. Otro sujeto me señaló a Watchman como un borracho empedernido.

—No es de sorprender. Las esperanzas del señor Watchman, sus ambiciones de notoriedad habían quedado defraudadas poco antes de aquello. Aquí: un aviso que apenas le hubiera interesado a usted hace dos años, pero que ahora puede ser de gran valor.

Duponte señalaba un artículo en el periódico del 2 de octubre.

La ley para la templanza en domingo había tenido un papel eminente en aquellas elecciones estatales, aunque, como Duponte había sospechado, no hubiera atraído especialmente mi atención en aquella época. Yo había visto suficientes ejemplos de los efectos de la bebida como para simpatizar con las ideas de la causa de la templanza. Pero parecía arduo poner a contribución todas las energías de uno en un solo asunto como ese de la templanza, con exclusión de todos los demás principios morales.

Los Amigos de la Ley del Domingo, una organización que comprendía a los dirigentes antialcohólicos más consecuentes de Baltimore, anunció a su candidato para la Asamblea de Delegados, cuya finalidad era impulsar una ley para restringir la venta de alcohol en domingo: el señor John Watchman. Pero Watchman pronto fue visto bebiendo en varias tabernas de la ciudad, y el 2 de octubre los hermanos le retiraron su apoyo. Más interesante fue el hombre que escribió esta columna en nombre de la comisión de los Amigos de la Ley del Domingo: ¡el doctor Joseph Snodgrass!

—¡Eso sucedió tan sólo *un día* antes de que Snodgrass fuera llamado junto a Poe en el Ryan's! —dije.

—Ahora ya ve usted en qué estado mental se encontraría Snodgrass. Como dirigente de esta agrupación antialcohólica se había visto personalmente humillado por su propio candidato. Monsieur Watchman fue débil, sin duda. Pero tampoco caben muchas dudas de que los Amigos de la Ley del Domingo sospechaban que Watchman fue tentado a propósito por los enemigos de su iniciativa política. Ahora, yo le pediría que consultara el *American and Commercial Advertiser* de una semana antes para tener una idea más cabal del papel del hotel y taberna Ryan's en los días previos a que Snodgrass y Edgar Poe se encontrasen allí.

El primer recorte que me señaló Duponte trataba de

> una concurrida y entusiasta reunión de los *whigs* del
> Distrito Cuarto de la ciudad, celebrada en el hotel Ryan's.

—Entonces el Ryan's no era sólo un colegio electoral —dije—; era también un punto de reunión de los *whigs* de aquel distrito. Y el lugar —añadí con un suspiro— que el destino quiso que fuera la última etapa de Poe antes de ir a parar a la cama de un hospital.

Pensé en el grupo de *whigs* del Distrito Cuarto que Duponte y yo conocimos en el garito encima del cuartelillo de bomberos de la Vigilant, cerca del Ryan's. Era su lugar de reunión privado, mientras que el Ryan's, al parecer, era el local para reuniones más públicas.

—Retrocedamos aún más —propuso Duponte— y veamos unos días antes..., cuando se anunció esa reunión de los *whigs* del Distrito Cuarto. Lea en voz alta. Y observe sobre todo qué firma lleva.

Así lo hice.

> El próximo martes se celebrará una reunión plenaria de los *whigs* del Distrito Cuarto en el hotel Ryan's, en la calle Lombard, frente al cuartelillo de bomberos de la Vigilant. Geo. W. Herring, Presid.

Otro suelto anunciaba una reunión para el 1 de octubre, dos días antes de las elecciones, a las *7.30*, también en el *hotel Ryan's, frente al cuartelillo de bomberos, a la que se ruega encarecidamente la asistencia*. Este anuncio también lo firmaba *Geo. W. Herring, Presid.*

—George Herring, presidente —volví a leer. Recordé a Tindley, el fornido portero, respondiendo obsequiosamente a su superior en el club *whig*: Señor George... Señor George—. El hombre al que vimos, aquel presidente; su nombre de pila era George, no su apellido... George Herring. ¡Sin duda es un pariente de Henry Herring, el primo de Poe por matrimonio! Henry Herring, el primer hombre que se acercó a Poe después de Snodgrass y que se negó a llevarlo a su casa.

—Ahora ya comprende usted que el hecho de que Poe bebiera era sólo una pequeña parte de lo que sucedió en sus días finales, pero sigue teniendo importancia para nosotros, pues nos permite poner todo lo demás en orden. Nos ayuda ahora que estamos en condiciones de comprender la secuencia completa de los acontecimientos.

—Monsieur Duponte —dije, dejando el periódico—, ¿cree que ahora efectivamente lo comprende todo? ¿Que estamos listos para compartirlo con el mundo antes de que se pronuncie el barón Dupin?

Duponte se levantó de la silla y caminó hasta la ventana.

—Pronto —dijo.

21

Era sorprendente, considerando las frenéticas actividades recientes del barón, lo quieto que estaba ahora. No se dejaba ver. Al parecer porque estaba preparando la conferencia que debía dar dentro de dos días... y de la que todo Baltimore hablaba. Di varios paseos por la ciudad, tratando de descubrir a qué hotel se había mudado.

Mientras andaba entretenido en eso, alguien me dio unos golpes en el hombro.

Era uno de los hombres a los que tantas veces había visto siguiendo al barón Dupin. Otro hombre permanecía cerca de él, con un abrigo similar.

—Responda —dijo el primero, disimulando su acento—. ¿Quién es usted?

—¿Y a usted qué le importa? —repliqué—. ¿Puedo preguntarle lo mismo?

—No es el momento de gallear, monsieur.

Monsieur. O sea que eran franceses.

—Le hemos visto en las últimas semanas. Siempre parece estar fuera de su hotel —dijo en tono de sospecha, haciendo un gesto con las cejas, de aquella peculiar manera francesa que en ocasiones exhibía Duponte.

—Bien, sí; pero eso no tiene nada de extraordinario. ¿No visita uno con frecuencia a un amigo?

¡Llamar amigo a un hombre que en el pasado me raptó, me engañó y me intimidó!

Atrapado en su silencio, empecé a inquietarme por mi precipitada respuesta. Al parecer, mi espionaje del barón ¡me había valido que los enemigos del barón fueran ahora mis enemigos!

—No sé nada de las deudas ni de los deudores de ese hombre —añadí—, y no tengo el menor interés en esos asuntos.

Los dos hombres intercambiaron una rápida mirada.

—Entonces díganos en qué hotel se aloja ahora.

—No lo sé —respondí sinceramente.

—¿No tiene usted idea, monsieur, del origen de sus problemas? Si lo protege se convertirán en los suyos. No lo haga.

Me volví rápidamente y me dispuse a alejarme.

—Aún no hemos acabado con usted, monsieur —me advirtió a mis espaldas.

Miré de reojo: me estaban siguiendo. Me pregunté si en caso de echar a correr ellos harían otro tanto. Para comprobarlo, aceleré el paso.

Crucé la calle Madison y me aproximé al monumento a Washington, donde se congregaba una pequeña multitud de visitantes. La gruesa columna de mármol, de seis metros de diámetro, se alzaba desde su base y sustentaba, en lo alto, la gran estatua del general George Washington. El mármol puro y blanco no destacaba precisamente por su altura, sino por su contraste con las construcciones de ladrillo de la calle. Ahora mismo parecía el lugar más seguro de Baltimore.

Penetré en la base del monumento y me uní a quienes aguardaban que se les permitiera el paso a la escalera que ascendía en espiral a lo largo de la columna hueca. Una vez que hube subido el primer tramo de escalones, me detuve en una de las curvas, iluminada tan sólo por una pequeña abertura cuadrada, y unos muchachos me rebasaron corriendo. Sonreí para mí mismo, satisfecho de que los hombres me hubieran dejado en paz o no me hubieran visto entrar... Pero apenas expresé este silencioso deseo para mis adentros cuando oí los pasos pesados de dos pares de botas.

—*Il est là* —dijo una voz.

Sin esperar a verlos, me volví y corrí escalera arriba. Mi única ventaja era que yo conocía desde joven el amplio interior del monumento. Los franceses podían ser más fuertes y rápidos, pero aquí eran unos extraños. Yo imaginaba que compararían aquel estrecho trayecto con las dimensiones de su Arco de Triunfo de París. Ambos lugares brindaban idéntica recompensa para el esforzado escalador —una incomparable vista de la ciudad desde lo alto—, pero honraban logros opuestos. El arco parisiense, el imperio napoleónico. La columna de mármol, la renuncia de Washington como comandante del ejército, negándose a servirse de su posición para buscar el poder permanente de un déspota.

Supongo que nada de esto se les ocurrió a aquellos hombres, que al parecer preferían pensar en arrojarme desde lo alto del monumento. Aún corrían más que el grupo de muchachos, los cuales, empujándose unos a otros por la escalera, andaban ya por la mitad del recorrido. Los dos hombres finalmente alcanzaron la galería de observación en lo alto, y caminaron alrededor de la plataforma circular, abriéndose paso entre los visitantes que contemplaban Chesapeake en la distancia, más allá del río Patapsco. Aunque ambos escrutaron todas las caras bajo las alas de los sombreros, y miraron en torno a los amplios vestidos de volantes, no dieron con su objetivo en ninguna parte.

Pero yo sí podía verlos. Me había escondido treinta y siete metros más abajo: cerca de donde una estrecha y disimulada puerta, en el tramo inferior de la escalera, se abría a un saliente más bajo usado por quienes tenían como tarea mantener limpio cada resquicio del monumento. Era un pasaje empleado también por personas que necesitaban tomar un poco el aire en su trayecto hacia arriba. Aguardé en el saliente para asegurarme de que los dos hombres aparecían en la plataforma de la galería superior, confirmando así que uno de ellos no se había quedado abajo aguardándome.

Dándose cuenta de que habían sido burlados, se asomaron a la barandilla y me localizaron debajo de ellos. Sonreí y los saludé antes de echar a correr hacia la puerta.

Mi alegría duró poco. La puerta que comunicaba con la escalera se negaba a abrirse.

—¡Santo Dios!

La emprendí a puntapiés. El cerrojo por la parte de dentro había quedado trabado por alguna razón al cerrar yo. Golpeé la pesada puerta para que alguien me abriera desde el interior.

Al advertir mi situación desde su privilegiado observatorio, uno de los hombres retrocedió hacia la escalera, mientras el otro aguardaba y me observaba desde aquella percha que permitía verlo todo. Si el primero bajaba por la escalera hasta mi puerta, ciertamente yo estaría atrapado. Levanté la cabeza y advertí con una débil esperanza que un grupo de señoras de edad venía de la escalera y obstaculizaría lo suficiente el descenso de mi perseguidor para darme tiempo a que se me ocurriera algún milagroso plan de liberación.

El segundo hombre mantenía la guardia asomado a la barandilla y no apartaba los ojos de mí. Después de un nuevo intento infructuoso de atraer la atención del otro lado de la puerta, regresé junto a la barandilla y miré abajo, para calcular mis posibilidades si saltaba entre los árboles. ¡Entonces mi vista tropezó con un rostro familiar abajo!

—¡Bonjour! —grité.

Levantó la vista hacia mí y luego hacia el cielo, al lugar desde donde el individuo seguía observándome.

—Retroceda hacia la puerta —dijo.

—Está cerrada por el otro lado. ¡Ábramela, mademoiselle!

—¡Retroceda! Más..., más, monsieur...

Bonjour tomó aliento y después exclamó:

—¡Va a saltar!

Señalaba con gestos histéricos al francés, que casi colgaba de la barandilla, a cincuenta y cinco metros sobre el suelo. El rostro del francés palideció ante los gritos en que prorrumpieron los visitantes que estaban en la galería. Éstos, en un esfuerzo por ayudarlo, se precipitaron en tropel sobre el hombre de la barandilla con tal ímpetu que a punto estuvieron de tirarlo abajo. Mientras tanto, los visitantes que se afanaban por subir para ser testigos de la tragedia humana, ahora formaban una masa que obligó al segundo francés, que apenas había conseguido poner pie en la escalera, a retroceder a la galería.

—¡Muy ingeniosa, mademoiselle! ¡Ahora, si puede, ábrame esta puerta!

Bonjour entró en la escalera y poco después pude oír descorrer el cerrojo de la puerta que me franqueaba el paso hasta la base. Satisfecho, empujé la puerta para darle las gracias a mi salvadora, quizá la única mujer que ya se preocupaba por mí.

Cruzó el umbral, con el cañón de un pequeño revólver apuntándome.

—Es hora de que me acompañe, monsieur.

* * *

Bonjour no volvió a pronunciar palabra en todo el camino en coche hasta el hotel. Me desató las manos y las piernas —que previamente me había atado— al llegar al hotel Barnum, y me hizo atravesar a toda prisa el vestíbulo sin atraer la atención. Una vez en sus habitaciones, donde aguardaba el barón, le dijo a éste:

—Estaba con ellos. Los he separado, pero pueden haber intercambiado señales.

—¿Quiénes? —pregunté confuso—. ¿Aquellos tipos? Nunca había tenido que ver con esa gente.

—Muy precavido lo de ir juntos a ese monumento.

—¡Me estaban acosando, mademoiselle! ¡Usted me rescató!

—¡No era ésa mi intención, monsieur! —me aseguró—. Quizá Duponte los lleva también a ellos de la correa.

El barón exteriorizó su agitación.

—Esfúmate, querida.

Bonjour me dirigió una mirada compasiva antes de dejarnos solos. El barón levantó un vaso de bebida fría de jerez y frutas.

—En este hotel la proporción de jerez es decididamente inferior a la de agua. Pero al menos las camas tienen cortinas, un lujo raro en América. No se preocupe de mademoiselle. Cree que depende de mí porque la salvé, cuando en realidad sucedió todo lo contrario. Si me dejara o quisiera perjudicarme, me haría polvo. No subestime sus habilidades.

Advertí que sobre el escritorio había un montón de papeles cubiertos de notas garabateadas.

—Ahí —dijo el barón con una sonrisa satisfecha y maliciosa, al percatarse de mi interés—. Ahí están todas las preguntas a las que usted ha estado buscando respuesta, amigo Quentin, puestas en negro sobre blanco. Es cierto que aún no he dejado a punto mi presentación, pero lo conseguiré, no lo dude. Sin embargo, temo —en este punto se inclinó para acercarse más a mí— que deberé asegurarme de que nadie me moleste antes de que eso salga a la luz del día. Ahora, ¿quiénes son ellos, los hombres que Bonjour vio con usted? ¿Por qué trabajan para usted y para Duponte?

—Barón Dupin —repliqué, exasperado—, no los conozco, no quiero conocerlos y, desde luego, no estoy ligado a ellos de ninguna manera.

—Pero usted los ha visto igual que yo —dijo, elevando el tono—. Me han estado vigilando. Llevan la muerte pintada en los ojos. Eso es peligroso. Sin duda se ha dado cuenta de su presencia mientras usted mismo me espiaba.

Abrí la boca para hablar, pero el barón me había dejado sorprendido.

—Lo sé —continuó, tomando mi silencio como asentimiento—. Desde que me enteré por Bonjour de que en los muelles la observaba muy de cerca. Me cuesta creer que sea ése su lugar habitual de ocio, entre borrachos y traficantes de esclavos. O quizá —y prorrumpió en una carcajada— aún me va a sorprender, Quentin Clark.

—Entonces, si lo sabía, ¿por qué no me descubrió?

Revolvió su bebida.

—¿No le parece que es del todo obvio? ¿Es que no ha aprendido de su maestro? Se trataba de una medida desesperada... Duponte creía que estaba perdiendo y lo mandó por delante. Este hecho en concreto me hizo ver claro que yo no necesitaba defenderme de él. Además, enterarme de lo que usted trataba de espiar me permitió saber qué era lo que más interesaba a Duponte... Ser espía significa siempre ser *espiado uno mismo*, monsieur.

—Si lo sabe todo, barón, imagino que ya habrá descubierto quiénes eran esos dos franceses y quién los ha mandado.

Guardó silencio, y de nuevo fue presa de la agitación.

—Entonces ¿son franceses?

—Por su acento y por sus palabras, sí. Quizá podría usted engatusarlos para sus propios fines, como hizo con el doctor Snodgrass.

Me proponía recuperar cierto equilibrio en aquella entrevista, y dejar claro que yo no carecía de mis propias fuentes de información.

—Si están al servicio de ciertas poderosas facciones contrarias a mí por intereses pecuniarios, allá en París, me temo que la cosa no es tan sencilla.

Hablaba en ese tono abierto sobre sí mismo, como si yo estuviera firmemente de su lado, de tal modo que me hacía olvidar que no contaba para nada. Se apartó de los ojos unos mechones de cabello, que ahora parecía ralo y grasiento.

—Ya ve, amigo Quentin, cómo a un hombre se le puede empujar a vivir detrás de unas máscaras. Nunca tengo libertad para ser yo mismo. Y soy muy bueno cuando soy yo; sí, monsieur. ¡Excepcionalmente bueno! En la audiencia todos los ojos, incluso los de los abogados de la parte contraria, me miraban para hallar la verdad. Soy feliz allí. Y no estoy dispuesto a dar a vencer mi mano; todavía no.

—Pero usted continúa con su charada barata para amedrentarnos —protesté—. Usted imita a Auguste Duponte.

Descubrí un retrato de Duponte arrimado a la esquina de la habitación. Había visto la obra de Van Dantker en varias etapas de su realización, y reconocí aquel lienzo como suyo. No pude evitar observar la perfección del retrato terminado, que reflejaba fielmente la imagen de Duponte. Captaba su exacto parecido, pero también *algo más* que su parecido. El barón rió de buena gana.

—¿Ha apreciado Duponte el humor que encierra, amigo Quentin? Mi pequeña chanza en medio de asuntos serios, eso es todo. Duponte no sabe llevar máscaras. Cree que si no las lleva, estará más apegado a la realidad. De hecho, sin máscaras él no es (no somos) nada.

Pensé en aquella peculiar sonrisa mordaz que Duponte había adoptado para posar ante Van Dantker, y que podía verse deslizándose por su rostro en el retrato. Una sonrisa que no era realmente la suya... Quizá, después de todo, Duponte sabía algo de máscaras. Agarré el retrato y me lo puse bajo el brazo.

—Me llevaré esto, barón. No es de su propiedad.

Se encogió de hombros.

Continué, esperando quizá provocar una reacción mayor.

—Usted sabe, o debería saber, que Duponte resolverá este caso. Él es el fundamento real de Dupin.

—¿Cree usted que eso es importante para él?

Enderecé la cabeza con interés. Aquélla no era la réplica que yo esperaba.

—¿Le ha dicho Duponte en qué circunstancias nos conocimos?

—El barón se quedó mirándome con expresión seria—. Desde luego que la respuesta es no. —El barón continuó, moviendo la cabeza en un gesto de comprensión—. No, él vive demasiado encerrado en sí mismo. Duponte necesita sentir que la gente está interesada en él, pero considera demasiado fatigoso hablar de su persona. Ambos estábamos en París. Había una dama llamada Catherine Gautier, acusada de asesinato, una mujer importantísima para su amigo.

Me vino a la memoria el policía que en el café, en París, me dijo que Duponte había cambiado cuando la mujer a la que amaba fue ahorcada por asesinato y él no pudo evitarlo.

—Duponte la amaba, ¿no es así?

—¡Eso no es nada! También yo la amaba. Oh, no me mire así, como si fuéramos personajes de alguna novela ligera; no es lo que está pensando. No, Duponte y yo no rivalizábamos por su afecto. Pero ella era lo bastante atractiva y brillante para que cualquier hombre que la conociera la amara. Usted se preguntará cómo podíamos vivir en un mundo en el que una mujer así podía ser acusada de apalear hasta la muerte a su propia hermana. La idea es absurda.

Catherine Gautier, dijo el barón, venía de la clase más pobre, pero era virtuosa y se la consideraba muy inteligente. Era la compañera más cercana y algunos decían que la única de Duponte. Un día la hermana de esta mujer fue encontrada asesinada de la peor manera, y de inmediato las sospechas recayeron en la amante de Duponte. Puesto que los policías eran enemigos de Duponte, después de que él los colocara en posición desairada al resolver delitos que ellos no pudieron aclarar, muchos creyeron que la acusación representó su represalia contra Duponte en la persona de Catherine.

—Entonces ¿ella era inocente?

—Bastante inocente —fue la peculiar respuesta del barón tras una pausa.

—¿Usted la conocía?

—Querido amigo, ¿realmente nunca le ha dicho nada sobre esto? El que es su compañero desde hace largos meses. Sí, la conocí. —Se echó a reír—. ¡Yo fui su abogado, hombre! La defendí de aquel terrorífico cargo de asesinato.

—¿Usted? —pregunté—. Pero la ejecutaron. Y usted *nunca* perdió un caso.

—Sí, es verdad. Supongo que ese récord vino a complicarlo de algún modo mademoiselle Gautier.

Bajé la mirada y medité sobre el fracaso de Duponte.

—Duponte fracasó en lograr su libertad. Pero recuperará su *gloria* ahora, con Poe —afirmé, utilizando el término favorito del barón.

—¡Fracasó en lograr su libertad! —remedó el barón, entre risas—. *¿Fracasó en lograr su libertad?*

Su tono de mofa me produjo enfado. Yo sabía que Duponte trató de investigar personalmente el caso cuando mademoiselle Gautier fue detenida, pero desistió desesperado. Le repetí esta historia al barón.

—Trató de investigarlo: ¿es eso lo que le dijeron? Pues sepa, monsieur, que el amigo Duponte *sí* investigó el caso. Y nunca desistió. Tuvo el éxito de siempre.

—¿Éxito? ¿Cómo? ¿Quiere decir que al final ella no fue ejecutada?

—Recuerdo vívidamente —empezó el barón— mi primera visita al piso de Auguste Dupin en París.

El barón Dupin encontró un lugar para dejar su sombrero y su bastón, puesto que Duponte no se lo ofreció. El barón deseaba más luz. El abogado consideraba que la buena iluminación era una ventaja cuando demostraba mediante vehementes movimientos de las manos y variadas expresiones del rostro por qué era preciso cooperar con él. Por descontado que con Auguste Duponte no se apoyó en ninguna de las habituales rutinas de persuasión, pero las circunstancias eran terribles. Su carrera se hallaba en una encrucijada traicionera. Y también estaba en juego la vida de una mujer.

El barón nunca había visto antes a Duponte. Como todas las personas informadas de París, y como todos los delincuentes, sabía quién era Auguste Duponte. El barón había establecido una norma estricta como abogado. No aceptaba el caso de un acusado que hubiera sido detenido gracias a la raciocinación de Duponte. La razón de ello no era la obvia: que el barón suponía que una persona señalada por Duponte era automáticamente culpable. Sucedía que la reputación de Duponte era tan sólida por aquellos días, que una vez un juez se enteraba de que los cargos se habían imputado gracias a la intervención de Duponte, resultaba casi imposible conseguir un veredicto de no culpabilidad.

Ahora el barón veía una oportunidad. Podía utilizar el ciego afecto que sentía Duponte por Catherine Gautier para vencer en su caso más importante. El barón estaba convencido de que cada caso era el más importante, pero aquél era especial: se trataba de un caso que a cualquier otro abogado le hubiera parecido del todo imposible. Esto le indujo a mostrarse más decidido.

—Vamos a organizar una defensa conjunta —le dijo el barón a Duponte—. Nuestra finalidad es devolver la libertad a mademoiselle —añadió en tono animoso—. Su ayuda, monsieur Duponte, sería sumamente valiosa... En realidad, de lo más decisivo. Usted será el héroe de la absolución.

La verdad era que el barón no creía tal cosa, pues sabía que el héroe iba a ser él. Duponte permanecía inmóvil en un sillón, junto a la chimenea apagada.

—Mi ayuda confirmará que está perdida —respondió casi ausente.

—No tiene por qué ser así, monsieur Duponte —objetó el barón, excitado—. Usted tiene fama de ver lo que otros no pueden ver. Si los demás sólo ven que ella es culpable, usted puede usar su talento, su genio, para que vean su inocencia. La Sagrada Biblia dice que todos somos culpables, monsieur, pero ¿no se sigue de eso que todos somos inocentes?

—Nunca oí decir que era usted un erudito en materia religiosa, monsieur Dupin.

—Barón, por favor.

Duponte se lo quedó mirando sin pestañear. El barón se aclaró la garganta.

—Le propongo una elección, monsieur, que seguramente resultará atractiva para su inteligencia. Usted puede emplear su genio para rescatar a una persona a la que ama, una persona que lo ha amado a usted, de un destino que entraña la muerte más negra. O bien usted puede permanecer sentado, ocioso, en su lujosa vivienda, y dejarse consumir para siempre en soledad. Es una burrada... Quiero decir que hasta un burro podría saber lo que había de decidir. ¿Cuál será su destino?

El barón no solía tender a la discusión empleando términos profundos, pero tampoco los eludía. Mademoiselle Gautier había salvado su vida convirtiéndose en la amante de un estudiante parisiense rico, que la retiró. En su circunstancia, la mayoría de las muchachas caían en la prostitución, pero Catherine Gautier logró evitarla. No fue ése, sin embargo, el caso de su hermana, pese a los desvelos de Catherine. La ruina de su hermana sería también la suya, pues compartían no sólo el apellido, sino un parecido lo bastante acusado como para ser confundidas en la calle por conocidos, tenderos y policías. Éste era un motivo suficiente para que Catherine eliminara aquella mancha en su identidad. Por lo mucho que había averiguado el barón, era sumamente improbable que la acusada llevara a cabo una acción punible, y había dado con los nombres de muchos villanos, compañeros de la hermana en su nueva profesión, que muy fácilmente podrían ser mostrados como culpables aportando las pruebas más nimias.

—Si investigo el asunto de la muerte de su hermana —empezó a decir Duponte, y el barón se estremeció al oír aquellas palabras—, si lo hago, no quisiera que otros supieran que estoy en ello.

El barón prometió no revelar nada a la prensa sobre la ayuda de Duponte.

En efecto, Duponte investigó la muerte de la hermana de Gautier, tal como prometió. No tardó en descubrir, sin el menor género de duda, la secuencia de los acontecimientos que desembocaron en aquella muerte. Sus conclusiones apuntaron indiscutiblemente a su amante, Catherine Gautier, como la responsable. Pasó su información al prefecto, sacando a la luz a un testigo que la policía no había descubierto, y arruinando con ello todas las oportunidades del barón Dupin de vencer por otros medios. Este giro de los acontecimientos llevó al barón a la desesperación. Era demasiado orgulloso para aceptar la derrota de buen grado. Requirió muchos favores y gastó muchos miles de francos más de la que ya por entonces era una deuda cuantiosa, a fin de manipular el caso. Pero no resultó efectivo. Las pruebas aportadas por Duponte resultaban demasiado sólidas para ser invalidadas. El barón estaba ahora arruinado financieramente y en cuanto a su reputación.

Mientras tanto, el agente Delacourt, en su ambición de ascender en la prefectura, aseguró a Duponte y a Gautier que con las nuevas pruebas, que presentaban a la joven confusa y engañada, pero de ningún modo perversa, y tomando en consideración su sexo, la sentencia sería benévola. Pero pocos meses más tarde fue ejecutada, en presencia de Dupin y Duponte, junto con las tres cuartas partes de los parisienses.

* * *

—En primer lugar —dije—, en este asunto Duponte sufrió más que usted. No sólo minó su capacidad para proseguir la tarea a la que lo impulsaba su genio, sino que también perdió a la única mujer que amó, ¡y por obra suya! No se desquite de su deshonra atormentando ahora a Duponte. No puede utilizar la muerte de Poe para ese propósito. ¡No lo consentiré!

El barón replicó:

—Recuerde el hermoso axioma legal *super subjectum materiam*: a ningún hombre puede hacérsele responsable profesionalmente de opiniones fundadas en hechos que le han sido sometidos por terceros. —El barón permaneció de pie junto a mi asiento—. Yo no empecé esto, monsieur. Empezó usted. Usted me impulsó a investigar la caída de Poe. Usted está en su terreno, ¿no se da cuenta? Sea fiel a sus compromisos, amigo Quentin. Usted me dio a entender que podría rehabilitarme. Mi nombre fue triturado por detractores y difamadores porque la sombra de mi genio creció demasiado y se negó a acomodarse a sus pequeñas vidas, con lo cual los ojos que nos escrutan convierten cualquier pecadillo venial en pecado mortal con el fin de acabar con nosotros. Mire por dónde, es el mismo caso de nuestro querido Poe.

—¿Se compara usted con Poe? —pregunté, visiblemente estupefacto.

—No tengo por qué, puesto que el amigo Poe *ya es cosa del pasado*. ¿Por qué cree usted que escogió el personaje de Dupin como el mejor de sus héroes? Él vio en el genio del descifrador de enigmas sus propias capacidades divinas para comprender lo que dioses y hombres nunca podrían penetrar. ¿Y cuál es la recompensa? El prefecto de policía, no el héroe de Dupin, es quien recibe las felicitaciones de todas las partes. Mientras que otros autores la mitad de buenos que Poe ganaban dinero en las revistas, él luchó por última vez para sobreponerse a la adversidad, luchó hasta el final, hasta que acabó apartado... de la existencia.

—¿Realmente cree, monsieur, que merece usted ser el modelo de Dupin?

—Usted lo creyó antes de tener la desdicha de encontrar a Duponte, seducido por los talentos que él emplea sólo a favor de sus propios intereses. Duponte es un anarquista. Desde que lo conoce, ¿ha tenido usted dudas... quizá...? —Alargó las palabras—. Quizá recuerde que yo le di otra razón para que dejara de espiarnos, amigo mío. Ya pudo tener una experiencia personal, amigo Quentin, de que le pasó algo en París, en las fortificaciones, cuando lo eligió a él postergándome a mí.

Me pregunté si sabía, si el barón tuvo a alguien observándome cuando acudí aquella noche al que creía era su hotel. ¿Aquel negro libre esperando bajo la farola?

—Duponte es único. Usted no le llega a la suela del zapato —dije.

No podía permitir que se atribuyera la victoria de saber lo cerca que estuve de abandonar mis esperanzas en Duponte tan sólo unos días antes. Aun así, creo que mi expresión pudo resultar transparente.

—Bien —dijo, sonriendo ligeramente—, sólo Edgar A. Poe podría dar la respuesta de quién es el Dupin original, y ha muerto. ¿Cómo resuelve uno algo cuando la solución es inalcanzable? El Dupin real es aquel que convenza al mundo de que lo es; él será el que prevalezca.

22

Me di cuenta de que por primera vez Duponte me inspiraba temor. Me preguntaba si su talento —indiscutible—, liberado sin restricciones ni freno, podría volverse desastroso, como se volvió en contra de mademoiselle Gautier. No podía apartar de mi mente el final de «El escarabajo de oro», el emocionante cuento de Poe sobre la búsqueda de un tesoro. Siempre me pareció que bajo la superficie del triunfal desenlace se encerraba un indicio de que Legrand, el maestro pensador, había estado a punto de asesinar a su sirviente y a su amigo una vez concluida su misión. Las últimas y amenazadoras palabras de ese relato —«¿Quién podría decirlo?»— resonaban en mi cabeza.

Evoqué una noche en concreto durante mi estancia en París. Caminaba detrás de Auguste Duponte por una zona de la ciudad que madame Fouché me había señalado como insegura a aquellas horas. Mis gritos, dijo madame Fouché, no atraerían a la policía, que a menudo era cómplice de los maleantes. Recuerdo que atrajo mi atención un objeto de un escaparate, que parecía moverse por sus propios medios. Era un círculo de mandíbulas artificiales que representaban todos los estados de la boca humana: una con encías brillantes e inmaculados dientes de leche, otra con encías estropeadas y marchitas, y así sucesivamente. Cada una daba vueltas y se abría y se cerraba a diferentes velocidades, movida por un invisible ingenio mecánico. Encima de las mandíbulas giraban unas cabezas de cera que mostraban un rostro desdentado y degradado, y luego una boca orgullosa, fresca y vigorosa, con dientes brillantes, que se suponía arreglada por un dentista cuyo gabinete se hallaba tras el escaparate.

Antes de que pudiera apartarme de esta hipnótica visión, sentí una tirantez en torno a las orejas. Todo se volvió negro. Me habían encasquetado el sombrero sobre los ojos para cegarme, y pude sentir unas manos recorriendo mi abrigo desde atrás. Mientras gritaba pidiendo auxilio, conseguí dejar una estrecha franja entre el sombrero y los ojos. Vi a una anciana con un vestido raído y harapiento y dientes ennegrecidos. Después de tratar de cegarme con el sombrero para robarme, retrocedió y ahora se limitaba a permanecer de pie, con la vista fija. Seguí su mirada hasta Duponte, que permanecía a unos pocos pies de la atacante. Una vez que ella se hubo alejado corriendo, me volví para dar las gracias a Duponte. ¿Qué la asustó? Si él lo sabía, nunca me lo dijo.

Consideraba ahora que aquella miserable debió haber reconocido a Duponte, recordándolo de otros tiempos. Una empresa delictiva que Duponte malograría. Quizá ella formó parte antaño de un gran plan magnicida (pues se decía que por entonces Duponte había descubierto más de una conjura para dar muerte al más alto mandatario de Francia) y, como consecuencia de la perspicacia del analista años antes, ahora ella se veía reducida a aquella desesperación animal. No fue el miedo físico hacia Duponte lo que la impulsó a huir de mí. Pudo haberme apuñalado en el corazón diez veces antes de que Duponte la detuviera (si es que ésa hubiera sido la intención de Duponte). No era miedo de su fuerza ni de su agilidad. Se trataba del miedo elemental e impulsivo a su intelecto puro, miedo a su *genio*.

¿Quién podría decirlo?

Tras abandonar el hotel del barón, encontré a Duponte sentado junto al amplio ventanal de la sala de estar de Glen Eliza, mirando resueltamente hacia la puerta. Empecé a decirle lo sucedido en el hotel Barnum.

—Tome esto —me interrumpió, sosteniendo una bolsa de cuero—. Llévelo a la dirección que va en el papel.

Me alargó un trozo de papel.

—Monsieur, ¿no ha oído la información que le traigo? El barón Dupin...

—Debe irse en seguida, monsieur Clark. Es hora.

Miré la dirección y no la reconocí.

—Muy bien... ¿Qué he de decir cuando llegue?

—Ya lo sabrá.

Mi confusión era tal que no me di cuenta de que era tres veces más oscuro de lo que correspondía a aquella hora. Cuando empezó a llover, ya estaba demasiado lejos para volver por un paraguas. La lluvia arreció durante el recorrido, hasta que el agua me llegó a los tobillos. Avancé trabajosamente, con el ala del sombrero protegiéndome todo lo posible el rostro.

Tomé un ómnibus para recorrer parte del camino a la dirección que había escrito Duponte. Todavía tuve que caminar, calado, bajo el aguacero. La dirección correspondía a una pequeña oficina donde un hombre, tras un escritorio, despachaba mensajes telegráficos.

—¿Señor? —dijo, volviéndose hacia mí.

Sin saber qué decir, me limité a preguntar si aquélla era la dirección que buscaba.

—Abajo —respondió en tono complaciente.

Bajé por la escalera hasta el siguiente rótulo, que chorreaba regueros de agua. Correspondía a una tienda de ropa. ¡Bien! Aquélla era la misión urgente, quizá recoger un abrigo que precisaba un arreglo para Duponte. A lo mejor tenía que asistir a una cena. Entré, consumido por la impaciencia.

—Ah, ha venido usted al lugar adecuado.

Era un hombre de vientre prominente, embutido en un brillante chaleco de raso.

—¿Yo? ¿Nos conocíamos, señor?

—No, señor.

—Entonces ¿cómo sabe que estoy en el lugar adecuado?

—¡Mírese! —Accionó los brazos dramáticamente, como si yo fuera el hijo pródigo que retornaba—. Calado hasta los huesos. Contraerá un resfriado y caerá enfermo. Y yo tengo la ropa apropiada. —Revolvió bajo el mostrador—. Ha encontrado el lugar adecuado para cambiarse de ropa.

—Se equivoca. Le he traído algo.

—¿De veras? No espero nada —dijo con expresión codiciosa.

Deposité la bolsa en una silla y la abrí, hallando sólo un periódico doblado, un número del *Baltimore Sun*. Sobre el papel cayeron gotas que me resbalaban del cabello y de la frente.

Me lo arrebató de las manos al tiempo que su hasta entonces amistoso rostro endurecía sus facciones.

—¡Maldita sea! Me parece que puedo comprar yo mismo mi periódico, joven. Ni siquiera es de este *año*. ¿Ha venido aquí a burlarse? ¿Qué quiere que haga con esto?, pregunto. —Me dirigió una mirada de reprobación. Yo había descendido de «señor» a «joven»—. Si no me trae ningún negocio esta noche... —Y agitó la mano.

Al pronunciar la palabra «negocio» señaló uno de los rótulos de la pared para explicar cuál era el suyo. *Confección de moda y prendas de todas clases. Camisas. Cuellos. Camisetas y calzoncillos. Corbatas. Calcetines. Géneros de punto. Plena garantía de calidad igual a la mejor sastrería a medida.*

—¡Espere un momento! Le pido excusas, señor —me apresuré a decir—. Después de todo me gustaría mucho hacer ese cambio de ropa.

Se le iluminó la mirada.

—Excelente, excelente, una inteligente decisión. Podemos proporcionarle un traje de la mejor calidad y corte.

—¿A esto es a lo que se dedica, señor? ¿Hace intercambio de ropa?

—Cuando hace falta, claro. Es un servicio necesario para caballeros en mala situación, como usted, querido señor. Muchos olvidan los paraguas incluso en otoño, y sólo tienen un traje en su baúl. Especialmente los forasteros en Baltimore. Usted está de paso, supongo.

Hice un gesto vago, al tiempo que empezaba a comprender a qué se dedicaba aquel hombre. Y cuál era el propósito de Duponte...

El ropero me trajo un montón de prendas, ¡y vaya prendas! Repetía su afirmación de que eran de la mejor calidad, aunque estaban completamente raídas y no eran remotamente de mi talla. La chaqueta y su cuello de terciopelo pardusco casi hacían juego con una pernera del pantalón —la menos descolorida— y ni siquiera lo intentaba el chaleco. Todas estas prendas eran varias tallas inferiores a la mía, aunque el ropero exhibía una expresión de profundo orgullo mientras declaraba que estaba «hecho un figurín», y sostuvo un espejo para que pudiera gloriarme de mi propia imagen.

—¡Aquí lo tenemos, abrigado y seco! Sale usted ganando con este cambio —dijo—. En cuanto a esto —dijo tomando mi bastón—, es tan hermoso como un ejemplar que vi hace un tiempo. Aunque resulta pesado para un viajero como usted. Una carga. ¿Piensa llevárselo? Yo podría pagarle bien por él, y mis precios no son inferiores a los de nadie en todo el vecindario.

Me disponía a abandonar la tienda, y casi olvidé el periódico que Duponte había enviado por mi mediación. Miré la fecha en la cabecera de la página: 4 de octubre de 1849. El día siguiente de que Poe fuera descubierto en el Ryan's con ropas que le caían mal. Recorrí las páginas, deteniéndome en las informaciones sobre el tiempo el día anterior. Quiero decir el día en que fue hallado Poe. «Frío, desapacible y con niebla.» «Húmedo y lluvioso.» «Viento constante y fuerte del noreste.»

Lo mismo que hoy. Cuando entré en la biblioteca, Duponte estaba esperando junto al ventanal, pero no con la mirada ausente, como parecía, sino contemplando el cielo y las nubes. Estaba esperando un día adecuado a la descripción del fatídico 3 de octubre para enviarme con aquel encargo.

—Esto me lo llevaré, señor —dije educadamente, arrebatándole el bastón de Malaca—. Nunca me separo de él.

Antes de marcharme, saqué unas monedas de cinco centavos y tomé un paraguas que había tras el mostrador.

Una vez fuera, mis pasos fueron indecisos, con las piernas constreñidas por los desiguales pantalones. Permanecí bajo el toldo de la tienda mientras probaba el endeble paraguas.

—Esta noche se han abierto los cielos.

Di un salto, sobresaltado por aquella voz ruda. Con la oscura cortina de lluvia difícilmente podía distinguir la figura de un hombre.

—Usted trataba de esconderse de nosotros, ¿verdad, monsieur Clark?

Los dos matones franceses.

—Una ropa como ésa —dijo el otro, inclinando la cabeza para observar mi raída vestimenta— no es suficiente para disimular.

—Caballeros, messieurs, no sé cómo llamarlos. Yo no llevo esta ropa para pasar inadvertido ante ustedes. No comprendo por qué continúan molestándome.

Sabía que aquello no era oportuno. Pero mi ojo, que de algún modo permanecía libre de las inquietudes de mi cerebro, fue inexplicablemente atraído por una octavilla pegada a la farola y que se agitaba con el empuje del viento. No pude leerla, pero, supongo que por alguna razón instintiva, sabía que contenía algo de gran interés.

—¡Mire aquí cuando hablamos!

El hombre me abofeteó. El golpe no fue particularmente fuerte, pero su extrema rudeza me dejó pasmado.

—No puede proteger por mucho tiempo a un hombre marcado para la muerte. Hemos recibido órdenes.

Su compañero sacó una pistola del abrigo.

—Ahora usted está metido en esto. Debería seleccionar más cuidadosamente sus amistades.

—¿Mis amistades? ¡Eso no es verdad!

—Entonces, ¿su chica le echó a usted una mano por simple placer, en el monumento a Washington? —replicó.

—¡Les aseguro que no es mi amigo! —exclamé, con la voz temblándome, a la vista del arma.

—No..., ya no.

23

—¡Señor! ¡Señor! Ha olvidado usted...

El ropero había salido con la bolsa que me dejé en la tienda. Se detuvo cuando vio a mis acompañantes en actitud inamistosa. Uno de ellos me había rodeado con el brazo. El ropero gesticulaba airadamente ante mi asaltante.

—¿Qué está pasando? ¡Suelte ese traje!

Cuando el ropero dio un paso más, el otro asaltante se volvió y le descargó un manotazo en la cara con mucha más fuerza que si le hubiera golpeado con el puño. Lo vi girar sobre sí mismo y caer de mala manera más allá del toldo.

Al dar en el suelo, el ropero emitió un gruñido muy agudo, como un maullido. Aprovechando la distracción, liberé mi brazo. Lancé el paraguas hacia atrás y corrí hacia la cortina de lluvia, que sentí como una pared de ladrillos contra mi cuerpo. Los dos asaltantes emprendieron mi persecución.

Torcí por la primera calle, esperando que la oscuridad de la tormenta me encubriera. Pero la pareja acortaba la distancia casi a la vez. Me volví para vigilarlos, y tropecé con un suelo irregular. Aunque me repuse, ellos estaban ahora peligrosamente cerca, y uno me rozaba la chaqueta con la mano. No me atreví a volver a mirar atrás.

Más adelante, una piara de cerdos devoraba la basura vespertina. Nuestra persecución los molestó, obligándolos a dispersarse. Un relámpago hendió el cielo y nos iluminó a todos. Me encontré jadeando y tomando aire al quedarme sin resuello. Se aproximaban a mis talones, y ciertamente me abordarían al cabo de un instante.

Tomé conciencia de la calle por la que íbamos y escuché un tintineo apagado. Eso me dio una idea. Giré en redondo y corrí hacia mis perseguidores. Los franceses, en su apresuramiento, se demoraron un momento para detenerse en medio del suelo resbaladizo.

Yo sabía que en Europa los ferrocarriles arrancaban de la periferia de la ciudad, y a lo largo de mi vida conocí a muchos visitantes de otros países sorprendidos porque nuestros trenes iniciaban su recorrido desde el mismo centro de la localidad. Primero arrastrados por un tiro de los caballos más fuertes, y luego enganchados a una máquina. Cuando los hombres retrocedieron en mi dirección, les conduje hasta el rótulo en el que se leía: ATENCIÓN A LA LOCOMOTORA. Los dos franceses, confusos al verlo, hicieron precisamente lo que se indicaba, mirando hacia todas partes.

Corrí como un loco hasta que, finalmente, moderé el paso y observé el camino tras de mí. Ni un alma. Llovía algo menos. Me detuve. Estaba a salvo.

Entonces apareció la pareja, uno junto al otro, como demonios emergiendo del gran Abismo.

Cuando ya caía en una terrible desesperación, surgió otra figura frente a mí. Al aproximarse, me sorprendió comprobar que era el negro mayor que había visto con anterioridad acompañando al barón y contemplándome escrutadoramente en la calle. Puesto que el joven esclavo del barón insistió en que éste no tenía empleados a otros negros, llegué a considerar que aquel hombre podía ser cómplice de los dos matones franceses. ¡Y allí estaba, corriendo hacia mí!

No tenía adónde dirigirme sin hacerme vulnerable a los dos hombres que iban tras de mí o al que se acercaba por el frente. Decidí que contaba con más oportunidades si me enfrentaba a un solo hombre, y cargué en dirección a él. Cuando intenté rebasarlo, me agarró del brazo y tiró de mí.

—¡Por aquí! —me dijo, conteniéndome mientras yo me debatía.

Dejé que me condujera a una calle más oscura y estrecha. Ahora corríamos uno junto al otro. Desplazó su mano a mi espalda, ayudándome a mantenerme erguido.

Los hombres nos seguían. De pronto mi compañero empezó a cruzar por detrás y por delante de mí mientras corríamos.

—¡Haga lo mismo! —me gritó.

Comprendiendo su propósito, seguí su ejemplo. En medio de la lluvia y de la oscuridad los dos matones no serían capaces de distinguir quién era quién.

Ahora se alejó de mí y, tras un momento de vacilación y confusión, uno de los matones fue tras él. El otro seguía mi camino con renovado vigor. Al menos el número de manos que podían estrangularme en cualquier momento había quedado reducido a la mitad. Ni siquiera tuve tiempo de pensar en la razón de que aquel extraño, al que yo consideraba adversario, me hubiera auxiliado frente a los asesinos.

Se había abierto una posibilidad de ventaja, pero debía actuar con rapidez. Miré atrás y vi al matón detenerse en plena carrera y levantar la pistola. La descarga resonó como un trueno. La bala me atravesó limpiamente el sombrero, que salió volando. La rabia en sus ojos y sus gruñidos a voz en grito me espantaban más que la pistola. Mi bastón de Malaca me resbaló varias veces en la mano a causa de la cortina de agua, y estuvo a punto de caérseme, pero no lo permití.

* * *

La lluvia amainaba y toda la tierra se tornó fangosa. Yo resbalaba y me deslizaba por las calles sin que mi solitario perseguidor cejara en su propósito. Traté de gritar reclamando ayuda, pero mi capacidad para emitir sonidos se malograba en la misma garganta, y aunque ambos renqueábamos a causa de la irregularidad del terreno, si me detenía me expondría a un grave riesgo. Además, con mi ropa empapada y desaliñada, con la cabeza descubierta, parecía un vagabundo salvaje, el mayor temor de los habitantes de la ciudad. Nadie acudiría en mi socorro esta vez. Buscando un refugio en el distrito de los negocios, descubrí la puerta de un gran almacén que había sido abierta de par en par por el viento. Corrí al interior y di con una escalera.

Subí a toda prisa al piso superior y choqué con una rueda recién pintada que me llegaba hasta el cuello. Entonces me di cuenta de dónde estaba.

Me rodeaban ruedas, calesas, estribos y ejes: había ido a parar a la fábrica de carruajes Curlett's, en Holliday. En el primer piso había una sala donde se exhibían y se vendían los últimos modelos de carruajes. Junto con la manufactura de pianos a unas manzanas de distancia, el edificio representaba una nueva idea: fábrica, almacén y punto de venta en un solo local.

—Hasta aquí hemos llegado, valiente —dijo una voz, hablando ahora en francés. El matón apareció en la puerta. Una sonrisa forzada se dibujó en medio de sus jadeos, y me dirigió una mirada salvaje—. Ya no hay adónde correr. A menos que quiera saltar por la ventana.

—No pretendo tal cosa. Lo que quiero es que hablemos como hombres civilizados. Yo no tengo la menor intención de evitar que salden sus deudas con el barón.

Se acercó y yo me eché atrás. Me miró inquisitivamente.

—¿Es eso lo que cree, monsieur? —Emitió una risa ahogada muy desagradable—. ¿Cree que estamos aquí para reclamar a un aprovechado unos pocos miles de francos? —preguntó, en tono ofendido—. La cosa va mucho más allá. Lo que está en juego es la futura paz de Francia.

—¿El barón Dupin? ¿Un abogado en desgracia? ¿Que él tiene que ver con el futuro de Francia?

Mi rostro exteriorizó mi extrema confusión, y él me miró con airada impaciencia.

Con un brusco manotazo agarré la gigantesca rueda que había junto a mí y la empujé con las fuerzas que me restaban. Alargó la mano y la bota para detenerla y cayó a su lado, sin impulso ni daño.

Me lancé a través de la nave, pero sabía que él tenía razón: no había dónde ir. Aunque no hubiera estado mortalmente cansado y empapado, el almacén era un gigantesco espacio atiborrado de piezas de carruajes. Traté de saltar sobre una calesa a medio terminar, pero mi bota tropezó y me derrumbé, lo que suscitó el eco de una brutal risotada.

Al caer no fui a dar en el suelo; fue algo mucho peor que eso. Me había quedado enredado en una cuerda en torno a la trasera de un coche, que unía ciertas piezas aún no fijadas en el vehículo. Mientras empujaba y daba puntapiés para liberarme de la cuerda, me encontré con el cuello atrapado en un estrecho lazo. Sostuve el bastón con una mano, utilizando su extremo para agarrarme al carruaje que tenía detrás, y traté desesperadamente de soltarme de la confusa maraña de nudos alrededor de la cuerda que me presionaba el cuello. Pero a cada movimiento, apretaba más.

Los pasos pausados del hombre se acercaban. Montó en el coche, que aún no tenía techo. De pie por encima de mí y sonriéndose, con un súbito y resuelto movimiento apartó de un puntapié mi bastón. Aunque yo seguía aferrando un extremo, el otro, que había estado utilizando para agarrarme al carruaje, se había desplazado y ahora me encontré colgando. Cada vez que trataba de sujetarme a la trasera, con el bastón o con la mano, mi perseguidor se complacía en golpear más fuerte con el pie. Sintiendo que los nudos de aquel horrible lazo se estrechaban fatalmente en torno a mi cuello, introduje el cayado del bastón en el punto más ancho entre la cuerda y el cuello. Mientras tanto, moví los pies, pero las escasas pulgadas entre el extremo inferior de mi cuerpo y el suelo sencillamente no podían reducirse.

¡Ahorcarse en un carruaje! Casi podía compartir la sonrisa terrible de mi verdugo ante semejante destino.

Mientras permanecía suspendido allí, agarré fuertemente el bastón con ambas manos, en una especie de plegaria desdichada y desesperanzada. Lo aferraba tan fuerte que en los poros de la madera quedaría más tarde una señal blanca de mis palmas húmedas. Apretando los párpados, me sorprendió sentir de repente que el bastón se abría paso, como si mis manos tuvieran la fuerza de cuatro hombres. La mitad se estaba desprendiendo a causa del tirón. El bastón, como advertí de inmediato, constaba realmente de dos partes diferenciadas, unidas en el centro. En la separación podía ver el brillo del acero.

Empujé con más fuerza y resultó que toda la mitad superior del bastón era una pieza deslizante que ocultaba un estoque. Un estoque de medio, no, de metro y medio de longitud una vez descubierto por completo.

—Poe —susurré, con el que pudo haber sido mi último aliento.

De inmediato corté el lazo en torno a mi cuello, y en cuanto estuve libre basculé hacia la trasera del coche, a la que me agarré con la mano desocupada.

Lo primero que vi al levantar la vista fue al francés encaramado en lo alto de la calesa, observando con curiosidad. En su confusión al descubrir mi arma, había dejado la pistola colgando junto a su costado. Con un grito penetrante, blandí el estoque por encima de mi cabeza. Le alcanzó en un lado del brazo. Luego, con los ojos cerrados, retiré el estoque y de nuevo lo impulsé hacia delante. Él dejó escapar un chillido agudo.

Caí al suelo, de espalda. Mis botas se apoyaron en la trasera de la calesa. El matón, furioso y pálido, dando terribles voces a causa de su herida, abrió mucho los ojos mientras yo empujaba con ambas piernas, con toda mi fuerza. El carruaje a medio construir salió rodando por la nave y, tras salírsele una rueda del eje, volcó, quedando sobre el hombre como una gigantesca tumba. Una pieza del carruaje cortó una de las tuberías próximas, que dejó escapar un chorro de vapor, sumando su silbido a aquel caos.

*   *   *

Me puse en pie y devolví el estoque a su vaina. Pero la violenta emoción del triunfo no podía llevarme a casa ni sostenerme. Mi agotamiento y mi pierna dolorida se combinaron para impedirme ir más allá de tres metros del edificio antes de derrumbarme. Me incliné trabajosamente con ayuda del bastón que me había salvado la vida, inquieto por si el otro matón del que había escapado me encontraba en aquella situación de debilidad.

Se produjo un ruido en la puerta del almacén, que yo acababa de cerrar pocos momentos antes, y se dejó oír un lamento que revelaba temor.

—¡Clark!

Oí mi nombre como un grito salido de mi propio aturdimiento. Sonó como si procediera de una gran distancia, pero sabía que estaba cerca.

Quizá fue el miedo terrible, el latido de mi cuerpo o la extrema fatiga que me abrumaba; acaso una combinación de todo eso. Cuando una mano me agarró, me rendí casi con un sentimiento de paz, al tiempo que sentía un fuerte golpe en un lado de la cabeza.

24

Me llegaban rumores de una conversación informal sumergidos en un zumbido lejano. Mi visión se fue aclarando hasta permitirme contemplar la escena. Los hombres bebían vino y cerveza, y el olor de tabaco mascado llenaba mi nariz con un picor desagradable. La habitación parecía idéntica a la taberna del hotel Ryan's, con el aspecto que pudo tener la tarde en que Poe llegó allí. Pensé en las inamistosas miradas de los *whigs* del Distrito Cuarto, al otro lado de la calle, frente al Ryan's, y me senté con el cuerpo erguido, pese a notar una oleada de vértigo.

Cuando un grupito de hombres pasó frente a unas velas, vi que todos eran de color: el tabernucho estaba poblado de negros, hombres y unas pocas mujeres con atuendo llamativo, y ahora yo podía apreciar que las ventanas tenían otra disposición que las del Ryan's. La espontánea mezcla de sexos me hizo recordar más a París que a Baltimore. En torno a mis hombros, que había sentido como si estuvieran constreñidos por una especie de inmovilizadora camisa de fuerza, había realmente un montón de sábanas pesadas y cálidas.

—Tiene mejor aspecto, señor Clark.

Me volví y vi al negro que había desviado a uno de los matones durante la persecución.

—¿Quién es usted?

—Me llamo Edwin Hawkins.

Las sienes me palpitaban.

—¿Fue uno de ellos quien me golpeó? —pregunté, frotándome un lado de la cabeza.

—No, hasta el momento nadie le ha golpeado, pero probablemente sintió que lo hacían. Cuando salió corriendo del almacén de carruajes, se desplomó apenas hubo recorrido unos metros. Se golpeó un lado de la cabeza contra el pavimento antes de que yo pudiera agarrarlo. Lo traje aquí para que no pudieran encontrarlo. El que andaba persiguiéndome desistió cuando pasamos bajo una farola y pudo ver que iba tras el hombre equivocado, pero apuesto a que continúa con su búsqueda.

—¿Maté al hombre del almacén? —pregunté, evocando los acontecimientos con un escalofrío de horror.

—Salió en su busca y también cayó. Presentaba un corte la mar de feo. Avisé a un médico para que lo atendiera... Usted no se proponía matarlo.

Miré en derredor con cautela. La tasca estaba en la trastienda de un comercio de comestibles para negros. Era uno de esos sitios, en puntos de la Ciudad Vieja como Liberty Alley, de los que a menudo la prensa reclamaba la prohibición, debido a sus perversas influencias sobre las clases más pobres, a las que instigaban a observar conductas desordenadas. Dos negros de piel clara intercambiaban confidencias en un rincón, y uno de ellos lanzaba ocasionalmente una mirada hacia mí. Miré a mi otro lado. No me extrañó advertir más miradas suspicaces. No era el único blanco allí, pues había varios de ellos, de las clases más pobres, compartiendo mesa con obreros negros. Pero resultaba del todo obvio que yo representaba algún tipo de inconveniente.

—Está a salvo, señor Clark —me dijo Edwin con notable tranquilidad—. Debe resguardarse de la lluvia un rato.

—¿Por qué se arriesgó por mí? Ni siquiera me conoce.

—Tiene razón, señor Clark. Pero no lo hice por usted. Lo hice por alguien a quien conocí —replicó—. Lo hice por Edgar Poe.

Me quedé mirando el rostro que tenía ante mí, marcadamente anguloso y de hermosas facciones. Quizá pasaba unos pocos años de los cuarenta y tenía arrugas propias de alguien mayor, pero sus ojos desprendían un fulgor más joven o, al menos, más inquieto.

—¿Conoció usted a Edgar Poe?

—Sí, antes de ser liberado.

—¿Era usted esclavo?

—Lo fui. —Me estudió y asintió pensativamente—. El esclavo del señor Poe.

* * *

Más de veinte años antes, Edwin Hawkins había sido esclavo en la casa de un pariente de Maria Clemm. La señora Clemm, llamada Muddy, era la tía y más tarde fue la suegra de Poe cuando éste se casó con su hija Sissy. A la muerte del amo de Edwin, la propiedad de este último pasó a Muddy, a la sazón residente en Baltimore.

Por la misma época, Edgar Poe había renunciado a su empleo de sargento primero del ejército, destinado en la fortaleza Monroe, en Virginia, convencido de que sería poeta, una vez completado en el cuartel su poema épico «Al Aaraaf». La lucha para lograr su baja en el ejército fue larga y decepcionante, pues Edgar Poe necesitó el consentimiento de dos partes igualmente estrictas: John Allan, su tutor, y sus superiores militares. Cuando al fin consiguió su propósito, Poe fue a vivir temporalmente con su tía Muddy y su numerosa familia en Baltimore. Eddie, como por entonces le llamaba casi todo el mundo, había ingresado en el ejército como Edgar A. *Perry* (el joven esclavo había oído a Poe pedirle a Muddy que recogiera el correo dirigido a ese nombre), al comienzo con la esperanza de cortar todos los vínculos con el señor Allan, quien se negaba a apoyar el deseo de Poe de publicar su poesía.

Entonces, aunque libre de las exigencias de Allan y de su servicio militar, Edgar Poe carecía de dinero y de ayuda para hacerse un lugar en el mundo.

Muddy, una mujer alta y saludable de cuarenta años, abrió las puertas de su casa a Eddie Poe como si fuera su hijo. A Edwin le pareció la clase de hombre al que le gustaba estar rodeado exclusivamente de mujeres. Absorbida por las enfermedades de la familia, Muddy pidió a su sobrino que se hiciera cargo del recién heredado esclavo y actuara como agente suyo en la venta de Edwin. Poe no tardó en llegar a un acuerdo para vender a Edwin a la familia de Henry Ridgeway —una familia negra— por cuarenta dólares.

Manifesté mi interés por los detalles del acuerdo. Por un esclavo varón, fuerte y joven, Poe podía haber recibido quinientos o seiscientos, posiblemente más. Edwin lo explicó:

—Nuestra legislación trata de obstaculizar la liberación de esclavos, haciendo que el proceso resulte costoso, con el consiguiente perjuicio para las economías domésticas. El señor Poe y su tía no disponían de tanto dinero. Pero ninguna ley prohíbe que una familia negra libre adquiera un esclavo, y tampoco hay ley que establezca un precio mínimo de venta. Vender un esclavo barato, quizá por el precio de una minuta de abogado, a un propietario negro era otra manera de liberar al esclavo, una manera de liberarme a mí, que es lo que hizo el señor Poe con aquel arreglo. Eso significaba también que podía permanecer en Baltimore: no es una ciudad perfecta, pero es mi hogar. Entre mi gente hay hombres que tienen sus esposas y sus hijos esclavos por la misma razón.

—Poe no escribió mucho sobre la cuestión de la esclavitud —dije—. No era un autor entregado a causas abolicionistas. —En realidad, siempre me pareció que a Poe no le gustaron en absoluto las causas, que consideraba automáticamente hipócritas—. Pero él hizo eso por usted, renunciando a unos cientos de dólares en una época en que carecía de apoyos y era pobre de solemnidad.

—No se trata de lo que escribe un hombre —replicó Edwin—. Especialmente un hombre que escribe para ganarse su dólar, que era lo que Poe estaba empezando a hacer por entonces. Se trata de lo que *hace* un hombre; eso dice quién es él. Yo sólo tenía veinte años. El señor Poe también tenía veinte; sólo era unos meses mayor que yo. Pensara lo que pensase de la esclavitud, no habló de ella en el breve tiempo que nos tratamos. Realmente no hablaba de nada. Era un hombre con pocas relaciones, y si las tenía, no eran de amistad. Vio algo en mí y decidió, sin más, que me liberaría si pudiera.

»Nunca más volví a ver al señor Poe, pero nunca olvidé lo que hizo. Lo quise por eso y lo sigo queriendo, aunque lo conocí poco tiempo. Cuando me liberaron trabajé en varios periódicos locales. Ahora ayudo a envolver los periódicos que se van a repartir en los diversos puntos de la ciudad. En uno de esos periódicos eché un vistazo a las quejas de usted a los editores acerca del momento de la muerte de Poe, de que Poe había sido utilizado por la prensa, y de que incluso su tumba no llevaba inscripción. Hasta entonces no supe dónde había sido enterrado. Cuando acabé el trabajo del día, fui allí y dejé un recuerdo en el lugar que usted describía.

—¿La flor? ¿Fue *usted* quien la dejó?

Asintió.

—Recuerdo que Eddie iba siempre bien vestido, y que en ocasiones llevaba una flor blanca como aquélla en el ojal.

—Pero ¿adónde fue una vez que hubo depositado la flor?

—No es un cementerio para negros, como sabe, y atraería sospechas si rondaba por allí al caer la noche. Mientras estaba arrodillado junto a la tumba oí acercarse deprisa un carruaje, y me apresuré a marcharme.

—Era Peter Stuart, mi socio de bufete, que iba a ver dónde estaba yo.

—Después de eso, todos los días leía los periódicos por repartir, y vi otro artículo nada caballeroso acerca del carácter de Poe... Hace tiempo los Ridgeway me enseñaron a leer, y gracias a su diccionario Webster pude descifrar todas aquellas groserías. Me parece que a los vivos les gusta demostrar que son mejores que los muertos. Pasó mucho tiempo hasta que otro tipo, un extranjero, empezó a recorrer las redacciones de los periódicos, armando mucho ruido a propósito de Poe. Decía querer justicia para Poe, pero desde mi punto de vista se proponía excitar bajas emociones.

—Ése es el barón Dupin —expliqué.

—Hablé con ese hombre más de una vez, pidiéndole que respetara la memoria de Poe. Pero me recordó aquel dicho de que el muerto al hoyo... Sencillamente, se deshizo de mí o trató de convencerme de que podría ganarme un dinero si lo ayudaba.

Recordé el día que vi al barón con su brazo en el hombro de Edwin y pensé que estaban conspirando.

—Fue por entonces cuando volví a verlo a usted, señor Clark. Lo vi a usted y a ese barón cuando se dirigió a él y discutían sobre Poe. Decidí averiguar más sobre usted y lo seguí. Lo vi acompañar a aquel joven esclavo a la estación y defenderlo ante ese traficante, Hope Slatter.

—¿Conoce a Slatter?

—Fue Slatter quien tramitó mi venta a mi segundo amo. Por entonces yo no tenía nada en contra de Slatter en particular, porque no era más que un chico y ésa era la vida que conocía. Él hacía su trabajo. Pero acudí a él una vez, años más tarde, para preguntarle quiénes eran mis padres, pues él los había vendido y separado, aunque prometía a todos los amos que nunca separaría a las familias. Slatter era el único hombre que lo sabía, pero se negó a responderme y me echó amenazándome con su bastón. Desde entonces nunca puedo levantar la vista cuando lo veo por la calle con sus ómnibus ruidosos, conduciendo esclavos a sus barcos. Es extraño, pero siempre lo relaciono en mi mente con Poe... Supongo que no llegué a penetrar en el corazón de ninguno de los dos, pero sé que uno me puso cadenas y el otro me las quitó.

»Presencié su desafío a Slatter. Me pareció que usted podría necesitar ayuda... y eso sucedió esta noche en plena tormenta. De nuevo lo seguí.

—Probablemente me ha salvado la vida, Edwin.

—Hábleme de esos hombres.

—Villanos de primer orden. El barón debe grandes cantidades de dinero a poderosos intereses, allá en París. Por eso busca aclarar el misterio de Poe, por dinero.

—¿Y cuál es su relación con todo eso, señor Clark?

—¡No tengo relación alguna con esos hombres que pretendían despacharme al otro mundo! Cualesquiera ideas que se han formado en sus mentes son pura fantasía. No me conocen de nada.

—Me refiero a su relación con todo el asunto en general. Dice que ese barón trata de desentrañar el misterio de Poe por mero interés. Muy bien. Y usted ¿qué persigue?

Pensé en las pasadas reacciones, en las miradas decepcionadas de los amigos que perdí, en Peter Stuart y Hattie Blum, y dudé en responder. Pero Edwin no parecía pretender juzgarme. Su carácter abierto me hacía sentir cómodo.

—Supongo que mis razones no son muy diferentes de las suyas al auxiliarme esta noche. Poe me liberó de la idea de que la vida debe seguir un camino fijo. Él era América..., una independencia que desafiaba el control, por más que mantenerse controlado lo hubiera beneficiado. De algún modo la verdad que hay en Poe es algo personal para mí, y de la mayor importancia.

—Entonces anímese, señor. Todavía le queda mucho por hacer a favor de la buena causa.

Edwin hizo una seña al camarero, quien puso ante mí una taza de té que desprendía vapor. No creo haber probado nunca algo tan maravilloso.

25

Mi regreso a casa fue más llevadero de lo que ustedes podrían imaginar después de una noche como aquélla. Me embargaba una sensación de alivio. Había dejado atrás a mis dos perseguidores, lejos, en algún lugar de Baltimore. Pero aquella nueva sensación de alivio se debió a algo más que eso, incluso a algo más que a la camaradería de Edwin.

El día había sido largo. Me vi transportado al *sanctum* del barón Dupin, me enteré del doloroso secreto del pasado de Auguste Duponte, descubrí algo de Poe a través de revelaciones relacionadas con el vestido y el bastón, y el pleno significado de todo eso aún lo estaba asimilando mi mente. Pero había sucedido algo más. Mientras recorría las calles, bajo una lluvia que ahora no pasaba de alguna neblina ocasional, vi aquella misma octavilla..., una hojita amarilla impresa en negro, colgando de las farolas por toda la ciudad. Había un vagabundo mirando una, bajo el mechero de gas, con las manos en los bolsillos de su raído traje.

Me paré frente a él y toqué el papel para asegurarme de que era real. Vi que el hombre tiritaba, me quité el abrigo, se lo di y se envolvió en él con un gesto de agradecimiento.

—¿Qué dice? —preguntó.

Se quitó el torcido sombrero, que tenía la copa abollada. Comprendí que el indigente no sabía leer.

—Algo notable —comenté, y leí en voz alta, en un tono vibrante que hubiera rivalizado con una de las presentaciones del barón.

¡Vaya aspecto que debía presentar! Con mi traje hecho jirones, empapado, mal cortado y de otra talla, sin abrigo, con la cabeza descubierta y despeinado, apoyando mi cuerpo fatigado en el precioso pero maltrecho bastón de Malaca. La vista de mi persona en el espejo del vestíbulo principal de Glen Eliza parecía corresponder a otro mundo. Sonreía ante ese pensamiento mientras subía por la escalera.

—A Poe no lo atracaron —le dije a Duponte antes, incluso, de saludarlo—. Ahora veo adónde quería usted ir a parar. El bastón de Poe, este tipo de Malaca, tenía un estoque oculto en su interior. Según la prensa, había «jugado» con el bastón en el despacho del doctor Carter, en Richmond. Esto significa que conocía la existencia del estoque. Si le hubieran robado la ropa o le hubieran hecho objeto de violencia, habría tratado de usarlo.

Duponte asintió. Quise explicarme más.

—Y la ropa. Su ropa, Duponte, debió quedar empapada a causa del mal tiempo el día en que fue descubierto. En toda la ciudad hay tiendas de ropa dispuestas a cambiar un traje por otro.

—El vestido es un artículo único —convino Duponte—. Es una de las pocas posesiones que pueden ser desdeñables y valiosas a un tiempo. Cuando está mojado, el atuendo carece de valor para quien lo lleva; pero, como la experiencia nos enseña, inevitablemente se seca, y entonces, a los ojos del ropero, es tan valioso como un traje seco del mismo tipo. El ropero sólo obtiene beneficio cuando más tarde lo vende.

Sobre la mesa había un montón de las octavillas amarillas que vi fuera. Tomé una.

—Está usted dispuesto —dije—. ¡Está dispuesto! ¿Cuándo imprimió todo eso, monsieur?

—Primero hay más cosas que hacer —replicó Duponte—. Por la mañana.

Leí de nuevo la octavilla. Duponte anunciaba al público que pronunciaría una conferencia en la que explicaría la muerte de Edgar A. Poe. *Inspirador del célebre personaje de Dupin —se leía—. Analista de gran fama en París, descubridor del infame asesino de monsieur Lafarge, la célebre víctima por envenenamiento, presentará una exposición detallada de cuanto le ocurrió a Edgar A. Poe el 3 de octubre de 1849*

en la ciudad de Baltimore. Todos los hechos han sido reunidos como fru-
to de la investigación y la reflexión personal.
   Entrada libre.

A la mañana siguiente, día de la conferencia de Duponte, me fui antes de que éste se levantara, a fin de distribuir más octavillas. Las coloqué en muchas tiendas, puertas y postes. Mandé avisar a Edwin,
quien, después de enterarse de quién era Duponte, accedió a difun-
dir el aviso por varios barrios de la ciudad, mientras iba y venía re-
partiendo periódicos. Yo tendía las octavillas a los viandantes y observaba cómo sus rostros reaccionaban con interés mientras leían.
   Cuando una mano se disponía a tomar una, levanté la vista para
encontrarme con un rostro sombrío ante mí. Henry Herring agarró
la octavilla y fijó sus ojos en mí por encima del borde del papel.
   —¿Qué significa todo esto, señor Clark?
   —Ahora se entenderá todo —dije— acerca de la muerte de su
primo.
   —A decir verdad, apenas me considero emparentado con él.
   —Entonces no tiene por qué preocuparse —respondí, recupe-
rando la octavilla—. Pero sí estaba lo bastante próximo a él para ha-
ber sido una de las pocas personas que asistieron a su entierro.
   Herring apretó los labios hasta reducirlos a una delgada línea.
   —Usted no lo comprende.
   —¿Se refiere a Poe?
   —Sí —rezongó—. ¿Sabe usted que cuando Eddie vivía aquí, en
Baltimore, antes de casarse con Virginia, cortejó a mi hija? ¿Le infor-
mó su amigo Eddie de esa infame conducta? Le escribió poemas, uno
detrás de otro, declarándole su amor —explicó en tono disgustado—.
¡Mi Elizabeth!
   Herring empezó a producir chasquidos contrayendo la mejilla.
Pero para entonces mi atención se había desplazado a otro lugar. Embargado aún por la emoción del día que se avecinaba, había estado
imaginando la cara del barón Dupin al ver la octavilla..., suponiendo
que los asaltantes franceses no hubieran caído sobre él. Henry Herring
dijo unas pocas palabras más: consideraba de mal gusto ventilar los
asuntos de un hombre muerto en circunstancias deshonrosas.

Me quedé mirando la rama de un árbol que se meneaba con el viento. Paseando la vista en derredor vi octavillas de Duponte en una gloriosa abundancia en todos los rincones. Eso fue lo que me produjo alarma.

Si el barón tenía noticias de la conferencia de Duponte y de las octavillas, ¿no enviaría a Bonjour y a cuantos bribones pudiera contratar para reventarla o para ahogarla con sus propios anuncios? Por lo menos haría eso. Desde su propia perspectiva, tan sólo sería algo gracioso. Pero ni uno solo de los anuncios había sido retirado. ¿Iba a permitir aquello el barón? ¿Iba a hacerse atrás con tanta facilidad...? A menos que...

—¡El barón! —exclamé.

—¿Adónde diablos va usted?

Herring me llamaba mientras yo me alejaba a todo correr.

* * *

—¿Monsieur? ¡Monsieur Duponte!

Lo llamé mientras aún tenía en la mano el pomo de la puerta de mi casa. Atravesé a la carrera, ansiosamente, el vestíbulo principal, subí por la escalera e irrumpí en la biblioteca. No estaba allí. Supe que había ocurrido algo.

No, Duponte no estaba.

Oí los leves pasos de Daphne en la sala, con otro sirviente. Corrí tras ella y le pregunté dónde estaba Duponte.

Negó con la cabeza. Parecía asustada o quizá sólo desconcertada.

—Se fue con sus amigos, señor Clark.

No, no, pensé, con las palabras agarradas a mi pecho.

Un joven se presentó y dijo que el señor Duponte tenía una visita; pero como la persona estaba imposibilitada, el señor Duponte debería acudir a la puerta para verla. El carruaje aguardaba allí. Daphne replicó que sería mejor que el visitante se acercara a la puerta, como era costumbre. Pero el cochero insistió. Ella informó a Duponte, quien, después de dedicar al asunto alguna reflexión, acudió.

—¿Y entonces? —la urgí a continuar.

Daphne parecía haber suavizado su animadversión hacia Duponte, pues sus ojos se empañaron y se los frotó ligeramente antes de proseguir:

—Había un hombre sentado en el coche, como un rey... No creo de ninguna manera que estuviera lisiado, pues se levantó en toda su estatura y tomó al señor Duponte del brazo. Y él..., señor...

—¿Qué?

—¡Era idéntico al señor Duponte! Como gemelos exactos, a fe mía. —Y diciendo esto se inclinó—. El señor Duponte montó en el coche, pero con un temblor en la cara que daba pena. Como si supiera que dejaba algo tras él para siempre. ¡Cómo me hubiera gustado que estuviera usted aquí, señor Clark!

¡Yo había sido un bobo, un asno! ¡El barón no se había apoderado de nuestras octavillas anunciando la conferencia porque pensaba apoderarse del propio conferenciante!

* * *

No había rastro del barón en los hoteles que empecé a recorrer. Pero en primer lugar acudí a la policía para denunciar la desaparición de Auguste Duponte, y entregué el retrato pintado por Van Dantker, que le había quitado al barón. También facilité un dibujo, que esbocé a toda prisa, del barón y sus compinches, incluidos los diversos cocheros, mozos y mensajeros que en un momento u otro observé que había empleado. Luego, recibí un mensaje en el que se me citaba en la comisaría.

Aguardaba en su despacho el mismo oficial White con el que hablé a raíz de la muerte de Poe. Mantenía las manos fuertemente entrelazadas.

—¿Ya lo han encontrado? ¿Han encontrado a Duponte?

—¿O Dupin? —preguntó—. Esos retratos que nos dio nos ayudaron, señor Clark. Pero todos los empleados del hotel a los que interrogamos reconocieron a Duponte no como Duponte *sino como Dupin*. ¿Advierte sus semejanzas incluso en el dibujo que usted hizo a partir de la pintura?

Apenas podía contener mi agitación.

—La razón de que se parezcan es que el barón Dupin ha estado intentando, de manera flagrante, imitar a monsieur Duponte, y el artista, Van Dantker, era cómplice de la suplantación.

White cambió la posición de las manos y se aclaró la garganta.

—¿Duponte pretendía ser Dupin?

—¿Qué? No, no. Todo lo contrario, oficial White. Dupin quiere demostrar que él fue el modelo real para el personaje de Poe...

—¡Otra vez Poe! ¿Qué tiene esto que ver con él?

—¡Muchísimo! ¿Sabe? Auguste Duponte es el modelo para el personaje de C. Auguste Dupin. Por eso ha venido. Para resolver el misterio de la muerte de Poe. Ha estado viviendo en mi casa y se ha dedicado a esa tarea, y por eso no se le ha visto mucho. Por no mencionar que la mayor parte de sus salidas las hace por la noche... Bien; el francés de Poe hace lo mismo. Mientras tanto, el barón Claude Dupin ha pretendido ser también el modelo de Dupin, al tiempo que imitaba a Duponte.

El oficial White levantó la mano para imponerme silencio.

—Está dando a entender que Duponte es Dupin.

—¡Sí! Bueno, la cosa es mucho más complicada que eso, ¿no? El barón Dupin trata de ser C. Auguste Dupin. Lo importante es, sencillamente, encontrar a ese hombre antes de que le ocurra algo malo.

—Quizá, si me permite la sugerencia, usted se ha limitado a ver a ese tipo, Dupin, y lo confunde con algún otro.

—Confundirlo... —dije, percatándome del significado de sus palabras—. Yo *no he imaginado* la existencia de Auguste Duponte, señor. ¡No he imaginado a alguien que vivía, cenaba y se afeitaba en mi casa!

White meneó la cabeza y miró al suelo. Yo proseguí en un tono grave y serio:

—Dupin es el que mueve los hilos de esto. ¡Debe ser detenido a toda costa! ¡Es peligroso, oficial White! Ha raptado a un raro genio y ya puede haberle causado algún daño. Difundirá su falsa versión de lo que hubo tras la muerte de Poe. ¿Es que nada de eso le preocupa?

Estaba claro que no. Y no había nada que hacer, por el momento, salvo proseguir mi obstinada búsqueda.

* * *

Me preguntaba qué hubiera pasado de haber sido yo más consciente de la maldad humana en estos tiempos. Si hubiera sido capaz de prever aquellos siniestros planes secretos... Si hubiera sabido permanecer cerca de Duponte en todo momento, de llevarlo físicamente a la sala de conferencias, en caso necesario... Porque con toda su fuerza, Duponte nada podía frente al barón y a Bonjour amenazando su vida, y me lo imaginé, tal como lo describió mi doméstica, acompañándolos sin oponer la menor resistencia. Qué hubiera significado para el legado de Poe que Duponte hablara aquella noche. Pero semejante pregunta es pura especulación.

La hora de la conferencia se acercaba, y yo caminaba por la calle con expresión apesadumbrada. Me proponía conseguir un lugar apropiado en el liceo, y me sobresalté al ver un hervidero de gente que se empujaba para entrar en la sala. Toqué en el brazo a uno de los hombres que guardaban cola y le pregunté:

—Los organizadores del liceo ¿no han suspendido la conferencia de esta noche?

—¡De ninguna manera!

—¿Se refiere usted a la conferencia prevista? ¿Sobre la muerte de Poe?

—¡Desde luego! —dijo—. ¿O creía usted que Emerson había venido a la ciudad?

«Duponte —me dije, y respiré hondo—. ¿Se ha librado, después de todo? ¿Ha venido?»

—Sólo —apostilló el hombre— que se ha producido un cambio. Ahora hay que pagar entrada.

—¡Imposible!

El otro asintió con resignación.

—No importa. Es el «Dupin» original, ¿sabe? Vale la pena pagar dólar y medio.

Me lo quedé mirando. Llevaba orgullosamente un ejemplar de los cuentos de Poe.

—Esto tendrá que estar bien —dijo.

Corrí a la cabecera del gentío y me abrí paso al interior, ignorando al portero que me exigía la entrada.

Allí, detrás del escenario, sentado, erguido, Auguste Duponte aguardaba tranquilamente, solo y en actitud contemplativa. Seguí mirando con renovada fe y sentimientos de triunfo y reverencia.

—¿Cómo...? —pregunté, acercándome.

—Bienvenido —dijo, dirigiéndome una mirada distraída, y paseando luego la vista en derredor, como esperando algo más importante—. Me satisface, amigo Quentin, que sea usted testigo de un hecho histórico.

No era Duponte.

Si con anterioridad su imitación de Duponte había sido notable, la metamorfosis resultaba ahora terroríficamente completa. Incluso los ojos encerraban algo del espíritu de Duponte.

—¡Barón! No permitiré que esto siga adelante, tenga la seguridad.

Y agarré mi bastón de Malaca, poniéndolo delante de mí.

—¿Y qué piensa hacer? —Su mirada se posó despacio en mí—. Usted y Duponte me han hecho un favor, ¿sabe? Yo ya había recogido el dinero de la suscripción a la conferencia que iba a dar dentro de unos días, y también me embolso el de las entradas de hoy.

Me sorprendió, una vez mi mente se hubo adaptado a la situación, no ver rastro de Bonjour a su alrededor. ¿Iba a permanecer el barón tan desprotegido? Supuse que alguien tenía que vigilar a Duponte, a menos que hubieran... No, ni siquiera el barón podría hacerlo. Se trataba de un hombre desarmado.

—Le diré la verdad, toda la verdad, amigo Quentin. En un momento dado creí que el juego había terminado. Que Duponte era demasiado inteligente para mí. Por la expresión de su cara deduzco que le cuesta creerlo. Pues sí, creí por alguna razón que él prevalecería. Pero ha perdido su última oportunidad, y ahora puede yacer profundamente y morir.

—¿Dónde está? —inquirí—. ¿Qué le ha hecho?

En el rostro del barón se dibujó una sonrisa diabólica.

—¿Qué quiere decir?

—¡Le voy a echar la policía encima! ¡De ésta no escapará! —Opté por tratar de obtener de él alguna información y, además, minar su confianza en sí mismo—. Usted sabe que, dondequiera que esté y por más que lo retenga, Duponte encontrará una vía de escape. Irá por usted con toda su ira. Lo detendrá en el último momento y vencerá.

El barón rió para sí. No reveló nada, pero su inseguridad se manifestó en una contracción del labio.

—Monsieur Clark, ¿tiene idea de los obstáculos que he debido superar para llegar a este día? La policía de Baltimore no me plantea ningún problema. Hoy alcanzo una meta. Hoy es el día de vencer o morir y acabar con todo esto. A menos que usted lo impida, porque usted es el único que ahora puede hacerlo... No, claro que no lo hará. Yo dejaré de vivir a la sombra; a la sombra de mis enemigos o de Auguste Duponte. Hay veces en que el genio, como el de Duponte, debe quitarse el sombrero ante la astucia. Este día significará mi pasaporte de nuevo a la gloria.

El barón siguió al director del liceo al escenario y al podio. Miré alrededor desesperadamente, tratando de comprender qué debía hacer, pero me encontré sumido en un revoltijo mental. Finalmente me abrí paso hasta el escenario y traté al menos de impedir el acceso del barón al podio. Entonces vi la muchedumbre —no; mejor llamarla masa, la suma de miradas fijas de la gente, interminable e informe— y comprendí por qué el barón no necesitaba a Bonjour a su lado para que lo protegiera. En medio de una multitud estaba seguro. Estaba a punto de verse de nuevo legitimado a los ojos del mundo.

Al fondo, un empleado del liceo estaba colocando una luz, haciéndola oscilar intermitentemente, y la sala a oscuras acentuó la confusión de mis sensaciones. Lo único que pude hacer fue gritar que se suspendiera la conferencia y oí murmullos de desagrado como respuesta.

Había perdido la capacidad de articular y de discurrir lógicamente. Grité algo sobre la justicia. Me abrí paso a empujones y recibí otros tantos como respuesta. En algún punto, en medio de la niebla de mi memoria, pude ver el rostro de Tindley, el portero del club *whig*, de pie entre el gentío. Una sombrilla roja giraba en el horizonte de mi visión. Vi caras: Henry Herring, Peter Stuart, que se abría paso entre la ansiosa muchedumbre para acercarse a la primera fila. También estaban allí el anciano empleado del ateneo, apretujado en su asiento, y los editores de los principales periódicos. En algún momento, en medio de todo esto, en el ir y venir de la luz, la vi: la sonrisa, la peculiar sonrisa pícara, afilada como una navaja, que Duponte había mantenido para Van Dantker, y que ahora aparecía imitada con toda precisión en el rostro del barón. Entonces se produjo un ruido, el único ruido que podía sobreponerse al clamor excitado que provocó mi

318

interrupción. Fue como el estampido de un cañón. Este primer estruendo hizo que las luces del escenario se estrellaran contra el suelo, sumiendo todo el local en tinieblas. Y luego se produjo otro.

Retrocedí de un salto en medio de un mar de gritos y chillidos femeninos, desatados tras los disparos. Temblé a causa de un súbito escalofrío, y por algún instinto macabro me llevé la mano al pecho. Sólo recuerdo fragmentariamente lo que sigue:

El barón Dupin encima de mí y ambos cayendo juntos en un embrollo sangriento, derribando el podio en ese trance..., su camisa teñida con un amplio óvalo cuyo reborde presentaba un espeso tono oscuro, el color de la muerte..., el gruñido, las manos que se aferraban desesperada, apasionadamente a mi cuello..., un terrible peso sobre mi cuerpo.

Luego ambos nos fuimos hundiendo, hundiendo en la inconsciencia.

LIBRO V

EL DILUVIO

Me siento como aquel
que camina solo
por una sala de banquete vacía

THOMAS MOORE

26

No sospeché cuando el oficial White me condujo en su coche desde el liceo a Glen Eliza. Piensen en eso. Yo entendía mejor que nadie la compleja situación creada. Aunque mi confianza en la capacidad de los oficiales de policía estaba sujeta a no pocas reservas, creí que, con mi colaboración, Duponte podría ser hallado... y él podría entonces encontrar la verdad que la policía de Baltimore no logró esclarecer.

El oficial White entró en la sala de estar de Glen Eliza con su escribiente y varios oficiales más a los que yo no había visto antes. Transmití a White todos los conocimientos que tenía, desde la llegada del barón Dupin a Baltimore hasta el momento de violencia del que acababa de ser testigo. Pero por sus intervenciones, empecé a preguntarme cuánta atención me estaban prestando.

—Dupin *se está muriendo* —no dejaba de repetir White con diferentes entonaciones—. Dupin se *está* muriendo.

—Sí, a manos de esos dos sicarios —expliqué una vez más— que me persiguieron por toda la ciudad, creyendo que yo me proponía evitar su venganza contra el barón.

—Entonces, ¿vio usted a uno de ellos disparar al barón en el liceo? —preguntó el oficial White, que estaba sentado en el borde de un sillón.

El escribiente de la policía permanecía todo el tiempo de pie, mudo, detrás de mí. Nunca me gustó sentirme observado, y me volví repetidas veces con un indisimulado deseo de que por lo menos se sentara.

—No —respondí al oficial—. No pude ver nada desde el escenario, con las luces que se iban y volvían, y aquel gentío. Unos pocos rostros... Pero eso es lo más obvio. Debió de ser cosa de ellos.

—¿Me da los nombres de esos dos bribones de los que ha hecho mención?

—Los ignoro. Uno de ellos casi acaba conmigo ayer. ¡Me pegó un tiro que me atravesó el sombrero! Debía estar herido, sin duda, como resultado de nuestra lucha, pues acerté a darle un tajo. Pero no sé sus nombres.

—Dígame lo que sepa, señor Clark —me invitó el oficial adoptando un tono distante.

—Eran franceses, eso seguro. El barón Dupin tenía una deuda muy abultada. Un acreedor parisiense nunca dejó de hostigarlo y apremiarlo..., llegando incluso hasta Baltimore.

Yo no sabía si era cierto lo de los acreedores parisienses, pero pensé que en aquellas circunstancias lo mejor era hacer de ello un axioma.

Al oír esto, el oficial White se limitó a menear la cabeza, el gesto que haría uno ante un niño que divaga.

—Usted dijo: Claude Dupin debe ser detenido... en beneficio de Poe.

Me sorprendió este sesgo de la conversación.

—Precisamente —confirmé.

—Usted me dijo que debía ser detenido... «a toda costa».

—Desde luego, oficial. —Dudé y seguí hablando—: Sí, ya ve, lo que yo quise decir...

—Vaya, que lo dejaron tieso de una manera espantosa —comentó el escribiente desde detrás de mi silla—. El tal Dupin... Tieso como un cochinillo a la parrilla.

—¿Un cochinillo a la parrilla, señor? —pregunté.

—Señor Clark —continuó el oficial White—, usted deseaba reventar ese parlamento en el liceo. Me lo dijo con mucha antelación, cuando acudió en busca de su amigo francés.

—Sí...

—Ese retrato que nos facilitó, firmado por un tal Van Dantker, era del barón. Es clavado. ¿Por qué encargó un retrato suyo?

—¡No, *no* era el mismo hombre! ¡Yo no encargué nada!

—Clark, déjese para más tarde toda esa cháchara que tiene en la cabeza, ¡no más fantasías por hoy! ¡Se dice que el barón tenía exactamente la misma sonrisa fantástica en su cara, inmediatamente antes de que le dispararan, que la que aparece en ese retrato! ¡Insólita sonrisa!

Aumentó el calor de mi piel, y el cuerpo sintió el peligro antes de que pudiera pensar en lo que estaba sucediendo. Me detuve cuando advertí que mi camisa estaba empapada con la sangre del barón. Entonces me di cuenta de que mis sirvientes estaban yendo y viniendo nerviosamente por los pasillos, lejos de sus puestos. Los tres o cuatro oficiales de policía que habían venido con el oficial White no estaban presentes en la habitación, y los otros agentes desfilaban por la estancia, como si formaran un ejército. Podía oír pasos subiendo por la escalera y moviéndose por los dormitorios de arriba. Glen Eliza estaba siendo registrada mientras yo permanecía allí sentado. Sentí como si las paredes se hundieran a mi alrededor, y acudió a mi mente la imagen de la casa incendiada del doctor Brooks.

—Usted agarró al barón cuando se disponía a dirigirse al auditorio...

—¡Oficial! ¿Qué insinúa? Estábamos hablando.

—Nadie puede dar razón de su presencia... Y no hay rastro de su amigo, ese «señor Duponte», *en ninguna parte.*

—Oficial, usted está dando a entender algo... Puede usted llamarme fabulador, si quiere...

—... Poe ha acabado con usted de una vez por todas.

—¿Qué? ¿Qué quiere decir?

—Sus obsesivos regodeos en los escritos del señor Poe, señor Clark. Usted quería hacer algo para evitar que el barón Dupin hablara de Poe, ¿no es así? Ha admitido que asaltó y «dio un tajo» a otro francés. Usted pretendía ser el único que hablara de Poe y nadie más. Si efectivamente alguien estuvo complicado en la muerte del señor Poe, me pregunto si esa persona hubiera manifestado signos de preocupación al respecto... Eso me está llevando a interrogarme sobre sus actividades en el momento de la muerte de Edgar Poe.

Como protesté enérgicamente, el escribiente de la policía se acercó y me tomó del brazo, pidiéndome en tono tranquilo que me estuviera quieto y no me resistiera.

27

Al principio me mantuvieron en una celda frente a las dependencias privadas del oficial White, en la comisaría del Distrito Medio. A cada paso que escuchaba, me embargaba una expectación hecha a medias de desesperación. La cárcel, no dejaba de repetirme, no produce un mero sentimiento de soledad. Toda la historia de la soledad de uno retorna pieza a pieza, hasta que la celda se transforma en un castillo de la propia miseria mental. Las evocaciones de soledad anegan todos los demás pensamientos relativos al presente o al futuro. Uno es solamente uno mismo. Ése es el mundo, y ningún poeta del sistema penal podría imaginar algo más cruel.

¿A quién esperaba yo palpitándome el pecho? ¿A Duponte? ¿A Hattie? ¿Quizá la expresión desabrida pero leal de Peter Stuart? ¿Al barón Dupin en persona, escoltado por los médicos, capaz de prestar testimonio sobre el verdadero culpable que lo tiroteó, y así salvarme? Incluso suspiraba por oír la voz de mi tía abuela. Cualquier cosa que me recordara que había otra persona preocupada por mi destino.

Mientras tanto no había noticias de Duponte. Temía que le hubiera sucedido algo peor que a mí. Le había fallado. Había fracasado en mi cometido de protegerlo mientras él ponía a contribución su genio.

El oficial White hacía circular una selección aceptable de periódicos y publicaciones como parte de las libertades del calabozo para los presos que sabían leer. Yo los aceptaba, pero sólo lo simulaba, pues en realidad me entregaba a otra lectura más importante, que había introducido sin que reparasen en ella. Cuando forcejeé con el barón Dupin en el liceo, de forma semiinconsciente le arrebaté de las manos las notas que llevaba para su conferencia. Aunque apenas comprendía su significado, me las eché al bolsillo del abrigo antes de acompañar al oficial White a la comisaría.

Mientras tuve la luz de una vela en mi celda, las estudié metidas en una revista. *Edgar Poe no se ha ido, sino que nos lo han quitado*, decía el escrito del barón. No era inelegante del todo, pero de ningún modo podía aspirar al mérito literario. Mientras leía, me lo aprendía de memoria. Pensé en Duponte leyendo por encima de mi hombro. *Sólo mediante la observación podemos sacar la verdad de aquello que está equivocado.*

En una ocasión, leyendo esas páginas, fui interrumpido por la proximidad de un visitante. La desgarbada figura de un hombre entró en el vestíbulo escoltada por el escribiente. Era un hombre desconocido para mí, con una cara inexpresiva. Apoyó el paraguas en la pared y se sacudió el agua acumulada sobre sus gigantescas botas, que parecían representar la mitad de su estatura.

—Qué mal huele aquí... —dijo para sí, arrugando la nariz.

Nos llegaba el canto de una borracha desde el corredor de las celdas para mujeres. El visitante se limitó a permanecer de pie en silencio. No hallando ningún rasgo concreto de simpatía en él, hice lo mismo.

Quedé sorprendido cuando se reunió con el extraño una atemorizada joven, que apretaba en torno a sí su capa.

—Oh, querido Quentin, ¡mire adónde ha ido a parar!

Hattie, al borde de las lágrimas, me miraba compasivamente.

—¡Hattie!

Saqué el brazo y la tomé de la mano. Apenas parecía posible que fuera real, incluso con la cálida piel de sus guantes. Volviendo a fijarme en el desconocido, le solté la mano.

—¿No está Peter con usted?

—No, no quería ni oír hablar de mi visita. No dirá una palabra de la situación. Cuando fue a la conferencia estaba muy indignado, Quentin. Consideraba que debía hacer algo para tratar de detenerlo. Creo que sigue siendo su amigo.

—¡Pues debe saber que soy inocente! ¿Cómo pude tener que ver con el tiro que le pegaron al barón? El barón había raptado a mi amigo para evitar que hablara...

—¿Su amigo? ¿Ese amigo le ha puesto en esta penosa situación, señor Clark? —dijo el hombre que estaba junto a Hattie, volviéndose hacia mí con un fruncimiento parecido al de Peter.

Hattie le pidió paciencia. Y dirigiéndose a mí:

—Es el primo de mi prometido, Quentin. Uno de los mejores abogados de Washington para casos como éste. Puede ayudarnos, estoy segura.

Pese a la desesperación en que ahora me hallaba, me sentí reconfortado por la palabra «ayudarnos».

—¿Y el barón? —pregunté.

—No hay esperanzas de que se recupere —espetó mi nuevo abogado.

—He escrito a su tía abuela para que venga en seguida; ella ayudará a que todo esto se enderece.

Hattie prosiguió como si no hubiera oído las terribles palabras. Si lo que había dicho su primo era verdad, el barón estaba a punto de morir, y a los ojos del mundo yo sería condenado por asesinato.

Pocos días después, me trasladaron desde la comisaría del distrito a la cárcel de la ciudad y condado de Baltimore, a orillas de Jones Falls. Aquella atmósfera redobló mi desesperanza. Las celdas vecinas estaban al límite de su capacidad, con algunos acusados de delitos graves y, junto a ellos, los que con escasas esperanzas aguardaban la celebración de sus procesos o, con perversa ansiedad, su ahorcamiento.

La mañana antes fui acusado oficialmente de intento de asesinato del barón Dupin. Mis declaraciones de que al barón había que detenerlo, combinadas con mi aparición en el escenario del liceo, fueron ampliamente citadas. El primo de Hattie sacudió la barba con un gesto de desaprobación ante el hecho de que un oficial de policía grandemente respetado fuera un testigo contra mí. La policía también había encontrado un arma de fuego al registrar Glen Eliza; el arma de la que eché mano para mi seguridad cuando visité a John Benson, la cual distraídamente dejé a la vista de todos.

Las tempestades empeoraban de día en día. La lluvia no cesaba. Cada vez que aflojaba una era para arreciar con más fuerza aún, como si tan sólo hubiera recobrado aliento. Se dijo que un puente había sido arrastrado en Broadway, cerca de la calle Gay, y que golpeó otro puente, de modo que los dos se fueron río abajo por medio Baltimore, derribando en su recorrido casas enteras de las orillas. En la cárcel, mientras tanto, el aire mismo parecía cambiar, henchido de apremio y desasosiego. Vi a un preso chillar de manera espantosa, apretándose la cabeza con las manos, como si algo estuviera pugnando por salir de ella. «¡Ya viene! —gritaba apocalípticamente—. ¡Ya viene!» También empeoraron los enfrentamientos entre los presos más desesperados y los guardianes, pero no me daba cuenta de si se debía a la atmósfera o a otras causas. A través de los barrotes de mi ventana podía ver la orilla de Jones Falls rendirse gradualmente a la bullente extensión de agua de lluvia. Sentía que a mí me pasaba lo mismo.

Mi abogado volvía cada vez con peores noticias del exterior. Los periódicos, que yo sólo podía leer con desgana, eran muy veleidosos sobre mi culpabilidad. Ahora escribían que el francés gravemente herido e ingresado en el hospital era el modelo de los cuentos de análisis de Poe, y que lo eliminé por celos, debidos a mi enfermiza preocupación por Poe. Los periódicos *whigs* consideraban mi acción como la de un asesino en algún sentido heroico. Los demócratas, quizá como reacción contra los *whigs*, estaban convencidos de que yo era un villano y un cobarde. Pero unos y otros habían decidido sin la menor duda que yo era el criminal. Los diarios considerados neutrales, especialmente el *Baltimore Sun* y el *Transcript,* mostraban su preocupación porque el episodio podría dañar significativamente las relaciones de nuestro país con la joven República francesa y con su presidente, Luis Napoleón.

Yo protestaba a voces diciendo que el barón Dupin de ninguna manera era el Dupin real, aunque creo que el primo de Hattie pensaba que la objeción escogida por mí en este asunto era de lo más extraña. Edwin vino a verme varias veces, pero la policía no tardó en acribillarlo a preguntas, por considerar sospechoso que un negro tuviera que ver conmigo, así que le pedí que se abstuviera de visitarme a fin de protegerse de tales interrogatorios. John Benson, mi benevolente Fantasma, acudió también a aquel miserable lugar. Le estreché calurosamente la mano, en mi desesperación por contar con un aliado.

Las sombras de los barrotes se proyectaban sobre su rostro macilento. Me contó que se pasaba casi todo el día trabajando en los libros de contabilidad de su tío.

—No se me tolera ni un error. Ni el mismo diablo estuvo nunca tan presionado por el negocio —dijo.

Me miró oblicuamente a través de los barrotes, como si en cualquier momento pudiéramos intercambiar nuestros puestos si no era cuidadoso en la elección de las palabras.

—Quizá debería usted confesar, señor Clark —me aconsejó.

—Confesar ¿qué?

—Que se ha visto desbordado por Poe. *Desbordado*, por así decirlo.

Yo esperaba poder obtener de él un apoyo más valioso.

—Benson, debe decirme si descubrió usted algo más sobre cómo murió Poe.

Se sentó en un taburete, alargando las piernas, desalentado y soñoliento, y repitió su sugerencia de que considerase hacer una completa confesión.

—No siga pensando en las dificultades de Poe, señor Clark. La verdad que hay tras su muerte está ahora más allá de lo que puede descubrirse. Ya lo ve.

Hattie me visitaba los días que conseguía zafarse de su tía y de Peter. Me trajo comida y algún regalito. En mi estado de ansiedad y confusión apenas podía hallar palabras para expresarle mi gratitud.

Evocaba muchos episodios de nuestra infancia para calmarme los nervios. Mantuvimos francas conversaciones a propósito de todos los temas. Me dijo lo que sintió cuando yo estaba en París.

—Me daba cuenta de que tenía usted grandes sueños, Quentin. —Suspiró—. Sé que no nos aguarda una vida de mutua felicidad, Quentin. Pero sólo quiero decirle que no debe creer que su marcha o el que no me dijera nada más me produjo enfado o melancolía. Si me he mostrado melancólica es porque usted no sentía, usted desde luego *no sabía* que podía explicármelo todo al detalle y que a cambio recibiría mi amistad sin reservas.

—Peter tenía razón. Fue el egoísmo lo que desencadenó todo esto. Quizá yo no hice lo que hice por lo que los escritos de Poe significaban para el mundo, sino por lo que significaron sólo para mí. ¡Quizá eso sólo exista en mi mente!

—Precisamente por eso es importante —replicó Hattie tomándome de la mano.

—¿Cómo no pude verlo? —me pregunté, agitada y nerviosamente—. Su muerte ha cobrado para mí la mayor importancia, a expensas de su vida. Precisamente lo que me preocupaba que otros hicieran. A expensas también de mi vida.

Las lluvias y las inundaciones dificultaron en exceso el viaje hasta la prisión desde otros barrios de la ciudad. Separado de Hattie, no contaba con otra compañía que la de los desolados presos. Nunca me sentí tan desamparado, atrapado, acabado.

Una vez, una noche en que el sueño me había envuelto piadosamente, oí unos pasos ligeros que se acercaban a mi celda. Hattie. Había vuelto, pese a lo peor de las inundaciones y las lluvias. Se acercó por el corredor con paso apresurado y elegante, resguardada de la inmundicia de las celdas por su brillante capa roja. Resultaba extraño que no hubiera un guardián junto a ella y además—según aprecié cuando recuperé la plena lucidez— aquéllas no eran horas de admisión de visitantes. Emergió de las sombras de las otras celdas, se acercó a mí y me agarró las muñecas con tal fuerza que no pude moverme. Pero no era Hattie.

A la débil luz, la piel dorada de Bonjour mostraba ahora un matiz lívido. Sus ojos se abrían en una mirada que parecía abarcarlo todo simultáneamente.

—¡Bonjour! ¿Cómo ha conseguido burlar a los guardianes?

Aunque, suponía yo, si alguien podía conseguir entrar y salir libremente de una cárcel, esa persona era Bonjour.

—Necesitaba encontrarlo.

Su presa cedió, y de pronto me consumió el temor. Había venido a matarme para vengar al barón, para llevar personalmente a cabo una ejecución. Podía cortarme el cuello sin vacilar, y cuando me encontraran decapitado, nadie sabría que ella estuvo allí.

—Ya sé que no le disparó al barón —dijo, leyendo correctamente en mis ojos la mirada asustada—. Debemos encontrar al que lo hizo.

—¿Es que no lo sabe tan bien como yo? Los acreedores..., aquellos matones que seguían al barón allá donde fuera.

—No los envió ningún acreedor. El barón saldó las cuentas con sus acreedores hace semanas, en cuanto pudo, después de recaudar las suscripciones para su conferencia sobre Poe. La cantidad superó lo que esperábamos. Esos asesinos no lo andaban buscando por dinero.

Me sorprendió oír eso.

—Entonces, ¿quiénes eran?

—Necesito averiguarlo. Se lo debo al barón. Y *usted* lo necesita para la mujer a la que ama.

Bajé la mirada a mis pies descalzos.

—Ya no me ama.

Cuando levanté los ojos pude ver la boca de Bonjour abrirse despacio, formando un círculo que era como una interrogación. Pasó a otro tema.

—¿Dónde está su amigo? Debe ayudarnos a dar con la respuesta.

—¿Mi amigo? —pregunté, sorprendido—. ¿Duponte? ¡Cómo he esperado el momento de preguntarle eso a *usted*! ¡Pensé que había corrido la peor suerte después de que usted y el barón lo raptaran!

Supe que Duponte no había sufrido daño alguno, al menos a manos de Bonjour. Para mi sorpresa, Bonjour dejó libre a Duponte poco después de sacarlo de Glen Eliza. El barón Dupin le había dado instrucciones de liberar a su rival a la hora de empezar su fatal conferencia. El barón no quiso matar a Duponte; más bien quiso matar su espíritu. Imaginaba que Duponte acudiría a toda prisa al liceo, y llegaría a tiempo para ser testigo del triunfo de su rival, de modo que la victoria del barón se vería amplificada por la desmoralización del barón. Pero Duponte eludió esta derrota, pues no apareció, y si lo hizo, nadie lo vio.

—¿Se resistió Duponte cuando lo secuestraron? ¿Se resistió?

Bonjour guardó silencio, dudando de si la respuesta me decepcionaría.

—No. Fue lo bastante inteligente como para no luchar, pues el barón estaba decidido a llevar adelante su plan. ¿Dónde puede andar ahora Auguste Duponte, monsieur Clark?

—Me han encerrado aquí, Bonjour. ¡No tengo la más remota idea de dónde está!

Sus ojos se fijaron en los míos con una intensidad que me hizo sentir incómodo. No pude dejar de pensar que con Hattie casada con Peter, ¿qué esperanzas de amor me quedaban? ¡Qué no hubiera dado yo en aquel momento a cambio de una muestra de afecto, por la fortaleza que me habría infundido! Quizá mis pensamientos eran tan fáciles de leer que ella empezó a acercárseme. Miré a otra parte para no dar la impresión de una insinuación inapropiada. Pero ella colocó su mano en mi hombro, y como yo bajaba la vista, alzó mi rostro entre los barrotes hacia el suyo, en un largo momento que me hizo estremecer más por la sorpresa que por la calidez de su boca. La cicatriz que había visto en sus labios parecía formar una hendidura en el mismo lugar de mi propio rostro, y algo parecido a una corriente recorrió mi cuerpo helado. Estaba rehecho. Cuando el beso terminó, sentí que Bonjour también había quedado de algún modo prendida en él.

—Debe pensar en cómo encontrar a Duponte —dijo en voz baja, en un firme tono de mando—. Él puede dar con el asesino.

Durante unos días me esforcé por desentrañar aquel enigma. Y transcurrido un tiempo después de la visita de Bonjour a medianoche, me conquistó de nuevo la soledad triste e inexorable de la prisión.

Una vez, cuando desperté de uno de mis prolongados períodos de inconsciencia, encontré un libro en la mesita de madera de mi celda. No me hacía a la idea de su procedencia ni de quién lo puso allí. Al verlo, cerré los ojos con fuerza y me volví a un lado, pensando que formaba parte de alguna ensoñación que mi cerebro había construido para empeorar aún más mi suerte.

Se trataba de uno de los volúmenes de Poe editados por Griswold. Era el tercero —el último tomo—, el que apenas podía yo sufrir ponerle la vista encima. Los dos primeros volúmenes contenían una selección, embrollada pero decente, de la prosa y la poesía de Poe, pero para este tercer volumen el chapucero editor, el señor Rufus Griswold, había compuesto un ensayo sumamente difamatorio.

El invierno que siguió a la muerte de Poe vi los anuncios insertados en la prensa por Griswold, solicitando a los corresponsales de Poe que le enviaran copias de sus cartas para incluirlas en aquel ensayo. Pero dado que yo conocía el obituario que dedicó a Poe, con sus insanas mentiras, no me pasó por la cabeza atender aquella demanda. Pero escribí en seguida a Griswold diciéndole que tenía en mi poder cuatro cartas firmadas personalmente por Poe, y detallándole las razones por las que nunca las compartiría con él, a menos que enfocara el asunto de una manera más digna. No tuvo la gallardía de contestarme.

Esperé, sin embargo, que Griswold hubiera acabado por entender cuáles eran sus responsabilidades como cuidadoso albacea literario (¡no verdugo literario!) tras la publicación de los primeros volúmenes. En cuanto a este tercer volumen, que en su momento llegó a mis manos, lo dejé de lado y nunca más volví a mirarlo, tras abrirlo por la página en que Griswold mancillaba la memoria del que en otro tiempo fuera su amigo. De hecho, me había comprometido conmigo mismo a quemar el libro.

Duponte, en cambio, consultó el texto durante su investigación. Y ahora el volumen aparecía en mi celda. La razón que oficialmente me dio un guardián era que los funcionarios estaban preocupados por mi salud y que, viendo que en mi letargo moral no leía ni periódicos ni revistas, recordaron mi afición por el escritor Poe. Este volumen, que llevaba el nombre POE impreso en grandes caracteres en la tapa, lo habían sacado de mi biblioteca y traído aquí.

Pero no me cabía duda de que la verdadera razón de que me lo enviaran era una decisión del oficial White. Un intento de atormentarme y obligarme a admitir mi delito, de que me lamentara de mi desdichada situación. En la minúscula celda no había forma de escapar del libro: si apartaba la vista de él durante la noche, mi mano lo tocaría en el paroxismo de un sueño insano. De día lo escondía bajo el camastro para no verlo, pero tropezaba con él cuando me movía para sentarme, pues el obsesivo volumen se hacía presente al resbalar y salir por el otro lado. Lo arrojé a través de los barrotes al corredor, regocijándome por haberme librado de él, pero cuando me despertaba al día siguiente aparecía de nuevo, ostentosamente colocado junto al cántaro de agua o en un extremo del camastro, colocado por un funcionario de prisiones o, según supe, por otro preso que se complacía en atormentarme.

Después de todo esto no pude contenerme y empecé a leer. Saltándome los comentarios irrelevantes de Griswold, me centré en las cartas de Poe que intercalaba en su escrito sobre el autor. Poco después me preguntaba, cuando encontré lo que había allí, si el oficial

White tenía algún indicio secreto del abismo en el que iba a precipitarme.

En medio del texto —me siento humillado al recordarlo—, encontré que Poe se refería a mí en una carta, entre varios nombres de personas que podrían apoyar su revista, *The Stylus*, en la ciudad de Baltimore. Griswold escribió a Poe en contestación a esa carta, pidiéndole más detalles. Entonces apareció esto en una de las siguientes misivas de Poe, explayándose sobre mi persona:

«El Clark sobre el que se interesa es un joven ocioso y rico, el cual, aun conociendo mi extremada pobreza, desde hace años me importuna con cartas a franquear en destino.»[*]

Todos los días me proponía dejar de lado por un momento mi plena lucidez para leer de nuevo la página, en un esfuerzo por asegurarme de que no era una simple alucinación, fruto de mi fatiga mental. ¡Cartas a franquear en destino! No podía creerlo. Poe —*¡como ustedes ya han visto!*— insistió en que yo no franqueara nuestra correspondencia, pues lo consideraría ofensivo para nuestra amistad. ¡Me había pedido que lo ayudara! (*«¿Podrá usted ayudarme?»*) ¡Había solicitado directamente que me comprometiera a ello! (*«¿Me importuna?»*)

No podía dejar de repetir las palabras de Poe para mis adentros y, lo que es peor, podía oírlas en la fatigada voz de mi padre. *¡Joven ocioso y rico!* La riqueza que él me había legado después de tanta laboriosidad y sensatez.

¡Si sólo hubiera sabido cómo sonaba la voz de Poe, mi mente habría podido ahogar la otra! Pero, por el momento, ni siquiera era capaz de adivinar de qué hubiera podido hablar Poe. Quizá hablaba realmente con la voz de mi padre.

¿Me importuna...? Un joven ocioso y rico.

---

[*] Después de que lo anterior fuera publicado, una comparación, a cargo de un especialista, del texto de Rufus W. Griswold con los manuscritos de las cartas de Poe, ha establecido que esta frase, junto con docenas de otras, fue inventada por el biógrafo como parte de su empeño por presentar al escritor como un hombre mezquino para con sus amigos. Por desgracia, yo carecía de medios para enterarme de ello en la época en que descubrí la referencia, durante mi estancia en la penitenciaría de Maryland.

Ya no encontraba fuerzas suficientes para abandonar mi camastro. Mi postración era evidente, y no podía ni hablar. Después de varios días casi sin dormir, caí en una continua somnolencia y no podía establecer la diferencia entre los estados de sueño y de vigilia. Recuerdo muy poco de ese tiempo, salvo el rumor apagado de la lluvia torrencial y las descargas regulares de los truenos, que se prolongaban con intermitencias días enteros.

Ya no hubo más visitas, no más rostros que se me acercaran, salvo los impersonales de oficiales de policía y guardianes. Una vez, sin embargo, tuve la certeza de ver al otro lado de mi celda a un hombre al que no conocía. El polizón del *Humboldt*, la escena de la secreta victoria de Duponte, que me hizo sentir como si un don que él poseía me hubiera sido otorgado. Allí, en aquella sucia prisión de Baltimore, creí verlo de nuevo en mis nebulosas ensoñaciones, vigilándome, pero esta vez no había un capitán que le echara mano. Hubo otros momentos extraños, en los que sentí toda mi piel cubierta de bichos y moscas, tal como un periódico informó de que habían encontrado a Poe, y sólo escapé de eso cuando me desperté en mi camastro bañado en sudor frío.

Con la probabilidad de morir en la horca royéndome los huesos, a menudo me representaba mentalmente la historia que el barón me había contado acerca de Catherine Gautier: sólo su rostro, cuando bajaba la vista, pálida y sosegada desde lo alto del patíbulo, en ocasiones se parecía a la dulce Hattie, y otras veces a Bonjour, con la maldad asomándole al rostro. Mientras tanto el alcaide de la prisión se presentó para efectuar una inspección, y tras determinar que mi insensibilidad y mi incapacidad para hablar eran auténticas, ordenó que se me trasladara a un catre del primer piso de la cárcel. Cuando me tocaron, al parecer toda mi respuesta fue un estremecimiento de frío, y ni los empujones ni los gritos junto a mi oído me provocaron reacción alguna.

Me desperté y lo que tenía alrededor era nuevo. Me encontré como único ocupante de una estancia a la que los presos no querían ir, ya que al ser más cómoda que las celdas de arriba, se enviaba a la gente a ellas a morir. Los médicos no descubrieron en mí ninguna dolencia física, y concluyeron que mi sueño intermitente demostraba que mi suerte estaba echada. Al someterme los agentes de policía a algunas preguntas sencillas para comprobar mi grado de conciencia, permanecí en silencio o murmuré palabras ininteligibles. Más tarde me dijeron que al preguntarme por mi cumpleaños, yo repetía 8 de octubre de 1849 una y otra vez: la fecha del entierro de Poe, que además de no coincidir con mi cumpleaños me hubiera envejecido dos años.

Por mi parte, tan sólo era capaz de evocar breves momentos de una miríada de sueños. Cuando me llegaron las noticias de la muerte de mis padres, permanecí sentado varios días en mi cuarto, enfermo, con un escalofrío que iba y venía. En mi estupor, tuve visiones clarísimas de estar hablando con mis padres; manteniendo con ellos conversaciones que nunca se llevaron a cabo, pero tan reales o más que las que tuve en toda mi vida. En ellas, me excusaba repetidamente por haber renunciado a tantas cosas, por no haber seguido sus consejos durante años, como hizo Peter. Entonces volvía a despertarme. El libro —el volumen de Griswold— no me había seguido desde mi celda a la habitación del hospital, y eso me hacía feliz. Reí para mí entre dientes, como si eso fuera, en definitiva, mi gran triunfo.

En el hospital penitenciario no había mucha luz, pues las ventanas no se limpiaban y permanecían empañadas. Aunque por la mañana la lluvia por fin había cesado, a las habitaciones del hospital de la prisión sólo llegaba un indicio de luz diurna. Los guardianes habían estado trasladando frenéticamente a los presos de un lado al otro del edificio cuando algunas dependencias se vieron afectadas por una inundación. La parte del hospital había quedado libre de las aguas hasta el momento, pero aquella noche desperté con un estremecimiento a causa de una serie de ruidos.

—¿Quién anda ahí? —pregunté inconscientemente.

De repente sentí un frío terrible, y cuando puse los pies descalzos en el suelo, un torrente de agua fría se arremolinó sobre mis dedos. Me replegué a mi camastro y tanteé en busca de una vela. Parecía que mis ojos se abrían por vez primera en años.

Las inundaciones habían hecho rebosar el alcantarillado y habían abierto brecha en la pared del hospital. Me senté y vi a través de aquélla la oscuridad del estrecho paso que se abría ante mí. Yo sabía que la alcantarilla discurría por debajo del largo y alto muro que rodeaba la prisión y llegaba hasta Jones Falls. No había el menor obstáculo entre aquí y allá. Como no me había expuesto a la luz durante días, mis ojos inmediatamente estuvieron en condiciones de entender las circunstancias en que me hallaba, incluso en medio de aquella oscuridad.

Mi mente giraba con rapidez, vivazmente. Una renovada energía me resucitó de aquella fúnebre indolencia. Había estado yaciendo en ella. Una idea a medio formar, una certidumbre me impulsó adelante, hacia donde el agua pútrida alcanzaba mis tobillos, el pecho y me llegaba a los hombros. Incluso cuando me vi flotando en las aguas torrenciales me pareció que me desplazaba a la mayor velocidad, hasta que emergí allá donde las sombrías torres de la prisión sólo podían distinguirse en el lejano horizonte.

Ésta era mi idea: *Edgar Poe seguía vivo.*

Yo no estaba enfermo, como ustedes podrían pensar. No había degradación de mi agudeza mental, pese al prolongado desafío del encarcelamiento que me había llevado a tomar conciencia de esa idea a medio formar. *Edgar Poe nunca estuvo muerto.*

A medida que mis ojos se habituaban al exterior de la prisión por vez primera en los que me parecían meses o años (hubiera creído lo uno o lo otro si en este punto me lo hubieran dicho), todo el conocimiento relacionado con el caso de la muerte de Poe tomó forma en mi cerebro de una manera nueva y terrible.

Quizá hubiera debido encontrar ayuda, descanso, protección en aquel momento. Quizá nunca hubiera debido abandonar los confines de la prisión donde, resulta extraño decirlo, me encontraba a salvo de lo que me aguardaba fuera. Pero ¿qué hubieran hecho ustedes? ¿Permanecer allí, en el camastro, contemplando la luz de las estrellas? Consideren ahora lo que hubieran hecho de haber sabido con súbita claridad que Edgar Poe se contaba entre los vivos.

(¿No lo había visto Duponte? ¿No lo había considerado en todo su análisis?)

No nos preocupamos de lo que le sucedió a Poe. Hemos imaginado a Poe muerto para nuestros propios fines. En cierto sentido, Poe sigue estando muy vivo.

Recordé que en nuestro primer encuentro, Benson dijo esto o al menos algo muy parecido. Benson parecía saber más de lo que me contaba. ¿Lo sabía? ¿Encontró algo que no pudo revelar en su investigación precursora, y me ofreció una sugerencia, un indicio de la secreta verdad?

Podía ver los rostros de los hombres en el entierro, como daguerrotipos en mi mente; aún podía verlos avanzar hacia mí aquel día con el paso apresurado y cubiertos de barro.

Piensen en eso..., piensen en la *prueba*. George Spence, el guarda, no había visto a Edgar Poe desde hacía muchos años, e insistió en el aspecto poco familiar que tenía cuando lo llevaron a enterrar. Neilson Poe vio a su primo sólo a través de una cortina en el hospital universitario, ¿y no me dijo en su despacho que el paciente *parecía otro hombre completamente distinto*?

Mientras tanto, el entierro que yo presencié se llevó a cabo a toda prisa, quizá en tres minutos, con pocos testigos e incluso sin una oración, que *se suprimió*; fue algo irrelevante, silencioso, como ya se vio. Incluso Snodgrass, el intransigente doctor Snodgrass, manifestaba ansiedad, esquivez, como si se recriminara a sí mismo por algo en relación con el final y el entierro de Poe. Pensé de nuevo en el poema que encontramos en el escritorio de Snodgrass, escrito por él sobre el tema, y que revelaba su idea de la embriaguez de Poe. También recordaba el día del entierro.

> *¡Pero todavía me obsesiona esa escena funeral!*
> *¡Con frecuencia evoco con vergüenza y tristeza*
> *tu sepelio —otro más triste no se ha visto—*
> *en aquel descuidado lugar de reposo!*

¿Hubo alguien que lo conociera en años recientes y que *viera* el cuerpo sin vida yaciendo en su ataúd, antes de que descendiera bajo tierra? Y la mayor parte de aquellos testigos —Neilson Poe, Henry Herring, el doctor Snodgrass— no querían decir nada del entierro, como si se tratara de algo que no debía revelarse. ¿Acaso sabían algo más? ¿Que Poe, en realidad, aún respiraba y estaba vivo? ¿Había sido ocultado por agentes extranjeros que escondían algo? ¿O él, Edgar Poe, perpetró el postrer engaño al mundo?

Ya ven que el razonamiento de mi mente, que admito se producía en un estado de gran excitación, no era fruto de un trastorno ni algo insustancial. Demostraría que Poe no ha muerto aún, y todo lo ocurrido daría un vuelco de forma inmediata. Continué a pie después de atravesar la alcantarilla, directamente al viejo cementerio presbiteriano de Westminster. Su situación, próxima al centro de la ciudad, lejos de las grandes extensiones de agua, lo había dejado, así como las calles circundantes, al margen de las peores consecuencias de la inundación, aunque todavía discurrían arroyuelos a través de la hierba del camposanto, y algunas grietas y rincones conservaban agua estancada.

Hablaría con el guarda e insistiría para obtener plenas respuestas. Pero cuando crucé la cancela se me impuso una decisión diferente. Aunque estaba oscuro, mis ojos conservaban el exagerado poder visual resultante de mi prolongada estancia en las celdas sombrías de la prisión. Con el simple relámpago de una tormenta que se estaba formando, localicé con toda precisión la tumba de Poe, que continuaba afrentosamente desprovista de inscripción. ¿Quién reposaba en ella?

Aparté las ramas y otros desechos que la cubrían y empecé a cavar en la hierba con mis manos desnudas. Con cada penacho de hierba que arrancaba del centro, aparecía debajo una corriente de agua. Lo intenté alrededor, pero no tuve mejor suerte. En algunos lugares, el suelo estaba tan endurecido que se me astillaban las uñas, mezclándose la broza y el barro con mi sangre.

Comprendiendo que sólo podría efectuar avances limitados por aquel procedimiento, crucé el camposanto y tuve la suerte de encontrar una pequeña azada. Con este instrumento comencé la tarea de romper la costra de tierra en un círculo en torno a la tumba. Hundía la azada en el suelo con decisión. Me rodeaban montones de desperdicios. El trabajo era agotador y me consumió hasta un grado tal que al principio no presté atención al ruido repentino que se acercaba a mí. Me concentraba en lo que vi debajo.

Se trataba de un ataúd ordinario, de pino. Adelanté la mano y pude tocar la fría superficie de madera reblandecida. Aparté la tierra de la tapa y mis dedos encontraron el lugar donde ajustaba, pero cuando me disponía a levantarla me vi obligado a soltarla.

El perro de raza híbrida del guarda corría hacia mí ferozmente. Se detuvo a escasos metros, y pensé por un momento que había hecho una pausa porque recordaba que habíamos trabado amistad. Pero no era ése el caso. O si lo recordaba, aún estaba más furioso por mi traición a nuestra mutua confianza. Estaba completamente seguro de que yo trataba de robar un cadáver de sus dominios. (¡Todo lo contrario, bravo can! ¡No hay cuerpo que robar!) Entre las tumbas, gruñó y entrechocó las mandíbulas, y en mi estado de intensa excitación creí ver en aquélla las tres mandíbulas de Cerbero. Traté de alejarlo con la azada, pero él se limitó a agacharse, y en cualquier momento se me lanzaría a la garganta.

Ahora apareció el guarda, saliendo de la cripta donde una vez le encontré, sosteniendo una linterna. Con aquel aire tan denso y en plena oscuridad apenas podía verlo. Parecía como si todo él fuera de un color. Me lo imaginé como el hombre que fue hallado petrificado en aquella misma bóveda.

—¡No soy un hombre de la resurrección! —grité.

Supongo, sin embargo, que esgrimiendo una azada, con las manos y la ropa cubiertas de suciedad y sangre y con un ataúd medio desenterrado a mis pies, aquella aseveración resultaba poco convincente.

—¡Mire dentro!¡Mire dentro!

—¿Quién es? ¿Quién está ahí? ¡Ve por ellos, *Sailor*!

No tenía elección. Miré anhelosamente la madera debajo de mí, solté la azada y eché a correr. El hombre y el perro me pisaban los talones.

Aún no estaba derrotado. Después de dejar atrás a mis perseguidores en el cementerio, me resguardé en un callejón estrecho. Pasé casi media hora recuperándome de la fatiga causada por mi fallido intento en el camposanto antes de proponerme un nuevo objetivo. Sin duda el guarda estaría ahora vigilando la tumba de Poe. Pero con irreductible decisión, me dispuse a cruzar la ciudad, recordando a lo largo del camino la dirección del último domicilio de Poe en Baltimore, en la calle Amity entre Lexington y Saratoga, del que había visto una referencia durante mis prolongadas investigaciones sobre la vida del autor.

Podía preguntarle. ¿Por qué? *Amigo Poe, ¿por qué escribir aquella carta? ¿Por qué decir que soy un joven ocioso, un inoportuno? ¿Olvidaste que nos comprendimos el uno al otro?*

Poe acababa de renunciar a su plaza de cadete en West Point cuando, apartado de Richmond por John Allan, quien se negó a saldar sus deudas, aquel joven de veintidós años vino a esta modesta casa a vivir con su tía, Maria Clemm, la hija de ésta, Virginia, de ocho años por entonces, el hermano mayor de Poe, William Henry, y su abuela enferma. Poe buscó un empleo de maestro en una de las escuelas locales, pero sin éxito. Cada uno de sus compañeros cadetes de West Point le dio un dólar para la publicación de su primera colección de poemas, y con este volumen tenía grandes planes para hacerse un nombre.

Seguro de haber encontrado la dirección correcta en una estrecha casa entre las calles Lexington y Saratoga, sin considerar lo más mínimo un propósito más racional, subí los peldaños de la puerta principal y, hallándome al pie de una angosta escalera, la subí a saltos. ¿Por qué? ¡Oh, Edgar! ¿Por qué escribir todas aquellas cosas? Quizá de haber vivido Poe habría regresado aquí, a su último hogar en Baltimore, y dejado alguna señal para mí sobre su siguiente destino. Apenas presté atención a las dos mujeres, una de pelo blanco y la otra joven y rubia, que se pusieron a chillar al verme entrar en la reducida habitación trasera donde se sentaban junto a una chimenea. (Quizá mi aspecto era horrible, con mi uniforme penitenciario de arpillera ahora andrajoso y chorreando, manchado de tierra y sangre a causa de mis fallidos esfuerzos en el camposanto.) En otro dormitorio, una buhardilla en lo más alto de la casa, un hombre flaco se asomó a la ventana que daba a la calle Amity y empezó a gritar «¡Ladrones! ¡Asesinos!» y a proferir otras exclamaciones. Las dos mujeres corrían ahora por la casa, y las paredes reverberaban con gritos ininteligibles.

Retrocedí ante aquella conmoción y, al comprobar que el hombre estaba a punto de agarrar una palanca, me apresuré escalera abajo, pasando ante la frenética joven, hasta el vestíbulo y de nuevo hasta la puerta. Corría a tal velocidad, que no pude frenarme hasta que estuve en mitad de la calle, donde al vago resplandor de una lejana farola pude ver un caballo y un carruaje gigantescos que venían directamente hacia mí, sin darme tiempo a moverme en ninguna dirección sin que cayera bajo aquella masa de pezuñas y ruedas. No teniendo oportunidad de salvarme de tan espantoso destino, me limité a taparme los ojos con las manos ante la vista de la muerte.

Con un movimiento milagroso, todo mi cuerpo fue empujado hacia el bordillo de la acera, donde el carruaje no podía causarme daño. Alguien aferraba con fuerza mi muñeca. Mi salvador se debatió para acercarme más a él. Yo había cerrado los ojos en una rendición sin vida, y ahora los abrí de par en par sobre su persona, como para encontrar un fantasma que me rondara desde el más allá en lugar de un ser humano. Miré, y resultó que estaba contemplando el rostro de Edgar A. Poe.

—¡Clark! —dijo con voz tranquila, agarrándome más fuerte, con la boca contraída hasta reducirse a una pequeña e intensa línea bajo el oscuro bigote—. Tenemos que sacarlo de aquí.

Guardé silencio, volví a mirar, alargué la mano hasta su cara, y en ese instante todas las cosas temblaron y desaparecieron en la negrura.

Cuando recuperé la conciencia por un breve momento, me encontré en un cuarto oscuro y húmedo. Me sentí como si estuviera debajo de algo, y luché contra un extraño presentimiento de peligro mortal. Cuando abrí los ojos lentamente y alargué el cuello cuanto pude, sólo pude ver un objeto con auténtica claridad, pues se hallaba encima, en el horizonte mismo de mi campo visual.

Era una tablilla rectangular con esta inscripción: HIC TANDEM FELICIS CONDUNTUR RELIQUAE.

Suspiré al darme cuenta de que era una lápida funeraria, y traduje horrorizado aquel malsano epitafio de mis veintinueve años... *Al menos aquí es feliz.*

28

La negrura me cubrió de nuevo. Cuando salí del trance, me senté poseído por un súbito frenesí y jadeé a causa de la cruel sed que me quemaba la garganta. Aunque podía sentir mi propio parpadeo, no conseguía ver nada, y mis pensamientos iban desde persuadirme de que había sido cegado, hasta asegurarme de que, simplemente, me hallaba en un espacio o habitación sin luz. Ahora, una lámpara se acercaba a través de la estancia. Oí cerca de mí una vocecita que decía:

—Está despierto.

Pude ver un cuenco de agua y traté de alcanzarlo.

—No —objetó ásperamente otra voz—. *Esto* es para la mano.

Una de mis manos estaba herida como consecuencia de mis esfuerzos en el cementerio.

—Aquí.

Ahora había un pequeño círculo de luz en torno a una vela y dos niños, niño y niña, cuyos cutis claros me parecían verdes, lo que les asemejaba a unos duendecillos. Estaban junto a mí y llevaban medias, pero sin calzado. Se encendió la luz de gas y vi que la niña sostenía además un vaso de agua, esperando pacientemente y con una expresión de gran dulzura. Bebí febrilmente.

—Dónde... —empecé a decir, ¡y luego levanté los ojos y vi de nuevo la terrible lápida!

A la luz, pude distinguir que se trataba de un *dibujo grande y detallado* de una lápida, y logré leer la inscripción completa. HIC TANDEM FELICIS CONDUNTUR RELIQUAE EDGAR ALLAN POE y, debajo, OBIIT OCT. VII 1849.

Me volví hacia la niña, agradecido por su amabilidad. De pronto experimenté un sentimiento de protección hacia los niños.

—¿Estáis asustados?

—No —dijo la niña—. Sólo preocupados por usted, señor. ¡Tenía un aspecto espantoso cuando padre lo trajo!

Respiré con comodidad por vez primera en meses. Me di cuenta de que me habían puesto ropa limpia y de que me hallaba sentado en una tabla apoyada en dos sillas, una cama improvisada en la que había estado acostado.

—¡Me temo, señor Clark, que es raro que haya camas disponibles en una casa con seis niños Poe y un nuevo bebé Poe! Aun así espero que haya podido descansar.

El hombre que hablaba era el que me rescató en la calle... Sólo que no se trataba de Edgar, sino de Neilson Poe. Tenía un aspecto diferente de la última vez que nos vimos, en la comisaría. Estaba más delgado y llevaba un bigote que le hacía parecer una réplica casi perfecta, a primera vista, de los retratos de su primo.

—William. Harriet. —Neilson miró severamente a los niños, que habían permanecido lealmente a mi lado—. A la cama.

Los dos niños dudaron.

—Habéis sido de gran ayuda —dije en tono confidencial, dirigiéndome al niño y a la niña—. Ahora debéis hacer lo que os dice vuestro padre.

Salieron de la habitación sin hacer ruido.

—¿Por qué estoy aquí? —pregunté a mi anfitrión.

—Quizá usted podría responder mejor a esa pregunta —dijo Neilson con preocupación, y se sentó frente a mí.

Me contó que había recibido aviso de un intento de desenterrar el féretro de Edgar Poe en el cementerio de Westminster y, aunque era tarde, tomó en seguida un coche de alquiler y se dirigió al lugar. Pero las calles resultaban difícilmente transitables a causa de las lluvias, y hubo que abrirse paso por la calle Amity. Allí Neilson Poe percibió una gran agitación que pensó provenía de la antigua casa de su pariente Maria Clemm, y donde quince años antes había vivido también Edgar Poe.

Hallando esta coincidencia de lo más insólita e inquietante, y considerando que se dirigía en aquel momento a la tumba de Edgar,

Neilson indicó al cochero que lo condujera allí. Se apeó y comenzó a investigar, pero al recordar que debía continuar hacia el cementerio para enterarse de los extraños acontecimientos, pidió al cochero que volviera en dirección opuesta el carruaje para ahorrar tiempo. En este punto, con el cochero dedicado a su tarea, me vio salir por la puerta de la casa, y situarme en el camino que iba a recorrer el carruaje, el cual me aplastaría. Entonces Neilson me empujó al suelo, donde me desvanecí.

Al advertir la capa de suciedad en mi ropa cuando me subía al coche, Neilson Poe dedujo que el aviso que había recibido del cementerio podía tener alguna relación con mi presencia en la calle Amity.

Permanecí en silencio, inseguro sobre qué decir. Él prosiguió:

—Lo trasladé aquí en seguida, señor Clark, y mi mensajero me ayudó a instalarlo en esa tabla. El chico trajo a un médico que vive en la otra calle, quien lo examinó y hace poco se ha ido. Mi mujer ha subido a rezar para que recupere usted las fuerzas. ¿Estuvo esta noche en el cementerio de Westminster, señor?

—¿Qué es eso? —pregunté, señalando el dibujo de la lápida.

Se encontraba en una estantería, inofensiva entre otros papeles y libros, pero al ser inicialmente iluminada por una lucecita, resultó ser el único y lúgubre objeto que me llamó la atención durante mi anterior y breve recuperación de la conciencia.

—Es un dibujo hecho por el hombre al que encargamos una lápida adecuada para la tumba de mi primo. Tal vez deberíamos hablar de esto más tarde. Parecía usted extremadamente fatigado.

—Ya no dormiré más.

Sentía que el sueño me había rejuvenecido rápidamente. Pero había algo más. Aunque Neilson Poe abrigaba dudas respecto a mí, y yo respecto a él, me había protegido... Sus hijos me habían protegido. Me encontraba seguro.

—Estoy muy agradecido por la ayuda de su familia esta noche, pero me temo que sé más de lo que usted pueda imaginar. Usted me dijo a mí y le dijo a la policía que Edgar Poe no era sólo su primo, sino su amigo. Pero yo sé cómo lo llamaba su primo.

—¿A qué se refiere?

—¡Le consideraba «su peor enemigo en el mundo»!

Neilson frunció el ceño, se acarició el bigote y asintió con tranquilidad, sin rechazo alguno.

—Es verdad. Quiero decir que era sabido que hacía comentarios como ése, sobre mí y también sobre otros que se preocupaban por él.

—¿Qué lo empujó a pensar eso de usted, señor Poe?

—Fue cuando acababa de desarrollar su afecto por la joven Virginia. Yo me había casado con mi mujer, Josephine, hermanastra de Virginia, y considerando que mi cuñada, a sus trece años, era demasiado joven para irse con él, me ofrecí a procurarle una educación y ayudarla a entrar en sociedad si permanecía con nosotros en Baltimore. Edgar consideró eso un insulto. Dijo que no estaba dispuesto a vivir una hora más sin ella. Consideró que yo me proponía arruinar su felicidad y que nunca más volvería a ver a su «Sissy». No toleraba vivir sumido en la pesadumbre.

—¿Qué hay de la sugerencia de su primo, expresada en una carta al doctor Snodgrass, de que usted no lo ayudaría en su carrera literaria?

—Edgar creía que yo estaba celoso, supongo —respondió Neilson con franqueza—. Hice mis pinitos literarios en mi juventud, como ya le dije. De eso él dedujo que yo tenía envidia de la cantidad de referencias literarias que se le dedicaban, tanto positivas como negativas.

—¿Y no la tenía?

—¿Envidia? De la forma que creía Edgar, no. Yo no me consideraba su igual. Si alguna vez estuve celoso fue ante el comentario de que su escritura encerraba una cualidad de *genio*, de naturalidad, de las cuales mi propia escritura carecía por más meticulosamente que me aplicara a conseguirlas.

—No puedo olvidar —le dije en tono firme a mi anfitrión— que usted malogró la oportunidad de que la policía investigara la muerte de su primo, señor Poe.

—¿Es eso lo que cree? —Mantuvo la calma—. Comprendo que lo crea. Sin embargo, fue el oficial White, antes de que usted llegara a la comisaría, quien se mantuvo inflexible en que no se efectuaría la más mínima investigación. Como usted sabe, la policía de Baltimore presume de que en nuestra ciudad no se cometen delitos, en particular contra los turistas. En mi profesión, a menudo represento a gente acusada de faltas mezquinas, y depende en gran medida de la policía la posibilidad de mostrarse razonables con algunos acusados. Yo apenas tengo más elección que acceder a los deseos del oficial White al respecto. Me da la impresión de que se trataba, como de costumbre, de dar una lección a quienes intentaban demostrar la existencia de más delitos en Baltimore de los ya conocidos. Así pues, cuando lo vi a usted en la comisaría hice lo que pude para disuadirlo de su propósito. A veces creo que nuestra justicia no es tan distinta de los tiempos de la brujería: los delitos sólo se consideran tales cuando conviene a los acusadores. —Se dirigió a la puerta de la habitación—. Veo que a raíz de nuestros primeros encuentros usted me creía demasiado hostil a mi primo. Sígame, señor Clark.

Nos trasladamos a la biblioteca de Neilson Poe. Había una hilera de libros y revistas con los escritos de Edgar Poe que casi rivalizaban con los míos. Para mi gran sorpresa, examiné el contenido, sacando un volumen en particular o una publicación periódica de la impresionante colección.

Neilson pudo ver que me desconcertaba su aparente devoción por la obra de Edgar. Sonrió y se explicó:

—En los últimos años estuve enfadado con Edgar, incluso después de su muerte, pues me constaba que él se sabía superior a mí, con mucho. Consideraba mi vida dilapidada en lo que a cualidades artísticas se refiere. En resumen, ¡yo sabía que me había *odiado* durante años! Pero se da el caso de que yo nunca lo odié a él. Es más, siempre entendí que Edgar era un hombre que se representaba a sí mismo a través de sus producciones literarias; que ahí estaba él, más que en la forma física y en el personaje que exhibía, más que en cualquier carta que pudiera haber escrito en un rapto de ira, o en cualquier comentario que hiciera a un conocido hallándose en estado de excitación. Su arte nunca pretendió ser popular, ni tampoco se propuso atenerse a un principio o a un sentido moral, pero ésa era su verdadera forma de *ser*.

Mientras hablaba, Neilson se situó en el rincón de su biblioteca y, mientras se volvía en su silla para alcanzar un volumen de los *Cuentos grotescos y arabescos*, tenía contraída la comisura de la boca de una manera distinta, al parecer, de la que caracterizaba a Edgar Poe. Para disimular mi observación, saqué del anaquel el número de abril de 1841

348

de *Graham's*, el cual contenía el primer cuento de Dupin, «Los crímenes de la calle Morgue». Lo sostuve reverentemente y pensé en mi propia biblioteca, en mi propia colección, en mi casa, en Glen Eliza, que sin duda había sido revuelta y dañada por la policía en sus diversos registros en busca de pruebas de mi culpabilidad y de mis obsesiones.

—¿Sabe usted que le pagaron sólo cincuenta y seis dólares por su primer cuento de Dupin? —dijo Neilson al advertir el objeto de mi interés—. En el tiempo transcurrido desde su muerte he visto a la prensa ensalzarlo y estrellarlo. He visto a ese vergonzoso e injusto biógrafo hacer con Edgar lo que ha querido. Recuerde que es también mi apellido, señor Clark. Poe es el nombre de mi esposa, y mis hijos son Poe, como lo serán los hijos de mis hijos. Yo soy *Poe*. En los últimos meses he leído y releído casi todo lo que escribió mi primo, y a cada página que volvía he sentido mayor afinidad con él, una proximidad del orden más elevado, como si las mismas palabras pudieran haber salido de mí y él hubiera conseguido extraerlas de nuestra sangre común. Dígame, señor Clark, ¿lo conoció usted? —preguntó de improviso.

—No.

—¡Bien! —Al advertir mi sorprendida reacción, continuó—: Sólo quiero decir que es mejor así. Trate de conocerlo a través de las palabras que publicó. Su genio era de una rara cualidad, difícil de hallar apoyo en este mundo de revisteros, y no podía por menos de creer que todos estaban en su contra y que, con el tiempo, incluso los amigos y parientes se convertirían en enemigos. Su percepción, temerosa y ansiosa en este punto, era el resultado de un mundo duro para las aspiraciones literarias; una dureza que yo descubrí por mí mismo en mi juventud. Su vida fue una serie de experimentos sobre su propia naturaleza, señor Clark, que lo apartó de los movimientos de nuestro mundo y lo llevó a un conocimiento que consistía sólo en la perfección de la literatura. No podemos conocer a Edgar Poe como hombre, pero podemos conocerlo bien como el genio que fue. Por eso no podía ser debidamente leído hasta después de su muerte... por mí, por usted y ahora, quizá, por el mundo. —Hizo una pausa—. ¿Se siente mejor ahora, señor Clark?

Me encontré en situación de pensar con más claridad: me había librado de la oleada de emociones salvajes que con anterioridad me consumía. Tan sólo podía recordar mis últimos actos como cuando uno piensa en un sueño o en una evocación distante. Me sonrojé un poco, cohibido, al pensar en cómo me había encontrado Neilson.

—Sí, muchas gracias. Me temo que estaba más bien sobreexcitado cuando dio conmigo en la calle Amity.

—Por favor, señor Clark —dijo sorprendido, emitiendo una risita—, difícilmente puede recriminarse por haber sido envenenado.

—¿Qué quiere decir?

—El médico que lo examinó estaba completamente seguro de que había sido envenenado ligeramente. Encontró restos de un polvo blanco en la parte posterior de su boca; una mezcla experta de varias sustancias químicas. No se preocupe. También estaba seguro de que los efectos habían pasado y que esas dosis no causan ningún daño permanente.

—¿En la cárcel? Pero ¿quién?...

Me detuve al conocer con súbita claridad la respuesta. Los guardianes de la prisión, quienes, con gran solicitud, constantemente cambiaban los cántaros de agua que había sobre la mesa de mi celda. El oficial White, contrariado por mis continuas negativas en las entrevistas que mantuve con él, probablemente dio la orden: confundir mi mente lo bastante como para extraer de ella algún reconocimiento de responsabilidad, ¡asegurar una confesión de mis yerros! Ahora yo poseía también información de Neilson Poe acerca del deseo de White de evitar la investigación que solicité. Me hubiera envenenado hasta que confesara o muriera o me viese empujado a causarme daño yo mismo. Mi casual escapatoria me salvó la vida.

Mi trastorno mental en las horas posteriores al abandono de la prisión estaba claro para mí y me aguijoneaba la mente. ¡La búsqueda de Poe —cavando en su tumba con la creencia de que estaba vivo— y la intrusión en la que fue su casa tantos años antes! Esa persona se había desprendido de mí y ahora me sentía crecido, contemplando cuanto sucedía con perfecta visión.

Neilson pareció pensativo por un momento y, quizá, ansioso.

—Tal vez necesite más descanso, señor Clark.

—El chico —dije de repente—. El mensajero del que me habló, el que lo ayudó a trasladarme y luego vino con el médico. ¿Dónde está?

Yo no había visto a nadie en la casa excepto a los niños. Neilson dudó. Pude oír un sonido nuevo, inequívoco y creciente. Caballos cuyos cascos ruidosos atravesaban las calles encharcadas, las ruedas de un coche chapoteando detrás.

Neilson levantó la cabeza al percibir el sonido.

—Soy miembro del colegio de abogados, señor Clark —dijo—. Usted es un fugitivo de la justicia, y yo he cumplido con mi deber dando cuenta a la policía de su presencia. Tengo una responsabilidad. Yo no puedo hacer más, pero creo que usted es la persona con más capacidad para rehabilitar la memoria de mi desdichado pariente y de honrar así mi apellido. Me complacería actuar como su defensor ante el tribunal, si lo desea. —Me quedé helado en mi lugar—. Recuerde, señor Clark, que usted también actuaba en estrados. Debe elegir.

Neilson caminó despacio hasta situarse ante la puerta y, en mi débil estado, es probable que me hubiera dominado con facilidad hasta que su mensajero entrara con la policía.

—Los niños —recordó Neilson de pronto—. No me juzgue demasiado estricto, señor Clark, pero debo asegurarme de que están durmiendo.

—Lo comprendo —dije, asintiendo con gratitud.

Cuando él salía al vestíbulo en dirección a la escalera, me escabullí de la habitación y no miré atrás.

—¡Que Dios lo proteja! —dijo Neilson tras de mí.

*　*　*

Mi misión estaba clara. Debía encontrar a Auguste Duponte. Sólo él podía aportar la prueba definitiva de mi inocencia. Ahora que Bonjour me había revelado que no se le causó ningún daño, el mero pensamiento de que podía estar cerca me comunicaba una sensación de invencibilidad que me hizo avanzar rápidamente por las anegadas calles de Baltimore. Quizá Duponte ya había empezado a investigar el tiro que le dieron al barón. Quizá, incluso, asistió al liceo aquella noche, antes del suceso, lo presenció y escapó en previsión de la confusión que sabía iba a producirse como consecuencia de aquél.

Yo consideraba mi objetivo ineludible en el mundo probar mi

honorabilidad ante Hattie, pues ella había mantenido su amistad conmigo durante mi estancia en prisión, cuando otros me abandonaron. Parecería un empeño de poca monta, comparado con el hecho de que mi vida podía terminar como la de un criminal, y con que ella se casara con otro, pero mi meta era ahora quedar limpio a los ojos de Hattie.

No supe lo que era estar completamente seco durante días. Mis oídos, pulmones y entrañas seguían nadando mucho después de que hubiera vadeado y chapoteado a través de las traicioneras calles de Baltimore. Me pareció que el Atlántico había desbordado sus orillas y que avanzaba para unirse con el Pacífico. Fui capaz de localizar a Edwin, quien se encargó de que me cambiara de ropa y vistiera un modesto traje. Deseaba ayudarme a buscar un lugar menos al alcance de la policía. Trasladó fardos de ropa a un almacén de embalaje, vacío, en otro tiempo perteneciente a la empresa de mi padre, donde me refugié tras recordar que había una bisagra suelta en una puerta desde hacía años, y que nunca se reparó.

—Me ha ayudado mucho, Edwin, y no quisiera poner en riesgo su seguridad por más tiempo. Ya he causado bastantes trastornos a muchas personas para toda su vida.

—Usted hizo lo que creía correcto, y ha expuesto su vida por ello. Poe ha muerto. A un hombre le han pegado un tiro. Su amigo ha desaparecido. Y bastantes personas han sufrido daños. Al menos usted debe permanecer a salvo, para que haya alguien seguro de la verdad.

—No deben imputarle un delito por ayudarme —dije.

Ése era un asunto grave. Si un negro libre era condenado por una falta significativa, podía ser castigado de la peor manera imaginable para un hombre libre: ser devuelto por las autoridades a la esclavitud.

—Yo no nací en los bosques para asustarme de una lechuza —replicó Edwin riendo con su risa tranquilizadora—. Además, creo que ni siquiera en Baltimore se castiga todavía a un hombre por proporcionar unos pingos viejos a otro hombre al que se le han desgastado los codos de la chaqueta. Ahora, ¿podrá descansar aquí esta noche?

Edwin continuó prestándome su ayuda y acudía al almacén de embalaje a intervalos regulares. Aunque estuve tentado, me reprimí de hacer alguna visita a Hattie, preocupado por lo peligrosa que pudiera resultar para ella. Restringía severamente mis salidas, y me guardé de acercarme a los alrededores de Glen Eliza por temor a ser visto. Seguía en mi poder el número de *Graham's* de 1841 que tenía en la mano cuando huí de la casa de Neilson Poe; el número en el que apareció por vez primera Dupin en «Los crímenes de la calle Morgue». Me sentí agradecido por ello como si se tratara de un talismán. Releí el cuento y me pregunté qué podría haber descubierto Duponte sobre la muerte del barón. Aquella revista era, por el momento, *todo* cuanto tenía para leer. Así que leí también las otras páginas, aunque la publicación tenía diez años de antigüedad.

Una vez, Edwin acudió a la hora convenida y me encontró enfrascado en el *Graham's*.

—¿Todo va bien, señor Clark?

No podía dejar de leer aquellas páginas una y otra vez. Apenas hablaba. No sé cómo describir el vuelco que me dio el corazón con el descubrimiento que hice aquella noche: me refiero a la verdad sobre Duponte... o Dupin (ya ven ustedes que apenas sé cómo asimilar todo lo que comprendí, y que apenas sé por dónde empezar); o sea que Duponte nunca fue, en absoluto, el verdadero Dupin.

Una vez que hube leído varias veces en mi celda de la comisaría del Distrito Medio las notas manuscritas para la conferencia del barón Dupin, y me hube asegurado de que cada palabra quedaba grabada en mi memoria, arrojé las páginas al fuego que chisporroteaba en la sala que separaba las celdas de los hombres y de las mujeres. Yo no asesiné al barón, por supuesto, pero me apresuré a matar su trabajo. Después de eso, quedaba abortada la posibilidad de que se difundieran sus invenciones sobre la muerte de Poe.

No se trata de que sus palabras no fueran convincentes en lo relativo a esa muerte. Lo eran, y mucho, pero no eran verdaderas; al contrario que Poe, quien sólo las escribió verdaderas aun cuando muchas no estuvieran en condiciones de ser creídas. Más tarde nos ocuparemos de las teorías del barón acerca de la muerte de Poe. El barón Dupin, en sus notas, también aprovechó la ocasión para defender su condición de verdadero Dupin.

He aquí una muestra: «Ustedes conocen al Dupin de estos cuentos como alguien directo, brillante, valiente. Debo admitir, a decir verdad, que esas cualidades el señor Poe las tomó de mis humildes aventuras... Porque es así como realmente actúa Dupin, ¿no? En un mundo en el que la verdad la ocultan charlatanes y estafadores, nobles y reyes, Dupin la encuentra. Dupin la conoce. Dupin la dice. Pero aquellos a quienes dice la verdad, amigos míos, siempre conocerán el ridículo, la negligencia, la muerte. Ahí es donde hemos encontrado a Edgar... —en este punto imaginé al barón agitando sombríamente la cabeza, quizá con una pesada lágrima cayéndole del rabillo del ojo—; no, es donde hemos *perdido* a Edgar Poe. Edgar Poe no nos ha dejado, sino que nos lo han quitado...»

Ahora, antes de la llegada de Edwin, mientras permanecía sentado en la pequeña salpicadura de luz en el almacén vacío, tomé ese número de abril del *Graham's*, aquella revista que contenía la primera aparición del Dupin de Poe. «Qué suerte la del *Graham's* por contar entonces con Poe —pensé—, pues no sólo colaboró con sus cuentos, sino que fue su editor.» Entonces mi pulgar se detuvo en una página determinada. Me esforcé por leer a la luz. No había una sola página que yo no hubiera visto.

En el mismo número en el que apareció «Los crímenes de la calle Morgue», en ese mismo número de abril del 41, el editor de la publicación —o sea Poe— daba la reseña de un libro titulado *Apuntes sobre personajes vivos notorios de Francia*. En esta colección de apuntes biográficos se incluye cierto número de personas distinguidas de aquel país. La que atrajo mi atención fue George Sand, la famosa novelista. No sé cómo acudió a mi mente, desde algún distante artículo o biografía que leí sobre ella... Pero de algún modo recordé que su nombre, que cambió por el masculino George Sand para poder publicar sin chocar con los prejuicios, era Amandine-Aurore-Lucie *Dupin*. Poe, en su reseña de los *Apuntes*, se recrea en una anécdota relativa a madame Sand/Dupin, vestida con una levita de caballero y fumando un cigarro.

Otro nombre que aparecía en la reseña de Poe llamó mi atención: Lamartine. Es difícil que ustedes conozcan este nombre, pues su reputación como poeta y filósofo parisiense dudo que persista en la memoria. Pero miren esto. Retrocedí unas páginas, volviendo a «Los crímenes de la calle Morgue», el primer cuento de raciocinación.

Llegamos al pequeño pasaje llamado Lamartine, que con fines experimentales ha sido pavimentado con bloques ensamblados y remachados.

¿Fue una coincidencia que en el mismo número de la revista en la que Poe publicó su primer cuento de Dupin, utilizara el nombre de otro eminente escritor francés tanto en el cuento de Dupin como en la reseña que escribió? No se detengan aquí. Sigan observando «Los crímenes de la calle Morgue» y lean sobre uno de los testigos del bestial acto de violencia, tal como lo explica el narrador:

Paul Dumas, médico, declara que fue llamado al amanecer para examinar los cadáveres...

¿No nos hace pensar este Dumas en Alexandre Dumas, el imaginativo autor de novelas francesas de aventuras? Y también estaba esto:

Isidore Muset, gendarme, declara que fue llamado hacia las tres de la mañana... a la casa...

Sí: un nombre muy parecido al de Alfred de Musset, el poeta francés, compañero íntimo de la propia George Sand.

Probablemente habrán adivinado las conclusiones a las que ahora estaba en condiciones de llegar. De pronto, mi mente se vio arrastrada por un torbellino. «Los crímenes de la calle Morgue» —casi podía oír a Poe emitiendo una risita inteligente ante el verdadero misterio escondido en su cuento— estaba realmente construido como una alegoría de la situación de la literatura francesa moderna. Las referencias a George Sand (conocida también como Dupin), Lamartine, Musset y Dumas eran lo más sobresaliente de la red de discretas e inteligentes alusiones.

Si era así, como al instante tuve la certidumbre, Poe no dibujó a un investigador real para inventarse su héroe, no a Auguste Duponte, no al barón Claude Dupin, sino que absolutamente todo salió de su cabeza y de sus pensamientos relativos a diversos personajes literarios. Cuando llegué a esa convicción, me armé de valor para dirigirme abiertamente a un puesto de libros y allí saqueé varios volúmenes. Encontré que no sólo era correcta mi conclusión sobre el verdadero nombre de George Sand, que no sólo era su apellido Dupin, sino también que había perdido a un hermano en la infancia llamado —sí, pero ustedes probablemente ya lo habrán adivinado— Auguste Dupin. *Auguste Dupin.* ¿Conoció Poe este detalle? ¿Cuál era el mensaje que nos transmitía Poe? Recreó al hermano difunto de la escritora en forma de genio contra la muerte y la violencia. ¿Pensó Poe en su propio hermano William Henry, que le fue arrebatado cuando el pobre Edgar era todavía un niño?

En una frenética nueva lectura de «Los crímenes de la calle Morgue», encontré otro significado a la descripción del narrador de las circunstancias de su vida con C. Auguste Dupin: «No admitíamos visitantes. El lugar de nuestro retiro era un secreto celosamente guardado para mis antiguos amigos; en cuanto a Dupin, hacía muchos años que había dejado de ver gente o de ser conocido en París. *Sólo vivíamos para nosotros.*» ¿Qué trataba de decirnos Poe? El asombroso «raciocinador» existía sólo en la imaginación del poeta.

> Nuestro periódico ha sido informado por una dama amiga del brillante y errático escritor Edgar A. Poe, de que el ingenioso héroe del señor Poe, C. Auguste Dupin, está claramente inspirado en una personalidad real, con la que comparte nombre y proezas, conocida por su capacidad de análisis..., etc.

Pensé en ese recorte de periódico, el que John Benson entregó al empleado del ateneo y éste a mí, con visión borrosa y una mezcla de desdén. Qué vagas eran esas frases, ese rumor ligero que me había cautivado. ¿Quién era esa «dama amiga» de Poe? ¿Cómo podíamos saber si era digna de confianza? ¿Acaso existió realmente? Busqué respuestas en mi mente a estas singulares preguntas, pero mientras se apoderaba de mí el realismo en su más amplio sentido, como un espíritu perverso que parecía decirme: «Duponte no era más que un fraude. Poe ha muerto y tú también morirás, subirás por la escalera del patíbulo, morirás por desear más de lo que ya tenías.»

Duponte ya no estaba.

—¿No se encuentra bien, Clark? Tal vez debería traerle un médico.

Edwin trataba de sacudirme de mi ensimismamamiento.

—Edwin —dije con un suspiro, y añadí la frase hecha—: Estoy medio muerto.

∗　∗　∗

Debería decir algo más, a manera de interludio, acerca de cómo empezó todo esto: con la muerte de Poe. A lo largo de varios capítulos he mencionado que conocía toda la conferencia del barón sobre el tema, y me incomodaría ocultársela por más tiempo al lector. Como digo, recuerdo cada palabra de las notas del barón. «"¡Reynolds! ¡Reynolds!" Esto resonará en nuestros oídos mientras recordemos a Edgar Poe, pues ésa fue la despedida que nos dirigió. Y pudo haberse limitado a decir: "Así es como morí, Señor. Así es como morí, amigos y compañeros sufrientes de la tierra. Ahora averiguad por qué..."»

Aunque el relato de la muerte de Poe por el barón hubiera estado menos alejado de la verdad, en algún sentido lamento que no pronunciara esas palabras. Puesto que ustedes no pueden contar con una descripción plena de cómo pudo desarrollarse el evento, con el barón paseándose arriba y abajo por el escenario, como si aquello fuera el palacio de justicia en sus mejores tiempos, imaginen al barón, destellándole su inconfundible dentadura reluciente, abriendo completamente los brazos y proclamando que el misterio estaba resuelto.

29

Poe vino a Baltimore en el momento equivocado. No entraba en sus planes visitar Baltimore, pues iba camino de su casa de Nueva York en busca de su pobre suegra para empezar su nueva vida. Pero unos rufianes a bordo del barco de Richmond a Baltimore acosaron al poeta y probablemente le robaron el dinero, de modo que perdió el tren desde Baltimore al norte. Esto viene demostrado por el hecho de que Poe había ganado dinero dando conferencias en Richmond, pero a los pocos días ya no tenía nada. Hallándose, pues, sin recursos en Baltimore, advirtió que los ladrones lo seguían, y se refugió en casa de un amable amigo, el editor doctor N. C. Brooks. Pero el doctor Brooks no estaba en casa, y aquellos cobardes rufianes, ignorándolo y temerosos de que Poe pudiera dar cuenta de sus acciones a alguien de la casa, atolondradamente le prendieron fuego y quemaron casi por completo la vivienda de Brooks. Poe consiguió por poco escapar con vida.

Al poeta le había quedado dinero suficiente para alquilar una pequeña habitación en el hotel United States, pero no para tomar otro tren a Nueva York o a Filadelfia, donde lo aguardaba una lucrativa tarea literaria. Su nueva revista, que iba a llamarse *The Stylus*, estaba a punto de anunciar una nueva era genial en las letras americanas. Pero los enemigos de Poe deseaban detenerlo antes de que dejara al descubierto la mediocridad de sus escritos. Por eso Poe había empezado a utilizar un nombre falso, E. S. T. Grey. Incluso dio instrucciones a su querida suegra —su estimada protectora— para que le escribiera a ese nombre en Filadelfia «por temor a que no le llegara la carta», pues le preocupaba que sus adversarios trataran de interceptar la correspondencia de apoyo o suscripciones a su audaz empresa. Tampoco deseaba que supieran que se dirigía a Filadelfia, seguro de que interferirían en su trabajo y malograrían su intento de recaudar dinero para su revista.

Se encontró atrapado en Baltimore durante una acalorada semana de elecciones. Poe era un hombre de letras y estaba por encima de aquello. Estaba por encima de las mezquinas y crueles acciones de los políticos y del hombre ordinario. Para el bribón apegado al día a día, el gran genio es mera carnaza.

Poe era una presa fácil. Había viajado bajo su nuevo alias, E. S. T. Grey. La noche antes de las elecciones, en medio del tiempo desapacible que había estado castigando la ciudad, buscó un refugio. Y aquí empieza el asesinato de Poe, quizá uno de los más largos de la historia y ciertamente el más largo y patético en la historia de los hombres de letras. El más triste desde que el poeta Otway fue estrangulado por unos mendrugos de pan, el más inicuo desde que a Marlowe lo apuñalaron en la cabeza, en el órgano mismo de su genio; y todo esto convierte a Edgar Poe en el hombre más denigrado desde lord Byron.

Peor todavía, la familia de Edgar Poe —las personas que debieran haberlo protegido— se contaba entre los que lo convirtieron en blanco y víctima. Un tal George Herring, que podría estar sentado hoy entre nosotros, supervisaba a los *whigs* del Distrito Cuarto, y esos *whigs* se reunían en el mismo lugar donde fue hallado Poe, el hotel Ryan's, en el Distrito Cuarto. George Herring era pariente de Poe [aquí el barón peroraba algo sobre la rama familiar equivocada, pues Henry Herring era primo de Poe por matrimonio, y era Henry, y no Poe, el pariente consanguíneo de George Herring; pero dejémoslo continuar...] y como tal pariente cercano sabía que Poe era vulnerable. No fue una coincidencia, damas y caballeros protectores del buen nombre de los genios, que Henry Herring fuera uno de los primeros hombres en acercarse a Poe cuando se anunció que estaba enfermo; ni que el doctor Snodgrass se sorprendiera de encontrar a Henry Herring allí ¡aun antes de que lo mandara avisar!, pero es que los Herring habían escogido a Poe como víctima. Ellos lo conocían, y por tanto para ellos no era «E. S. T. Grey». George Herring sabía por Henry que Edgar Poe era impredecible cuando se veía forzado a ingerir alcohol u otras sustancias embriagantes, y decidió que era una persona vulnerable para hacerle participar como votante fraudulento. Sabiendo que era probable que Poe sufriera graves efectos colaterales, George envió más tarde a Henry para que acompañara a Poe al hospital, a fin de evitar problemas a los *whigs* del Distrito Cuarto. Como sabemos, Henry Herring aún guardaba rencor a Poe por haber tratado de cortejar a su hija, Elizabeth Herring, con poemas de amor cuando ambos primos aún eran jóvenes, en la época en que Poe vivía en Baltimore. Aquélla fue la mezquina venganza de Henry Herring por la efusión de aquel afecto, aquella travesura de un corazón puro, de un joven poeta.

Los matones de los *whigs* del Distrito Cuarto, que tenían su cuartel general en el garito de la compañía de bomberos Vigilant, frente al Ryan's, llevaron al indefenso poeta a una bodega junto con otros desdichados: vagabundos, gentes de paso, haraganes y extranjeros. Esto explica por qué Poe, un bien conocido autor, no fue visto por nadie en el transcurso de aquellos pocos días. Aquellos hombres ruines probablemente drogaron a Poe con diversos opiáceos.

Cuando llegó el día de las elecciones, lo llevaron por varios colegios electorales. Lo obligaron a votar a sus candidatos en cada uno de ellos y, para que la farsa resultara más convincente, al poeta lo vistieron con ropa diferente en cada ocasión. Esto explica que fuera hallado con prendas raídas y manchadas que *de ningún modo* eran de su talla. Los matones, sin embargo, le permitieron conservar su hermoso bastón de Malaca, pues se hallaba en tan débil estado que incluso aquellos rufianes reconocieron que el bastón podía ser necesario para apuntalarlo. Ese bastón lo había cambiado adrede por el suyo con un viejo amigo de Richmond, pues el interior escondía un arma —un estoque— de lo más peligrosa, y lo hizo pensando en sus muchos enemigos literarios que, en el pasado, lo habían desafiado en duelos o lo habían maltratado. Cuando se dio cuenta de que corría peligro aquí, en Baltimore, estaba demasiado débil incluso para desenvainar la hoja..., aunque él tampoco se hubiera permitido usarla. En todo caso, lo encontraron con ese bastón apretado contra el pecho.

El club político no había conseguido acarrear a tantas víctimas como hubiera querido, a causa de la inclemencia del tiempo, que apartaba a la gente de las calles. Incluso engatusó a un hombre que resultó ser un alto funcionario del estado de Pensilvania, capturado de aquel modo en el teatro del hotel Barnum, pero consiguió escabullirse cuando se descubrió que era un pez gordo. De este modo Poe fue utilizado una y otra vez, más de lo habitual. Para cuando sus captores lo llevaron al Distrito Cuarto, establecido en la taberna del Ryan's, para votar otra vez, ya se le había maltratado en exceso. Tras haberle tomado juramento uno de los vocales, un tal Henry Reynolds, Poe no pudo cruzar la estancia y se derrumbó. Pidió que llamaran a su amigo el doctor Snodgrass, quien llegó disgustado. Snodgrass, dirigente de uno de los grupos antialcohólicos locales, estaba seguro de que Poe se había permitido la debilidad de beber. Los rufianes políticos abandonaron a su cautivo, y se alegraron de que esa creencia ocultara su deleznable acción. Pero no fue el severo Snodgrass el último en incurrir en tan garrafal error: el mundo entero no tardó en creer que la muerte del noble Poe fue el resultado de una debilidad moral.

Pero ahora la Verdad ha vuelto a nosotros.

Poe, muy drogado y privado del sueño, no se hallaba en condiciones de explicar nada; y la parte todavía racional de su mente, sin duda, sirvió al poeta enfermo para quedar anonadado al ver que Snodgrass, su supuesto amigo, lo contemplaba con desaprobación y con algo parecido al desdén. Poe fue trasladado en un coche de alquiler, solo, al hospital. Allí, sometido a los cuidados del doctor J. J. Moran y sus enfermeras, cayó alternativamente en la conciencia y la pérdida de ésta. Recordando como una visión distante su intento de ocultar su genio a sus atacantes recurriendo al anodino nombre de E. S. T. Grey, Poe le dijo al buen doctor lo poco que pudo acerca de sí mismo y del propósito de sus viajes. Pero su mente estaba débil. En un momento dado, sin duda recordando el juicio de Snodgrass, Poe dijo a gritos que la mejor cosa que su mejor amigo podía hacer por él era *volarme los sesos con una pistola*.

Creyendo Poe que el último hombre que podía haberse percatado de su situación y poner coto a las acciones de los criminales era aquel vocal, Reynolds, quien de manera rutinaria tomaba juramento a los votantes, lo llamó desesperadamente, como si todavía pudiera pedirle ayuda. ¡Reynolds! ¡Reynolds! Lo repitió durante horas, pero no era en realidad un grito de auxilio, sino como un toque a muerto.

«¡Oh las campanas, campanas, campanas! ¡Qué relato de terror cuenta... De desesperación!» La vida de Poe llegó a su atormentado final.

Ahora que sólo ustedes han leído un discurso que nunca se pronunció, saben lo que el barón Dupin hubiera dicho aquella noche para electrizar a su auditorio. Era un discurso que, pese a haberme apresurado a reducir sus páginas a cenizas, yo estaría dispuesto a darlo a conocer pronto al mundo entero.

30

El tercer día después de mi descubrimiento de la revista *Graham's* de diez años atrás, Edwin pudo apreciar que me encontraba espiritualmente hundido. Me sentía más envenenado que cuando Neilson Poe me encontró frente al 3 de la calle Amity. Ahora se trataba de mi alma, de mi corazón, que había sido más infectado que mi sangre.

Edwin trató de hablarme, de prestarme ayuda para encontrar a Duponte. Pero yo ya no conocía a Duponte. ¿Quién era, *qué* era? Quizá, pensé, Poe ni siquiera oyó hablar de mi Duponte. Toda la verdad se había trastocado. Quizá era Duponte quien, deliberada y meticulosamente, había copiado en parte al personaje, en la medida en que era capaz, a partir de los cuentos de Poe, y no viceversa. Ahora se ocultaba porque reconocía que no estaba a la altura del papel que había imaginado. Durante todo el tiempo que pasé con Duponte nunca se me ocurrió que lo suyo fuera una reacción enfermiza a la literatura, en lugar de una fuente de inspiración para ella. Supongo que la satisfacción de haber contribuido a sacar a Duponte de su aislamiento en París me indujo a desechar cualquier conato de duda. Eso carecía ahora de relevancia; era como polvo en la balanza. Yo estaba solo.

Las aguas se retiraron de los alrededores del almacén de embalaje, y como había más gente rondando por las calles adyacentes, Edwin me aconsejó que encontrara otro refugio. Se procuró una habitación en una apartada casa de huéspedes en el distrito oriental de la ciudad. Convinimos en una hora para encontrarnos y que él me condujera a mi nuevo escondite en un carro cubierto con pilas de los periódicos que debía repartir. Al final, llegué tarde, tan desorientado estaba por la pérdida de Duponte.

Había pedido a Edwin que me proporcionara más cuentos de Poe, y leí los tres de Dupin una y otra vez, siempre que la luz del almacén de embalaje era suficiente. Si no había ningún Dupin verdadero, ninguna persona cuyo genio hubiera tomado prestado Poe para su personaje, ¿por qué creí en ello con tanto fervor? Al principio me dediqué a copiar frases de Dupin que aparecían en los cuentos, de una manera dispersa; y luego, sin ningún objetivo en concreto, escribí los cuentos completos, palabra por palabra, como si los tradujera a algún lenguaje útil.

Poe no descubrió a Dupin en las informaciones periodísticas de París. Lo descubrió en el alma de la humanidad. No sé cuál es la mejor forma de compartir ahora lo que ocurrió en medio de aquel trastorno mental mío. Volvía a oír una y otra vez lo que dijo Neilson Poe: que el significado de Edgar Poe no estaba en su vida, ni en el mundo exterior, sino en sus palabras, en sus verdades. Dupin, pues, existía. Existió en sus cuentos y, quizá, la verdad de Dupin estaba en todas nuestras aptitudes. Dupin no estaba entre nosotros, sino en nosotros, como otra parte de nosotros, como otro yo de nosotros mismos, más fuerte que cualquier persona que pudiera parecerse aun ligeramente a Dupin por su nombre o sus rasgos. Pensé de nuevo en aquella frase de «Los crímenes de la calle Morgue». *Sólo vivíamos para nosotros...*

Encontré a Edwin esperándome.

—Está a salvo —dijo, tomándome de la mano—. Estaba a punto de recorrer la ciudad en su busca. Deme ese abrigo y póngase este otro. —Me alargó un viejo abrigo blanco y negro—. Venga, deje ahora el sombrero y el bastón. Me han prestado un carro para llevarlo a la casa de huéspedes. No nos entretengamos.

—Gracias. Pero no puedo, amigo —repliqué, tomándole la mano—. Debo ver a alguien ahora mismo.

Edwin frunció el ceño.

—¿Dónde?

—En Washington. Hay un hombre llamado Montor, representante de Francia, quien hace tiempo fue el primero en hablarme de Duponte, y me dio instrucciones para mi visita a París.

Empecé a alejarme, cuando Edwin me tocó el brazo.

—¿Es un hombre en el que puede confiar, señor Clark?
—No.

* * *

Henri Montor, el representante francés en Washington, estaba preocupado. En su país, los republicanos rojos y sus seguidores cada vez elevaban más el tono de sus protestas. *Vive la République!*, se gritaba en las plazas. Los parisienses se mostraban inquietos si transcurrían muchos meses sin luchas políticas, pensó Montor, y por eso ahora estaban volviendo sus mentes contra Luis Napoleón. Los resultados podían ser catastróficos.

No extraigan conclusiones precipitadas. Monsieur Montor no sentía especial afecto por Luis Napoleón —el presidente-príncipe, un producto consentido y arrogante de la fama, que había protagonizado dos intentos fallidos y torpes de hacerse con el poder—, pero a Montor le agradaba su actual posición y no sentía ningún deseo de que se viera alterada. Lo que le gustaba no era Washington, con su comida fría incluso en el comedor de los mejores hoteles (¡incluso los pasteles de maíz estaban calientes sólo a medias!), sino el hecho de ser representante en otro país.

Montor leía todos los periódicos franceses que podían encontrarse en Washington (fue durante esta actividad, recuérdenlo, cuando, tiempo atrás, su interés se vio atraído por un baltimorense que leía artículos acerca de un tal Auguste Duponte). Montor observó más tarde que un mayor número de periódicos franceses criticaba al presidente-príncipe. En tono menor, pero no menos evidente. Ahora Napoleón había ordenado al prefecto y a la policía cerrar los periódicos desafectos. ¿Qué les provocaba ansiedad, realmente, a Napoleón y a sus consejeros? ¿Qué esperaban que hicieran los revolucionarios? ¿Qué gran plan podían urdir ahora? ¡Francia ya era una república! Podían elegir a alguien que no fuera Luis Napoleón. Pero tal vez se proponían debilitar primero la posición de Napoleón como para que un enemigo del exterior tomara ventaja... No, monsieur Montor no adivinaba más que otros el verdadero plan. Pero constantemente se inquietaba por los acontecimientos en torno a los Campos Elíseos.

También tenía preocupaciones menores; preocupaciones locales.

Había un francés al que habían tiroteado en Baltimore. Decían algunos que era aquel infame abogado bribón, el fatuo «barón» Claude Dupin, que había estado viviendo en Londres. Era barón ¿de qué? Daba igual; aquel bobo se había metido, sin duda, en algún asunto turbio. Pero era francés, y el jefe de policía de Baltimore escribió al respecto a monsieur Montor.

El suceso se había producido semanas antes, y ya ni siquiera ocupaba la mente de Montor aquella noche. Sólo pensaba en dormir. Disfrutaba de dos grandes placeres en la vida, y en su favor hay que decir que ninguno guardaba relación con superficiales inquietudes de riqueza o poder. Eso era lo que lo diferenciaba de hombres como los ministros del príncipe. A Montor le gustaba más conversar y ser admirado por los extranjeros, a lo que ya aludimos, y además le gustaba dormir muchas horas seguidas.

Fue en uno de los encuentros de Montor con aquel joven baltimorense en la sala de lectura, estudiando artículos sobre Auguste Duponte. Montor habló con respeto de Duponte. No podía recordar la última vez que oyó hablar de una de las magníficas hazañas de Duponte, pero no importaba. Aquel joven estaba tan absorbido, que Montor no quiso apartarle de su estudio. Fue hace algún tiempo, casi seis meses antes, y Montor, que tenía mala memoria, apenas recordaba al joven caballero y sus numerosas conversaciones. Hasta aquella noche, cuando Montor iba camino de su casa. Le costó un rato llegar a la conclusión de que era extraño que en su chimenea estuviera ya rugiendo el fuego, y otro momento más para advertir que alguien estaba sentado a su mesa.

—¿Quién...? ¿Qué es...? —Montor no podía creer sus propias palabras—. ¿Quién le ha dado permiso para entrar, señor, y qué pretende?

No hubo respuesta.

—Yo llamaría a esto *allanamiento*... —advirtió Montor—. Dígame su nombre —le exigió.

—¿No me conoce? —fue la respuesta en elegante francés.

Montor bizqueó. En su descargo hay que precisar que la luz era débil y el aspecto de su visitante, más bien horrible y macilento.

—Sí, sí —dijo, pero no podía recordar el nombre—. Aquel joven de Baltimore..., pero ¿cómo ha entrado aquí?

—Hablé con su criado en francés y le dije que íbamos a mantener una importante reunión oficial que debía desarrollarse en privado. Le ordené que regresara dentro de dos horas y le pagué por las molestias.

—Usted no tenía derecho... —¡Sí! Ahora Montor recordó su rostro—. Lo recuerdo. Lo conocí en la sala de lectura, estudiando los periódicos franceses. Lo ayudé con el francés y lo llevé a algún sitio. Quentin, ¿verdad? Andaba buscando al verdadero Dup...

—Quentin Hobson Clark. Sí, lo recuerda.

—Muy bien, monsieur... Clark. —La maquinaria mental de Montor ahora se ponía en marcha—. Debo pedirle que abandone mi casa inmediatamente.

Montor estaba alarmado por tener a un intruso en su vivienda, aunque se tratara de quien previamente fue un conocido suyo y pareciera del todo inofensivo. También se alarmó al oír el nombre, Quentin Clark. Casi no había retenido el nombre en la sala de lectura, pero más tarde ese mismo nombre significó algo más para él. Montor necesitó unos momentos para ser capaz de emitir un sonido, y le salió como un simple aliento:

—¡Asesino! ¡Asesino!

* * *

—Monsieur Montor —dije cuando finalmente se hubo calmado—, creo que usted lo sabe todo acerca del barón Dupin.

—Usted... —empezó—. Pero usted...

Finalmente Montor fue capaz de explicar que el nombre de Clark le había sido telegrafiado como el sospechoso del intento de asesinato de un francés.

—Sí. Soy yo. Pero yo no le disparé a nadie. Creo, por otra parte, que usted sabe algo para ayudarme a determinar quién lo hizo.

Ahora Montor pareció menos proclive a las exclamaciones.

—¿Ayudarlo? ¿Después de que ha invadido mi casa y ha sobornado a mi sirviente? ¿Por qué está haciendo esto?

—Sencillamente, por la verdad. Me he visto obligado a buscarla a pecho descubierto, y la encontraré.

—¡Me dijeron que estaba usted en la cárcel!

—¿Eso le dijeron? ¿Le dijeron también que me estaban administrando veneno para manipularme y arrancarme una confesión?

Montor balbució:

—¡No sé qué quiere usted que diga, monsieur Clark! ¡No tengo nada que ver con ese juego sucio y jamás he conocido a ese... a ese... supuesto barón!

—Los hombres que lo perseguían eran un par de matones franceses. Creo que estaban al mando de alguien..., de una persona de gran inteligencia y capacidad de previsión. —Desde que Bonjour me dijo que no podían haber trabajado para los acreedores del barón, y dado que los propios sicarios hablaron de «órdenes», me di cuenta de que eran algo más que unos simples bribones—. Sin duda usted está al tanto de los franceses que entran y salen de esta zona.

—¡Yo no me pongo en el puerto a atisbar por los ojos de buey de los barcos, monsieur Clark! Usted sabe que la policía lo estará buscando por esta... esta transgresión dolosa. —Frunció el ceño, recordando que ya me andaban buscando por otra transgresión muchísimo peor—. Parece usted muy distinto de cuando nos conocimos, monsieur.

Me puse en pie y lo miré fríamente.

—Creo que usted sabe dónde se esconderían unos hombres como ellos y quién les daría asilo. Usted conoce a todos los ciudadanos franceses importantes que residen en la región de Baltimore. Quizá algunos personajes peligrosos como esos matones incluso acudirían a usted.

—Monsieur Clark, yo trabajo directamente para Luis Napoleón desde que ha alcanzado la presidencia. Si aquí hubiera franceses fuera de la ley y quisieran esconderse de sus autoridades y de las nuestras, no acudirían a *mí*. Lo entiende, ¿verdad? Piense en ello. —Se dio cuenta de que prestaba mucha atención a este punto, y ahora trató de desviarse a otros temas para ganarse mis simpatías—. ¿Acaso no lo ayudé en su investigación sobre Auguste Duponte, el verdadero monsieur Dupin? Sí; ¿y qué hay de eso? ¿Lo encontró en París?

—Esto no tiene nada que ver con Auguste Duponte —dije.

No hice ningún movimiento amenazador, ningún gesto brusco hacia él. Pero se encogió. El que me considerase un salvaje y un violento casi me impulsó a mostrarle que estaba en lo cierto. Ni siquiera fue necesario pedirle que me contara cuanto sabía.

—¡Los Bonaparte! —balbució de repente.

—¿Qué quiere decir? —pregunté, incomodado.

—En Baltimore —continuó—. Monsieur Jérôme Bonaparte.

—Usted me presentó a algunos Bonaparte en aquel baile de disfraces al que me llevó antes de mi salida hacia París. Jérôme Bonaparte y su madre. Pero ¿qué tendría que ver alguien como Jérôme Bonaparte con aquellos matones? Son parientes de Napoleón, ¿verdad?

—No. Sí. Quiero decir que no los que Napoleón reconoció. ¿Sabe? Cuando el hermano de Napoleón (o sea el verdadero Napoleón, el emperador)... Cuando su hermano viajaba por América como soldado, a los diecinueve años, cortejó a una joven americana, rica, y se casó con ella: Elizabeth Patterson. Usted la conoció en el baile... La «reina». Tuvieron un hijo, llamado Jérôme como su padre, al que conoció usted con ella, el hombre disfrazado de guardia turco. Cuando sólo era un bebé, el emperador Napoleón ordenó a su hermano que abandonara a su pobre mujer y, tras una breve resistencia, el hermano acabó obedeciendo. Elizabeth Patterson, abandonada, regresó con su hijo a Baltimore, y esta familia nunca fue reconocida por el emperador. Desde entonces ha permanecido apartada de su altanero tronco familiar.

—Comprendo —dije—. Haga el favor de continuar, monsieur Montor.

—Esos malhechores no me buscarían a mí, un funcionario del gobierno a cuyo frente está ahora Luis Napoleón, pero sí podrían andar tras aquellos que fueron privados de llevar el nombre de Napoleón. Sí. —Abrió la boca y le embargó la emoción al comprender que ahora ésa era también su misión—. ¡Podrían, monsieur!

—¿Tiene usted la guía de Baltimore? —pregunté.

Señaló una estantería en el corredor. Sus ojos se desplazaron desde mi persona hacia la ventana y la puerta. Momentáneamente mis preguntas habían captado su atención, pero pude ver que estaba preparando en su mente un indignado informe para la policía.

No importaba. Detuve mi dedo índice en la página adecuada y la arranqué. Todavía podía llegar a tiempo a la estación del tren antes de que los informes de Montor llegaran a oídos de la policía de Washington.

*　*　*

El revisor del tren no pareció preocuparse lo más mínimo por mí cuando monté. Como precaución, me senté en el último vagón de pasajeros, y para observar mejor abrí la ventanilla junto a mi asiento, lo que provocó miradas de censura cuando se precipitaron al interior ráfagas de aire frío. Un tipo escupió su tabaco junto a mis botas con toda intención, pero yo me limité a apartar las piernas.

Buscaba señales de algo inusual, y me impuse no mantener los ojos cerrados más de unos pocos segundos. En un momento dado, cuando el tren tomaba una curva, vi a un chico correr a lo largo del frente del convoy y agarrarse temerariamente al rastrillo —el dispositivo situado delante y que obligaba a apartarse a los animales, como ovejas, vacas y cerdos, que vagaban por las vías— y, encaramándose a él, consiguió colarse en el primer vagón. Me sobresalté, pero me dije que se trataba de un simple polizón. Pronto olvidé al muchacho, que se bamboleaba en la parte delantera, y eché una cabezada.

Me despertó una sacudida cuando el tren chocó, con un violento estremecimiento, y a continuación empezó a dar sacudidas y a reducir la velocidad, conforme se aproximaba a un puente sobre un barranco. Me puse en pie de un salto, y me disponía a preguntar qué había ocurrido cuando oí que otro hombre preguntaba lo mismo al revisor y al ingeniero. El revisor le dirigió una mirada atolondrada, como si estuviera asustado incluso de sí mismo.

—El tren se ha echado encima de una calesa con su caballo —dijo fríamente el ingeniero—. Dos señoras han salido despedidas y han quedado destrozadas. De la calesa sólo quedan pedazos.

El revisor dejó atrás al ingeniero y se deslizó al siguiente vagón.

—¡Santo Dios! —exclamó otro pasajero, mirándome en busca de una reacción igual.

Di varios pasos atrás y comprobé a través de la puerta que el vagón de carga iba enganchado al final del tren. La puerta estaba cerrada con llave.

Mis ojos se fijaron en el rostro del ingeniero. Traté de pensar si había oído algún choque, y me maldije por haberme quedado dormido. El ingeniero parecía anormalmente tranquilo, habida cuenta de que acababa de presenciar un terrible accidente, tal vez con dos mujeres muertas.

—De la calesa sólo han quedado pedazos —dijo el ingeniero, y luego pareció aturdido al advertir que eso ya lo había dicho.

Yo observé como de pasada:

—No he oído el choque.

Claro, me había quedado dormido, pero pensé que era un detalle para tenerlo en cuenta. ¿Podrían estar mintiendo? ¿Habían reducido la velocidad para que la policía subiera al tren?

—Tiene gracia, señor —murmuró el molesto pasajero que tenía delante—. Yo tampoco he oído ningún choque, ¡y todo el mundo dice que tengo el oído más fino de Washington!

Esto me decidió. Me lancé a la puerta mientras la máquina continuaba frenando.

—¡Eh, usted! ¡Alto! ¿Qué está haciendo?

El ingeniero gritó estas palabras mientras me agarraba del brazo, pero yo le di un fuerte empujón y tropezó con un bulto de equipaje. El pasajero que había hablado, en medio de una gran confusión trató de agarrarme, pero se detuvo cuando vio por la expresión de mi rostro que no iba a conseguirlo.

Forcé la puerta, salté a la franja de hierba que discurría a lo largo de la vía, y rodé hasta un lado del talud de forma abruptamente arqueada.

31

Más tarde, aprendí más acerca de los Bonaparte y su tranquila residencia en Baltimore durante décadas. Ahora solamente deseaba encontrarlos. Podía recordar vagamente a mis padres hablar del escándalo desencadenado muchos años antes —mucho antes de mi nacimiento— cuando el hermano de Napoleón Bonaparte se casó con la belleza más rica de Baltimore, Elizabeth Patterson. Ese hermano hacía tiempo que había retornado al lujo de Europa. Yo debía enfrentarme a los descendientes americanos del frívolo hermano de Napoleón —el Jérôme Bonaparte al que conocí disfrazado y a sus familiares y aliados— para averiguar si conocían a aquellos sicarios cuya existencia demostraría mi inocencia.

Pero de momento no me preocupaba particularmente la historia o las ambiciones de la familia Bonaparte. En ese momento la cuestión de mi supervivencia era demasiado real.

Aquellos Bonaparte americanos y su descendencia se habían multiplicado, estaban extendidos por toda la ciudad y mantenían muchas casas en Baltimore gracias a su riqueza, procedente de la familia Patterson y a la pensión que la esposa abandonada recibía de Napoleón. La primera dirección a la que acudí ya no les pertenecía, pero la doméstica que me atendió, una irlandesa metida en carnes, había recibido tantas visitas equivocadas como para saber adónde encaminarme. Aun así, recorrí distintos barrios y conocí a personas de lo más variado, antes de encontrar la residencia más prometedora: una de las casas de los nietos del hermano de Napoleón, sobrinos nietos no reconocidos del legendario Napoleón y, según mis cálculos apresurados, primos del actual presidente francés.

Prosiguiendo con el incidente del tren, estaba convencido de que eludí a la policía de Washington, pero continué el viaje despacio y metódicamente, lo que resultaba exasperante en un asunto tan urgente. No era seguro salir a plena luz del día. Tras mi huida del tren, aguardé hasta la noche en una zanja pasando frío, hasta que pude regresar a salvo a Baltimore en un carro, situándome entre la paja, al fondo del vehículo, con unos sirvientes y un buhonero húngaro quien, al parecer por causa de la agitación que le provocaba un sueño, me golpeó repetidamente en el estómago con una bota claveteada. El cochero condujo toda la noche por pedregales y trochas a una velocidad similar a la de un tren.

Aguardé otro día y, sin tomar precauciones, acudí a la siguiente dirección de un Bonaparte. La casa estaba vacía o, más bien, no había servicio y nadie respondió a mi llamada a la puerta. Pero advertí que la puerta de la cochera estaba abierta y, mientras me hallaba fuera, pude distinguir formas humanas a través de una ventana y creí oír a unos hombres hablando en francés.

Cuando se abrió la puerta, pude ver con más claridad a dos de las figuras que había en el interior. Reconocí a una como el sicario que casi me mata en la fábrica de carruajes, y la segunda debía de corresponder a su compañero. El primer individuo llevaba un vendaje en el brazo, donde le había caído encima el carruaje, después de haberlo estoqueado yo.

Otro hombre, el que se hallaba más próximo a la puerta de la calle, estaba entregando dinero a los dos matones, que asintieron y a continuación partieron en el coche de la casa. Ese tercer hombre tenía el aspecto de ser el jefe. Esperé a que los otros se alejaran y llamé.

El hombre regresó a la puerta. Era aún más corpulento que los dos matones. No es que los aventajara en tamaño exactamente, pero sí mejor constituido, como para inspirar respeto más que temor, con hombros perfectamente cuadrados. Por un momento permaneció paralizado mientras esperaba que yo dijera una palabra. Volvió a mirarme mientras yo lo miraba a él, con una vaga expresión de reconocimiento.

—Señor Bonaparte —dije finalmente, ahogando un suspiro—. ¿Es usted monsieur Bonaparte?

Negó con la cabeza.

—Mi nombre es Rollin. El joven monsieur Bonaparte está ausente, en West Point. ¿Desea dejarle algún recado?

Me lo imponía más que pedírmelo, pero lo rechacé. Había algo en su tono...

Le prometí volver otro día y me apresuré a retirarme, aterrorizado porque uno de los matones pudiera regresar y verme en la puerta. Pero aún temía más al tercer hombre, el que se presentó como Rollin. Se levantó lentamente el sombrero para darme las buenas noches, y antes de que regresara adentro supe exactamente dónde lo vi por primera vez. Había sido un encuentro muy breve, mucho tiempo atrás y a medio mundo de distancia.

Recordando la primera visión que tuve de él, fui comprendiendo gradualmente, conforme caminaba por la calle, cómo había ocurrido todo, cómo había estado relacionado con París hasta ahora. Cómo los Bonaparte estaban complicados en el asunto. Que en un intento de asesinato en Baltimore radicaba, sin duda, el futuro de Francia...

A medida que estos pensamientos se iban organizando, caminaba rápidamente, pero hasta cierto punto despreocupado, hacia otra pensión que Edwin me había buscado tras mi regreso de Washington. De repente, sentí que un dolor punzante me recorría la espalda. Caí hacia delante y luego rodé hasta quedar boca arriba. Encima de mí vi los destellos de un caballo blanco levantándose hacia el cielo, y a un hombre alto y poderoso montándolo. Desenrolló su látigo y esta vez me agarró el brazo.

—El abogado señor Clark, ¿no es así? Vaya cosa ver a un hombre de buena familia buscado por asesinato.

Era Slatter, el traficante de esclavos, cabalgando un perfecto espécimen del mayor de los caballos de Pensilvania. Traté de ponerme en pie, pero me dio un puntapié con la bota en un lado de la cabeza. Me retorcí de dolor en el suelo, tosí y escupí sangre.

Slatter saltó del caballo y me mantuvo tumbado con su bastón de caoba oscura mientras me ponía grilletes en los tobillos y las muñecas.

—¡Se le ha caído el pelo, amigo mío! Me he sacado dos mil dólares el mes pasado, pero esto lo voy a disfrutar aún más.

—¡Yo no le disparé a nadie! ¡Y no tengo nada que ver con usted! —exclamé.

—Pero sí tuvo que ver conmigo la otra semana, ¿verdad? Con aquel joven cabeza de lana amigo suyo. No, conmigo no tiene que ver, sino con la ciudad. Siempre es un placer servir a la policía de Baltimore. —Los principales traficantes de esclavos a menudo recibían las listas de hombres y mujeres en busca y captura, pues muchos de éstos eran esclavos fugitivos—. Quizá le gustaría pasar una noche en mi corral, con la remesa que estoy a punto de embarcar, antes de entregarlo a la policía. Estoy seguro de que ellos estarán ansiosos por volverlo a ver... Sabemos que es usted un amante declarado de los de su clase. A lo mejor incluso habla su lengua de *nigger*.

Las esposas eran inamovibles, y no tuve otra elección que caminar hacia su corral de esclavos, arrastrado por una larga cadena desde su caballo. Slatter parecía regodearse en el paso lento, como si estuviera haciéndome desfilar ante miles de espectadores, por más que, de hecho, las calles inundadas y oscuras estaban vacías. Él se volvía a menudo para disfrutar viéndome.

Yo mantenía la mirada baja, desesperado, cuando oí el rumor de unos pasos. Levanté la vista y supongo que él debió encontrarse con mis ojos muy abiertos por la sorpresa. Volviéndose rápidamente, vio lo que yo ya había visto: a un hombre que surgía del suelo con un grito y lo golpeaba. La cabeza de Slatter chocó contra el terreno. Levantó brevemente la barbilla y luego sus ojos se cerraron al tiempo que emitía un gruñido. Edwin Hawkins se acercó y rebuscó en su abrigo las llaves de mis grilletes.

—¡Santo Dios! —exclamé—. ¡Qué alegría verlo, Edwin!

Una vez halladas las llaves, me devolvió la libertad de movimientos.

—Señor Clark —dijo interrumpiendo mis exclamaciones de gratitud—, debo irme.

Se volvió para mirar a Slatter.

—No se preocupe. Está inconsciente. Aún tardará en despertarse.

—Debo abandonar Baltimore. Ahora, señor Clark. Me conoce de joven.

Entonces comprendí. Si Slatter había visto a Edwin y reconocía al atacante como un hombre al que él había vendido años antes, o le había vislumbrado lo bastante como para recordar su rostro... Edwin no sólo sería condenado, sino que sería devuelto a la esclavitud.

—¿Le ha visto?

—No lo sé, señor Clark. Pero no puedo arriesgarme a averiguarlo. Siento no estar en disposición de seguir ayudándole. Sé que encontrará la prueba que necesita.

—Edwin. —Lo tomé del brazo—. ¡Si yo no hubiera puesto cara de sorpresa! Entonces él no se habría vuelto y usted no habría corrido el riesgo de que lo viera. ¡Usted ha hecho esto por Poe!

—No. Esto lo he hecho por usted. —Me tomó la mano, con una cálida sonrisa—. Usted rehabilitará su nombre, y ésa será la recompensa por esto. Por mí tiene que seguir adelante. Con la ayuda del cielo.

Asentí.

—Váyase a toda prisa, amigo mío —dije en un susurro—, y guarde silencio por el camino.

Desapareció por las calles. Le puse a Slatter grilletes en las muñecas, pero le dejé los pies libres para que pudiera conseguir ayuda cuando volviera en sí. No parecía tan alto como montado a caballo; en realidad era un viejo decrépito que yacía allí con expresión vacía y aspecto desaliñado. Apenas podía moverme del lugar. Sin Edwin, me sentía inconsolablemente solo, y recordé con nostalgia cómo me reconfortaron las visitas de Hattie a la cárcel, y la aparición allí de Bonjour, y la inyección de moral que recibí de unas y otra.

Un súbito pensamiento me devolvió a la realidad. «Bonjour», murmuré para mí. Oí a Slatter recuperar el sentido con una serie de gruñidos, pero no me detuve para volverme y mirarlo. Monté su caballo y partí en la dirección de la que provenía.

—¡Mi caballo! —exclamó Slatter—. ¡Usted! ¡Devuélvame mi caballo!

Mis temores se hicieron realidad cuando vi que la puerta de la casa Bonaparte que acababa de abandonar estaba abierta de par en par. Até el caballo del traficante de esclavos a un poste del exterior y atravesé con suspicacia el vestíbulo principal. Todo permanecía en calma salvo por el sonido, que podía oírse con claridad, de una respiración trabajosa. De haberse producido otros ruidos, es improbable que la hubiera percibido. Hubiera quedado arrinconada en lo profundo de mi mente, junto con el aspecto del mobiliario. Yo estaba paralizado.

En la estancia estaba claro que se había sostenido una lucha minutos, quizá segundos antes de mi llegada. Sillas, lámparas, cortinas y papeles aparecían desparramados por el suelo. La araña aún se bamboleaba a causa de la violencia. El vencedor estaba claro. Bonjour permanecía de pie por encima de la figura de Rollin, que sudaba lamentablemente. Del desarreglo de una ventana próxima cabía deducir que él intentó saltar por allí. Aunque Bonjour abultaba quizá la mitad que su adversario, lo mantenía en el suelo, con una daga apoyada en su garganta.

Los ojos de Rollin encontraron los míos y me pregunté: *¿También me ha reconocido él ahora?*

Había abandonado París con Auguste Duponte para iniciar nuestra investigación sobre la muerte de Poe. Al subir a bordo del barco, Duponte me anunció que había un polizón. Recuérdenlo.

«Le pido, monsieur Clark —me dijo—, que el mozo informe al capitán de que a bordo de nuestro barco va un polizón.»

«¡Ustedes querrán saber lo que sé yo!», exclamó aquel polizón, Rollin, cuando fue descubierto y acusado de tratar de robar el correo que transportaba el barco. Había algo en su tono que podía haberme refrescado la memoria cuando el mismo hombre preguntó, con una voz mucho más agresiva: «¿Desea dejarle algún recado?», en la puerta de la mansión Bonaparte. Pero más que eso, fue cuando se levantó el sombrero, revelando su calvicie total, que descubrió involuntariamente aquel día en el mar, después de que lo arrojaran por la borda. Fue esa visión lo que me hizo recordar dónde lo había visto por primera vez.

Para cuando descubrí allí a Bonjour, las implicaciones de la presencia de aquel hombre en el *Humboldt* quedaron afirmadas en mi imaginación. Pero si he de responderme a mi anterior pregunta, la respuesta es no; no creo que me hubiese reconocido. Aquel día, en el mar, había estado mirando a otra persona.

Ahora me miraba directamente a mí. Los ojos de Rollin ardían de horrorizado interés, y sus piernas aparecían mojadas y con pétalos de flores desparramados, debido a que un florero se había volcado y hecho añicos sobre la alfombra.

Bonjour miró en torno. Sonrió ligeramente, como excusándose, dirigiéndose a mí. Casi pude sentir de nuevo toda la pasión y la presión de su beso mientras la miraba a la cara.

—Lo siento, monsieur Clark.

Lo dijo como si yo fuera el que estaba postrado y rogara por mi vida.

—Usted —dije, enderezando el cuerpo con aquella revelación—. Usted me envenenó. ¡No fueron la policía ni los guardianes de la cárcel! Fue usted. Deslizó el veneno en mi boca cuando nos besamos.

—Una vez que encontré la manera de entrar en la cárcel, vi que las paredes del hospital ya estaban dejando paso a la inundación —dijo—. Pensé que podía escapar a través del alcantarillado, pero necesitaba dar con la forma de que fuera trasladado allí. Puede usted decir que lo ayudé, monsieur.

—No, usted no lo hizo por ayudarme. Usted quería seguirme para que la condujera hasta Duponte, y que él pudiera encontrar a los hombres que dispararon contra el barón, y también a quien dio la orden. Usted creía que Duponte todavía podía ayudar y que yo sabía dónde estaba.

—Yo quería lo mismo que usted, monsieur Clark. Encontrar la verdad.

—Por favor —imploró el hombre que estaba en el suelo.

Bonjour le dio un furioso puntapié en el estómago. Vi cómo el hombre se retorcía de dolor. Di un paso adelante.

—Bonjour, esto no servirá de nada. La policía puede detenerlos ahora.

—Yo no me fío de la policía, monsieur Clark.

El hombre farfullaba otros ruegos y temblaba lamentablemente. Bonjour se agachó, poniendo en posición su daga.

—Váyase —me dijo, señalando la puerta.

—Usted no le debe una venganza al barón, mademoiselle —repliqué—. Ha cumplido con sus obligaciones descubriendo al hombre que ordenó su muerte. Matar a este villano ahora sólo servirá para llevar la desgracia a su vida, para obligarla a huir, como ya le ocurrió antes. Y yo seré el único testigo de este crimen —añadí—. Tendrá que matarme también a mí.

Me sorprendió que Bonjour, después de quedar inmóvil, como en actitud contemplativa, se volviera lentamente hacia mí con una lágrima en el rabillo del ojo. Parecía que en su expresión asomaba un verdadero afecto. Avanzó con precaución como un cervatillo asustado. Parecía estar conteniendo su respiración cuando me echó los brazos al cuello con un leve gemido. Era no tanto un abrazo —algo semejante a cuando nuestros cuerpos se juntaron en las fortificaciones de París— cuanto una necesidad de apoyo, y yo permanecía derecho como un pilar.

—Bonjour, esto se hará como es debido. Nos hemos ayudado mutuamente. Déjeme que la ayude yo.

Me rechazó, como si hubiera sido yo quien la había empujado hacia mí. Casi caí al tropezar con el borde del sofá. Sus ojos reflejaban como una pérdida, y eso me dio a entender que no volvería a verla.

Bonjour dejó caer la daga y, tras una mirada al escenario que había creado, empezó a propinar brutales puntapiés en la cara del hombre, varias veces, en una racha de golpes. Luego salió corriendo de la habitación. Respiré aliviado porque no lo había matado. Pero no fue mi monólogo lo que la movió a no hacerlo. Al aproximarme al lugar donde Rollin yacía desplomado como un cadáver, vi lo que Bonjour había visto: uno de los objetos que habían caído al suelo durante su lucha era un periódico de la mañana. En primera plana se informaba de la muerte del misterioso barón francés en el hospital.

El traficante de esclavos no se equivocaba, como yo pensé, cuando dijo que me buscaban por asesinato. Bonjour, por su parte, debió haber considerado que, en algún sentido, su obligación de vengar al barón se había consumido y disipado tras su muerte: quizá para la ladrona que había en ella, la recompensa, el honor del barón, desaparecía una vez pagada la deuda. Quizá para la verdadera mente criminal, el honor no continuaba después de la muerte; nada continuaba después de la muerte; no había cielo ni infierno para las personas que buscaron esos ámbitos aquí. O acaso, en comparación con la pena verdadera, había palidecido todo lo demás. Cualquiera que fuese la razón, ella desistió de su venganza.

Me incliné junto a Rollin y comprobé que estaba sin sentido, pero sólo superficialmente herido. Vendé sus heridas con un jirón de tela de una cortina adornada con flecos. Antes de marcharme, encontré una jofaina y traté de lavarme las manos manchadas con su sangre.

Mi mente daba vueltas y vueltas a lo que había descubierto. Aunque había hecho grandes progresos en la comprensión de lo sucedido, seguía sin tener prueba alguna contra los hombres que mataron al barón. No contaba con nada para convencer a la policía de cuanto había descubierto. Si aguardaba el regreso de los dos villanos a la casa Bonaparte, no dudarían en eliminarme. Es más: tal vez eso sería lo primero que les ordenaría Rollin en cuanto recobrara el conocimiento. Puesto que la policía lo único que deseaba era detenerme, carecería de protección si la avisaba.

Y yo quedaría para siempre como *el hombre que mató al verdadero Dupin*. Eso era lo que la gente creería. Yo estaba destruido. Me ahorcarían por culpas ajenas y, de momento, ni siquiera podía descifrar de quién eran esas culpas, si de aquellos hombres o de Duponte. Lo peor de todo era que había permitido que todo aquel embrollo impidiera para siempre la resolución del misterio de la muerte de Poe.

Con tales pensamientos, caminé por las calles de Baltimore, parándome sólo de vez en cuando para descansar. Anduve hasta primeras horas de la madrugada, y la salida del sol me sorprendió andando todavía.

—¿Clark?

Me volví. Al hacerlo me di cuenta de que no estaba lejos de una de las comisarías de distrito, así que pueden suponer que no estaba del todo preparado para ver lo que vi.

—Oficial White —dije, y a continuación saludé también al agente del registro.

Mientras me agarraban, miré bastante confuso la sangre, cuyas salpicaduras eran como manchas de culpabilidad en las mangas y en los botones de mi raído abrigo.

32

Una semana más tarde, mientras permanecía sentado en el sillón más confortable de mi biblioteca, mi mente se volvió hacia Bonjour, a quien no había visto desde que abandoné la casa de los Bonaparte. Aunque la había movido su deseo de vengar la muerte del barón y no había mostrado el menor deseo de ayudarme en mi tribulación, yo no le guardaba rencor. De hecho, tenía pocas dudas de que nunca volvería a verla, y prefería creer que de veras se había preocupado por mí. No había razón alguna para temer por su seguridad, estuviera donde estuviese. Supongo que si yo había sido capaz de sacar algo en limpio sobre ella en todo el asunto, era su completa autosuficiencia para sobrevivir, aunque ella creyera haber dependido del barón desde que la exoneró de culpa ante el tribunal de París. En definitiva, su personalidad era puramente criminal. Tenía a su disposición todos los medios para devolver amenaza por amenaza, muerte por muerte.

Cuando el oficial White me descubrió tras el incidente en la casa Bonaparte, hubiera caído a sus pies si el otro policía no me hubiera agarrado. Mi cuerpo estaba debilitado. No recordaba cuánto tiempo llevaba sin un verdadero descanso. Desperté en una de las habitaciones del piso alto de la comisaría del Distrito Medio. Cuando me levanté, apareció el policía del registro, que trajo al oficial White.

—¿Sigue todavía mal, señor Clark? —preguntó el primero, solícito.

—Me siento más fuerte. —Pero no estoy seguro de que fuera verdad. Aun así, no deseaba parecer desagradecido por la amabilidad de instalarme en sus cómodas dependencias—. ¿Me han vuelto a detener?

—¡Caballero! —exclamó el oficial White—. Lo hemos estado vigilando varias horas para asegurarnos de su bienestar.

Vi en el suelo una caja con varios objetos procedentes del registro de Glen Eliza.

—¡Escapé de la cárcel! —exclamé.

—Y estábamos bien decididos a volverlo a mandar allí. Sin embargo, en el ínterin se descubrieron testigos que vieron a los asesinos la noche de la conferencia del francés. Vieron a dos hombres, de ellos uno herido y vendado, por lo que quedó grabado en la memoria del testigo. Ambos sacaron las pistolas cuando se hallaban a los lados del liceo. Esto hizo evidente su inocencia, pero fuimos incapaces de encontrar a esos hombres. Hasta ayer.

El policía del registro explicó que se había denunciado el robo de un caballo perteneciente a un destacado tratante de esclavos. Fue localizado por un oficial de policía en la casa de un baltimorense que se hallaba ausente, y allí estaban también, cosa notable, dos hombres que acababan de regresar de algún recado ¡y que se ajustaban exactamente a la descripción de los testigos del asesinato del barón! Aunque los hombres huyeron, y eran sospechosos de abordar una fragata particular junto con un tercer hombre, su proceder demostraba claramente mi inocencia en el asunto.

Supe, además, que Hope Slatter, cohibido ante el reconocimiento de que un hombre de color lo había derribado, manifestó que el asalto de que fue objeto había sido obra de unos alemanes. Como a la policía la nacionalidad alemana le pareció bastante próxima a la francesa, y dado que el caballo se encontró frente a la casa a la que los matones regresaban, la policía tuvo por cierto que el asalto de que fue víctima Slatter lo perpetraron los mismos sujetos que mataron al barón.

—Así pues, ¿no estoy detenido? —pregunté, tras unos instantes de ensimismamiento.

—¡Cielos, señor Clark! —replicó el policía del registro—. ¡Está usted completamente libre! ¿Quiere que lo lleven a su casa?

Otros no me habían olvidado durante mi prolongado período de incriminación. Eso quedó claro en los meses siguientes.

Todo cuanto yo poseía pronto estaría en peligro.

Sentía Glen Eliza vacía y consideraba que no merecía la pena sin Hattie Blum. Ella y Peter iban a casarse y ni remotamente se me hubiera ocurrido tratar de impedirlo. Eran, quizá, mejores personas de lo que yo podría ser; habían tratado de mantenerme apartado de la perturbación y les había unido profundamente lo mismo que a mí me había apartado de ellos. Hattie había arriesgado su reputación con sus visitas a mi celda de la cárcel. Ahora que estaba libre, le escribí una breve carta agradeciéndoselo de todo corazón y deseándole felicidad. Al menos les debía tranquilidad y paz.

En cuanto a mí, carecía de ellas. Mi tía abuela vino a visitarme una vez que hube regresado a Glen Eliza, donde me preguntó repetidas veces sobre los «delirios» e ideas «alucinadas» que tuve, como consecuencia de mi gran desesperación tras la muerte de mis padres y que, en última instancia, me llevaron a la cárcel.

—Yo hice lo que creí justo —repliqué, evocando las palabras que me dirigió Edwin Hawkins cuando estaba escondido en el almacén de embalaje.

Permaneció con los brazos cruzados, con su largo vestido negro, en acusado contraste con su cabello blanco como la nieve.

—Quentin, querido muchacho. ¡Te detuvieron por asesinato! ¡Fuiste un presidiario! Tendrás suerte si alguien en Baltimore sigue relacionándose contigo. Una mujer como Hattie Blum necesita un hombre digno como Peter Stuart. Esta casa se ha convertido en el castillo de la molicie.

Me quedé mirando a mi tía abuela. Había tomado este asunto con más pasión de lo que yo creí.

—Lo que más deseaba era casarme con Hattie Blum —dije, lo que resultaba tanto más impropio a sus ojos cuanto que me refería a una mujer a punto de casarse—. Todo cuanto puedas decir para recriminarme se quedará corto. Me alegro por Peter. Es una buena persona.

—¡Qué diría tu padre! Dios no permita que los errores de los vivos los achaquemos a los muertos, pero tú, querido muchacho, has heredado mucho de la sangre de tu madre —añadió con un apagado murmullo.

Antes de marcharse aquel día, me fulminó con una mirada que, como más tarde comprendí, era una amenaza. Examinó Glen Eliza como si en cualquier momento pudiera derrumbarse a causa de la dilapidación moral que yo había perpetrado.

Poco después fui informado de que mi tía abuela había emprendido acciones judiciales para reclamar la posesión de la mayor parte de lo que yo había heredado de mi padre, de acuerdo con el testamento de éste, incluida Glen Eliza, argumentando irresponsabilidad mental y desequilibrio, puestos de manifiesto con mi conducta a partir de mi irracional renuncia a mi condición de socio del bufete de Peter..., y de mi extrema negligencia en las inversiones y en los intereses mercantiles de la familia Clark, negligencia que se había traducido en graves pérdidas de valor en los últimos dos años..., todo lo cual culminó con mi salvaje y alocada interrupción de la fatal reunión del barón Dupin..., con mi inaudita huida de la cárcel, los rumores de que intenté profanar una tumba y de que allané una vivienda en la calle Amity... Todo esto demostraba mi completa falta de sentido.

Supe después que en todo esto había contado con la ayuda de la tía Blum. Al parecer, había interceptado mi carta de agradecimiento a Hattie. Furiosa al enterarse por esa carta de las visitas de Hattie a la cárcel, la tía Blum se apresuró a llamar a la tía abuela Clark.

La tía abuela me escribió una carta explicándome que estaba luchando por el honor del apellido de mi padre y porque me quería.

Empecé a disponer mi defensa. Trabajé febrilmente, sin apenas abandonar la biblioteca, trayendo a la mente las veces que Duponte se sentaba a la mesa, en ocasiones días enteros sin interrupción.

Preparé lo mejor que pude la defensa de mis acciones. El proceso fue agotador. No sólo para dar respuesta a cada acusación que esgrimiría mi tía abuela, como prueba de que yo había disipado mi fortuna y hecho mal uso de ésta y de mi buen nombre en sociedad, sino para enmarcar esas respuestas en el lenguaje jurídico que creía haber abandonado.

Se decía que la tía Blum había aconsejado que en el caso contra mí se insistiera en mi desconsideración hacia el patrimonio familiar. Calculó que la bien educada Baltimore no toleraría la injusticia de semejante ofensa pecuniaria. Ésa era la ley del linchamiento de Baltimore.

Mientras tanto, yo pensaba en los numerosos testigos y amigos a los que podía convocar en mi defensa, pero lamentablemente concluí que muchos —como Peter, por supuesto— ya no hablarían en mi favor. Los periódicos, que hacía poco habían terminado con la noticia sensacional de mi detención, fuga y exoneración, contemplaban felices este proceso porque suponía una interesante continuación de mi caso, y siempre escribían sobre éste con un matiz de sospecha que podía demostrar mi culpabilidad en algún otro y más grave delito.

En ocasiones, estaba convencido de que abandonaría en paz aquella maltrecha casa, Glen Eliza, en cuyo interior yo parecía flotar ahora en lugar de habitarla. Recorría a zancadas los pisos superiores y subía un tramo de escalera y bajaba otro, y aquello parecía confirmar esta sensación, expresada en palabras de mi tía abuela, por supuesto, y que me dejó preguntándome: «¿Cuál es mi lugar en la tierra?» La casa, con todas sus divisiones y subdivisiones irregulares, con sus amplios espacios, parecía poder dar cabida tan sólo a unas pocas partículas de mí mismo.

No sé por qué me detuve ante una peculiar silueta enmarcada. Era una de las pocas en las que apenas había reparado antes. Aunque la reprodujera aquí, resultaría irrelevante para el ojo de mi lector: el perfil de un hombre corriente con un tricornio anticuado. Era mi abuelo, quien se puso furioso al enterarse de que mi padre tenía la intención de casarse con Elizabeth Edes, una judía. Amenazó y se encolerizó y negó a mi padre el dinero de la familia que en derecho le correspondía. No importa, dijo mi padre, pues aquello lo colocaba como un joven de posición no tan distinta de la que ocupaba la familia de mi madre, que se había hecho a sí misma. Con sus almacenes de embalaje —«con mi empresa», como él decía—, mi padre prosperó lo suficiente como para construirse una de las mansiones más exclusivas de Baltimore.

Pero mientras que mi padre hablaba siempre de su Industria y de su Empresa, los rasgos que consideraba opuestos al Genio, me di cuenta, contemplando aquella imagen, que él *fue* el emprendedor que siempre había manifestado no ser. Pues él y mi madre habían creado aquel mundo de la nada como homenaje a su felicidad... y resultaría difícil precisar cuánta impaciencia e insistencia, cuánto *genio* implicaba aquello. Mi padre tenía los auténticos afanes del genio contra el que prevenía a los demás. Por eso se esforzó en mantenerme alejado de todo lo que no fueran caminos trillados; no porque los hubiera hecho suyos, sino porque se había desviado y había concluido victorioso pero también herido.

El viejo patriarca de la silueta ni al morir se desdijo de sus objeciones a que la sangre judía de mi madre se ingiriese en el ordenado linaje familiar. Pero aun así mis padres colgaron su silueta en un lugar preferente de Glen Eliza, el lugar erigido para nuestra felicidad, en lugar de esconderla, abandonarla o destruirla. El significado de esto nunca me produjo tanta impresión como en aquel momento. Sentí en un instante que la posesión de aquel lugar y la vinculación a mi familia habían vuelto a mi escritorio y al trabajo que tenía entre manos.

No recibí a ningún visitante hasta la noche en que llegó Peter.

—Según veo no hay ningún criado para abrir la puerta —comentó, y luego frunció el ceño para sí mismo, como si confesara que en ocasiones no podía controlarse la boca—. Glen Eliza sigue magnífica, como cuando éramos niños y jugábamos a los bandidos en las salas. Son algunos de mis momentos más felices.

—Piensa en eso, Peter. ¡Tú, un bandido!

—Quentin, quiero ayudar.

—¿Qué quieres decir, Peter?

Recuperó su jactancia habitual.

—Tú no naciste para ser tan sólo un abogado; eres demasiado excitable. Y *quizá* yo no nací para tener otro socio que no fueras tú... Por cierto que en los últimos seis meses he tenido a dos hombres. En cualquier caso, necesitas ayuda.

—¿Te refieres al pleito que me ha puesto mi tía abuela?

—¡Te equivocas! —exclamó—. Lo vamos a convertir en *tu* pleito *contra la tía abuela Clark*, amigo mío.

Sonrió ampliamente, como un niño. Aquel día di orgullosamente la bienvenida a Peter, quien dedicó al caso cuantas horas pudo todas las noches, una vez concluida su jornada en su despacho. Su ayuda fue de extraordinario valor, y yo empecé a sentirme más optimista sobre mis posibilidades. Además, me parecía que nunca había conocido a nadie tan íntimamente como a mi amigo, y hablábamos como las personas sólo pueden hacerlo ante la luz vacilante de una chimenea.

Pero ambos evitábamos mencionar a Hattie. Hasta que una noche, hallándonos en mangas de camisa trazando nuestra estrategia, Peter dijo:

—En este punto de la defensa llamaremos a la señorita Hattie para que testifique, con el fin de mostrar tu comportamiento honrado y...

Miré a Peter con expresión de alarma, como si acabara de gritar a pleno pulmón.

—No puedo, Peter. Lo que quiero decir... Bueno, ya sabes cómo están las cosas.

Suspiró ansiosamente y bajó la vista hasta su bebida. Estaba tomando el último trago del día de ponche caliente.

—Ella te quiere.

—Sí, como mi tía abuela. Los que me quieren me fallan o yo les fallo a ellos, como en el caso de Hattie.

Peter se levantó de su silla.

—Mi compromiso con Hattie ha terminado, Quentin.

—¿Qué? ¿Cómo?

—Lo he roto yo.

—Peter, ¿cómo pudiste?

—Pude advertirlo cada vez que miraba en mi dirección, como si quisiera mirarte a ti a través de mí. No es que no me quiera; en cierto sentido, me quiere. Pero tú tienes algo más fuerte, y yo no debo interponerme en vuestro camino.

Apenas pude tartamudear una respuesta.

—Peter, no debes...

—Nada de titubeos por tu parte. Es cosa hecha. Y ella se mostró de acuerdo, después de mucho discutirlo. Siempre he pensado que ella te amaba porque eres apuesto, y eso me proporcionaba un atisbo de extraña alegría por haber vencido después de todo. Pero ella creyó en ti cuando no había nada en qué creer y nadie más creía. —Rió amargamente y luego me golpeó en el hombro con su larga mano—. Entonces comprendí que se te parece mucho.

Me puse a hablar apresuradamente sobre qué debía hacer, y si debía dirigirme de inmediato a casa de Hattie... Con un ademán, me invitó a volver a mi asiento.

—No es tan sencillo, Quentin. Queda su familia, que le tiene prohibido comunicarse contigo, en particular ahora que corres el riesgo de perder todas tus posesiones, incluida la misma Glen Eliza. En primer lugar, debes vencer, y de nuevo Hattie será tuya. Hasta entonces, es mejor que crean que Hattie y yo nos vamos a casar. Incluso si la ves en la calle, toma otro camino... No deben veros juntos.

Me sentía exultante, y me vi empujado a un nuevo frenesí de actividad, más decidido que nunca a vencer los nuevos obstáculos interpuestos por el pleito de mi tía abuela.

Pero Peter pronto se vio desbordado por sus tareas en el despacho, que acortaron en gran medida su tiempo disponible para ayudarme. Además, una vez iniciado el juicio, el asunto se volvería cada vez más intrincado y torvo. La inteligente estrategia de presentar a la tía abuela Clark como hipócrita y taimada, chocó con el gran apoyo de que gozaba entre la buena sociedad de Baltimore, en especial entre los amigos de la familia de Hattie. Por añadidura, había sencillamente demasiados puntos que no pudieron aclararse lo bastante ante la opinión pública.

—Está todo el episodio del espionaje a ese barón que su abogado ha mencionado —dijo Peter una noche, durante el juicio.

—¡Pero eso puede explicarse! Para llegar a las conclusiones correctas de la muerte de Poe...

—Todo puede explicarse..., pero ¿puede *entenderse*? Incluso Hattie, con todo lo que te quiere, se esfuerza por entender eso, y se lamenta de no conseguirlo. Tú hablas de buscar las conclusiones sobre la muerte de Poe, pero ¿cuáles son? Ahí radica la diferencia entre el éxito y la insania. Para ganar el caso, debes adaptar tu argumento a la comprensión del hombre más lerdo de los doce del jurado.

A la larga, conforme el pleito contra mí empeoraba, quedó claro que Peter estaba en lo cierto. Yo no podía vencer. Por más duramente que trabajara, no podría salvar Glen Eliza. No podría ganarme de nuevo a Hattie. No podría conseguir nada sin una solución a la muerte de Poe..., sin mostrar que en todo aquello había encontrado la verdad que durante tanto tiempo anduve buscando.

Sabía lo que debía hacer. Utilizaría la única versión convincente de la muerte de Poe que había resultado de aquel desafío: la del barón Dupin. Era mi última esperanza. La conservaba en mi memoria, y ahora la escribí, palabra por palabra, en forma de un alegato ante el tribunal...

Les expongo, señoría y caballeros del jurado, la verdad, nunca contada hasta ahora, acerca de la muerte de este hombre y acerca de mi propia vida...

Inmediatamente pude percatarme de que aquello podía servir. Desde luego, cuanto más leía lo que había garabateado en mi cuaderno, más plausible..., luego probable..., ¡verosímil!, me parecía la historia del barón. Sabía que no era fiable, que había sido manipulada y conformada para el oído y la satisfacción del público; también sabía que ahora sería creída. *Todo cuando sigue será la pura verdad.* Hablaría de ficciones, de fábulas y más fábulas, probablemente de mentiras. Pero sería creído de nuevo, respetado de nuevo, como mi padre hubiera querido. *Y debo puntualizarlo porque soy el más próximo a la verdad.* (Duponte, ¡si Duponte estuviera aquí!) *O, mejor dicho, el único que... sigue con vida.*

33

En diciembre se asistió a algo nuevo y familiar en Francia. Luis Napoleón, presidente de la República, decidió reemplazar a su prefecto de policía, monsieur Delacourt, por Charlemagne de Maupas, el cual le serviría como un aliado más firme. «Necesito algunos hombres que me ayuden a cruzar este foso —cuentan que le dijo Luis Napoleón a De Maupas—. ¿Será usted uno de ellos?»

Fue una señal.

El presidente Luis Napoleón organizó un equipo para llevar a cabo su golpe. El día primero de mes, entregó a cada miembro medio millón de francos. A primera hora de la mañana siguiente, De Maupas, el prefecto, y su policía detuvieron a los ochenta diputados de los que Luis Napoleón temía que se opusieran de manera más efectiva. Fueron enviados a la prisión de Mazas. Nunca más serían diputados, en cualquier caso, pues lo que hizo a continuación Luis Napoleón fue disolver la asamblea, secuestrar mientras tanto las imprentas y enviar su ejército a que matara a los dirigentes de los republicanos rojos en cuanto salieran a la calle. Otros opositores, la mayoría de las viejas familias francesas de alcurnia, fueron inmediatamente enviados al exilio.

Todo sucedió con rapidez.

Luis Napoleón declaró que Francia era un imperio. Se decía que Luis Napoleón, siendo un muchacho, abogó ante su tío, el primer emperador de Francia, por no retirarse de Waterloo, y que el emperador comentó: «Será una buena alma, y quizá la esperanza de mi raza.»

En mi recorrido al palacio de justicia todas las mañanas, leía más noticias sobre los asuntos políticos en Francia. Se decía que Jérôme Bonaparte de Baltimore (llamado «Bo»), primo del nuevo emperador —el hombre al que conocí portando dos alfanjes de utilería; el hombre nunca reconocido por su difunto tío Napoleón Bonaparte debido a su madre americana—, se disponía a viajar a París para reunirse con el emperador Napoleón III y reparar el largo desencuentro.

Los americanos estaban encantados con esas historias de París, quizá porque el golpe parecía tan diferente de cualquier levantamiento que pudiera producirse aquí. Mi interés era ligeramente más concreto o, mejor dicho, más pertinente.

Escribí varias tarjetas a otras tantas casas Bonaparte, esperando averiguar si Jérôme Napoleón Bonaparte aún no había partido hacia París y si hablaría conmigo, aunque imaginaba que no recordaría nuestro breve encuentro en el baile de disfraces con monsieur Montor. Tenía preguntas que hacerle. Aunque no pudieran reportarme ningún bien en concreto, de todos modos deseaba conocer la respuesta.

Mientras tanto, acudían a las sesiones del tribunal muchos espectadores que deseaban presenciar la continuación de mis anteriores humillaciones. Supongo que les pareció desafortunado que mis previas apariciones en la prensa no hubieran resultado concluyentes, y que no hubieran alcanzado la tensión apropiada. Por fortuna, muchos espectadores acabaron marchándose a causa del tedio que les producían las materias técnicas que llenaron la mayor parte de las sesiones iniciales del proceso. Fue por entonces cuando me sorprendió recibir una nota con el sello de los Bonaparte, señalándome una hora de cita en una de sus residencias.

Era una casa mayor que aquella en la que vi a los sicarios. Estaba más apartada, rodeada de árboles y de colinas cubiertas de hierba, unos y otras sin cuidar. Me franqueó la entrada un sirviente muy obsequioso, y en la gran escalera (una larga escalera) se le reunieron al menos otros dos, que compartían el rasgo de su nerviosismo al realizar las distintas tareas. La mansión era grande y de ningún modo contenida o tímida en su grandeza, pues mostraba las arañas y los tapices bordados en oro más maravillosos, que en todo momento atraían la vista.

Me sorprendió encontrar, ocupando una enorme silla con incrustaciones de plata, no a Jérôme Napoleón Bonaparte —el jefe varón de la rama baltimorense de la familia—, sino a su madre, Elizabeth Patterson Bonaparte. De jovencita había cautivado el corazón del hermano de Napoleón, y se casó con él dos años antes de que el emperador, que reclamó del papa la anulación del matrimonio, pusiera fin a la relación. Aunque no iba vestida como una reina, como cuando la conocí, mantenía la actitud regia.

Esa matrona, ahora sexagenaria, exhibía en sus brazos desnudos los brazaletes más rutilantes, demasiados para contarlos, que ascendían a partir de las muñecas. Se tocaba con un gorro de terciopelo negro del que surgían unas plumas color naranja que le conferían un aspecto temible y salvaje. La rodeaban varias mesas con joyas y prendas deslumbrantes. Al otro lado de la habitación, una muchacha que me pareció una criada se mecía en una silla como si estuviera inválida.

—Madame Bonaparte —la saludé inclinándome, sintiendo por un momento que debería hincar la rodilla—. Tal vez recuerde que nos conocimos; fue en un baile en el que usted iba disfrazada de reina y yo no llevaba disfraz.

—Tiene razón, joven. No recuerdo haberle conocido. Pero fui yo quien respondió a su tarjeta.

—¿Y monsieur Bonaparte, su hijo...?

—Bo ya está de camino para reunirse con el nuevo emperador de Francia —dijo, como si aquélla fuera la razón más prosaica para hacer turismo al extranjero.

—Comprendo. He leído en los periódicos las perspectivas de ese viaje. Desearía que tuvieran la amabilidad de informar a monsieur de que me complacería mantener una entrevista con él a su regreso.

Asintió pero pareció olvidar la petición apenas formulada.

—No quisiera entrar en discusión con un abogado —dijo—, pero me pregunto cómo le queda tiempo para estar aquí cuando está tan ocupado todos los días en el tribunal, señor Clark.

Me sorprendió que lo supiera todo acerca de mi situación, aunque recordé el interés que se había tomado la prensa. Pese a que tanto mi salud mental como la fortuna de mi vida pendían de un hilo, para una mujer cuyo hijo viajaba, según los periódicos, para reunirse con un emperador, mis tribulaciones habían de parecerle un asunto más bien insignificante. Me senté en el sillón que me fue asignado.

Observé el resto de la estancia y descubrí una sombrilla roja brillante, que relucía tanto como las joyas, apoyada contra un gran cofre. Debajo había un charco casi seco de agua, lo que indicaba un uso reciente. Evoqué de nuevo la escena de la sala donde se iba a desarrollar la fatal conferencia del barón, y la borrosa dama bajo una costosa sombrilla roja.

¿Era ella?

Con un súbito escalofrío, me di cuenta de por qué aquella mujer asistió a la conferencia. Como testigo no de las revelaciones del barón sobre la muerte de Poe, sino de la revelación de una nueva muerte.

Creí haber entendido la mayor parte de la secuencia de acontecimientos cuando leí en los periódicos los recientes relatos de poder y muerte en París. Cuando a Luis Napoleón lo informaron de la reaparición de Duponte en París, reaparición que yo había estimulado, recordó las leyendas sobre las habilidades del analista. Él y los dirigentes de su plan secreto para dar un golpe debieron creer que Duponte podría malograrlo, podría «raciocinar» y exponer con demasiada antelación sus propósitos golpistas. Napoleón dio orden de que Duponte fuera eliminado cuando nos disponíamos a partir hacia Baltimore. Se consideró que sería una tarea fácil para uno de los hombres que la policía empleaba para trabajos sucios, y con los que en ocasiones llegaba a acuerdos mutuamente ventajosos.

Perdieron su oportunidad mientras Duponte seguía en París, que pronto abandonó para acompañarme. Muchos años más tarde, me enteré de que habían asaltado y registrado el piso de Duponte mientras íbamos de camino al puerto. Frenéticos, planearon su eliminación en el mar, sólo para encontrarse con que expulsaron al que iba a asesinarlo, el polizón, uno de cuyos alias era Rollin. Nos perdieron el rastro hacia América.

Pero en Baltimore había miembros de la familia Bonaparte. Por supuesto, Jérôme Napoléon Bonaparte, a quien se habían negado sus derechos de nacimiento. Bo había estado esperando toda su vida reintegrarse en la rama de su familia en Francia, y pertenecer a la realeza. Ahora tenía la oportunidad de demostrar sus méritos ante el heredero del poder de su antepasado, ante quien pronto iba a ser emperador. Los hombres que siguieron al barón Dupin, los hombres que lo mataron siguiendo las instrucciones del polizón original, no habían ido en absoluto tras él. Rollin se había escondido en Baltimore porque sabía que Duponte sería capaz de reconocerlo tras el incidente a bordo del barco. Yo lo vi desde mi celda, entre las nieblas inducidas por el veneno, porque lo encarcelaron brevemente por cierta complicación con un delincuente local. El polizón Rollin —y sus dos satélites— vinieron aquí para matar a *Duponte. Por el futuro de Francia.*

Sólo que el barón cometió el error de disfrazarse como su rival. Y lo mataron en su lugar.

Así es como llegué a comprender los acontecimientos a partir del encuentro con el polizón Rollin en casa de los Bonaparte. Pero ahora, al reunirme con esta mujer, debía preguntarme: ¿qué tenía que ver ella en todo esto?

Volví la vista desde la sombrilla hasta su dueña.

—¿Estaba usted al corriente de la parte de la conjura que su hijo planeaba?

—¿Bo? —Dejó escapar una risa divertida, como un gorjeo—. Está demasiado ocupado con su jardín y sus libros para meterse en esas cosas. Pertenece al colegio de abogados aunque nunca se consideró apto para ejercer. Es un auténtico hombre de mundo. Cierto que aspira a ocupar el puesto que le corresponde y recobrar nuestras propiedades y nuestros derechos como miembros de la familia Bonaparte, pero carece de la fortaleza de espíritu para ser un líder.

—Entonces, ¿quién? —pregunté—. ¿Quién decidió que irían a la caza de Duponte para ganarse el favor de Napoleón?

—Nunca hubiera esperado esa falta de cortesía en mi propia casa por parte de un caballero tan apuesto como usted. —Pero su reprimenda parecía ligera. Me observaba a placer, recorriendo con la mirada mi cuerpo de arriba abajo, lo que me produjo incomodidad. No había dejado de sonreír, pero ahora su rostro se tornó inexpresivo y serio mientras hablaba de su hijo—. Bo... Me esforcé por inculcar a mi hijo la idea de que por su alto nacimiento no debería casarse con una americana. Pero echó a perder su vida al hacerlo. Yo deseaba, en su juventud, que pidiera la mano de Charlotte Bonaparte, una prima suya, para devolvernos a nuestra posición influyente, pero se negó.

—También usted, cuando era una muchacha, contrarió los deseos de sus padres —observé.

—¡Lo hice para acogerme bajo las alas de un águila! —replicó apasionadamente—. Sí, el emperador tuvo un comportamiento rudo conmigo, pero hace tiempo que lo perdoné. ¿Qué le dijo de mí al mariscal Bertrand antes de morir? «Aquellos a quienes perjudiqué me han perdonado, y aquellos con los que fui amable me han abandonado.» ¡Ah, Napoleón! ¡No he permitido que mis nietos olviden que su tío abuelo fue el Gran Emperador!

Alzó las manos y ahora pude observar más de cerca un vestido colgado detrás de ella. Era el traje de novia que lució en 1803 en la ceremonia, celebrada en Baltimore, que había llenado de consternación al mundo, y tras la cual se enviaron emisarios de América al otro lado del océano para tratar de apaciguar la furia del mandatario francés. Yo había leído recientemente algo sobre ese vestido, cuando me estaba informando acerca del desarrollo de esos episodios. Era de muselina de la India y de encaje, y había provocado cierto escándalo. pues debajo llevaba una única prenda interior. «Toda la ropa que vestía la novia cabía en mi bolsillo», informó un francés en una carta a París.

Colgaba de la pared con aspecto perfectamente fosilizado. Si uno no se acercaba lo bastante para ver los estragos del tiempo en el tejido, parecía completamente nuevo, como para acudir con él a la iglesia en cualquier momento.

De pronto se dejó oír el llanto quebrado y frágil de un bebé, que fue aumentando de volumen. Sobresaltado, miré en derredor buscando el origen, como si se tratara de un acontecimiento celestial, y descubrí que la joven sirvienta que se mecía en el rincón estaba sosteniendo un niño de no más de ocho meses. Era, según se me explicó, Charles Joseph Napoleón, el hijo menor de Bo y de su esposa Susan. Madame Bonaparte cuidaba de su nuevo nieto mientras Bo y su esposa americana viajaban a París para rogar al emperador que se restauraran sus largamente esperados derechos para los miembros baltimorenses de la familia.

La mujer tomó el bebé de brazos de la niñera y cerró con fuerza sus dedos en torno a él.

—Aquí tiene a una de las esperanzas de nuestra raza. ¿Ha visto usted a mi otro nieto? Estudió en Harvard y ahora lo hace en West Point. Es todo lo que mi marido no fue. Alto, distinguido, pronto será un soldado de primer orden. —Madame Bonaparte arrulló a la criatura y añadió—: Daría un tipo muy presentable como emperador de los franceses.

—Sólo si Luis Napoleón consiente en volver a situar a sus descendientes en la línea de sucesión, madame —puntualicé.

—El nuevo emperador, Luis Napoleón, es un hombre más bien obtuso, del tipo de George Washington. Necesitará contar con un talento más fuerte para que el imperio sobreviva.

—¿Quiere usted decir que se lo aportaría su familia?

Ahora el bebé había empezado a berrear, y madame Bonaparte se lo devolvió a la niñera.

—Soy demasiado mayor para coquetear, lo cual fue en otra época mi único estímulo. Estoy cansada de matar el tiempo, señor Clark. De llevar una existencia adormilada. Años atrás lo tuve todo menos dinero. Ahora no tengo nada salvo dinero. No permitiré que los hombres de mi sangre se queden en simples colonos americanos, que es en lo que, equivocadamente, se ha convertido mi hijo.

—O sea que *usted* lo hizo. Usted se avino a eliminar a un hombre, a un genio, porque Luis Napoleón se inquietaba ante la posibilidad de que previera su conspiración para derrocar la República.

Se encogió levemente de hombros.

—Hemos proporcionado dinero y comodidades a unos viajeros procedentes de Francia, por indicación mía, en efecto, si eso es lo que usted quiere decir. Sus órdenes procedían de otra parte, no de mí.

—¿Y llevaron a cabo lo que se les encomendó?

Hizo salir de la habitación a la niñera y frunció el ceño.

—¡Mentecatos! Se confundieron de hombre. Según entiendo, la policía de París les dijo que esperaba la presencia de usted en torno a ese Duponte tras el que andaban, y lo vieron rondar por los hoteles de ese otro, de ese falso barón, del falso Duponte. No importa, porque lo que se necesitaba hacer se ha hecho: nadie obstruyó los planes de Luis Napoleón, y ahora ha ascendido.

Me examinó nuevamente de cerca, y pude sentir que se intensificaba el afilado juicio que reflejaban sus ojos.

—Dígame. Por lo que hemos entendido, usted trajo a esos dos

hombres de genio con el propósito de encontrar a un poeta al que usted admira. He oído hablar de ese Poe. América ha ignorado su talento.

—No por mucho tiempo.

Se echó a reír.

—Tiene usted fe. Quizá le interese saber que, según me han dicho, hay numerosos jóvenes poetas y escritores en París que están leyendo a su Poe. Parece que era como monsieur Balzac: brillante pero sin suerte, destinado a convertirse en una marioneta del destino. Será asimilado por el espíritu europeo, como las mejores mentes americanas. Pero eso no basta para el culto que usted le profesa a Poe, ¿no es así, señor Clark? Mi hijo no es muy distinto de como debe de ser usted; cree que los libros han sido escritos, ante todo, para que los lea él.

—Madame Bonaparte, mis motivos no importan. No vengo a tratar de mí.

—¡Qué dice! Piense en ello, querido señor Clark. Usted nos ha ayudado al proporcionarnos una importante tarea que realizar, la cual nos ha permitido demostrar nuestra lealtad a Francia. ¡Así hemos contribuido a la causa de un nuevo emperador, quien creará un imperio en el que mi familia podrá sobrevivir para siempre! He esperado toda una vida para verlo, para que mis hijos tengan su herencia, y ahora daría mi vida por eso. ¿Y qué hay con usted? No era más que una crisálida, y cometió el error de renunciar a lo que su familia puso en sus manos. Dígame: ¿qué es lo que encontró?

Me levanté sin contestar.

—Sólo me queda otra pregunta por hacerle, madame Bonaparte. Si se enteraron de que asesinaron al hombre equivocado en el liceo aquella noche, ¿localizaron después al adecuado? ¿También Duponte ha sido asesinado?

—Ya le he dicho —replicó, hablando despacio— que yo sólo les di acogida. Les proporcioné un lugar para empezar, podríamos decir; un lugar del que nacieran planes nobles. Otros deben decidir el resto por sí mismos.

He escrito y desechado todo un cuaderno de cartas dirigidas a Auguste Duponte. Le detallaba no sólo la cruda realidad: que al parecer

Poe *no* modeló su personaje C. Auguste Dupin a partir de una persona real, sino tan sólo de su imaginación, lo que no deja de ser notable. No me limité a incluir eso, sino que detallé los pasos que, mentalmente, me condujeron a esa conclusión, sabiendo que tendría interés en conocer la línea de razonamiento. Pero si Duponte seguía vivo y había escapado, yo ignoraba adónde dirigir las cartas. No estaría en París, en el Tercer Imperio de Luis Napoleón, donde su genio era considerado un enemigo de las ilimitadas ambiciones del emperador.

Advertí ansiedad en la expresión de madame Bonaparte al término de nuestra entrevista, cuando le pregunté si Rollin y sus sicarios habían localizado a Duponte, y por eso decidí que probablemente él estaba más cerca de lo que yo había creído. Habría estado esperando pacientemente; no a mí en concreto, pero sería a mí a quien quisiera ver.

Un día, cruzando entre el bullicio de mozos y huéspedes del gran hotel Barnum, esos distintos pensamientos se concretaron en una idea. De regreso en Glen Eliza, consideré que me quedaba poco tiempo para actuar. Emprendí el camino de regreso al Barnum, pero no sin antes ir al gabinete y echar mano de la vieja pistola que la policía me había devuelto junto con mis otras pertenencias. Esta vez comprobé, antes de deslizarla en mi bolsillo, que su edad y falta de uso no habían dejado el percutor completamente inmóvil.

—¿Señor?

Un empleado canoso, con pobladas patillas, me miró con aire de sospecha y aguardó a que dijera algo.

—Monsieur —dije con brusquedad y, como esperaba, levantó una ceja con interés al oír la palabra en francés—. Actualmente reside en su hotel un miembro de la nobleza francesa.

Asintió, con plena conciencia de su responsabilidad.

—En efecto, señor. Ha ocupado la misma habitación en la que se alojó el *barón* que visitó Baltimore este mismo año. Es su hermano. El *duque.* —Se inclinó para susurrar su última frase en tono confidencial—. El noble linaje es evidentísimo en ambos.

—El duque. —Sonreí—. Sí. Pero ¿cuándo empezó su estancia nuestro duque imperial?

—Oh, en cuanto se fue su hermano, quiero decir el noble barón. Su actual presencia es de lo más discreta, por todo lo que está pasando en Francia, ¿sabe?

Asentí, divertido por la facilidad con que había descubierto su secreto. Como si adivinara mi pensamiento, el empleado decía ahora que no podía darme el número de la habitación del regio huésped.

—No tiene por qué, señor —respondí, e intercambiamos una señal de confidencialidad.

Por supuesto que yo conocía la habitación. Espié al barón cuando se alojó allí. Subí por la escalera con la expectativa bulléndome en la sangre.

Ahora recuerdo a Duponte con un semblante más bien pálido y ojeroso durante nuestro encuentro, como si se hubiera consumido completamente desde que nos conocimos, o al menos se hubiera consumido a medias. Cuando entré, estaba sentado, muy sereno, en la antigua habitación del barón Dupin. No pareció decepcionado porque yo lo hubiera descubierto. Supongo que imaginé que perdería su notable compostura ante mi aparición por sorpresa, que me dirigiría palabras airadas y que me amenazaría si yo me mostraba dispuesto a decirle cuanto sabía ahora de su paradero y sus hazañas. Supo que al barón lo iban a matar en su lugar y no hizo nada para evitarlo.

Me ofreció cortésmente una silla. La verdad es que no había perdido en nada la compostura. Luego tiró de la campanilla para llamar al mozo del hotel y le mandó que se llevara su baúl.

—Hace tiempo que lo ando buscando —dije.

—Es hora de marcharme —replicó.

—¿Quiere decir ahora que he venido? —pregunté.

Se me quedó mirando.

—Ya ha leído en los periódicos todo lo que ha ocurrido en París.

Me saqué la pistola del abrigo, la estudié como si nunca la hubiera visto antes, y la coloqué cerca de él, en una mesa.

—Pueden haberme seguido... si es que aún lo andan buscando, quiero decir. No tengo el menor deseo de ponerlo en peligro, monsieur Duponte, pese a que yo sí he corrido peligro por usted. Tenga esto a mano.

—No sé si continúan buscándome, pero si es así no persistirán mucho tiempo.

Lo comprendí. Los Bonaparte de Baltimore viajaron a París con la esperanza de ser recompensados por su lealtad al nuevo emperador. Si tenían éxito, carecerían ya de motivos para continuar con la búsqueda de Duponte, pese a que madame Bonaparte y sus sicarios sabían ahora que habían fracasado en su intento de asesinar al sujeto adecuado.

—El barón ha muerto. Usted supo que iban a matarlo en su lugar y lo permitió. El asesino ha sido usted, monsieur.

El estruendoso batir de un gong recorrió el hotel.

—¿Almorzamos? —propuso Duponte—. Llevo encerrado en mis habitaciones demasiado tiempo. Por una buena comida bien puedo correr el riesgo de ser visto en público.

El amplio comedor albergaba aproximadamente a quinientas personas sentadas ante sus platos de sábalo de la bahía de Chesapeake. Un mayordomo de color le daba a un gong con cada servicio, y los camareros, colocados ante cada mesa, levantaban simultáneamente las tapaderas de los platos siguientes.

Miré en torno en busca de un asesino al acecho o quizá de una persona que hubiera conocido al barón Dupin y creyera que estaba viendo a un espectro. Pero el cansado semblante de mi compañero presentaba tan escaso parecido con la vívida imitación de Duponte por el barón como con el antiguo Duponte mismo.

—No, no soy el asesino. —Duponte respondía ahora tranquilamente a mi anterior comentario—. No lo soy, pero quizá usted sí, usted y el barón, si lo prefiere. El barón quiso disfrazarse como si fuera yo. ¿Podía yo controlar eso? Yo traté de evitarlo. Me hubiera quedado en mi piso de París. Pero usted necesitaba a «Dupin» para sus propios fines, monsieur Clark. El barón necesitaba a «Dupin» para él. Luis Napoleón necesitaba un «Dupin» al que temer. Su llegada a París y su insistencia me llevaron a aceptar que, si bien yo había permanecido fuera de circulación mucho tiempo, la idea de «Dupin», no. Como usted dijo, era algo así como inmortal.

«¡Ah, pero usted no es Dupin! ¡Nunca lo fue!»

Lo tuve en la punta de la lengua. Estaba dispuesto a dominar la conversación y llevarla a mi terreno. Pero mis pensamientos aún estaban bullendo con preguntas.

—¿Cuándo lo supo? ¿Cuándo supo que venían por *usted*? Que aquellos hombres, apoyados por los Bonaparte, se proponían matarlo.

Duponte negó con la cabeza como si ignorara la respuesta.

—Pero en el *Humboldt* supo que había un polizón a bordo, ese villano de Rollin. Entonces empezó. ¡Yo fui testigo de todo, monsieur!

—No, yo no sabía que había un polizón. En lugar de eso, sabía que si lo *había* era que iban por mí.

—¡Yo suponía que lo adivinó! —exclamé.

Duponte insinuó una sonrisa y asintió.

Creo que aquel día sentí el dolor interior de Duponte, que lo había convertido en el que descubrí en París, llevando una vida indolente; solo, apático. Todos creyeron que poseía extraordinarios poderes tras haber desentrañado el caso de envenenamiento Lafarge. El joven Duponte era un hombre insólitamente seguro, y él mismo empezó a creer que sus dotes eran casi sobrenaturales, tal como otros escribían en los periódicos. Las historias sobre él ponderaban su genio, quizá incluso lo consideraron como tal al principio. Pero no podría precisar si el genio fue creado por la fe del mundo exterior. Los lectores sienten a menudo que el Dupin de los cuentos de Poe encuentra la verdad porque es un genio. Léanlos otra vez. Eso sólo es una parte. Él encuentra la verdad porque alguien tiene fe a toda prueba en él... Sin su amigo, no habría C. Auguste Dupin.

—Cada vez que veía a Luis Napoleón pasar revista a sus tropas —dijo Duponte—, podía ver no el futuro, como los bobos supersticiosos podrían creer de mí, sino el presente: él no estaba satisfecho con ser elegido presidente. Supongo que el prefecto Delacourt le avisó sobre mí después de que sus espías me vieran por París con usted.

—El barón me contó lo sucedido con Catherine Gautier. ¿Advirtió el prefecto Delacourt a Luis Napoleón de que usted estaba en contra de él en aquel caso? ¿Piensa usted vengarse después de haber escapado de él?

—Las acciones del prefecto estaban motivadas porque él me había perjudicado, no porque yo lo hubiera perjudicado. Nuestra perversidad en el pasado, no la de otros, nos coloca en contra de alguien para toda la vida. El prefecto Delacourt fue cesado a favor del nuevo prefecto por muchas razones, estoy seguro; y una de ellas puede haber sido su fracaso al no encontrarme antes de que usted y yo abandonáramos París. De Maupas no es tan astuto como Delacourt, pero es mucho más competente, pues no hay nexo que una esos dos rasgos... Y, como para divertirse, De Maupas es absolutamente implacable.

—¿Cree que se han enterado de que mataron al barón en lugar de usted?

Duponte cortaba un trozo de jamón de Maryland, el segundo plato servido por el camarero.

—Tal vez. ¡Ciertamente usted proclamó en voz bastante alta ante la policía cuál era la identidad del barón, monsieur Clark! Nunca estuvo clara para el público y es probable que siga sin estarlo para los interesados de París. Hay posibilidades de que los sicarios que mataron al barón se enteren aquí de la verdad. Por su propio interés, es probable que mantengan el hecho en secreto ante sus superiores de París. En cambio su jefe (aquel polizón enviado aquí para encargarse de la misión) se ha dedicado con tranquilidad a cazarme. Sin embargo, yo sabía que éste sería el único lugar de Baltimore en el que no me buscarían: en las últimas habitaciones que ocupó el barón en esta ciudad. Me instalé durante la conferencia del barón y sólo me he dejado ver en la calle de vez en cuando y de noche. He venido para el duelo de mi «hermano», el noble barón, que en paz descanse, que me ha dejado solo. Ahora que Luis Napoleón ha sorprendido a París convirtiéndolo en imperio, y ha sido respaldado por una no menos exitosa votación, seguro que el polizón está empezando a creer que su error respecto a mí y al barón ha dejado de tener importancia. Si el hijo americano de Bonaparte triunfa en su misión, el polizón puede recibir de Francia la recompensa que se le debe, antes de que se produzcan más cambios políticos. Él y los Bonaparte americanos no dirán nada de sus errores, puede usted estar seguro. Para París yo estaré irremediablemente muerto.

Pensé en las sencillas habitaciones de su hotel, en el piso alto, e imaginé cómo habría sido la vida de Duponte en los meses posteriores al asesinato del barón, escondiéndose a plena vista. Tenía libros; de hecho, el lugar estaba atestado de volúmenes, como si una biblioteca se hubiera hundido y desparramado su contenido. Todos los títulos parecían guardar relación con sedimentos, minerales y características generales de las rocas. En la oscuridad y la claridad de esas semanas, se había dedicado a las obras de geología. Aquella tumba de libros y piedras me chocó como algo terriblemente innoble e inútil, y yo me mostraba irritable, ahora que él me hacía una implícita demanda de compasión.

—¿Sabe usted los aprietos en que se ha visto metida mi vida desde que empezamos nuestra aventura, monsieur Duponte? Fui el presunto culpable de matar al barón Dupin hasta que la policía recuperó la sensatez. Ahora debo luchar para no perder mis propiedades, incluida Glen Eliza, y todo cuanto poseo.

Le conté, durante el postre de sandía, lo que me había ocurrido en la cárcel, mi huida y mi descubrimiento de Bonjour y de los sicarios. Una vez concluido nuestro largo almuerzo, subimos por la escalera de regreso a sus habitaciones.

—Debo relatar toda la historia de la muerte de Poe ante el tribunal —le dije—, en un último intento de demostrar que en todo este asunto actué con arreglo a la razón y no guiándome por quimeras.

Duponte se me quedó mirando con interés.

—¿Qué quiere usted decir, monsieur?

—Usted nunca intentó resolver la muerte de Poe, ¿verdad? —pregunté tristemente—. Usted la utilizó como una maniobra de distracción, sabiendo que pronto atraería suficientes miradas del mundo para que lo mataran aquí. Se le ocurrió, cuando leyó el anuncio del barón en el periódico de París, que él mismo se colocaría su propia trampa, que lo apartaría a usted de los planes de los otros. Por eso a usted le encantó la idea de que a aquel Van Dantker lo hubiera mandado a Glen Eliza el barón; de este modo su imitación podría perfeccionarse. Usted sólo salía de casa de noche para asegurarse de que la charada del barón tendría éxito. Simplemente deseaba matar la idea, de una vez por todas, de que usted era el verdadero «Dupin».

Duponte asintió a esta última afirmación, pero no me miró directamente.

—Cuando lo conocí, monsieur Clark, me producía enfado su insistencia en verme a esa luz, como «Dupin». Me di cuenta entonces de que sólo estudiando los cuentos de Poe y estudiándolo a *usted* comprendería qué andaban buscando continuamente usted y tantos otros en ese personaje. Ya no hay un verdadero Dupin y nunca lo habrá.

Había una extraña mezcla de alivio y horror en su tono. Alivio por no seguir llevando la carga de ser el maestro «raciocinador», o de ser el verdadero Dupin. Horror por tener que ser alguien más.

Hubiera querido decirle la cruda verdad: «¡Usted no es Dupin! Nunca lo fue. Nunca ha existido ese hombre como ser vivo; Dupin fue una invención.» Después de todo, quizá por esa razón anduve buscándolo con tanto empeño para reencontrarme con él. Para hacerle sentir conmigo la comezón de lo perdido. Para arrebatarle algo y luego dejarlo más solo.

Pero no lo dije.

Pensé acerca de lo que Benson me dijo sobre los peligros que la imaginación susceptible corría con la lectura de Poe. Creer que uno estaba en los escritos de Poe. Quizá, en esa misma línea, Duponte creyó vivir en un mundo mental creado por Poe; pensó que estaba en los cuentos de Dupin. Pero *estaba* más presente en un mundo como el imaginado por Poe que la mayoría de nosotros, ¿y quién diría que no encarnaba *realmente* el personaje al que conocí en una página de la revista *Graham's*? ¿Importaba si él era la causa o el efecto?

—¿Adónde? —pregunté a Duponte—. ¿Adónde va a ir?

En lugar de responder, dijo pensativo:

—Hay mucho que admirar en usted, monsieur.

No sé por qué, pero aquella afirmación me dejó atónito y levantó mi espíritu. Le pedí que se explicara mejor.

—Usted sabe que muchas personas no pueden dejar de ser lo que son. No podrían pasar inadvertidas aunque se lo propusieran. Yo no lo he conseguido hasta ahora, ni aquí ni en París, y monsieur Poe tampoco, hasta que murió. Usted no hubiera tenido que pasar por todo esto, y sin embargo pasó. —Guardó silencio—. ¿Qué dirá en el juicio?

—Les daré las respuestas. Les contaré la historia del barón Dupin sobre la muerte de Poe. La gente la creerá.

—Sí, lo creerá. ¿Ganará el caso si actúa así? —preguntó Duponte.

—Ganaré. Para ellos ésa será la verdad y ninguna otra. Es el único camino.

—¿Y en lo que respecta a Poe?

—Quizá éste sea un final tan bueno como cualquier otro —dije tranquilamente.

—Muy propio del abogado que es usted, después de todo —replicó Duponte con una sonrisa distraída.

Al cabo de un rato se presentó el mozo para cargar con las pertenencias del duque. Duponte le dio varias instrucciones. Fui en busca de mi sombrero y le deseé buenas noches. Mis pasos se hicieron un poco más lentos al salir al vestíbulo, pero deseando tener una última visión de Duponte para el recuerdo, sólo lo vi pugnando por colocar algunos pesados instrumentos geológicos para su transporte. Deseé que se volviera y me recordara que no estaba viendo a un hombre corriente. Se dejó oír un insulto, quizá «¡mentecato!». O «¡zoquete!».

Le tuve en gran estima, duque, murmuré para mí, y le dediqué una inclinación.

34

Pronto llegó el día de comparecer en el estrado de los testigos y explicar toda la «verdad» sobre la muerte de Poe. La finalidad era aportar pruebas convincentes de que las acciones alegadas como ilusorias y fantásticas fueron, en realidad, fructíferas, racionales y eminentemente normales por mi parte. Peter trabajó incansablemente para ayudarme a lo largo del proceso, en particular en lo tocante a aquellos puntos, y al final estuvimos de acuerdo incluso con nuestros adversarios legales en que prevalecería el juicio del pueblo. El abogado de la parte contraria tenía una voz leonina que rugía al jurado como para someterlo. Peter dijo que mi presentación de la muerte de Poe sería necesaria para conseguir la victoria.

Hattie, su tía y miembros adicionales de la familia Blum llegaban todos los días a la sala. Estaban perplejos ante la insistencia de Peter en trabajar en mi defensa («¡y eso después del *comportamiento* del joven Clark!»), pero apoyaron respetuosamente al hombre que esperaban se casara con su Hattie. Yo pensaba que acudían también para contemplar mi deshonra y mi hundimiento financiero. Hattie y yo pudimos intercambiar unas palabras en privado a intervalos, pero nunca por mucho rato. Cada vez, el ojo de su tía nos encontraba, y cada vez ella ideaba nuevas técnicas para impedir toda relación.

El testimonio de aquella mañana despertó gran expectativa entre nuestra sociedad. La sala de audiencia estaba mucho más concurrida que de costumbre. En concreto, yo iba a demostrar que todo aquello fue un intento de buscar respuestas a un misterio relativo a la muerte de Poe, mostrando la realidad de esta pretensión: responder a los propios misterios. Algunas noches soñaba con ello. En los sueños, pensaba que podía ver la figura literaria de C. Auguste Dupin —que presentaba un parecido muy preciso, aunque no de manera uniforme, con Auguste Duponte— y podía oírle dictar cada detalle. Pero cuando desperté no conseguí llegar a conclusión alguna, no logré recrear ninguna raciocinación, y tan sólo pude hallar fragmentos contradictorios de ideas y frases, y me sentí inerme y frustrado. Entonces el barón reaparecía en mi mente, y yo le daba las gracias porque disponía de sus firmes respuestas, sus respuestas fiables y dramáticas, respuestas que satisfarían toda demanda del público.

Meras palabras que salvarían todas mis posesiones.

Estaban las miradas fijas de los espectadores, la misma especie de miradas que saludaron al barón en el escenario del liceo. Miradas voraces, signos de un pacto entre quien habla y quienes escuchan para llegar a lo más bajo de las almas de uno y de otros. Muchos de los espectadores que habían suspirado por oír al barón a propósito de Poe estaban allí. Yo iba a revelar cómo murió Poe, se decía por toda la ciudad. Pude ver a Neilson Poe y a John Benson entrar en la sala, dos hombres que, de distintas maneras, habían necesitado esas respuestas, cualesquiera respuestas. Vi a Hattie, por quien iba a salvar una vida que podríamos compartir, conservando para nosotros un hogar en Glen Eliza, precisamente lamiéndome los labios con la miel de la persuasión del barón. Tan sólo por contar una historia.

El juez me llamó por mi nombre y yo bajé la mirada hacia las líneas que había escrito. Tomé aire.

—Les expongo, señoría y caballeros del jurado, la verdad, nunca contada hasta ahora, acerca de la muerte de este hombre y acerca de mi propia vida. Por más cosas que me hayan sido arrebatadas, me queda una última posesión: esta historia.

¿Podría insistir, como el barón lo hizo, en que lo que parecía verdad debía ser verdad? Sí, sí, ¿por qué no? ¿Acaso no era yo abogado? ¿No era ése mi papel, mi trabajo?

—En nuestra ciudad algunos siguen tratando de evitar que trascienda. Otros, aquí sentados entre ustedes, continúan considerándome un delincuente, un embustero, un paria, un asesino astuto y vil. A mí, Quentin Hobson Clark, señoría, ciudadano de Baltimore, miembro del colegio de abogados y apasionado de la lectura.

»Pero esta historia no versa sobre mí... —En este punto miré mis notas y seguí adelante, leyendo casi para mí mismo—. La historia trataba de algo más grande que yo, más grande que todos nosotros; de un hombre gracias al cual la posteridad guardará memoria de nosotros aunque ustedes ya lo hubieran olvidado antes de que lo enterraran. Alguien tenía que recordarlo. No podíamos permanecer indiferentes. Yo no podía...

Abrí la boca para seguir hablando, pero no pude. Había otra elección aquí, según me di cuenta. Yo podía contar la historia de lo que había *fracasado*. De encontrar a Duponte, de traerlo aquí, de los hombres de los Bonaparte dándole caza, del asesinato por error del barón. Mis palabras sobre este tema llegarían a la prensa, los Bonaparte se verían envueltos en un escándalo, de nuevo se seguiría la pista de Duponte hasta el lugar del mundo al que hubiese escapado, quizá esta vez su existencia acabara de verdad. Podía terminar completamente aquello que había empezado y dejárselo todo a la historia.

Agarré mi bastón de Malaca con ambas manos y casi sentí que estaba a punto de abrirse de nuevo. Entonces sonó un disparo.

Pareció tan próximo como para haberse hecho dentro de la sala, y la conmoción se desató al instante. Hubo inmediatamente sugerencias y rumores de que el palacio de justicia estaba sitiado por un loco. El juez ordenó al secretario que investigara, y dispuso que todos los presentes abandonaran la sala hasta que se recobrara la calma. Nos dijo que regresáramos al cabo de cuarenta minutos. Para entonces había cundido el griterío y un par de oficiales de policía empezó a organizar la salida.

Al cabo de unos momentos, yo era el único que permanecía en la sala... o eso creí. Entonces descubrí a mi tía abuela. Se colocaba sobre el cabello su gorro oscuro y alisaba la parte alta. Era la primera vez desde el comienzo del juicio que nos quedábamos solos.

—Tía abuela —le rogué—, tal vez aún me quieras, pues sabes que soy el hijo de mi padre. Por favor, reconsidera esto. No impugnes el testamento ni pongas en duda mi capacidad.

Su rostro parecía rígido, seco a causa del desagrado.

—Has perdido a tu Hattie Blum, has perdido Glen Eliza, lo has perdido todo, Quentin, por la idea de que eras alguna clase de poeta en lugar de abogado. Es la vieja historia, ya sabes. Tú pensarás que has hecho algo valiente, pero era una necedad. Pobre Quentin. Puedes ir a quejarte todos los días a las hermanas de la caridad, a su asilo, después de esto, y ya no estarás nunca más en condiciones de afligir a los demás con tribulaciones e inquietudes.

No repliqué, y ella continuó:

—Puedes creer que obro por despecho, pero te aseguro que no. Actúo por lástima hacia ti y por la memoria de tus padres. Todo Baltimore comprenderá que a mi avanzada edad éste es el último acto de compasión que puedo llevar a cabo, para evitar que te conviertas en el más peligroso de los monstruos: el haragán que no sabe estarse quieto. Ojalá que la locura del pasado te sirva de penitencia para el futuro.

Permanecí en el estrado de los testigos y me sentí de algún modo aliviado y entristecido cuando la sala quedó en absoluto silencio. Aun así, me comunicó una peculiar sensación, pues una sala de audiencia era uno de esos lugares, como una sala de banquetes, que nunca se notaba vacía aunque lo estuviera. Me repantigué en la silla.

Incluso cuando oí abrirse de nuevo la puerta y oí a mi tía abuela murmurar «perdón», en cierto tono ofendido, cuando se iba, al encontrarse con alguien que entraba, me encontraba demasiado ensimismado para pasear la vista alrededor. Si el loco que había hecho los disparos en el exterior había entrado, podía tenerme a su merced. Sólo cuando oí cerrar la puerta desde dentro volví en mí.

Auguste Duponte, vestido con una de sus capas más elegantes, dio unos pasos por la sala.

—¡Monsieur Duponte! —exclamé—. ¿Es que no ha oído que hay un loco suelto en el palacio de justicia?

—Qué va; era yo, monsieur —dijo Duponte. Y haciendo un gesto hacia el exterior—: Yo lo que quería era que esa muchedumbre no estuviera aquí. Pagué a un vagabundo para que pegara unos inofensivos tiros al aire con la pistola que usted me trajo, para que la gente tuviera algún sitio adonde mirar.

—¿Lo hizo usted? ¿Y utilizó un cómplice, un ayudante? —pregunté, asombrado.

—Sí.

—¿Y por qué no abandonó Baltimore el otro día, tal como tenía planeado? No puede permanecer aquí mientras ellos pueden estar buscándolo. Tal vez se propongan atacarlo.

—Tenía razón, monsieur Clark, en algo que dijo en mi hotel. Viajé a América sin la menor intención de resolver su misterio, que parecía tan probable que tuviera solución como que no la tuviera. Vine aquí para hacer una comprobación, para acabar con la convicción de que yo podía hacer tales cosas; la convicción que por tanto tiempo me impidió vivir de una manera normal. La convicción que atemorizaba a la gente, incluso al presidente de una república, de que yo era capaz de conocer lo que ellos deseaban que permaneciera desconocido. Pero la gente creía enteramente en esa idea, la gente lo deseaba y lo temía, pese a que yo ya no volví a salir de mi piso. Supongo que no recuerdo si creía en todo eso antes que ellos lo creyeran o si alguien fue el primero en creerlo.

—Usted deseaba mantenerme ocupado mientras maquinaba una escapatoria de sus perseguidores, y planeaba una serie de hechos que dejaran atrás su identidad como el verdadero Dupin. Ésa era la naturaleza de su investigación para usted: una maniobra de distracción.

—Sí —admitió con toda franqueza—. Al principio supongo que sí. Creo que estaba cansado: cansado de no vivir pero de haber vivido. Pero usted insistía. Usted estaba seguro de que nos encontrábamos aquí para resolver algo; no sólo que podíamos, sino que debíamos. ¿Les ha referido la versión del barón? A esa masa de ahí, la que está fuera del palacio de justicia, quiero decir.

—Estaba a punto de hacerlo —respondí con una carcajada desprovista de humor, mirando hacia mi cuaderno, donde había transcrito la conferencia entera del barón, tal como la memoricé.

Duponte me pidió verlo. Yo lo observaba mientras examinaba las páginas.

—Voy a destruir eso —dije, cuando volvió a dejar el cuaderno en la mesa—. Lo he decidido. No mentiré acerca de la muerte de un hombre que iba con la verdad por delante. Esto nunca se repetirá.

—Se repetirá, monsieur Clark —dijo Duponte en tono triste—. Probablemente muchas veces.

—¡No le he contado a nadie la versión del barón! —insistí—. No creo que él pudiera contársela a Bonjour o alguien más antes de morir. Se proponía alcanzar la gloria hablando frente a la multitud. El documento original está destruido, monsieur; le aseguro que este cuaderno es lo único que hay.

—Da igual que él informara o no a alguien de sus conclusiones. Ya ve usted que el barón se diferencia de la mayoría sólo en sus cualidades de diligencia y en su falta de delicadeza, así como en cierta tenacidad de perro de presa no distinta de la de usted. Pero sus ideas no tienen nada de originales. Eso nos lleva al error que usted comete. Tanto si su discurso se quema en la estufa de la prisión como en el gran incendio de Roma, sus ideas se convertirán en lugar común en el pensamiento de otros que investiguen la muerte de Poe.

—Pero no hay ninguna investigación...

—La habrá. Desde luego que la habrá. Otros investigadores, pistas, cientos de ellas. Pueden pasar muchos años, pero las conclusiones del barón retornarán, y también otras no menos terribles en sus yerros pero igualmente atractivas por su humanidad. No pararán mientras se recuerde a Poe.

—Bien, entonces empezaré por eliminar ésta —dije, y arranqué la primera página en la que había escrito el texto del barón.

—Déjelo —dijo, adelantando la mano.

—¿Monsieur?

—A ellos no hay que detenerlos. ¿Recuerda lo que dije sobre el barón?

—Debemos ver cuáles son sus errores —dije, con una grande y súbita esperanza renaciendo en mí— para averiguar la verdad.

—Sí. Un ejemplo. Veo en su cuaderno que el barón creía equivocadamente que Poe llegó a Baltimore después de haber sido acosado cuando se dirigía a Nueva York. El barón llegó a esa conclusión tan sólo porque en los periódicos se dijo que Poe se dirigía a Nueva York para arreglarle las cosas a Muddy, madre de su difunta esposa, a fin de que se trasladara a vivir a Virginia con él y su nueva prometida, Elmira Shelton, de Richmond. El barón creyó aquello porque Poe no tomó el tren hacia Nueva York inmediatamente, o sea que había surgido un problema. El barón demuestra la habitual confusión entre un plan que se ha echado a perder y uno que se ha reconsiderado. Prosigamos.

—¿Proseguir?

411

Mi corazón batía más aprisa que las palabras de Duponte.

Duponte adoptó una expresión grave.

—Porque usted me encontró, monsieur Clark.

—¿Qué?

—Usted pregunta por qué me he arriesgado viniendo hoy en lugar de ponerme a salvo. Porque usted me encontró. Estaban buscándome, pero usted me encontró. ¡Buen hombre, hágame el favor!

A esta llamada, entró un mozo con el uniforme del Barnum empujando uno de los baúles para viajes transatlánticos de Duponte, con tan gran esfuerzo que podía haber contenido un cadáver. Era el mismo baúl del que, muy aturdido, saqué el bastón de Malaca. Duponte depositó unas monedas en la mano de aquel hombre por su trabajo y lo despidió, cerrando la puerta de la sala tras él.

—Ahora, por lo que se refiere al barón... ¿Seguimos?

—Monsieur Duponte, quiere usted decir... ¡Hace un momento confesaba que en realidad no vino aquí para resolver los detalles de la muerte de Poe!

—¡Ingenuo! Las intenciones son irrelevantes para los resultados. Yo nunca dije que no lo hubiéramos resuelto, ¿verdad, monsieur Clark? ¿Listo?

—Listo.

—El barón imagina que los rufianes del puerto persiguieron a Poe hasta que el poeta escapó hacia la casa del doctor N. C. Brooks, donde los mismos villanos provocaron un incendio que casi consumió el edificio. La natural cadena de errores del barón empieza suponiendo que la parada de Poe en Baltimore, como no estaba prevista, no era voluntaria, o sea que no obedecía a un propósito... y así, tan sólo una acción violenta podía explicar la prolongación de su estancia. En realidad, de la prueba del primer destino de Poe, la casa de Brooks, podemos extraer una conclusión enteramente distinta.

Duponte ya había tratado conmigo anteriormente sobre esto.

—Brooks es un conocido redactor y editor —añadí—. Poe buscaba apoyo para su revista, *The Stylus*, que elevaría el nivel de todas las publicaciones periódicas que siguieran.

—Está usted en lo cierto, aunque se muestra un tanto iluso acerca de sus potenciales efectos. De todos modos, si Poe estaba realmente en peligro en este punto, y lo bastante consciente de ello como para huir, tal como el barón quiso hacernos creer, podía habérselo dicho a un miembro de su familia, por más detestable que le resultara, o incluso a la policía. En lugar de eso, ¡Poe va en busca de un influyente editor de revistas! Ahora podemos borrar a esos rufianes imaginarios de nuestro cuadro y, en lugar de eso, acompañar a Poe a casa del doctor Brooks, a la que acude por propia voluntad. Vamos.

Volví a tomar asiento a la mesa de los testigos.

35

—Ha observado usted que el barón estaba decidido a interpretar los últimos días de Poe como el resultado de una secuencia de acontecimientos de violencia creciente. Aquí el barón estaba mirándose a un espejo. Así es como el barón deseaba que la gente viera sus propios problemas. Deseaba exonerar a Poe de toda responsabilidad por su propia muerte, situando la causa de sus desdichas tan sólo en factores externos.

—¿Está usted diciendo que el incendio de la casa de Brooks no tuvo nada que ver con la búsqueda de refugio por parte de Poe? ¿Fue una coincidencia?

—No tanto, aunque debemos volver del revés la relación que usted establece. La fallida búsqueda de refugio de Poe tiene todo que ver con el incendio de la casa de Brooks. Puesto que sospechamos que Poe se dirigió inmediatamente a esa casa desde el puerto, con su baúl, está clarísimo que contaba con hallar no sólo ayuda literaria sino también una cama.

—Y en lugar de eso descubre que la casa se ha quemado o que aún se está quemando el mismo día y hora de la llegada de Poe, que son datos que desconocemos.

—Sí, y en cualquier caso si el incendio se declaró en el mismo instante de la llegada o dos días antes, eso es salirse del asunto. Y aquí está la dificultad. El doctor John J. Moran, que trató a Poe días después en el hospital, recuerda que Poe *no sabía qué estaba haciendo en Baltimore o qué le había ocurrido allí*. Las publicaciones antialcohólicas, en su búsqueda de una persuasiva lección que inculcar al públi-

co, se sirven de esa circunstancia para sugerir que Poe había empezado a beber, que se había abandonado a una francachela o una borrachera, y esto, según su *lógica*, explica por qué perdió la noción de lo
sucedido en aquellos días.

—¿Usted no cree que fue así?

—Es un argumento de lo más débil, no precisamente defectuoso pero convertido obsesivamente en defectuoso. Es como si un día
usted me ve por la calle y me vuelve a ver una semana más tarde, yo
le pregunto por unas señas y usted deduce que he estado perdido durante una semana entera. Recordará que ya tratamos de que a Poe le
habían ofrecido viajar a Filadelfia para editar un libro de poemas de
la señora St. Leon Loud, por el que le pagarían cien dólares. Una
oferta que sabemos aceptó. Poe escribió a Muddy: «El señor Loud, el
marido de la señora St. Leon Loud, la poetisa de Filadelfia, me visitó
el otro día y me ofreció cien dólares para editar los poemas de su esposa. Por supuesto, acepté la oferta. Todo el trabajo no me ocupará
más de tres días.» Éstas son las palabras de Poe a principios de aquel
verano, como sabemos por las cartas que luego se publicaron.

»Pero como ya hemos establecido de forma definitiva, Poe estaba en el proceso de reunir más capital para su revista. Y si, como adi-
cionalmente supusimos, Poe añadió una estancia en Baltimore a su
itinerario en el último momento, en busca de aumentar ese capital, y
si los fondos de que hubiera podido disponer disminuyeron, no por
robo sino por la necesidad de tomar una habitación en un hotel, entonces es muy probable que, con esta oferta de edición todavía en pie
en la cercana Filadelfia y su esperada entrevista con el doctor Brooks
malograda por el inoportuno incendio, Poe se apresurase a partir hacia Filadelfia para llevar a cabo su trabajo para la vehemente y pudiente poetisa. Más que varios días «perdidos», como les hubiera gustado a los editores antialcohólicos, no cabe duda de que Poe pasó al
menos una noche, posiblemente varias, en un hotel de Baltimore antes de poder tomar un tren para Filadelfia. De este modo, cuando Poe
le dice al médico del hospital, en su lecho de muerte, que no sabe
cómo llegó a Baltimore ni *por qué* está aquí, se está refiriendo no a su
llegada desde Richmond, un viaje cuyo propósito hubiera conocido
fácilmente, sino a una *segunda llegada a Baltimore*. Un viaje de retorno en un tiempo indefinido, pero tan reciente como el derrumba-

miento de Poe la noche antes en el hotel Ryan's o tan tarde como unas horas antes de ese derrumbamiento; un viaje realizado en cierta oscuridad interior, y que resultaba de un viaje a Filadelfia.

—Pero usted ha demostrado, monsieur —le recordé—, examinando el libro de poesía de la señora Loud y el poema sobre su muerte, que Poe *no* editó los poemas de esa señora, y que al llamarlo «extraño», ella no le había visto en Filadelfia en ningún momento en los días anteriores a su muerte. Usted me hizo observar que ése era sólo el primer documento de dos que lo demostraban. Pero ahora habla del viaje de Poe a Filadelfia. ¿Ha cambiado usted de opinión?

Duponte levantó un dedo.

—Cuidado. Yo no dije que Poe *llegara* a Filadelfia.

—Usted está en lo cierto: en el pasado aludí a una segunda demostración de que Poe no llegó a Filadelfia, si es que se necesita alguna prueba aparte la que se desprende de las producciones líricas de madame St. Leon. Recordará ahora que Poe dio instrucciones a Muddy de que le escribiera a Filadelfia como «E. S. T. Grey». ¿Quiere sacar de su cartera esas aparentemente oscuras instrucciones de monsieur Poe?

Así lo hice.

—«Contéstame inmediatamente a Filadelfia. Por temor a que no me llegue la carta, no la firmes ni pongas mi nombre y dirígela a E. S. T. Grey.» —Hice una pausa y dejé la copia—. Monsieur, ¡dígame que tiene una respuesta para este extraño e indescifrable código!

—¡Código! ¡Extraño! La única cosa cifrada está en los ojos que miran y no comprenden, y así creen que pueden resolver algún rompecabezas.

Duponte levantó la tapa del baúl que le había llevado el mozo. Estaba lleno de periódicos hasta el tope.

—Antes de venir a encontrarme con usted, me he detenido en Glen Eliza. Su criada, Daphne, una doméstica de carácter excelente e ingenio agudo, me permitió muy amablemente trasladar una parte considerable de nuestra colección de periódicos, que había permanecido intacta en su biblioteca los últimos meses. Insinuó que debía aconsejarle a usted que se deshiciera de esos periódicos, pues han hecho imposible la limpieza de aquella habitación. Ahora —dijo volviéndose de nuevo hacia mí—, descríbame, por favor, dónde reside en concreto el misterio de las instrucciones de Poe a su querida Muddy.

Volví a leer en silencio. *Por temor a que no me llegue la carta...*

—En primer lugar, parece estar poseído por un miedo insólito a no recibir la carta.

—Cierto.

—Y, por añadidura, discurre un elaborado método con el que imagina que podrá evitarlo. ¡Recurriendo, claro está, a este nombre falso, E. S. T. Grey!

—Algunos podrían decir que es nuestro mejor indicio de que Poe, al final, enloqueció y se engañó.

—Entonces, ¿usted no está de acuerdo con eso?

—¡La afirmación se quedaba corta del todo! Aquello que se escoge, mi buen monsieur Clark, es menos racional y mucho menos *predecible* de lo que parece, y esto es lo que lo hace tan predecible para el hombre que piensa. Monsieur Poe, deberíamos recordarlo, no es un espécimen ordinario; sus decisiones que parecen tan irracionales lo parecen porque, en realidad, son sumamente *racionales*. Puede sernos de provecho que se nos recuerde adónde se dirige Poe, cuando escribe estas palabras en el otoño de 1849, y dónde recibe su suegra sus cartas.

—Eso es bastante fácil. Poe, al escribir, se propone emprender viaje a Filadelfia antes de continuar hacia su casa en Fordham, Nueva York, para recoger a Muddy y llevarla de vuelta a Richmond, donde se casará con Elmira Shelton. Muddy recibe la carta en su casita de campo de Nueva York. Pero, como digo, *eso* parece bastante fácil.

—Entonces ésa es su respuesta a las insólitas instrucciones de Poe. Usted ha hablado antes de las muchas ciudades donde Poe vivió en su época adulta.

—Después de Baltimore, se mudó con Sissy y Muddy a Richmond, Virginia, donde permaneció varios años. Luego a Filadelfia durante unos seis años. Y, finalmente, en la última etapa de su vida, vivía en Nueva York con Muddy.

—¡Sí! Así pues, como ve, Muddy debía escribir a «E. S. T. Grey».

Miré incrédulo a mi compañero.

—¡No veo nada en absoluto!

—¿Por qué, monsieur Clark, rechaza sin más la sencillez del

asunto cuando ha quedado descubierto ante nosotros? He tenido la suerte de que en varias ocasiones durante mi estancia usted describió con algunos detalles precisos y *exactos* los procedimientos de sus oficinas de correos. En el año en cuestión, 1849, si le entendí a usted, en su país las cartas nunca se entregaban en las residencias particulares, sino que quedaban en la oficina de correos de la ciudad, adonde uno podía ir a buscar la correspondencia. Si una carta llega en 1849 a Nueva York para Edgar A. Poe, éste va y la recibe. Si una carta llegaba en 1849 a la oficina de correos de Filadelfia dirigida a «Edgar A. Poe», considere lo que inevitablemente sucedería. El jefe de la oficina, consultando su lista de nombres de los antiguos residentes en la ciudad, y hallando que un nombre figura en esa lista, remitiría la carta a la localidad de residencia actual de esa persona. Lo que es tanto como decir que una carta enviada por Muddy desde Nueva York a Filadelfia dirigida a *Edgar A. Poe*, al llegar a la oficina de correos de Filadelfia se consideraría una equivocación, y se devolvería instantáneamente a Nueva York.

—¡Desde luego! —exclamé.

Él prosiguió:

—Dado que Muddy era también una antigua residente en Filadelfia, lo comprendería, y no encontraría extraño en las instrucciones de Poe eso que nos parece tan peculiar a nosotros. El aparentemente estrafalario temor de Poe a no recibir la carta enviada por Muddy a Filadelfia es, en realidad, del todo razonable. Si Edgar Poe se presentaba con su propio nombre en la oficina de correos de Filadelfia, seguro que no habría nada esperándolo, pues esa carta a su nombre ya habría sido devuelta. En cambio, si daba un nombre ficticio, acordado de antemano con su corresponsal, y la carta se remitía a ese nombre, habría de recibirla en su momento.

—Pero ¿qué hay de sus instrucciones a Muddy de que no firmara la carta?

—Poe estaba ansioso. Muddy era su último vínculo familiar. *Contéstame inmediatamente*, dice. Recibir esa carta es esencial, y aquí manifiesta algún exceso de celo, una vez más no de falta de lógica, sino de *excesiva racionalidad*. Sabe que, en el proceso de doblar y sellar una carta, la firma y la dirección pueden confundirse. Si tal confusión se producía, y el jefe de correos de Filadelfia creía, equivocadamente, que la carta iba dirigida a Maria Clemm, en lugar de estar *firmada por ella*, esa carta tomaría de nuevo el camino directamente a Nueva York. Usted pudo darse cuenta de que monsieur Poe se mostraba por lo general ansioso respecto al correo, en la correspondencia que usted mantuvo ocasionalmente con él, cuando en varios puntos expresa preocupación porque una carta se pierda o vaya a una dirección equivocada. «En una de cada diez ocasiones la carta se ha perdido, por eso soy muy cuidadoso en esos asuntos», escribe una vez (si no recuerdo mal), refiriéndose a alguien que no había respondido a una de sus cartas. También sabemos, por la biografía de Poe, que su primer e infame desengaño amoroso se produjo porque sus cartas, de joven, nunca llegaron a su amor, Elmira; y que otro noviazgo primerizo, el que mantuvo con su prima Elizabeth Herring, se rompió cuando Henry Herring leyó las cartas, que contenían poesías suyas. Así pues, la confusión sobre el destino de la carta, la ansiedad de quién la tiene y la asombrosa variedad de vericuetos por los que el destinatario de una carta puede ser confundido, dan tema para uno de los mejores cuentos de monsieur Poe de raciocinación y análisis, con el que me consta que está usted bien familiarizado.

»Queda todavía la cuestión del seudónimo que elige Poe, ese E. S. T. Grey. La verdad es que no importa qué nombre escoge en tanto *no* es Edgar Poe, ni tampoco el corriente George Smith o Thomas Jones, que podría suponer el riesgo de que coincidiera con el de otra persona en el montón de correspondencia. Así, monsieur Poe desea que Muddy utilice un nombre no con una sino con *dos* iniciales de apellido para que sea mucho más probable que le llegue a él.

»Supongo que usted desea dar más significado al nombre. Muy bien. En algunos de los últimos números de la fracasada revista *The Broadway Journal*, de la que Poe era editor, inserta por dos veces un anuncio solicitando capital para asegurar el (sentenciado) futuro de la publicación. En esos avisos indica que la correspondencia con ese fin debe dirigirse a "E. S. T. G.", en la redacción de la revista. Quizá deseaba mostrarse discreto en la recaudación de dinero. En cualquier caso, cuando escribe a Muddy esa carta cuatro años más tarde, está empeñado de nuevo en un esperanzado intento de controlar su propia revista —esta vez *The Stylus*— y se le ocurre quizá maquinalmente el mismo *nom de plume* de E. S. T. Grey, por la semejanza de la situación, y por revivir aquellas mismas esperanzas de un éxito siempre postergado. Las letras del nombre —E. S. T. G.— no precisan de más significado, de ningún código más que la relación que tienen para él con dos épocas de su vida. Códigos y simetrías son para quienes piensan demasiado. El misterio de las instrucciones de Poe a su suegra lo hemos desentrañado completamente.

Duponte, con un gesto de satisfacción, devolvió al baúl los periódicos relacionados con el tema.

—Salvo... —empecé a decir.

Al ver un destello en los ojos de Duponte, me detuve.

—¿Salvo?

—¿No dijo una vez, monsieur Duponte, que este punto constituiría una segunda prueba, y más segura, de que Poe no llegó a Filadelfia?

—Lo dije. ¿Recordará que una de las necrológicas que usted reunió tras la muerte de Poe procedía del *Public Ledger* de Filadelfia? Creo que la encontrará también en la selección que he traído de Glen Eliza.

La necrológica aparecía en el número del *Public Ledger* del 9 de octubre de 1849, dos días después de la muerte de Poe en Baltimore. Localicé el periódico y se lo alargué a Duponte. Me lo devolvió.

—¿Qué es esto?

—¡Pues el periódico que me ha pedido, monsieur Duponte!

—¡Yo no le he pedido tal cosa! Me he limitado a decirle que estaría en el baúl. Devuélvalo allí. Esta necrológica de monsieur Poe es en sí misma tan inconsistente como la mayoría de las otras. Pero usted no dejará de recordar que le encargué, poco después de nuestra llegada a Baltimore, que buscara todos los números de los periódicos de una semana antes y una semana después de cada artículo.

—No puedo dejar de recordarlo —admití.

—Debería dirigir su atención a la serie de números previa a esa necrológica. Cuando la encuentre, recuerde que ya ha leído la petición de Poe a su Muddy: «Contéstame inmediatamente», refiriéndose a su carta. En la misma nota, concluye insistiendo, como si ella *pudiera* olvidarse: «No olvides escribir inmediatamente a Filadelfia para que tu carta esté allí cuando yo llegue.» Sin duda ella no podía ignorar los urgentes ruegos de Poe de leer una palabra amable de ella durante su viaje.

Cogí todos los números del *Public Ledger* de Filadelfia que pude encontrar en el baúl. Dupont me dio instrucciones de abrir el periódico del 3 de octubre de 1849, la fecha misma en que Poe fue descubierto en el hotel Ryan's de Baltimore. Me dijo que consultara la columna de correos de la última página; la sección del periódico donde el jefe de correos consignaba los nombres de personas con cartas por recoger. *Lista de cartas depositadas en la Oficina de Correos de Fil.*, decía. Allí, en la letra pequeña de la larga lista con nombres de caballeros, encontré la siguiente entrada:

GREY, E. S. F.

Pasando rápidamente a la fecha siguiente, que contenía un anuncio de cartas por recoger en la oficina de correos, encontré de nuevo el mismo nombre.

—¡Debe ser él! —dije.

—Desde luego que lo es. Aquí vemos E. S. *F.* en lugar de E. S. T. La letra *F*, podemos estar seguros, puede ser fácilmente confundida con la «T» en la caligrafía de quienes escriben precipitadamente, como se ve en las cartas que Poe le escribió a usted, monsieur Clark. Muddy confundió la «T» de Poe con una «F», o bien la oficina de correos de Filadelfia cambió la «T» de ella por una «F», o acaso el *Public Ledger* tomó la «T» del jefe de correos por una «F». El cambio de nombre de Poe fue modificado de nuevo, de eso no hay duda. Ésta es la auténtica carta de Muddy a Poe, que llegó a Filadelfia puntualmente, si se calcula la rapidez del correo, en el momento esperado: después de que Muddy recibiera la carta de Poe del 18 de septiembre y se apresurara a escribir y depositar su respuesta dirigida a monsieur *Grey* en la oficina de correos de Nueva York.

—Y el *Public Ledger* la incluye en su lista dos días distintos.

—Significativo, monsieur Clark, si entendemos las normas de su oficina de correos tal como usted las ha explicado.

—Es verdad. La primera vez una carta debe ser anunciada, la gravan con dos centavos en concepto de franqueo adicional. Si tiene que ser anunciada una segunda y última vez, al destinatario se le exigen dos centavos más. Poco después, se convierte en una «carta muerta» y el jefe de correos la desecha.

—El 3 de octubre, cuando la carta apareció por primera vez en la lista del *Public Ledger* de Filadelfia, fue el último día que iba a ver Poe fuera de una habitación del hospital —murmuró Duponte en tono ausente—. Ese día, podíamos haber entrado tranquilamente por la puerta de la oficina de correos de Filadelfia y anunciarnos como E. S. T. (o F., si usted gusta) Grey, pues usted no es menos Grey que lo era Poe, y recibir esa carta.

—Probablemente es la última carta dirigida a Edgar Poe —dije tristemente, volviendo a mirar el nombre del destinatario, y pensando que aún era más triste que esta última carta, nunca abierta, y ahora por tanto tiempo abandonada, ni siquiera llevara su nombre y, presumiblemente, estuviera sin firmar con el nombre de aquella mujer que lo quería.

—Probablemente —admitió Duponte asintiendo.

—Me hubiera gustado verla.

—Pero *no lo necesita*. Quiero decir para nuestros fines. Esta lista en el periódico demuestra que, en el período que recogen los anuncios del jefe de correos, Edgar Poe no estaba en Filadelfia. Pues recuerde cuánto insistió en que Muddy escribiera inmediatamente, a fin de que la carta estuviera aquí en el momento de su llegada; si tal llegada se hubiera producido, no cabe duda de que hubiera acudido a correos con el corazón impaciente.

—Sin embargo, tenemos otra razón para asegurar con fundamento que Poe no llegó a Filadelfia —continuó Duponte—. Pero tenemos muchas razones, como ya he enumerado, para creer que trató de llegar, y podemos creer que estuvo a punto.

—Pero si trató de hacerlo y no lo consiguió, ¿qué sucedió?

—Recuerde lo que hemos dicho de los hábitos de Poe en materia de bebida.

—Sí. Que Poe no era un bebedor sino que por su constitución no toleraba la bebida hasta un grado desconocido para la mayoría. El hecho de que la entera naturaleza de Poe pudiera verse trastornada por un solo vaso de vino, como atestiguaron numerosas personas que lo conocieron bien, *no* indicaba que Poe se embriagara habitualmente, sino todo lo contrario: que Poe poseía una rara sensibilidad. Demasiadas personas, en lugares y momentos distintos, han atestiguado este hecho para que uno crea que es una simple excusa cortés de sus amigos. Un vaso, hemos sabido, bastaba para producirle un terrible ataque de insensibilidad que podía llevarlo a observar una conducta impredecible e incontrolada. ¿Pudo haber ocurrido eso antes de su llegada a Filadelfia? —pregunté.

—Considerémoslo un momento. Ahora hemos conjeturado, utilizando la información disponible, que con toda probabilidad Poe intentó viajar a Filadelfia y que, pese a tener ese propósito, no llegó a hacerlo. Sigue planteada la pregunta de cómo regresa Poe a Baltimore. El barón, si su razonamiento llegó hasta este punto, planteó una suposición, sin duda: a saber, que una vez Poe hubo montado en el tren hacia Filadelfia, un matón lo acosó y lo obligó, por algún motivo inconcebible y perverso, a regresar en *otro tren* a Baltimore, donde Poe acabó siendo encontrado. El barón se muestra romántico de la misma manera que los autores de cuentos de amor y los dibujantes. No tendría ningún sentido para un asaltante de cualquier tipo meter a Poe en un tren hacia Baltimore.

»Pero esto no significa que alguien más, alguien carente de motivaciones perversas, no lo hiciera. De hecho, es una actividad que lleva a cabo regularmente un revisor de ferrocarril, por diversas razones, cuando se encuentra con personas revoltosas, inconscientes, enfermas, con polizones y demás. Mucho más probable que se encontrara con un transgresor como ése en el tren alguien que, como Poe, había vivido previamente tanto en el punto de origen, Baltimore, como en el de destino, Filadelfia, era encontrarse con un *conocido* que viajara por la misma ruta.

»No es mucho más que una *suposición*, dirá usted, pero a veces eso es todo lo que hay, monsieur Clark, para dar sentido a los acontecimientos. Consideramos esa palabra como algo inferior a las prácticas ensayadas del razonamiento, pero, de hecho, suponer es uno de los más elevados e indestructibles poderes de la mente humana, un arte mucho más interesante que el razonamiento o la demostración, porque nos llega directamente de la imaginación.

»Ahora imaginaremos que Poe se encuentra con un conocido, antes que con un enemigo; y que ese conocido, naturalmente alguien que *conoce* a Poe pero no de manera íntima, lo invita a beber en el tren o en una estación intermedia. Podemos imaginar a Poe, esperando quizá obtener más apoyo financiero para su revista, aceptando la invitación, por la insistencia de este potencial benefactor, de *un vaso*. Sin duda la proposición provenía de alguien no lo bastante familiarizado con el Poe adulto para ignorar sus problemas con la ingestión de alcohol. Tal vez un amigo de la infancia o, supongamos, un condiscípulo de West Point puesto que, más que los miembros de ninguna otra institución, los antiguos militares es probable que estén repartidos por los diferentes estados. O acaso un condiscípulo anterior, de los tiempos de Poe en la universidad. Quizá hayamos sabido ya el nombre de uno de esos compañeros de clase por los datos que hemos reunido.

—¡Z. Collins Lee! —dije—. Era compañero de universidad de Poe, y ahora es fiscal del distrito. Fue el cuarto hombre que asistió al entierro.

—Monsieur Lee es una posibilidad interesante, un asistente al entierro del que hemos examinado a los otros tres, cuya identidad hemos averiguado con más rapidez. Considere esto. Además del guardián, el señor Spence, el empresario de pompas fúnebres, el sepulturero y el ministro, exactamente cuatro hombres integraban el acompañamiento de la breve ceremonia fúnebre de Poe.

—Sí. El doctor Snodgrass, Neilson Poe, Henry Herring y el señor Z. Collins Lee. Ésos fueron todos los que asistieron.

—Piense qué tienen en común los primeros tres acompañantes, monsieur Clark: que conocían a Poe, por supuesto. Pero eso podría aplicarse a mucha gente en Baltimore; ciertamente a más de cuatro individuos, pues Poe vivió en esta ciudad varios años. Antiguos maestros, amantes, amigos y otros parientes. No. El hecho más notable en común era que cada uno de los tres intervino de algún modo en los *días finales* de Poe. Monsieur Herring se hallaba en el hotel Ryan's, donde Poe fue descubierto y adonde, después, Snodgrass fue llamado para auxiliarlo. Y Neilson Poe estuvo presente en el hospital después de habérsele notificado la situación de su primo. El funeral no fue anunciado con antelación en los periódicos ni por otros medios y, sin duda, esos tres caballeros habrían podido reunir a más personas en el sepelio si hubieran querido.

»¿No debemos pensar, pues, como algo muy probable, sabiendo lo que tienen en común los otros tres asistentes, que nuestro Z. Collins Lee también hubiera visto a Poe en algún momento en sus últimos días antes de su muerte? Lee es un hombre rico, y por supuesto tan buen candidato como cualquiera para haber estado en el tren y, recordando los días de universidad, que siempre son más bien de relajación, tomara un solo vaso con Poe. Éste, por su parte, sabía que monsieur Lee era una persona influyente en el mundo del Derecho, y pudo tratar de mostrarse sociable con él para solicitarle el necesario apoyo para la campaña de su revista. Si es así, ello explicaría instantáneamente dos hechos: no sólo el incidente del tren, sino la presencia de monsieur Lee en el entierro del que tan pocas personas tenían noticia. Continúo. Tras su encuentro, Poe sufre un ataque de lo que usted denomina insensibilidad, a causa de ese único momento de debilidad. Esto es lo que nuestro otro grupo antialcohólico, los Hijos de la Templanza de Richmond, a los que su monsieur Benson pertenecía, se negó a aceptar en tanto no completara su investigación. Deseaban que Poe no bebiera una gota tanto como otros agentes de la templanza deseaban que *sí* se bebiera un barril. Por eso le pareció a usted que monsieur Benson ocultaba algo. Sin duda había descubierto, tras su llegada a Baltimore inmediatamente después de la muerte de Poe, ese pequeño incidente.

—Pero ¡qué dice! Volvamos al vaso del tren. Ese amigo —dije indignado—, ya fuera el señor Collins Lee o alguno desconocido para nosotros, ¿cuida de Poe cuando se siente enfermo?

—Si, como podríamos considerar, ese amigo no sabe nada de la especial circunstancia de Poe en relación con la bebida, y si Poe, cohibido por ello, intenta en lo posible imponerse a su degradación mental y racional en aras de su dignidad personal, entonces el amigo puede marcharse sin percibir indicios, o percibirlos en grado mínimo, de que deja tras de sí a una persona en apuros. Aunque Poe pudiera sentirse abandonado a raíz de ese incidente, eso difícilmente podría saberlo el inocente conocido. Un hombre como Z. Collins Lee, un ocupadísimo abogado, tan sólo podría descubrir que algo no fue bien días más tarde, al encontrarse con su colega Neilson Poe, ante el que mencionó que había visto a su primo. Recuerde por un momento, si puede, cómo responde el poeta cuando el doctor Moran, en el hospital de Baltimore, creyendo calmar a su desdichado paciente, le promete encontrar a sus amigos.

—¡Lo mejor que podría hacer mi mejor amigo sería volarme los sesos con una pistola!

—¡Sí! En sus últimos momentos, a Poe le parece que un amigo sólo puede herirlo, monsieur Clark. ¿No podemos decir por qué? ¿No podemos encontrar el origen de esos sentimientos en los postreros pasos del poeta? Él se arriesga a encontrar al doctor Brooks, y en su lugar se encuentra con que no hay casa. Se encuentra con un viejo amigo en el tren, sólo para verse obligado a compartir una peligrosa tentación. Menciona a su amigo el doctor Snodgrass una vez está en el Ryan's, sólo para verse enfrentado con las miradas de desaprobación de Snodgrass y con la obvia aunque silenciosa acusación de que Poe es un borracho empedernido. Su propio pariente, Henry Herring, está junto a él en el Ryan's, pero en lugar de llevárselo a su casa lo envía solo a un hospital en decadencia.

»¿Cree usted, y podríamos consultar a mayor abundamiento la prensa antialcohólica, que Poe hubiera convocado al *doctor Snodgrass*, entre todas las personas de la tierra, si estuviera en medio de esta supuesta borrachera? No negaremos que monsieur Poe confesó haber bebido en exceso durante unos períodos de su vida, y también estaríamos dispuestos a admitir que estableció una pauta para reformarse, alternándola con algún retorno al exceso. Pero precisamente por eso, como bebedor y como sobrio experimentado, podemos interpretar de manera inteligente su concreta mención de Snodgrass hecha a monsieur Walker en el Ryan's. Podemos *interpretar* esa mención desde el adecuado punto de vista. Si Poe hubiera estado en plena borrachera, y por tanto hubiera quebrantado su voto, la última persona a la que habría nombrado habría sido a un destacado dirigente del movimiento antialcohólico local como Snodgrass. Por añadidura, Poe pudo haber escuchado en una conversación en Ryan's, mientras estaba allí, que monsieur Walker trabajaba como tipógrafo en el *Baltimore Sun*, de modo que Walker hubiera sido un testigo directo de su situación. Por añadidura de nuevo, si Poe hubiera leído algún número de los periódicos recientes, habría visto que Snodgrass sólo un día antes había obligado a destituir al candidato de su organización, John Watchman, por beber, y que andaría buscando una compensación a ese episodio, como lo haría cualquier político. No, Poe dijo el nombre de *Snod-*

grass a *Walker* como un mensaje, como si, utilizando más palabras, señalara: "Yo no he bebido; en realidad he sido tan moderado, si no completamente abstemio, que el único nombre que puedo pronunciar para que acuda en mi ayuda será el de un ávido y estricto antialcohólico, y se lo diré a un tipo que trabaja para la prensa."

Duponte continuó:

—Volvamos a nuestro tren. Poe se ha separado de su amigo, quien, supongamos, se apea del tren primero o, simplemente, regresa a un vagón distinto. Afligido por sus convulsiones, Poe es observado por un solícito revisor, quien decide que Poe ha enfermado: ¡*cómo* podía desconocerlo el revisor! Por la razón que sea, supone que es probable que Poe cuente con personas que cuiden de él en Baltimore, o el mismo Poe tal vez murmura algo que el revisor interpreta de este modo. Viendo en ello una oportunidad de mostrarse benevolente, el revisor traslada a Poe a un tren que parte en sentido contrario al llegar al siguiente *depot* (que según me consta es como los americanos llaman a las estaciones), quizá en Havre de Grace.

»Siguiendo con el razonamiento, podemos pensar con más seguridad en lo sucedido en el hospital. Poe responde a las preguntas del médico que no sabe *cómo* ha llegado a Baltimore o *por qué*: él no puede explicar estos hechos. No se debe a días enteros de francachela. Tampoco le han administrado opiáceos unos diablos políticos, como afirma el barón. Por eso Poe se refiere a su *segunda* llegada a Baltimore, después de haber partido de esta ciudad, y ha estado inmerso en una nube de confusión sobre cómo acabó en un tren de regreso. Así hemos impugnado las pretensiones de la prensa antialcohólica acerca de Poe, y también el argumento del barón de que Poe fue *raptado* por un club político.

Yo podía ver cómo habíamos demostrado que las proclamas de la prensa antialcohólica eran falsas, pero no relacionamos eso con el argumento del barón. Planteé la cuestión a Duponte.

—¿Recuerda la conclusión del barón en este punto, monsieur Clark, tal como la escribió en su cuaderno?

La recordaba.

Los matones políticos de los whigs *del Distrito Cuarto, que tenían su cuartel general en el garito de la compañía de bomberos Vigilant, frente al Ryan's, llevaron al indefenso poeta a una bodega junto con otros desdichados: vagabundos, gentes de paso, haraganes y extranjeros. Esto explica por qué Poe, un bien conocido autor, no fuera visto por nadie en el transcurso de aquellos pocos días.*

—¿Ve usted que en el asunto del reconocimiento el barón tergiversó la lógica? Como resultado de las iniciativas del propio barón respecto de la prensa de Baltimore y de otros lugares, y debido a los numerosos volúmenes biográficos y artículos que siguieron a la muerte de Poe, el retrato de éste ha sido ampliamente difundido entre las masas, y su rostro se ha vuelto *conocido*, pero sólo tras su muerte. Antes de ésta, cuando Poe vivía, sólo hubiera sido reconocido, en general, entre las gentes de letras y los ávidos lectores, a quienes en última instancia hubiera sido muy improbable encontrar en la calle, pues pasarían las horas diurnas encerrados en oficinas, bibliotecas y salas de lectura. Así pues, que no se tuviese noticias de que Poe fuera visto en el transcurso de esos días resulta muy poco sorprendente y en absoluto notable. Por añadidura, como visitaba Baltimore y no había anunciado su estancia, nadie hubiera esperado ver a Poe por la ciudad, ni siquiera sus parientes. Esto, si pensamos en cómo funcionan la mente y el ojo humanos, *reduce grandemente el reconocimiento*. ¿Ha tenido ocasión de darse cuenta de cómo, cuando inesperadamente se encontraba con un amigo íntimo en un local donde no contaba con encontrarlo, necesita algo más de tiempo de lo usual para captar la identidad de esa persona en su cerebro, o sea más tiempo del que ha precisado para ver a alguien con quien lo une mucha menos intimidad? Este último caso se aproxima más al *extraño* en la calle, que resulta más fácil de identificar.

»Es un fallo generalizado en el que incurren también los periódicos, monsieur Clark. Examine el extracto del *Herald* de Nueva York y verá.

Abrí mi libreta, donde había escrito el testimonio que había pensado prestar ante el tribunal aquel día. La parte relevante acerca de la muerte de Poe, escrita por su corresponsal en Baltimore, rezaba así:

> El pasado miércoles, día de elecciones, fue hallado cerca del colegio electoral del Distrito Cuarto, víctima de un ataque de *mania a potu*, y en situación de choque profundo. Reconocido por algunos de

nuestros ciudadanos, fue colocado en un carruaje y enviado al hospital Washington, donde ha sido objeto de todas las atenciones.

—¿Advierte el fallo, monsieur Clark? El corresponsal en Baltimore se empeña en mantener los hechos en su verdadera forma. Por ejemplo, es muy riguroso y concreto en que Poe fue *colocado* en un carruaje por otros que no lo acompañaron, de lo que en breve tendremos testimonio. Pero por otra parte sabemos que Poe no fue reconocido por unos ciudadanos. Eso lo ha escrito para nosotros un testigo de primera mano.

—¿Se refiere usted a la nota de Walker al doctor Snodgrass, que encontramos entre los papeles del propio Snodgrass?

—Así es. Walker escribe: «Hay un caballero extremadamente fatigado en Ryan's, colegio electoral del Distrito Cuarto, que dice llamarse Edgar A. Poe, el cual parece hallarse en una situación de grave apuro», etcétera. Para Walker, Poe es «un caballero». Sólo porque Poe le comunica su nombre, Walker puede decirle a Snodgrass quién está en situación de apuro. El lenguaje empleado por Walker («que dice llamarse Edgar A. Poe») sugiere que abriga alguna sospecha de que el hombre ¡se llame de otra manera! Como si aquél fuera un alias. ¿Por qué no escribió en lugar de eso «El caballero Edgar A. Poe se halla en situación de grave apuro»?

Por indicación de Dupont continué recitándole el relato del barón sobre los últimos días de Poe.

—«Aquellos hombres ruines probablemente drogaron a Poe con diversos opiáceos. Cuando llegó el día de las elecciones, lo llevaron por la ciudad a varios colegios electorales. Lo obligaron a votar a sus candidatos en cada uno de ellos y, para que la farsa resultara más convincente, al poeta lo vistieron con ropa diferente en cada ocasión. Esto explica que fuera hallado con prendas raídas y manchadas que de ningún modo eran de su talla. Los matones, sin embargo, le permitieron conservar su hermoso bastón de Malaca, pues se hallaba en tan débil estado, que incluso aquellos rufianes reconocieron que el bastón podía ser necesario para apuntalarlo... En todo caso lo encontraron con ese bastón apretado contra el pecho...»

Al oír esto, Dupont señaló con cierta satisfacción que el argumento del barón, aunque inteligente, trataba de encontrar una razón de la presencia de Poe en un colegio electoral y de su atuendo, en lugar de utilizar la razón para hallar la verdad detrás de ese lugar y de ese aspecto.

—Sin casa, en un lugar donde su familia vivió en otro tiempo, donde sigue viviendo parte de su familia, el efecto que sobre los sentidos de Poe tuvo encontrarse de regreso en Baltimore, donde antaño se sintió *más en su hogar*; todo eso combinado con los efectos de la única debilidad que se permitió en compañía de Z. Collins Lee o de otro amigo, le hace sentir ahora en la más absoluta soledad. Sin techo, no tiene otra elección salvo ir en su busca bajo la terrible lluvia, empapándose la ropa y exponiéndose a contraer numerosas enfermedades adicionales. Creo que usted ya ha comprobado de primera mano que la mayoría de la gente ni siquiera toma en consideración la especial calidad de la ropa. Cuando nos mojamos, decimos de nuestra ropa: «La camisa ya no me sirve, está echada a perder.» A diferencia de cualquier otro artículo «echado a perder», su deterioro es, digamos, temporal. Usted ha visto que esas cualidades especiales permiten a Poe cambiar su ropa por otra seca, la cual, por supuesto, *no le cae como es habitual en un atuendo hecho a la medida*. Probablemente esto ocurrió cerca del Ryan's. Podemos señalar que de todas las descripciones detalladas de la ropa que llevaba Poe al ser descubierto, por los adjetivos escogidos para designar su mal estado, ninguna dice que sus vestidos estuvieran *mojados*, aunque ésa hubiera sido la primera palabra empleada si se hubiera dado el caso. Del peculiar bastón, con su costoso estoque, sabemos que Poe no lo vendió ni cambió, pues aun en su estado mental recordaba que no le pertenecía. Debía cuidar de devolvérselo a su dueño, el doctor Carter, de Richmond. Fue su dignidad, no su temor a sufrir violencia, lo que le llevó a mantener el bastón de su amigo apretado contra el pecho.

»Considerando la presencia de Poe en el hotel Ryan's, llegamos ahora a las sospechas de que el barón hace objeto a la familia Herring, George y Henry. No deberían confundirse, como hace el barón, los hechos colaterales con el objeto de nuestra investigación. Como observó usted en el informe que me dirigió tras escuchar el relato del doctor Snodgrass, cuando éste se percató de la situación de Poe, subió a reservar una habitación para Poe antes de enviar en busca de sus parientes, que él sabía vivían en la vecindad. Pero cuando

Snodgrass tomó esa iniciativa, Henry Herring estaba al pie de la escalera, *antes* de que Snodgrass lo hubiera llamado. El doctor, sumido en sus preocupaciones personales e inquieto por la salud de Poe, no pareció dar mucha importancia a este hecho sorprendente cuando le hizo a usted el relato. Pero nosotros sabemos más.

»George Herring, tío de Henry, fue identificado como presidente de los *whigs* del Distrito Cuarto, el grupo que utilizó el hotel Ryan's en varias ocasiones en las semanas anteriores a las elecciones para reunirse, incluida una vez dos días antes de los comicios. El barón da por hecho que después de eso George Herring también estuvo en el Ryan's, aquel bastión *whig*, el mismo día de las elecciones, o sea el día en que Poe fue hallado. En esto su razonamiento es acertado. Sin embargo, el barón afirma luego que Henry y George Herring, sabiendo que Edgar Poe sufría los efectos de cualquier sustancia embriagante, conspiraron para que fuera uno de sus votantes y llevarlo por toda la ciudad.

—Pero sigue siendo una coincidencia notable, me atrevería a decir que sospechosa, monsieur Duponte, que George y Henry Herring estuvieran presentes en el Ryan's antes de que el doctor Snodgrass llamara a los parientes de Poe.

—Es una coincidencia, monsieur Clark, una mera coincidencia que convierte el otro hecho en algo completamente natural. La coincidencia a la que me refiero es la presencia de George Herring en el mismo lugar en que fue descubierto Poe. George Herring está allí porque es el presidente de los *whigs* del Distrito Cuarto, y el Ryan's es ese día el colegio electoral del Distrito Cuarto. Su presencia resulta de lo más natural. Por qué se encuentra allí Poe lo aclararemos dentro de un momento. Henry Herring es primo de Poe por su matrimonio con una mujer que murió hace algunos años. Muy poco después de ese fallecimiento contrajo otro matrimonio, lo que contribuyó, podemos imaginar, a que Poe caracterizara a monsieur Henry, en una carta, como un «personaje sin principios». Hablando en términos generales, Poe termina en un lugar bullicioso por partida triple (como hotel, taberna y colegio electoral), con un hombre que es el tío de una prima *desaparecida*. Me temo que en esto no hay tanta coincidencia como le hubiera gustado al barón.

»Sea como fuere, el barón propone que George Herring seleccione a Poe como votante fraudulento, porque monsieur George sabe, por su familia, de la vulnerabilidad de Poe cuando está bajo la influencia de sustancias embriagantes, incluso las normales. ¡Curiosa idea! Puesto que monsieur George es probable que sepa que Poe es impredecible bajo los efectos de sustancias embriagantes, ésa sería una razón concreta para no elegirlo como votante fraudulento, ¡papel que sólo pueden desempeñar hombres que toleren bien el alcohol!

»Pero dejando atrás los cuentos del barón sobre los votantes fraudulentos, retornemos a nuestras supuestas coincidencias. Dado que George Herring tendría algún conocimiento sobre Poe y tal vez una relación con él a través de Henry Herring, al advertir la situación apurada de Poe, casi con toda seguridad mandó llamar a monsieur Henry Herring. Nuestra mera coincidencia, a saber, la presencia de George Herring y Edgar Poe en el mismo edificio dedicado a tres actividades, da lugar de forma muy natural a nuestro segundo incidente, la insólita presencia de Henry Herring antes de que lo llamara Snodgrass.

»¿Y qué significan los subsiguientes acontecimientos que condujeron a que Poe fuera enviado al hospital? Snodgrass ofreció alquilar una habitación en el piso alto, en la parte del edificio dedicada a hotel. George Herring no quería que Poe permaneciera en el Ryan's en su penosa situación, pues como presidente *whig* deseaba evitar *precisamente* las acusaciones de fraude o de recurso a votantes comprados que el barón hizo más tarde. Henry Herring no era precisamente un compañero predilecto de Poe, como el barón señala con razón, y no invitaría a Poe a su casa, donde monsieur Henry aún recuerda con disgusto que Poe pretendió a su hija Elizabeth años antes. Snodgrass no podía recordar si había uno o dos parientes de Poe en el Ryan's, lo cual no es del todo cierto porque tanto Henry como George Herring estaban delante de él. Poe es enviado, pues, al hospital, cuyos responsables dan entonces aviso a Neilson Poe.

—Si no hubo nada insidioso, si los Herring no hicieron nada, monsieur Duponte, ¿por qué Henry Herring y Neilson Poe, primo tanto de Henry Herring como de Edgar Poe, se mostraron tan remisos a hablar del asunto o no instaron a la policía a realizar investigaciones?

—Al formular la pregunta, usted mismo la ha contestado, monsieur Clark. Porque no hicieron nada (o sea poquísimo), no deseaban llamar la atención sobre el caso. Piense en eso. George y luego Henry Herring estaban presentes aun antes que el doctor Snodgrass, y no hicieron nada. Cuando se hizo algo, se lo envió al hospital solo, tumbado, atravesado en los asientos del carruaje. Incluso se olvidaron de pagar al cochero, como usted supo por el doctor Moran. También sellaron el destino de Poe dando por supuesto que sencillamente estaba como una cuba, hasta arriba de licor, y no dudaron en transmitir esta idea a los médicos en una nota que acompañó a Poe al hospital. Con ello, los cuidados prestados al paciente, en lugar de combatir su compleja enfermedad y, tal vez, la multitud de enfermedades que había contraído por cansancio y exposición a la intemperie, se quedó en el tratamiento superficial que se aplicaba a los que llegaban muy bebidos. Neilson Poe llegó al hospital, pero ni siquiera pudo ver al paciente.

»Este relato de los hechos no es como para que la familia se sienta orgullosa, en particular para un hombre ambicioso como monsieur Neilson, que no quería empañar el apellido Poe. Esto explica también la renuncia de la familia a celebrar un entierro más concurrido. No deseaban atraer la atención hacia sus papeles en los días finales del escritor, ni tampoco recordar a nadie que el propio Edgar Poe había vertido palabras cáusticas sobre Henry Herring y sobre Neilson Poe. Hay algo de "vergüenza" en eso, que es la palabra que Snodgrass escribe en su poema sobre el tema. Los métodos que a menudo son necesarios para comprender los motivos de alguien no se deben a lo que ese alguien ha hecho, sino a lo que sencillamente ha omitido hacer y ha descuidado considerar.

—Pero —continuó Duponte— el barón no erró del todo al considerar el hecho del descubrimiento de la indisposición de Poe un día de elecciones como algo más que *casualidad*. El barón desea encontrar causa y efecto; nosotros, por nuestra parte, buscaremos causa y causa. ¿Cómo, monsieur, describiría usted la ciudad de Baltimore en día de elecciones?

—Un tanto impredecible —admití—, en ocasiones salvaje. Peligrosa en ciertos barrios. Pero ¿significa esto que Poe fue *secuestrado*?

—Desde luego que no. El error de hombres como el barón, que aplican sus pensamientos atolondrados a crear violencia, es imaginar que la máxima violencia contiene sentido y razón, cuando, por su misma naturaleza, eso es justamente lo que le falta. Pero no debemos olvidar los efectos *secundarios* que pueden provenir de intervenciones externas. Piense en monsieur Poe. Expuesto a un tiempo deplorable, habiendo fracasado en conseguir el dinero fácil de Filadelfia, su constitución se debilitó y su mente se alteró por un único vaso de alcohol. Poe fue vulnerable a los grandes enemigos de nuestro bienestar: en primer lugar el miedo y en segundo lugar el horror.

»Ahora ¿quiere poner encima de la mesa esos periódicos locales que usted fue recogiendo poco después de nuestra llegada de París?

*   *   *

El primer recorte que seleccionó Duponte era del *Baltimore Sun*, del 4 de octubre, el día después de las elecciones. Muy poca emoción, decía, refiriéndose a las vicisitudes de los comicios. *No tenemos noticia de perturbaciones en los colegios electorales ni en parte alguna.*

Otro recorte rezaba así:

> Ayer por la tarde, un individuo que al parecer había ingerido más alcohol del tolerable, se situó frente al mercado de Lexington, y durante una hora atacó y asaltó a todos los hombres que pasaban por el lugar, los cuales, afortunadamente para el pobre beodo, consideraron que éste mostraba un talante bondadoso; de lo contrario se lo hubieran hecho pasar mal. Golpeó a varios de ellos en la cara, pero ellos se abstuvieron de responderle dado su estado de ebriedad. Luego se dirigió a una taberna, y a continuación a las dependencias judiciales, que estaban cerradas (era hora de cenar), quizá en busca de justicia.

Y finalmente éste, que databa de la misma tarde.

> Asalto. Hacia el atardecer del miércoles, cuando un carruaje en el que viajaban cuatro personas, entre ellas el señor Martin Rudolph,

ingeniero del vapor *Columbia*, circulaba por la esquina de las calles Lombard y Light, un atroz desalmado arrojó una gran piedra que golpeó al señor Rudolph en la cabeza, sin causarle, afortunadamente, más que una grave contusión.

—El primer artículo —dijo Duponte— insiste en que no hubo perturbaciones en ningún lugar de la ciudad. Pero aquí, por separado, encontramos algunas muestras de lo que podríamos llamar perturbaciones habituales. Mire, en un periódico, en especial en los mejores, una mano difícilmente se da cuenta de la otra, y así, sólo leyendo todo el periódico (nunca un solo artículo) podemos afirmar que hemos efectuado una lectura completa. Es probable que algún policía les dijera que no se habían producido perturbaciones. En Europa, la policía quiere que todos los delincuentes sepan que está ahí; en América, la policía quiere que la gente crea que no hay delincuentes.

»Examinemos estas dos perturbaciones por separado. En primer lugar, tenemos a un tipo recio y tosco, del que se dice que ha golpeado *en la cara* a varios hombres que pasaban por allí, y que se fue sin que sus conciudadanos lo acosaran. Mientras que el redactor, desde la cómoda posición en su escritorio, prefirió creer que el público no se dio por ofendido por el hecho de que el beodo tenía un "talante bondadoso", yo preguntaría cuántos tipos de talante bondadoso han sido clasificados como tales después de haber dado de puñetazos a unos hombres en la cara. Más bien podemos sospechar con seguridad que la naturaleza de la perturbación era notablemente común ese día como para no atraer la atención ni de las autoridades ni de la gente corriente. O sea que hubo muchas como ésa que no dieron lugar a reacciones. Lo cual puede darnos más idea de los sucesos el día de las elecciones en el resto de la ciudad que lo que los redactores imaginan.

»Tomando ahora el segundo recorte, describe una escena a no mucha distancia, creo, del colegio electoral donde Poe fue descubierto, en Lombard esquina a High. Lea de nuevo el recorte, que describe a un ingeniero y a sus compañeros de carruaje golpeados por una gran piedra arrojada por algún desalmado. También podemos imaginar a Poe teniendo que esquivar una tempestad de piedras salvajes por esas calles o, quizá, ahora enfermo por haber bebido, por la terrible exposición a muchas horas a la intemperie y por la completa falta de sueño. Poe pudo haberse sentido lo bastante desorientado para andar arrojando piedras a villanos, malhechores y bribones, imaginados o reales, que llenaban las calles ese día. Apenas hay diferencia si pensamos en Poe como blanco o buscando blancos, o envuelto en este incidente o no. Lo que sí sabemos es que Poe padecía probablemente un miedo maniático en este punto, como reacción a los actos salvajes y desordenados que pudo presenciar por las calles a lo largo del día. El colegio electoral, más que como una oscura mazmorra de crueldad (como su barón considera necesario presentarlo), puede muy bien haberlo visto Poe como un santuario, un lugar donde acaso había algo parecido al orden. Poe entró en busca de ayuda, pero por desgracia era demasiado tarde para hallarla. De este modo, hemos seguido completamente a Poe desde su desembarco hasta su fútil rescate por Snodgrass.

—Pero ¿y las palabras de Poe en el hospital? —dije—. Sus gritos llamando a «Reynolds» ¿no podrían ser un indicio de alguna responsabilidad o conocimiento por parte de Henry Reynolds, aquel carpintero que sirvió de vocal en las elecciones en el lugar donde fue encontrado Poe?

En el rostro de Duponte se reflejó la auténtica diversión.

—¿No lo cree? —pregunté.

—No tengo ninguna razón para no creerlo como una posibilidad, si es eso lo que quiere decir, monsieur Clark. Otros creerán que pueden adivinar lo que es insólito en la mente de Poe, una imposibilidad para cualquiera, pero mucho menos tratándose de un genio. Para conseguirlo, lea sus cuentos, lea sus poemas y encontrará todo lo que es extraordinario y singular, o sea lo que no se repite en las mentes ajenas a Poe. Pero para entender los pasos que llevan a esa muerte, usted debe aceptar lo que es ordinario en él, en cualquiera, y en todo cuando lo rodea y que choca con su genio. Ésas serán las respuestas.

»Que Poe pronunciara esa palabra, "Reynolds", durante muchas horas la noche de su muerte en el hospital es algo a lo que *no* deberíamos prestar atención... si nuestro propósito es comprender cómo murió. Poe carecía de claridad mental debido a un conjunto de circunstancias dispares que ya hemos enumerado. Que el barón, que otros observadores pudieran fijarse en eso demuestra la común falta de comprensión sobre cómo y por qué las personas piensan y actúan como lo hacen. Aun sin una profunda consideración del asunto, podemos recordar que Poe se halla en un estado en el que se siente completamente solo. La verdad es que pudo haber llamado a cualquiera. Pudo haber sido el último nombre que oyó, que quizá correspondía al mismo carpintero que nos visitó en su salón, o pudo haber sido el nombre de alguien que tuvo parte en un asunto de muerte, ocurrido varios años antes, y que sigue siendo demasiado peligroso para nosotros hablar de él.* Pero es más probable que tenga que ver con algo tan distante de su muerte que nunca lo conoceremos; por eso Poe pensó en ello, como un hombre atrapado en un pozo pensaría en escapar, no en el pozo. No sobre la muerte, que está tan cercana a él, sino sobre la vida que deja atrás.

»Ahora lo comprende. Todo esto, todo lo que hizo en esos días, desde que bajó del barco de Richmond, fue escapar de Baltimore, de su falta de una casa. La ciudad había sido *antaño* su hogar, la tierra de su padre y de su abuelo, el lugar de nacimiento de su esposa y de su adorada suegra, a la que llamaba Muddy, Madre, pero ahora no tenía ya casa allí.

> *He llegado a mi casa, nunca más mi casa,*
> *porque cuantos la constituían han desaparecido.*

Aquí Duponte pareció dispuesto, completamente inconsciente de mi presencia, a recitar más versos de Poe, pero se detuvo.

—No, no tenía casa aquí. No en este Baltimore donde no se fiaba de los parientes que le quedaban de apellido Poe, ni siquiera para informarlos de su presencia, y por supuesto ellos se sintieron después avergonzados de cómo se comportaron ante su fallecimiento, y optaron por hablar lo menos posible del asunto con el fin de no parecer

---

* Supliqué a Duponte que se extendiera sobre esta mención de mal agüero, y lo hizo con la condición de que yo jamás la haría pública. Si en el futuro soy capaz de relatar las revelaciones de Duponte sobre este punto, habrá de ser en un ámbito mucho más privado.

sospechosos. Tampoco era su hogar Nueva York, donde su esposa, Virginia, había muerto y estaba enterrada, y de donde se disponía a marcharse para siempre. Tampoco la ciudad de Richmond, donde el matrimonio con un amor de niñez no pasó de un proyecto, si bien atractivo, y donde persistía con fuerza el recuerdo de la pérdida de un hogar allí en otro tiempo y de la desaparición de su madre y de sus padres adoptivos. Y tampoco Filadelfia, donde residió y escribió, donde se vio obligado a utilizar otro nombre para no arriesgarse a perder la última carta amorosa de alguien de su familia entregado a él, y adonde, por alguna razón, resultaba que en ese instante no podía ni llegar en tren.

»Ahora ve con claridad el mapa de los movimientos que intentó Poe en la última época de su vida: desde Richmond trató de ir a Nueva York, desde Baltimore trató de ir a Filadelfia. No es un hecho baladí que en esas cuatro ciudades hubiera vivido alguna vez y que anduviera incesantemente de una a otra. Si en torno a su habitación del hospital había veinte hombres llamados Reynolds, el Reynolds de Poe, hombre o idea, seguiría estando muy lejos de allí (no de la enfermedad, no de la muerte). En algún lugar donde permanecerá *mucho tiempo*. Ese nombre, monsieur, no nos revela nada de las circunstancias de la muerte de Poe, y siempre permanecerá como posesión de Poe tan sólo. En este sentido, es el más esencial y el más secreto de todos los detalles.

*   *   *

Cuarenta minutos después de que la sala hubiera sido evacuada, cuando se encontró que las puertas estaban cerradas por dentro, se produjo otra conmoción. Más tarde se declaró que yo estaba más loco que una cabra por ese comportamiento hacia el juez, que naturalmente estaba airado.

Pero aún no había terminado con Duponte cuando las puertas empezaron a ser violentamente sacudidas. Después de que el analista concluyera por completo su demostración, que presentó con unos pocos detalles más de los fielmente transcritos más arriba, Duponte miró la puerta y me volvió la espalda.

—Puede usted contarle todo eso al tribunal —dijo—. Quiero

decir, todo lo que hemos hablado. No perderá su fortuna ni entregará Glen Eliza. Todos los puntos concretos no serán comprendidos por algunos de sus colegas más simples, claro está, pero la cosa funcionará.

—No soy un comediante y no proclamaré esas ideas como mías, y no soy un charlatán como para atribuírselas al barón. Hablaré de usted, monsieur, debo revelar su genio, si les cuento esto. Y si por azar revelara algo que pusiera de nuevo a esos hombres tras la pista de usted... Si lo cazan...

—Puede decirlo todo —me interrumpió Duponte.

Asintió lentamente, para demostrarme que comprendía el riesgo para él, y fue sincero al otorgarme su permiso.

—Monsieur Duponte... —empecé a decir, lleno de gratitud.

Miré los fragmentos de rostros y de bocas vociferantes a través de los cristales de las puertas de la sala. La muchedumbre demandaba que fueran abiertas. Supongo que esa visión me hipnotizó. Cuando finalmente las puertas fueron desatrancadas, perdí de vista a Duponte en medio del torrente de gente. Peter corrió hacia mí y me hizo a un lado.

—¿Quién era ése..., quién era ese hombre que estaba contigo?

No respondí.

—Era él. Auguste Duponte, ¿no es así?

Lo negué, pero sin mucha convicción.

—¡Lo era, Quentin! —dijo Peter con irrefrenable alegría—. Entonces ¡te lo ha dicho! ¿Te ha contado todo lo que necesitas saber para descubrir el misterio de la muerte de Poe? ¡Y para sacarte de todos tus problemas! ¡Un milagro!

Asentí. Peter no dejó de sonreír mientras yo regresaba al estrado de los testigos. El juez, excusándose por la interrupción, reprendiéndome por haber cerrado las puertas y asegurándonos que el vagabundo que estaba fuera del edificio había sido desarmado, me pidió que prestara mi testimonio.

—No —susurré.

—¿Qué, señor Clark? —dijo el juez—. Debemos oír su testimonio. ¡Hable, por favor!

Me levanté. La piel en torno a los ojos del juez se arrugó a causa de la irritación. Los espectadores cuchichearon entre ellos. La sonrisa de Peter se borró de su rostro. Cerró los ojos ante lo que comprendía que iba a ocurrir, y apoyó la cabeza en la mano.

Miré a mi tía abuela a través de la muchedumbre. Peter empezó a gesticular desaforadamente indicándome que me sentara. La señalé con mi bastón.

—La memoria de mis padres me pertenece, y Glen Eliza y todo cuanto hay en ella pertenece al nombre que llevo. Lucharé por todo eso, tía abuela, aunque probablemente no venceré. Viviré felizmente si puedo y moriré pobre si debo. No me obligaréis a desistir ni tú, ni la tía Blum ni todo el arsenal del fuerte McHenry. Un hombre llamado Edgar Allan Poe murió una vez en Baltimore, y quizá sucedió porque era un hombre con unos sueños mejores que los nuestros y lo utilizamos para eso, lo utilizamos hasta que no quedó nada de él. Vigilaré para que nadie vuelva a utilizarlo. —Creí que podía añadir también esto, apuntando con mi bastón en todas direcciones hacia el auditorio—: Y me casaré con la señorita Hattie Blum mañana en el valle situado al pie de Glen Eliza, al atardecer, invito a todo Baltimore, ¡y todo saldrá bien!

Creo que oí a una de las hermanas de Hattie caer desmayada al suelo. Hattie, que permanecía rígida a pesar de estar arropada por los brazos de su tía, como tornillos de carpintero, se liberó y corrió hacia mí. Se requirió a Peter para que contuviera a la familia Blum con explicaciones y seguridades.

—¿Qué ha hecho? —me dijo Hattie con un susurro nervioso.

El hervidero humano había subido el tono, y el juez estaba ahora imponiendo silencio.

—He probado que tal vez mi tía abuela tenía razón —dije—. Su familia no nos dará nada, y yo ya tengo deudas. ¡Puedo haber despilfarrado cuanto tengo, Hattie!

—No. Usted me ha demostrado que tiene razón. Su padre se sentiría orgulloso hoy porque usted está hecho de la vieja madera, Quentin.

Hattie me besó rápidamente en la mejilla, escapando a mi abrazo y corriendo a tratar de calmar a su familia.

Peter me agarró del brazo.

—¿Qué es esto?

—¿Dónde está? —pregunté—. ¿Has visto adónde ha ido Duponte?

—¡Quentin! ¿Por qué no te has limitado a repetir todo lo que te dijo ese francés? ¿Por qué no le has dicho al tribunal la verdad de lo que tú y él descubristeis?

—¿Y con qué fin, Peter? —pregunté—. Para salvarme. No, eso es lo que ellos esperan que haga, y así podrían pensar que me conocen, y que soy inferior porque soy diferente. No, no pienso hacerlo. Que la opinión pública se vaya al diablo hoy: esta historia quedará por contar en lo sucesivo. Hay una persona a quien hoy se la contaré, Peter. Quiero que ella me comprenda siempre, como lo hizo antes, y ella debe oír la historia por sí misma.

—¡Quentin, Quentin! ¡Piensa en lo que haces!

36

No compartí el relato de la muerte de Poe con aquella sala de audiencia, ni aquel día ni ningún otro. En lugar de eso, trabajé junto a Peter y me convertí, como a él le gustaba decir más tarde, en un abogado irrecuperable, encontrando cada punto de inconsistencia y cada suposición infundada en el caso contra mí. Al final, ganamos. Recibí el reconocimiento oficial de mi salud mental y actué hábilmente, según la opinión de la mayoría de quienes siguieron el completo desarrollo del proceso. Aunque fueron pocos los que *creyeron* plenamente en mi salud mental, admitieron que el juicio apuntaba en aquella dirección.

Se extendió mi reputación por haber dado un sesgo original a la sutileza legal. Volví a asociarme con Peter en igualdad de condiciones y nos convertimos en uno de los bufetes de más éxito de Baltimore en materia de hipotecas, deudas e impugnación de testamentos.

Al despacho se sumó un tercer letrado, un joven de Virginia de gran laboriosidad, y Peter pronto se casó con la no menos laboriosa hermana de ese caballero.

Aunque la policía no buscó a Edwin Hawkins en relación con la desdichada agresión a Hope Slatter, se dijo que el traficante de esclavos había declarado en privado que conocería al hombre si se lo encontraba. Pero sólo unos pocos meses después del incidente, Slatter decidió que Baltimore había empezado a no ser segura para su negocio y trasladó su empresa de trata a Alabama, lo que permitió el regreso seguro de Edwin Hawkins a Baltimore. Mientras tanto, Edwin, habiendo perdido su empleo en los periódicos, empezó a leer libros de Derecho, y se convirtió en un escribiente de primera categoría en nuestro despacho en expansión, y más tarde, cuando ya contaba sesenta años, se hizo abogado.

Nueve años después de mi última visita, regresé a París con Hattie, y nos llevamos a la hija pequeña de Peter Stuart, Annie. No quedaba nada de la vigilancia generalizada ni del espionaje que experimenté entonces. En algunos aspectos, París era un lugar más *cómodo* al convertirse en un imperio bajo Luis Napoleón que cuando era una república bajo el mismo hombre. Como hijo de una nación que era república, recibí la indeseada influencia de un hombre que planeaba derrocar aquella forma de gobierno. Como emperador, Luis Napoleón tenía el poder que deseó, y no tardó en pensar ejercerlo plenamente día tras día.

La rama baltimorense de la familia Bonaparte, tras la conferencia de Jérôme Napoleón Bonaparte con el nuevo emperador, recibió por decreto el derecho a ostentar el apellido Bonaparte para todos los descendientes de madame Elizabeth Bonaparte. Pero el emperador no otorgó derechos de sucesión ni propiedad imperial alguna a madame Bonaparte, pese a las instrucciones que al respecto dio a su hijo. Cuando años más tarde murió Luis Napoleón, ninguno de los nietos de madame Bonaparte, ambos tan apuestos y tan altos como cabía esperar, se convirtió en emperador de los franceses. Ella vivió muchos años en Baltimore, y se la podía ver a menudo por las calles, con su gorro negro y su sombrilla roja. Sobrevivió a su hijo Bo.

Mientras tanto, Bonjour se había convertido en un miembro popular del reducido círculo francés de Washington, y era muy admirada y requerida por su independencia e ingenio. Descubrió que gozaba de una perfecta libertad en América como viuda. Otra que también se atribuía la condición de viuda (aunque su marido, el viejo Jérôme Bonaparte, aún vivía en Europa), madame Bonaparte, durante muchos años encontró placer en instruir y estimular a mademoiselle Bonjour en diversos ardides y romances, aunque ésta no solía seguir su consejo. Bonjour se negó a volverse a casar, incluso cuando tuvo serios problemas financieros. A través de ciertos amigos, había conocido a monsieur Montor, y pronto se dedicó al teatro. Se convirtió en una sensación menor como actriz, actuando en varias ciudades aquí y en Inglaterra, antes de optar por escribir novelas populares.

Aquel día en la sala de audiencia fue la última vez que vi a Auguste Duponte. Tan sólo intercambiamos unas pocas palabras más de las que he mencionado. Creo que tuve un presentimiento en la sala, un presagio de que aquél era nuestro último encuentro. Una vez que el público hubo ocupado sus asientos, me apresuré fuera y localicé a Duponte abandonando el palacio de justicia. Traté de pensar qué podía decir.

—Poe —dije—. Es Poe...

En mi mente había un discurso coherente e importante para pronunciarlo antes de separarnos, pero, frente a él, no logré recordar cómo era. Pensé en la carta de Poe, de su época de Richmond, que esperé tanto tiempo y que pudo haber revelado que se proponía reunirse conmigo en Baltimore. Pero la carta no llegó y nunca llegaría, aunque aquella mañana experimenté una sensación casi equivalente, como si la *tuviera*, si eso puede ser debidamente comprendido.

Duponte miraba desde lo alto de la escalinata del palacio de justicia, contemplando, más allá de Monument Square, a un hombre y una mujer que reían juntos y a un viejo esclavo que llevaba un caballo joven, sabiendo que podrían andar por allí los que le habían visto en la calle y lo reconocieron. Peter y otros abogados me estaban llamando para que volviera dentro. Recuerdo lo que vi con la misma vívida limpidez que si fuera hoy. La mandíbula de Duponte pareció aflojarse, se humedeció los labios, y aquella extraña sonrisa que había reflejado el retrato del artista, aquella auténtica cara de picardía, de logro y de genio volvieron por un momento, extravagantemente, antes de que desapareciera con él al otro lado de la calle.

Siempre buscaba menciones de él —bajo algún nombre inventado, por supuesto— en las columnas de los periódicos relativas a lugares lejanos.

A veces estaba seguro de encontrar una referencia a mi viejo amigo, aunque nunca se revelaba directamente y, por lo que sé, nunca regresó a Estados Unidos. Había veces que tenía un vago presentimiento de que aparecería inesperadamente cuando más lo echaba de menos; por ejemplo, en un período en que Hattie cayó desconcertantemente enferma, o en aquellos meses en que a Peter no pudo localizársele en su época de general, que dio mucho que hablar, durante la guerra.

A lo largo de muchos años sentí que, en cierto sentido, estaba esperando. Esperaba contar mi historia, la historia de Edgar Poe, esperaba que llegara un tiempo en que la mente de Poe fuera desvelada, esperaba que un día otros necesitaran lo que yo había encontrado en Edgar Poe. Escribí esta historia con cuidadosa caligrafía en unos cuadernos: necesité más de uno, pues siempre estaba añadiendo impresiones. Y aún espero escribir más.

A veces saco el bastón de Malaca de su lugar para sentir su peso en las manos, y cuando estoy solo y desenvaino el reluciente estoque, me río con un sobresalto y pienso en Poe, elegantemente vestido a su llegada a Baltimore, con el bastón de Malaca dando confiada seguridad a sus pasos.

Hattie quería saber más acerca de Duponte. Incluso expresaba envidia por su tía, que había tenido unos breves encuentros con él, aunque de ese tema estaba prohibido hablar con la tía Blum, incluso en su vejez. Hattie a menudo me pedía mi opinión final sobre él y su carácter. No podía dársela. No podía expresar nada que se aproximara. Conservaba el retrato que fue pintado tantos años antes, pero lo que me había parecido una réplica exacta, ahora se me antojaba que no tenía nada que ver con Duponte ni, en su caso, con el barón. O más bien no se parecía ni lejanamente a Duponte en comparación con las imágenes que de él conservaba en mi mente.

Pero permanecía en la biblioteca de Glen Eliza, donde él estuvo sentado. Cuando hablaba de él, los invitados a cenar llegaban a maravillarse de que existiera un hombre tan raro. Aquí disminuía el interés de Hattie por el tema de Duponte. «También lo hiciste tú, querido Quentin», solía decir Hattie. Y entonces, al percibir mi mirada sombría ante su afirmación, me amonestaba en broma: «Sí, lo hiciste, lo hiciste.»

NOTA HISTÓRICA

Edgar Allan Poe murió a la edad de cuarenta años en un hospital de Baltimore el 7 de octubre de 1849, tras haber sido encontrado en situación apurada en el hotel y taberna Ryan's. El 26 o 27 de septiembre, Poe abandonó Richmond, Virginia, en barco, para dirigirse a su casa de campo en Nueva York, siguiendo un itinerario que incluía una parada en Filadelfia, para editar un libro de poemas de una escritora llamada Marguerite St. Leon Loud. Poe pidió a su suegra, Maria Clemm, que le enviara una carta a Filadelfia dirigida a E. S. T. Grey, un seudónimo. Pero Poe, por lo que sabemos, nunca llegó a Filadelfia ni regresó a su casa de Nueva York. En lugar de eso efectuó una visita final y no anunciada a Baltimore. Los detalles de su paradero en los cinco días siguientes —desde su llegada en barco a su aparición en el Ryan's un día de elecciones— se han perdido casi por entero. Sigue siendo uno de los más persistentes vacíos de la historia de la literatura.

El día 8 se efectuó un breve entierro oficiado por el reverendo William T. D. Clemm en el cementerio presbiteriano de Westminster. El acompañamiento lo integraban cuatro personas: los parientes de Poe Neilson Poe y Henry Herring, su colega el doctor Joseph Snodgrass y su antiguo condiscípulo Z. Collins Lee. Los informes sobre las circunstancias y causas de la muerte fueron confusos y contradictorios, y añadió más confusión la publicación de una necrológica por Rufus Griswold, en la que los hechos e incluso las citas estaban falseados. Con el paso de las décadas, las teorías y los rumores sobre el fallecimiento de Poe se multiplicaron, esparcidos por quienes lo conocieron y por quienes no.

La sombra de Poe trata de los detalles sobre la muerte de Poe recogiendo los más auténticos, combinados con descubrimientos originales que previamente nunca se publicaron. Todas las teorías y análisis relacionados con la muerte de Poe que aparecen en este texto se basan en hechos históricos y pruebas sólidas. La investigación original se ha hecho mediante numerosos recursos, incluidos archivos y fondos de seis estados diferentes, con el propósito de dotar a la novela de un examen definitivo del tema. Algunas de las nuevas aportaciones al conocimiento y que aparecen aquí por vez primera incluyen: el incendio de la casa de N. C. Brooks en torno al tiempo de la llegada de Poe a Baltimore y su frustrada visita;* el papel de George Herring como presidente de los *whigs* del Distrito Cuarto y su presencia en el Ryan's en época de elecciones, y la probable relación con la hasta el momento no explicada llegada de Henry Herring al Ryan's el 3 de octubre; el papel relevante de Joseph Snodgrass en las comisiones antialcohólicas a favor de la ley del domingo, y también su papel capital en reparar el daño causado por el tropiezo del candidato John Watchman inmediatamente antes de las elecciones del 3 de octubre; la existencia del poema «The Strange's Doom», de 1851, de la escritora de Filadelfia Marguerite St. Leon Louds, posiblemente el primer poema publicado sobre la muerte de Poe, y que en esta novela se relaciona con él, se analiza y se vuelve a publicar; y la existencia, nunca descubierta con anterioridad, de una carta a «Grey, E. S. F.» esperando en la oficina de correos de Filadelfia las últimas semanas de la vida de Poe (con toda probabilidad la última escrita por Poe), así como el análisis original presentado aquí sobre las razones del extraño uso que hizo Poe del seudónimo «Grey».

Otros detalles singulares que se incluyen son: los relativos a la relación de Poe con una iniciación para ingresar en los Shockoe Hill Sons of Temperance [Hijos de la Templanza], el gesto de los empleados del *Patriot* de Baltimore de recaudar dinero para la lápida de Poe,

---

* La idea de que Poe se propuso visitar al doctor Brooks es objeto de discusión. El fallido intento de efectuar esa visita fue enunciado por primera vez en el siglo XIX por el biógrafo George Woodberry. Especialistas posteriores objetaron que Woodberry no citaba ninguna fuente. Además del incendio he podido descubrir la fuente que Woodberry no nombró: el hijo de Brooks.

la preparación de una oración fúnebre más larga de la que pronunció el reverendo Clemm en el entierro de Poe, la descripción física de la nota de Walker y el poco conocido poema sobre la muerte de Poe escrito por el doctor Snodgrass y parcialmente reproducido aquí.

Aunque incorpora toda la investigación posible para clarificar los hechos, esta novela intenta mantenerse históricamente fiel a lo que los personajes pudieron haber sabido de Poe en torno al año 1850, lo cual difiere en ocasiones de lo que sabemos ahora. (Buenos ejemplos de ello son el año y lugar del nacimiento de Poe y las características de su adopción por la familia Allan, y que se mantuvo en discusión durante décadas después de la muerte de Poe, en parte porque éste oscureció los detalles de su biografía.) Todas las citas de periódicos sobre la muerte de Poe y las particularidades relacionadas con ella provienen de auténticos artículos del siglo XIX, y todas las citas atribuidas a Poe fueron escritas o dichas por él. A la edad de veinte años, Edgar Allan Poe actuó como agente de su futura suegra, Maria Clemm, en la venta de un esclavo también de veinte años llamado Edwin, por cuarenta dólares, a una familia negra de Baltimore, única manera de apartar a un esclavo de la trata.

Baltimore y París como fueron en torno a 1850 se han reconstruido con muchas memorias, guías, planos y textos literarios de la época. Los departamentos de policía de ambas ciudades, Luis Napoleón en París, y Hope H. Slatter y Elizabeth Patterson Bonaparte en Baltimore se sitúan en acontecimientos ficticios en la novela, relacionándolos con intereses y motivaciones que la historia demuestra que tuvieron.

Quentin Clark es un personaje de ficción, pero en él vive algo de los puntos de vista y las palabras de unos pocos lectores que fueron devotos de Poe cuando la cotización literaria de este autor estaba infravalorada y su moral y carácter a menudo eran vilipendiados. Las principales fuentes para Quentin y su relación con Poe son George Evelet y Phillip Pendleton Cooke: ambos intercambiaron cartas con Poe. Muchos de los personajes que tienen que ver con Poe y su muerte, incluidos el guardián George Spence, Neilson Poe, Henry Herring, Henry Reynolds, el doctor John Moran, Benson, de los Shockoe Hill Sons of Temperance, y el doctor Snodgrass son reales, y sus descripciones están basadas en sus figuras históricas. Reflejan las diferentes tendencias morales y literarias que siguen configurando hasta nuestros días los acontecimientos en torno a la muerte de Poe.

Durante más de un siglo ha habido intentos de identificar al Dupin «real» que inspiró los cuentos de misterio de Poe. Auguste Duponte y el barón Dupin son ficticios, pero toman forma a partir de la amplia variedad de candidatos a ser «Dupin» que han sido descubiertos. Esta larga lista incluye a un tutor francés llamado C. Auguste Dubouchet y a un prominente abogado, André-Marie-Jean-Jacques Dupin.

Aunque muchas personas han investigado obsesivamente la muerte de Poe intentando resolver sus misterios, la que lleva a cabo Quentin es ficticia. No obstante, sus acciones y algunos descubrimientos concretos recogen los de los primeros investigadores aficionados, que precedieron en décadas a los eruditos y teóricos que más tarde se ocuparon del tema. Maria Clemm, Neilson Poe y el señor Benson se dedicaron calladamente a reunir información inmediatamente después de la muerte de Poe, cuando las huellas de sus días finales aún podían hallarse por doquier.

AGRADECIMIENTOS

Este libro debe mucho a cuatro personas: en primer lugar a mi agente literaria y amiga, Suzanne Gluck, brillante e inspiradora en cada etapa; y a Gina Centrello, de Random House, y a mis editores Jon Karp y Jennifer Hershey por su visión, su pasión y su fe.

Colaboraron en todas las facetas del proceso unos excelentes profesionales de la edición en mi agencia literaria y en las editoriales. En la agencia William Morris, Jon Baker, Georgia Cool, Raffaella De Angelis, Alice Ellerby, Michelle Feehan, Tracy Fisher, Candace Finn, Eugenie Furniss, Alicia Gordon, Yael Katz, Shana Kelly, Rowan Lawton, Erin Malone, Andy McNicol, Emily Nurkin y Bari Zibrack. En Random House, Avideh Bashirrad, Kate Blum, Sanyu Dillon, Benjamin Dreyer, Richard Elman, Megan Fishmann, Laura Ford, Jonathan Jao, Jennifer Jones, Vincent La Scala, Libby McGuire, Gene Mydlowski, Grant Neumann, Jack Perry, Tom Perry, Jillian Quint, Carol Schneider, Judy Sternlight (en la Modern Library), Beck Stvan, Simon Sullivan, Bonnie Thompson y Jane von Mehren. Me han brindado apoyo y observaciones perspicaces Chris Lynch de Simon & Schuster Audio, Stuart Williams y Jason Arthur de Harvill Secker UK, Elena Ramírez de Seix Barral y Francesca Cristoffanini de Rizzoli.

Gracias a los que han contribuido a que este libro avanzara, mediante lecturas y refuerzo. Incluyen, como siempre, a mi familia; mis padres, Susan y Warren Pearl, y mi hermano, Ian Pearl; así como a Benjamin Cavell, Joseph Gangemi, Julia Green, Anna Guillemin, Gene Koo, Julie Park, Cynthia Posillico, Gustavo Turner y Scott Weinger; y Tobey Wiggins, que me infundió un increíble estímulo y apoyo.

Gracias adicionales: a los archiveros y bibliotecarios de la Boston Public Library, Harvard University, Iowa University, Duke University, Maryland Historical Society, Enoch Pratt Public Library de Baltimore, Johns Hopkins University, New York Public Library, Library of Virginia y University of Virginia. También por la generosa ayuda en relación con Poe y con áreas concretas de la vida y la cultura del siglo XIX: Ralph Clayton, doctor John Emsley, Allan Holtzman, Jeffrey Meyers, Scott Peeples, Edward Papenfuse, Jeff Savoye, Kenneth Silverman y la doctora Katherine Watson.

Debo reconocimiento a las generaciones de eruditos que han reunido nuestro actual conocimiento sobre la vida de Poe, incluido el excepcional Burton Pollin (el primero que anunció la aparición, mencionada en esta novela, de las iniciales «E. S. T. G.» en *The Broadway Journal*). Una nota de elogio para la página web de la Edgar Allan Poe Society de Baltimore (eapoe.org), creada por Jeff Savoye, que debería marcar la pauta para todos los recursos literarios en internet. Finalmente, gracias a los responsables y socios de las casas y museos de Poe en Baltimore, Fordham, Filadelfia y Richmond, así como del cementerio de Westminster, en Baltimore, por mantener la historia de Poe como una experiencia viva y brindarnos la oportunidad de visitarla.

Impreso en el mes de junio de 2006
en Talleres BROSMAC, S. L.
Polígono Industrial Arroyomolinos, 1
Calle C, 31
28932 Móstoles (Madrid)

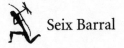 Seix Barral

España
Av. Diagonal, 662-664
08034 Barcelona (España)
Tel. (34) 93 492 80 36
Fax (34) 93 496 70 58
Mail: info@planetaint.com
www.planeta.es

P.º Recoletos, 4, 3.ª planta
28001 Madrid (España)
Tel. (34) 91 423 03 00
Fax (34) 91 423 03 25
Mail: info@planetaint.com
www.planeta.es

Argentina
Av. Independencia, 1668
C1100 ABQ Buenos Aires
(Argentina)
Tel. (5411) 4382 40 43/45
Fax (5411) 4383 37 93
Mail: info@eplaneta.com.ar
www.editorialplaneta.com.ar

Brasil
Rua Ministro Rocha Azevedo, 346 -
8.º andar
Bairro Cerqueira César
01410-000 São Paulo (Brasil)
Tel. (5511) 3087 88 88
Fax (5511) 3898 20 39

Chile
Av. 11 de Septiembre, 2353, piso 16
Torre San Ramón, Providencia
Santiago (Chile)
Tel. Gerencia (562) 431 05 20
Fax (562) 431 05 14
Mail: info@planeta.cl
www.editorialplaneta.cl

Colombia
Calle 73, 7-60, pisos 7 al 11
Bogotá, D.C. (Colombia)
Tel. (571) 607 99 97
Fax (571) 607 99 76
Mail: info@planeta.com.co
www.editorialplaneta.com.co

Ecuador
Whymper, N27-166, y A. Orellana,
Quito (Ecuador)
Tel. (5932) 290 89 99
Fax (5932) 250 72 34
Mail: planeta@access.net.ec
www.editorialplaneta.com.ec

Estados Unidos y Centroamérica
2057 NW 87th Avenue
33172 Miami, Florida (USA)
Tel. (1305) 470 0016
Fax (1305) 470 62 67
Mail: infosales@planetapublishing.com
www.planeta.es

México
Av. Insurgentes Sur, 1898, piso 11
Torre Siglum, Colonia Florida, CP-01030
Delegación Álvaro Obregón
México, D.F. (México)
Tel. (52) 55 53 22 36 10
Fax (52) 55 53 22 36 36
Mail: info@planeta.com.mx
www.editorialplaneta.com.mx
www.planeta.com.mx

Perú
Grupo Editor
Jirón Talara, 223
Jesús María, Lima (Perú)
Tel. (511) 424 56 57
Fax (511) 424 51 49
www.editorialplaneta.com.co

Portugal
Publicações Dom Quixote
Rua Ivone Silva, 6, 2.º
1050-124 Lisboa (Portugal)
Tel. (351) 21 120 90 00
Fax (351) 21 120 90 39
Mail: editorial@dquixote.pt
www.dquixote.pt

Uruguay
Cuareim, 1647
11100 Montevideo (Uruguay)
Tel. (5982) 901 40 26
Fax (5982) 902 25 50
Mail: info@planeta.com.uy
www.editorialplaneta.com.uy

Venezuela
Calle Madrid, entre New York y Trinidad
Quinta Toscanella
Las Mercedes, Caracas (Venezuela)
Tel. (58212) 991 33 38
Fax (58212) 991 37 92
Mail: info@planeta.com.ve
www.editorialplaneta.com.ve

 Grupo Planeta   Seix Barral es un sello editorial del Grupo Planeta   www.planeta.es